Zu diesem Buch

»Um das ›Leben eines Ungeduldigen‹ kennenzulernen, muß man zur großen Zweig-Biographie des Engländers Donald A. Prater greifen. Sie ist das Ergebnis eines jahrelangen Quellenstudiums, in dem Prater die umfangreiche unveröffentlichte Korrespondenz, die zahlreichen Materialien in Archiven und Privatbesitz ausgewertet und in seiner umfangreichen Biographie verarbeitet hat. Mit kritischer Zuneigung zeichnet er detailgenau das Leben Zweigs nach; zahlreiche wichtige Zeugnisse, besonders aus den Krisenjahren nach 1933, sind hier zum erstenmal veröffentlicht. Es ist ein Buch, das an Sorgfalt und Noblesse nicht hinter den großen kulturhistorischen Monographien Stefan Zweigs zurücksteht.« (Werner Fuld, »Deutsches Allgemeines Sonntagsblatt«)

»Praters faszinierende Schilderung eines glanzvollen Dichterlebens.« (Otto F. Beer, »Welt am Sonntag«)

»Undenkbar, daß seinem mit Sorgfalt und Akribie nachgezeichneten Lebensbild ›dieser sensiblen, komplizierten Persönlichkeit‹ durch neue Aufschlüsse wesentliche Züge hinzugefügt werden könnten.« (Hilde Spiel, »Frankfurter Allgemeine Zeitung«)

Donald A. Prater, geboren 1918 in London, wurde nach dem Studium in Oxford Diplomat in Europa und Übersee; danach Senior Lecturer für Germanistik in Neuseeland, seit 1973 Übersetzer bei der Europäischen Organisation für Kernforschung in Genf. In der Reihe der rororo-Taschenbücher liegt von Donald A. Prater bereits »Ein klingendes Glas« (Nr. 12497) vor, »die genaueste Biographie, die heute über Rilke zu schreiben möglich ist« (»Neue Zürcher Zeitung«).

Donald A. Prater

STEFAN ZWEIG

Eine Biographie

Deutsch von
Annelie Hohenemser

rororo
Rowohlt

Veröffentlicht im Rowohlt Taschenbuch Verlag GmbH,
Reinbek bei Hamburg, April 1991
Lizenzausgabe mit Genehmigung
des Carl Hanser Verlags München Wien
Titel der Buchausgabe:
»Stefan Zweig. Das Leben eines Ungeduldigen«

Erweiterte und revidierte Ausgabe der englischen Fassung
»European of Yesterday. A Biography of Stefan Zweig«
Oxford University Press, Oxford, 1972

Umschlaggestaltung Wolfgang Kenkel
(Foto: Stefan Zweig um 1931 / Ullstein Bilderdienst)
Druck und Bindung Clausen & Bosse, Leck
Printed in Germany
1680-ISBN 3 499 12874 8

Dein Schrifttum ist ja nur ein Drittel
Deines Selbst.

Friderike an Stefan Zweig, Juli 1930

Inhalt

Vorwort	9
I. Das goldene Zeitalter der Sicherheit. 1881–1904	15
II. Die Welt. 1904–1914	41
III. Der Erste Weltkrieg und Friderike. 1914–1918	79
IV. Salzburg und der Erfolg. 1919–1925	125
V. Sonnenuntergang. 1925–1929	169
VI. *Incipit* Hitler. 1930–1933	195
VII. London. 1933–1940	227
VIII. Die letzten Jahre. 1940–1942	295
Epilog	347
Anhang	363
Abkürzungen	365
Anmerkungen	367
Quellennachweis und Bibliographie	396
Werkregister	403
Namenregister	408
Nachweis der Abbildungen	423

VORWORT

Stefan Zweig: Für manche ist der Name heute wohl kaum ein Begriff. Die *Schachnovelle* wird man wohl kennen, jene spannende, immer wieder neuaufgelegte Geschichte aus den Hitler-Jahren; allenfalls auch *Die Welt von Gestern*, eine Autobiographie, die wenig vom Verfasser erzählt, dafür aber ein umfassendes Bild Europas in den Vor- und Zwischenkriegsjahren zeichnet. Vielleicht erinnert man sich vage noch einiger Biographien – *Marie Antoinette, Maria Stuart, Fouché* – oder Filme – *Angst, Letter from an Unknown Woman*; neuerdings brachte das Fernsehen internationale Produktionen einiger Novellen von Zweig und vor allem seines Romans *Ungeduld des Herzens*, ohne daß man aber viel Aufhebens um den Namen des Autors machte. Für den Germanisten scheint der Dichter kaum mehr zu existieren: 1976 charakterisierte ihn Egon Schwarz als »einen ehedem weltberühmten, inzwischen aber halb verschollenen Schriftsteller«[1].
Trifft das wirklich zu? Paradoxerweise, im Gegensatz zu den Werken manchen tatsächlich verschollenen oder gar halb verschollenen Schriftstellers, werden Zweigs Hauptwerke ständig neu dem Publikum angeboten – woraus man bei dem heutigen Zustand des Verlagswesens auf eine doch beträchtliche Leserschaft schließen darf. »Stefan Zweig ist nie verkannt gewesen«, schrieb sein Freund und Nachlaßverwalter Richard Friedenthal, als er einen frühen Novellenband (65 Jahre nach dessen Erstausgabe!) wieder herausgab, »er brauchte nur wiederaufgelegt zu werden, sobald es [nach dem Kriege] dafür Papier, Druck und Druckerlaubnis gab«[2]. Daß es also für ihn doch noch Leser gibt, daß aber sein Werk von den Kritikern und der Literaturwissenschaft fast völlig verschwiegen wird, deutet unmißverständlich an, daß seine Stellung in der deutschen Literatur noch immer auf eine gerechte Bewertung wartet, und erfordert eine gründliche Untersuchung.
Zweck des vorliegenden Buches ist es, einer solchen Untersuchung gewissermaßen als Vorbereitung zu dienen, indem es die nötige biographische Grundlage zum erstenmal in umfassender Form zu schaffen versucht und als Rahmen zu den Werken die Lebensgeschichte dieser sensiblen, komplizierten Persönlichkeit, dieses großen Europäers, aufzeichnet. Daß dieser Versuch, ursprünglich 1972 für englische Leser geschrieben, nunmehr zum 100. Geburtstag für ein größeres Publikum in Zweigs eigener Sprache veröffentlicht wird, ist mir eine besondere Freude.

»Wer Biograph wird«, schrieb Freud einmal, »verpflichtet sich zur Lüge, zur Verheimlichung, Heuchelei, Schönfärberei und selbst zur Verhehlung seines Unverständnisses, denn die biographische Wahrheit ist nicht zu haben, und wenn man sie hätte, wäre sie nicht zu brauchen.«[3] Obwohl ich dieses strenge Urteil ständig vor Augen hatte, ließ ich mich dadurch nicht entmutigen. Ich habe mich um Genauigkeit bemüht, wenn gute Quellen vorhanden waren, und Spekulationen möglichst vermieden.

Als ich das Buch 1972 veröffentlichte, betonte ich, daß meine Geschichte keinen Anspruch auf Vollständigkeit erhebt. Zweig war einer der produktivsten Briefschreiber dieses Jahrhunderts, und obwohl mir die beiden bereits veröffentlichten Briefwechselbände sehr nützlich waren und ich auch Zugang zu einem beträchtlichen Teil der unveröffentlichten Briefe hatte, konnte ich diese nicht alle einsehen, da sie über die ganze Welt verstreut sind. Seither ist mir viel neues Material, teils veröffentlicht, teils unveröffentlicht, begegnet, und ich habe jetzt die Gelegenheit ergriffen, es dort einzufügen, wo es mir zweckmäßig erschien. Von besonderer Bedeutung waren die beiden Klaus-Mann-Bände *Briefe und Antworten* und David Bronsens Biographie von Joseph Roth. Sehr nützlich waren für mich auch die Kommentare und Kritiken von Lesern und Rezensenten. Sie sind zu zahlreich, um sie hier einzeln aufzuführen, doch ich möchte ihnen gern meinen Dank für ihre Hilfe aussprechen.

Ich habe, so glaube ich, die wichtigste Sekundärliteratur gelesen und verwertet: die zahlreichen Erinnerungen, Abhandlungen über bestimmte Aspekte seines Lebens und seiner Werke, Versuche, seinen Erfolg und seinen Tod zu erklären. Manche erschienen noch zu seinen Lebzeiten, die meisten jedoch in der Zeit nach 1942, vor allem in den von Hanns Arens herausgegebenen Büchern. Der Nachweis aller benutzten Quellen wird in der Bibliographie und in den Anmerkungen erbracht. Zitate sind, soweit nicht anders vermerkt, der ersten Ausgabe oder der Handschrift entnommen. Eine Ausnahme bilden die Zitate aus der *Welt von Gestern*, die der 9. bis 13. Auflage der Bermann-Fischer-Ausgabe (Stockholm 1944) entstammen.

Frühere biographische Studien waren in unterschiedlichem Ausmaß hilfreich: Zweigs eigene *Skizze* und die Würdigung Hanns Martin Elsters (1922); jene von Richard Specht (1927); Erwin Riegers Biographie von 1928; die kleinen Bücher Hans Hellwigs (1948) und Arnold Bauers (1961). Robert Dumonts *Stefan Zweig et la France* war von großer Bedeutung, da es die erste eingehende Studie des Briefwechsels zwischen Zweig und Rolland enthält: Dieser sorgfältigen Forschungsarbeit verdanke ich viel.

Für persönliche Erinnerungen und weitere wertvolle Hilfe bin ich zu Dank verpflichtet dem leider kürzlich verstorbenen Dr. Richard Friedenthal, Herrn Hermann Kesten, Mr. Heinrich Eisemann, dem verstorbenen Dr. Franz Theodor Csokor sowie Sr. Abrão Koogan, Zweigs Verleger in Brasilien; dem verstorbenen Professor Jethro Bithell; Dr. Ferdinand Burger, dem verstorbenen Sr. Erich Eichner, Mrs. Margarida Banfield, Rabbi Dr. Lemle und Sr. Leopoldo Stern, alle in Rio de Janeiro; Helene Freifrau von Ledebur; Dr. Herbert Lewandowski (Lee Van Dovski), Genf; Mr. Ludwig Schwerin, Ramat-Gan, Israel; Dr. Melvin Horwith, New York; Sr. Isaac Goichmann und den Mitgliedern der B'nai B'rith ›Loja Stefan Zweig‹, Penha, Rio; Frau Gertrud Stolte-Adelt und Herrn Harald Böck in Hamburg; Dr. P. Wackie Eijsten, Den Haag; Frau Monica Willich, Stroud; Dr. Desmond Flower, London; Frau Ursula Schwender, Mont-sur-Rolle, Schweiz.

Mein besonderer Dank gilt den Erben Zweigs in London und dem Williams Verlag in Zug (Schweiz), die mir Zugang zum Nachlaß gewährten und die Erlaubnis erteilten, dieses umfangreiche Material zu nutzen sowie aus Zweig-Briefen, die sich andernorts befinden, zu zitieren.

Für die Erlaubnis, handschriftliches Material einzusehen und gegebenenfalls aus den Archiven zu veröffentlichen, geht mein Dank an das Home Office, London; die Wiener Stadtbibliothek; das Deutsche Literaturarchiv, Marbach; Kungliga Biblioteket, Stockholm; das Österreichische Staatsarchiv-Kriegsarchiv, Wien; die Jewish National and University Library, Jerusalem; die Central Zionist Archives, Jerusalem; Frau Katia Mann und das Thomas-Mann-Archiv, Zürich; Sra. Ida Geiger, Venedig. Benutzung bzw. Zitieren dieses Materials wird jeweils in den Anmerkungen nachgewiesen.

Es versteht sich, daß keine der obengenannten Personen oder Institutionen irgendeine Verantwortung für meine Interpretationen oder die von mir geäußerten Meinungen trägt.

Die langjährige Arbeit wurde mir erheblich erleichtert durch das aktive Interesse, den Rat und die Hilfe von Professor Harry Zohn, Brandeis University; Professor Randolph J. Klawiter, University of Notre Dame; Dr. Lionel Steiman, Manitoba University; Frau Dr. Susan Bach, Rio de Janeiro; Herrn Peter Fehling, Stuttgart; Herrn Volker Michels, Offenbach; Professor Dr. E. H. Jacobi, Zürich; und nicht zuletzt von Herrn Erich Fitzbauer, Wien, dem ehemaligen Sekretär der Internationalen Stefan-Zweig-Gesellschaft. Ebenfalls zu großem Dank verpflichtet bin ich Mrs. Elisabeth M. Stoerk und Mrs. Susan Hoeller, den Töchtern Friderike Zweigs und Herrn Kurt Maschler für wertvolle Hilfsbereitschaft in vielerlei Hinsicht. Möge die vorliegende

revidierte Fassung des Buches alle diese Freunde für ihre treue Unterstützung entschädigen.
Vor allem aber gilt mein Dank der verstorbenen Friderike Zweig, deren schriftliche Zeugnisse über den Dichter mir äußerst wertvoll waren und die mir bis zu ihrem Tode 1971 immer bereitwillige Hilfe leistete mit dokumentarischen Unterlagen und persönlichen Erinnerungen.

Zum Eingang schreibe ich dankbar ihren Namen.

La plus grande chose du monde, c'est de scavoir estre a soy.

Montaigne, I. XXXVIII

I

Das goldene Zeitalter der Sicherheit 1881–1904

Nirgends war es leichter, Europäer zu sein, und ich weiß, daß ich es zum guten Teil dieser Stadt zu danken habe, die schon zu Marc Aurels Zeiten den römischen, den universalen Geist verteidigt, daß ich frühzeitig gelernt, die Idee der Gemeinschaft als die höchste meines Herzens zu lieben.

Die Welt von Gestern

Es war damals leichter! Alles war gesichert. Jeder Stein lag auf seinem Platz. Die Straßen des Lebens waren wohl gepflastert. Die sicheren Dächer lagen über den Mauern der Häuser. Aber heute ... liegen die Steine auf den Straßen quer und verworren und in gefährlichen Haufen, und die Dächer haben Löcher, und jeder muß selbst wissen, welche Straße er geht und in was für ein Haus er zieht.

Joseph Roth, *Radetzkymarsch*

1

Alles hatte seine Norm, sein bestimmtes
Maß und Gewicht.

Die Welt von Gestern

Als Stefan Zweig am 28. November 1881 geboren wurde, schien Wien der Inbegriff der Stabilität und Sicherheit zu sein. Der ›große Krach‹ – die Finanzkrise von 1873, gerade zum Zeitpunkt der Wiener Weltausstellung – war in Vergessenheit geraten; die aufstrebende Gesellschaft im Mittelpunkt eines friedlichen Europas richtete ihr Augenmerk mehr auf die angenehmen Dinge des Lebens als auf die politischen. Franz Josef auf der Jagd bei Gödöllö; *Phädra* mit Charlotte Wolter im Burgtheater; die neue Operette von Johann Strauß *Der lustige Krieg* mit der Neuentdeckung Alexander Girardi im Theater an der Wien; die Gallmeyer-Spottrede *Sarah und Bernhardt* folgte dem Erscheinen der großen Tragödin in Wien hart auf den Fersen. Alle diese Dinge waren den eifrigen Zeitungslesern wichtiger als die unbedeutenden Schwierigkeiten des Taaffe-Kabinetts zu Hause, oder – weiter entfernt – die Komplikationen in der Donau-Frage. Das Theater, die Musik, die Oper, die Fiakerfahrten im Frühling durch die Kastanienallee des Praters; die Stadt, die unter Franz Josefs Regierung erst zwanzig Jahre zuvor ihre mittelalterlichen Grenzen gesprengt hatte und sich nun weit nach Norden, Westen und Süden mit einer Million Einwohner ausbreitete; der Ring, das Symbol einer Ära friedlicher Pracht; das Zentrum und die Hauptstadt eines Imperiums, das die unterschiedlichsten Völkerschaften mit einem Minimum an Streitigkeiten vereinigte. Es war Wiens letzte Phase als Kaiserstadt, die dann mit der Katastrophe von 1914 endete; doch kein Wunder, daß es zu jener Zeit schien, als bliebe es für immer so.

Der Aufschwung am Anfang der siebziger Jahre hatte viele Geschäftsleute aus den Provinzen in die Hauptstadt gezogen, unter ihnen auch Joseph Brettauer. Seine Familie, die ursprünglich aus Deutschland stammte, war mit ihren Banken und Geschäftsunternehmen in vielen Teilen Europas erfolgreich gewesen. Er selbst, in Hohenems in Vorarlberg geboren, hatte über zwanzig Jahre in Ancona gelebt, wo seine zweite Tochter, Ida, geboren wurde. Sogar der Vatikan zählte zu seinen Klienten. Später zog er nach Wien und erwarb eines der prächtigen Häuser zwischen der Hofburg und der Mariahilferstraße, dem Kunsthistorischen Museum gegenüber, das damals am Ring gebaut wurde. Eine Photographie zeigt ein hartes, strenges Gesicht, einige Jahre vor

seinem Tod, 1881, aufgenommen. Der einfache schwarze Frack über bauschigen Hosen und ausgetretenen Schuhen gibt keinen Hinweis auf den Reichtum, den er allmählich erworben hatte. So konnte er Ida bei ihrer Heirat mit Moritz Zweig, die bald nach ihrer Übersiedelung nach Wien stattfand, mit einer großen Mitgift ausstatten.
Die Wohnung der Familie Zweig am Schottenring 14 ließ wahrscheinlich eher deren Wohlstand erkennen. Moritz, der Sohn eines Händlers in Fertigwaren, stammte aus einer der jüdischen Gemeinden Mährens, die – im Gegensatz zu den Juden Galiziens – aus der Isolation des Ghettos ausgebrochen und ›fortschrittlich‹ geworden waren. Er selbst hatte mit dreißig Jahren eine kleine Weberei in Reichenberg in Böhmen gegründet. Unter seiner behutsamen und methodischen Leitung entwikkelte sie sich im Lauf der Jahre zu einem der größten böhmischen Textilunternehmen, das ganz Österreich und den Balkan beherrschte. Wie sein Schwiegervater war er ein vorsichtiger Geschäftsmann, dem Sicherheit über alles ging. Er erwarb seinen Reichtum nicht durch Spekulationen, sondern durch maßvolles Leben und vorsichtiges Anlegen des wachsenden Kapitals. Sein größter Stolz war: »Daß zeitlebens nie jemand seinen Namen auf einem Schuldschein, einem Wechsel gesehen hatte und er nur immer auf der Habenseite seiner Bank – und selbstverständlich der solidesten,... der Kreditanstalt gestanden«, schrieb sein Sohn viele Jahre später.[1] Seine Frau jedoch, aus der kosmopolitischen Brettauer-Familie stammend, war in ihrer Wesensart leichtlebiger, vielleicht, weil sie ihre frühe Kindheit in Italien verbracht hatte. Sie schuf eine lebendige und gesellschaftlich aufgeschlossene Atmosphäre in der Wohnung am Schottenring, wo der zweite Sohn, Stefan, geboren wurde, und auch später in der größeren Wohnung in der Rathausstraße 17. Obwohl Moritz Zweig inzwischen eine Million in einer der stabilsten Währungen Europas besaß, änderte er sein Leben kaum. Er war gut erzogen, sprach Französisch und Englisch, spielte gut Klavier und hatte ein geschliffeneres Auftreten als viele seiner Standesgenossen. Niemals aber bemühte er sich um einen Titel oder ein Amt und nahm auch keine Ehrungen oder Auszeichnungen an. Ein angenehmes Leben ohne Prahlerei, reich zu sein, ohne es zu zeigen, das war sein Lebensprinzip. Der Gegensatz zu seiner Frau ist auf einer Photographie aus den achtziger Jahren deutlich sichtbar: der einfache, ehrbare, schwarze Überrock und die gestreiften Hosen neben dem spitzenbesetzten, schwarzen Satin, den Juwelen, dem Fächer und der kunstvoll aufgetürmten Frisur der schönen Ida. Es war der Kontrast, den Stefan in seiner Novelle *Untergang des Herzens* (allerdings fast bis zur Karikatur gesteigert) benutzen sollte.
Die Mode und das Gesellschaftsleben von Wien spielten im Dasein

seiner Mutter eine große Rolle. Stefan, dem von Natur aus des Vaters Lebensanschauung mehr entsprach, und sein älterer Bruder Alfred mußten sich häufig die mütterlichen Klagen über ihre Kleidung anhören. Die amüsierte, fast ein wenig zynische Toleranz, die der Vater ihr gegenüber zum Ausdruck brachte, war nicht dazu angetan, Stefan großen Respekt einzuflößen. Eine frühzeitige Menopause, kurz nach Stefans Geburt, und die Schwerhörigkeit, die sie bereits in jungen Jahren befiel, förderten noch ihre Neigung, auf ihre Weise zu leben, und verstärkten den Eigensinn, den Stefan von ihr geerbt hatte. Es ist daher begreiflich, daß ihm in späteren Jahren das Ideal einer ›schweigsamen Frau‹ vorschwebte und er eine lässig bequeme Kleidung vorzog.
Der Zweigsche Haushalt war in vieler Hinsicht typisch für die obere jüdische Mittelklasse von Wien. Die Tradition der Hauptstadt war kosmopolitisch, denn seit Jahrhunderten flossen hier alle kulturellen Strömungen Europas zusammen. In dieser Zeit des erwachenden Liberalismus und des finanziellen Aufstiegs hatten die großen jüdischen Geldhäuser – Fries, Arnstein und Pereira – einen Ehrenplatz in der neuen Gesellschaft eingenommen, und die reichen jüdischen Familien der Mittelklasse folgten ihnen alsbald. Seit den Anfängen im Bankgeschäft breitete sich die Familie Brettauer fast über die ganze Welt aus – Paris, Italien, New York, Wien –, und es gab darin kaum noch kleine Kaufleute oder Makler, sondern bekannte Rechtsanwälte, Direktoren, Bankiers und Doktoren. Sicherheit, Kreditfähigkeit und Vorsorge für die Zukunft waren, ebenso wie bei den Zweigs, die Tugenden dieser Familie. Niemand dachte nur an das reine Geldverdienen, aber Reichtum stellte eben das Sprungbrett zur ›Kultur‹ der höheren Klassen dar. Obwohl sie oft oberflächlich war, gewann diese Kultur als Statussymbol für Familien wie die Zweigs doch eine enorme Bedeutung, eine Bedeutung, die sich entscheidend auf Stefans Berufswahl als Schriftsteller auswirkte. Wäre er der ältere der beiden Söhne gewesen, hätte man sicherlich von ihm erwartet, daß er im Geschäft die Nachfolge antreten würde. Doch sein vielversprechender Start als Schriftsteller, bestätigt durch den Abdruck eines Artikels des Zwanzigjährigen in der führenden Wiener Tageszeitung, der *Neuen Freien Presse*, wog für seinen Vater mehr als irgendwelche Talente für Büro oder Fabrik. Das kaiserliche Wien, friedlich, ohne politischen Ehrgeiz, assimilierte die verschiedensten Kulturen und bot deshalb einem ausgeprägten jüdischen Charakterzug einen günstigen Nährboden: dem Bedürfnis, über das reine Geldverdienen hinauszukommen.
Die beiden Zweigbuben wuchsen in einem wohlbehüteten Heim auf. Stefan, der weniger Folgsame, bekam manchmal Wutanfälle und hatte häufig Konflikte mit seiner eigenwilligen Mutter. Wie so oft war sein

Verhältnis zur Großmutter Brettauer enger. Diese lebte nach dem Tod ihres Mannes im Jahre 1881 in der Familie der Zweigs. Für schlechtes Benehmen hatte man jedoch in diesem wohlgeordneten Lebensbereich kein Verständnis (obgleich sich einer von Stefans Freunden daran erinnerte, wie er die Brüder einmal auf dem Boden der elterlichen Kutsche beim Kartenspielen ertappte[2]). Schule, Gouvernanten, vorschriftsmäßige Spaziergänge im Park, eine Ausfahrt mit den Eltern am Nachmittag (sein Vater erinnerte sich stolzerfüllt an den Tag, an dem die Kronprinzessin persönlich im Prater anhalten ließ, um sich mit dem hübschen kleinen Burschen zu unterhalten). Im Sommer fuhr man ›aufs Land‹, in einen vornehmen Badeort wie Marienbad, in eines der großen Hotels in den österreichischen Alpen oder in einen kleinen Ort wie Pörtschach am Wörthersee (dort begegnete Stefan 1889 zum ersten Mal Friderike, seiner künftigen Frau). Ein Leben, wahrlich weit entfernt von der Realität; und es ist verständlich, wie erleichtert Zweig sich fühlte, als sich die Gelegenheit bot, dieser Treibhausatmosphäre zu entfliehen, um in Wien und Berlin zu studieren. Es war ein sehr einsames Leben ohne die heute übliche Freiheit, ein Leben, das aus Beschränkungen und Verboten bestand, in einer Welt abseits der der Erwachsenen, in der man nur sprechen durfte, wenn man gefragt wurde (vierzig Jahre später beschrieb er Friderike nicht ohne Bitterkeit die bescheidenen Gasthäuser in Marienbad, wohin die Kinder damals von ihren Gouvernanten geführt wurden, während ihre Eltern in teuren Restaurants speisten).

Dennoch förderte dieses Leben gleichzeitig eine große Frühreife und eine verzehrende Begierde, die Welt draußen zu entdecken: »Ich erinnere mich, mit welcher Selbstverständlichkeit man bei meiner Tante in Paris bei Tisch von der einen Sprache zur anderen hinüberwechselte.«[3]

Bestimmte Züge von Stefan finden sich in dem Rechtsanwaltssohn Edgar in seiner Novelle *Brennendes Geheimnis*. Als dieser seiner Mutter in Semmering davonläuft und zum ersten Mal allein in einem Zug fährt, wird ihm plötzlich bewußt, wie behütet die Welt ist, in der er lebt. Um ihn herum sind finstere Abgründe, die er zuvor nie gesehen hat, und er blickt mit anderen Augen aus dem Abteil, als sähe er die Wirklichkeit zum erstenmal: In diesen vorbeifliegenden Häusern leben Menschen, arme und reiche, glückliche und unglückliche mit den gleichen Sehnsüchten und Wünschen wie er selbst. Die Bahnbeamten sind keineswegs – Puppen, wie er zuvor glaubte, sondern menschliche Wesen, jedes mit einem eigenen Schicksal. Kinder aus solchen Häusern (»So wie meine Eltern haben zehntausend oder zwanzigtausend Familien in Wien gelebt in jenem Jahrhundert der gesicherten Werte«[4]) ent-

wickelten sich früh, sie wurden unduldsam gegen das elterliche Regime und gegen eine Gesellschaft, die keine Zeit für die Jugend zu haben schien.
Überdies waren Familien wie die der Zweigs und der Brettauers in ihrem Auftreten europäisch, sie hatten weitgehend ihre spezifisch jüdischen Charakteristika verloren. Im größten Teil seines Lebens hat Stefan Zweig seinem Judentum nur untergeordnete Bedeutung beigemessen, und seine österreichische Nationalität ist kaum mehr als eine administrative Formalität gewesen. Seine Familie war weder religiös noch nationalistisch. Für niemanden konnte Europa leichter Glaube und Vaterland werden.

2

Wir bildeten gleichsam die letzte Generation jenes heute fast nicht mehr rekonstruierbaren Kunstfanatismus ... Knapp hinter uns verwandelte sich bei den Jüngeren diese Leidenschaft in Sport, Training, sie sind kräftiger, tüchtiger geworden als wir, aber ich beneide sie darum nicht.

Autobiographische Skizze, 1922

Trotz des väterlichen Reichtums scheint Stefan keine besondere Schule besucht zu haben. Im Hause gab es die Gouvernanten, doch sie waren eher Kindermädchen als Erzieherinnen. Und nach fünf Jahren auf einer normalen Grundschule trat er als Zehnjähriger in das Maximilian-Gymnasium in der Wasagasse ein (das heutige Wasa-Gymnasium). Die acht Jahre in dieser »Lern-Tretmühle« beschrieb er mit einiger Bitterkeit in seiner Autobiographie. Damals erhielten nur die Kinder aus begüterten Familien eine akademische Erziehung, aber der Weg zur Universität und zum begehrten Doktortitel war lang und hart. Die klassische Literatur, Englisch, Französisch, Italienisch, Geometrie, Physik und das übrige ließen für eine körperliche Tätigkeit, Sport oder Spaziergänge oder irgendeine Entspannung, wie wir sie heute kennen, nur wenig Zeit. Am Ende seines Lebens konnte sich Zweig nicht eines gewissen Gefühls des Neides erwehren auf die unvergleichlich größere Freiheit, das Glück und die Unabhängigkeit, deren sich die Schulkinder später erfreuten; es kam ihm noch immer unwahrscheinlich vor,

wenn ich beobachte, wie heute Kinder unbefangen und fast au pair mit ihren Lehrern plaudern, wie sie angstlos statt wie wir mit einem ständigen Unzulänglichkeitsgefühl zur Schule eilen, wie sie ihre Wünsche, ihre Neigungen aus junger, neugieriger Seele in Schule und Haus offen bekennen dürfen ... indes wir, kaum wir das verhaßte Haus betraten, uns gleichsam in uns hineinducken mußten, um nicht mit der Stirn gegen das unsichtbare Joch zu stoßen. Schule war für uns Zwang, Öde, Langeweile, eine Stätte, in der man die ›Wissenschaft des nicht Wissenswerten‹ in genau abgeteilten Portionen sich einzuverleiben hatte ...[5]

Er sah in der Schule einen Teil des Gesellschaftssystems jener Tage: Der alte Staat, regiert von einem betagten Kaiser und fast ebenso alten Ministern, war nahezu instinktiv gegen die Jugend mit ihrem Verlangen nach Fortschritt und radikalen Veränderungen. Und der junge Mann, der vorwärtskommen wollte, mußte jeden Trick anwenden und sich bemühen, älter zu erscheinen als er war. Auf der Schule verkörperten die Lehrer die Autorität, durch welche die Jungen in Schach gehalten wurden; es fehlte jeglicher Kontakt zu den Schülern. Mit sechzig war es Zweig völlig unmöglich, sich ihrer Namen oder ihrer Gesichter zu erinnern.

Als 1922 der 50. Jahrestag seines Gymnasiums gefeiert werden sollte und er gebeten wurde, als berühmter ›Ehemaliger‹ eine Festrede zu halten, lehnte er ab: »Ich hatte dieser Schule nicht dankbar zu sein, und jedes Wort dieser Art wäre zur Lüge geworden.«[6] Trotzdem sandte er ein paar Zeilen für die Festschrift, die zu diesem Anlaß erschien, und sprach darin höflich die üblichen Klischees über die Schulzeit aus (›damals erschien sie uns wie ein Gefängnis, doch die härteren Anforderungen des späteren Lebens lassen uns mit Verlangen auf die Tage zurückblicken‹, und so weiter)[7]. Sicher ist er viel ehrlicher gewesen, als er später schrieb: »... der einzig wirklich beschwingte Glücksmoment, den ich der Schule zu verdanken habe, wurde der Tag, da ich ihre Tür für immer hinter mir zuschlug.«

Er war eigenwillig und dickköpfig, und bereits in jungen Jahren konnte er trotz seiner sanften Natur – wie schon erwähnt – plötzliche Wutausbrüche haben. Dieser Widerspruchsgeist zeigte sich natürlich auch in der Schule; immerhin gelang es seinem Bruder meist zu verhindern, daß die Klagen der Lehrer bis zum Vater drangen. Die Disziplin dort, das ganze Erziehungssystem, bestand in einem konstanten Druck zur Anpassung: »... nicht uns innerlich auszuformen, sondern dem geordneten Gefüge möglichst widerstandslos anzupassen, nicht unsere Energie zu steigern, sondern sie zu disziplinieren und zu nivellieren«[8], war das Ziel der Schule – so schien es ihm später.

Wahrscheinlich ist es kein Zufall, daß der Begriff des Minderwertigkeitskomplexes zum ersten Mal von Männern formuliert wurde, die selbst die österreichischen Erziehungsmaßnahmen in jenen Tagen zu spüren bekamen. Für Zweig entstand daraus »eine schon früh manifestierte Leidenschaft, frei zu sein, wie sie in gleich vehementem Ausmaß

die heutige Jugend kaum mehr kennt, und dazu ein Haß gegen alles Autoritäre,... der mich mein ganzes Leben lang begleitet hat«[9].
Sport, in den Worten Hermann Bahrs um die Jahrhundertwende »die Geißel des heraufsteigenden Zeitalters«[10], war für Zweigs Zeitgenossen praktisch unbekannt. Dem Begriff *mens sana in corpore sano* wurde Genüge getan, indem man eine Zehnminutenpause nach vier oder fünf Unterrichtsstunden im Klassenraum oder auf den ungelüfteten Gängen des Gymnasiums einlegte. Stefan war sowieso nicht von besonders kräftiger Konstitution, und er hielt, wie viele seiner Freunde, Körpertraining für reine Zeitverschwendung. Er gab das Schlittschuhlaufen auf und verwendete das Geld, das seine Eltern ihm für Tanzstunden genehmigt hatten, für Bücher. Es war die Kunst, die die Begeisterung dieser vierzehn- bis fünfzehnjährigen Knaben entfachte, denn das stumpfsinnige Lernen langweilte sie mehr und mehr.
Jenseits der traurigen Gemäuer des Gymnasiums lag die aufregende Stadt mit ihren Theatern, Buchhandlungen, der Universität und der Musik. Nachdem Stefan und zwei oder drei Klassenkameraden literarische oder musikalische Neigungen und Interessen in sich entdeckt hatten, steckten sie bald die übrigen an. Natürlich hätte der Zufall die Begeisterung dieser Schulbuben auch in andere Richtungen lenken können, zur Philatelie oder zum Sozialismus, aber solches Interesse und solche Leidenschaft für Theater, Kunst und Literatur war wahrscheinlich im Wien jener Jahre ganz natürlich. Bei den Eltern dieser Knaben waren die Oper und das Burgtheater ständige Gesprächsthemen, und die Zeitungen ließen der kulturellen Berichterstattung viel Raum; schon auf der ersten Seite begann das Feuilleton. Überdies gab es hier keinerlei Opposition von seiten der ›Autoritäten‹. Literatur und Theater wurden – im Gegensatz zu Kartenspielen und Mädchenbekanntschaften – als unschuldige Passionen erachtet.
Und die Leidenschaft wurde fast zur Manie – in Stefans Fall vielleicht entscheidend für seine künftige Entwicklung. Sie versäumten keine Premiere im Burgtheater und standen nachmittags ab drei Uhr an, um sich ihre Stehplätze zu sichern (bezeichnend für die Indifferenz ihrer Lehrer ist, daß diese nicht bemerkten, wie verdächtig häufig sich eine Krankheit gleichzeitig bei der Mehrheit der Klasse ausbreitete). Sie lauerten den Berühmtheiten auf der Straße auf, sammelten deren Autogramme und ließen sich ihre Haare beim Theaterfriseur schneiden, um dort den neuesten Klatsch über Sonnenthal und die Wolter zu erfahren. Es gelang ihnen sogar (durch irgendwelche Beziehungen), während der Proben auf die Bühne zu gelangen – »diese Bühne, die zu betreten den Schauer Dantes übertraf, als er aufstieg in die heiligen Kreise des Paradieses«. Fieberhaft lasen sie alles Erreichbare, um genauestens über die

Dinge informiert zu sein, die sich auf allen Kunstgebieten abspielten. Am Ende seines Lebens war Zweig selber noch erstaunt, wieviel sie durch diese ungewöhnlich intensive literarische Passion gelernt hatten, »wieviel wir junge Burschen durch diese Überspannung der literarischen Leidenschaft damals gewußt haben, wie frühzeitig wir uns kritische Unterscheidungsfähigkeit durch dies ununterbrochene Diskutieren und Zerfasern angeeignet haben«[11]. Während ihr Literaturlehrer Adolf Lichtenheld in der Schule eintönig über *Naive und sentimentalische Dichtung* redete, lasen sie unter der Schulbank Nietzsche und Strindberg. Rilkes Gedichte lagen zwischen den Seiten ihrer lateinischen Grammatik, und in ihren Mathematikheften standen die Gedichte, die sie aus geliehenen Büchern abgeschrieben hatten. Die öffentlichen Bibliotheken waren ihre Jagdreviere und die Cafés ihre Clubs, wo sie das Neueste aufspürten und diskutierten.
Denn nur das Allerneueste, das Ungewöhnlichste und das Extravaganteste fanden ihr besonderes Interesse und wurden zum Gegenstand ihrer eifrigen Gespräche. Dazu gehörten auch die Werke von Stefan George und Rilke, die damals erst in kleinen Auflagen erschienen waren und von denen es nur ein paar Exemplare in Wien gab. Keiner der offiziellen Literaturkritiker hatte bis dahin Rilkes Namen erwähnt, aber diese Schulbuben kannten jedes Wort und jede Zeile: die ideale Leserschaft für den Dichter, mit ihrer Neugier, ihrem kritischen Verständnis und ihrer raschen Auffassungsgabe. Dank der Vielfalt der Zeitungen und Zeitschriften, die in den Cafés auflagen (die *Revue de France* neben dem *Burlington-Magazine* und der *Neuen Rundschau*) konnten sie ihren Horizont erweitern. Sie erfuhren von jedem neuen Buch, sobald es erschienen war, von jeder Aufführung, wo immer sie stattfand. Sie kannten Baudelaire, Walt Whitman und Paul Valéry bereits mit sechzehn und siebzehn Jahren, zwanzig Jahre bevor letzterer in Frankreich berühmt wurde.
Wie alle jungen Leute suchten sie nach dem Neuen, weil es neu war, aber es steckte mehr hinter dieser Leidenschaft. Sie spürten die Veränderungen in den Wertbegriffen, die die Jahrhundertwende bringen sollte; vor allem aber fühlten sie sich von der neuen Kunst unwiderstehlich angezogen, weil sie das Werk junger Menschen war. Hier hatten sie den lebendigen Beweis dafür, daß man nicht erst in reiferen Jahren eine Leistung erbringen konnte: Gustav Mahler war mit achtunddreißig Jahren Operndirektor geworden, Gerhart Hauptmann beherrschte das deutsche Theater mit dreißig. In Wien selbst entstand gerade die Gruppe ›Jung-Wien‹, zu der Arthur Schnitzler, Peter Altenberg, Hermann Bahr und Richard Beer-Hofmann gehörten. Karl Kraus begann seine satirischen Abhandlungen in der *Fackel* zu schreiben (»So

möge denn die *Fackel* einem Lande leuchten, in welchem – anders als im Reiche Karls V. – die Sonne niemals aufgeht.«[12]) Und allen voran das ›Wunderkind‹ Hugo von Hofmannsthal. Seine frühen Verse, die er noch als Schüler unter dem Pseudonym ›Loris‹ geschrieben hatte, ließen Bahr und Schnitzler aufhorchen: »Eine einmalige Meisterschaft der Form«, wie Schnitzler zu Zweig sagte, verbunden mit einer Weltkenntnis, die bei einem so unerfahrenen Knaben nur aus einer »magischen Intuition« kommen konnte.[13]

3

Das Schreiben mit zusammengebissenen Zähnen
habe ich auch schon im Kleinen erlebt.

Zweig zu Franzos

Wie die meisten seiner Klassenkameraden begann Zweig schon früh in diesen Schuljahren zu schreiben. Etwa im Dezember 1898 erfolgte seine erste Gedichtveröffentlichung, in der Berliner Zeitschrift *Deutsche Dichtung*, mit deren Herausgeber, Karl-Emil Franzos, er schon seit Beginn des Jahres über Beiträge korrespondiert hatte. Weitere Gedichte erschienen danach in der führenden Zeitschrift der Moderne, *Die Gesellschaft*, und in Maximilian Hardens *Zukunft*, und er schickte sie unermüdlich, mit wechselndem Glück, an eine ganze Reihe von Zeitungen – *Berliner Morgenpost, Prager Tagblatt, Südwestdeutsche Rundschau, Badische Landeszeitung*. »Der süßeste Geruch, süßer als das Öl der Rosen von Schiras, [war] damals jener der Druckerschwärze.«[14] Er versuchte sich auch an Kurzgeschichten und Novellen, doch dabei scheint er einen kritischeren Standpunkt gegenüber sich selbst eingenommen zu haben. Erst ein oder zwei Jahre später, als er bereits auf der Universität war, glaubte er, ihre Veröffentlichung wagen zu können.
Eine Novelle allerdings, *Peter der Dichter*, die im Juni 1899 bereits den Umfang eines Buches erreicht hatte, bot er Franzos für die *Deutsche Dichtung* an; er glaubte, sie würde 25 Spalten ergeben. Es ist die Geschichte eines Arbeiterdichters, der von der Gesellschaft als Held gefeiert wird; er glaubt jedoch, daß er die Last der vornehmen Welt nicht ertragen kann und kehrt zu seinem früheren Leben zurück.[15] Weder das Manuskript noch die Kommentare von Franzos sind erhalten geblieben, doch geht aus Zweigs Bemerkungen, die er im folgenden Jahr Franzos gegenüber machte (dieser hatte gerade ein späteres Werk, die erste Fassung der *Liebe der Erika Ewald*, abgelehnt), klar hervor, daß

seine eigene kritische Bewertung seiner Bemühungen nicht weniger scharf war als die von Franzos.

Ich weiß ... von dieser Novelle, wie von den meisten meiner Sachen, daß sie flüchtig und übereilt sind, aber ... ich kann nach dem letzten Worte nichts mehr ändern, persönlich sehe ich mir die Sachen nicht einmal auf Orthographie und Interpunktion durch. Es ist dies eine leichtsinnige und eigensinnige Arbeitsweise, aber ich bin mir vollkommen klar darüber, daß sie mich verhindern wird, jemals etwas Größeres zu leisten. Ich kenne nicht die Kunst, gewissenhaft und fleißig zu sein ... habe ... schon Hunderte von Mcpt. selbst verbrannt, geändert oder umgearbeitet noch nie eine Zeile. Das ist ein Unglück, das man nicht gut ändern kann, weil es keine Äußerlichkeit ist, sondern vielleicht in den Charakter hineingreift.[16]

Diese Selbsterkenntnis gilt nur für Zweigs Anfänge, denn für seine späteren Arbeiten ist der gewaltige Destillationsprozeß, den sie durchliefen, charakteristisch. Kaum eine Zeile der Originalfassung blieb unverändert, und er war stolz darauf, besonders bei den Biographien und kritischen Studien, daß sie mehr verhehlten als enthüllten. Doch mit neunzehn, als er bereits durch eine bemerkenswerte Anzahl veröffentlichter Gedichte zu Ansehen gelangt war, schien er seine Fähigkeiten skeptisch zu beurteilen. In demselben Brief an Franzos bemerkt er ferner, daß er glücklich darüber sei, im Schreiben nicht seine Zukunft zu sehen, und daß er niemals auch nur einen Augenblick gedacht habe, berühmt oder bekannt zu werden.

Ich habe unter fünf, sechs Pseudonymen geschrieben, jedesmal anders. Vielleicht mochte man sonst heute meinen Namen ein ganz wenig kennen, wenn ich es unterlassen hätte. Aber mir hätte es nicht viel Freude bereitet. Ich veröffentliche wirklich nur deshalb, damit ich immer einen Ansporn zum Arbeiten habe und kein Dilettant bleibe. Aus Sucht nach Berühmtheit wirklich nicht, weil ich vollkommen überzeugt bin, daß ich im besten Falle ein bischen Talent für die Skizze oder Lyrik habe, das aber durchaus nicht original ist und noch immer ein wenig von der Lectüre ... abhängig ist.[17]

Vielleicht ist er hier nicht ganz aufrichtig; doch nach dem, was aus seinen frühen Jahren von seiner Arbeit noch erhalten ist, scheint es einige Berechtigung für dieses Urteil zu geben. Der bescheidene Ton des Briefes, das Ableugnen, daß er nach Erfolg giere, war jedenfalls charakteristisch für ihn.

Ein anderes Interessengebiet, das ihn in späteren Jahren fesseln sollte, tauchte bereits während seiner Schulzeit auf: das Sammeln von Autogrammen und Manuskripten. Wie jeden begeisterten Schuljungen befriedigte es ihn sehr, sich die Unterschriften der von ihm Verehrten zu verschaffen (Brahms wurde an einer Wiener Straßenecke sein Opfer), und er hatte seine Sammlung in dieser üblichen Weise schon mit vierzehn Jahren begonnen. Dann schenkte ihm jemand (wir wissen nicht genau, wann und wie) einige Originalmanuskripte. Die meisten von ihnen gab er im Tausch weiter und behielt nur die von jenen Autoren, die er besonders schätzte. Allmählich schränkte er seine Sammlung eher auf Originalmanuskripte von Gedichten, Prosawerken und Notenblättern ein als auf reine Signaturen, Briefe oder Zettelchen. Zu seinen ersten Erwerbungen gehört ein dünnes Manuskript von Hebbel. Im Februar 1898 schrieb er in einem seiner frühesten noch erhaltenen Briefe an Franzos:

Ferner auf den großen Ruf als Autographensammler, der Ihrem Dichterruhm an Größe bald nachkommen wird, erlaube ich mir Ihnen einige ziemlich interessante Briefe zur Verfügung zu stellen, die für mich, der Manuskripte und Originalgedichte sammelt, nur von geringem Werte sind.

Er bat Franzos, ihm dafür etwas von ihm zu schicken und fügte hinzu, daß er auch Autographen von Goethe, Wieland, Anzengruber und Beethoven besitze.[18] So entstand eine Sammlung, die 1930 einen einmaligen und immensen Wert erreicht hatte. Die Faszination für Zweig lag darin, daß die Autographen die großen Geister in ihren Schöpfungsmomenten zeigten, die Augenblicke der ersten Niederschrift auf das Papier festhielten und dann den Prozeß der Korrektur und Verbesserung verfolgen ließen * – der Beweis, daß, in Goethes Worten, »in der Kunst wie im Leben kein Abgeschlossenes beharre, sondern ein Unendliches in Bewegung sei«.

4

Der Tag hatte vierundzwanzig Stunden, und alle gehörten mir.

Die Welt von Gestern

Als 1900 endlich der langersehnte Augenblick kam und er die Tür des verhaßten Gymnasiums hinter sich zuwerfen konnte, gab es für ihn kein Hindernis, sich an der Universität einzuschreiben. Sein Vater erzählte voll Stolz seinen Freunden, welches Lob Zweig von seinen Lehrern für seine Abiturarbeit in Deutsch erhalten hatte.[19] Alfred, der ältere Bruder, arbeitete bereits im Familienunternehmen, und für Stefan

* Im Jahr 1937 entwirft er einen Plan für ein dreibändiges Werk, um den kreativen Prozeß in Kunst, Literatur und Musik zu beschreiben, indem er eine Kombination von biographischem und autobiographischem Material mit Briefen und Faksimiles präsentieren will (Brief an Alfred Einstein, 11. November 1937).

war der nächste Schritt, sich einen Doktortitel zu erwerben, gleichgültig welchen: »Meine Eltern ließen mir die Wahl vollkommen frei.« Es bestand jedoch kein Plan oder gar die Notwendigkeit, Karriere zu machen, und seine Eltern, obwohl sie noch widerstrebten, wußten, daß sie nicht fähig sein würden, ihn von seiner Passion für die Literatur abzubringen. Für ihn eröffnete sich ein neues Leben. Er konnte sich nicht nur von der Disziplin der Schule befreien, sondern auch von der des Elternhauses: *universitas vitae*, ein paar Jahre völliger Freiheit für ein eigenes Leben und für seine künstlerischen Bestrebungen. Er studierte Philosophie und Literaturgeschichte als zweites Fach, doch er arbeitete wenig im üblichen Sinn und wurde selten in Vorlesungen gesehen. Andererseits bemühte er sich sehr trotz seiner Bescheidenheit und der Ungewißheit über seine Zukunft um eine solide Basis für seine Interessen: Er las viel, schrieb regelmäßig und knüpfte vor allem literarische Kontakte und Freundschaften, die teilweise bis zum Ende seines Lebens anhielten – mit Adolph Donath, Max und Victor Fleischer, Franz Servaes, Erwin Guido Kolbenheyer, mit dem Zeichner E. M. Lilien, Jacques Hegner, Franz Evers, Richard Dehmel.
Er wechselte mehrmals das Zimmer, doch die Adressen, die uns bekannt sind, lagen alle in der Josephstadt, in jenem (achten) Bezirk von Wien, der dem Quartier Latin am ehesten entspricht. Vermutlich befand sich ein Zimmer während des ersten Jahres in der Buchfeldgasse 2, ein anderes in der Frankenberggasse 9.[20] 1902 und 1903 wohnte er in der Tulpengasse 6. Für seine Bekannten führte er damals nach außen hin das oberflächliche Leben eines Bohemiens: Er stand spät auf (doch gewöhnlich bestimmte mehr die Arbeit als die Zerstreuung seinen Zeitplan), Zigaretten- und Zigarrenstummel, Asche überall, ungespülte Kaffeetassen, ein ungemachtes Bett und ringsum verstreute Bücher und Manuskripte. Bald wurde er der Mittelpunkt eines Zirkels im Café Beethoven, ein regelmäßiger Besucher im Café Rathaus in der Reichsrathstraße und im Café Reyl, das zu jener Zeit den literarischen Treffpunkt darstellte, wie das Griensteidl in den neunziger Jahren. Victor Fleischer beschreibt folgendermaßen ihre erste Begegnung im Herbst 1902:

Ich fand ihn – obzwar es etwa elf Uhr vormittag gewesen sein muß – unrasiert und nur halb bekleidet, in einer einfachen Studentenbude, in der das Bett noch offen und in Unordnung war, als ob er eben erst aufgestanden wäre. Ich erzähle mit voller Absicht von diesen Einzelheiten ..., weil ich später erkennen sollte, wie charakteristisch sie für Zweig gewesen sind. Ich wußte, daß er aus einem sehr reichen Hause stammte, daß er in bürgerlichem Luxus aufgewachsen war und als ganz junger Student, dank einem Erbteil von großelterlicher Seite, bereits über ein nicht unbeträchtliches eigenes Vermögen verfügte. Und doch wohnte er in einem möblierten Studentenzimmer, das nicht viel besser und

nicht viel teurer war als jenes, das er mir am selben Tag für mich zu finden half, in einer typischen ›Bude‹ von der gleichen Art wie die vieler tausend anderer Wiener Universitätsstudenten. Warum? Er lebte in bestem Einvernehmen mit seiner Familie und erschien regelmäßig zum Mittagessen in der Rathausstraße – aber im übrigen wollte er Herr seiner Zeit und vollkommen frei sein. Und wenn der Zustand dieses Studentenzimmers am späten Vormittag, und wenn seine eigene Erscheinung zu solcher Stunde den Eindruck erwecken konnten, daß Zweig eben erst das Bett verlassen hätte, so sollte ich bald erfahren, daß er schon etliche Stunden ernster Arbeit hinter sich hatte, daß er sich nur nicht rasierte und nicht anzog, um so in gewisser Weise sich selbst zum Zuhausebleiben zu zwingen und sich durch keinen Besuch in seiner Arbeit stören zu lassen.
Und so wie er sich in aller Güte den unwesentlichen Verpflichtungen des Elternhauses entzog, ohne sich von der Familie loszulösen, so lebte er nun in einem ständigen Kreis von ungefähr gleichaltrigen Freunden, mit denen er viele Stunden im Kaffeehaus verplaudern konnte – um plötzlich für Tage und Wochen ganz aus unserer Gesellschaft zu verschwinden, wenn seine Universitätsstudien oder eine eigene literarische Arbeit ihm jede Ablenkung oder Störung unerwünscht machten ... Nicht Sparsamkeit und nicht einmal etwa Geringachtung der Bequemlichkeit waren die Gründe für sein einfaches Leben. Er wußte wohl Bequemlichkeit zu schätzen, aber wichtiger als ein gewisser Komfort im Alltag war ihm das Gefühl der unbelasteten Ungebundenheit, die persönliche Freiheit.[21]

Ein Vorhaben, das ihn während seines ersten Studentenjahres ausgiebig beschäftigte, war die Veröffentlichung eines Bandes seiner Gedichte. Bereits während seiner Schulzeit hatte er mit dem Gedanken geliebäugelt. Es gelang ihm auch, einen Herausgeber zu finden, doch auf Donaths Rat hin (»dankbar bin ich ihm noch heute dafür«) hatte er das ganze aufgeschoben. Im März 1900 schrieb er Franzos, daß er zwei Bände plane und befragte ihn über die Möglichkeiten beim Concordia-Verlag in Berlin.[22] Am Ende des Jahres war er mit der ersten Auswahl fertig:

Ich habe schon 150–200 Gedichte veröffentlicht, das Doppelte geschrieben und jetzt einen Band zusammengestellt unter dem Titel »Silberne Saiten«, der – 50 Gedichte enthält, d. h. die genaueste Auslese. Wie strenge ich bei der Sichtung war, mögen Sie daraus erkennen, daß ich von denen in der D[eutschen] D[ichtung] ersch. Gedichten nur den geringeren Teil aufgenommen habe ... Aber ich glaube, es ist ein guter Band, nur deshalb habe ich mich mit einem der besten Verleger in Verbindung gesetzt, um es in einem Verlag ... unterzubringen.[23]

Der Concordia-Verlag, den Franzos offenbar empfohlen hatte, gefiel ihm nicht. Er fand dessen Produktionen nicht eindrucksvoll genug (er war wählerisch und wünschte ein Original-Titelblatt und auf jeder Seite nur ein Gedicht abgedruckt). Ein weiterer Grund war, daß er dem zukünftigen Verlag noch eine Prosabroschüre anbieten wollte, und er glaubte, daß man einem Verleger, für den man bisher unbekannt war, nicht gleichzeitig zwei Werke offerieren dürfe. Ihm schwebte eine Ausstattung vor, wie Schuster & Loeffler sie für Adolph Donath geschaffen hatte oder eine wie von E. Diederichs' Büchern.[24] Schließlich wandte er sich an Schuster & Loeffler, den Vorläufer des Insel-Verlags. Dieser Verlag hatte bereits die Werke von Liliencron, Dehmel, Bierbaum und Mombert herausgebracht, und das schmale Bändchen *Silberne Saiten* erschien dort im Februar 1901 mit einer Titelseite von Hugo Steiner und einer Widmung für seine Eltern.

Er selbst hegte ernstliche Zweifel an dem Erfolg, doch in der Tat wurde das Bändchen freundlich aufgenommen, es machte »Freude und Freunde«. Dehmel und Liliencron nahmen es mit Wohlwollen auf, und die Verleger vereinbarten mit ihm eine Option auf nachfolgende Arbeiten. Von vierzig Kritiken, die er bis zum darauffolgenden Oktober gelesen hatte, war nur eine einzige (»eine pöbelhaft witzige Fünfzeilenkritik von Sigmar Mehring« im *Berliner Tageblatt*) völlig ablehnend, die übrigen lobten ihn und widmeten dem Buch ganze Essays und Feuilletons.[25] »Wir haben selten ein Erstlingswerk in Händen gehabt, das sich rühmen könnte, so frei von Fehlern zu sein, an denen man den Anfänger zu erkennen glaubt«, lobte die *Norddeutsche Allgemeine*. Und die *Revue Franco-Allemande* schrieb:

Eine stille weihevolle Schönheit ist über den Weisen dieses Jung-Wiener Poeten ausgegossen, eine Abgeklärtheit, wie man sie nur selten bei Erstlingswerken findet ... Zweig besitzt eine virtuose Verstechnik, jedes einzelne Gedicht gibt uns von neuem Gelegenheit, eine Feinheit seiner Sprache zu genießen, die von unendlichem Wohlklang und Bilderreichtum ist.

Rilke schickte ihm als Anerkennung ein Exemplar einer Sonderausgabe seiner neuesten Arbeiten, und zwei Gedichte aus *Silberne Saiten* wurden später von Max Reger (Opus 97 und 104) vertont.

Der Erfolg war weit größer, als er zu hoffen gewagt hatte; doch er empfand deutlich, daß diese »Verse unbestimmter Vorahnung und unbewußten Nachfühlens nicht aus eignem Erlebnis entstanden, sondern aus sprachlicher Leidenschaft«[26]. Später gab er freimütig zu, sie hätten »nicht andern Ursprung, als den spielhaften Trieb der Verskunst, vielleicht auch der Eitelkeit«[27]. So erlaubte er auch nicht, daß der Band neu aufgelegt wurde, und nahm nichts aus den *Silbernen Saiten* in seine *Gesammelten Gedichte* auf, die 1924 erschienen. Es sind ruhige, gekonnte Verse, ein gutes Beispiel für den Stil, der damals gefiel. Aber es ist nichts darin von der magischen Intuition Hofmannsthals, bestenfalls Leidenschaft aus zweiter Hand, in Ruhe aufpoliert. »Ich habe mich viel verschwendet ans Leben, nur jenes letzte Überfließen fehlt mir, der Rausch«, bekannte er gegenüber Hermann Hesse, »ein bißchen bleibe ich immer nüchtern.«[28] Erich Mühsams strenges Urteil aus dem Jahr 1911 ist nicht ganz unberechtigt:

Ein Buch, das in seiner aufdringlichen Süßlichkeit und wässerigen Geschwollenheit nicht der Erwähnung wert wäre, könnte es nicht als typisch gelten für die in der Jung-Wiener »Dichtung« immer mehr sich breit machende prätentiöse Art, die durch Formspielereien Eindruck zu machen sucht.[29]

Auf jeden Fall besiegelte es seine wachsende Reputation als einer der vielversprechenden jungen Wiener Dichter. Innerhalb von drei Jahren besaß er soviel Ansehen, daß er – neben anderen bedeutenden Männern – zu einem Beitrag zu Liliencrons 60. Geburtstag in Donaths Festschrift eingeladen wurde.[30] Dennoch befriedigte es ihn nicht, nur als junges lyrisches Talent zu gelten, und so bemühte er sich mehr als früher, auch seine Fähigkeit als Prosadichter zu beweisen.
Über das Schicksal der Broschüre, die er dem Concordia-Verlag angeboten hatte, ist nichts bekannt (in Briefen gibt er Ende 1900 als Inhalt eine Abhandlung über Wiener Lyriker an). Während der beiden folgenden Jahre schrieb er eine Reihe von Novellen. Darunter zeichnet sich *Im Schnee* als eine der wenigen unter seinen Erzählungen aus, die ein rein jüdisches Thema behandelt; sie ist indirekt aufschlußreich über Zweigs Haltung zum Zionismus. Sie handelt vom Schicksal einer jüdischen Gemeinde im Mittelalter, die auf der Flucht vor Flagellanten von einem Schneesturm verschüttet und so von allen irdischen Plagen erlöst wird. Hinsichtlich des jüdischen Problems bleibe diese Geschichte grundsätzlich neutral, es sei »absolut keine nationale Tendenz« darin, schrieb Stefan Zweig an Karl Emil Franzos; daher sähe er sie lieber in der *Deutschen Dichtung* als in einer jüdischen Zeitschrift.[31] Die Erstveröffentlichung erfolgte 1901 allerdings in *Die Welt*, der zionistischen Wiener Zeitschrift und wurde im Jahr darauf im *Jüdischen Almanach* eines zionistischen Verlages in Berlin nachgedruckt, in dem auch sein Gedicht *Spinoza* veröffentlicht wurde. Dieser Verlag war kurz zuvor von Martin Buber, Berthold Feiwel und dem galizischen Künstler Efraim M. Lilien ins Leben gerufen worden. Offensichtlich war Zweig aber eine Identifizierung mit dem Zionismus durchaus nicht recht; er nahm dieses Werk in seine späteren Novellensammlungen nicht auf; aus seiner Korrespondenz mit Martin Buber wird überdies besonders deutlich, wie sehr Zweig sich vom Zionismus distanzierte.[31a]
Der Gedanke, einen Band mit eigenen Novellen herauszugeben, beschäftigte ihn bereits seit einiger Zeit. Aus den ersten Sommerferien im Jahr 1900 in Marienbad schickte er Franzos die Kopie der Erzählung *Vergessene Träume*, die in der *Berliner Illustrirten* erschienen war, und

fragte ihn, ob er es für möglich halte, eine Sammlung von acht oder zehn Geschichten in Buchform herauszubringen, unter anderem auch *Im Schnee* und die Wiener Novelle, die Franzos bereits abgelehnt hatte.[32] Im gleichen Monat berichtete er dann noch aus Ischl von einer anderen Geschichte, die er an einem Tage niedergeschrieben habe.[33] Das Projekt zog sich allerdings hin, vermutlich wegen der Kritik, die er von Franzos zu hören bekam, und der Band *Die Liebe der Erika Ewald* erschien mit nur vier Novellen erst in seinem letzten Universitätsjahr.

Die *Neue Freie Presse (NFP)*, deren Feuilleton damals unter der Leitung von Theodor Herzl stand, hatte eine der ersten günstigen Kritiken der *Silbernen Saiten* gebracht. Es wurden darin »die weichen, verschwimmenden Formen, die milden, blassen Farben, nicht grelles Gold, sondern mattes, mild leuchtendes Silber« gelobt. Das ermutigte Zweig, der Zeitung später, 1901, nach einigem Zaudern einen Artikel über die Dichtkunst anzubieten. Er beschrieb in seinen Erinnerungen die Erregung vor seiner persönlichen Besprechung mit Herzl, der ihm mitteilte, daß er den Artikel fürs Feuilleton annehmen wolle. Auf der Titelseite der *NFP* zu erscheinen, war zu jener Zeit das Ziel jedes Schriftstellers, und der Wettstreit um diese Ehre war groß. Mit der Annahme des Artikels entstand eine Verbindung, die zwanzig Jahre dauern und ihm die lebenslange Freundschaft mit Franz Servaes, dem damaligen Kunstkritiker des Blattes, schenken sollte. Über Nacht wurde Zweig eine prominente Persönlichkeit in den Wiener Literaturkreisen, und er war besonders erfreut über Herzls späteren Kommentar: »... man solle in Wien nicht an eine Dekadenz der Kunst glauben. Im Gegenteil, es gäbe neben Hofmannsthal jetzt eine Reihe junger Talente, von denen das Beste zu erwarten sei, und er nannte an erster Stelle meinen Namen.« *

Wenige Monate später veröffentlichte das *NFP*-Feuilleton am 11. April 1902 seine Novelle *Die Wanderung* (auch im *Erika Ewald*-Band von 1904) und am 12. Oktober seinen Essay über den belgischen Schriftsteller Camille Lemonnier. Er hatte sich einen Platz errungen, der nahezu beispiellos für einen kaum Zwanzigjährigen war, und gleichzeitig ein fast unerwartetes Vertrauensverhältnis zu seinen Eltern erlangt. Sein Vater, den seine überraschende Berühmtheit beeindruckte, erklärte sich bald mit seinem neuen Vorschlag einverstanden, das zweite Semester seines akademischen Jahres von 1901/02 an der Berliner Universität zu verbringen.

* *WvG* 130. Otto Hauser, der glaubte, eine starke Ähnlichkeit in den Charakteren von Herzl und Zweig entdeckt zu haben, schrieb später: »Im Grunde hat Theodor Herzl von den jungen Dichtern, über die er sich mir gegenüber äußerte, nur auf Stefan Zweig Hoffnung gesetzt.« (*Zeitgenossen über Herzl*, Hrsg. v. Nussenblatt. Brünn: Jüdischer Buch- und Kunstverlag, 1929, 51).

5

Verhaeren hat als erster von allen französischen Dichtern versucht,
Europa das zu geben, was Walt Whitman Amerika:
das Bekenntnis zur Zeit, das Bekenntnis zur Zukunft.

Die Welt von Gestern

Trotz dieser frühen Erfolge war er immer noch unsicher, in welcher Richtung er gehen sollte.

Mein Studium ist Philosophie ..., das ich mit ziemlich viel Fleiß und Liebe betreibe. Ob darin meine Zukunft liegen wird, weiß ich noch nicht; jedenfalls werde ich auf einen frühen Gelderwerb nie angewiesen sein. Aber auch in der Literatur sehe ich keine rechte Zukunft. Journalismus ... ist mir verhaßt ... Aber ich sehe noch kein rechtes Licht für meine Zukunft und bemühe mich nicht allzusehr; zwei Jahre ... habe ich noch zu studieren, dann Militärjahr*, ein Jahr, das ich im Ausland verbummeln will – bis dahin wird sich wohl schon etwas gefunden haben ... Das zweite Semester gedenke ich in Berlin zu verbringen, aber irgendwo im Versteck und nicht in Literatur ... Hans Benzmann, S. Lublinski, den Maler Lilien kenne ich recht gut, auch wäre ich in der Neuen Gemeinschaft recht gut akkreditiert, ebenso bei der Freien Literarischen Vereinigung und den Kommenden ... ich bezweifle, daß ich Talent genug habe, um einen so entscheidenden Sprung wie ins nur Literatentum wagen zu können. Günstige Kritiken über mein Buch hätte ich ja genug, aber ich traue dem nicht. Und dann – mein ewiger Refrain – ich habe dazu noch immer Zeit ...[34]

Was er in Berlin suchte, war eine andere Art von Freiheit, eine größere und vollständigere. Obwohl er mit einer Reihe von Empfehlungsbriefen ankam, machte er wenig Gebrauch davon. Er hatte das Verlangen nach ›schlechter‹ Gesellschaft, nach einem Gegensatz zu den Anstandsformen von Wien. Er empfand bereits diese Neugier auf gefährlich lebende Menschen, die ihn sein Leben lang begleitete. Diese Vorliebe für ungestüme und widerspenstige Naturen ist bezeichnend für viele seiner Geschichten – und vielleicht gewann er sogar Einblick in den dunklen Abgrund, den er in seiner späteren Novelle *Verwirrung der Gefühle* andeutete.
Wahrscheinlicher ist jedoch, daß er eher Beobachter als Akteur gewesen ist und seine Erfahrung des gefährlichen Lebens mehr geistig als wirklich war. Sein Bohemeleben fand trotz seiner Beteuerungen Franzos gegenüber hauptsächlich in der literarischen und künstlerischen

* Bei den Stellungsuntersuchungen 1902 und 1903 wurde er als untauglich befunden, 1904 überhaupt als »zum Waffendienst untauglich, allgemeine Schwäche, waffenunfähig« eingestuft (Kriegsarchiv).

Welt statt. Durch Jacobowski, den Herausgeber der *Gesellschaft*, war er bei den wöchentlichen Begegnungen des ›Klubs der Kommenden‹ eingeführt worden, zu dessen Gründungsmitgliedern Jacobowski gehörte. In diesem heterogenen Kreis, der seinen Treffpunkt in einem Café am Nollendorfplatz hatte, mischten sich, ein bißchen nach der Art der *Closerie des Lilas* in Paris, Deutsche aller sozialen Schichten (nicht nur die bürgerlichen Intellektuellen, die seine Begleiter in Wien waren) mit exotischen Fremden, Russen oder Schweden. Der alte Boheme-Poet Peter Hille saß Schulter an Schulter mit dem faszinierenden Rudolf Steiner. Er wurde in eine Gesellschaft eingeführt, in der sich alle unwahrscheinlichen Charaktere naturalistischer Romane aufhielten und saß am Tisch mit schweren Trinkern, Homosexuellen und Drogensüchtigen. Ihre Idole waren Ibsen und Zola, nicht wie in Wien Mallarmé und Baudelaire. Endlich fand er Berührung mit dem wirklichen Leben, oder es schien wenigstens so. Er spürte, wie sein Selbstbewußtsein in diesem grelleren Licht dahinschwand. Und vor allem empfand er sehr deutlich den Mangel an Realität in seinen Novellen und in dem sanften lyrischen Erguß der *Silbernen Saiten*. Ein bereits fertiggeschriebener Roman (wir kennen das Thema nicht) wurde verbrannt. Er beschloß, dem Rat Richard Dehmels zu folgen, ›se faire la main‹ durch Übersetzungen aus anderen Sprachen.
Er sprach fließend Französisch, etwas weniger gut Englisch, und schon während der Schulzeit hatte er versucht, französische und belgische Dichter zu übertragen. Vor seiner Abreise nach Berlin arbeitete er zusammen mit Camille Hoffmann an der Übersetzung einer Auswahl von Baudelaire-Gedichten[36], die 1902 vom Verlag Hermann Seemann Nachfolger in Leipzig publiziert wurde (interessant ist dabei, daß er auf den abstoßenden Realismus von Gedichten wie *Une Charogne* verzichtete). Mit großer Willenskraft widmete er sich nun den Übersetzungen und schob fast alle eigenen Produktionen beiseite: Er übertrug eine Novelle von Lemonnier, ein kurzes Drama von Charles van Lerberghe, Gedichte von Keats, William Morris, W. B. Yeats und insbesondere die Werke von Verlaine.[37]
Dieser französische Dichter übte eine starke Faszination auf ihn aus, und er faßte den Plan, in eigener Edition einen kleinen Band ausgewählter übersetzter Gedichte herauszubringen und dazu eine biographische Einleitung zu schreiben. Die Schriftsteller, deren Mitarbeit er suchte, stellten eine eindrucksvolle Talentgalerie dar. Unter ihnen befanden sich Dehmel, Franz Evers[38], Richard Schaukal und Sigmar Mehring neben den weniger bekannten Karl Klammer und Max Fleischer. Einige der Übersetzungen waren bereits irgendwo veröffentlicht worden, aber die Auswahl traf nur er allein, und viele wurden auf seine Anregung

hin speziell für diese Sammlung angefertigt. Schuster & Loeffler brachte sie Ende des Jahres 1902 heraus.
Es erwies sich, daß die Tätigkeit des Organisierens und Redigierens, die Fähigkeit, Anregungen zu geben, seinem Temperament ausgezeichnet entsprach. Hervorragend war seine fünfzehn Seiten lange Einführung, die Zweigs vollkommene Meisterschaft auf diesem Gebiet zeigte und eine gerechte Beurteilung von Verlaines Arbeiten darstellte. Den Essay, der aus Platzgründen in den erweiterten Ausgaben von 1907 und 1911 weggelassen werden mußte, dehnte er später zur Buchform aus. Der Text erschien 1905 als Band 30 in Paul Remers Serie von Monographien *Die Dichtung*, ebenfalls im Verlag Schuster & Loeffler. Doch diese kürzere, erste Fassung in ihrer feinziselierten Prosa rangiert auf gleichhoher Stufe mit seinen späteren kritischen Porträts, den Essays über Balzac, Dostojewski und Tolstoi.
In seiner gewohnten Bescheidenheit nahm er nur drei seiner eigenen Übersetzungen in diese Anthologie auf; die meisten stammten von Dehmel und Evers. Keine der längeren Übersetzungen, die er während dieser sechs Monate in Berlin vornahm, scheint veröffentlicht worden zu sein, obwohl einzelne Gedichte in Zeitschriften erschienen, wie das von Elisabeth Barrett Browning in der *Deutschen Dichtung*.[39] Es besteht jedoch kein Zweifel, daß Dehmels Rat ihm auf dieser Stufe seiner Entwicklung von ungeheurem Wert gewesen ist; nicht nur, um seine eigene Fähigkeit in Prosa und Gedichten zu verfeinern, sondern um ihn auf die wichtige Rolle vorzubereiten, die er in der europäischen Literatur spielen sollte: die des Interpreten und Vermittlers von ausländischen Dichtern und ihres Werks für den deutschsprachigen Raum. »An dieser bescheidenen Tätigkeit der Vermittlung erlauchten Kunstgutes empfand ich zum erstenmal die Sicherheit, etwas wirklich Sinnvolles zu tun, eine Rechtfertigung meiner Existenz.«[40]
Bei dieser Arbeit erregten die Belgier besonders seine Aufmerksamkeit. Schon in der Schule hatte er den Dichter Emile Verhaeren für sich entdeckt. Er kaufte eines der ersten Bücher dieses Dichters, *Les Flamandes*, der bis dahin in Deutschland und Österreich unbekannt war und häufig in der Tagesliteratur mit Verlaine verwechselt wurde. Eine zufällige Eingebung, könnte man sagen; obgleich es ihm später klar wurde, daß es kein Zufall gewesen sein konnte, der ihn zu dem Mann führte, zu dem er eine so starke Affinität empfand. In seiner Schulzeit hatte er sich auch an der Übersetzung von einigen Gedichten Verhaerens versucht und ihn um Erlaubnis gebeten, sie veröffentlichen zu dürfen.
Die Vitalität, die sich in der belgischen Kunst und Literatur um die

Jahrhundertwende ausdrückte*, allen voran Verhaeren mit seiner Whitmanschen Lebensbejahung, übte auf ihn eine magische Anziehungskraft aus. Er empfand den Wunsch, »dieses kleine Land zwischen den Sprachen« aufzusuchen, und so fuhr er in den Sommerferien 1902 dorthin.

Lemonnier traf er sofort nach seiner Ankunft in Brüssel, aber Verhaeren, dem seine Reise vor allem galt, war nicht anwesend. Doch seine Enttäuschung war nur kurzlebig. Denn der Tag, an dem er Lemonniers Einladung zu dem Bildhauer Charles van der Stappen folgte, war der gleiche, an dem Verhaeren mit diesem eine letzte Sitzung für seine Büste vereinbart hatte.

Zum erstenmal fühlte ich den festen Griff seiner nervigen Hand, zum erstenmal faßte ich seinen klaren, gütigen Blick. Er kam – wie immer – gleichsam geladen mit Erlebnis und Enthusiasmus ins Haus. Noch während er fest zupackte beim Essen, erzählte er schon. ... Immer kam er so heim, von überall und von allem gesteigert am zufälligen Erlebnis, und diese Begeisterung war ihm eine heilige Gewohnheit geworden; wie eine Flamme schlug sie immer und immer von den Lippen und wunderbar wußte er mit scharfen Gesten das Wort nachzuzeichnen, das Geschaute sprechend in Rhythmus und Gestalt aufzulösen. Mit dem ersten Wort griff er in die Menschen hinein, weil er ganz aufgetan war, zugänglich jedem Neuen, nichts ablehnend, jedem einzelnen bereit. Er warf sich gewissermaßen gleich mit seinem ganzen Wesen aus sich heraus einem entgegen ... Noch wußte er nichts von mir und schon war er voll Dankbarkeit nur für meinen Willen, schon bot er mir Vertrauen, bloß weil er hörte, daß ich seinem Werke nahe war. Und unwillkürlich zerbrach vor dem vollen stürmischen Stoß seines Wesens jede Schüchternheit in mir. Ich fühlte mich frei wie nie zu einem gegenüber diesem fremden, offenen Menschen.[41]

Es wurde eine religiöse, fast mystische Erfahrung für den jungen Zweig. Er hatte den ersten für ihn wahrhaft europäischen Dichter getroffen, den Apostel einer freieren und heitereren Menschlichkeit, die ihm bisher weder in Berlin noch in Wien begegnet war, und dessen Schaffenskraft einem unbegrenzten Enthusiasmus für das Leben entsprang: »Verhaeren war für mich eine Entscheidung ... mir – wie Dehmel und Rilke – viel bedeutsamer als moralisches denn als literarisches Vorbild.«[42] Wenn er bis dahin gezweifelt hatte, ob sich ein dem ›nur Literatentum‹ gewidmetes Leben lohne, so fühlte er sich nun plötzlich dazu getrieben, Verhaeren zu folgen, dem Mann und seinem Werk zu dienen.

Danach verging kaum ein Jahr, ohne daß sie sich in Verhaerens Land-

* »Überhaupt scheint im Augenblick das meiste an poetischer Kraft und an tieferem Weltgefühl bei den belgischen Dichtern germanischer Abstammung zu sein; Rodenbach ... Verhaeren, Lerberghe.« (Hofmannsthal / Andrian – *Briefwechsel*; Frankfurt am Main: S. Fischer, 1967, 141).

haus Caillou-qui-bique oder in Paris trafen, bis auf den Sommer 1914, als Zweig vor seinem üblichen Besuch den letzten Orientexpreß von Ostende nach Hause nehmen mußte. Während dieser Jahre verbrachte er sehr viel Zeit mit der Übersetzung von Verhaerens Arbeiten. Der Band *Ausgewählte Gedichte* erschien während seines letzten Universitätsjahres bei Schuster & Loeffler. 1910 kam im Insel-Verlag das großzügige dreibändige Werk heraus mit seiner Monographie, den ausgewählten Gedichten und drei Dramen, und 1912 eine kleinere Auswahl von Gedichten, die seit 1900 entstanden waren, unter dem Titel *Hymnen an das Leben*.

6

Man machte mir die Prüfung nicht schwer.
Die Welt von Gestern

Die Berliner Erfahrung, so kurz sie auch war, und die Begegnung mit Verhaeren erwiesen sich als ausschlaggebend für seine Zukunft, sie bewahrten ihn vor der vielleicht ernsten Gefahr, in Dilettantismus abzugleiten. Er erkannte, daß der Beruf des Schriftstellers wie jeder andere harte Arbeit erfordert und daß, obwohl sorgfältigste Akribie nicht unbedingt zum Genie macht, auch kein Werk von dauerndem Wert ohne diese entstehen kann. Die Anstrengung, mit der er sich während der folgenden Jahre Verhaerens Übersetzungen widmete, entsprang einer echten Liebe. Überdies war es diese erste Übung in der Anstrengung einer regelmäßigen Tätigkeit, die ihn zu den Höhen des Erfolges führen sollte. Mit den bereits erzielten Erfolgen hätte er sich leicht auf seinen Lorbeeren ausruhen können, und er wäre dann, da ihm der Ansporn der Armut fehlte, eben nur ein Literat geblieben.
Aber der junge Mann, der im Herbst 1902 aus Belgien nach Wien zurückkehrte, wollte sich damit nicht begnügen. Wie bereits erwähnt, bemerkte Victor Fleischer die Unabhängigkeit und die höfliche Rücksichtslosigkeit, mit der Zweig die gesellschaftlichen Pflichten seiner Arbeit opferte. Hans Müller-Einigen, der ebenfalls mit ihm auf der Universität war, bewunderte seine Selbstkontrolle und die über seine Jahre hinausgehende Fähigkeit, andere zu beraten. Da nun sein drittes Studienjahr vorüber war, deutete sich eine feste Zielrichtung in seinem Leben an, ein bewußter Plan, sich dem ernsthaften Schriftstellerberuf zuzuwenden und sich dem neuen europäischen Geist, den er in Verhaeren erkannt hatte, zu verschreiben.

Zunächst mußte er jedoch seinen Doktor machen, und während des letzten Jahres in Wien paukte er für sein offizielles Studium.

Ich arbeite wie ein Rasender, um nächstes Jahr den Doctor philosophiae hinter mich zu werfen, wie einen lästigen Kleiderfetzen. Es ist dies wohl die einzige Sache, die ich meinen Eltern zuliebe tue und dem eignen Ich zutrotz. Ich fühle mich ganz zermalmt von dem vielen Büffeln, das nur von wilden Nächten ab und zu durchkreuzt wird, nie von Erholung und Befreiung.[43]

Er arbeitete oft mit Erwin Guido Kolbenheyer zusammen (»der heute«, wie er 1941 nüchtern bemerkte, »daran vielleicht nicht gerne erinnert wird, weil er einer der offiziellen Dichter und Akademiker Hitler-Deutschlands geworden ist«[44]). Am 7. April 1904 reichte er seine Dissertation über *Die Philosophie des Hippolyte Taine* ein und begab sich dann in die mündliche Prüfung. Glücklicherweise war etwas von seinem Ruhm in den Prüfungsraum gedrungen, und seine Prüfer verzichteten höflich darauf, seine Kenntnisse auf dem Gebiet der Logik zu untersuchen, und verweilten ausführlich in den Gefilden, in denen sie ihn sicher wußten.[45] Vielleicht befolgte er den Rat von Otto Weininger, »man müsse den geschwätzigen Professor Müllner selbst zum Reden locken und bei Professor Jodl alles Idealistische stark betonen«[46]. Seine Dissertation (ein Exemplar liegt in der Universitätsbibliothek Wien) war angemessen und logisch begründet, obgleich sie dazu tendierte, die Mechanismen der formalen Gelehrsamkeit zu verachten. Es ist möglich, wie Dumont vermutete, daß seine Wahl auf Taine fiel, weil dessen Theorie über ›race, milieu et moment‹ ihn stark angezogen hatte.[47] Das Hauptinteresse an dieser Doktorarbeit liegt für uns in Zweigs aufschlußreichem Zitat aus Barzelottis Buch über Taine, das im Jahr zuvor publiziert worden war: Danach sei für Taine Geschichte angewandte Psychologie und werde dadurch, was sie sein sollte, nämlich die Wissenschaft von den Ursachen und Gesetzen menschlicher Aktivitäten. Zweigs eigene Einstellung in seinen erfolgreichen geschichtlichen Studien der späteren Jahre wird hier vorweggenommen.
Im Juli konnte er seinen Freunden und der Familie die bei dieser Gelegenheit übliche Karte schicken:

Stefan Zweig
gestattet sich, Ihnen seine Promotion zum
Dr. phil. ergebenst mitzuteilen.[48]

In *Die Welt von Gestern* schrieb er, daß es das erste Mal gewesen sei, daß er eine Prüfung mit Auszeichnung bestanden habe – und auch das letzte Mal. »Nun war ich äußerlich frei, und all die Jahre bis auf den heutigen Tag haben nur dem Kampf gegolten ... innerlich ebenso frei

zu bleiben.«[49] Er hatte erwartet, nun das Freiwilligenjahr beim Militär abdienen zu müssen, fand sich aber aus medizinischen Gründen glücklicherweise davon befreit. Denn es wäre ihm zuwider gewesen, obgleich zu diesem Zeitpunkt seine pazifistischen Ansichten noch nicht so ausgeprägt waren.
Inzwischen erschien der Novellenband *Die Liebe der Erika Ewald* bei Egon Fleischel in Berlin. In einer Widmung schrieb er:

Die vier Novellen ... entstammen vier verschiedenen Jahren und reichen zurück bis in den Beginn meines künstlerischen Schaffens ... Ich habe in der letzten *[Die Wunder des Lebens]* bewußt veranschaulicht, was die ersten drei nur intuitiv geben: daß unser Leben tiefere Ströme hat als die äußerlichen Geschehnisse, die uns zusammenführen und trennen, und daß eine tiefe Magik des Lebens, nur dem Gefühle zugänglich und nicht den Sinnen, Schicksale beherrscht, selbst dann, wenn wir die selbst zu lenken glauben.*

Ein Exemplar ging an Ellen Key**, die schwedische Erzieherin, als »bescheidene Nachricht von der großen Verehrung, die stumm in mir die Gelegenheit erwartete, zu Ihnen zu gelangen. Sie machen mich stolz, wenn Sie es lesen; und Sie beglücken mich, wenn Sie diese Stunde dann nicht zu den verlorenen zählen.«[50]

* In einem Exemplar für die Bibliothek von James Carleton Young (Ausst 40). In einem Brief an Hesse beschrieb er 1903 *Die Wunder des Lebens* als »eine sensitive und allzuartistische Novelle«.

** Obwohl er von nun an mit ihr einige Jahre korrespondierte und sie vielleicht bei einem ihrer Vorträge in Deutschland gehört haben mag, begegneten sie sich anscheinend nicht vor 1907. Er war zweifellos von ihren liberal-radikalen Ansichten über Liebe und Ehe gefesselt, vielleicht auch von der Darstellung der seelischen Verwundbarkeit der Jugend in ihrem Buch *Das Jahrhundert des Kindes*. (*WvG* 151).

II
Die Welt
1904–1914

Das Gefühl des Provisorischen beherrschte bis zum Weltkrieg in geheimnisvoller Weise mein Leben. Bei allem, was ich unternahm, beredete ich mich selbst, es sei doch noch nicht das Eigentliche, das Richtige – bei meinen Arbeiten ... und nicht minder bei den Frauen.

Die Welt von Gestern

I see the cities of the earth
and make myself at random a part of them.
Walt Whitman

1

Dieses selig beschwingte und beschwingende Paris meiner Jugend ist nicht mehr.

Die Welt von Gestern

Wenn ich an meine Jahre zwischen achtzehn und dreißig zurückdenken will und mir vergegenwärtige, was ich damals tat, so scheint es mir, als ob ich diese ganzen Jahre einzig in der Welt herumgereist, in Kaffeehäusern gesessen und mit Frauen herumgezogen wäre. Mit bestem Willen kann ich mich nicht erinnern, jemals gearbeitet, jemals etwas gelernt zu haben. Dem aber widersprechen die Tatsachen: schließlich habe ich damals eine Reihe Bücher geschaffen, einige Theaterstücke, die fast auf allen Bühnen Deutschlands und im Auslande gespielt wurden, habe Sprachen gelernt und viel, unendlich viel gelesen und geschrieben ... das bestätigt mir das früh schon deutliche Empfinden, daß mir die Literatur nicht das Leben, sondern nur eine Ausdrucksform des Lebens war ... Ich habe der Literatur nie etwas geopfert, sie war für mich nur ... eine Steigerungsform der Existenz, eine Art, das Erlebte zu verdeutlichen und mir selbst zu verständlichen.[1]

In der Tat verbrachte er einen großen Teil dieser Jahre auf Reisen. Ins Ausland zu gehen, die österreichische Grenze zu überschreiten, war für den Sohn einer solchen kosmopolitischen Familie keine neue Erfahrung. Bereits nach seiner Schulentlassung, als sein Vater ihm einen größeren Geldbetrag zum bestandenen Abitur schenkte, hatte er seinen ersten Frankreichbesuch unternommen. Während der Sommerferien 1903 war er in Italien gewesen und hatte sich anschließend noch auf der Ile de Bréhat an der bretonischen Küste aufgehalten, wo er die Novelle *Die Wunder des Lebens* schrieb. Anklänge an diesen Besuch finden sich auch in dem Gedicht *Stille Insel (Bretagne)*, das in seinem zweiten Gedichtband erschien. Während seiner Studienzeit – vielleicht in denselben Ferien – hatte er auch Paris zum ersten Mal besucht. Vom Bahnhof aus begab er sich sofort in das Quartier Latin und starrte im Café Vachette ehrfurchtsvoll auf Verlaines Stuhl und den Marmortisch, auf den der Dichter ärgerlich mit seinem Stock zu schlagen pflegte, wenn ihm nicht die nötige Beachtung geschenkt wurde. Er hatte sogar Verlaines Andenken gehuldigt, indem er mit einigem Widerwillen das obligatorische Glas Absinth trank.[2] Und dann gab es noch den unvergeßlichen Aufenthalt in Belgien im Jahre 1902, wobei die erste Begegnung mit Verhaeren stattgefunden hatte.

Doch sobald seine Doktorarbeit eingereicht war, nahm er sich, so scheint es, bewußt ein Reiseprogramm durch die Welt vor, ohne dabei seine schriftstellerische Tätigkeit zu vernachlässigen. »Ich habe so eine

Unrast überall hinzufahren, alles zu sehen und zu genießen.« In der Zeitspanne bis 1914 lernte er den größeren Teil Europas kennen (auch vom Rest der Welt sah er ziemlich viel) und sei so »allmählich Europäer geworden«[3]. Ein beträchtlicher Zuschuß von seinem Vater und das schnell wachsende Einkommen aus seiner schriftstellerischen Tätigkeit erleichterten ihm diese ›Wanderjahre‹.

Nach der »höchst langweiligen Studiererei aufseufzend«, begleitete er zunächst seine Eltern auf der alljährlichen Sommerreise nach Marienbad, fuhr dann gleich nach Belgien – Ostende, Blankenberghe, Brügge, die »liebliche stille Stadt, die mir teurer ist als Venedig« – und freute sich über das Wiedersehen mit Verhaeren. »Nie habe ich bei einem Dichter so ganz das Gefühl der Größe gehabt, wie bei ihm ... Ich werde diese Tage – sowie die mit Lemonnier, Meunier, Van der Stappen etc. – nicht sobald wieder vergessen.«[4] Symbol der neugewonnenen Freiheit aber blieb Paris, und Ende November kam er nach einem kurzen Aufenthalt in Berlin in der »selig beschwingten und beschwingenden Stadt« in der Absicht an, dort die Wintermonate zu verbringen. Er war kein Student mehr, das Quartier Latin erschien ihm nicht mehr der richtige Standort zu sein, außerdem hatte ihn der Ekel über jenes Glas Absinth dazu bewogen, sein Talent ohne die Hilfe vom perfiden Alkohol zu entfalten. So suchte er lieber eine Wohnung auf der »rive droite«, in der rue Victor Massé im 9. Bezirk, die ihm die nötige Stille für seine Arbeit bot.[5]

Bereits in dieser frühen Phase nahm er seinem Handwerk gegenüber eine beachtlich professionelle, ja fast wissenschaftliche Haltung ein mit regelmäßigen Studien in der Bibliothèque Nationale (der Direktor Julien Cain und dessen Frau Lucienne wurden zu lebenslangen Freunden).[6] Dort entstand der geplante große Aufsatz über Verlaine. Am wichtigsten für ihn jedoch war das Erlebnis Paris überhaupt.

Was streifte ich durch die Straßen, wieviel sah, wieviel suchte ich in meiner Ungeduld!... Alles in Paris war mir eigentlich durch die darstellende Kunst der Dichter ... geistig im voraus vertraut gewesen ... Es verlebendigte sich nur in der Begegnung, das physische Schauen war eigentlich Wiedererkennen ... Aber ... in seinem Letzten, seinem Verborgensten erkennt man ein Volk oder eine Stadt ... immer nur durch seine besten Menschen.

Auch das gelang ihm. Er war öfters zu Besuch bei Verhaeren, der sich nun in Saint-Cloud aufhielt, und lernte durch ihn in Léon Bazalgette einen gleichgesinnten Geist kennen, den unermüdlichen Übersetzer von Walt Whitman. Er begegnete zum ersten Mal Georges Duhamel, suchte sogar Rodin in seinem Atelier draußen in Meudon auf, wo er vom Gastgeber völlig vergessen wurde und ihn so stundenlang bei der

Arbeit beobachten konnte. Solche Kontakte mit Künstlern, »die sich ihrer menschlichen Verantwortung so ganz bewußt waren«[7], veranlaßten ihn, sich ein für allemal von dem sterilen Ästhetizismus der eigenen Frühwerke abzuwenden. Einer Empfehlung von Ellen Key folgend, lernte er auch den norwegischen Schriftsteller Johan Bojer kennen, dem die *Erika Ewald*-Novellen so gut gefielen, daß er deren Rezension in Norwegen anregte. Die von Frau Bojer besorgte Übersetzung der Titelgeschichte und Bojers eigener Artikel über Zweig mit einem Bild des Dichters in einer norwegischen Zeitung bedeuteten für ihn den Anfang eines internationalen Ruhms.[8]
Gegen Ende Februar 1905 machte Zweig einen Abstecher nach Spanien und Algerien, worauf er ein paar Reise-Feuilletons an die *Neue Freie Presse* sandte; sonst blieb er ganze sechs Monate in Paris. Auf der Rückreise nach Wien konnte er am 21. Juni endlich Hermann Hesse am Bodensee besuchen, mit dem er schon seit zwei Jahren in Briefwechsel stand: In jugendlichem Enthusiasmus in das einfache Heim des Dichters in Gaienhofen hineinstürmend, bemerkte er den niedrigen Türrahmen nicht und stieß sich den Kopf derart an, daß er sich eine Viertelstunde hinlegen mußte, bevor er wieder sprechen konnte.[9]
Es folgte eine weitere Reise nach Südtirol und nach Florenz. Aus Tirano schrieb er an Ellen Key, er habe gar keine Ambitionen: »Ich reise durch die Welt, kümmre mich nicht um Literatur, bin ja auch wenig bekannt und in Wien wenig beliebt.«[10] Einmal zurück aber kam er in »die alten Gleise« des literarischen Wiens, und gerade in diesen Jahren kann man die ersten Anzeichen seines Ansehens als »literarische Vaterfigur« erkennen, als der bewährte Dichter, an den sich jüngere Aspiranten um Rat und kritische Begutachtung wenden durften. 1905 lernte er René Fülöp-Miller kennen und widmete manche Stunden einer sorgfältigen Prüfung von dessen Erstlingswerk *Thaumaturgia*. Ein paar Jahre später ist es Franz Theodor Csokor, der Zweig sein erstes Stück vorliest.[11] Felix Braun, bereits in den unteren Klassen des Wasa-Gymnasiums ein Anbeter aus der Ferne, wird, als sie sich schließlich 1907 begegnen, mit Lob und Ermunterung für seine lyrischen Bemühungen bedacht.[12] Enthusiasmus, doch ohne Herablassung, kluge Führung und wohlüberlegte Kritik flossen bereitwillig diesen jüngeren Menschen zu von einem Dichter, der ihnen, obwohl er nicht viel älter war, doch schon fast wie ein Olympier vorkam.
1906 erschien sein zweiter Gedichtband *Die frühen Kränze*, wie *Silberne Saiten* eine strenge Auslese von den bisher entstandenen Versen und ebenfalls mit wenig poetischer Originalität. Wie er Ellen Key zusammen mit einem gewidmeten Exemplar schrieb, war er diesmal bestrebt, ein organisches Ganzes statt einer zufälligen Sammlung von

Gedichten zu schaffen.[13] Dieser selten gewordene Band interessiert uns heute hauptsächlich deshalb, weil er der erste von Zweig im Insel-Verlag war – das erste Werk in einer langen Reihe, die das bekannte Schiffsignet trug, bis der Umsturz von 1933 die fruchtbare Partnerschaft sprengte. Ein Vierteljahrhundert hindurch blieb Zweig Insel-Autor und war durch eine enge Geistesverwandtschaft mit dem Goethe-Sammler Anton Kippenberg, dem Leiter des Verlags, verbunden. Er leistete eine Menge Arbeit für das Haus, indem er bei der Herausgabe und Beratung vieler Projekte half: zu der Reihe der Insel-Bücherei zum Beispiel, einer der erfolgreichsten Verlagsunternehmungen zwischen den Weltkriegen und danach, brachte Zweig manche Ideen und Vorschläge ein, und die großartige, leider ohne Nachhall gebliebene Konzeption der ›Bibliotheca mundi‹, einer Serie von Klassikern in der Originalsprache, verdankte ihren Ursprung ihm allein.

Seine Reiselust war jedoch noch lange nicht befriedigt. Im Frühjahr 1906 ging es nach England – »denn wie unsere Welt begreifen und in ihren Kräften bewerten, ohne das Land zu kennen, das diese Welt seit Jahrhunderten in seinen Schienen rollen ließ?«[14] »Paris mit Ihnen und Rilke«, so hieß es im April an Ellen Key, »das wäre freilich herrlich gewesen, aber dieses Jahr führt mich mein Weg nach London. Ich will englische Kultur kennen lernen und meine geistige Peripherie erweitern.«[15] Er verbrachte etwa vier Monate in der Hauptstadt (in einer Pension am Kensington Gardens Square), besuchte Oxford und ging einmal nach Schottland, dem Schauplatz der späteren Novelle *Geschichte in der Dämmerung*. Der Freund Servaes erhielt mehrere Beiträge für das Feuilleton der *Neuen Freien Presse*, darunter Aufsätze über Oxford und den Hyde Park, von denen Auszüge in der *Daily Mail* und anderen englischen Zeitungen abgedruckt wurden.[16]

Im Gegensatz zu Paris aber empfand er London als esoterische, verwirrende Welt, in die er nicht einzudringen vermochte. Drüben hatte er Zugang zu den ihm entsprechenden Kreisen gehabt, während er sich hier dazu verurteilt fand, seine Zeit überwiegend in seinem Zimmer oder im Britischen Museum zu verbringen. Zwar gelang es ihm, Arthur Symons zu treffen, den Herausgeber des Fin-de-siècle-Magazins *Savoy*, das in seiner Art etwa den literarischen Bestrebungen des Jungen Wien entsprach und von Aubrey Beardsley illustriert war. Dessen Zeichnungen sollten später Zweigs *Volpone* ausschmücken. Durch Symons erlangte er auch eine Einladung zu einem der zeremoniellen Leseabende von W. B. Yeats, dessen Drama *The Shadowy Waters* er schon zum Teil übersetzt hatte.[17] Er schloß jedoch in England keine richtigen Freundschaften, weder auf literarischem noch auf gesellschaftlichem Gebiet, und es gelang ihm weder, der wirklichen Natur des

Engländers auf den Grund zu kommen, noch dessen »private talk« zu begreifen. In späteren Jahren erkannte er, daß es besser gewesen wäre, während dieses Aufenthalts eine Anstellung bei einer Zeitung oder einer Firma zu suchen, nicht wegen des Gehalts, sondern weil er dann »wenigstens einen Fingerbreit tief in das englische Leben« eingedrungen wäre.

In den einsamen Stunden im Britischen Museum aber machte er eine Entdeckung, die ihn über alle Maßen begeisterte: die Zeichnungen von William Blake. »Die ganze Persönlichkeit dieses in seinen übermäßigen Proportionen unfertigen Künstlers packt mich ungemein und augenblicklich will er mir mit Shakespeare, Keats und Shelley das größte Genie der Engländer scheinen.«[18] Er berichtete für die *Frankfurter Zeitung* über eine Blake-Ausstellung: des »merkwürdigsten aller englischen Maler«, dessen Werk ihm zum bedeutendsten der Kunst gehöre.[19] Darüber hinaus konnte er durch die Hilfsbereitschaft von Archibald G. B. Russell, dessen Buch über Blake er dann übersetzte, eines der ›Visionären Portraits‹, den *King John*, erwerben, »die schönste Zeichnung, die ich je gesehen habe und eines Leonardos würdig«.

Das Klima war sein schlimmster Feind. »Ich lebe hier in London ein wenig unwillig, weil ich die Sonne sehr gern habe und umdüsterte Himmel wie einen Bleiring ums Herz empfinde. Auch habe ich wenig Menschen, die mir hier nahestehen: es sind zuviel Kühle, Besonnene hier und zu wenig Herzliche.«[20] Ein Freund schrieb ihm aus Paris: »C'est dommage que vous ne puissiez pas vous habituer à Londres.«[21] Trotz des Gefühls der Vereinsamung aber bezeugen die Essays ein zunehmendes Verständnis für die Engländer: Vor allem galt ihm die deutsche Vorstellung vom »poesielosen Engländer« nichts. Die Gärten im Zentrum des »größten Steinmeers der Welt«, private und staatliche Galerien, angefüllt mit den schönsten Kunstwerken, Schulen, in denen sich der Zauber der Geschichte mit der bunten Vielfalt des Lebens mischt – all dies sah er als Zeichen für ein Volk, das »näher den Griechen als irgendeine andere Nation« sei.[22] »Die Kühle, das Sich-Nicht-Anvertrauen, die Konvention, die Frömmelei, der Buchstabenglaube, der Fanatismus waren mir unerträglich und nur die körperliche Schönheit, die innere Reinheit der Leute half mir über meine Antipathie hinweg.«[23] Für ihn war England damals nicht, und wurde es auch niemals, ein Teil von Europa, dem Europa, dessen geistige Vereinigung sein höchstes Ziel und der verbindende Faden seines Lebenswerkes werden sollte. Poetisch oder nicht, und wie auch immer es sich mit der »körperlichen Schönheit und der inneren Reinheit« verhielt, blieben die Engländer für ihn ein abgesondertes Volk, und er überquerte den Kanal tatsächlich nicht mehr bis 1933, als Englands relative Isolation von Europa eine willkommene Zuflucht vor dem sich ausbreitenden neuen Barbarentum war.

2

> Ein Größeres hat mich gepackt und so ganz, daß ich die wahre schmerzhafte Lust des Schaffens spüre.
>
> Zweig an Ellen Key, 1905

Inzwischen hatte er seine Gedanken dem Drama zugewandt. Im Juli 1905, als er Ellen Key ein Exemplar seiner Verlaine-Studie in der Reihe *Die Dichtung* schickte, erzählte er von seinen Plänen für eine Biographie, einem Buch »das vielleicht aber nicht im Buchhandel, sondern nur in beschränkter Auflage« erscheinen würde. Es sei die Lebens- oder vielmehr die Sterbensgeschichte jener Madame de Prie aus dem 18. Jahrhundert, »die mit 27 Jahren unter den seltsamsten Umständen Selbstmord beging«[24]. Einen Monat später, in Tirano, hatte er diese Pläne jedoch vorerst zugunsten einer bedeutenderen Sache beiseite geschoben:

> ein Drama in Versen, Tersites, das Schicksal des häßlichsten und boshaftesten der Griechen vor Troja ... des boshaftesten, *weil* häßlichsten Menschen und will die Idee zum Ausdruck bringen, wie die großen Schmerzlichkeiten eine Seele verfeinern, während das Glück sie verhärtet. Des Tersites Gegenspieler ist Achilles, den nie Leid berührt hat; aber so wie Tersites, der nie eine Frau berührt hat, tiefer ihrer Seele paßt, wie die Heitern und Hellen, so ist dieses dunkle und abschreckende Leben eigentlich das Wertvollste. Dramatisch ist die Sache, so viel ich empfinde, ungemein gelungen, sie ist zweifellos das Schönste, was ich bisher geschrieben habe – soweit sie fertig ist.[25]

Ein klassisches Thema in jambischen Pentametern war zu erwarten; aber die Wahl des verschmähten, mit Füßen getretenen Tersites als Helden war charakteristisch für ihn. Der größte Teil des Dramas wurde während einiger Herbstmonate in Norditalien geschrieben, und er hatte es im April 1906, gerade vor seiner Abreise nach England, vollendet.[26]

Seine Darstellung war eindringlich, von der Wahl des Helden abgesehen aber nicht besonders originell. Der pessimistische Zug seines eigenen Charakters spiegelte sich in jener Persönlichkeit wider, und es stimmte, daß dieser Dreiakter das Schönste war, was er bislang geschrieben hatte: Dem heutigen Leser aber erscheint es zu sehr ausgedacht, konventionell im Ausdruck und nur in seltenen Augenblicken überzeugend. Es sei eine »Talentprobe«, betonten gewisse Kritiker, nachdem es im Jahre 1907 beim Insel-Verlag erschienen war[27], aber im allgemeinen wurde es keineswegs negativ aufgenommen. Sigmund Freud rühmte es in einem seiner ersten Briefe an Zweig[28], dasselbe tat Csokor[29]. Zweig selbst schien sich keine besonderen Hoffnungen auf Erfolg zu machen, denn er schrieb im August 1905: »Ich habe aber gar keine Hoffnung auf Aufführung und schreibe es auch gar nicht daraufhin.«[30] Im Februar des folgenden Jahres hieß es an Ellen Key, er wisse nicht einmal, ob er das Stück veröffentlichen solle, ob es wirklich schon genug dramatische Kraft in sich habe. »Vielleicht bleibt es bei mir: nicht aus Eigenliebe – denn ich habe nichts über für meine Werke, sobald sie fertig werden wollen –, sondern aus Ängstlichkeit.«[31] Ein Blankvers-Drama über ein klassisches griechisches Thema versprach schließlich kaum ein Kassenerfolg zu werden. Angenehm überrascht war er daher, als er nach Versand einiger Exemplare an die führenden Theater einen herzlichen Brief von Ludwig Barnay, dem Direktor des Königlichen Schauspielhauses in Berlin, erhielt. Dieser bot ihm eine Uraufführung mit keinem geringeren als Adalbert Matkowsky, einem der bekanntesten deutschen Schauspieler, in der Rolle des Achill an. Zweig war sich bewußt, es sei »ein vielleicht einzig dastehender Fall der letzten Jahre, daß ein Erstlingsbuch gleich glatt ans Deutsche Hoftheater geht«, äußerte jedoch noch eine gewisse Gleichgültigkeit über die Aufführung:

... ich sehne mich nicht danach: die Darstellung des Theaters wird mir nie Erfüllung bieten können, wie ich überhaupt den Kult des Theaters gegenüber dem des Buches für ein Zeichen der geistigen Passivität unserer Zeit halte... [mir scheint] das Theater nie eine Erfüllung künstlerischen Wollens ... Trotz Matkowsky's, des letzten Heroen, der den Achill in meiner Tragödie spielt, trotz alles möglichen Erfolgs wird die Premiere eine geheime Bitternis für mich sein.[32]

Insgeheim empfand er aber eine starke Vorfreude an der Aufführung seines Stücks: und, wie sich herausstellte, sollten diese Hoffnungen nicht so ohne weiteres in Erfüllung gehen. Angekündigt für März 1908, wurde das Schauspiel zum Gegenstand heftiger Auseinandersetzungen in Berlin, deren genaue Ursachen bis heute noch nicht geklärt sind, ihn aber anwiderten und der Sache überdrüssig machten: Als die Aufführung dann auf April verschoben wurde, warf er alles hin und reiste nach Meran, um drei Wochen Wintersonne zu genießen.[33] Inzwischen hatten die Hoftheater Dresden und Kassel das Stück ebenfalls angenommen. Nach seiner Rückkehr aus Meran entschloß er sich, das Stück aus Berlin zurückzuziehen; eine ernsthafte Erkran-

kung Matkowskys hatte ohnehin einen weiteren Aufschub nötig gemacht.[34]
Im August schrieb er:

Ich habe einen unangenehmen Sommer gehabt durch allerlei private Mißhelligkeiten ... Mit meinem Tersites war das freilich eine böse Affaire. Aber ich glaube, daß man lieber auf einen Erfolg verzichten soll, der auf Kosten des persönlichen Stolzes gebaut ist. Freilich – die Intendanz weiß selbst sehr gut, wie sehr sie im Unrecht war und es schweben wieder Verhandlungen, den Bruch zu überbrücken. Mir geht und ging das nie nah.[35]

Seine Stimmung hob sich zeitweilig, als er erfuhr, daß Joseph Kainz, der österreichische Schauspieler, der ebenso berühmt wie Matkowsky war, sich begeistert über das Stück äußerte und es dem Wiener Burgtheater empfahl. Er selbst wollte nicht die Rolle des Achill, sondern des Tersites spielen. Der damalige Leiter des Hoftheaters aber war Paul Schlenther, ein »prinzipieller Realist; er schrieb mir sofort, er sehe wohl das Interessante in meinem Drama, leider aber nicht die Möglichkeit eines über die Premiere hinauswirkenden Erfolges«[36].
Schließlich war er froh, daß er im November nach Dresden gehen konnte, wo Servaes ihn mit Paul Wiecke bekannt machte, der die Titelrolle spielen sollte: »Wiecke ist ein so trefflicher Mensch, daß – trotz des sicheren Durchfalls – ich den Aufenthalt in Dresden als Gewinn zähle.«[37]
Die Premiere am dortigen Hoftheater fand am 26. November 1908 statt; gleichzeitig wurde das Stück in Kassel aufgeführt. Obwohl sich seine Befürchtungen als grundlos erwiesen und der Erfolg des Stücks nicht unbeträchtlich war, konnte er seine Enttäuschung über die Ablehnung seitens des Burgtheaters nicht verbergen. Der Tod von Matkowsky kurz darauf vergrößerte seine düstere Stimmung nach diesem ersten Versuch im Genre des Dramas.
Trotz allem aber hatte er seine Arbeit auf anderen Gebieten nicht vernachlässigt: 1906 erschien seine Übersetzung von Russells Buch *Die visionäre Kunstphilosophie des William Blake*, und der Bauernfeldpreis für lyrische Dichtung wurde ihm zuerkannt. Im folgenden Jahr schrieb er ein kritisch-biographisches Vorwort zu Karl Klammers Übersetzungen von Rimbaud unter dem Titel *Rimbaud. Leben und Dichtung*; er vollendete eine weitere Novelle, *Die Gouvernante*, und machte Pläne für einen Sammelband, in welchem diese und *Scharlach*, um 1906 geschrieben, erscheinen sollten. Das geplante Werk über Madame de Prie wurde zurückgestellt[37a]: Jetzt hatte Balzac seine Aufmerksamkeit erregt. »Nun bin ich wieder ganz Balzac, helfe auch mit Rat dem Insel-Verlag für seine 15bändige Neuausgabe, die Hofmanns-

thal einleitet und auf die ich mich riesig freue«[38], schrieb er 1907 an Servaes. Seine Einleitung zum zweiten Band von Brieger-Wasservogels Reihe über die großen Meister, *Balzac. Sein Weltbild aus den Werken*, brachte ihm herzliche Glückwünsche von Hofmannsthal ein, der sie als »hors pair« bezeichnete.[39]

Bis zu diesem Zeitpunkt konnte keines seiner Werke in irgendeiner Weise als realistisch, geschweige denn als naturalistisch klassifiziert werden; doch nun faszinierte ihn der Realismus von Balzac – »die wissenschaftliche Methode«, so hatte er in seiner Abhandlung über Taine geschrieben, »zuerst die Details zu sammeln, die die Abhängigkeit eines Menschen schaffen, um dann ihren gesetzmäßigen Einfluß abzuleiten und am Individuum zu demonstrieren« (man sollte nur dann versuchen einen Roman zu schreiben, sagte er damals zu Felix Braun, wenn man das Leben bis ins kleinste Detail, bis hin zu den Preisen in den Läden studiert hat). Aber wahrscheinlich ging die größere Faszination von Balzacs Arbeitsmethode aus; die ungeheure Energie, die zunächst in seinen großartigen Schöpfungen Ausdruck fand und dann in seinen vulkanartigen Ausbrüchen beim Bearbeiten der Korrekturbögen und in seinen Neufassungen. Das von Zweig am meisten geschätzte Stück seiner Handschriftensammlung war in der Vorkriegszeit ein Probeabzug von *Une ténébreuse affaire*, eigenhändig vom Autor korrigiert (er reproduzierte 1917 einen Teil davon als Illustration zu einem Aufsatz mit dem Titel *Die unterirdischen Bücher Balzacs* für Hans Feigls *Deutschen Bibliophilenkalender*). Den Plan, eine vollständige kritische Biographie über Balzac zu schreiben, trug er sein restliches Leben mit sich herum, ohne das Projekt endgültig verwirklichen zu können.*

* Die Entwürfe, die er bei seinem Tod hinterließ, waren so weit gereift, daß sie Friedenthal ohne viel Redigieren und Verbessern veröffentlichen konnte; es entstand ein Band, zwar nicht in der Größenordnung wie Zweig ihn vorgesehen hatte, der sich aber mit seinen besten Arbeiten messen kann und eine der hervorragendsten Darstellungen über Balzac bleibt (Stockholm: Bermann-Fischer, 1946).

3

Noch ist die Welt meine Heimat ... Mir ist, ich könnte nicht sterben, ehe ich nicht die ganze Erde kenne.

Zweig an Ellen Key, 1909

»Das Gefühl des Provisorischen beherrschte bis zum Weltkrieg in geheimnisvoller Weise mein Leben.« So verhielt es sich auch mit seinem Umzug am 1. Februar 1907 von der Rathausstraße 17 in ein eigenes Apartment, eher ein pied-à-terre als ein ständiger Wohnsitz. Es war in der Kochgasse 8 im VIII. Bezirk, nicht weit entfernt von seinen Studentenbuden, mit einem kleinen Balkon, von dem aus man den Schönbornpark mit seiner »singenden Fontäne« überblicken konnte. Im gleichen Haus wohnte die hochbetagte Ottilie Demelius, Tochter des Arztes, der Goethe in den letzten Lebensjahren behandelt hatte – »der letzte irdische Mensch, auf dem der heilige Stern von Goethes Blick noch geruht«[40]. Die Wohnung war geschmackvoll, aber abgesehen von den rotledernen Lehnstühlen und einem wertvollen roten Teppich ohne auffallenden Luxus eingerichtet. Vorläufig war er ohne Diener[41], und so nahm Zweig weiterhin die meisten Mahlzeiten bei den Eltern ein, wenn er sich in Wien befand, konnte sich aber sonst einer vollkommen freien, manchmal ausschweifenden Lebensweise erfreuen. Für seine Arbeit teilte er mit Siegfried Trebitsch die Dienste einer Sekretärin, Frau Mandl, einer mütterlichen Person, für die die unbenutzte Küche als Büro umgeräumt wurde. Seine Bücher waren endlich ordentlich untergebracht und wichtiger noch die schon umfangreiche Handschriftensammlung mit der dazu gehörenden Zusammenstellung von Auktionskatalogen (in späteren Jahren für sich allein ein Rarissimum). Sein am höchsten geschätztes Besitzstück, die Handschrift von Goethes *Mailied*, erhielt seinen Platz hinter Glas an der Wand gegenüber Blakes *King John*.[42] Alles in allem war die Einrichtung so, daß sie ihn von der geringsten Beschäftigung mit den praktischen Dingen des Lebens befreite; er nützte dies auch aus und reiste von einem Augenblick auf den anderen ab (in den neun Monaten nach seinem Umzug besuchte er Prag, Berlin, Norditalien, Korsika, Sardinien und Rom). Dennoch war diese Wohnung der erste feste Platz für Bücher und Handschriften und eine ständige Adresse für seine bereits beträchtliche Post.

Wahrscheinlich war dieses Gefühl des Provisorischen, das er in *Die Welt von Gestern* nur seinen jungen Jahren zuschrieb, tatsächlich viel tiefer in seinem Charakter verwurzelt, als ihm bewußt war. Sogar in seinem ständigen Zuhause in Salzburg zwischen den Kriegen hat er nie den Drang verloren, ungebunden von fester Verantwortung zu sein, unabhängig zu bleiben, sich von Frau und Heim in unbestimmten Abständen zu befreien, und das, obwohl ihm beides sehr lieb war und jede Rückkehr ihn beglückte:

> Bei allem, was ich unternahm, beredete ich mich selbst, es sei noch nicht das Eigentliche, das Richtige – bei meinen Arbeiten, die ich nur als Proben auf das Wirkliche empfand, und nicht minder bei den Frauen, mit denen ich befreundet war. So betrachtete ich mich noch immer als den jungen Menschen, als Anfänger, als Beginner, der unermeßlich viel Zeit vor sich hat, und zögerte, mich in irgend einem Sinne auf ein Definitives festzulegen.[43]

Hans Müller-Einigen formulierte es einmal treffend: »Der Wiener meidet instinktgemäß jeden Bereich der Entscheidungen.« Es war mehr Wienerisches in Zweig, dem Europäer, als er sich eingestehen wollte.
»Proben« – das ist wahrhaftig keine unangemessene Beschreibung seiner Arbeiten jener Zeit. Von dem Drama *Tersites* abgesehen waren diese Arbeiten hochgradig literarischer Journalismus, und sein Leben war eher das eines Journalisten als das eines Schriftstellers. Die Herausgeber von Zeitungen und Zeitschriften bombardierte er unaufhörlich mit Gedichten und produzierte am laufenden Band Rezensionen. Er bemühte sich unermüdlich, die Novellen unterzubringen: Das Manuskript der *Gouvernante* schickte er von einer Pension in der Via Emilia im Oktober 1907 an Servaes, in der Hoffnung auf ein Erscheinen im Feuilleton der *Neuen Freien Presse*; hingegen zog er das frühere Werk *Scharlach* zurück, um es der *Österreichischen Rundschau* für Juni 1908 zu überlassen. Die Essays über Rimbaud und Balzac jedoch waren schon fundiertere Werke, und er begann schließlich, wie er im Januar 1908 an Servaes schrieb, das zu erlernen, was ihm bislang nie gelungen sei: »Den Ehrgeiz, rasch zu erscheinen, habe ich mir längst abgewöhnt und lerne langsam ... das Umarbeiten.«[44]
Ein paar Jahre vorher war Zweig eine Reihe von Aphorismen in Hardens *Zukunft* aufgefallen, bei der er als regelmäßiger Mitarbeiter wirkte. Die Aphorismen erschienen unter einem Pseudonym und zeugten von einer sehr bemerkenswerten Kombination von Verstand und Konzentration des Ausdrucks. Hardens Nachforschungen führten zu einem Brief des Autors, der, wie es sich herausstellte, Walther Rathenau, der Sohn des Direktors der Allgemeinen Elektrizitätsgesellschaft war. Rathenau selbst hatte bereits eine anerkannte Position als Industriemagnat und Aufsichtsratsmitglied in über achtzig Gesellschaften.
Zweig und Rathenau begannen eine Korrespondenz, und bei einem Berlinbesuch im Juni 1907 rief Zweig ihn an. Für Rathenau war es der Vorabend seiner Abreise nach Deutsch-Ost-Afrika mit Staatssekretär

Dernburg vom Reichskolonialamt. Es ist charakteristisch für ihn, daß er sich dennoch Zeit nahm, von elf Uhr abends bis zwei Uhr morgens eine lange Diskussion mit diesem viel jüngeren Mann zu führen, der einer der ersten gewesen war, der ihn bei seinen zaghaften Schritten in die Welt der Literatur ermutigte (Rathenau betrachtete sich trotz seiner geschäftlichen Erfolge in erster Linie als Schriftsteller und Philosoph). Zweig war tief beeindruckt von der Präzision und Schnelligkeit seiner Gedanken, der Beherrschung jedes Sachgebiets und seiner aufrichtigen Objektivität: vielleicht am meisten aber von der starken Ruhelosigkeit, die sich hinter der offensichtlichen Überlegenheit dieser Persönlichkeit verbarg. Eine zufällige Bemerkung bei diesem Gespräch rüttelte Zweig zutiefst auf und ließ ihn zu dem Entschluß kommen, seine Reisen über Europa hinaus auszudehnen.

»Sie können England nicht verstehen, solange Sie nur die Insel kennen«, sagte er zu mir. »Und nicht unseren Kontinent, solange Sie nicht mindestens einmal über ihn hinausgekommen sind. Sie sind ein freier Mensch, nützen Sie die Freiheit! Literatur ist ein wunderbarer Beruf, weil in ihm Eile überflüssig ist. Ein Jahr früher, ein Jahr später macht nichts aus bei einem wirklichen Buch. Warum fahren Sie nicht einmal nach Indien und nach Amerika?«[45]

Ein Jahr später begann er, eine Reise in den Fernen Osten zu planen. »In drei Monaten trete ich meine große Indien-Reise an und die ist mir wichtiger, als alles Andere: sie ist ein Abschluß und hoffentlich ein Anfang eines Neuen ... an mein Buch über Verhaeren will ich dann denken«, schrieb er am 2. August 1908 an Ellen Key, nachdem er ihr über seine Probleme mit *Tersites* berichtet hatte.[46] Seine Reiseroute ist nicht genau dokumentiert, aber wir wissen, daß er Ceylon, Madras, Gwalior, Calcutta, Benares und die Gebirge zu Füßen des Himalaya, Rangoon, den Irrawaddy und Indochina besuchte. Zwischen Calcutta und Indochina und auf einer Bootsfahrt den Irrawaddy hinauf hatte er als Begleiter Karl Haushofer und dessen Gattin. Haushofer, der damals gerade auf dem Weg war, seinen Posten als deutscher Militärattaché in Tokio anzutreten, ließ Zweig erstmals die Qualitäten und die Disziplin eines deutschen Generalstabsoffiziers erkennen. Bereits vertraut mit der japanischen Sprache und einem Teil der Literatur, war er auf dem Schiff unaufhörlich damit beschäftigt, Tagebuch zu führen, Notizen zu machen oder in seinem Wörterbuch nachzuschlagen. Bei ihren langen Gesprächen erfuhr Zweig viel über den Orient. Tatsächlich hielten sie noch Jahre danach eine herzliche Beziehung aufrecht; und es war eine unerfreuliche Überraschung für Zweig, als er zwanzig Jahre später in München hörte, daß Haushofer als Hitlers Freund galt. Die damals noch unfertigen geopolitischen Theorien, die Zweig 1908 als Mittel zur

Zusammenführung der Nationen so interessant gefunden hatte, wurden nun von den Nationalsozialisten übernommen und im entgegengesetzten Sinn verwendet.* Ceylon und Indien deprimierten ihn, obwohl er bei seiner Rückkehr Ellen Key gegenüber Indien als »Land der Wunder, das selbst Sie Italien nur mehr wie ein freundliches Vorbild einer tieferen Schönheit lieben ließe«, beschrieb. Diese Reise war seine erste Erfahrung mit der Rassenschranke und der Erhebung des Europäers zum weißen Gott: Das beschämte und bestürzte ihn. Er erschrak über den Hunger und die Armut, die überall zu sehen waren. Indien wurde für ihn eher eine Mahnung als ein Aufruf zur Romantik. Und es waren die Menschen, »die ein Schiff, die Reise und die Einsamkeit zusammenführt«, und nicht die Tempel und die Landschaften, die am meisten zu seiner inneren Bildung beitrugen – in dem Sinne, wie Rathenau das beabsichtigt hatte.[47]

4

Admirez-vous les uns les autres!
Emile Verhaeren

»Willkommen in Europa!« schrieb Hermann Hesse am 7. April 1909.[48] Die Empfehlungen Rathenaus waren klug gewesen, und die Reise hatte in der Tat zu einer Horizonterweiterung geführt; Zweig blieb jedoch Europäer und war weit davon entfernt, dem Zauber des Fernen Ostens zu verfallen. Er veröffentlichte ein Gedicht über das Taj Mahal, Feuilletons über Gwalior und Benares für das *Berliner Tageblatt* und die *Neue Freie Presse* im März 1909 und einen Essay über *Die indische Gefahr für England* im Juli. Nach der Landung in Marseille begab er sich direkt nach Paris, um Verhaeren und Rilke zu treffen (er begegnete auch in einem Café gegenüber der Börse zum ersten Mal Jules Romains, der sich später an die natürliche, weltmännische Art erinnerte, mit welcher der junge Österreicher von seiner ziemlich abenteuerlichen Reise sprach[49]). Im Mai hatte er bereits mit seinem Buch über den belgischen Dichter begonnen, »mit aller Liebe und Bewunderung, nur mit dem

* Haushofer, »von dem man irrigerweise glaubte, er habe eine gewisse Kenntnis über England«, war die einzige Person, der sich Rudolf Hess vor seinem aufsehenerregenden Flug nach England am 10. Mai 1941 anvertraute (Kirkpatrick: *The Inner Circle*; London: Macmillan, 1959). Es war Haushofers Sohn Albrecht, der gegenüber Hess den Duke of Hamilton erwähnte; jener wurde wegen seiner Kontakte mit der Widerstandsbewegung nach der Verschwörung vom 20. Juli 1944 hingerichtet.

ernsten Bestreben, nicht zu sehr merken zu lassen, wie sehr ich an ihm hänge, wie ich persönlich an ihm gewachsen bin«[50].
Schon vier Jahre früher hatte er Ellen Key seine Zuneigung zu Verhaeren beschrieben:

Eine Liebe, die wirklich keine Grenzen kennt. Er hat mir vergönnt, in dem Pariser Jahr ganz an sein Leben heranzutreten, ich darf es stolz sagen, er nimmt mich als Freund, nimmt mich trotz der Verschiedenheit der Jahre als Mensch zu Mensch ... die Freundschaft ist Verhaerens edelste Kunst: er hat eine schlichte schöne Art, Menschen zu gewinnen. Es sind die besten Menschen unserer Zeit in dem Kreise: Rodin, Maeterlinck, Carrière, Van der Stappen, Lemonnier ... Er ist gar nicht geistreich (ich habe Mißtrauen gegen geistreiche Menschen, weil sie zu viel negieren und nicht herzlich lieben können), aber er ist so voll von erlebten Erkenntnissen, daß ich mein Leben an ihm bereichert habe, wie an keinem Menschen.

Er habe schon damals an ein Buch über Verhaeren gedacht, »nur – ich fürchte leider, es würde jetzt, ehe Verhaeren genügend bekannt ist, mehr schaden als nützen ...«[51] Jetzt fühlte er, es sei an der Zeit, das Buch zu schreiben, und er schloß es vor Ende des Jahres ab: eine feinfühlige Huldigung und eine klare Darlegung der Leistungen und der Philosophie des Dichters. »Wie Bazalgettes *Whitman*«, schrieb ihm Romains, »verhilft uns [Ihr Buch] dazu, über die Dichterlinge zu triumphieren, indem sie durch die Wucht des europäischen Geistes, des Weltgeistes überhaupt, zermalmt werden.«[52]
Gleichzeitig fuhr Zweig mit der Übersetzung von Verhaerens Dramen fort. Er wandte sich nun *Hélène de Sparte*, *Le Cloître* und *Philippe II* zu, die alle rechtzeitig fertig wurden, um den dritten Band der Insel-Ausgabe von 1910 zu bilden. Im Sommer 1909 besuchte er den Autor nochmals in Caillou-qui-bique, um letzte Hand an *Hélène* zu legen (Paul Zech, der zufällig auch dort war, erinnerte sich: »Verhaeren prophezeite uns beiden ein biblisches Alter und sich einen frühen und tragischen Tod ... Mit dem ›biblischen‹ Alter hat er zunächst bei seinem ›lieben Sohn Stefan‹ geirrt«[53]).
Obwohl Zweig, wie er Ellen Key gegenüber sagte, durch seine Übersetzungen der Gedichte eine Elite in Deutschland für Verhaeren gewonnen hatte – Dehmel, Hesse, Johannes Schlaf (»der durch mich angeregt ein Buch über Verhaeren schreibt«) und viele mehr –, fand er, daß noch mehr in Deutschland und Österreich für den Dichter getan werden müsse, damit er das Ansehen erhalte, das ihm gebühre. Er begann über eine organisierte Tournee durch diese Länder nachzudenken. Sie sollte Verhaeren nach der Veröffentlichung der Insel-Ausgabe den ihm gebührenden Rang in der europäischen Literatur verschaffen. In den folgenden Jahren war er mit verschiedenen Werbungsaktionen unermüd-

lich tätig, die als Vorbereitung dienen sollten: So drängte er Servaes nach der sehr erfolgreichen deutschen Premiere des *Cloître*, einen Aufsatz in der *Neuen Freien Presse* zu verfassen; stimmte Jethro Bithells Vorschlag zu, seine Monographie über den Dichter ins Englische zu übersetzen, ohne auf ein Honorar zu bestehen; und empfahl dringend dem Wiener Deutschen Volkstheater, *Le Cloître* in das Repertoire aufzunehmen. Er selbst übersetzte für die neue Zeitschrift des Cassirer-Verlags den *Rubens*, der später als Buch bei der Insel erschien.[54]
Nicht alle seine Freunde waren davon so begeistert: »Ich lese Stefan Zweig, eine kleine Zeile von ihm, lieber als alle Belgier und Amerikaner zusammen!« schrieb Max Brod.[55] Maeterlinck dagegen sandte ihm herzliche Zeilen der Wertschätzung über die Monographie (»Ihre Studie, intuitiv und manchmal mit der Einsicht eines großen Visionärs, wird eines der höchsten Muster im Genre bleiben«[56]); die Schauspieler Kainz und Moissi rezitierten bei öffentlichen Lesungen Verhaerens Gedichte in Zweigs Übertragung.
Trotz vieler anderer Interessen und eigener schöpferischer Tätigkeit bemühte er sich über zwei Jahre hinweg intensiv um Verhaerens Popularität. Er machte weitere Übersetzungen (die Gedichtauswahl *Hymnen an das Leben* in der Insel-Bücherei, 1912, *Rembrandt*, 1912, einzelne Gedichte im *Insel-Almanach*), veröffentlichte Aufsätze in verschiedenen Zeitschriften, hielt Vorträge über den Dichter und sein Werk und führte eine umfangreiche Korrespondenz über die Vorbereitungen der Tournee. Das Ergebnis dieser Bemühungen war ein überragender Erfolg. Ende Februar 1912 reiste er nach Deutschland, um Verhaeren zu treffen, und konnte Artur Kutscher vom Neuen Verein in München (wo Verhaeren später auftreten sollte) berichten, daß dessen erster Vortrag in Hamburg ein Triumph war: »Verhaeren hält eine einzige Conference ›La Culture de l'Enthousiasme‹, in der er einzelne Gedichte einfügt und prachtvoll vorliest«[57]. Es schien ein Symbol der deutsch-französischen Brüderlichkeit zu sein, als Verhaeren und Dehmel sich öffentlich umarmten. Von Berlin aus, wo der Belgier Rathenau und Reinhardt traf und wo sein Auftritt ebenso gut verlief, reisten sie nach Wien, wo der Buchhändler Hugo Heller den Dichterabend für den 8. März in dem kleinen Hinterzimmer seines Ladens vorbereitet hatte. Felix Braun erinnerte sich: »Große herandröhnende Verswellen brandeten an mich ... Ich sehe den kleinen, stämmigen, hochschultrigen belgischen Rhapsoden im Licht des Saales ... und ich sehe ihn später im Dunkel der Gasse, wie er neben Stefan Zweig stand, dessen schlanke Gestalt ihn überragte.«[58]
Zweig hielt sich bei diesen Auftritten in gewohnter Bescheidenheit im Hintergrund und widerstand erfolgreich Kutschers Versuchen, ihn zu

einem einführenden Gespräch und einer Leseprobe seiner eigenen Übersetzung bei dem Münchener Vortrag zu bewegen, mit dem die Tournee am 15. März abgeschlossen wurde.

Verhaeren liest und spricht so zwingend, so unendlich eindrucksvoll, daß man neben ihm wie ein salbadernder Prediger wirkt... Ich habe es in Berlin gesehen, daß jede Einleitung nur retardierend wirkt. Verhaeren spricht ca. 50–55 Minuten, Herr von Jacobi wohl auch 15 Minuten. Jede Minute mehr wäre von Übel ... Andererseits lese ich nicht hervorragend und hätte lieber jemanden von Rang, der meine Übertragungen liest.[59]

Als Zweig später auf diese Zeit zurückblickte, hatte er das Gefühl, daß die Popularität Verhaerens in Deutschland in jenem Jahr ihren Höhepunkt erreicht hatte (in Berlin hatte man Verhaeren erzählt, daß er einer der Lieblingsdichter der Kronprinzessin sei und daß der Kaiser seiner Lesung beigewohnt haben würde, wenn er nicht einen früher verabredeten Termin in Cuxhaven gehabt hätte[60]). Österreich zeigte sich weniger gastfreundlich. Außer mit 50 Zeilen in *Die Zeit* sei die Insel-Ausgabe mit keinem Wort in der österreichischen Presse erwähnt worden, beklagte sich Zweig im Jahre 1910 bei Servaes. Aber schließlich war es doch möglich gewesen, Verhaeren den wenigen persönlich vorzustellen, die seine Begabung erkannt hatten.
Trotz dieses langen und hingebungsvollen Einsatzes für einen anderen fand er doch Zeit für die eigene Arbeit. Der Aufsatz über Dikkens, später der zweite Pfeiler der *Drei Meister*, erschien 1910 als Einleitung der Insel-Ausgabe der Werke. Außerdem begann er, an einem Essay über Dostojewski zu arbeiten. Er schrieb regelmäßig Rezensionen für eine Vielzahl deutscher und österreichischer Zeitschriften, und im Jahre 1913 vollendete er die Novelle *Angst*. Im folgenden Jahr erschienen seine Einleitung zu *Das Japanbuch* von Lafcadio Hearn und sein zweiter Novellenband *Erstes Erlebnis*. Diese ›vier Geschichten aus Kinderland‹ (*Scharlach* wurde schließlich nicht miteinbezogen) widmete er Ellen Key zum »Gedenken der hellen Herbsttage von Bagni di Lucca«, die sie 1907 zusammen verbracht hatten. Das Buch wurde gut aufgenommen und zeichnete sich durch ständige, wenn auch nicht gerade bemerkenswerte Verkaufszahlen in den Verzeichnissen des Insel-Verlages während der nächsten zwanzig Jahre aus. Eine der Geschichten jedoch, *Brennendes Geheimnis*, wurde 1914 einzeln veröffentlicht und hatte gerade die Auflage von 200000 erreicht, als der Brand des Reichstages den Plakaten, die in Berlin für die verfilmte Version der Geschichte warben, eine satirische Pointe verlieh. Csokor schrieb im Dezember 1911 an Zweig: »Seit Heinrich Manns *Stürmische Morgen* hat mich noch kein Werk

über die dumpfe, gefährliche Knabenzeit so zutiefst gefesselt.«[61] Die verworrenen Gefühle und ungestillten Sehnsüchte der Jugend schienen den meisten Lesern trotz des Fehlens realistischer Details wunderbar beschrieben, und über Jahre hinaus gab es kaum jemanden, der den beißenden Kommentaren Emanuel bin Gorions zustimmte, in denen er Zweigs gesamtes Werk verdammte: »Ob er Gedichte, Novellen oder Essays schreibt, es ist alles unecht, unrein ... vergiftet ... nur Reiselektüre.«[62]
Auch das Theater zog ihn weiterhin an. Zwei Dramenprojekte, eines davon über ein biblisches Thema, vermochte er nicht auszuführen.[63] Aber die Enttäuschung über die Ablehnung seines *Tersites* durch das Burgtheater wurde durch Joseph Kainz' Interesse für sein Werk mehr als aufgewogen. Als der Schauspieler ihn bat, einen Einakter für ihn zu schreiben, ging er enthusiastisch darauf ein. Das 1910 geschriebene Stück *Der verwandelte Komödiant,* »ein federleichtes Spiel aus dem Rokoko mit zwei eingebauten großen lyrisch-dramatischen Monologen«, begeisterte Kainz, dem die Rolle »wie ein Handschuh« zu passen schien, schon im ersten Entwurf. Zweig schrieb es rasch fertig, und es wurde sofort vom Burgtheater angenommen. Nach seiner Rückkehr von einer Deutschlandtournee erkrankte Kainz jedoch an Krebs und starb wenige Wochen nach einer Operation, bevor noch die Proben beginnen konnten. »Wird's mich der liebe Gott noch spielen lassen, unser Stück? Das könnt' mich noch gesund machen«, sagte er traurig lächelnd zu Zweig, als dieser ihn an seinem Krankenbett besuchte. Es sollte jedoch nicht sein; aber dieser zweite Schicksalsschlag, die Tatsache, daß nun schon zwei der größten deutschsprachigen Schauspieler gestorben waren, bevor sie in einem Stück von Zweig auftreten sollten, rief im Autor ein Gefühl des Aberglaubens hervor.[64]
Dennoch ließ er sich davon nicht abhalten, dem Burgtheater die Tragödie *Das Haus am Meer* anzubieten. Sie war in Blankversen geschrieben, ein melodramatisches, stark und effektvoll gebautes Stück, dessen vielleicht durch Tennysons *Enoch Arden* inspirierte Handlung in der Zeit des amerikanischen Unabhängigkeitskrieges spielte. Nachdem er das Stück 1911 beendet hatte, stand er angeblich dessen »äußerem Schicksal ziemlich indifferent« gegenüber:

> Ich habe hier in Wien ... schon eine sichere Annahme, die ich aber vorläufig refüsiere, weil ich prinzipiell in Wien keine Aufführung oder gar Uraufführung von meinen Arbeiten sehen möchte. Mir persönlich verdirbt es die Freude, ein Publikum nicht als etwas Anonymes, Fremdes und Feindseliges zu empfinden, das erst gewonnen sein muß, sondern als Konglomerat von bekannten Gesichtern.[65]

Tatsächlich konnte er jedoch der Anziehungskraft des Burgtheaters nicht widerstehen. Als der neue Direktor, Alfred Berger, das Stück annahm,

war Zweig paradoxerweise erleichtert, keine berühmten Namen auf der Besetzungsliste zu sehen. Er hatte nicht an Berger selbst gedacht, der beabsichtigte, Regie zu führen – und 14 Tage vor der ersten Probe starb Berger ebenfalls. Diesmal jedoch liefen die Vorbereitungen weiter. Zweigs Premiere an dem Theater, das für jeden österreichischen Dramatiker das Ziel des Ehrgeizes war, fand am 26. Oktober 1912 statt.
In einem Interview mit dem Journalisten Paul Wilhelm kurz vor der Uraufführung sprach er leidenschaftslos über seine Karriere als Dramatiker und das düstere Schicksal, das bis dahin über ihr zu schweben schien.

Unendlich ergriffen hatte es mich nun, als ich erfuhr, daß Matkowsky, der die Rolle schon gelernt hatte, etwa acht Tage vor seinem Tode, als er mit dem Schriftsteller Georg Engel spazieren ging, plötzlich ... stehen blieb und die nachfolgenden Verse aus dem *Tersites* rezitierte:

Der Priester Künste wären mir ein Scherz
Doch in mir raunt die unheilvolle Stimme
Und Ahnung frißt an meinen heitern Stunden,
Denn bin ich fröhlich, scheine ich es nur ...
Ahnst Du dies Leid und jenes andre noch:
Daß Feige, Schmutzige, vom Los Befleckte
Noch Sonne trinken werden, warme Luft
An ihren Wangen fühlen, neue Dinge
Mit neuer Schönheit seh'n, indes ich schon
Hingleite schlafend in die Dunkelheit?

Wenige Tage später hatten sich diese Todesahnungen des großen Künstlers ... erfüllt. Das Stück, das dann in Dresden ... in Szene ging, gewann in der Folge für mich noch die menschliche Bedeutung, daß ich ihm das Interesse Josef Kainz' verdankte ... Ich besprach mit ihm ferner den Plan zu einem Einakter *Der verwandelte Komödiant*, der inzwischen in Breslau[66] war und hier am Deutschen Volkstheater angenommen ist, und der von mir – ich schäme mich keineswegs, dies offen einzugestehen – Kainz direkt auf den Leib geschrieben wurde. Als ich eben Kainz das endgültige Manuskript überbringen wollte, ging durch die Blätter die Nachricht von seiner schweren Erkrankung, die dann in wenigen Monaten auch diesen unvergleichlichen Künstler hinwegraffte. Dieser Verlust war für mich ein nicht minder schwerer Schlag, als der Matkowskys. Und nun weiter!... *Das Haus am Meer* ist mein drittes Stück. Es war als erste Novität der heurigen Saison angesetzt, und ich glaubte alles gesichert, als ich von dem plötzlichen und erschütternden Heimgang Baron Bergers erfuhr. Glücklicherweise hat sich Hugo Thimig des Werkes mit doppeltem Interesse angenommen, und ich darf nun endlich doch die Freude erleben, auch auf einer Wiener Bühne zu Worte zu kommen.[67]

In der Tat erzielte das Stück einen sofortigen Erfolg in Wien und ebenso kurz danach in München, Hamburg und in Berlin mit Reinhardt.

Zweig konnte sich jedoch nie von dem Gefühl freimachen, daß das Schicksal seinen dramatischen Versuchen feindselig gegenüber stand. In der *Welt von Gestern* schrieb er:

Zweifellos hat seinerzeit der rasch aufeinanderfolgende Tod von Matkowsky und Kainz bestimmende Wirkung auf die Richtung meines Lebens gehabt. Hätte dem Sechsundzwanzigjährigen damals Matkowsky in Berlin, Kainz in Wien die ersten Dramen auf die Bühne gestellt, ich wäre dank ihrer Kunst, die auch das schwächste Stück zum Erfolg tragen konnte, rascher und vielleicht ungerecht rasch in die breitere Öffentlichkeit vorgetreten und hätte dafür die Jahre des langsamen Lernens und Welterkundens versäumt. Damals habe ich mich verständlicherweise als vom Schicksal verfolgt empfunden ... Aber nur in ersten Jugendjahren scheint Zufall noch mit Schicksal identisch. Später weiß man, daß die eigentliche Bahn des Lebens von innen bestimmt war.[68]

Das Interview mit Wilhelm bot ihm eine weitere Gelegenheit, Verhaeren zu erwähnen. Er sagte, daß er es für seine verdienstvollste literarische Leistung halte, den belgischen Dichter in Deutschland bekannt gemacht zu haben, und Wilhelm vermerkte, daß sich in Zweigs Handschriftensammlung das Manuskript von *La multiple splendeur* befand. Auch fiel ihm auf, daß mit Ausnahme des *Mailieds*, das gerahmt an der Wand hing, die gesamte Sammlung in einem Stahlschrank aufbewahrt wurde, was, so vermutete er, wegen Zweigs häufiger Auslandsreisen notwendig war. Seine unablässige Arbeit hatte Zweig in der Tat kaum in der Kochgasse verweilen lassen. Im Frühjahr 1911 war er, zweifellos immer noch eingedenk der Worte Rathenaus, auch in der Neuen Welt gewesen – in New York, in Kanada, am Panamakanal und auf den Karibischen Inseln. »Amerika, besonders das spanische ... wirklich ein grandioses Bild, wie wir es uns in Europa vorläufig gar nicht denken können, ein großer Rhythmus, der durch Menschen und Dinge gleich stark strömt. Dazu die Landschaften der Tropen, Cuba, Jamaica, Portorico! Das löscht in einem nicht mehr aus, die Sonne brennt es einem ins Blut!«, schrieb er an Paul Zech.[69]

In den Vereinigten Staaten gewann er Einblick in die göttliche Freiheit dieses Landes. Niemand fragte ihn nach seiner Nationalität, seinem Glaubensbekenntnis oder seiner Herkunft (und er brauchte nicht einmal einen Paß zum Reisen). Da er in New York nichts zu tun hatte, tat er so, als ob er auf der Suche nach einem Job sei, wie ein Emigrant, ohne einen Pfennig in der Tasche; dabei stellte er fest, daß es unbegrenzte Möglichkeiten in diesem jungen Land für jeden gab, der arbeitswillig war. Und er war hocherfreut, in einem Buchladen in Philadelphia ein Exemplar eines seiner Werke ausgestellt zu sehen. Zweig fuhr nicht bis zur Westküste, aber er erfüllte sich seinen Wunsch, den Pazifik zu sehen, indem er ein Schiff zum Panamakanal nahm, der sich damals noch im Bau befand: »Ich habe [die zwei Meere] als einer der letzten dieser Zeit ... noch geschieden gesehen.«[70] Sein Essay *Die Stunde zwischen zwei Ozeanen* für die Ausgabe der *Neuen Freien Presse* vom 6. Juli 1911 erinnert an diesen Besuch. An Bord seines Schiffes befand sich bei der Rückkehr nach Europa der todkranke Gustav Mahler, für den er 1910 das Gedicht *Der Dirigent* verfaßt hatte und das in einer Anthologie zu Ehren des großen Dirigenten erschienen war.[71] Im Jahr 1915 sollte Zweig dann dessen Ableben in einem Aufsatz für die *Neue Freie Presse* betrauern.

In Wien unterzog er sich einer Operation wegen einer Rippenfellentzündung; er hielt seine Freunde im ungewissen, bis alles vorüber war. Es dauerte sechs Wochen, bis er vollkommen gesund war – »sechs törichte, leere, dumme, verlorene Wochen ..., die ... mich für einen Monat von allen Dingen wegnahmen«, beklagte er sich gegenüber Zech.[72]

5

Irgendein elektrisches Knistern war im Gebälk von
unsichtbaren Reibungen, immer wieder sprang ein Funke ab.

Die Welt von Gestern

Auf die erste Dekade des Jahrhunderts und die Jahre unmittelbar vor dem Ersten Weltkrieg zurückblickend, beschrieb Zweig in seiner Autobiographie den für uns heute kaum mehr begreiflichen Optimismus, der sich damals in Europa durchsetzte: die Kraft, die jedes einzelne Land aus dem allgemeinen Aufschwung der Zeit herleitete, den Jubel in Straßburg und Belgien über den ersten Flug des Zeppelins, die Freude in Wien, als Blériot erstmals den Kanal überquerte, und Zweigs eigene Hoffnung auf ein geeintes Europa; doch dann das wachsende Unbehagen über den ansteckenden Drang nach Expansion, das leichte Unbehagen, immer wenn eine Salve von Schüssen vom Balkan kam. Von seinen Freunden in Frankreich, Belgien und Deutschland waren viele gegen den Krieg eingestellt; diese Haltung war aber, wie er später auch für sich selbst feststellte, rein passiv. Sie hielten es für ausreichend, sich zum Ideal einer friedlichen Verständigung und intellektuellen Bruderschaft über Sprachen und Landesgrenzen hinaus zu bekennen, als Europäer zu denken und sich international zu verbrüdern. Bazalgette in Paris war der Mittelpunkt einer Gruppe von jungen Leuten, die jegliche

Art von engstirnigem Nationalismus und aggressivem Imperialismus abgelehnt hatten. Romains, Duhamel, Charles Vildrac, Durtain, René Arcos, Jean-Richard Bloch zeigten sich als »passionierte Vorkämpfer eines kommenden Europäertums und unerschütterlich, wie es die Feuerprobe des Kriegs gezeigt hat, in ihrem Abscheu gegen jeden Militarismus«. In Österreich war es Franz Werfel, in Deutschland der Elsässer René Schickele, in Italien G. A. Borgese. Weitere Unterstützung kam aus Skandinavien und den Ländern des Ostens. »Wir meinten, eine neue Morgenröte zu erblicken. Aber es war in Wahrheit schon der Feuerschein des nahenden Weltbrands.«[73]

Im Epilog zu seiner Übersetzung des Werkes *Les Suppliants* von Barbusse, während der Kriegsjahre fertiggestellt, aber erst im Jahre 1932 veröffentlicht, beschrieb Zweig die Vorahnungen dieses »ersten Versuchs«, das Gefühl jener Vorkriegsgeneration, »die mehr mit den Nerven als mit dem Gehirn wußte, daß eine böse Spannung, eine gefährliche und unentrinnbare, über ihr laste; nur meinte sie, meinten wir alle, dieses Schicksal wachse uns von innen entgegen, indes es von außen, von den anonymen, welthistorischen Sternkonstellationen kam, nicht aus dem Horoskop unseres Ich.«[74] Und ihr Idealismus war fruchtlos, ohne praktischen Bezug zur Realität. Zudem fehlte es an einem Organisator, einem Mann mit Vorstellungsgabe und Voraussicht, der die verborgene Energie umsetzen und in richtige Bahnen lenken konnte.

Für sich selbst fand Zweig einen solchen Mann erst kurz vor dem Krieg. Bei einem früheren Besuch in Florenz (möglicherweise bereits im Herbst 1907) war er zufällig (oder war dies wiederum ›von innen‹ bestimmt?) auf eine Ausgabe der *Cahiers de la Quinzaine* gestoßen. Darin war *L'Aube* enthalten, der erste Teil von *Jean Christophe*, und so begegnete ihm erstmals der Name Romain Rolland. Mit Feuereifer las er den Rest des Romans, als er erschien.

Hier war er, der Mann, der Dichter, der alle moralischen Kräfte ins Spiel brachte ... einem beschwingenden Glauben an die verbindende Mission der Kunst ... es war der erste bewußt europäische Roman ... der erste entscheidende Appell zur Verbrüderung, wirksamer, weil breitere Massen erreichend, als die Hymnen Verhaerens, eindringlicher als alle Pamphlete und Proteste ... Nach Goethes Wort: »Er hat gelernt, er kann uns lehren.«[75]

Seine späteren Nachforschungen über den Autor in Paris blieben zunächst ohne Erfolg. Verhaeren meinte, er könne sich an ein Drama mit dem Titel *Les loups* erinnern; Bazalgette hatte gehört, daß Rolland ein Musikwissenschaftler sei, der einen kleinen Band über Beethoven verfaßt habe. Aber niemand schien zu wissen, wie man Rolland finden könnte. Schließlich gelang es Zweig, den Kontakt herzustellen: er schickte Rolland eines seiner Bücher, und es entwickelte sich daraus eine Korrespondenz. Sie trafen sich schließlich im Februar 1910:

Fünf schmalgewundene Treppen eines unscheinbaren Hauses am Boulevard Montparnasse empor ... Rolland tat mir auf und führte mich in sein kleines, mit Büchern bis zur Decke vollgeräumtes Gemach; zum erstenmal sah ich in seine merkwürdig leuchtenden blauen Augen, die klarsten und zugleich gütigsten Augen, die ich je an einem Menschen gesehen ... diese einzigen Pupillen ... die wunderbar aufzustrahlen vermögen in einem mitteilsamen und beglükkenden Licht ... In dieser mönchisch-schlichten Zelle spiegelte sich wie in einer Camera obscura die Welt ... Hier spürte ich ... menschliche, moralische Überlegenheit, eine innere Freiheit ohne Stolz, Freiheit als Selbstverständlichkeit einer starken Seele. Auf den ersten Blick erkannte ich in ihm – und die Zeit hat mir Recht gegeben – den Mann, der in entscheidender Stunde das Gewissen Europas sein würde.

Sie sprachen über *Jean Christophe*. Rolland erklärte ihm, er habe versucht, damit eine dreifache Pflicht zu erfüllen, seinen Dank an die Musik, sein Bekenntnis zur europäischen Einheit und einen Aufruf an die Völker zur Besinnung. Aber die Kräfte, die zum Haß drängten, seien vehementer und aggressiver als die versöhnlichen; hinter ihnen stünden bedenkenlose materielle Interessen. Kulturfeindlichkeit sei sichtbar am Werk, und der Kampf dagegen, meinte er, sei sogar wesentlich wichtiger als ihre eigene Kunst. »Die Kunst kann uns trösten, uns, die Einzelnen, aber sie vermag nichts gegen die Wirklichkeit.« Es war das erste Mal, daß Zweig eindringlich die Pflicht nahegebracht wurde, sich der ständigen Gefahr eines Krieges in Europa durch Aktionen entgegenzustellen. »Vous êtes un Européen. Je le suis aussi«, schrieb ihm Rolland im Mai 1910.[76] Ihre Freundschaft wurde bei diesem Treffen besiegelt, eine Freundschaft, die in Zweigs Worten »neben jener mit Freud und Verhaeren die fruchtbarste und in manchen Stunden sogar wegentscheidende meines Lebens ward«[77].

6

Es war damals eine Art Wendezeit in meinem Leben.
Friderike an Stefan Zweig, Juli 1912

Im Sommer 1908 gab Alexander Girardi, einer der bekanntesten Schauspieler und originellsten Volkssänger Wiens, einen Abschiedsabend beim Stelzer, beim ›Heurigen‹, in der Vorstadt Rodaun, bevor er nach Berlin abreiste. Es war ein denkwürdiges Ereignis für Wien, und die Schlange der Fiaker erstreckte sich vom Barocktor der Kalksburger Jesuitenherberge bis zu dem alten viereckigen Haus, in welchem Hugo von Hofmannsthal wohnte. Auch Stefan Zweig war mit anderen jungen Dichtern und Schriftstellern zugegen; er war in entspannter Stimmung und teilte die Mischung von Ausgelassenheit und Melancholie, die den ganzen Abend bestimmte. Zweig lächelte vielleicht ein bißchen herausfordernd, als sich der Blick einer jungen Dame von einem benachbarten Tisch mit dem seinen kreuzte. Ihre dunkle Schönheit und das rätselhafte Zurücklächeln nahmen seine Aufmerksamkeit eine Weile gefangen. Einer ihrer Freunde, ein begeisterter Anhänger der Poesie, war, als er das bemerkte, nur zu gern bereit, sie über die Identität des bemerkenswerten Fremden aufzuklären und dessen Leistungen auf dem literarischen Gebiet zu loben. Er konnte sogar aus Zweigs Verlaine-Übersetzung zitieren. Auch ein junger Arzt, der sich in ihrer Begleitung befand, lobte die große Sensibilität und psychologische Reife, die seine Einleitung zu Verlaines Werk auszeichneten, zumal er sie in so jungen Jahren geschrieben habe.[78]

Friderike Maria Burger war damals 26 Jahre alt und hatte zwei Jahre zuvor den Beamten Felix von Winternitz geheiratet. Sie war katholisch, stammte aus einer jüdischen Familie, die den christlichen Glauben angenommen hatte. Ihr Vater, der das Wiener Büro der North British Insurance Company leitete, war zwar nicht so wohlhabend wie Moritz Zweig, hatte jedoch bei der Ausbildung seiner Kinder keine Kosten gescheut; die jüngeren, unter ihnen auch Friderike, hatten das hochangesehene Institut Luithlen besucht. Sie ließ schon früh ihre Neigung zum Lernen und den Drang nach Unabhängigkeit erkennen und hatte, obwohl ihr ein Hochschulstudium verwehrt war, einen Ausbildungskurs zur Lehrerin in französischer und deutscher Literatur, Pädagogik und Psychologie absolviert. Dies kam ihr sehr zugute, als der Tod des Vaters die Familie in beengten Verhältnissen zurückließ. In den Tanzstunden, die sie nach Abschluß der Schule besuchte, war sie von dem bescheidenen Benehmen des Jurastudenten Felix von Winternitz sehr angetan gewesen. Die Entdeckung, daß sie viele gemeinsame Interessen hatten, insbesondere die Begeisterung für die Musik Mahlers und die Oper, führte schließlich zu ihrer Verlobung. Sie mußte zunächst geheimgehalten werden, da der Vater von Felix, ein Regierungsrat im Außenministerium und Präsident der ›Concordia‹, einer Gesellschaft für Autoren und Journalisten, den Ehrgeiz besaß, daß sein Sohn die Diplomatenlaufbahn einschlagen sollte. Angesichts seiner eigenen begrenzten Mittel wünschte er für ihn eine wohlhabendere Frau. Dann aber nahm er die Enttäuschung mit guter Miene hin und lernte Friderike sehr schätzen. Er unterstützte sie bei ihren Schreibversuchen und half, ihre Geschichten und Feuilletons unterzubringen. Ihre bescheidene Mitgift machte es dennoch möglich, die vorgeschriebene Kaution zu entrichten, die Felix zum Eintritt in den Staatsdienst benötigte. Sie wurden in der Minoritenkirche in Wien getraut und ließen sich in Döbling nieder. Dort unterrichtete Friderike weiterhin in einer nahegelegenen Privatschule, bis 1907 ihr erstes Kind, Alix Elisabeth, geboren wurde.

Während der langen Verlobungszeit hatte sich bereits ein fundamentaler Unterschied ihrer Charaktere gezeigt. Felix, nach dem frühen Tod der Mutter lange von seinem Vater verwöhnt, war vergnügungssüchtig und immer dazu geneigt, sich auf die Führung anderer zu verlassen und in den Tag hinein zu leben. Friderike dagegen war ernsthafter, zielbewußt, hatte Selbstvertrauen und zeigte unvergleichlich mehr Reife und Verantwortungsbewußtsein. Ihre aufrichtige Achtung voreinander und die gemeinsame Liebe zur Musik genügten jedoch nicht, um diesen Gegensatz zu überbrücken oder zu einer echten Harmonie in ihrer Ehe zu führen. Dies wurde ihnen jedoch erst nach und nach bewußt. Felix war besonders in finanziellen Angelegenheiten durch und durch verantwortungslos und überließ die Verwaltung der Geschäfte meist seiner umsichtigeren Frau.

Die ersten Jahre waren noch ganz glücklich, doch dann erkannte Friderike, daß sie sich immer mehr von ihrem Mann entfernte, vor allem was ihre geistigen Interessen betraf, bei denen er ihr nicht folgen wollte oder konnte. In jenem Sommer 1908 lag er mit einem Magenleiden im Krankenhaus; und der Abend beim Stelzer mit ihren Freunden war für sie eine willkommene Entspannung. Bei ihrem Besuch im Hospital hatte sie ihn noch zerstreuter vorgefunden als sonst, da er einer Mitpatientin offensichtlich große Aufmerksamkeit schenkte. Es war daher nicht verwunderlich, daß sie, in gewisser Weise auch Schriftstellerin, die nach weiteren geistigen Horizonten suchte, sich von dem Dichter angezogen fühlte, der sie angelächelt hatte, und den Wunsch verspürte, mehr über ihn und seine Arbeit zu erfahren.

Zunächst aber fand sie keine Zeit dafür. Nach einer zeitweiligen Entfremdung von Felix und der anschließenden Versöhnung kam 1910 eine Schwester für Alix zur Welt, Susanne Benedictine. Dann wurde ihre Finanzlage einer großen Belastung ausgesetzt, als ihre Familie sie um Hilfe bat, um ihren Schwager aus katastrophalen Spielschulden auszulösen. Das Darlehen, das sie gewähren konnten, war zwar theoretisch abgesichert, aber Felix zeigte seine charakteristische Gleichgültigkeit bei der Überwachung der Rückzahlung. Und am Ende war der gesamte Betrag so gut wie verloren. Darüber hinaus verwirkte er sich die Unterstützung seines Großvaters, der erzürnt war über seinen Mangel an Ernst und Verantwortungsgefühl.

Das Ehepaar entfernte sich mehr und mehr voneinander. Er hielt sich häufiger in der Wohnung seines Vaters in der Stadt auf, während sie in zunehmendem Maße sich selbst überlassen war. Sie benötigte alle ihre Entschlossenheit, als Suse, noch nicht zwei Jahre alt, nach einem Anfall von Ruhr an einem fast chronischen Stoffwechselversagen zu leiden begann, das die Ärzte vor ein Rätsel stellte und beinahe tödlich für das Kind ausging.[79]

Im Sommer des Jahres 1912 zog sie mit den Kindern für vier Monate von Wien nach Niederösterreich. Hier, in der Mannigfallmühle bei Gars im Kamptal, erhoffte sie sich bessere Bedingungen für eine Genesung von Suse und mehr Zeit für ihre literarische Arbeit (obwohl sie mit der ihr eigenen Hilfsbereitschaft auch noch die Aufgabe übernommen hatte, auf die beiden Kinder von Dr. Erich Stoerk aufzupassen, einem engen Freund, dessen Ehe in Gefahr war zu scheitern). Während dieser Zeit kam sie nur einmal am 24. Juli zu einem eintägigen Besuch nach Wien. Beim Abendessen mit Felix im Garten des Riedhofsrestaurants schloß sich ihnen derselbe junge Verehrer der Dichtkunst vom Abend beim Stelzer vier Jahre zuvor an und überreichte ihr statt Blumen eine Ausgabe einer der ersten Buchtitel der Insel-Bücherei, nämlich Zweigs Übersetzung von Verhaerens *Hymnen an das Leben.* Es war Hochsommer, der Garten des Restaurants war leer bis auf einen Tisch, an dem zwei Männer saßen: Einer von ihnen war Stefan Zweig.

Er erkannte sie nicht, und sie selbst war nicht sicher, ob er es war. Aber er erkannte sein Buch und lächelte sie an, vielleicht darüber nachdenkend, wer die neue Leserin sein könnte. Sie fand, daß er sich seit der ersten Begegnung in Rodaun verändert hatte:

Das war kein blutjunger Bohemien mehr, sondern ein gepflegter, gut aussehender Mann – gewohnt, wie es schien, einer Frau mit einem Blick zu sagen, was Worte überflüssig machte. Nichts von Melancholie und Schmerzkundigkeit lag in diesem warm aufgeschlossenen Gehaben. Das war nicht mehr der Dichter des *Tersites*, sondern der heitere Autor des *Verwandelten Komödianten*,... in dem ein junger Schauspieler eine hohe Frau durch seine Rednergabe und Sicherheit aus einer peinlichen Lage rettet.[80]

Es war ganz anders als damals beim lauten ›Heurigen‹ in Rodaun: Da gab es weder Girardi noch Musik, noch Waldmeisterbowle; nur ein schmaler kleiner Band mit seinem Namen in ihren Händen.
Aber die Geschichte war noch nicht zu Ende. Nachdem sie nur ein paar Häuser von Stefans Wohnung entfernt in der Wohnung des alten Hofrates in der Kochgasse übernachtet hatte, fuhr sie am Morgen in die Waldmühle zurück. Die dreistündige Bahnreise war verzaubert von den schönen Versen der *Hymnen*, deren vehemente Lebensbejahung ihr Stärke und Glück einflößten. An diesem Punkt ihres Lebens, an dem der Kontrast zwischen ihrer eigenen Reife und der Gleichgültigkeit ihres Mannes so deutlich hervortraten und sich ihre künstlerischen Fähigkeiten entwickelten, erschienen ihr diese beiden Begegnungen wie ein Wink des Schicksals. Noch am selben Abend setzte sie sich, nicht ohne ein Gefühl von Verlegenheit über solch schulmädchenhaftes Verhalten, hin und schrieb einen Brief an Stefan Zweig. Sie unterschrieb ihn nicht, doch er unterschied sich sehr von den Briefen, die ihm häufig weibliche Verehrer zuschickten (erinnerte er sich an diese Begebenheit, als er zehn Jahre später den *Brief einer Unbekannten* schrieb?):

Lieber Herr Stefan Zweig,
vielleicht bedürfte es nicht der Erklärung, weshalb es mir leicht fällt, das zu tun, was die Leute ›unschicklich‹ nennen. Weshalb es mir sonst nicht ungeheuerlich erscheint, das gehört nicht hierher: Ich war gestern für einen halben Tag und eine Nacht in Wien, kam aus meiner sanften Landschaft, aus meiner Mühle, wo Wald und Wasser um mich sind und keine Stadtkultur. Und da geschah solch ein lieber Zufall. – Ich habe Sie vor ein paar Jahren an einem Sommerabend beim Stelzer, wo Girardi Abschied nahm, gesehen. Jemand sagte: das ist der Stefan Zweig. Ich hatte eben eine Novelle von Ihnen gelesen, und Sonette las ich (ob ich sie damals schon kannte, weiß ich nicht), deren Klang mir nachlief. Es war ein hübscher Abend damals. Sie saßen, glaube ich, mit Freunden, und es war oder schien eine Begeisterung unter ihnen. Es war damals so eine Art Wendezeit in meinem Leben. Spät abends fuhren wir dann in einem schönen raschen Wagen nach Wien. – Und gestern saßen Sie im Riedhof neben mir, und ein Bekannter brachte mir die *Hymnen an das Leben*. Ich las sie heute zum Räderrollen, als ich frühmorgens wieder in meine Sommerheimat fuhr. Draußen lagen die Felder in der freudigsten Sonne. Und da schien es mir nicht unnatürlich, Ihnen einen Gruß zu senden. Die Hymnen sind so schön! Einige kannte ich. *Das Wort* liebe ich sehr. Ich las es mir schon aus dem Insel-Almanach mehrmals laut vor. Und als ich gestern neben Ihnen war, fiel mir ein: Es ist nicht einerlei, ob man sein Leben lang Peladan und Strindberg oder Shaw – oder ob man Verhaeren übersetzt. Sage mir, wen Du übersetzt, und ich sage Dir, wer Du bist. Und wie Du übersetzt, wohl auch. ›Nachdichtungen‹, das ist das Herrliche!

Ich dichte auch. Vielleicht haben Sie in den vergangenen Tagen etwas von mir gelesen oder darüber weggeschaut. Sendete Ihnen gerne einmal etwas zum Gruß aus meiner liebsten Welt. Warum sind Sie in der Stadt? Man sollte fast nie in der Stadt sein. Bei mir hier ist es so schön. Hätten Sie es doch auch so wundervoll. Ich weiß Ihre Adresse von jemandem, der mir einmal etwas von Ihrer Veranda erzählte, als er meine Weihnachtsbücherliste sah, auf der der *Tersites* stand. Ich glaube, Sie werden niemandem über diesen dummen Brief etwas zu sagen haben. Ich schreibe auch nicht, damit Sie mir etwas erwidern, obwohl es mich freute. Und wenn Sie irgend Lust hätten dazu – schreiben Sie an Maria von W., postl. Rosenburg am Kamp.

Viele Grüße![81]

Ihr Feuilleton *Sommerbriefe*, das sie beilegte, war aus dem *Wiener Fremdenblatt* und nur mit »F. M. v. W.« signiert.

7

Es wogt noch in mir von der Freude, die Sie mir bereitet haben.
Friderike an Stefan, Oktober 1912

Seine Antwort kam postwendend. Zum ersten Male sah sie die lila Tinte, die er gerne benutzte, das Monogramm »SZ« auf dem Briefkopf, die feste, aber fließend runde Handschrift, die sich aus der eckigen deutschen Schrift seiner Jugend entwickelt hatte. Er schrieb, er beantworte ihren Brief sofort, nicht so sehr, weil sie in ihrem Feuilleton (das er lobte) die Ungeduld so gut beschrieben habe, mit der jemand in den Ferien einen Brief erwartet; vielmehr aus Dankbarkeit dafür, daß sie ihn an jenen Abend in Rodaun erinnert habe, der voll Freude und Zauber gewesen sei. Er sei froh, daß sie ihm sein Lächeln im Riedhof nicht übelgenommen habe, mit dem er die Hoffnung ausdrückte, sie besser kennenzulernen. Und nun habe sich etwas ereignet, das er ebenfalls für einen Wink des Schicksals halte: Einer seiner Vettern habe ihn für jenes Wochenende zu einer Autofahrt in das Kamptal eingeladen. Obwohl der Ausflug im letzten Moment abgesagt worden sei, scheine es so, als gebe es tatsächlich eine geheimnisvolle Macht, die eine Begegnung erzwingen wolle. Jetzt aber müsse er zu seinem Bedauern zu seinem alljährlichen Besuch bei Verhaeren aufbrechen und würde einige Tage in Ostende verbringen. Die Hoffnung aber, sie bei seiner Rückkehr zu treffen, werde ihn die ganze Reise über freudig stimmen. Ob sie ihn vielleicht vor seiner Abreise noch anrufen könne? Er würde so gerne einmal ihre Stimme hören, um zu wissen, wer sie sei.[82]

In ihre Freude über die prompte Antwort mischte sich die Befürchtung, daß er sich überhaupt nicht an sie erinnern könne, denn schließlich mußte er wohl jeden Tag derartige Briefe erhalten. Doch ein weiterer Wink des Schicksals konnte nicht übersehen werden. An jenem Wochenende, als Stoerk sie besuchte, erzählte er, daß er beinahe zwei weitere Besucher mitgebracht hätte; einen davon würde sie sicher als Schriftstellerkollegen willkommen geheißen haben. Ein Konsul, der Ehemann einer seiner Patientinnen, hatte ihn eingeladen, sich ihm und einem Cousin zu einem Ausflug mit seinem neuen Auto anzuschließen: Der Cousin war niemand anderes als Stefan Zweig. Leider hatte der Konsul den Ausflug in letzter Minute absagen müssen.

Sie antwortete sofort (am 30. Juli) und versprach, am folgenden Morgen anzurufen. Sie ließ ihre Anonymität fallen und fügte ein Postskriptum hinzu: »Sie wollen sicher wissen, ob Frau vor meinem Namen steht: Ja.«[83] In der Telefonzelle des winzigen Dorfpostamts hörte sie am nächsten Morgen zum ersten Mal seine Stimme. Ein Brief von ihm folgte, in welchem er ein Treffen in Wien vorschlug, da seine Abreise sich etwas verzögert habe. Obwohl er es nicht sagte und sie es kaum glauben konnte, hatte sie den Eindruck, daß er länger dageblieben war, nur um sie zu sehen. Die Begegnung konnte dann doch nicht stattfinden. Aber während der drei Wochen in Belgien setzten sie ihre Korrespondenz fort. Sie wurde von seiner Seite aus so geführt, als seien sie bereits alte Freunde, denn er schilderte ihr ausführlich seine Erlebnisse und Eindrücke.

Vor seiner Abreise hatte er ihr ein paar seiner Bücher geschickt. Als er nun zurückkam, sandte sie ihm mit einigem Zögern ihre Arbeiten, alte und neue, veröffentlichte und unveröffentlichte. Anfang September kehrte sie nach Wien in das Haus in Döbling zurück, das Felix ihr jetzt vollständig überließ. Hier würde sie Stefan empfangen können, obwohl sie nicht zu bereitwillig erscheinen wollte, ihn einzuladen. Sie telephonierten häufig miteinander, schließlich nahm sie seine Einladung zu einem Besuch bei ihm in der Kochgasse für den 7. September an:

Sie werden nun an der Sicherheit, die Sie in mir vermuten, irre geworden sein. Aber es ist dies: ich bin oft ganz in mir festgehalten, und ich kann nicht voraussehen, ob das kommt, bleibt oder verschwindet. Und wenn ich auch leise hoffe, daß es bei Ihnen weichen könnte, so fürchte ich doch auch wieder, daß dies und allerlei Unzulänglichkeiten meiner Person Sie den Verlust einer Stunde, die mir leuchtend erscheint, beklagen lassen könnten. Ich komme sehr gerne zu Ihnen, weil es für mich schön ist und Ihnen nur so viel Ungestörtheit nimmt, als Sie selbst wünschen und ganz in der Zuversicht, daß Sie es nicht fremd empfinden, daß ich nicht Komödie spiele und es als ›unschicklich‹ verwerfe.[84]

Eine unerwartete Verschlechterung in Suses Befinden machte jedoch diesen Besuch unmöglich. Erst am 23. September trafen sie sich zum ersten Mal, als Zweig nach Döbling kam und ihr ein gewidmetes Exemplar von *Erstes Erlebnis* mitbrachte.

Daß sie, ein literarischer Neuling, es wagte, ihm, dem bereits etablierten Schriftsteller, gegenüberzutreten (die Proben für *Das Haus am Meer* hatten am Burgtheater schon begonnen), machte sie sehr nervös. Für ihn war es allerdings keine neue Erfahrung, einem jungen Autor Gehör zu schenken, wenn er ein Talent spürte. Diese erste Begegnung wurde also wohl doch ein bißchen zur Schauspielerei, einem Flirt mit literarischen Untertönen. Sie erzählte ihm von ihren Plänen, nach Berlin zu reisen, um Verleger und Redakteure aufzusuchen. Er sprach über Nietzsche, Hölderlin, Lenau (der einmal auch in Döbling gelebt hatte) und von den vielen Schätzen, die er ihr in seinem Heim zeigen wolle, insbesondere das Portrait Verhaerens von dessen Frau und die Handschrift des *Mailied*.[85] »Ein gutes Gespräch«, notierte er in seinem Tagebuch, »mit einer wahrhaft sensiblen Frau, die wohl das Zarteste ist, was man sich denken kann, aber mit einer Energie der seelischen Aufrichtigkeit, die sie groß macht.« Ihre »wundervolle Zartheit« spürte er »wie Musik. Sie ist voll Takt; wie dann ihr Gatte kam, irgendwie peinlich berührt, was ich recht gut zu überwinden mich beeilte, kam's wie kalte Luft ins Zimmer. Sie scheint in einem Zwischenzustand zwischen dieser noch mädchenhaften Schönheitssehnsucht und ihrer mütterlichen Ruhe zu sein, ihr Gatte dazwischen ein Pendel, der weder die eine noch die andre Glockenschale erreicht und zum Schwingen bringt.« Im Gegensatz zu den flüchtigen Abenteuern, in die er sich zu dieser Zeit häufig stürzte, empfand er hier eine starke Anziehungskraft. Nach ihrem Gegenbesuch am 12. November in der Kochgasse schrieb er für sich: »Sie ist so fest in ihrer Hilflosigkeit, so gütig in ihrer Stille, so weiblich in ihrer Klugheit. Ich wage mich gar nicht erotisch heran: hier wäre nur zu zerstören, nichts zu schenken, als die Illusion einer Stunde und dieser Unterton des Verhaltenseins in unsern Beziehungen ist sehr reizvoll.« Ihrerseits auch empfand sie ein tiefes Verständnis trotz des Unterschieds zwischen ihnen: der eine sorglos und materiell unbeschränkt, der andere mit bedrückenden Tagespflichten und Verantwortungen.

Sie versuchte keineswegs, diese Treffen vor ihrem Ehemann zu verbergen, dessen Gleichgültigkeit ungebrochen war; doch ihre tieferen Gefühle offenbarte sie ihrem Schwiegervater. Als Präsident der österreichischen Vereinigung der Schriftsteller und Journalisten und langgedienter Beamter im Pressebüro des Außenministeriums war Hofrat von Winternitz eine typische Erscheinung im Kulturleben des Vor-

kriegs-Wien. Er war Mitglied des Komitees gewesen, das Zweig 1906 den Bauernfeldpreis verliehen hatte, und er empfand aufrichtigen Stolz über die frühen Leistungen des jungen Mannes. Da er wußte, wieviel Freude es ihr machen würde, bat er seine Schwiegertochter, an seiner Stelle den Bericht über die Premiere des *Haus am Meer* für das *Hamburger Fremdenblatt* zu schreiben. Sie bemerkte Zweigs Verlegenheit bei derartigen öffentlichen Auftritten, als er mehrfach vor den Vorhang gerufen wurde; und tatsächlich erzählte er ihr hinterher, daß er aus diesem Grunde bei der Premiere in Hamburg, die für den 23. November angesetzt war, wahrscheinlich nicht anwesend sein werde. Doch der Erfolg des Stückes war über jeden Zweifel erhaben, und sie schrieb einen begeisterten Bericht für die Hamburger Zeitung.[86]
Vor ihrer Abreise nach Berlin konnten sie sich nicht mehr sehen, aber sie war freudig überrascht, als sie bei ihrer Ankunft bereits eine Nachricht von ihm vorfand. Er war tatsächlich auch in Berlin und plante entgegen seinen früheren Absichten, doch nach Hamburg weiterzureisen. Er freute sich darüber, daß die Inszenierung seines Stücks erfolgversprechend war und lud sie ein, sich ihm dort anzuschließen. In der Hoffnung, daß sie es einrichten könne, habe er sich bereits die Freiheit genommen, in seinem Lieblingshotel Vier Jahreszeiten ein Zimmer für sie zu reservieren. Obwohl er wahrscheinlich zu beschäftigt sein würde, sie vor der Premiere zu sehen, glaube er, daß ihre Anwesenheit es ihm erleichtern werde, in der Öffentlichkeit aufzutreten. Beruhigende Nachrichten über ihre Kinder (einer ihrer Brüder, der Arzt war, sah fast täglich nach ihnen) ließen sie dieser Versuchung nachgeben; und so kam sie am 21. November in Hamburg an. Es waren Blumen in ihrem Zimmer, und er hatte nicht nur arrangiert, daß ein alter Freund sich ihr als Führer durch die Stadt zur Verfügung stellte, sondern auch, daß Wlach, der Direktor des Schauspielhauses, in dem sein Stück aufgeführt werden sollte, sie am folgenden Abend zur Vorstellung von *Gabriel Schillings Flucht* begleiten würde. Ihre Gespräche mit Verlegern in Hamburg und auch in Berlin waren erfolgreich: Sie blieb lange Zeit feste Mitarbeiterin des *Hamburger Fremdenblatts*. Zum ersten Mal seit vielen Jahren empfand sie Erleichterung und Befreiung von ihren täglichen Sorgen. Am Morgen des 23. November kam dann ein weiterer Brief von Stefan: Es falle ihm nicht leicht, sie so nahe zu wissen, ohne sie zu sehen; er wolle sich aber das Wiedersehen als eine Belohnung aufsparen. Ob sie den morgigen Abend seines Geburtstags mit ihm im nahen Lübeck feiern wolle? Er rate ihr, am Morgen zu fahren und ihn abends, nachdem er alle Pflichten von sich abgeschüttelt habe, am Bahnhof abzuholen. Keine Antwort würde ein Ja bedeuten. Sie antwortete nicht.[87]

8

Neue Wärme, ein neuer Blick in das Leben,... waren in ihm aufgegangen, und er bekannte sich zur Zwei-Einigkeit, wenn er auch die Kluft zwischen Mann und Frau nie ganz überbrücken wollte und konnte.

Friderike Zweig

Das Haus am Meer wurde in Hamburg ein noch größerer Erfolg als in PWien, und sie dachte an den Propheten im fremden Land. Auch schien er ihr, obwohl er ziemlich ermüdet war, ungezwungener auf die Rufe nach dem Autor zu reagieren. Am folgenden Tag fuhr sie nach Lübeck, dann weiter nach Travemünde, wo sie zum erstenmal in ihrem Leben das Meer sah. Abends kehrte sie zurück, um ihn am Bahnhof zu treffen. Erst viel später erkannte sie das zarte Täuschungsmanöver, was seinen Geburtstag betraf, denn jener ausgelassene Abend, der ihr erster gemeinsamer war, lag tatsächlich ein paar Tage vor dem richtigen Datum. Er erzählte ihr von seiner zunehmenden Freude, als Stunde um Stunde ohne Antwort von ihr vergangen war, und wie sehr ihre damit gegebene Einwilligung, ihn in Lübeck zu treffen, ihm die Bedeutung ihrer Freundschaft bewies. Von nun an duzten sie sich und feierten dann am 4. Dezember zusammen »heiß und freudig« ihren eigenen Geburtstag. Nach Hause zurückgekehrt, mußte sie ein paar Wochen auf ein Wiedersehen warten, denn nach der Münchner Aufführung des Stücks am 6. Dezember flüchtete er für eine Woche in die Berge, wo er an einer Novelle *Verworrene Erinnerung* arbeitete und verschiedene weitere Pläne ausbrütete (darunter eine *Iphigenie* und »jene Richard-Wagner-Familienkomödie, die mir Duhamels *Dans l'ombre des statues* angeregt hat«).*

War es schon möglich, seinerseits von echter Liebe zu sprechen? Bis zu diesem Zeitpunkt hatte es in seinem Leben nichts gegeben, was mit seiner Arbeit rivalisieren konnte, eine Verbindung wie diese mußte ihm also trotz ihrer Anziehungskraft zu denken geben. Er hatte sie gewarnt, sie kenne seine Welt nicht, die düsterer sei als ihre, und ihn selbst überhaupt noch nicht – er dachte dabei wohl an die tiefen Depressionen, zu denen er neigte, und an seine vielen flüchtigen Affären. »Es ist wieder sehr schön«, notierte er im Tagebuch nach ihrem Wiedersehen am 21. Dezember in Wien, »und ich muß nur verhüten, daß es ganz ins Sexuelle niederstürze, was wirklich droht. Die Spaziergänge sind sehr schön und wir sprechen wirklich gut miteinander: vielleicht die ganze

* Fr 84-6, Zweigs Tagebuch, ZE. Die Novelle sowie die geplante *Iphigenie* blieben Versuche; die Komödie, in den Kriegsjahren fertig geschrieben, war *Legende eines Lebens*.

Kunst die eines Begreiflichmachens.« Doch die Aufzeichnung geht ins Philosophische über, und man kann schwerlich ein Liebesbekenntnis darin lesen:

Sie ist so zart, daß man fürchten müßte, sie zu erdrücken mit Zärtlichkeit oder was immer für ein Gefühl. Ich will es ihr das nächste Mal klar machen, daß wir zu viel verlieren. Merkwürdig und grundlegend fiel es mir jüngst ein, dies Problem der Frau- und Mannheit. Wir Vorlust, deshalb Erschöpfung mit Erfüllung, sie die Nachlust, weil phantasielos. Frauen leben zurück, wir nach vorwärts, weshalb sie auch meist das bessere Gedächtnis haben.

Dabei waren beide nicht mehr jung und ihre Beziehung konnte nicht als Episode ohne Belang für ihr Leben abgetan werden. Sie hatte keine Angst, sich ihm anzuvertrauen, aber die Forderungen der Wirklichkeit durften nicht übersehen werden. Für beide schien es besser zu sein, die Verbindung abzubrechen, bevor sie zu ernsthaft wurde.[88]

Das Auf und Ab in Suses Befinden – ein früherer Aufenthalt in einem Münchner Sanatorium hatte nichts geholfen, und es wiederholten sich die alarmierenden Krisen – gab Friderike die notwendige Ausflucht, sich für eine Weile aus Wien zurückzuziehen. Ein bekannter Arzt in der Nähe von Bozen war ihr als erfolgreicher Helfer bei der Behandlung von schwächlichen Kindern empfohlen worden: Dorthin begab sie sich in einer bitterkalten Januarnacht des Jahres 1913 zusammen mit beiden Mädchen und einer Kinderschwester, die sich ihr aus München angeschlossen hatte. In diesen ersten Monaten des Jahres flüchtete auch Stefan viel von Wien weg: auf den Semmering, wo er sich mit weiteren Novellenplänen beschäftigte, nach Prag, Dresden, Leipzig – »das Ganze mehr eine Ausrede Wien zu entfliehen«. Im März wollte er wieder nach Paris.

Dazwischen hell: diese Briefe aus der Ferne, die mir F. schreibt. Sie sind so ganz Güte, Hingebung, daß ich nicht weiß, warum Gott gerade mir dies geschenkt hat, der ich mich unwürdig weiß, durch Kälte des Empfindens, Verschleuderung des Lebens, eine entsetzliche Stagnation des Ehrgeizes. Dies, wenn ich nicht ganz verloren sein soll, muß mir helfen. Schwiege doch diese grelle Stimme in mir, sänke diese Unrast nieder, die mich jagt ... ich könnte noch. Aber ich zweifle. Paris soll eine Probe sein.

Seine Briefe und die Bücher, die er ihr schickte, zeigten wiederum Friderike, daß ihre Flucht vergebens gewesen war: Die räumliche Trennung und ihre Einsamkeit in der schönen Südtiroler Landschaft (sie fuhr weiter nach Meran) vertieften noch ihre Zuneigung und Bewunderung für ihn.

Er kommt in Paris am 4. März an und sucht nach einer stillen Wohnung. Dabei stößt er zufällig auf das kleine Hotel Beaujolais, das den

Vorteil hat, »den unendlichen, auf die Gärten des Palais-Royal hinauszugehen und nicht auf die hier entsetzlich lärmenden Straßen«. »Von den Ausländern müssen wir die schönsten Stellen unserer eigenen Stadt uns zeigen lassen«, sagt ihm einmal André Gide über diese unbekannte Oase, in die er in künftigen Jahren oft zurückkehren wird. Er sucht sofort Verhaeren in Saint-Cloud auf, geht überhaupt »nur Erinnerungen nach, Neues kaum suchend«, vor allem aber – das soll wohl »die Probe« sein – taucht er in das Caféleben und in die Pariser Welt der Erotik unter. Wie er Friderike unverhohlen schreibt, verdanke er gerade ihr diese ihm neue Ungezwungenheit und Wahrnehmungsfähigkeit. Schon in den ersten Tagen lernt er eine schöne Modistin, Marcelle, kennen, die wegen einer unglücklichen Ehe »affamiert« ist und bei der er gleich »volle Triumphe wirklicher Ekstase« feiert. Auch dies hält er vor Friderike nicht verborgen: Paris, so schreibt er, bedeute ihm Frauen, und er sei diesmal einem besonders anziehenden Wesen begegnet, das ihm die Stadt geradezu personifiziere. Diese Mitteilung nahm sie aber gelassen auf und antwortete, die ganze Freude, die sie brauche, sei zu wissen, daß er glücklich und frei sei (sie sollte später erkennen, daß eben dieses ruhige Entgegenkommen ihrerseits die stärkste Fessel war, die ihn an sie band). Es war in diesen Tagen wieder eine sehr schwere Krise für Suse entstanden, und sie war von der aufrichtigen Anteilnahme in seinen Briefen gerührt, die ihr die nötige Kraft eingeflößt hatte: Am Ende schien es so, als ob der Sachverstand eines jungen Meraner Arztes den Durchbruch zu einer langfristigen Besserung schaffen könne.[89]

Gedichte kamen ihr aus Paris zu: *Liebeslied* (»Wie die Schwalbe … Ach, so neigen und nahen sich / In meine einsam dunkelnden Stunden / Stille Gedanken, du Ferne, an dich«) und *Ein paar Verse zum Erwachen*[90] – beide von Goethescher Einfachheit und Empfindsamkeit, weit entfernt von den schwachen Ergüssen der früheren Gedichte. Er berichtete ihr ausführlich und voll Freude von seinen Begegnungen mit Rilke und Rolland; und von einem Dejeuner im Bœuf à la Mode, zu dem er eingeladen hatte, erreichte sie eine Grußkarte, die von Rilke, Rolland, Verhaeren, Bazalgette und Stefan unterschrieben war.[91] Über seine Gefühle ihr gegenüber konnte sie keine Zweifel mehr hegen. Für ihn selbst war, wie aus seinem Tagebuch hervorgeht, noch keine Entscheidung in Sicht, obwohl er sich im klaren war, daß die Beziehung zu Marcelle nicht dauern könnte.

Friderike konnte noch nicht genau wissen, wie sich ihre Zukunft gestalten würde. Auf dem Rückweg von Meran Ende April schickte sie die Kinder zu deren Großvater und machte selbst zwei Tage Rast in Semmering, gerade so, als ob sie noch einmal Atem holen wollte vor einer neuen Phase in ihrem Leben. Aus Fairneß gegenüber Felix, zu dem sie weiterhin Zuneigung empfand, sowie seinem Vater und den eigenen Kindern gegenüber, konnte sie an eine endgültige Trennung nicht denken; ebensowenig aber konnte sie sich überwinden, in das Döblinger Haus zurückzukehren, obwohl Felix sich mittlerweile ganz gut an sein Junggesellenleben mit seinem Vater gewöhnt hatte. Eine Scheidung und Wiederverheiratung mit Stefan war im katholischen Österreich unmöglich. Als Kompromiß entschied sie sich für ein provisorisches Heim in Baden, unweit von Wien. Hier könnte Felix sich frei fühlen und sie so oft sehen, wie er wollte; hierher käme auch der Hofrat häufig zu Besuch; und der kleine Badeort hatte Stefan in der Vergangenheit als Zuflucht gedient, wenn er Frieden und Stille außerhalb der Stadt brauchte. So war die beste Lösung für diese Übergangszeit gefunden, obgleich sie bis jetzt noch nicht absehen konnte, wohin sie eigentlich führen sollte. Damit war ihr ein wenig Unabhängigkeit verschafft, ihre Schriftstellertätigkeit fortzusetzen (sie hatte inzwischen in Südtirol einen Roman beendet[92]), und Stefan war die Freiheit gegeben, die er brauchte, indessen sie selbst, soweit er ihr es erlaubte, an seinem Leben teilnehmen konnte. Dies alles ergab zwar einen Sinn, war es aber trotzdem eine zweideutige Situation, die überraschenderweise Stefan (der Freie, der jegliche Konvention verabscheute) als erster beendet sehen wollte. Am Ende des Jahres fragte er sie in aller Form, ob sie bereit sei, weiterzugehen und eine Annullierung ihrer Ehe anstreben wolle.[93]

9

Dostojewski ist nichts, wenn nicht von innen erlebt.

Drei Meister

In den Jahren 1912 und 1913 hatte Zweig eine Reihe von Essays in verschiedenen Zeitschriften veröffentlicht. Auf *Balzacs Codices vom eleganten Leben* (*Das Literarische Echo*, Berlin) und *Karl Loewe, der Dichter* (*Neue Freie Presse*), beide im Februar 1912, folgte ein ausgezeichneter Artikel über Jakob Wassermann in der *Neuen Rundschau* im Juli, zu dem Martin Buber Zweig beglückwünschte. Nach dem Besuch in Lübeck schrieb er im Januar 1913 für das *Berliner Tageblatt* eine Abhandlung über Gustav Falke (anläßlich dessen 60. Geburtstages), den Dichter und Romancier aus der »Stadt mit den goldenen Türmen«. Im Frühjahr desselben Jahres sagte er aus Paris einen Beitrag über Handschriftensammeln für Feigls *Deutschen Bibliophilenkalender* für

1914 zu. (»Die Honorarfrage ist nicht von Belang«, schrieb er an den Herausgeber, »ich verstehe vollkommen, daß Sie nicht die Mittel wie eine große Tageszeitung haben.«[94]) Mit Feigls Erlaubnis veröffentlichte er diesen Artikel danach noch in der *Vossischen Zeitung* vom 14. September 1914. Besser hier als in der *Neuen Freien Presse*, dachte er sich, da er nicht darauf aus war, eine Armee von Besuchern zu empfangen, die seine Sammlung besichtigen wollte. Auch wollte er in Österreich nicht enthüllen, wieviel Geld er dem »Sammlerteufel« opfere.[95]

1913 beschäftigten ihn hauptsächlich Studien über Dostojewski. Er hatte noch nicht die Idee der *Drei Meister* konzipiert, wobei sich den beiden Essays über Dickens und Balzac der dritte über den Russen anschließen sollte. Die Abhandlung, die er jetzt plante, war weit umfangreicher. Seine Nachforschungen dafür waren beachtlich. Wenn er ruhebedürftig war, fand er eine Zufluchtsstätte in Friderikes Haus in Baden, nicht zuletzt deshalb, weil auch sie mit Dostojewskis Romanen vertraut war und im Verlauf der Arbeit mit ihm diskutieren und Vorschläge machen konnte. Er setzte diese Arbeit während der Kriegsjahre fort. Das Endprodukt von 109 Seiten ist vielleicht das charakteristischste Beispiel für seine Fähigkeit zusammenzufassen, zu formen und zu verfeinern; ein Prozeß, den man im einzelnen bei einem Vergleich mit dem Originalmanuskript und den umfangreichen Notizen, die im Deutschen Literaturarchiv in Marbach aufbewahrt werden, verfolgen kann. Sein Gedicht *Der Märtyrer (Dostojewski, 22. Dez. 1849)*, später in leicht veränderter Form in die *Sternstunden der Menschheit* aufgenommen, erschien im Insel-Almanach für das Jahr 1913. Am Ende des Jahres veröffentlichte er den Aufsatz *Der Rhythmus von New York*, und während eines kurzen Sommeraufenthaltes in Puchberg in Niederösterreich vollendete er dann noch die Novelle *Die Mondscheingasse.*[96]

III
Der Erste Weltkrieg und Friderike
1914–1918

Aber hüte dich, Polyphem!
Es brennen heimlich
Die Feuer der Rache
In unseren Seelen ...
Und aus der Höhle des Bluts
Und des Grauens
Schreiten
Wir, Brüder der Völker,
Brüder der Zeiten
Über deine stinkende Leiche
In die ewigen Himmel der Welt

Polyphem, 1917

Europe! Je n'accepte pas
Que tu meurs dans ce délire.
Europe, je crie que tu es
Dans l'oreille de tes tueurs.
Europe! Ils nous ferment la bouche;
Mais la voix monte à travers tout
Comme une plante brise-pierre!

Jules Romains

1

Daß ich auch nur in Gedanken an Deiner
›teils‹ gebundenen Existenz rütteln könnte, das glaube nicht!

Friderike an Stefan, April 1914

Das Jahr 1914 würde für Zweig keine großen Veränderungen bringen. Er arbeitete immer noch an dem Dostojewski, der noch nicht seine endgültige Form gefunden hatte*, und an einer biographischen Studie über die französische Dichterin Marceline Desbordes-Valmore. Vorträge in Berlin, Mannheim und Hamburg standen bevor; ferner wurde er gebeten, Ende Februar wiederum in Berlin, diesmal über Dostojewski, zu sprechen.[1] Ein größeres Vorhaben mit dem Insel-Verlag nahm erst jetzt Gestalt an, obwohl es schon 1912 geplant worden war: eine Ausgabe in deutscher Sprache des gesamten Gedichtwerks von Verlaine, wobei ihm selber die Auswahl der Mitarbeiter und die herausgeberische Arbeit zufallen sollten. Weiterhin plante er eine gemeinsame Arbeit mit dem Komponisten Oskar Fried, wohl ein Libretto: Sie hatten vor, sich während seines Berliner Aufenthalts zu treffen.[2] Auf dem Programm stand der alljährliche Sommerbesuch bei Verhaeren in Caillou-qui-bique, danach vielleicht eine langgeplante Reise nach Japan und China und Rückfahrt über Rußland.[3] Die paar beunruhigenden politischen Ereignisse der letzten Jahre (Agadir, Fashoda, der Balkankrieg, der Verrat des österreichischen Obersten Redl) schienen nur vorübergehend den klaren Himmel Europas zu verdüstern; man war weit davon entfernt, an eine Verschlechterung der Lage und an einen eventuellen Weltkrieg zu denken.

Für Zweig aber konnte man in diesem Jahr schon von einer Krisenstimmung sprechen, und zwar in seinem persönlichen Leben. Friderike hatte ihm zugesagt, seinem Wunsche nachzukommen und eine formelle Trennung von ihrem Mann herbeizuführen. Wenn auch die Möglichkeit einer Ehe noch nicht bestand, so war es klar, daß dieser Schritt eine stärkere Bindung an sie bewirken würde, und er fühlte sich verpflichtet, der Beziehung zu Marcelle in Paris, die er ausführlich mit Friderike besprochen hatte, ein Ende zu bereiten. Die letzten Tage ihres Zusammenseins im vorigen Jahr hatten beiden zwar ekstatische Momente bereitet, sie waren sich aber sehr wohl bewußt, daß sein Abschied am 23. April sogleich ein Abschied von der ganzen Episode be-

* Verschiedene Vorstudien erschienen als Zeitschriftenbeiträge, so *Die Liebe bei Dostojewski* (Das neue Pathos, Berlin, II. Heft, 1914, 67–68), *Dostojewski* (Der Strom, III: 10. Januar 1914, 289–291) und *Dostojewskis Antlitz* (ebenda, 319).

deuten würde. »Was für ähnliche Figuren, sie und F.«, hatte er damals gedacht, »was für schöne ernste Gestalten um mein Schicksal ... Diese sechs Wochen waren [das] intensivste Zusammenfühlen, das ich mit einer Frau hatte und vielleicht nur dadurch, weil das Provisorische darin sicher war ...« Im Mai hatte er von ihr einen Brief »ohne Vorwurf und darum siebenfach ergreifend« erhalten, »für mich eine Mahnung ins Gefühl zurück. Und zum erstenmal glaube ich in meiner Antwort ihr das Befreiende gesagt zu haben, das sie erwartet« (wie eh und je bei ihm, war »das Aussprechen von ferne leichter als von nah«).[4]

Am Vorabend seiner Abreise schrieb ihm Friderike im März 1914 vom Hause des Schwiegervaters, wo sie ein paar Tage verbrachte:

Verzeih, daß ich noch Deine Zeit in Anspruch nehme, aber ich fürchte, ich werde Dich nicht mehr allein sprechen und will Dir, muß Dir noch einiges sagen, ehe Du reist. Will Dir sagen, daß Du nicht glauben sollst, ich sei traurig. Bin ich's manchmal, so sind es meine Nerven – nicht ich. Ich bin immer Dein Lamm, das mit Dir froh sein will.

Hab' auch keine Sorge, daß Du mich in Kämpfen zurückläßt. Ich eilte mich mit meinen Angelegenheiten, um sie in Ordnung zu bringen, ehe Du reist. Alles ist jetzt in Ordnung und auch die Geldsache ist gerichtet. – Ich will, daß Du niemals eine Mahnung spürst. Bleib nur frei und kühl, wie Du Dir zu sein dünkst. Ich glaube an Dich – aber ich will nichts von Dir. Ich habe mich jetzt frei gemacht, weil ich reiner vor Dir und vor mir selbst sein will und weil es ein Wunsch von Dir war. Es war der erste, den Du geäußert hast, und ich wartete schon lange auf einen. Aber denke nicht, daß es nicht in der Entwicklung der Dinge stand. Du hast mir nur den Kampf und den Entschluß erleichtert. Dafür danke ich Dir, was immer auch kommen mag.[5]

Sie empfand diese Krise sicherlich viel stärker, als sie ihm eingestehen wollte. Obwohl eine Rückkehr zu Felix nun für sie undenkbar und sie fest entschlossen war, keine Forderungen an Stefan zu stellen, war es ein sehr ernsthafter Schritt, den sie erwog. Die Vereinbarung mit ihrem Mann würde ihr nur einen kleinen Betrag belassen; und da sie die Fürsorge für die beiden noch sehr jungen Mädchen behielt, würde sie gezwungen sein, ihre literarische und journalistische Arbeit auszudehnen, um davon leben zu können. Sie wollte Stefan nahe sein, denn sie wußte, daß sie in der Lage war, ihn bei seiner Arbeit zu unterstützen; andererseits wollte sie unbedingt, daß er unabhängig bleibe, und war bereit, ihr Leben nach seinem Wunsch einzurichten. Die Scheidungsverhandlungen dauerten mehrere Wochen und kosteten sie viele schlaflose Nächte. Obwohl sie hocherfreut war, als Ende März ein Brief von Zweig kam, in dem er sie zu sich nach Paris einlud, war sie noch nicht ganz sicher, ob sie sich wirklich gut genug fühlte, die Reise zu unternehmen. Sie durchlebte eine nervliche und körperliche Krise, in der aber ihre eigene Entschlossenheit durch viele mitfühlende Briefe Stefans noch bestärkt wurde. Felix, der in die Scheidung einwilligte, hatte nur eine Bedingung gestellt: Sein Vater sollte von alledem nichts erfahren. Der notarielle Teil der Scheidung wurde deshalb weit weg von Wien in St. Pölten vollzogen. Nachdem sie dort im April die letzten Papiere unterschrieben hatte, bestieg sie den Zug nach Paris mit einem Gefühl großer Erleichterung. Sie brachte Stefan einen brasilianischen Schmetterling unter Glas mit, den er viele Jahre lang als Aschenbecher benutzte.[6]

Trotz ihrer Bitte, für sie ein anderes Hotelzimmer in der Nähe zu reservieren, um die Möglichkeit einer peinlichen Begegnung mit seiner Pariser Freundin zu vermeiden (»mir täte der kleinste schiefe Blick weh«[7]), hatte er darauf bestanden, ihr ein Zimmer im Beaujolais zu bestellen, wo er wie gewöhnlich wohnte. Bedeutete ihm ihre Freiheit wirklich etwas? Sie schrieb später, daß, falls die Scheidung nicht vor dem Krieg vollzogen worden wäre, der Kriegsausbruch sie sicherlich verhindert hätte und die Lebenswege aller ganz anders verlaufen wären.[8] Man hätte erwarten können, daß er in seiner Autobiographie diesen Punkt wenigstens andeuten würde, als er dieses kritische Jahr behandelte. Da er aber auch hier seinem Prinzip treu blieb, das Persönliche möglichst auszuklammern, so können wir über seine Gefühle nur Vermutungen anstellen, um so mehr als sein Tagebuch und seine Briefe an sie aus jener Zeit nicht erhalten geblieben sind. Über seine tiefe Zuneigung zu ihr besteht kein Zweifel, denn ihr Leben war in den zwei Jahren seit der ersten Begegnung eng miteinander verknüpft. Sie wußte die Ankündigungen seiner depressiven Phasen richtig einzuschätzen und vertraute darauf, daß sie – wie es sich dann in der Tat herausstellte – stark genug sein würde, die Probleme zu bewältigen und ihm darüber hinwegzuhelfen. Ihre Zuneigung zu ihm – die einer reifen Frau, deren Geschmack mit dem seinen übereinstimmte und deren eigene literarische Fähigkeit beträchtlich war – schien ihm viele Vorteile zu bringen, ohne daß er Kompromisse bezüglich seines wertvollsten Besitzes, seiner persönlichen Freiheit, schließen mußte. »Ein paar gute Menschen, wenige, wenige, sind um mein Leben«, hatte er an Benno Geiger vor Friderikes Ankunft geschrieben, »eine Frau, die mir sehr viel ist, deshalb aber doch gleichzeitig viel heiße Erlebnisse (der Körper allein *erlebt* ja aufrichtig).« Jetzt mit Marcelle zu brechen, wie er es Friderike versprochen hatte, bedeutete für ihn, eine Epoche zu beenden und aus seinem Herzen ein Stück von dem Paris und dem Frankreich herauszuschneiden, das er so liebte. Als Friderike und er Ende April zusammen nach Hause fuhren, sah sie zum ersten Mal Tränen in seinen

Augen.[9] Dies aber scheint das einzige Opfer, das einzige Zugeständnis gewesen zu sein, das er in ihren gemeinsamen 25 Jahren zu leisten hatte.

2

Jeder einzelne erlebte eine Steigerung seines Ichs.
Die Welt von Gestern

Während des sechswöchigen Aufenthalts in Paris gab es eine Menge zu tun.

Wir dachten zwar ab und zu an den Krieg, aber nicht viel anders, als man gelegentlich an den Tod denkt – an etwas Mögliches, aber wahrscheinlich noch Fernes. Und Paris war zu schön in jenen Tagen und wir selbst zu jung und zu glücklich.[10]

Er arbeitete hart an dem Aufsatz über Dostojewski (»fertig seit zwei Jahren und doch nie fertig: es quält mich und beglückt mich unendlich«), vollendete den biographischen Teil seines geplanten Buches über Marceline Desbordes-Valmore und führte einen regen Briefwechsel mit anderen Dichtern über die Verlaine-Übersetzungen. Hans Carossa (der versprach, einige Gedichte in Angriff zu nehmen), Rilke, Rudolf Binding, Paul Zech, Walter Hasenclever, Herbert Eulenberg (der drei Sonette in drei Tagen vollendete) und Ernst Hardt standen mit ihm in ständigem Kontakt. Und der Insel-Verlag hatte inzwischen schon einen Werbeprospekt entworfen.[11] Friderike hatte das Vergnügen, endlich Rolland kennenzulernen, als dieser im Hotel Beaujolais einen Besuch abstattete. Ende März begleitete Stefan Verhaeren nach Rouen, wo dieser eine Lesung abhalten sollte. Am Bahnhof – genau an jenem Ort, an welchem zwei Jahre später eine der Maschinen, die Verhaeren gepriesen hatte, ihn töten sollte – trennten sie sich mit dem Versprechen, sich wie gewöhnlich am ersten August in Caillou-qui-bique wiederzusehen.

Seine Abreise mit Friderike, in gewissem Sinne der Beginn eines neuen Lebensabschnitts, war durch keine Vorahnung der Europa drohenden Tragödie getrübt. »Unbesorgt nahm ich Abschied ... von Paris, lässigen, unsentimentalen Abschied, wie wenn man sein eigenes Haus für ein paar Wochen verläßt.« Seine Pläne für die nächsten Monate standen fest: Fertigstellung des Dostojewski irgendwo auf dem Land in Österreich; anschließend das Wiedersehen mit Verhaeren in Belgien und

vielleicht im Herbst die Reise in den Fernen Osten und nach Rußland. »Alles lag eben und hell vor meinem Blick in diesem meinem zweiunddreißigsten Jahr; schön und sinnvoll wie eine köstliche Frucht bot sich in diesem strahlenden Sommer die Welt.«[12]
Es war tatsächlich ein Sommer, an den man sich erinnern sollte, wie ein alter Winzer in Baden bei Wien zu Stefan kurz vor seiner Abreise nach Belgien sagte: »Wenn's so bleibt, dann kriegen wir einen Wein wie nie. An den Sommer werden die Leut' noch denken!«[13]
Während seines Aufenthaltes in Belgien wollte sich Friderike einige Zeit in der Kuranstalt Tobelbad bei Graz aufhalten, wo Erich Stoerk und seine zweite Frau mittlerweile als Ärzte tätig waren; sie hatte vor, sich dort von den Strapazen der vergangenen Monate zu erholen. Später wollte sie die Kinder bei den Stoerks lassen und Stefan in Zürich treffen, um mit ihm nach Italien zu reisen. Damals hatte er das Gefühl, daß, wenn ihre beiden Lebenswege vereinigt würden, es für sie wichtig sei, die Freizeit, die die Kinder ihr ließen, ihren eigenen literarischen Interessen zu widmen und neue Arbeiten in Angriff zu nehmen: eine Frau ohne Kinder oder eigene Aktivitäten würde Ansprüche an seine Zeit oder ihn selbst stellen, die er nicht erfüllen konnte.[14]
In seiner Autobiographie beschreibt er, wie das Attentat von Sarajewo seine Pläne zunichte machte, als am 28. Juni 1914 jener Schuß fiel, »der die Welt der Sicherheit und der schöpferischen Vernunft, in der wir erzogen, erwachsen und beheimatet waren, in einer einzigen Sekunde wie ein hohles tönernes Gefäß in tausend Stücke schlug«. Er, Friderike und mit ihnen Benno Geiger hörten die Neuigkeit in Baden, wo sich eine Menschenmenge vor dem Musikpavillon versammelt hatte, um die Nachrichten über den Tod von Franz Ferdinand zu verfolgen.[15] Aber es schien kein Grund zu bestehen, von seinem Besuch in Belgien abzusehen. Von Ostende und Le Coq aus, dem kleinen Seebad in der Nähe, wo er sich vor seiner Abreise zu Verhaeren noch ein paar Wochen aufhalten wollte, beobachtete er die wachsende Spannung in Europa: Österreichs Ultimatum an Serbien, die ausweichende Antwort darauf, den Austausch von Telegrammen zwischen den Monarchen, die unverhohlenen Mobilmachungen und die Vorbereitungen in Belgien selbst, dem, einem Gerücht zufolge, trotz eines Abkommens der deutsche Einmarsch drohte. Obwohl er sich über diese Befürchtungen, die James Ensor und Crommelynck ihm gegenüber geäußert hatten, lustig gemacht hatte »(hier an dieser Laterne könnt ihr mich aufhängen, wenn die Deutschen in Belgien einmarschieren!«), zerstreute die Spannung der letzten Julitage schnell den noch verbliebenen Optimismus der Urlauber, und wie durch einen Zauber leerten sich die Strände.[16]

Französisch, die Sprache, der man durch Jahre in Liebe und Neigung gedient, mit einem Male klingt sie feindlich. Man fühlt sich umstellt, umlauert, in einem Netz von Unwahrheit und Gehässigkeit gefangen, und fühlt, nur eines kann einen jetzt frei machen, Flucht, die Heimkehr nach Österreich.[17]

Als er seine Fahrkarten für den Orientexpreß bestellte (wie sich später herausstellte, sollte es der letzte sein), bat Stefan Siegfried Trebitsch und dessen Frau, die sich ebenfalls in Le Coq aufhielten, seinem Beispiel zu folgen: Er bot ihnen sogar die eigene Schlafwagenreservierung an, würden sie sich nur zu einer Abreise entschließen. Trotz seiner Mahnungen aber ließen sie sich in ihrem falschen Optimismus nicht erschüttern.[18] An Kippenberg schrieb Zweig an seinem letzten Tag in Belgien:

Ich ... fahre sofort nach Wien: obwohl nicht Soldat der ersten Linie, will ich doch in diesen Tagen nicht fern sein. Vielleicht komme ich jetzt einmal nach Leipzig hinüber – allerdings Bücher müssen jetzt jedes anständigen Menschen letzte Sorge sein und ich werde da nicht eine so unruhige Zeit mit meinen belästigen ... Mir ist's Leid um die Tage bei Verhaeren – aber auch dies Bedauern muß ich wohl verlieren in den wichtigeren Empfindungen der Stunde.[19]

An der Grenze, zwischen Verviers und Herbesthal, wurde der Zug für eine Weile angehalten, und er bemerkte unmißverständliche Anzeichen dafür, daß das Gerücht eines deutschen Einmarsches in Belgien doch Tatsache war. Langsam zog ein nicht endenwollender Strom von Güterwagen vorbei, beladen mit Gegenständen, die, mit Planen verdeckt, ihren militärischen Zweck nicht verbergen konnten. Als der Zug schließlich in Herbesthal ankam, war der Bahnhof geschlossen, und hinter den verriegelten Türen des Wartesaals konnte man Säbelrasseln und das Dröhnen von aufschlagenden Gewehrkolben hören. Es bestand für ihn kein Zweifel mehr: Seine Rückreise führte ihn mitten in den Krieg hinein. In Österreich bekam er am nächsten Morgen eine endgültige Bestätigung in den gehißten Bannern und den Mobilmachungsplakaten.
Gleich nach seiner Ankunft in Wien am Abend des 31. Juli ging er in die Redaktion der *Neuen Freien Presse* und schrieb »in einem Zug« ein Feuilleton über die Eindrücke der Reise und der Heimkehr.

Ich möchte es in meinem Leben nicht missen, diese sonst so frohberühmte Stadt gesehen zu haben, wie sie in ernster Stunde sich eine edle und neue Würde fand, eine Stille, die schöner tönte als sonst ihre Musik, und eine sinnende Ruhe, die mir wertvoller dünkte, als sonst ihre heitere Bewegtheit.

Nur die letzten Zeilen über Wien, so gestand er in seinem Tagebuch, waren nicht wahr: Die Stadt war »konsterniert«, die Leute »umstanden stundenlang die Einberufungsordre, die in einem erbärmlichen Deutsch abgefaßt, total unverständlich war. Am Abend versuchten einige Enthusiasmus zu machen, Kriegervereine, aber es klang schon recht matt ...«[20] Wie dem auch sei, wurde er selbst, wie er später zugab, von der allgemeinen Kriegsstimmung mitgerissen:

> Wie nie fühlten die tausende und hunderttausende Menschen, was sie besser im Frieden hätten fühlen sollen: daß sie zusammengehörten ... Sie anerkannten die unbekannte Macht, die sie aus ihrem Alltag heraushob, ... den Rausch, der für einen Augenblick dem größten Verbrechen unserer Zeit einen wilden und fast hinreißenden Schwung gab,[21]

getrieben wie Rollands Clérambault, »sich wieder mit der Herde zu vereinigen, sich an den menschlichen Tieren, seinen Brüdern, zu reiben, zu fühlen wie sie, zu handeln wie sie«[22]. »Das ganze Volk ist wie umgewandelt und in eine neue Form gegossen«, schrieb Harry Graf Kessler an Hofmannsthal Anfang August: das »miterlebt zu haben, wird wohl die größte Erfahrung unseres Lebens sein«[23].

3

> Lebt wohl, ihr Lieben, ihr Gefährten vieler brüderlicher Stunden in Frankreich, Belgien und England drüben, wir müssen Abschied nehmen für lange Tage.
>
> *An die Freunde in Fremdland*

Sein nachträglich in *Die Welt von Gestern* erhobener Anspruch, diesem plötzlichen Rausch des Patriotismus nicht erlegen zu sein – »ich hatte zu lange kosmopolitisch gelebt, um über Nacht eine Welt plötzlich hassen zu können, die ebenso die meine war wie mein Vaterland« – entspricht kaum den Tatsachen.[24] »Er wollte dabei sein«, bezeugt Friderike[25], und aus einem Brief an Kippenberg vom 4. August geht klar hervor, wie er tatsächlich fühlte:

> Ich werde in den nächsten Tagen einberufen und ausgebildet werden und bin in paar Wochen schon aller Wahrscheinlichkeit nach an der Front: jedenfalls treffe ich heute meine Verfügungen. Es wird auch ein Wunsch an Sie darunter sein im Falle, daß mir etwas passiert, aus meinen Büchern bei Ihnen und Verschiedentlichem noch Unveröffentlichten eine ausgewählte Gesamtausgabe billig zu veranstalten, den Herausgeber schlage ich vor, den Zeitpunkt mögen Sie bestimmen. Ich glaube, daß ich in Anbetracht unserer mehrjährigen und stets freundschaftlichen Beziehungen auf die Erfüllung dieses Wunsches schon heute zählen kann. – Wir schicken den letzten Mann ins Feld. Die meisten unserer Dichter von Hofmannsthal an stehen schon längst im Dienst. Wenn England neutral

bliebe, habe ich guten Mut, wir wissen alle, es geht diesmal ums Ganze. Gott schütze Deutschland![26]

Er schrieb an Friderike, daß er sehr bald als einfacher Infanterist nach Polen einrücken werde.[27] Die Militärmaschinerie jedoch arbeitete langsam, und beinahe zwei Monate später war er immer noch in Wien: Die Landstürmer, die bisher keinen Wehrdienst abgeleistet hatten und bei denen er dienen sollte, waren noch nicht einberufen worden. In einem weiteren Brief an Kippenberg beschrieb er die Schrecken der Ostfront:

Ein lieber Bekannter von mir ist vor den Augen seiner Leute ... mit seinem Pferd im Sumpf versunken. Kein Purgatorium, sondern die Hölle! Ich schreibe Ihnen das, damit Sie nicht wie viele in Deutschland die Leistung Österreichs mißachten! Es wäre mein höchstes Glück, als Officier gegen einen civilisierten Feind reiten zu dürfen – komme ich hier daran, so gilt es als gemeiner Soldat gegen Schmutz, Kälte, Hunger und Gesindel zu kämpfen. Dies mag Ihnen erklären, warum von den Intellektuellen Österreichs kein einziger bisher sich freiwillig an die Front gemeldet hat, diejenigen, die durch ihre Stellung hingehörten, sich sogar zurücktransferieren ließen (Hofmannsthal, Werfel) – auch fehlt uns jener Zusammenhang, den Sie wohl verstehen. Brody ist mir nicht soviel wie Insterburg, hier blieb ich kühl, dort zitterte ich, es verwüstet zu wissen! Es gibt doch nur einen letzten höchsten Zusammenhang, nur die Sprache ist Heimat im höchsten Sinne!
Ich arbeite natürlich nichts in Literatur, wohl aber habe ich gemeinsam mit zwei anderen in zehnstündiger täglicher Arbeit eine Organisation einrichten geholfen, die in wenigen Tagen viele Hunderttausende eingebracht hat.*
Mein Neid ist aber bei Ihnen, Officier sein zu dürfen in *dieser* Armee, in Frankreich zu siegen – *gerade* in Frankreich, das man züchtigt, weil man es liebt. Seltsam, ich hätte gegen niemanden mehr Elan als gegen die, die ich doch am meisten schätze, denn ihr Hochmut war alles Unglücks Anbeginn. Vielleicht werden unsere Regimenter so durcheinandergeschüttelt, daß ein Teil dorthin gelangt – an dem Tage würde ich Tod und Teufel daran setzen hinzukommen. Gegen Rußland habe ich keinen Haß, sie kämpfen wie Deutschland um ein erweitertes Volkstum, Frankreich aber um sein Spiegelbild, seine Eitelkeit und England für seinen Geldsack.[28]

Friderike war es unbegreiflich, daß für diese feingliedrige Gestalt, die gänzlich ungeeignet für die Rauheit der Schützengräben war, keine andere Aufgabe gefunden werden könnte, die seiner Begabung mehr entspräche. Die Armee kam zu dem gleichen Ergebnis; er wurde bei der ersten Musterung für den Frontdienst für untauglich erklärt und »zu anderweitiger Verwendung in Evidenz gehalten«[29]. Und nach und nach verdrängte ein pessimistischer Defaitismus seine anfängliche Begeiste-

* Laut Tagebuch war diese Arbeit in der Wiener Statthalterei im Rahmen des ›Schwarzgelben Kreuzes‹.

rung, keineswegs in der Art des zynischen Humors eines Karl Kraus oder Robert Neumann, sondern nur erschreckt angesichts des Gemetzels, dessen rasches Ende immer unmöglicher schien. Eine Zeitlang ließ er »als Zeichen der Trauer über das Ungeheuerliche der Zeit« den Bart stehen.[30] Felix Braun erinnert sich, wie sich innerhalb des Freundeskreises im Café Beethoven die Standpunkte immer mehr auseinanderentwickelten: »Ich wünschte die Erhaltung Österreichs, er den Sieg des Friedens.«[31]

Trotz seiner anderslautenden Aussage gegenüber Kippenberg hatte seine Feder nicht geruht. Besonders drei Aufsätze zeigen seine Empfänglichkeit für die Zeitstimmung und seine moralische Verwirrung.[32] *Ein Wort von Deutschland* und *Die schlaflose Welt* erschienen am 6. und 18. August in der *Neuen Freien Presse.* Sie verherrlichen die ›Schwertbrüderschaft‹ von Österreich-Ungarn und Deutschland, wobei der unzweideutige Patriotismus und die üblichen Propagandaargumente des ersten Aufsatzes durch den zweiten gemildert werden. Es herrsche nun der totale Krieg, aus dem sich niemand heraushalten könne, und die neue Ordnung, die daraus entstehen würde, müsse mit einem schrecklichen Preis bezahlt werden. Der Artikel *An die Freunde in Fremdland* im *Berliner Tageblatt* vom 19. September stellt ein geradezu verzweifelt-trauriges Lebewohl an seine Freunde im Feindesland dar:

> Diesen Haß gegen Euch – obzwar ich ihn nicht empfinde – ich will ihn doch nicht mäßigen, weil er Siege zeugt und heldische Kraft ... Erwartet ... nicht, ich würde, so sehr ich mich Euch verpflichtet fühle, Euer Anwalt sein! Ehret mein Schweigen, wie ich das Eure ehre!

Der Satz »Einerlei, wer Sieger bleibt« wurde als einziger von der Zensur gestrichen.[33] Doch in seinem Tagebuch vom 24. September hieß es über die Nachricht vom deutschen Bombardement der Kathedrale von Reims: »Ich kann mir den Wutschrei denken, mit dem die ganze gebildete Welt das beantwortet – und doch war es eine Falle der Franzosen, die es *wollten*, daß die Deutschen sich moralisch schädigten.«

»Ende des Monats werde ich gemustert und wohl zu irgendeiner Verwendung ausgebildet«, schrieb er an Kippenberg. »Endlich! Der bisherige Zustand des Wartens war unerträglich.«[34] Fast gleichzeitig erhielt er einen Brief von Rolland aus Genf, dem dieser ein Exemplar seines *Au-dessus de la mêlée* (für unsere Generation beinahe unglaublich, wie gütig die österreichische Zensur damals war) mit den ermutigenden Worten beifügte: »Ich bin unserem Europa treuer als Sie, lieber Stefan Zweig, und ich sage keinem meiner Freunde Adieu.«[35] Diese Wiederaufnahme ihrer Korrespondenz (die bis zum Zweiten Weltkrieg andauerte) trug viel dazu bei, Zweigs Glauben an die Zukunft Europas zu stärken. In diesem Brief hörte er auch etwas von Verhaeren. Der Belgier war, wie nicht anders zu erwarten, von der Woge des Hasses gegen die Deutschen nach deren Invasion erfaßt worden und zeigte sich im Gegensatz zu Zweig als äußerst verbitterter und polemischer Patriot. Rolland hatte seine Adresse ausfindig gemacht. »Er wohnt 18 Matheson Road, Kensington, London«, schrieb Zweig an Kippenberg,

und atmet dort die entsetzliche Lügenluft der französischen und englischen Blätter. Ich habe ihn durch Rolland bitten lassen, in seinem Zorne gerecht zu sein, aber was muß ich befürchten, wenn Rolland mir schreibt »Hélas, il connaît aussi maintenant la haine«. Ich will natürlich nicht betteln bei ihm, Deutschland zu ›schonen‹, aber um seinetwillen ists mir furchtbar, daß er in seinem Buch über das zerstörte Belgien Berichte in Gedichte verwandelt ... Wissen möchte ich, ob mein Buch über ihn in England jetzt um seiner Actualität willen erschienen ist: es war Ende Juli fix und fertig ausgedruckt und hätte im August erscheinen sollen.[36]

Tatsächlich erschien es um Weihnachten bei Constable, was, wie er Kippenberg gegenüber formulierte, die »englische Gesinnung im Widerstreit von Patriotismus und Geschäft« zeigte.[37] In der erstklassigen Übersetzung von Jethro Bithell war es ein beachtlicher Erfolg.
An Rolland schrieb er später über den Abgrund, der ihn jetzt von Verhaeren trenne, dessen Angriffe gegen Deutschland er in der deutschen Presse wiederabgedruckt sah:

Sie wissen, wie sehr ich ihn geliebt habe – wie einen Vater, wie einen Meister – und doch kann ich jetzt nicht trauern ... das Schicksal persönlich für eine Rasse gehaßt zu werden, hat mich mein jüdisches Blut seit Jahren lächelnd ertragen gelehrt ... und seltsam, gerade in der Vehemenz seiner Äußerungen ... spüre ich einen tiefen Schmerz, eine Verzweiflung, die ich ehre und achte.[38]

Wie Zuckmayer einmal sagte, wird in einem Krieg das Wort machtlos. »Man macht ihn mit, oder man schweigt.«[39] Zweig fühlte sich unglücklich wegen der Ohnmacht, auf die Ereignisse Einfluß nehmen zu können. Rollands Idee, eine internationale Gruppe in der Schweiz zu gründen, die jegliche Form von Haß bekämpfen und aktiv gegen den Krieg ins Feld ziehen sollte, nahm er deshalb mit Begeisterung auf; er entwickelte daraus eine Art internationales, ethisch orientiertes Parlament, in dem Deutschland durch Gerhart Hauptmann, Österreich durch Hermann Bahr, Holland durch Frederik van Eeden, Schweden durch Ellen Key, Rußland durch Gorki, Italien durch Benedetto Croce, Belgien durch Verhaeren, die Schweiz durch Spitteler, Polen durch Sienkiewicz und England durch Shaw oder Wells repräsentiert werden sollten. Eine solche Gesellschaft, dachte er, könnte beweisen, daß es neben dem Nationalismus auch noch den Idealismus auf der Welt gäbe.[40] Sein eigener Patriotismus war jedoch immer noch sehr stark (im Dezember zum Beispiel verteidigt er gegenüber Rolland das deutsche Bombardement auf Reims[41]), und er war noch immer bestrebt, in irgendeiner Weise am Krieg teilzunehmen, auch wenn er nicht beim Fronteinsatz dabei sein konnte. Er wurde schließlich am 12. November als Einjährig-Freiwilliger für den Militärdienst akzeptiert und ab 1. Dezember dem »Trainzeugsdepot« in Klosterneuburg zugeteilt. Noch vor dem Einrücken aber wurde er aufgrund der Intervention Ginzkeys, eines Berufsoffiziers, der in seiner Schuld stand[42], zur sogenannten ›literarischen Gruppe‹ des Kriegsarchivs der Stiftskaserne in Wien zur Propagandaarbeit versetzt. In einem Brief an Kippenberg schrieb er, daß er nun »an sehr verantwortlicher Stelle« eingesetzt sei.

Ich habe nie gedient und arbeite dann mit meiner stärksten Kraft, dem Gehirn, auch zugunsten des Ganzen. Mein Wunsch, in ein Spital zu kommen, ist mir nicht erfüllt worden, aber das Amt, dem ich zugedacht bin, ist tatsächlich ungleich interessanter und mir gemäß.

Schnitzler erzählte er, daß er sich unglaublich auf die neue Arbeit freue.[43] Es bedeutete für ihn, eine Uniform tragen zu dürfen und die Grundausbildung zu absolvieren; und auch die Möglichkeit eines Feldeinsatzes innerhalb dieser Beschäftigung war gegeben.[44] Der innerlichen Verworrenheit und Hilflosigkeit aber gab er gegen Ende des Jahres für sich in Tagebuchaufzeichnungen Ausdruck:

Ich bin jetzt so seltsam ausgestoßen, wirklich ich habe kein Recht mit den Deutschen zu sein, weil ich kein ganzer Deutscher bin. Ich empfinde, je länger ich mich prüfe, umsoweniger die aufrechte gerade Zustimmung, selbst zu dem Heroischen nicht, weil etwas Knechtliches dabei ist. Die Kaiservergötterung z. B. ist mir unerträglich sowie die Fürstendienerei, der Mangel an Demokratie, der selbst jetzt so furchtbar zum Durchbruch kommt, sehr im Gegensatz zu Frankreich und England. Darüber kann ich mit den Wenigsten sprechen, sie sind alle umnebelt und betäubt von der kriegerischen Atmosphäre – vielleicht haben sie wiederum recht. Ich selbst fühle nichts als einen dumpfen Schmerz vor dem Geschehen, in den sich keine Freude mengt (26. Dezember). In einer Zeitung das herrliche Wort Goethes zu Eckermann am 14. März 1830 gelesen und sofort nachgeschlagen: es machte mich leicht. Jede Zeile darin war Entspannung, Bestätigung meines dunkelsten Empfindens, das vom unkriegerischen und kriegerischen Menschen sagt meine tiefste Seele. Ich will es mir über den Schreibtisch nageln, um nicht wankelmütig zu werden gegen meine eigenen Überzeugungen (27. Dezember).

4

Le monde se renouvelle, comme toujours, par la douleur.

Rolland an Friderike, Ostern 1915

Friderike hatte inzwischen in Tobelbad ihre Gesundheit fast vollständig wiederhergestellt und war damit beschäftigt gewesen, den Stoerks bei ihren vielen Schwierigkeiten behilflich zu sein. Ende Juni schrieb sie an Stefan:

Fürchte nicht, daß ich Deine kleinen Nervositäten nicht ertragen werde und vergleiche *nichts* mit Paris. Daran wollen wir doch beide nicht mehr denken. Aber, Lieber, erwarte auch von mir jetzt nicht wieder anderes ... Ich bin auch gar nicht in Angst, daß Du Dein Einsamseinwollen mit mir, die ich selbst oft entrückt und wortkarg bin, so sehr empfinden wirst. Lieber, ich rede da und zittere insgeheim, ob alles klappen wird. Ich werde täglich Gott bitten, mich in die Gelegenheit versetzen, Deinen »Bedrückungen« ausgesetzt zu sein. – Eines aber *erwarte* ich doch von Dir, mein Brüderchen. Mit *mir* mußt Du arbeiten ... Die Stunden, wo ich bei Dir saß, während Deine Feder wie der Wind über die Blätter strich, die werde ich ebensowenig vergessen wie unsere Nächte.[45]

Die Ereignisse des Juli bereiteten ihr erhebliche Sorgen, ja fast Verzweiflung, vor allem, weil sie so weit weg von Wien festgehalten wurde. Felix wurde im Rang eines Hauptmanns einberufen, und es gelang ihr, ihn zusammen mit Alix in Graz zu treffen, als er von Wien aus in Richtung Süden unterwegs war. Erleichtert vernahm sie, daß Stefan aus Belgien zurück war und sich in der Nähe befand. In den ersten Augusttagen aber hatte sie selber noch nicht den Ernst der Stunde voll erfaßt.[46] Erst als sie Anfang August seinen Brief erhielt, in dem er ihr mitteilte, daß er bald als einfacher Soldat nach Galizien einrücken müsse, wurde sie aus ihrer Hilflosigkeit gerissen und telegraphierte, daß sie ihn am Abend des 4. August im Café Eiles in Wien treffen wolle. »Ein Glück, daß F. wieder hier ist, sie hat Macht der Beruhigung über mich.« Ob es ihr möglich war, seine Einberufung zu beeinflussen, ist nicht erwiesen, obwohl sie gewisse Kontakte zum Kriegspressebüro hatte, die sie gerade für einen anderen Freund benutzte.[47] Jedenfalls war sie erleichtert festzustellen, daß die Einberufung der Landstürmer im Moment noch sehr langsam voranging. In Baden schämte sie sich beinahe ihres Glücksgefühls, das sie dabei empfand, wieder in seiner Nähe zu sein, und sie begann sogar mit einem neuen Roman. Außerdem fühlte sie sich kräftig genug, neben den eigenen Kindern auch auf die der Stoerks eine Weile im September aufzupassen. Stefan kam oft nach Baden, um sie zu sehen; ebenso der ›alte Herr‹, ihr Schwiegervater, der viele unveröffentlichte Nachrichten von seiner Arbeit im Auswärtigen Amt mitbrachte. Er und Friderike setzten gemeinsam alle möglichen Hebel in Bewegung, um Stefan im Sanitätsdienst unterzubringen, was, wie sich später herausstellte, vergeblich war. Friderike selbst nahm eine Teilzeitbeschäftigung als freiwillige Hilfsschwester in einem der Badener Krankenhäuser an.[48]

Ende 1914 jedoch wurde es immer schwieriger für sie, in Baden zu bleiben. Dort waren neben den Notlazaretten auch noch der kaiserliche Hof, ein militärisches Hauptquartier sowie die Zentrale der Kriegsberichterstatter untergebracht, so daß die Zugreise von und nach Wien für normale Bürger äußerst schwierig wurde. Sie selbst wollte näher bei Stefan sein, gleichzeitig aber sollten die Kinder in der Nähe ihres Großvaters und der Mutter bleiben. Sie ließ sich deshalb in einer weiteren provisorischen Wohnung in der Langegasse 49 nieder, nicht weit von den Wohnungen Stefans und des Hofrats entfernt. Hier erhielt sie eine Karte von einer französischen Freundin Rollands, die sich zeitweilig in der Schweiz aufhielt und wissen wollte, was eigentlich die österreichischen Frauen zur Beendigung des Krieges beitrügen. Friderike wandte sich an die Präsidentin des Allgemeinen Österreichischen Frauenvereins und war danach tatkräftig am Aufbau des ›Internationalen Komitees für dauernden Frieden‹ beteiligt, das in seinen Bestrebungen, die haßerfüllte Atmosphäre durch eine menschliche zu ersetzen, gute Arbeit leistete.[49]

Sie konnte Stefan nicht täglich sehen; doch in ihren Briefen während der ersten Monate des Jahres 1915 setzte sie alles daran, ihn zu ermutigen, zu seiner Arbeit zurückzufinden:

Aber der Tag ist trotz des Archives noch lange, wenn Du nie vergißt, daß es – und nur dies – Frevel ist, wenn Du flau arbeitest. ... Könnt ich Dir jetzt Arbeitsruhe schaffen. Diese herrliche Arbeit, die Du vorhast, oh machtest Du doch den Anfang ... Vielleicht bricht durch die Worte des Anfangs das Feuer in Dir aus ... Bitte, bitte, glaub nur nicht, daß ich nicht das Opfer brächte, Dich nicht zu sehen, wenn Du dich abschließen willst.[50]

Schon mit dem neuen Jahr aber, wo »jeder das Unabsehbare, das Endlose dieses Krieges«, dessen »Sinnlosigkeit« spürte, hatte er sich »wieder gefunden«: »Ich rauche nicht mehr, ich arbeite: die entsetzliche Sinnlosigkeit der Nervosität ist mir endlich bewußt geworden: ich tue jetzt Tag für Tag mein Quentchen nach vorwärts. Vor allem nehme ich Dost[ojewski] wieder auf und jetzt mit gerechterem Gefühl, denn ich habe die Größe Tolstois in diesen Tagen verstehen gelernt.«[51].

Friderikes Bemühungen und die von Rolland, dem sie in ihren Briefen

Stefans Unfähigkeit, sich auf die eigene Arbeit zu konzentrieren, geschildert hatte, trugen entscheidend dazu bei, seinem Leben wieder ein Ziel zu geben und in ihm seinen Pazifismus herauszubilden.
»Die Stunde ist hart, aber groß«, schrieb ihr Rolland am Ostermontag 1915, »und unsere Aufgabe ist schön. Man wird uns später wegen unserer Leiden beneiden. Es gibt Augenblicke der Menschlichkeit, in denen selbst die Tränen fruchtbar sind.«[52]

5

»J'ai la haine de la haine«, dit Olivier. »Si seulement tu l'avais!« dit Christophe.
Rolland, *Jean Christophe*

»Stefan Zweig, simpler Rekrut und Dichter a. D.«, wie er sich selbst in Peinem Brief an Servaes im Dezember 1914 bezeichnete[53], befand sich in der Stiftskaserne unter Gleichgesinnten: Ginzkey, Csokor, Paul Stefan und Alfred Polgar, Bartsch und Albert Ehrenstein, Strobl, Erwin Rainalter und Siegfried Trebitsch waren dort zu verschiedenen Zeiten während seines Dienstes beim Kriegsarchiv beschäftigt. Werfel kam ebenfalls nach einem kurzen Einsatz an der Ostfront zu ihnen, desgleichen Rilke für ein paar Monate, bis die Bemühungen seiner Freunde ihn von der Trübsal des Militärdienstes befreiten.[54] Sie machten aus Berichten über tapfere Einsätze Geschichten, die dann in der Presse oder in patriotischen Sammlungen veröffentlicht wurden; sie gaben die offizielle Zeitschrift *Österreich-Ungarn in Waffen* (die ein anonymer Witzbold unter ihnen – war es Ehrenstein? – in *Österreich-Ungern in Waffen* umtaufte) sowie die Zeitschrift *Donauland* heraus. Außerdem betreuten sie die Kriegsbücherei. Im ersten Monat mußte Zweig äußerst hart arbeiten, da er zusätzlich zu seinen Büropflichten auch noch die militärische Grundausbildung zu absolvieren hatte.[55] Danach aber ging er zu einem ruhigen Sechs-Stunden-Tag über, der ihm genügend Freizeit ließ. Diese nutzte er zunächst für seine eigene Arbeit und konnte am Jahresende Zech berichten, daß er den Dostojewski-Essay und zwei Novellen fast beendet habe.[56] Eine Zeitlang verließ er seine Wohnung in der Kochgasse und lebte in einem kleinen Hotel am Hietzingplatz; von dort ging er täglich zu Fuß nach Meidling, um dann mit der Straßenbahn ins Büro zu fahren.[57] In einem Brief an Kippenberg vom 23. Dezember heißt es:

Ich habe sehr viel in meiner Militärstellung zu tun und bin heute zum Corporal avanciert: das einzige, was ich dabei als peinlich empfinde, ist, daß ich solange nicht nach Deutschland kann, aber Urlaube gibt es jetzt keine. Und wie gerne hätte ich Deutschland in diesem Jahr gesehen: es wird mir in meinem Leben fehlen, dies nicht gefühlt zu haben.[58]

Wann hat sich seine Haltung dem Krieg gegenüber tatsächlich geändert? Er hatte von Anfang an keinen Haß gegen den ›Feind‹ empfunden und war davon abgestoßen, wenn seine Freunde in beiden Lagern sich genötigt sahen, patriotische Lobeshymnen anzustimmen. Lissauers Haßlieder kamen ihm ebenso unheilvoll vor wie Verhaerens *Belgique sanglante*. Wie Rolland begrüßte er schon im September 1914 Hesses Aufruf an die Dichter der Welt, ihre Stimme nicht dem Kriegs-Chor zu leihen.[59] Dennoch war er in den ersten Monaten, wie wir gesehen haben, auf der Seite seines Landes und hatte seine Arbeit im Kriegsarchiv mit einigem Stolz als »sehr wichtig und geheim« beschrieben.[60] Er war also keineswegs Pazifist vom ersten Augenblick an, wie er schon 1922 glauben machen wollte:

Für mich war der Krieg, vielleicht mehr als für irgendeinen andren deutschen Schriftsteller, eine Entscheidung, die mein Leben mitten durchriß. ... Ich rechne es mir gar nicht (wie andere es freundlich taten) als besonderes Verdienst an, von der ersten Stunde an das verhängnisvoll Sinnlose des europäischen Selbstmordes erkannt und mich mit allen seelischen Kräften gegen den Krieg gestellt zu haben: mir war das Gemeinsame, die Einheit Europas so sehr selbstverständlich, wie der eigene Atem.[61]

Und ein Vierteljahrhundert später, als er die Autobiographie begann, war er davon überzeugt, daß sein Pazifismus (oder vielmehr sein Widerstand gegen den Krieg) bereits bis zum Kriegsausbruch zurückreichte. Freilich gab er zu, daß er dem Heldentum, das von einem Kriegsdienstverweigerer in Österreich erwartet wurde, abgeneigt gewesen war:

Ich mußte vielleicht mit Recht den Anwurf der Unentschiedenheit auf mich nehmen, den man meinem verehrten Meister in einem fremden Jahrhundert, Erasmus von Rotterdam, so häufig gemacht. So hielt ich Umschau nach einer Tätigkeit, wo ich immerhin etwas leisten konnte, ohne hetzerisch tätig zu sein ... gewiß keine ruhmreiche Tätigkeit ... aber doch eine, die mir persönlich passender erschien, als einem russischen Bauern ein Bajonett in die Gedärme zu stoßen.

In späteren Jahren konnte er seinen Kriegsdienst mit dem Argument rechtfertigen, daß er genug Zeit gehabt habe, sich dem zu widmen, was er für wichtiger hielt: dem Dienst an der künftigen Verständigung.[62] Aus seinem Tagebuch und der spärlichen Korrespondenz, die aus dieser

Zeit erhalten blieb, geht hervor, daß sich seine Ideen in der Tat erst nach Ostern 1915 herauszukristallisieren begannen, als er den *Jeremias* begann. Im Januar desselben Jahres schilderte er in einem Brief an Rolland seinen Abscheu vor Englands verräterischer und profitgieriger Schadenspolitik, die jenseits von jedem Moralanspruch sei, währenddessen er Frankreich gegenüber nicht den geringsten Haß empfinde. Er fügte hinzu, daß er auch in der Abteilung für Briefzensur im Außenministerium arbeite.[63] Anfang 1915 schrieb er an Paul Zech:

Ich werde ja auch hinaus [müssen], ... aber ich habe dann wenigstens die Unteroffizierscharge und bin nicht mehr ganz subaltern. Ich dürfte ... gegen Italien gestellt werden – zwei Monate werden jedenfalls noch vergehen (ich bin vorläufig noch im Amt zu notwendig und dann ganz schlecht ausgebildet) ... Deutschland ... wird besser hervorgehen aus diesem Krieg. Es wird als letzter europäischer Staat den Sinn und das Wesen der Democratie verstanden haben und sich ihm entgegen arbeiten.[64]

An Joseph Leftwich schrieb er, er sei bloß »Militärperson, Zugführer«; er arbeite sieben bis acht Stunden am Tag im Kriegsdienst, seine Nerven seien zerrissen, und er fühle sich sehr vermindert in seinem ganzen Lebensgefühl. »Für die Weltbürger, die Gläubigen Europas, sind diese Tage eine Katastrophe geworden. Ich habe viel auf dem Herzen, aber die Worte bleiben jetzt alle innen und drücken einem die Seele wund. Hoffentlich geht es Ihnen ... besser und Sie arbeiten wenigstens, ich kann und darf es nicht.«[65]

Bereits im März aber konnte er Rolland über »unsere Überzeugungen« berichten (für die, wie er sagte, Hofmannsthal keine Sympathien zeigte[66]) und veröffentlichte in der *Neuen Freien Presse* die Übersetzung von Rollands Aufsatz *Nächstenliebe, Feindeshaß*.[67] Obwohl, wie er selbst sagte, der *Jeremias* kein im eigentlichen Sinn pazifistisches Stück sei, sondern eher die Verherrlichung des Unterliegens[68], scheint es klar zu sein, daß er von nun an begonnen hatte, sich selbst als Pazifisten, sogar als Defaitisten, zu sehen. In der Öffentlichkeit zeigte er sich zwar weiterhin im patriotischen Lager, so mit dem Artikel in der *Neuen Freien Presse* vom 14. April *Warum nur Belgien, warum nicht auch Polen? Eine Frage an die Neutralen.* Rollands positive und optimistische Worte an Friderike jedoch vom Ostermontag 1915 hätten wohl auch von Zweig stammen können: »Diese fürchterliche Krise zwingt alle Seelen, ihr Gewissen zu prüfen, tief in sich zu blicken und teilzunehmen. Ich bin überzeugt, daß auch diesem Konflikt der europäischen Nationen das Gewissen Europas entspringen wird – wie der Regenbogen des Rheingolds aus den Gewitterwolken.«[69] Im Mai schrieb Rolland an Zweig: »Sie sind in der Tat dieser vielseitige und edle europäische Geist, den unsere Zeit benötigt und dessen Erscheinung ich seit zwanzig Jahren erwarte.«[70]

6

Man kann das Unsichtbare nicht besiegen!
Man kann Menschen töten, aber nicht den Gott, der in ihnen lebt.
Man kann ein Volk bezwingen, doch nie seinen Geist.

Jeremias

Es schien, als habe er nun zu sich selbst gefunden. Bei seinem *Jeremias* hatte er erstmals »das Gefühl, gleichzeitig aus mir selbst zu sprechen und aus der Zeit«[71]. Seinen ersten Urlaub vom Archiv Anfang Sommer 1915 verbrachte er mit Friderike in Gstettenhof in der Nähe von Mariazell[72], und es war für beide eine außerordentlich glückliche Zeit. Bei ihrer Rückkehr fand Friderike die Kinder, die sie wieder einmal der Obhut der Stoerks überlassen hatte, in guter Verfassung vor und war vor allem erleichtert, daß Stefan sich wieder in der Lage fühlte zu schreiben.* Feigl, der Zweigs Essay über das Handschriftensammeln im *Deutschen Bibliophilenkalender* von 1914 veröffentlicht hatte, drängte ihn nun zu einem weiteren für die Ausgabe des Jahres 1916. Bei seiner Rückkehr aus Mariazell versprach Zweig, ihn innerhalb der nächsten Wochen zu schreiben. Der Dienst verhinderte dies jedoch, und am 12. Juli mußte er um Aufschub bitten: »Ich muß übermorgen in das schwarzeste Galizien«.[73] Der »Einjahrsfreiwillige Feldwebel Dr. Stefan Zweig« (er war am 1. Juli zu diesem Rang befördert worden) erhielt einen Sonderauftrag des Archivs und wurde in jenes Gebiet geschickt, das ursprünglich von den Russen besetzt, aber durch die österreichisch-deutsche Frühjahrsoffensive des Jahres 1915 zurückerobert worden war. Die Mission hatte er anscheinend selbst als einzige Möglichkeit vorgeschlagen, zuverlässige Informationen über die Geschehnisse in Galizien zu erhalten. Sie zielte besonders darauf ab, Exemplare aller Anschläge und Plakate der russischen Besatzung sicherzustellen, bevor sie heruntergerissen und vernichtet würden. Da er selbst Sammler war, wußte er, was es bedeutete, diese Chance nicht zu ergreifen: »Auch Flugblätter, Karikaturen, Postkarten könnten jetzt noch vielleicht dort

* Obwohl *Jeremias* scheinbar nicht vor Januar 1916 ernsthaft in Angriff genommen wurde; s. Briefe an Schnitzler (25. Sept. 1916) und Hesse (9. Nov. 1915): »Jetzt vermag ich für mich gar nichts zu tun, mein Militärdienst hält mich ganz« (*BrFr* 61).

eingebracht werden ..., die später durch einen hohen Liebhaberwert käuflich kaum mehr werden zusammengebracht werden können.«[74] Er wurde mit einem besonderen Paß ausgerüstet, der ihn dazu berechtigte, jeden Militärzug zu benutzen, sich vollkommen frei zu bewegen und auch in Privatquartieren Unterkunft zu nehmen (ihm wurde Respekt und Ehrfurcht entgegengebracht, da alle aufgrund seiner Feldwebeluniform, die keine speziellen Abzeichen hatte, dachten, er sei ein Generalstabsoffizier in Verkleidung oder ein Sonderbeauftragter mit geheimer Mission). Es war eine außergewöhnliche Gelegenheit, etwas vom Krieg zu sehen und doch außerhalb der Militärmaschinerie zu bleiben; er nutzte diese Möglichkeiten. Das Zusammentragen des geforderten Materials war recht einfach – eigentlich mußte man in jedem Ort nur die richtigen Kontakte anknüpfen und die Laufarbeiten delegieren. Und in Przemysl und Lwow, Tarnow und Drohobycz, in Truppenwaggons und bei Lazarett-Transporten sah er eine Menge: nicht das Heldentum des Krieges, sondern seine entsetzlichen Folgen.
Er sah die schrecklichen Leiden der Zivilbevölkerung und die der Juden in den Ghettos, die zu acht oder zwölft in Kellern zusammengepfercht waren; er lernte die erstaunliche Ähnlichkeit zwischen Besetzern und Besetzten und ihre natürliche Verbrüderung kennen, das Leiden und den Schmutz der Lazarettzüge, die selten mit Medikamenten und Verbandstoffen ausgerüstet waren, die bombardierten Städte und die geplünderten Geschäfte, »deren Möbel wie gebrochene Glieder und herausgerissene Eingeweide mitten auf der Straße lagen«. Der Kontrast zwischen all dem und den offiziellen Phrasen, die er selbst mitgestaltet hatte, von dem »unbeugsamen Siegeswillen«, von den »geringen Verlusten« der eigenen Truppen und den riesigen der Gegner, hinterließ einen unauslöschbaren Eindruck auf ihn. Mehr noch, er fühlte in sich den Drang, öffentlich gegen den Krieg aufzutreten. Er hatte den eigentlichen Gegner erkannt:

> Das falsche Heldentum, das lieber die andern vorausschickt in Leiden und Tod, den billigen Optimismus der gewissenlosen Propheten, der politischen wie der militärischen, die, skrupellos den Sieg versprechend, die Schlächterei verlängern, und hinter ihnen den Chor, den sie sich mieteten, all diese »Wortemacher des Krieges« ... Immer war es dieselbe, die ewige Rotte durch die Zeiten, die die Vorsichtigen feige nannte, die Menschlichen schwächlich ... dieselbe, die Kassandra verhöhnt in Troja, Jeremias in Jerusalem, und nie hatte ich Tragik und Größe dieser Gestalten so verstanden wie in diesen allzu ähnlichen Stunden.[75]

So jedenfalls erinnerte er sich in *Die Welt von Gestern* an seine Reise nach Galizien. Seine Erinnerungen jedoch, so muß zugegeben werden, haben sich im Laufe der Zeit verzerrt. Obwohl von der Arbeit im Archiv »angewidert, weil ich ihre Notwendigkeit nicht einsehe«, spielte er weiterhin seine Rolle bei den »Wortemachern des Krieges«, die er später verdammte. Sein Bericht für das Kriegsarchiv und der Artikel, den er über die Reise[76] veröffentlichte, vertraten eine optimistische Position ganz im Sinn der offiziellen Propaganda. Er betonte die durch Österreich in Galizien erbrachten Opfer, die »plangemäß« und im Sinne der gemeinsamen Sache seien, und hob den Aufbau und die Wiederbelebung der Provinz hervor, die nun mit deutscher Hilfe wiedergewonnen worden war. Sein durch glühenden Patriotismus geprägter Aufsatz von 1914, *Ein Wort von Deutschland*, wurde 1915 (wohl mit seiner Erlaubnis) in einem *Gedächtnisbuch für die Gefallenen* wiederabgedruckt:

> Restlose Unterordnung des einzelnen unter den Gesamtwillen, Disziplin des Egoismus zum Gemeingefühl ist die erhabene Formel, die sechzig Millionen Deutscher in den Tagen der Not in eine einzige Masse verwandelt, eine einlinig wirkende ungeheuere Kraft, deren Stärke sich ruhmvoll auch an dem furchtbarsten Gegner erproben wird ...[77]

Während dieses und des nächsten Jahres beteiligte er sich nach wie vor an der Arbeit des »Heldenfrisierens« im Kriegsarchiv und unterbreitete 1916 sogar einen Vorschlag für eine neue Zeitschrift, »dem Vaterland dienend dadurch, daß sie der Armee dient und jenen wundervollen Zusammenhang des Krieges zwischen Militär und Volk auch für den Frieden festigt und bewahrt«. Der Widerspruch zwischen seinem wachsenden Pazifismus im privaten Bereich und seiner Haltung nach außen blieb ihm weiterhin unbewußt[78] (selbst in einem privaten Brief stellte er Rolland wegen dessen »parteiischen« Aufsatzes *Le meurtre de l'élite* zur Rede[79]).

Bei seiner Rückkehr nach Wien Mitte August fand er Grüße von Verhaeren vor, die wahrscheinlich von Rolland übermittelt worden waren: »Ein Zeichen des Erwachens«, schrieb er an Zech, »ein Gruß der neugeborenen Besinnung ... mir wohlgetan bis ins tiefste Herz. An so kleinen Zeichen freut sich jetzt die geknechtete Seele, das verdumpfte Blut!«[80] Er las *Jean Christophe* noch einmal und war wiederum äußerst bewegt von dem prophetischen Gehalt des Buches. Nicht nur Rollands Briefe ermutigten ihn, sondern auch freundschaftliche Grüße von Henri Guilbeaux, dem Übersetzer seiner Gedichte ins Französische, der jetzt auch in Genf lebte. Aber seine Bemühungen, andere Schriftsteller in Deutschland und Österreich für irgendeine intellektuelle Demonstration gegen den Krieg zu gewinnen – so die von Rolland vorgeschlagene internationale Konferenz in der Schweiz, die einen weltweiten Appell zur Versöhnung proklamieren würde –, fanden keine Resonanz.

An den größten Dichter Deutschlands, Gerhart Hauptmann, konnte er, so glaubte er, sich nicht wenden (war nicht auch Rollands Bitte an den Autor der *Weber* schon fehlgeschlagen?), und seinen Vorschlag an Rathenau, dieser möge sich an Hauptmann wenden, lehnte der mit der Begründung ab, die Zeit sei dazu nicht reif. Thomas Mann befand sich eindeutig im patriotischen Lager; Dehmel unterzeichnete seine Briefe stolz mit »Leutnant«; und Zweig wußte aus eigenen Gesprächen, daß weder mit Hofmannsthal noch mit Jakob Wassermann zu rechnen war.[81] Schon im Oktober 1914 hatte Rathenau selbst unter dem Vorwand der Überbeschäftigung die eigene Mitwirkung abgelehnt.[82] Und dennoch fühlte Zweig, daß er nicht allein stand. Er hatte gute Verbindungen zu den wichtigen Zeitungen in Deutschland und Österreich, die er soweit wie möglich nutzte. Er durchschaute die Methode, die von einem seiner Freunde in Frankreich angewandt wurde, um durch eine Scheinattacke eine größere Publizität zu erreichen: Im *Mercure de France* erschien ein Artikel, in dem jener scheinbar gegen Zweigs Essay *An die Freunde in Fremdland* polemisierte. Auf diese Weise gelang es, den gesamten Text nahezu wortgetreu in der Übersetzung zu veröffentlichen. Zweig benutzte später ähnliche Kunstgriffe, um gegen den Krieg zu kämpfen und die internationale Versöhnung zu fördern (so besonders in einer Rezension von Barbusses *Le Feu* im Jahre 1917 und in seinem Essay über Alessandrio Poerio: *Ein Italiener bei Goethe* aus dem Jahr 1918, worin er seine Bewunderung für Benedetto Croce ausdrückte[83]).

Obwohl es ihm in keiner Weise an physischem Mut fehlte (Friderike erinnert in diesem Zusammenhang an sein sofortiges Eingreifen bei einer Straßenschlägerei von Betrunkenen, bei der eine Frau mit einem Messer bedroht worden war[84]), war er keine Kämpfernatur, und es wäre überraschend gewesen, ihn auf direktere Weise aktiv zu sehen: »Die anderen mögen die praktischen Konsequenzen ziehen, ich selbst bin nur ein Mann der moralischen Aktion. Ich kann nur vereinigen und besänftigen, aber ich verstehe nicht zu kämpfen.«[85]

Später beschrieb er, wie er diese Kriegsjahre verbracht hatte: »Sich in sich selbst zurückziehen und schweigen, solange die andern fieberten und tobten.«[86] Als jedoch Rolland Anfang 1916 Charles Baudouin vorschlug, Zweig solle an der pazifistischen Zeitschrift *Le Carmel* mitarbeiten, die Baudouin im März in Genf starten wollte, stimmte Zweig bereitwillig zu; er schickte ihm für die April/Mai-Ausgabe den Aufsatz *Der Turm zu Babel* mit seiner hoffnungsvollen Botschaft für die Zukunft Europas[87] (wiederum können wir nur über die groben Maschen des Zensurnetzes staunen, die jenen Artikel zur Wiederveröffentlichung in der *Vossischen Zeitung* im Mai 1916 durchließen).

Der neue Turm von Babel, das große Denkmal der geistigen Einheit Europas, ist verfallen, die Werkleute haben sich verlaufen. Noch stehen seine Zinnen, noch ragen seine unsichtbaren Quadern über der verwirrten Welt, aber ohne die gemeinsame Mühe, die erhaltende, fortdauernde, wird er stürzen in Vergessenheit. Wie jener andere in den Tagen der Mythe. Viele sind heute unter allen Völkern, die solches wünschen ... Aber andere sind noch zur Stelle, die meinen, es könne niemals einem Volke, einer Nation gelingen zu erreichen, was kaum die vereinte europäische Kraft in Jahrhunderten heroischer Gemeinsamkeit vermocht. ... Noch ist die Stunde nicht reif zu gemeinsamer Tätigkeit, noch zu groß die Verwirrung, die Gott in die Seelen sandte, und Jahre werden vielleicht vergehen, ehe die Brüder von einst wieder in friedlichem Wettbewerb gegen die Unendlichkeit schaffen. Aber wir müssen doch wieder an den Bau zurück, jeder an die Stelle, wo er ihn verließ in dem Augenblick der Verwirrung. Vielleicht werden wir einander bei der Arbeit Jahre nicht sehen, vielleicht kaum hören voneinander. Aber wenn wir nun schaffen, jeder an seiner Stelle, mit der alten Glut, so wird der Turm wieder aufsteigen, und auf den Höhen werden sich die Nationen wiederfinden.[88]

Es freute ihn sehr, als er im August von Baudouin erfuhr, daß die Londoner *Socialist Review* die Übersetzung seines Aufsatzes bringen wollte; und besonders glücklich war er, als er hörte, daß Verhaeren den Aufsatz sehr schätzte.[89] In diesem Sommer schrieb er außerdem *Die Legende der dritten Taube* mit einem ebenfalls pazifistischen Hauptmotiv. Noahs dritter Bote, der nicht zur Arche zurückgekehrt war, da er Zuflucht auf trockenem Boden gefunden hatte, war nun aber daran durch die zweite Sintflut des Weltkriegs gehindert und dazu verdammt, unaufhörlich zu fliegen, bis wieder Friede herrsche:

Auf ihren Schwingen schweben all unsere schwarzen Gedanken, in ihrer Angst wogen all unsere Wünsche, und die da zwischen Himmel und Erde zitternd schwebt, die verirrte Taube, unser eigenes Schicksal kündet sie nun, der ungetreue Bote von einst, an den Urvater der Menschheit. Und wieder harrt wie vor Tausenden Jahren eine Welt, daß einer die Hand ihr entgegenbreite und erkenne, es sei genug nun der Prüfung.[90]

Diese Legende erschien in Baudouins Übersetzung Anfang 1917 ebenfalls in *Le Carmel*. Sie erregte 1916 die Aufmerksamkeit Gerhart Hauptmanns[91], und wurde 1917 in *Legenden und Märchen unserer Zeit*, erschienen im Wiener Artur Wolf Verlag, aufgenommen.*

* Hrsg. v. Emil Kläger. Der *Legende* (128–133) wurde eine Farbillustration von Franz Christophe beigegeben. Sie erschien außerdem in *Der Wunderkelch. Ein Sammelbuch neuer Deutscher Legenden*. Hrsg. v. Theodor Etzel und Karl Lerbs; Stuttgart/Heilbronn: Walter Seifert, 1920, 291–294.

7

Nun im friedlichen Kalksburger Garten, wo Fürsorge ihn umgab, kindliche Stimmen ihm nahe waren, siegte Bejahung des Lebens über Verzweiflung.

Friderike Zweig

An Feigl schrieb Zweig im Sommer 1916:

Ich stecke in allerhand Ärgerlichkeiten, muß in Militärspitälern meinen Gesundheitsbefund nun wieder und wieder (zum wievielten Mal!) überprüfen lassen ... dies »Ich« gehört immer weniger zu mir, es – denn wahrlich, ein »Es« ist es geworden, eine fremde staatsangehörige Sache – kann nicht über sich verfügen und seine Zeit ... Ich bin sehr müde, 1½ Jahre meines Lebens habe ich, indes die ganze Literatur frei schaffen konnte, nur an fremde Arbeit und die ewige Unruhe hergegeben: meine Kraft ist wirklich zu Ende.[92]

Die Anforderungen und Verstimmungen seiner Militärarbeit und die ›verlorenen eineinhalb Jahre‹ kommen in den Briefen dieser Zeit immer wieder zum Ausdruck. Innerlich aber hatte er ein gewisses Gleichgewicht gefunden. Im April war er mit Friderike an einen Zufluchtsort außerhalb Wiens, nach Kalksburg bei Rodaun, gezogen, der sich als geradezu ideal herausstellte. Hier fühlte er sich endlich imstande, »mitten im Kriege meinen persönlichen Krieg zu beginnen: den Kampf gegen den Verrat der Vernunft an die aktuelle Massenleidenschaft«[93]. Dort, nur einige Schritte vom Gasthaus Stelzer, dem Ort ihrer ersten Begegnung, entfernt, standen zwei kleine Rokokopavillons, Teile eines ehemaligen Landsitzes, die im gleichen Garten nahe beieinander lagen und nur durch eine Baumgruppe getrennt waren. Dies war die Lösung, ›schicklich‹ miteinander leben zu können. In dem einen Haus ließ sich Friderike mit den Kindern, deren Kindermädchen Lisi (»der Hopfenstange«) und einer Köchin nieder; das andere wurde ein Heim für Stefan, wenn er nachmittags vom Amt zurückkehrte. Es war nahe genug, um darin den Haushalt zu führen und es für ihn ohne Schwierigkeiten sauberhalten zu können.

Im Garten befand sich ein Springbrunnen mit einer bemoosten Sandsteinfigur, und es gab genügend Gras, um eine Ziege zu halten, deren Milch die bereits geringer werdenden Kuhmilchvorräte ergänzte. Ihre Essensrationen wurden außerdem erheblich verbessert durch das sehr gute Brot, das immer noch dem Militär zur Verfügung stand und welches Stefan jeden Tag in einem Paket unter dem Arm gewissenhaft mit nach Hause brachte. Zudem pflegten sie meistens im Stelzer zu Abend zu essen, wo jetzt auch das Kriegspressequartier untergebracht worden war. Anton Wildgans und Alfons Petzold, die in Mödling lebten, waren regelmäßige Gäste, ebenso Csokor, Viktor Fleischer, Felix Braun und dessen Schwester Käthe, sowie Ginzkey, der jetzt bei der Presseabteilung arbeitete. Auch Rilke, der wie Hofmannsthal ganz in der Nähe wohnte, kam öfters herüber, um den Frieden des Gartens zu genießen und die Bequemlichkeit eines bestimmten Liegestuhls, den Friderike ihm später lieh. Sowohl er wie auch Stefan fühlten sich dort ganz besonders wohl. Dieser schrieb: »In mir wird es Tag aus Dunkelheit.« Hier war es auch, wo er den *Jeremias* vollendete.[94]

So lebe ich jetzt in Kalksburg bei Rodaun, fahre jeden Tag herein und heraus, um mir ein paar Stunden Arbeit zu retten. Ich arbeite an einem sehr großen Werk, einer Tragödie, die das Vertrauen, das meine Freunde seit Jahren in mich setzen, rechtfertigen soll; endlich die ganz große entscheidende Sache, vor der ich seit Jahren gezögert habe. Ich schreibe ohne Hinsicht auf das reale Theater, ganz nur der Idee und der Gestaltung zuliebe. Vielleicht erzwingt es sich doch seinen Weg. – Wann, oh wann? ... Die gekreuzigte Welt, dieser Anblick für Ewigkeiten kann nur trösten, wenn wir denken, daß wir das Leiden und die Qual kommender Nationen auf unsere Schultern geladen haben, daß wir büßen für die Sünden der Väter und die Ruhe von Kindern und Enkeln. Nur dieser Gedanke, daß wir die Opfer sind für andere ... kann uns fest machen. Unsere Sache wird nicht mehr entschieden, wir werden die Saat dieses Blutes nicht mehr ernten.[95]

Im *Jeremias* ließ er in symbolischer Form alle Gefühle hervortreten, die sein Inneres aufwühlten: Grauen vor der Zukunft, Haß gegenüber dem Krieg und den Kriegshetzern, das Schicksal von Jaurès und der anderen warnenden Stimmen, »von denen mancher mir brüderlich nahestand«[96]. Jeremias sieht die Rettung für den Geist nicht im nutzlosen Kampf um den Sieg, sondern in der Niederlage. Er ist »derjenige, der als der Schwache, der Ängstliche in der Zeit der Begeisterung verachtet wird, in der Stunde der Niederlage sich ... als der einzige erweist, der sie nicht nur erträgt, sondern sie bemeistert«. Wie im *Tersites* zeigt Zweig »die fruchtbar durchpflügende Macht der Niederlage ... die seelische Superiorität des Besiegten«[97].
Friderike fühlte mit Recht nicht geringen Stolz darüber, daß sie die Vollendung dieses Werkes möglich gemacht hatte, das Stefans eigenen Wandel von der Verzweiflung zur Hoffnung dokumentierte. Im Sommer und Herbst des Jahres 1916 gaben ihm, wenn er von den täglichen Plackereien im Archiv zurückkam, die friedliche Ruhe und die liebevolle Fürsorge, von der er umgeben war, die notwendige Kraft und den Ansporn, »mitten im Kriege ein hohes Lied des Friedens«[98] zu vollenden, »eine Tragödie aus einer anderen Zeit, aber das stärkste, durchdringendste Symbol der unsern«[99]. Er ließ eine von eigener Hand verfertigte Reinschrift des Manuskripts in rotes Leder binden, schrieb ein

Sonett als Widmung für Friderike und übergab es ihr. Dieser Band blieb eines ihrer wertvollsten Besitztümer, bis er zwanzig Jahre später von der Gestapo konfisziert wurde. Das Sonett, das leider nur unvollständig erhalten ist, begann:

Als rings im Land die Waffen starrten
Und Feuer unsere Welt verheerte,
Was war da mein, ein kleiner Garten
Und Du darin, Geliebte und Gefährte.

Er dankte ihr für den Schutz und die Ermutigung, unter welchen das Werk gediehen war – »Wie war ich müd, wie oft wollt' ich erlahmen!« – und schloß:
»Zum Eingang schreib ich dankbar deinen Namen.«[100]
Diese wirkliche Verpflichtung Friderike gegenüber bleibt in der *Welt von Gestern* unerwähnt. Dort schreibt er vielmehr die Hauptanregung zu diesem Werk seiner Reise in Galizien zu und verschweigt völlig ihre Rolle. Die Wahl eines biblischen Themas war, wie er es dort formuliert, eine unbewußte Rückkehr zu »etwas, ... das in mir bisher ungenützt gelegen: ... die im Blut oder in der Tradition dunkel begründete Gemeinschaft mit dem jüdischen Schicksal«[101]. Martin Buber, der zunächst beim Verlag Rütten & Loening, dann Herausgeber der Zeitung *Der Jude* war, hatte in einem Brief an Zweig im Mai 1916 zu dessen Einstellung zum Judentum bemerkt: »Es hat für mich etwas Wohltuendes, daß es möglich ist, das Judentum, das Jude-Sein so vegetativ-selbstverständlich zu empfinden.«[102] Im *Jeremias* entdeckte Zweig nun sein Volk, das immer wieder von anderen beherrscht worden war, und sie doch alle durch seine geheimnisvolle Macht, »jene Kraft, die Niederlage zu verwandeln durch den Willen«, überlebt hat; das Volk habe ewig das Leiden, »dies Unterliegen unter der Gewalt ... bejaht und sogar als einen Weg zu Gott gesegnet«[103].
Für ihn war es ein Werk des Exorzismus, der Katharsis. Er nannte es Rolland gegenüber »ein Bekenntnis im Symbol ... ich weiß, Sie werden in der historischen Tragödie mein eigenes Leben erkennen«[104]. Die Veröffentlichung allein wäre schon ein Wunder bei einem Werk, das die Niederlage nicht nur vorher andeutete, sondern sogar verherrlichte. Die Meinung der paar Freunde, die es im Manuskript lasen, bestärkte ihn in der Hoffnung, daß es doch zu einer Aufführung kommen könnte: »Bisher kennen es sieben Menschen – alle haben mir ihre Zustimmung in einem ganz neuen Maße gegeben. Dresden hat dieses unaufführbare, in seinen Dimensionen gigantische Stück sofort angenommen, bei Reinhardt sind alle Instanzen rückhaltslos dafür, nur der Meister ist in der Schweiz und unauffindbar ... Auch von Hamburg

habe ich Nachricht günstigster Art.«[105] Als es dann beim Insel-Verlag im Sommer 1917 erschien, wurden einige tausend Exemplare sofort verkauft, eine überraschend hohe Anzahl für ein derartiges Werk in jener Zeit. Es wurde mit großer Begeisterung aufgenommen, nicht nur von Freunden wie Rolland, bei denen Beifall zu erwarten war, sondern auch von einigen wie Rathenau und Dehmel, die doch eher auf der anderen Seite standen.[106] Thomas Mann nannte es »die bedeutendste dichterische Frucht dieses Krieges, die mir bis jetzt vorgekommen«[107]. Rilke schrieb von seiner Genugtuung, »daß sich trotz allem eine neue Arbeit von Ihnen durchgesetzt hat«[108]. Zweig hatte wirklich das Gefühl, hier sich endlich einmal ganz gegeben zu haben, und fühlte sich glücklich darüber, daß es von allen anerkannt wurde, die ihm wichtig waren. Und so schrieb er an Servaes:

Möge es nur doch auch in die Zeit wirken, nicht nur dichterisch, sondern auch die Intensität seines Gedankens! Die Theater sind ihm vorläufig verschlossen und wenn, wie Sie mir sagen, auch die Zeitungen sich verschließen ... so ist dies Werk (in dem doch die Aufopferung zweier Jahre und meine beste Kraft stekken) vergeblich getan ... Ohne mich zu überheben, frage ich mich: Wo sind die Werke der letzten Jahre, die mehr Anspruch haben, gehört und gewertet zu werden?[109]

8

Ein rechter Abstoßpunkt nach Europa.
Die Welt von Gestern

Nicht nur die friedliche Umgebung Kalksburgs war es, die zur Vollendung des *Jeremias* beitrug. Mitte September 1916 war es Zweig möglich gewesen, dem Alltag noch ein bißchen weiter zu entfliehen und mit Friderike nach Salzburg zu reisen. In Briefen hatte er sich bitter über seine »Gefangenschaft« und den Mangel an Urlaub beklagt: Selbst für einen Ausflug nach Baden bedurfte es einer schriftlichen Genehmigung, und die Grenze zu Deutschland bedeutete für ihn einen »unüberschreitbaren Wall«[110]. »Es wäre mein sehnlichster Wunsch, nach drei Jahren Gefängnis einmal Welt zu schauen und zu ahnen, aber schon zwischen Deutschland und uns liegt ein eiserner Vorhang!«[111] Ende August jedoch teilte er Feigl mit, daß er beabsichtige, »teils dienstlich, teils privat nach Deutschland«[112] zu reisen. Friderike hatte sich ihm anscheinend nach seiner Rückkehr Ende September in Salzburg angeschlossen. In ihrem Tagebuch hieß es: »Wie ein böser Traum sind die

Quälereien im ›bunten Rock‹ jetzt von ihm abgefallen. Er braucht nichts als Ruhe, er genießt so leicht und herzlich und empfindet seine Existenz als reinen Genuß.«[113] Damals dachten sie noch nicht im entferntesten daran, daß Salzburg einmal ihr Zuhause werden sollte. Sie sahen sich aber bereits nach einem Ort um, der die gleichen idealen Verhältnisse wie Kalksburg zu bieten hätte: Denn obwohl Stefan ihr versichert hatte, daß er keinen Augenblick zögern würde, ihre Beziehung so schnell wie möglich zu legalisieren, so könnten doch wohl bis dahin noch Jahre vergehen. Südtirol, das beide kannten und liebten, wäre eine Möglichkeit gewesen. Als sie jetzt in Salzburg waren, kamen sie bei einem Spaziergang auf dem Kapuzinerberg an einem langen, ziemlich baufälligen Haus vorbei. Es war ganz einfach, besaß einen kleinen Turm und wirkte wegen seiner dominierenden Lage wie der alte Landsitz einer vornehmen Familie. Beim Durchblättern von Immobilienanzeigen entdeckten sie einige Monate nach ihrer Rückkehr das Angebot für ein Salzburger Landgut – zu einem vernünftigen Preis –, und es schien nach der Beschreibung dem Haus, das sie gesehen hatten, ziemlich ähnlich zu sein: Nach einem Anruf bei der angegebenen Nummer erwies sich ihre Vermutung als richtig.[114]
Das Haus war im 17. Jahrhundert ein erzbischöfliches Jagdhäuschen gewesen und ein Jahrhundert später auf jeder Seite durch einen Raum erweitert worden. Prachtvolle alte Tapeten und eine dekorierte Kegelkugel, die der Kaiser persönlich 1807 bei einem Besuch in Salzburg den Korridor entlanggerollt hatte, zeugten von einer vornehmen Vergangenheit. Vor dem Kriege hatte das sogenannte ›Paschinger-Schlössl‹ Frau Marie von Ziegler, der Frau eines Obersten, gehört, die es dann 1916 an Dr. Joseph Kranz, einen bekannten Industriellen verkaufte. Mit seinen Kriegsprofiten (anscheinend hat er mit Methylalkohol und anderen Alkoholsorten gehandelt) hatte Kranz es als Heim für seine ›Adoptivtocher‹ Gina Kaus, eine junge Kriegerwitwe, etwas voreilig gekauft. Doch diese konnte sich nicht für das Haus begeistern, und nun verkaufte Kranz es ebenso überstürzt. Stefan überraschte Friderike mit dem Vorschlag, sie solle sofort darangehen, das Haus zu besichtigen; auch autorisierte er sie für den Fall, daß ihr die Bedingungen angemessen erschienen, den Kauf abzuschließen.[116]
Dieses absolute Vertrauen gab ihr, wie sie später schrieb, Jahre hindurch einige harte Nüsse zu knacken. Das Haus befand sich in lamentablem Zustand. Es gab keine elektrische Versorgung, keine angemessene Heizung, und die sanitären Anlagen waren dürftig. Die Straße war für nahezu alle Fahrzeuge außer für schwere Lastwagen unpassierbar; beleuchtet wurde sie nur durch ein paar Laternen, die von den Mönchen des nahegelegenen Klosters aufgestellt worden waren; denn dies war

ein Kalvarienberg, an dessen Stationen die Pilger auf ihrem Weg zur Kirche anhielten. Doch nachdem Friderike einmal im Innern des Hauses gewesen war und den großen Empfangsraum mit seinen fünf Fenstern, seinem bezaubernden Rokoko-Ofen und den Dufourtapeten gesehen hatte, die noch von dem ursprünglichen Besitzer Paschinger aus dem Jahr 1806 stammten, wußte sie, daß es das war, was sie suchten. Und sie wußte, daß es sicherlich großen Einsatz und auch ein gewisses Risiko erforderlich machen würde, doch es schien ihr der Mühe wert. Während ihres ersten Besuches prüfte sie mit äußerster Sorgfalt, wie man das Haus mit einem Minimum an Lebenskomfort ausstatten könnte, wenn man es bewohnen wollte. Es war ihr klar, daß dies in allernächster Zukunft kaum realisierbar sein würde, denn jetzt im Krieg waren Arbeitskräfte und Baumaterialien knapp. Es gelang ihr jedoch zusammen mit den wenigen Nachbarn, die örtliche Behörde zu veranlassen, die Zufahrtsstraße zu beleuchten, und sie traf eine vorläufige Abmachung mit einem Bauunternehmer über die notwendigen Reparaturarbeiten. Als sie nach Wien zurückkehrte, besaß sie die nötigen Zusagen der Stadtverwaltung und konnte Stefan einen detaillierten Kostenvoranschlag über die Summe vorlegen, mit der sich das Haus bewohnbar machen ließ. Ohne es selbst noch einmal gesehen zu haben, stimmte er sofort dem Kauf zu, und im August 1917 wurde der Vertrag abgeschlossen.[116]

Vielleicht war es kein glücklicher Einfall von ihm, ihr dieses Geschäft ganz allein zu überlassen. Freilich entsprach dies seiner Gewohnheit, den Problemen des Alltags möglichst aus dem Wege zu gehen, und Friderike freute sich wie immer darüber, wenn sie ihre Energie darauf verwenden konnte, solche Dinge von ihm fernzuhalten. Zweig schätzte es auch nicht, einzugestehen, wie vermögend er war, und trotz des vorteilhaften Preises ließ der Kauf eines solchen Besitzes doch auf einen beträchtlichen Reichtum schließen. Die Entscheidung darüber blieb natürlich bei ihm. Später jedoch bezeichnete er stets, wenn er in entsprechender Gemütsverfassung war, das Haus am Kapuzinerberg als »dein Haus«; in den düsteren Zeiten der dreißiger Jahre wurde es für ihn zu einem »Alpdruck« und spielte eine wesentliche Rolle bei der zunehmenden Entfremdung zwischen ihnen. Zu diesem Zeitpunkt aber war es in jeder Beziehung ein guter Kauf. Er wußte, daß nach dem Krieg seine Arbeit davon abhängig sein würde, daß er außerhalb der großen Städte wohnte: Salzburg war noch nicht das Mekka von Festivalbesuchern; es lag zentral und doch ruhig und würde das richtige Sprungbrett, der zentrale Punkt sein, von dem aus er reisen könnte. Diese »Villa in Europa«, mit dem zusätzlichen Vorzug der Zurückgezogenheit, erleichterte es ihnen, sich als Mann und Frau niederzulassen, bis

zu jenem, allerdings noch nicht absehbaren Tag, an dem sie heiraten würden.
Friderike fragte sich später, was ihn gerade damals zum ersten Mal sagen ließ, daß er die Absicht habe, sie zu heiraten, wenn es möglich sein würde. Er hatte gerade ihren Roman *Vögelchen* zu Ende gelesen, den sie während des Sommers und des Herbstes 1916 in Kalksburg beendete. Wie sie später von Freunden erfuhr, hatte die Lektüre einen tiefen Eindruck auf ihn gemacht. Aber sie fühlte, daß einer seiner Hauptgründe darin bestand, sie zu beruhigen und ihr ein gewisses Gefühl von Geborgenheit zu geben, da sie ja bereits eine Familie waren; hinzu kam auch sein Bedürfnis nach einer dauerhafteren Beziehung, bevor sie sich zusammen auf eine doch ziemlich abenteuerliche Reise begeben würden[117]: Zu seiner großen Überraschung erhielt er kurz nach der Veröffentlichung des *Jeremias* das Angebot vom Direktor des Züricher Stadttheaters, das Drama sogleich zu inszenieren, und die Einladung, an der Premiere teilzunehmen.

9

Wir waren dort inmitten 120 Millionen kämpfender Menschen eine Handvoll, eine Tischrunde europäischer Kameraden.

Autobiographische Skizze, 1922

Zweigs Kollege aus dem Archiv, Albert Ehrenstein, war seit Ende 1916 in der Schweiz und hatte ihm am 30. Dezember eine Postkarte von der Grenze bei Buchs geschrieben: »Ihnen und allen längerdienenden Feldwebeln des Archivs ... die allerherzlichsten Buchs-Wünsche!« Er hatte ihn seitdem fortwährend mit Briefen bombardiert, die sich in Andeutungen ergingen und in denen er verschiedene Pläne vorschlug, wie Zweig sich ihm dort anschließen könne. Eine seiner Ideen war gewesen, Moissi zu bitten, das Stück *Der verwandelte Komödiant* zu inszenieren, damit ›Ast‹, der Autor, nach Zürich kommen könnte; eine andere, die vielversprechender war, daß der eine oder andere literarische Zirkel dort Zweig bitten sollte, aus seinen Werken vorzutragen. »Wann will der Verhaeren-Übersetzer kommen? Urlaubstermin!« begann sein Brief vom 28. August.[118]
Stefan hatte nicht die geringste Hoffnung, die offizielle Genehmigung zu bekommen, die Einladung des Stadttheaters annehmen zu dürfen; also richtete er seine Bemühungen darauf, die Erlaubnis zu einer Vortragsreise durch die Schweiz zu erhalten.

Ich selbst bin ausgelaugt. Der Jeremias war alles, was ich in mir hatte. ... ich soll zwei Monate Urlaub bekommen, um in der Schweiz vorzulesen ... Und was wäre mir das! ... europäische Luft fühlen, Freizeit für zwei Monate! Und wie viel könnte ich im Gegensatz zu hier, wo ich versaure. Mein Jeremias hat mich frei gemacht von der Qual: aber ich spüre jetzt, daß ich dieses Leiden liebte. ... Hier in Österreich ist alles einig zum Frieden, wir sind schon wieder Europa im Geiste![119]

Oberst Veltzé, sein Chef im Archiv, hatte nicht gezögert, ihm den offiziellen Segen zu geben, und zeigte sich begeistert: »Sie haben ja, Gott sei Dank, nie zu den dummen Kriegsschreiern gehört. Na – tun Sie draußen Ihr Bestes, daß diese Sache einmal zu einem Ende kommt.« Offiziell sollte er im Auftrag der Presseabteilung des Auswärtigen Amtes reisen, um Lesungen in Zürich, Bern, Basel und Genf abzuhalten, etwa wie Hofmannsthal im Jahr zuvor Skandinavien besucht hatte.[120]
Tatsächlich war die österreichische Führung nicht abgeneigt, die neutralen Staaten wissen zu lassen, daß Österreich die deutsche Kriegsideologie nicht mehr teile und daß es ihres hilfreichen und menschlichen Verständnisses würdig war. Dies war vielleicht, wie Friderike später überlegte, der Hauptgrund, warum weder Stefan noch ihr Hindernisse in den Weg gelegt wurden, als sie um die Erlaubnis zur Reise baten. Sie selbst fuhr als Delegierte des Allgemeinen Österreichischen Frauenvereins, um Vorträge über die Hilfe zu halten, die evakuierten polnischen Frauen und Kindern gewährt wurde. Neben der Möglichkeit, Rolland wiederzusehen, war es für Stefan das Hauptziel, sich auf neutralem Boden einen weiteren Wirkungskreis für seine Überzeugungen zu schaffen. Für sie beide bedeutete es, sich näherkommen zu können, als es die Umstände in Österreich erlaubten, wo die Rücksicht gegenüber ihren Familien ihnen die größte Diskretion auferlegte (und wo Friderike zur Zielscheibe der Kritik seitens einiger ihrer Verwandten geworden war).[121] Rilke schrieb Zweig Ende September: »Reisen Sie gut, mein lieber Herr Zweig, und lassen Sie Ihr eigenes Leben wieder lieb und arglos werden über der freien Bewegung und den weiteren Eindrücken.«[122]
Sie begaben sich etwa Mitte November auf die Reise und ließen Alix und Suse in der Obhut ihres Großvaters zurück. Unterwegs verbrachten sie zwei Tage in Salzburg, um nach ihrem künftigen Heim zu sehen; und hier stießen sie zufällig auf eines der größten politischen Geheimnisse dieser Zeit. Stefan war schon überrascht gewesen, derartig freimütige Worte von seinem Vorgesetzten in Wien zu hören: Er hatte niemals vermutet, daß seit dem Tode Franz Josefs, ein Jahr zuvor, eine geheime, aber entschlossene Bewegung gegen Deutschlands ungezü-

gelten Expansionsdrang und für einen Separatfrieden im Gange gewesen war. In Salzburg gab es eine Gruppe von Katholiken, die sich als Pazifisten und fanatische »Altösterreicher« verstanden und dem preußischen, deutschen, protestantischen Militarismus stark entgegentraten. Sie wurden angeführt von dem Anwalt für Internationales Recht, dem ehemaligen Präsidenten des Haager Gerichtshofes und Mitglied des Staatsrates, Heinrich Lammasch, sowie dem Priester Ignaz Seipel (beide waren dazu ausersehen, eine bedeutende Rolle in der Nachkriegsgeschichte Österreichs zu spielen). Lammasch war vom *Jeremias* äußerst beeindruckt gewesen, da er in ihm eine Geistesverwandtschaft erkannte, und bat Zweig um einen Besuch während seines Aufenthalts in Salzburg. Nachdem er ihn zu dem Drama, das »unsere österreichische Idee erfülle, konziliatorisch zu wirken«, beglückwünscht und seine dringende Hoffnung zum Ausdruck gebracht hatte, daß es über das Literarische hinaus seine Wirkung tun werde, vertraute er dem Dichter an, daß er auf einen Separatfrieden abziele.

Er glaubte, daß die Oktoberrevolution Rußland aus dem Kreise der militärisch ernstzunehmenden Machtfaktoren ausgeschlossen habe und damit für Österreich der Moment der Entscheidung gekommen sei: Es bestehe kein wirkliches Hindernis mehr für einen Frieden, wenn Deutschland seine aggressiven Ambitionen aufgebe. Falls dies nicht geschehen würde und die alldeutsche Clique in Berlin sich weiterhin Verhandlungen widersetze, sähe sich Österreich gezwungen, allein handeln zu müssen. Und er enthüllte Zweig, der im Grunde genommen doch ein Fremder war, daß der junge Kaiser Karl seine Unterstützung in dieser Sache versprochen habe; er wolle sogar soweit gehen, das Bündnis wieder aufzulösen, denn es war immer noch Zeit zu verhindern, daß Österreich in eine Katastrophe hineingezogen würde. »Niemand kann uns einer Untreue beschuldigen. Wir haben mehr als eine Million Tote. Wir haben genug geopfert.« Lammasch sprach mit einer solchen Ruhe und Entschlossenheit, daß Zweig davon überzeugt war, die österreichischen Bestrebungen zu einem Separatfrieden befänden sich nicht mehr im Vorbereitungsstadium, sondern würden bereits in die Tat umgesetzt. Kaiser Karls Schwäche, wahrscheinlicher jedoch Deutschlands frühe Kunde von seiner geheimen Botschaft an Clémenceau, verhinderten die öffentliche Zurücknahme des Bündnisversprechens, durch die allein ein Erfolg für Österreichs Unternehmen gesichert worden wäre. Ohne diesen Ausgang der Dinge vorausahnen zu können, war Zweig durch das, was er von Lammasch erfahren hatte, außerordentlich ermutigt, auf ein rasches Ende des Krieges zu hoffen, und sah seine Reise in die Schweiz als positiven Beitrag dazu.[123]

Jeden Reisenden, der sich über die Grenze bei Buchs vom hungernden und eingeschlossenen Österreich in die wohlgenährte und freie Schweiz begab, überwältigte der ungeheure Kontrast. Zweig, der in Österreich viel mehr die persönliche Freizügigkeit als den Genuß von Bohnenkaffee oder Schinken und Schokolade entbehrte, empfand das Atmen der freien Luft in einem neutralen Land als ekstatisches Erlebnis. »Au milieu de l'Europe avide, l'îlot des vingt-quatre cantons« erschien ihm, ebenso wie Rolland im *Jean Christophe*, als eine Miniaturausgabe Europas, wenn nicht gar der Welt der Zukunft. »Refugium aller Verfolgten, seit Jahrhunderten Heimstatt des Friedens und der Freiheit ... wie wichtig erwies sich die Existenz dieses einzig übernationalen Staates für unsere Welt!«[124] Am 14. November schrieb er vom Hotel Rhätia in Buchs sofort an Rolland, um seine Ankunft mitzuteilen.[125] Von Zürich aus fuhr er dann, noch bevor er beim Stadttheater vorsprach, nach Villeneuve weiter, um ihn dort zu treffen.
Als »Feinde« oder Bürger zweier kriegführender Staaten erwies sich ihre Begegnung am 20. November als Problem, für das es als einzige Lösung nur absolute Offenheit gab. Zweig zögerte keinen Moment, dem Portier im Hotel Byron seinen richtigen Namen zu nennen und nach Rolland zu fragen (»wir fühlten uns nicht verpflichtet, eine Absurdität mitzumachen, weil sich die Welt absurd benahm«). Seit drei Jahren berührte er zum ersten Mal wieder eine französische Hand und wechselte die ersten Worte mit einem Franzosen; und er war sich bewußt, daß der Freund, der ihm gegenüberstand, »der wichtigste Mann dieser ... Weltstunde ... das moralische Gewissen Europas ..., das zu mir sprach«, war. Er war außerordentlich beeindruckt von diesem physisch kränkelnden, moralisch aber standfesten Mann, der Tag und Nacht für das Rote Kreuz arbeitete, eine ungeheuere Korrespondenz bewältigte, sein Tagebuch führte und an seinem Roman *Clérambault* arbeitete: »Durch ihn hatte das in Tollwut verfallene Europa sein moralisches Gewissen bewahrt.«[126] Zweig hatte Rolland zu dessen 50. Geburtstag geschrieben: »Sie sind ein so *notwendiges* Beispiel eines unerschütterlichen Menschen in unserer weich wesenhaften Welt, sind es so wunderbar in schwerster Zeit gewesen, daß es Ihre Pflicht ist, es zu bleiben.«[127] (Zweig zeigte, dies muß zugegeben werden, in seiner Anbetung von Rolland als Asketen eine ziemliche Naivität: René Arcos bemerkte, daß Zweig der einzige aus dem Freundeskreis in der Schweiz war, der nichts von der Leidenschaft wußte, die den Autor von *Au-dessus de la mêlée* für eine charmante junge Amerikanerin ergriffen hatte.[128])
Rollands Tagebücher der Kriegsjahre, die erst viel später veröffentlicht und von Zweig nicht mehr gelesen werden konnten, enthalten eine von

großartiger Beobachtungsgabe zeugende Beschreibung Zweigs, als dieser in jenem November in die Schweiz kam. Zuerst erwähnt er sein jugendliches Aussehen (schätzt aber sein Alter beinahe richtig auf 35) und den Anflug von semitischer Schlauheit in seinem Gesicht, das mit der langen Nase fast etwas unsympathisch wirke:

Seine Sprechweise hat nichts Anziehendes; sie ist schwerfällig, streng, monoton, wenn er Französisch spricht. Aber je länger man sich mit ihm unterhält, desto deutlicher tritt die Geradheit und Hochherzigkeit seines Charakters zutage. ... Ich hatte das Gefühl, daß der Wille großen Anteil an diesem seelischen Adel hat, wie es manchmal bei hochwertigen Juden vorkommt ... Es kommt ihm darauf an, in diesem Kriege seine Seele reinzuhalten, seine absolute innere Unabhängigkeit vor der ungeheueren Staatsmaschine, die uns alle erfaßt, zu wahren, und obwohl seine Lebensbedingungen weniger günstig sind als die meinen, ist dies ihm gelungen. Er treibt seinen Skrupel für Unabhängigkeit bis zum Äußersten. Obwohl er beabsichtigte, einen Vortrag in der Schweiz zu halten, hat er darauf bestanden, seine Reise selbst zu bezahlen ... er schickt einen Aufsatz[129] an Guilbeaux' Zeitschrift, er fürchtet nicht, sich damit zu kompromittieren, und wird dennoch nach Wien zurückkehren, ohne den Graf Kessler um einen Vorwand bitten zu wollen, der ihm gewähren würde, in der Schweiz in Sicherheit bleiben zu dürfen. Er ist sehr menschlich und zugleich von edler Strenge gegen alles, was »das Menschliche« nicht respektiert. Daher liebt er jene ebensowenig wie ich, die die Menschen den Ideen zum Opfer bringen, und seien diese Ideen noch so schön; er kann nicht begreifen, daß über die künftige Organisation theorisiert werde, wenn alles darangesetzt werden müßte, den gegenwärtigen Leiden rasch ein Ende zu bereiten. ... Nie werde er die Haltung der österreichischen Intellektuellen in diesem Kriege vergessen. Persönlich zürne er ihnen nicht; aber er erklärt, er werde nie einer Gruppe beitreten, der diese angehören (insbesondere Hofmannsthal, Bahr). Für ihn habe dieses ungeheuere Kriegsgeschehen die Seelen gesiebt.[130]

Zweig verbrachte eine Woche in Villeneuve und Genf. Kurz vor seiner Abreise setzte er an seinem 36. Geburtstag sein »geistiges Testament«, wie er es bezeichnete, auf und vertraute es Rolland in einem versiegelten Umschlag an; er gab die Anweisung, es für den Fall zu öffnen und zu veröffentlichen, daß Rolland ein verschlüsseltes Telegramm erhalte, das ihm bedeute, daß Zweig unter den Konsequenzen einer Verweigerung des aktiven Kriegsdienstes zu leiden habe. In diesem »Testament meines Gewissens« (das, wie man sehen wird, niemals veröffentlicht werden mußte) legte er klar und deutlich seinen Glauben an die Gewaltlosigkeit dar, der er sich jetzt verschrieben hatte; er drückte aber gleichzeitig die Bereitschaft aus, seinem Staat während des Krieges zu dienen, vorausgesetzt, daß er nicht gezwungen würde, Waffen zu tragen und diese zum Töten benutzen zu müssen – eine eigenartige und trotz seiner Beteuerungen zweischneidige Argumentation:

Ich habe hier, unbeeinflußt vom Druck des Dienstes, frei der psychischen Depressionen, die in Kriegsländern unser Gehirn verdunkeln ... meine persönliche Stellung zur Aufforderung des Staates durchdenken können und meine Entschlüsse sind nun unbeugsam und klar. Ich glaube, daß es Pflicht jedes einzelnen ist, nun im vierten Jahre des Krieges auch unter stärkster persönlicher Gefahr, sein Nein zum Kriege nicht nur zu sagen, sondern es in Tat zu verwandeln ... [Ich habe meinen Kriegsdienst,] weil er ein Dienst ohne Waffen war und in sich nichts zur Erweiterung oder Fortsetzung des Krieges enthielt, ... ohne jeden Widerstand geleistet ... Die ärztlichen Befunde, welche mich immer nur zum Dienste ohne Waffe qualificierten, gaben mir das Bewußtsein, daß meine persönliche Sicherheit keine erschlichene war, und ich habe niemals – im Gegensatz zu fast allen andern Dichtern Österreichs und insbesondere den patriotischen wie Hofmannsthal, Schaukal, Hans Müller – den Versuch gemacht, durch irgendeine vorgetäuschte Begeisterung mich dem allgemeinen Dienste zu entziehen und mir durch eine Enthebung vom Dienste meine persönliche Freiheit zu sichern ... Nicht aus Pflichtgefühl wider den Staat, sondern aus Ekel, mich denen hier zu gesellen, die sich unter patriotischen Vorwänden in Sicherheit brachten, um gegen ebendasselbe Vaterland mit Worten (aber nie mit Taten) zu wirken, kehre ich wieder in den Dienst zurück.
Aber ich bin entschlossen, ... nur solange Dienst zu tun, als ich nicht genötigt bin, Waffen zu tragen und von ihnen Gebrauch zu machen. Ich halte im Sinne Tolstois ... dies als das schwerste Verbrechen wider den Geist der Menschlichkeit, das wir begehen können und betrachte es als eine moralische Pflicht, den Mord zu verweigern. Diese Erkenntnis habe ich versucht in meinem Werke *Jeremias* dichterisch auszudrücken, ich bin bereit, sie mit meinem Schicksal zu bezeugen. ... Ich würde mich, verweigerte ich die Tat meiner innersten Meinung, jenen gleichstellen, die mir die kläglichsten Erscheinungen dieser Zeit sind, den Patrioten des Wortes, die sich vor dem Dienste und der Gefahr gedrückt haben. ... Ich habe nicht die Eitelkeit, Märtyrer zu werden, und suche nicht den Conflict, suche nicht die Gefahr. Ich ziehe es vor, daß diese Zeilen unveröffentlicht bleiben und ich weiter in der Sphäre wirken kann, die meine wesentliche ist, in der künstlerischen Gestaltung. Ich fühle mich nicht stark genug, die Gefahr bewußt herauszufordern, ich will auch keinen aufreizen, und verabscheue alle, die andere Menschen für ihre Überzeugung in den Tod oder das Gefängnis jagen wollen – sei es für die patriotische Überzeugung, sei es für die unsere. ... Ich bin bereit zum Kampfe wider den Mord, den einzigen, der mir in dieser Stunde noch notwendig und unausweichlich scheint. Ich bin bereit und er hat begonnen, wenn diese Zeilen erscheinen – nicht als Helfer, die mich beschützen sollen, sondern als Zeugen meiner klaren Überlegung und zielbewußten Entschlossenheit.[131]

Zweig sagte damals zu Rolland, daß außer ihm und Werfel kein einziger österreichischer Intellektueller seine vollständige Unabhängigkeit habe bewahren können.[132] Vielleicht trifft dies zu, aber mit Sicherheit legte Zweig hier zu strenge Maßstäbe an; denn wenn man in diesem Zusammenhang Österreicher und Deutsche zusammenfaßt, befanden sich damals unter den Intellektuellen in der Schweiz Fritz von Unruh, Leon-

hard Frank, Wilhelm Friedmann und der rührige Ehrenstein. Man kann Zweig jedoch kaum einen Vorwurf daraus machen, daß er die spärliche Vertretung der Mittelmächte »an diesem kleinen runden Tisch europäischer Kameraden inmitten von Millionen von Kämpfern« monierte. In dieser Runde befanden sich Rolland, Pierre-Jean Jouve, René Arcos (»mon cher petit père«), der junge belgische Künstler Frans Masereel (»leibhaftiger Sohn Walt Whitmans«) und Annette Kolb; daneben Busoni, René Schickele und Chapiro, James Joyce, Andreas Latzko und Henri Guilbeaux; des weiteren Baudouin, Robert Faesi, Leonhard Ragaz, Oskar Fried und Hermann Hesse. »Nie mehr in reiferen Jahren habe ich so enthusiastische Freundschaft empfunden wie in jenen Stunden ... und diese Bindung hat allen späteren Zeiten standgehalten.«[133] Und Jouve sagte im Jahre 1920: »Zweig war dort einer der edelsten und mutigsten Männer in unserem kleinen Europa.«[134]
Er wohnte im alten Hotel Schwerdt in Zürich, wo seinerzeit Goethe und Casanova abgestiegen waren und Fichte als Hauslehrer tätig gewesen war. Hier traf er Menschen aller Nationen. 1922 schrieb er darüber in seiner *Autobiographischen Skizze*:

Wir trieben keine Politik – noch heute verabscheue ich sie – wir bereiteten nur den Frieden vor ... und proklamierten durch unsre Haltung das *Au-dessus de la mêlée* Rollands, die Neutralität der Kunst.[135]

Zweig hatte Lenins Telegramm an Rolland gelesen, in dem dieser ihn bat, zusammen mit ihm in dem berühmten versiegelten Zug zu reisen und dem Bolschewismus seine moralische Autorität zu verleihen, und er stimmte völlig Rollands Absage sowie dessen fester Entschlossenheit zu, an seiner Überzeugung festzuhalten und sich keiner Richtung zu verpflichten, damit er unabhängig der gemeinsamen Sache dienen könne. Denn genau das entsprach Zweigs eigenem innersten Wunsch. Patriotische Verblendung hatte alte Verbindungen getrennt: Diese neuen Freunde vereinigten sich mit ihm, um gegen den gemeinsamen Feind »in einem gemeinsamen intellektuellen Schützengraben« zu kämpfen. Die kleine Zeitschrift *Demain*, die vom unbeständigen Guilbeaux gegründet worden war, und die Zeitung *La Feuille*, die täglich Masereels beißende Zeichnungen gegen die Schrecken des Krieges brachte, dienten ihnen als Sprachrohr. Sie waren sich völlig bewußt, daß alles, was sie hier veröffentlichten, auf die Schweiz beschränkt blieb – und natürlich auf die Aktenordner der deutschen und französischen Geheimdienste (Unterlagen, die von Franzosen aus dem Zimmer eines deutschen Agenten in Bern gestohlen worden waren und Abonnementslisten für *Demain* enthielten, genügten für eine Anklage gegen

Guilbeaux, von den Deutschen bezahlt zu werden). Aber gerade dieses Gefühl der Isolierung fesselte sie nur noch mehr aneinander. Jouve begrüßte in Zweigs Artikel *A mes frères français* den langerwarteten Aufruf, der sie alle in ihrer Liebe zur Humanität verband, dieser Liebe, die »wie ein Feuer in uns brennt«[136].

Schmerzlich vermißte man Verhaeren, der kurz vor seinem tragischen Tod in Rouen am 28. November des Vorjahres in der Schweiz gewesen war. Arcos, der ihn zuvor noch in London getroffen hatte, schrieb im Dezember 1917 an Zweig, er habe ihn bei ihrer zweiten Begegnung sehr verändert gefunden: »Er begann klar zu sehen. Der Haß im Herzen eines solchen Mannes, war er nicht sowieso eine Anomalie? Und das gewisse Zeichen für eine unheilbare Verwirrung in der Welt?«[137] Zweig hatte an Rolland von Wien aus telegraphiert, als er die tragische Nachricht erhielt:

Ich bitte Sie herzlich, Frau Marthe Verhaeren zu sagen, daß der Tod ihres Mannes, meines geliebten väterlichen Freundes und Meisters, mir schwersten Verlust bedeutet und ich mit meinem ganzen Gefühl ihren Schmerz teile.[138]

Einen Monat vor der Tragödie hatte Verhaeren durch einen Schweizer Freund Zweig seine unerschütterliche Hochachtung zusichern lassen.

Er war schon genesen, und mutig genug wäre er gewesen, als der Erste seinen Irrtum zu bekennen, und da reißt ihn das Verhängnis fort, fort vor dem Widerruf. Lieber Freund, es war ein Stück Leben von mir, dieser Mensch; alles, was gut ist in mir, danke ich ihm, er hat mich gelehrt, daß man einfach sein müsse als Mensch, um groß als Dichter zu sein; eine ähnliche Schlichtheit ging von ihm aus und eine Herzlichkeit ohne Ende. Was haben wir an ihm verloren![139]

schrieb Zweig an Zech. Sein ergreifender Nachruf für Verhaeren wurde in einem Privatdruck veröffentlicht[140], bevor er 1917 Wien verließ und sich nach Zürich begab, um die Proben zu seinem Drama zu besprechen.

Zu jener Zeit war diese Stadt die ›internationalste‹ Europas und stand als Zentrum politischer Machenschaften nicht hinter Genf zurück, das für Lenin und manch anderen russischen Revolutionär als zeitweiliger Zufluchtsort gedient hatte. Jede Sprache und jede Ideenrichtung schien hier vertreten zu sein. Hier veröffentlichte der Friedens-Nobelpreisträger Alfred Fried seine *Friedenswarte*, von Unruh las aus seinen Dramen vor, und Latzkos *Menschen im Kriege* wurde bei der Veröffentlichung in Zürich eine Sensation. Hier lebten die Vaterlandslosen: Joyce, der englisch schrieb, aber jede Verbindung mit England strikt ablehnte; Ferruccio Busoni, der in Italien geboren und erzogen worden war, sich aber zu Deutschland bekannte; der Elsässer Schickele, der sich zu

Frankreich hingezogen fühlte, aber deutsch schrieb. Hier gab es Spione, Provokateure, Spekulanten und Propagandisten jeder Schattierung. Es gab Engländerinnen, die mit deutschen Offizieren verheiratet waren, französische Ehefrauen österreichischer Diplomaten; unzählige Menschen schließlich, deren internationale Bindungen durch den Krieg abgerissen waren und deren Zukunft in dieser oder jener Weise von seinem Ausgang abhing. Die Cafés Bellevue und Odéon waren Zentren lebhafter Debatten, und die hitzigen Meinungen und Gegenmeinungen ergaben ein buntes Gemisch. Den Krieg sah man eher aus europäischer als aus nationaler Sicht, als »ein grausames und gewaltiges Geschehnis, das nicht nur ein paar Grenzlinien auf der Landkarte, sondern Form und Zukunft unserer Welt verwandeln sollte«[141].

Die Inszenierung des *Jeremias* benötigte eine lange Vorbereitungszeit, und Zweig wurde unterdessen in diesen Wirrwarr hineingezogen. Hier erlebte man den Krieg viel intensiver als in den kriegführenden Ländern, weil man alles objektiver betrachtete. Er begriff rasch, daß nicht alle ›Pazifisten‹ und ›Antimilitaristen‹, die er traf, echt waren und daß sich unter den scheinbaren Flüchtlingen und heldenhaften Märtyrern viele äußerst zweifelhafte Existenzen befanden, die im Dienst der sich bekämpfenden Geheimdienste standen. Einer seiner ersten öffentlichen Auftritte hatte bei Bodmers Lesezirkel in Hottingen stattgefunden. Jouve und er lasen aus ihren Werken; auch der österreichische Generalkonsul war anwesend und schüttelte beiden Vortragenden die Hände. Später offerierte ihm ein angeblicher ›Sozialist‹ ein verdächtig hohes Honorar für einen Vortrag vor der Arbeiterschaft in La Chaux-de-Fonds; doch dieser war, wie sich später herausstellte, nichts von dem Angebot bekannt. Es hieß, ständig auf der Hut sein. Er stellte nach und nach fest, daß es selbst unter den wenigen, die er als absolut verläßlich eingestuft hatte, nur wenige gab, die wirklich seine ethischen Überzeugungen teilten. Seine ›bürgerlich-kapitalistische‹ Herkunft machte ihn natürlich bei Linksextremisten verdächtig, die ihn gerne als einen ›Erwerbszweig‹ bezeichneten. Seinerseits betrachtete er die meisten dieser Leute als Berufsrevolutionäre oder Caféhaus-Verschwörer, deren ganze Existenz auf Opposition beruhte und denen es an der moralischen Fähigkeit mangelte, einen wirklich konstruktiven Beitrag bei dem Wiederaufbau zu leisten, der nach dem Kriege notwendig sein würde.[142]

10

Jetzt oder nie werden wir eine neue Generation erleben!

Zweig an Kippenberg, Nov. 1918

Inzwischen ging die ihm vom Archiv zugestandene Freistellungszeit schnell zu Ende, und obwohl es ihm gelang, sie bis Ende Februar 1918[143] zu verlängern, fühlte er sich zunehmend unfähig, zu irgendeiner Form des Militärdienstes, selbst als Nichtkämpfer, zurückzukehren. Deshalb beschloß er (entgegen dem »unbeugsamen Entschluß« des Testaments), eine völlige Freistellung zu beantragen, damit er in der Schweiz bleiben könne. Die beste Möglichkeit, dies zu erreichen, schien ihm ein Gesuch darum von seiten der *Neuen Freien Presse*, für die er so viele Jahre gearbeitet hatte. Dies konnte jedoch kaum auf schriftlichem Wege erledigt werden. Friderike kehrte also im Dezember allein nach Wien zur Erledigung dieser delikaten Angelegenheit zurück. Ihre Zweifel über das Ergebnis wurden jedoch durch die Vorfreude auf das Weihnachtsfest mit ihrer Familie mehr als aufgewogen. Unterwegs versuchte sie ohne Erfolg, Felix zu treffen, von dem sie zuletzt gehört hatte, daß er Versorgungsoffizier in der Nähe von Innsbruck sei, der aber leider vor ihrer Ankunft versetzt worden war. Sie hatte mit ihm beraten wollen, ob sie ein oder sogar beide Kinder mit zurück in die Schweiz nehmen sollte.

Nach dem Weihnachtsfest, das durch die mitgebrachten Geschenke und Nahrungsmittel noch festlicher gewesen war (in Wien waren die Rationen in diesem Winter äußerst knapp, obwohl die Kinder durch Lieferungen aus Holland versorgt wurden), erwirkte sie durch Vermittlung des Musikkritikers Paul Stefan (zu jener Zeit Hauptmann im Kriegsarchiv) eine Unterredung mit Ernst Benedikt, dem verantwortlichen Leiter der *Neuen Freien Presse*. Sie unterbreitete ihm ihren Vorschlag, doch er lehnte zuerst ab; er hatte gerade erst die Freistellung eines anderen Mitglieds des Personals erhalten und wollte nicht noch einmal intervenieren. Doch schließlich sicherte sie sich seine Zustimmung, nachdem sie vorsichtig angedeutet hatte, daß sie eine Konkurrenzzeitung bitten würde, falls er sich weigere. Als Stefan sich verpflichtete, monatlich einen Beitrag für das Feuilleton zu schreiben, wurde sein Militärdienst offiziell beendet, und er durfte in der Schweiz bleiben. Friderike beschloß, Suse mit zurückzunehmen (obwohl das Kind ziemlich gesund war, hatte es noch beträchtliches Untergewicht); Alix ließ sie noch beim Hofrat. Anfang 1918 konnte sie Stefan in Buchs treffen und ihm die gute Nachricht übermitteln.[144] (Für die Franzosen, so berichtete Chapiro ihm nach einem Verhör über seine Beziehungen zu derartigen ›Feinden‹, war Zweigs Aufenthalt in der Schweiz der Beweis dafür, daß er sich – als »Soldat der aktiven Armee!« – »auf einer Friedenspropagandamission« für die österreichische Regierung befand.[145])

Zunächst verbrachten sie Suse zuliebe ein paar Tage im Engadin. Hier schrieb Zweig sein erstes vereinbartes Feuilleton, *Bei den Sorglosen*. Er zeichnete den scharfen Kontrast zwischen den sorglosen Urlaubern in den fashionablen Wintersportzentren und dem Elend des vom Krieg zerrissenen Europa, das sie umgab. Er wies auf die Schizophrenie des menschlichen Herzens hin, das sich nach Glück für die ganze Welt sehnt, doch beschämt ist über das Wohlergehen einzelner Individuen. »Das Herz haßt die Sorglosigkeit und haßt auch seine eigene Bitterkeit, seine zwecklose Trauer, die keinem hilft.« Friderike fand diese Gedankengänge charakteristisch für Zweigs ganze Lebenshaltung: Niemals konnte er sich richtig an den weltlichen Genüssen und Freuden ergötzen, ausgenommen an den einsamen Freuden des Geistes; so suchte er stets in seiner Arbeit Zuflucht. Er wußte, daß er reich war, aber er empfand eine tiefe Antipathie gegen die Wohlhabenden; zu oft wurde er das Opfer einer »zwecklosen Traurigkeit« und eines unbegründeten Pessimismus.[146]

Nach ihrer Rückkehr in das Hotel Schwerdt – Suse wurde in einem nahegelegenen Kinderheim untergebracht – fühlte sich Stefan nicht mehr imstande, den Wirrwarr länger zu ertragen. Friderike hatte den Entwurf seines Dostojewski-Essays mitgebracht, und er brauchte dringend Ruhe, um ihn zu beenden und andere Projekte in Angriff zu nehmen. Der Klatsch und die unbehagliche Spionageatmosphäre wurden ihm unausstehlich. »Man muß ein Eremit werden«, schrieb Rolland, der von seiner Entmutigung erfahren hatte, »die einzige Aktion, die unbefleckt und vielleicht wirkungsvoll ist, ist das Gebet (und Arbeit in Einsamkeit ist eine Art Gebet).«[147] Mit Friderike zog Zweig sich im März in das ruhige Hotel Belvoir im naheliegenden Rüschlikon zurück, wo er niemanden außer wirklichen Freunden sehen mußte; zu ihnen gehörten Faesi, der auf der anderen Seite des Sees wohnte, und Masereel. So konnte er die kurze Zeit nutzen, die – wie man jetzt hoffen durfte – bis zum Ende des Krieges noch blieb.[148] Hier beendete er den Dostojewski (»nicht viel geändert – nur konzentriert«[149]) und begann das Stück *Legende eines Lebens*. Zu diesem Thema, die Probleme des Sohnes eines berühmten Mannes, war er teils durch die Wagner- und Wesendonckschen Familienbeziehungen in Zürich angeregt worden, teils durch Duhamels Stück *Dans l'ombre des statues*, das er 1912 im Odéon gesehen hatte (zunächst dachte er an den Titel *Der große Schatten*, verwarf diesen Gedanken jedoch wieder wegen der zu großen Ähnlichkeit mit dem Duhamels). Friedrich Marius (er spielte damit auf Friderikes Namen an) ist in dem Kult um den toten Poeten, seinen Vater, gefangen; er findet erst einen Weg, die eigene Persönlichkeit zu entwickeln, als das von seiner Mutter und dem Verleger der Biographie sorgsam gepflegte Idealbild des Vaters beim Wiedererscheinen von dessen Geliebter zerstört wird. Er erlangt die Harmonie und das Gleichgewicht, die Zweig selbst nun in dieser friedlichen Ecke Europas fand.[150]

Das regelmäßige Feuilleton, zu dem er sich verpflichtet hatte, wurde im Lauf der Monate eine Bürde; eine »Knechtschaft« nannte er es einmal Friderike gegenüber, und es war dennoch ein, wenn auch höchst indirektes, Vehikel für seine Gedanken über Brüderschaft und Frieden. Eine der Arbeiten, die er Ende 1917 nach einem Besuch in Rollands Zentrum des Roten Kreuzes geschrieben hatte *(Das Herz Europas)* wurde eigens von Rascher in Zürich 1918 wiederveröffentlicht und erschien außerdem in Übersetzung in *Le Carmel*. Sein freimütigster Artikel für die Wiener Zeitung war eine Besprechung von Bertha von Suttners beredtem Eintreten für den Frieden *Die Waffen nieder* (21. Juni 1918). Dieser Beitrag ging von einer Rede aus, die er im April bei dem Frauenkongreß für Internationale Verständigung in Bern gehalten hatte. Seine diesbezügliche Arbeit blieb jedoch größtenteils auf die Schweiz beschränkt; vor allem der Juli-Artikel für die *Friedenswarte (Bekenntnis zum Defaitismus)*: »Wir wollen keines Sieg und keines Niederlage, wir sind Siegfeinde und Freunde des Verzichts. Europa muß von seiner Qual erlöst werden, um jeden Preis.«[151] Er setzte sich für den Humanismus und gegen den nationalen Patriotismus ein und ordnete alle Kriegsgegner unter dem Begriff ›Defaitisten‹ ein. »Eines Tages wird es ein Ehrenname sein«, schrieb er an Rolland.[152] Dieser Artikel brachte ihm die warme Zustimmung Fürst Alexander Hohenlohes ein, der damals in Zürich war und ihm am 3. August schrieb: »Auch ich bin Defaitist in Ihrem Sinne, d. h. ich bin der Meinung, daß es vor allem dahingebracht werden muß, daß diese ekelhafte, sinnlose, wahnsinnige Schlächterei aufhört. Alles andere ist leeres Gerede.«[153]

Romain Rolland allerdings schien das eine unglückliche Wendung zu sein*. Defaitismus war für ihn auf derselben Ebene wie die Wut gegen Haß und Gier, von der er frei sein wollte. »Ich bin kein resignierter Buddhist oder Tolstoianer. Ich finde mich nicht in die Rolle eines Besiegten«, schrieb er in sein Tagebuch. »Ich sage zur Gewalt, die uns zu

* Wie auch aus anderen Gründen Alfred Fried, der eine Debatte darüber mit Zweig in der *Neuen Zürcher Zeitung* führte; vgl. Steiman, Journal of Europ. Studies, 62, 2: 22, Juni 1976, 117–118.

Boden wirft: ›Ihr werdet nicht den Geist besiegen, sondern der Geist wird Euch besiegen‹.«[154] Zweig indessen schien es für notwendig zu halten, über den reinen Frieden um jeden Preis hinauszugehen und die Erneuerung des Geistes in der Niederlage selbst zu suchen. Das war in der Tat das Thema des *Jeremias*, der schließlich in gekürzter Form am 27. Februar am Stadttheater Zürich aufgeführt worden war. Das Stück hatte einen bemerkenswerten Erfolg erzielt, sogar der amerikanische Gesandte befand sich unter den Zuschauern (obwohl Werfel und Ehrenstein fanden, es sei »zuviel Reinhardt-Ballett dabei«)[155]. Natürlich folgten politische Angriffe (besonders später in der Wiener *Reichspost*), aber Zweig konnte am 7. April an Rolland schreiben: »Ich freue mich, daß auch unsere Stunde geschlagen hat ... gegen meinen Wunsch fühle ich mich denen nähergerückt, die wie Guilbeaux die soziale Sintflut predigen.«[156]

Es lag jedoch nicht in seinem Charakter, die Konsequenzen aus seiner Anschauung zu ziehen und in politische Taten umzusetzen. Obwohl er den Republikanern unter den Deutschen und Österreichern in der Schweiz gelegentlich seine Sympathie bekundete, konnte er sich nicht dazu entschließen, ein Manifest zu unterzeichnen, wie es ihm beispielsweise Otto Flake im Juni schickte, ebensowenig wie die republikanisch-demokratische Deklaration, die Alfred Fried im Oktober entworfen hatte.[157] Höchst verdrießlich war es ihm, sich, ohne gefragt worden zu sein, im Comité Directeur der Kommunistischen Clarté-Gruppe aufgestellt zu sehen, die von Barbusse und Magdeleine Marx im September gegründet worden war.[158] »Einsamkeit oder das gedruckte Wort: dies sind augenblicklich für uns die beiden einzig möglichen Daseinsformen; Diskussionen sind die größte Gefahr für Geist und Seele«, hatte er im April an Rolland geschrieben.[159] Und an Emil Ludwig zur gleichen Zeit:

Daß Sie Zürich und Bern, diese Schlangennester der Intrigue, wo Propaganda, Revolutionsgelüste und Spionage sich schwesterlich verstricken, so sorgfältig meiden, zeigt klare Erkenntnis der Zeit. Ich selbst habe mich hierher gerettet, ganz abseits hier, fahre einmal in der Woche nach Zürich, nur Bücher zu holen, sonst lebe ich abgeschlossen und fühle mich erst frei, seit ich nicht mehr die Leute hier sehe, die, selbst verwirrt, in allen andern Verwirrung schaffen wollen.[160]

In Rüschlikon fand sein Abscheu gegen den Krieg in den Novellen *Der Zwang* und *Episode am Genfer See* Ausdruck. In der ersten verarbeitet er seine und Friderikes Erfahrungen als Gegner der Staatsmaschine, die Freiheit in einem Land fanden, und plädiert eindringlich für die Freiheit des Gewissens. Die zweite unterstreicht in einer rührenden Episode die mißliche Lage der Kriegsgefangenen. Masereel, der häufig zu Besuch kam, gestaltete die Illustrationen für *Zwang* (der ursprünglich *Der Refraktär* betitelt war) und nahm mit Recht Stefan und Friderike als Modelle für den Künstler und dessen Frau. Der Belgier war jünger als Stefan und steckte ihn mit schulbubenhafter Fröhlichkeit an: beide machten sich einen Spaß daraus, ›épater le bourgeois‹ zu spielen. So gingen sie während des Generalstreiks in der Schweiz auf den unbefahrenen Eisenbahnschienen spazieren, sprachen sich gegenseitig mit russischen Namen an und benahmen sich überhaupt wie Lausbuben.[161]

Rolland kam im Mai für ein paar Tage nach Rüschlikon zu Besuch. Sie führten auf der glyzinienbewachsenen Terrasse lange Gespräche, genossen den herrlichen Blick auf den See und machten Waldspaziergänge. Rolland las ihm Stellen aus *Liluli* vor. Zweig hatte gerade die Übersetzung seines *Aux peuples assassinés* für die Veröffentlichung bei Rascher im Januar beendet, deren Erlös an das Rote Kreuz ging. Nun begann er die Übersetzung des *Clérambault*, versprach, ihm die bereits vorhandene aber ungenügende Übertragung von *Colas Breugnon* zu verbessern und die deutsche Fassung von *Le temps viendra* zu beginnen.[162]

Während des Sommers war es Friderike nach langwierigem Kampf mit den österreichischen Behörden gelungen, die Erlaubnis für Alix' Übersiedlung in die Schweiz zu erhalten; auf ihr Hausmädchen Lisi mußte sie allerdings verzichten. Sie brachte die beiden Mädchen in Amden bei Weesen am Walensee unter und hielt sich dort längere Zeit ohne Stefan auf.[163] Im August und September war Stefan sehr beschäftigt. Neben seinen Feuilleton-Verpflichtungen legte er letzte Hand an den *Dostojewski* (Kippenberg wurde in Zürich erwartet, und er hoffte, ihm das Manuskript übergeben zu können. Es erschien schließlich als dritter Essay in dem Band *Drei Meister*). Paul Stefan sollte aus Wien kommen; er bedrängte ihn wegen eines Aufsatzes für die vom Kriegsarchiv herausgegebene Zeitschrift *Donauland*.[164] Und *Legende eines Lebens* näherte sich der Vollendung. Außer ein paar Freunden (Faesi, Ehrenstein, Friedmann, Hesse und dem Hotelnachbarn, dem dänischen Adligen d'Obry) sah er niemanden. Aber sein Briefwechsel war um so größer, vor allem mit Rössler im Avalun-Verlag über die Publikation der Novelle *Zwang*, deren Holzschnitt-Illustrationen sich wegen einer Grippe des Künstlers verzögerten. Dazu revidierte er eine Übersetzung von Rousseaus *Emile*, die Friderike übernommen hatte, um ihren Schweizer Aufenthalt selbst finanzieren zu können (»dein Geldwahn«, pflegte Stefan zu sagen): Nunmehr übernahm er den Auftrag, damit sie mehr Zeit für die Kinder habe. Er arbeite »wie ein Sträfling«, schrieb er

ihr nach Amden.[165] Außer den gelegentlichen Artikeln und Essays mußten Veröffentlichungen bis zum Kriegsende warten. Die Premiere von *Legende eines Lebens* fand am Weihnachtstag 1918 im Deutschen Schauspielhaus in Hamburg statt.
Auch das Buch über Rolland war begonnen. Dem Meister hatte er geschrieben:

Ich zweifle, ob Sie selber verstehen können, wie glücklich und bewußt das Schicksal Ihr Leben gestaltet hat ... mit welcher Freude werde ich zeigen, daß nichts darin Zufall, sondern alles Notwendigkeit gewesen ist, damit Sie zu dem werden konnten, der Sie geworden sind. ... Ihr Leben gehört zu den wenigen, die die plötzlichen Wendungen eines Kunstwerks besitzen ... ohne diesen Krieg hätte man nie die Einheit Ihres Werkes verstanden.[166]

Daß Rolland – vor allem auch nach Beendigung des Krieges – die Zielscheibe für Attacken von allen Seiten war, machte ihn nur noch begieriger, dieses Werk der Ehrfurcht zu beenden. »Wir haben keinem Menschen mehr zu danken in dieser Zeit als ihm.«[167]
Während sich die letzten Monate des Krieges dahinschleppten, war er sogar manchmal optimistisch. Er begrüßte die militärische Situation im Sommer, als die Deutschen immer mehr zurückwichen: »Jetzt dürfte die Militärpartei drüben bald ihr letztes Lied gesungen haben.«[168]

Nie war unser Wort notwendiger als jetzt. Deutschland macht eine Gewissenskrise durch: die Hypnose ist verdampft, das Gefühl wird wieder wach, man fühlt das Leiden ... Jetzt wird der Friede geschaffen – oder erst in einem Jahr. Wir müssen alle Kräfte dafür einsetzen, daß er *jetzt* werde, nicht aus irgendeinem Patriotismus (obzwar für mich ein Fortkämpfen den rettungslosen Untergang der Centralmächte bedeutet), sondern aus der Verpflichtung gegen die Menschen.[169]

Aber später hieß es:

Ich bin jetzt so geladen mit einer namenlosen Erbitterung gegen die Zeit: *niemals war es so sinnlos wie jetzt,* daß die Schlächterei andauert. Die deutsche Niederlage war gut, um dort die Macht Ludendorffs zu brechen, aber es herrscht jetzt in Amerika ein Jubel ohnegleichen. Sie haben Blut geleckt. Und jetzt wollen *sie* den Sieg, den die Deutschen noch vor zwei Wochen wollten, den großen entscheidenden Sieg mit dem Gegner auf den Knien. Wirklich, wir sind alle Verbrecher, die jetzt schweigen, und vielleicht wird es nötig sein, zu reden.[170]

Sein Mißtrauen gegen große Worte wie ›Freiheit‹ oder ›Gerechtigkeit‹ werde allmählich eine fixe Idee, schrieb er im Oktober an Rolland:

Ich kann diese Worte nicht mehr hören. ... Ich glaube, ich habe aus meinem Herzen jede Spur von Nationalismus getilgt; und doch leide ich, weil Österreich alles akzeptiert, weil es sich nicht mehr verteidigt, ... weil es in seinem Wunsch, die Waffen niederzulegen, zurückgestoßen wurde. ... Ich klammere mich ans Leben, aber nicht aus Lebenslust, sondern aus Grauen vor der Sintflut. ... Oft bin ich traurig, aber ich spüre das gewaltige Schauspiel, die größte Tragödie der zusammenbrechenden Welt, und mein ganzes Wesen zittert. Vielleicht werden wir in fernen Zeiten mit unbestimmter Wehmut an diese Tage des Jahres 1918 zurückdenken, da eine ungeheuere Kraft unsere Seele erfüllte.[171]

Dieser Pessimismus wurde jedoch dadurch gedämpft, daß er nun allmählich Klarheit über das Ziel seines eigenen Lebens gewann und über die Arbeit, die getan werden mußte, wenn der Konflikt endlich beigelegt war. Als er sich fragte, welche Nationalität er sich im Europa der Zukunft wählen würde, neigte er zur jüdischen. Obwohl er kein Zionist war, schien ihm darin »ein Gefühl von Internationalität, ein geistiges Vaterland« zu liegen.[172] In einem Artikel vom Dezember 1918 *(Die Erziehung zum republikanischen Bewußtsein)* betonte er, daß die Republik in Deutschland nur ein Anfang sei. »Für das republikanische Bewußtsein ... gibt es kein letztes Vaterland als die europäische, die allmenschliche Gemeinschaft, die sich aus der Freiheit der Nationen entwickelt ... Frei sein heißt, keine Grenzen um sich zu haben.«[173] Nachdem Waffenstillstand geschlossen war, schrieb er am 15. November 1918 an Kippenberg:

In einem prophetischen Pessimismus habe ich Alles so kommen gesehen seit drei Jahren, wie es kam. Und bin heute wirklich unter all den gedrückten Menschen um mich der Einzige, der ohne Sorge um die Zukunft ist. ... Ich glaube, die schweren Jahre, die jetzt kommen, werden schön sein in einem hohen moralischen Sinn. ... Es mußte organisch Alles so kommen wie es kam, zum Bedauern ist es zu spät, jetzt gilt es Arbeit. ... Für den Insel-Verlag sehe ich viel Arbeit zu tun ... Es ist Zeit zu einem neuen Idealismus. Ich habe den vaterländischen ... nie geteilt. ... Es gilt jetzt den andern, den der frühere Verhaeren hatte, Walt Whitman und – immer Er! – Goethe![174]

Aus Briefen und von Besuchern wußte er gut, was für fürchterliche Zustände in Österreich herrschten; trotzdem wurde es nun Zeit, sich für die Rückkehr dorthin vorzubereiten.

Als er seine persönliche Bilanz aus diesen vier Jahren zog, fragte er sich, was verloren und was geblieben sei:

Verloren: Die Leichtigkeit des Vordem, das Brio, das Spielende des Schaffens, das flutende Dahin über die Erde, und dann noch ein paar äußerliche Dinge, wie Geld und materielle Unbesorgtheit. Geblieben dagegen: ein paar kostbare Freundschaften, gute Kenntnis der Welt, jene alte leidenschaftliche Liebe zur Erkenntnis hin und, plötzlich dazugewachsen, ein neuer harter Mut und volles Gefühl der Verantwortlichkeit nach so vielen verlorenen Jahren.[175]

Und die Verantwortlichkeit mitzuhelfen »durch mein Wort, die Niederlage zu überwinden ... zumal ich mir durch meinen Widerstand gegen die Kriegsverlängerung eine gewisse moralische Stellung insbesondere bei der Jugend erworben hatte«.[176] An Rolland hatte er im Januar 1918 geschrieben:

»Mein Ziel wäre es, nicht ein bedeutender Kritiker oder eine literarische Berühmtheit zu werden, sondern eine moralische Autorität.«[177]

IV
Salzburg und der Erfolg
1919–1925

. . . ein eigen Haus, das ist
Ein Kleid zuerst, das seine Notdurft deckt,
Doch mählich wächst dirs an wie eine Haut,
Es hält dich fest, scheint wie mit warmen Wurzeln
Dich festzuhalten an der Erde.

Das Haus am Meer

Und so baue ich, langsam und leidenschaftlich zugleich, mit meinen selbst noch neugierigen Händen den durch Zufall begonnenen Bau weiter hinauf in das kleine Himmelstück Zeit, das unsicher über unserem Leben hängt.

Der Kampf mit dem Dämon

1

Die letzten Jahre haben ... ihn aus dem Gleichgewicht gebracht. Ganz außer Zweifel ist es aber ... daß einmal in Ruhe und Behaglichkeit einer geordneten Häuslichkeit sich das Gleichgewicht wieder herstellen wird.

Ida Zweig an Friderike, Febr. 1919

Zweig hatte den Kauf des Hauses am Kapuzinerberg vor seinen Eltern geheimgehalten und hatte ihnen auch nie von Friderike erzählt, obwohl anzunehmen war, daß sie von der Verbindung erfahren hatten. Schon seit längerer Zeit drängte ihn Friderike, seine Familie über ihre Beziehung aufzuklären. Als ihre Rückkehr nach Österreich bevorstand, willigte er nun ein und schrieb seiner Mutter. Er adressierte den Brief an die Wohnung in der Garnisonsgasse, die sie mit ihrem Mann bezogen hatte, fügte etwas Schokolade bei und teilte ihr schonend die Neuigkeit mit. Doch sagte er vorläufig noch nichts von seiner Absicht, sich ganz aus Wien zurückzuziehen und in Salzburg niederzulassen. Am 23. Januar 1919 antwortete sie ihm:

Der Inhalt Deines Briefes hat mich sehr überrascht, wiewohl ich schon früher von vertrauenswerter Seite von einem bestehenden intimen Freundschaftsverhältnis hörte. Nun sehe ich mich der Tatsache gegenübergestellt. Ich hoffe, daß Du als gereifter, ernster Mann diesen wichtigen Schritt wohl überlegt hast und eine würdige Wahl getroffen. So viel wir vernommen, steht die betreffende Dame auf erheblicher Geisteshöhe, auch sanfter Gemütsart, was Deinem Charakter nur zugute kommen kann. Du weißt, mein teures Kind, wie ich mit ganzer Seele an Euch, meine teuren Kinder hänge, und Eure Zukunft meine stete Sorge war, deshalb wirst Du begreifen, wie nahe mir Dein Entschluß geht, so viele Fragen reif werden, für die der Raum des Briefes nicht Platz findet. Das müssen wir schon auf's Mündliche aufsparen. Der sehnlichste Wunsch einer Tochter ist nun in Erfüllung gegangen, deshalb begrüßen wir Deine Erwählte im Vorhinein als solche und ich freue mich innig, sie an mein mütterliches Herz zu ziehen. Möge Dir die Zukunft jenes Glück bescheren, das wir für Dich, mein geliebter Sohn, erflehen.

Stefan schickte diesen Brief weiter an Friderike, die sich zu diesem Zeitpunkt in Nyon befand, und fügte hinzu, er habe seiner Mutter als Antwort »die bittere Salzburger Pille« geschickt – »es ist jetzt mit den Heimlichkeiten genug«. Er schlug Friderike vor, sie möge nun selbst seiner Mutter schreiben, wie sie es schon immer gewünscht habe. »Der Präliminarfrieden wird noch im März geschlossen. Das ist für mich das Signal zur Heimkehr. Und dann kommt hoffentlich der andere Friede, der innere.«[1]

Stefans Mutter antwortete im Februar auf Friderikes Brief:

Ihr so liebes Schreiben hat mich tief bewegt, um so mehr, als die damit ausgedrückten Gefühle mit den meinen übereinstimmen ... [Ich kann] rückhaltlos sagen, daß mich Stefans Entschluß, einen häuslichen Herd zu gründen, aufs Höchste beglückte ... Stefan bedarf auch einer ganz außergewöhnlich zarten Behandlung, deren Notwendigkeit Sie als kluge Frau wohl erkannt haben werden. Sein Herz ist gut, seine Denkungsweise eine edle. Die letzten Jahre haben ihm, wie allen Menschen, mehr oder weniger arg mitgespielt, ihn aus dem Gleichgewicht gebracht. Ganz außer Zweifel ist es aber von dem Umstande zu erwarten, daß einmal in Ruhe u. Behaglichkeit einer geordneten Häuslichkeit sich das Gleichgewicht wiederherstellen wird.

Von ihrer Reaktion auf Salzburg wissen wir nichts, doch war es zweifellos eine ›bittere Pille‹. Wie Stefan aus einem Brief Alfreds entnahm, hatten die Eltern tatsächlich an eine getrennte Wohnung für das Paar in der Garnisonsgasse gedacht. »Aber Wien ist ja unmöglich für mich. Ich hoffe, auch das wird zu überwinden sein«, schrieb er an Friderike.[2]
Im Januar hatte er an einen Blitzbesuch in Wien gedacht, doch wolle er, so schrieb er an Victor Fleischer, eine absolute Rückkehrmöglichkeit in die Schweiz haben. Da er sich definitiv erst im Frühjahr mit Friderike heimbegeben wolle, sah er also vorläufig davon ab.

Meine Sehnsucht nach Caféhäusern mit Himbeerwasser und den dazugehörigen Feldplaudereien ist nicht gerade übermäßig ... Ich habe gar kein Verlangen nach Patrioten und Idioten, wünsche auch keinerlei Aufträge in die Schweiz mit zu nehmen.[3]

In Wien wurde zu dieser Zeit heftig über eine Reform der Ehegesetze debattiert, die durch einen Dispens geschiedenen Katholiken die Möglichkeit der Wiederverheiratung geben sollte. Die Sozialdemokraten befürworteten die Reform, die Christlich-Sozialen waren dagegen. Stefan und Friderike verfolgten von der Schweiz aus diese Entwicklung mit Interesse. Wenn er ihr auch in seinen depressiven Stimmungen wiederholte, er sei bereit, sie freizugeben, so fühlten sie doch beide, daß sie zusammengehörten. Und sie hatte in diesen Jahren gelernt, wie er zu behandeln war: Sie hielt die Kinder von ihm fern, überließ ihn eine Zeitlang sich selbst und munterte ihn sogar auf, manchmal alleine zu reisen. Aus Amden hatte er ihr geschrieben:

N'est-ce pas que tu reconnais que je ne veux pas te ligoter maintenant à moi tant que je suis si mauvais compagnon, impossible à soulager, rempli de mauvaise humeur, pendant que tes enfants se réjouissent de ta présence, pendant qu'ils sont heureux dans ton voisinage. Je suis dans une crise dans l'instant – cela passera, mais je ne veux infecter personne, je ne m'isole pas pour mon plaisir (car je n'ai pas de plaisir maintenant) mais par respect pour la tranquillité des autres.[4]

Doch er hatte sich gebunden, und wenn solche schwermütigen Stimmungen vorüber waren, dachte er nicht mehr daran, sich von der Verpflichtung, die er eingegangen war, zu entbinden.
Erwin Rieger war nun bei ihnen in Rüschlikon. Zweig hatte ihn in Wien flüchtig gekannt, denn er war der Stiefsohn Oberst Veltzés, seines Chefs im Archiv. Wie Rilke war Rieger ein ehemaliger Kadett, der zum Antimilitaristen geworden war. Diesem jungen Dichter und Liebhaber der französischen Literatur war es gelungen, Anfang 1918 in die Schweiz zu kommen. Dort verdiente er seinen Lebensunterhalt zunächst als Apothekergehilfe in Zürich zur Zeit, als die verheerende ›Spanische Grippe‹ ihren Höhepunkt erreichte. Er befreundete sich mit Stefan und Friderike und begann allmählich, Zweig bei Nachforschungen und Übersetzungen zu unterstützen, eine Arbeit, die Zweig in den folgenden zehn Jahren wertvoll werden sollte. Er war ein treuer Freund und Schüler und verfaßte 1928 die erste Zweig-Biographie. Anfang 1919 begleitete er Friderike nach Lugano. Während sie von dort aus zu einem Kongreß nach Bern und anschließend nach Nyon fuhr, wo sie vorübergehend ihre Kinder untergebracht hatte, damit sie Französisch lernten, begann Rieger, Stefan bei der Planung ihrer Rückkehr nach Österreich zu helfen.
Obwohl Zweig zunächst froh war, Friderike in Nyon zu wissen, wuchs jetzt seine Ungeduld heimzukehren. Er war sehr beschäftigt, besonders mit seinem Buch über Rolland und der eben begonnenen Übersetzung von Barbusses *Les Suppliants*. So brauchte er (wie immer) Friderike, damit sie sich um die praktische Seite der Übersiedlung kümmere. Er schrieb ihr:

Zwölf Stunden Distanz sind eben doch zu viel. Wir werden viel Laufereien mit den Paßbesorgungen, Erlaubnis für das Fräulein, Übersiedlung, Einpacken haben. Ich möchte meine Arbeit noch vorwärts bringen. ... Eben weil sich gar nichts vorausbestimmen läßt, man auf Plötzliches angewiesen ist, jeder Tag Verzögerung in der Korrespondenz bedeutsam sein kann, zeigt sich meine Voraussicht als richtig, ... beisammen in oder bei Zürich zu bleiben, das große Gepäck jede Stunde abfahrtbereit, so daß man Plötzlichem gegenüber seine Entschlüsse plötzlich fassen kann. Geht es nicht anders, so mußt Du eben mit Rieger allein vorausreisen ... Ich vermag unmöglich alles auf Tag und Stunde zu berechnen. Die entsetzliche Kälte kann ja nicht andauern, der Winter wird in ein paar Tagen wohl schon überstanden sein; nimm den Entschluß nicht allzu schwer, es wird sich schon alles geben. Wir kämpfen ja jetzt den großen Kampf um den großen Frieden, jeder in seiner Weise, aber im letzten doch einer für den anderen.[5]

Friderike kehrte mit den Kindern nach Rüschlokon zurück und brachte auch Loni, das Schweizer Kindermädchen, mit, das sie nach Salzburg mitzunehmen vorhatte. So würde Lisi in Wien die Umsiedlung betreuen können. Gegen Ende März stieg der kleine Trupp in den Zug nach Salzburg, ausgerüstet wie für eine Arktis-Expedition und mit soviel Lebensmitteln bepackt wie möglich (wobei die Babynahrung, deren Ausfuhr verboten war, die Stelle des Sägemehls in Susis Puppe einnahm[6]).

2

Ich wußte, es war ein anderes Österreich, eine andere Welt,
in die ich zurückkehrte.

Die Welt von Gestern

Zweig gestand später, daß er in Buchs, dem Grenzbahnhof, der ihm sechzehn Monate zuvor solch aufregende Augenblicke beschert hatte, unschlüssig war. Dies würde ein Wendepunkt in seinem Leben sein – wäre es nicht klüger, es zu überdenken? Er entschloß sich für den schwierigeren Weg und stieg wieder in den Zug. Als sie in Feldkirch hielten, erwartete sie auf der anderen Seite ein symbolisches Erlebnis. Ein Sonderzug fuhr ein, der Kaiser Karl und Kaiserin Zita ins Exil führte. Und während Karl einen letzten Blick auf Österreich warf,

> spürten alle Geschichte, Weltgeschichte in dem tragischen Anblick. ... Die Lokomotive zog mit einem starken Ruck an, als müßte auch sie sich Gewalt antun, langsam entfernte sich der Zug. Die Beamten sahen ihm respektvoll nach. Dann kehrten sie mit jener gewissen Verlegenheit, wie man sie bei Leichenbegängnissen beobachtet, in ihre Amtslokale zurück. In diesem Augenblick war die fast tausendjährige Monarchie erst wirklich zu Ende. Ich wußte, es war ein anderes Österreich, eine andere Welt, in die ich zurückkehrte.[7]

Ihre Reise wurde zum Alptraum, sobald sie von den schmucken Schweizer Wagen in die fensterlosen, ausgeplünderten österreichischen Waggons umstiegen, die noch nach Jodoform von den unzähligen Kranken und Verwundeten rochen, die sie während des Krieges transportiert hatten. Während sich an jeder Station noch weitere Leute in den Zug drängten, standen sie eng zusammengepfercht und hielten im Dunkeln mit letzter Kraft ihr Gepäck fest. So erreichten sie schließlich Salzburg nach einer Reisezeit, die viel länger war als üblich. Sie verließen Rieger, der nach Wien weiterfuhr, stiegen mehr oder weniger unversehrt aus (vergaßen jedoch in der Eile, Lonis zwei Rucksäcke auszuladen) und fanden vorläufig Quartier im Hotel Nelböck, wo Stefan und Friderike während des Urlaubs 1916 gewohnt hatten.

Im Augenblick war das Haus am Kapuzinerberg nicht zu bewohnen: Das Dach war leck; es war meilenweit keine Kohle zum Heizen aufzutreiben, und auf alle Fälle mußten zunächst Aufenthaltsgenehmigungen beschafft werden, keine leichte Sache für sie, die offiziell noch in Wien gemeldet waren. Zwar konnte Stefan sich auf seinen Hausbesitz berufen, doch für Friderike und die Kinder, die noch nicht seinen Namen trugen, waren die Aussichten nicht gut. Denn jedes ›Kronland‹ sperrte Einreisende wegen der großen Lebensmittelknappheit aus. Loni, die schon über den vermutlichen Verlust ihres Gepäcks verzweifelt war, erkrankte, um das Maß vollzumachen, an einer scheinbar akuten Blinddarmentzündung. Friderike eilte, um durch einen befreundeten Arzt ein Bett im Krankenhaus zu sichern und war entsetzt, als sie bei ihrer Rückkehr feststellte, daß Loni vom Hotelarzt, der harte Währung witterte, in dessen Wohnung gebracht worden war, um sofort operiert zu werden. Zwar gelang es Friderike, sie herauszuholen, doch war es klar, daß Loni zu ihrer Familie nach Zürich zurückkehren mußte, sobald sich ihr Zustand nach einigen Tagen gebessert hätte.[8]

Stefan, der klugerweise sein Gepäck am Bahnhof zurückgelassen hatte, konnte dies alles nur wenige Tage aushalten. So hatte er keine Bedenken, nach Wien abzufahren, ohne dies Friderike besonders anzukündigen. In einem Brief, den er am 29. März vom Zug aus in Wels aufgab, hieß es:

Ich bin gefahren, weil Sonntag kein Zug geht und ich erst Dienstag zu meinen Sachen gekommen wäre und inzwischen explodiert vor Ungeduld. Mir ist viel leichter, noch einmal nach Salzburg zu fahren, sobald ich das *Aller*dringlichste in Wien geordnet habe, vielleicht schon nächste Woche, wo schon mehr Züge gehen.

Zu den Angelegenheiten nur dies: 1) Spare nicht am Essen 2) Nimm Dir jemand zur Hilfe, falls L. unbrauchbar bleibt. 3) Nimm einen Advokaten, falls die Sache schief zu gehen scheint. 4) Die Koffer deponiere unter Versicherung bei einem Spediteur. 5) Bestelle alles, was wir vereinbarten. Das Haus soll wenigstens in gutem Zustand und jederzeit bewohnbar sein. Wir können uns entweder selbst daran freuen, oder es besser verkaufen oder vermieten. Bitte telephoniere sofort, wenn Du mich brauchst. Den ärgsten Fall, daß Du nicht bleiben darfst, will ich garnicht ins Auge fassen: wir werden uns schon verteidigen, eventuell will ich es öffentlich. Solltest Du aber fort*müssen*, so bleibt nichts übrig als Wien. Wir werden dort unser Möglichstes tun, um das Salzburger Haus zu erobern. – Auf der Fahrt geht alles gut. Ein schauerlicher Anblick war Attnang, wo die Leute brüllend wie eine Stierherde in die Restauration stürmten und sich buchstäblich würgten, um ein paar Fetzen Blutwurst. Ein schauerlicher Anblick und vielverheißend für Wien. – Liebe, sei nicht böse, daß ich nach Wien fuhr. Aber Du weißt, daß ich seit einer Woche unterwegs bin und nicht mehr weiter kann vor Ungeduld, daß ich hier tatsächlich *unendlich* viel *Unaufschiebbares* zu tun habe. Ich weiß, wie stark Du bist, Du wirst Dir schon durchhelfen, spare nicht, aber vor allem ordne alles so, daß Du dann ohne Sorge um die Kinder bist. Wenn sie nur zu Essen haben, das ist das einzig wichtige – Erziehung, seelische Behandlung, Lernen, das sind Nebensachen. Das einzig Wichtige ist *in Ordnung kommen*, in irgend eine, was für eine ist gleichgültig, ob sie ein bißchen besser oder schlechter ist. Nur Ordnung muß es sein.[9]

So sehr sich auch Friderike nach Wien sehnte – nicht nur um ihre eigene Familie zu sehen, sondern nach dem Briefwechsel auch die Eltern Stefans –, es blieb ihr nichts übrig, als die Zähne zusammenzubeißen und das Notwendige in Salzburg zu erledigen. Sie ließ Lisi aus Wien kommen und bezog mit ihr und den Kindern am Kapuzinerberg einen der wenigen Räume, die kein Wasser einließen. Sie hatte dabei mit der bevorstehenden Aufenthaltserlaubnis gerechnet, die schließlich nach tagelangem Gerangel mit den Behörden erteilt wurde. Abgesehen von der Notwendigkeit, Baumeister, Klempner und Maurer für die wichtigsten Arbeiten zu finden, war es ihre dringlichste und schwierigste Aufgabe, den Besitz von unerwünschten Gästen zu befreien. Die Witwe des Gärtners der Vorbesitzer, ein hexenhaftes altes Wesen, bewohnte immer noch einen Teil des Hauses, gemeinsam mit Sohn und Tochter, die beide schon erwachsen waren. Und wenn es auch nicht schwierig war, die Witwe mit all ihrer Habe, Ziegen inbegriffen, in einem Zimmer in der Stadt unterzubringen, so stellte der Rest der Familie ein Problem dar. Sohn und Tochter sahen im Kapuzinerberg ihr Zuhause. Der neunzehnjährige Junge war im Wirbel des Krieges aufgewachsen und nach kurzem Fronteinsatz, wobei er von einem Granattreffer verschüttet worden war, leicht verwirrt zurückgekehrt. Er gehörte jetzt einer Gruppe von wilden, kommunistisch orientierten Jugendlichen an, die den Besitzenden ihren eigenen Privatkrieg erklärt hatten und mit Diebstahl und Wildern ihr Leben fristeten. Für Friderike, der das Haus nicht einmal nominell gehörte, war die Situation nicht ungefährlich, besonders da sich dem Jungen zahlreiche Genossen angeschlossen hatten. Es gelang ihr, ihn in ein Gartenhaus umzusiedeln (wo er blieb, bis die Polizei ihn abholte) und die anderen hinauszuwerfen. Das Mädchen behielt sie eine Zeitlang als Hausangestellte, bis sie einer Tuberkulose erlag.

Doch als der Frühling nahte, blühten die Obstbäume und die Handwerker begannen mit ihrer Arbeit, soweit der Materialmangel dies zuließ. Die Lage besserte sich, und schon nach einem Monat war sie in der Lage, Stefan zu versichern, daß die von ihm gewünschte ›Ordnung‹ mehr oder weniger hergestellt sei.[10] Sein ›Lamm‹ war weit zäher, als er dachte.

Stefan war inzwischen am 30. März in Wien angekommen, wo er sich wieder in der Kochgasse niederließ und sich in die Obhut des alten Josef begab. Er ließ ihr durch Lisi folgende Zeilen zukommen:

Die Post ist entsetzlich, das Telefon ebenso. – Bis dato noch keinen Strich für Rolland. Briefe aufgearbeitet, Bücher für 1200 Kronen verkauft, Besorgungen und Sorgen, dazwischen von früh bis nachts Telefon. Aber ich bin heiter und gelassen ... Zuhause werde ich gefüttert und verwöhnt. Meine Eltern erwarten Dich in herzlichster Weise, Du wirst eine ganze Reihe von Möbeln bekommen, Vorhänge, Wäsche, Service, meine gute Mutter ist wirklich rührend, mein Vater sehr alt und geistig sehr zurück ... *Jeremias* soll jetzt im Mai gespielt werden, ich habe wenig Neigung dazu, auch zum Vortrag nicht. –
Sag mir, wann Du kommst. Ob Du bei mir wohnen willst. Ob ich Dir Geld senden soll ... Sorg Dich nicht zu viel um die Kinder, es wird ihnen auch ohne Dich gut gehen ... Die gute Frau Mandl möchte auf Erholungsurlaub (also nicht auf meine Kosten) gerne zu uns kommen, es wäre mir unschätzbar, wenn diese tüchtige Frau dort das Archiv einrichten könnte und die Rolland-Dostojewski-Sache zu Ende führen. Liebe, denk Dir aus, wie herrlich das für Stefan Pascha wäre. Nur diese ersten Monate sind ja wichtig, den Karren aufzuzäumen, dann läuft er von selbst. Und sie ist eine prächtige Hausfrau. Ich glaube, Du bist ein wenig dagegen. – Für das Packen bei mir werde ich die alten Trabanten Josef und Frau Mandl einspannen, so daß Du ganz entlastet bist.
... So geht alles ordentlich und leidlich, falls der Kommunismus nicht schon übermorgen da ist. Komme also so bald als möglich.[11]

Der erwähnte Vortrag sollte Rolland zum Gegenstand haben. Sie hatten in Briefwechsel gestanden über Rollands geplante *Déclaration de l'indépendence de l'esprit*, für die er Unterzeichner aus allen Nationen sammelte. Zweig sollte Österreich vertreten. Bertrand Russell, Upton Sinclair, van Eeden, Barbusse, Selma Lagerlöf, Einstein wurden alle dafür geworben.[12] Zweigs Vortrag, den er am 11. April im Wiener Konzerthaussaal hielt, war vornehmlich diesem ›Anruf zur Brüderschaft an die Kameraden in der Arbeit des Geistes‹ gewidmet.
»Nous ne connaissons pas les peuples: nous connaissons le Peuple – unique, universel ... nous travaillons pour [l'Humanité] toute entière«, hatte Rolland darin geschrieben. Doch legte Zweig auch Zeugnis ab über ihre Freundschaft und über Rollands Wirken während des Krieges. »Ich kenne keinen Freund, der mehr als Zweig einen tieferen und frömmeren Kult der Freundschaft übt. Er ist seine Religion«, schrieb Rolland in sein Tagebuch, nachdem er eine Abschrift des Vortrages erhalten hatte.[13]
Der Gegensatz von Elend und Frivolität in Wien bestärkte Zweig in seinem Entschluß, die Hauptstadt so schnell wie möglich zu verlassen und nach Salzburg zu ziehen. Er stellte fest, daß seine früheren Freunde dort jetzt eine andere Sprache sprachen: Sie verstanden einander nicht mehr. Die Stadt sah er dem Untergang geweiht:

Mit dem nächsten Herbst wird eine Abwanderung ohnegleichen beginnen und zwar in erster Linie der kapitalkräftigen Elemente in die ehemalige Provinz, der Arbeitswilligen in andere Erdteile, zurückbleiben wird nur der weiche, untätige Schlamm dieser alten Großstadt.[14]

Seit langem hatte er die Auflösung Österreichs befürchtet und im gleichen Jahr schon Kippenberg gegenüber seinen Ekel ausgedrückt vor den

neuen Intellektuellen, machtgierig, ohne Disziplin, in Ideologien befangen und ohne Ideale – ich rechne es mir zur Ehre, obwohl ich einer bin, der keine Kriegszeile schrieb, jetzt abseits zu stehen. Ich schäme mich als Intellektueller für diese Intellektuellen, als Jude für diese vordringlichen Juden, als Demokrat für diese Revolutionäre.[15]

Er fand, daß alle Wiener Schriftsteller mit Ausnahme von Amann ihm ganz fern seien.[16]
In Europa welkten die Verheißungen einer neuen, besseren Welt dahin: Wilsons Vision verdunkelte sich in Versailles, Barbusses *Clarté* lenkte ihren intellektuellen Internationalismus in die Einbahnstraße des Klassenkampfes, Rollands *Déclaration* verpuffte wirkungslos. Zweig konnte froh sein, daß er nicht wie viele Freunde, z. B. Victor Fleischer, Geld verdienen mußte, um schreiben zu können.* Er war in der Lage, sich abseits zu halten. Er hatte auch das Glück, Friderike zu haben, die ihm den Weg zur praktischen Ausführung seiner Pläne ebnete. Aber daß er sich schon 1916 für Salzburg als sein Refugium entschieden hatte, zeugte von ganz bemerkenswerter Voraussicht, einer intuitiven Erkenntnis, die die Kehrseite seines Pessimismus darstellte. Wie er beim Grenzübergang in Buchs gespürt hatte, war dies ein Wendepunkt in seinem Leben:

Vorbei war die Zeit, wo ich mir vortäuschen konnte, alles was ich beginne, sei nur provisorisch. Die Mitte des Lebens war erreicht, das Alter der bloßen Versprechungen vorüber; jetzt galt es, das Verheißene zu bekräftigen und sich selbst zu bewähren oder sich endgültig aufzugeben.[17]

* Sein Bruder, der sich bemühte, den Familienbetrieb im neuen Staat Tschechoslowakei aufrecht zu erhalten, war darüber verärgert, daß Stefan sich sträubte, zu Rate gezogen zu werden (obwohl er die Fabrik im Juli 1921 besuchte).

3

Wie oft steht, unsichtbar der Mitwelt, eine Frau schützend und wirkend innerhalb eines Werkes, ihm so still und selbstverständlich verwoben, daß sein eigentlicher Schöpfer es selbst vergessen mag.

Friderike Zweig, *Pasteur*

Zweigs Aufenthaltserlaubnis für Salzburg wurde schließlich am 26. April erteilt. Während dieses Monats war es Friderike endlich möglich, auf kurze Zeit nach Wien zu fahren, und sie war gerührt von dem warmherzigen Empfang, den ihr seine Eltern bereiteten. Sie fühlte sich zu ihnen nicht so hingezogen wie zu ihrem ersten Schwiegervater, dem Hofrat, aber sie hatte von der ersten Begegnung an ein tieferes Verständnis für ihre Schwächen, als ihre Söhne ihnen entgegenbrachten. Am 29. April kam dann endlich der Zeitpunkt, da sie gemeinsam in ihr erstes Heim zogen. Als Willkommensgeschenk hängte er Blakes Zeichnung von King John an die Wand ihres Zimmers. Sie hatte im Erdgeschoß eine Bibliothek für ihn eingerichtet mit einem Sandringham-Teppich in dem dunklen Rot, das er so liebte. Der Raum war groß genug, um seine Bücher, die ständig anwachsende Autographensammlung und seine Archive aufzunehmen. Aus der Wohnung seiner Eltern hatte er triumphierend eine alte eiserne Reisetruhe mitgebracht, die einst seinem Großvater gehört hatte. Sie war genau das Richtige, um seinen Handschriftenschatz unterzubringen. Im ersten Stock lagen sein Arbeits- und Schlafzimmer, an die sich der große Salon mit seiner schönen Tapete anschloß. Auf dessen anderer Seite befanden sich ihr eigenes Zimmer mit Balkon, ihr Schlafzimmer, die Kinderzimmer und das Bad. Darüber erhob sich der kleine Turm mit einer Dachkammer. Im Erdgeschoß lag ein altertümlich getäfeltes Gästezimmer, das in ein Gewächshaus führte. Im Souterrain waren die Räume für die Dienerschaft und die riesige Küche. Den Garten schmückte ein entzückender kleiner Pavillon, und die Obstbäume standen in voller Blüte. Von allen Seiten führten Türen in den Garten und Pforten von dort aus in den nahen Wald.[18]

Noch gehörte nicht alles ihnen. Wegen der akuten Wohnungsnot fühlten sie sich verpflichtet (obwohl noch keine offizielle Wohnungsbeschlagnahmung bestand), zwei Räume an eine andere Familie abzugeben, die Friderike wohlweislich unter den Polizeibeamten der Stadt aussuchte. Als zwei Jahre später eine Allparteien-Kommission mit dem Auftrag, allen freien Wohnraum zu beschlagnahmen, das Haus besichtigte, staunten sie über dieses freiwillige Entgegenkommen. Doch obgleich diese Kommission nichtsdestoweniger vorschlug, den historischen Salon in vier Räume aufzuteilen, um vier Familien unterzubringen, appellierte Friderike mit Erfolg an das Amt für Denkmalschutz, ihn zu erhalten, allerdings gegen eine Spende Stefans an die Gemeindekasse, die fast die Höhe des Kaufpreises für das Haus erreichte. Die Polizistenfamilie wohnte noch viele Jahre dort.[19] Dennoch waren sie fast für sich, und für Stefan war es eine ideale Arbeitsstätte. Am 19. Mai schrieb er einem Freund:

> Ich habe mit der allgemeinen Einschränkung des Lebens in diesen fünf Jahren auch eine entscheidende Reduktion meiner Freundschaften vorgenommen ... mein Entschluß von Wien wegzugehen war unbeugsam ... schon vor einem Jahr oder länger noch, ehe dies den andern klar war, [habe ich mich hier angesiedelt], in einem Hause, das Sie entzückend finden werden und hoffe hier eine kleine ruhige Existenz verteidigen zu können. ... Sie wissen ja wohl, daß ich hier mit Frau von Winternitz (von der demnächst ein sehr bedeutender Roman bei S. Fischer erscheint[20]) zusammen lebe, daß wir noch immer nicht heiraten können, weil in unserer freien Republik katholisch Geschiedene wie meine Frau zu solchen Formen verurteilt sind. Ich arbeite viel, im Herbst soll vor allem ein großes Buch von mir über Romain Rolland fertig sein, auf das ich mich selbst freue, sowie einige andere Arbeiten.[21]

Was ihre Heirat betraf, so blieb ihnen nichts anderes übrig als zu warten.[22] Sie hatten überlegt, es in Ungarn zu versuchen und hatten schon – als ersten Schritt – das Nötige für eine Adoption Friderikes in die Wege geleitet. Doch das Chaos nach dem Bela-Kun-Aufstand vereitelte ihren Plan. Abgesehen davon war ihr Glück ungetrübt. Wie seine Mutter gesagt hatte, brauchte er eine »ganz außergewöhnlich zarte Behandlung« und die Sicherheit des Heimes als Anker und Gegengewicht zu seiner immer schwelenden inneren Unruhe: Friderike fand ihr Glück darin, ihm diese Geborgenheit zu verschaffen. Im Juli schrieb er an Fleischer: »Es war der glücklichste Gedanke meines Lebens, Wien rechtzeitig zu verlassen und eine ruhigere Form der Existenz zu wählen, die mir äußerst gut anschlägt.«[23]

Seine Arbeit gedieh entsprechend: stetiger Fortschritt in seinem *Rolland*, dazu Essays, wie der über Walt Whitman für die *Neue Freie Presse*. Auch sein Briefwechsel wurde noch intensiver als in seiner Schweizer Zeit: mit Rössler, den er ständig wegen der verzögerten Veröffentlichung von *Der Zwang* drängte; mit Masereel, der darauf erpicht war, *Die Mondscheingasse* zu illustrieren; mit dem Direktor des Deutschen Volkstheaters in Wien, der im Herbst die österreichische Premiere des *Jeremias* bringen sollte und den er drängte, seine Übersetzung von Rollands *Le Temps viendra* zu akzeptieren.[24] Kurze Reisen nach Wien kamen hinzu, wo er trotz der ›Reduktion seiner Freundschaften‹ keine Atempause zu haben schien zwischen seinen Treffen

mit Verlegern, mit Berta Zuckerkandl, Benno Geiger, dem Antiquar Hugo Heller und besonders mit den Beamten, die sein Heiratsgesuch noch immer unbearbeitet ließen.
Seine düsteren Stimmungen befielen ihn gelegentlich wieder, und es waren nicht immer der notorische Salzburger Schnürlregen oder der Föhn, die sie hervorriefen. Ein aufschlußreicher Brief vom August 1919 von beiden an Fleischer ist erhalten. Friderike schrieb:

Stefan ist oft in hellwütiger Verzweiflung, und was ich abwehren oder ablenken oder hinausschieben kann, geschieht, aber wo dann noch neben Wirtschaft, Landesbildungsamt, Kindererziehen, Garten, Zeit finden zu schreiben, *wem* man will. ... Mit dem »Knaben«, wie Du sagst, ist es oft schwer, denn er ist zuweilen heftig, auch vor Leuten und das ertrag ich nicht immer mit der den Anlässen entsprechenden Gleichmut. ... Schön haben wir es, paradiesisch. Aber jeder kleine Winkel wäre mir lieber mit mehr Unbehelligtheit im eigenen Heim.

Stefans Teil des Briefes (es steht dahin, ob er das Vorhergehende gelesen hatte) lautete:

Es gibt keinen Juden, der jetzt nicht in Salzburg ist, und seit Reinhardt da ist, sammelt sich das Volk wie schwarze Fliegen, Aussee vomiert sich aus, wir haben manchmal uns bitter zu verteidigen.[25] ... Fritzi ist sehr eifersüchtig, obwohl meine Fehltritte noch an den Fingern der Hand abzuzählen sind und doch von vornherein escomptiert waren. Aber das ist ihr schwacher Punkt, leider auch der meine. [PS] Fritzi hat diesen Brief noch einmal *heimlich* geöffnet, um zu sehen, was ich geschrieben habe, daher die Verzögerung.[26]

Friderike hatte bei solchen Gelegenheiten zweifellos ein schweres Kreuz zu tragen. Ihrem treuen Freund Leonhard Adelt schrieb sie gegen Ende September von den »Erniedrigungen«, dem »wiederholten Ineineeckestellen mit dem entlassenen Diener (gestern wieder vor Leuten)«, denen sie ausgesetzt sei: Zwar sage sie sich, das sei nicht aus dem Herzen, aber es komme nur »ganz, ganz selten zu Oasen der Aufrichtigkeit, die dann erschrocken sofort wieder untergraben werden, damit nur ja nichts bleibe an Forderung«. Um so stärker war daher vielleicht ihr Wunsch, »das Band außen zu vollenden. ... Ich will abwarten, bis der Dispens da ist ... und wenn nicht eine innere Stimme stärker nein sagt, mich nicht wehren, um ihn zu behalten und nicht in ein Nichts zu schicken.«[27]
Daß ihre Verbindung mit keinen Kindern gesegnet wurde, muß lange Zeit ihre heimliche Enttäuschung gewesen sein, schrieb sie doch einmal: »Welches Glück, von dem Mann, den man liebt, drei Söhne zu haben!«[28] Doch war ihr klar, daß ihre ganze Sorge dem Versuch gelten mußte, ihm Sicherheit im täglichen Leben zu geben, seine Rastlosigkeit

auszugleichen und vorausschauend alle von außen kommenden Störungen von ihm fernzuhalten. »Der Kreis war mir weit gezogen, doch in ihm sollte ich verbleiben.« Ihre eigene literarische Tätigkeit litt darunter, doch gelang es ihr im Laufe der Jahre, durch verschiedene Übersetzungsarbeiten ein bescheidenes eigenes Einkommen zu sichern, das sie für die Kinder gebrauchen konnte (nach ihrer Eheschließung wies Stefan die Unterhaltsbeiträge, die von Winternitz für Suse und Alix zahlen mußte, zurück. Wo also ihre eigenen Ansichten über die Erziehung der Kinder den seinen nicht entsprachen, hielt sie eine gewisse Unabhängigkeit im Interesse der Kinder für unerläßlich[29]). Irgendwie lernte sie, ihren Gleichmut zu bewahren, die schwarzen, doch schnell vorüberziehenden Wolken zu vergessen und mit neuer Ermutigung bereitzustehen, sobald er wieder guter Stimmung war.

Dazu brauchte es gewöhnlich nur eine kurze Abwesenheit von Salzburg. Seine tieferen Gefühle der Freundschaft für seine Mitmenschen und seine Liebe zu Friderike schienen tatsächlich mit der Entfernung zu wachsen und in der Nähe zu schwinden. Seine natürliche Schüchternheit und sein Abscheu vor ›Diskussionen‹, gepaart mit einer Sanftmut, die es ihm schwermachte, nein zu sagen, gefährdete jede nahe Beziehung, die sich ohne Unterbrechung über längere Zeit hinzog, und der geringste Ärger genügte oft, ihm die Galle hochzutreiben. In der Flucht – manchmal aus einer plötzlichen Eingebung heraus – sah er die einzige Möglichkeit, eine wertvolle Beziehung zu erhalten. So war es mit Victor Fleischer, mit Rieger, später mit Felix Braun und so vor allem mit Friderike, die wohl als einzige wirkliches Verständnis dafür hatte.

Im September 1919 hatte er endlich das Manuskript der *Drei Meister* an Kippenberg abgeschickt mit der endgültigen Fassung des *Dostojewski*-Essays, der auf ein Drittel des ursprünglichen Umfangs reduziert worden war. »Nun ist alles, was ich an alten Arbeiten hatte, vollendet: ich kann an Neues freier denken.«[30] Noch war der Insel-Verlag nicht sein einziger Verlag. André Suarès' *Cressida*, die er mit Rieger übersetzte, sollte in Carl Seeligs »Die Zwölf Bücher« bei E. P. Tal erscheinen ebenso wie *Die Zeit wird kommen; Rolland* sollte zu Rütten & Loening in Frankfurt gehen. Und doch gab es viele Projekte mit Kippenberg zu besprechen, und es zog ihn sehr nach Leipzig. Er fuhr Ende September nach Wien, wo ihn Enttäuschungen sowohl in der Sache des Ehedispens erwarteten, für den die zuständigen Beamten, wie es schien, die Akten verlegt hatten, als auch über die Produktion des *Jeremias*. Obwohl diese auf den 9. Oktober verschoben und eine halbe Stunde nach Eröffnung der Kasse bereits ausverkauft war, sollte es nur eine einzige Aufführung geben (»ach, wie mich der Ekel vor allem Geschäftlichen würgt, und dabei muß man jetzt kopfüber hinein in diesen entsetzlichen Zeiten»[31]). Am 19. Oktober konnte er endlich seine erste Reise seit dem Krieg nach Deutschland antreten.

Aus München schrieb er heiter an Friderike: »Meine Reiselektüre ist das Kursbuch des deutschen Reiches, ... an mir ging ein Hotelportier verloren.« Als er am nächsten Tag in Leipzig ankam, suchte er sofort den Leiter des Insel-Verlags auf. Der Verlag blühte, er hatte ein umfangreiches Programm neuer Bücher und mit Neuauflagen. Zweigs Vorschläge, *Der Zwang* in das Verlagsprogramm aufzunehmen (Rössler hatte schließlich darauf verzichtet), weitere 7000 Bände des *Jeremias* aufzulegen, sowie eine neue Ausgabe der *Frühen Kränze* und den *Verlaine* in zwei Bänden zu bringen, wurden sofort angenommen. Auch über sein Buch über Marceline Desbordes-Valmore wurde man sich einig. All dies wurde vertraglich festgelegt und sollte nach seiner Rückkehr aus Norddeutschland unterzeichnet werden. Das machte ihn höchst zufrieden. Am meisten Freude bereitete ihm das erfolgreiche »Hauptgeschäft«, wie er es nach Goethe nannte, das Projekt der *Bibliotheca mundi*. Kippenberg setzte sich begeistert dafür ein, und es gelang ihnen, sich über die ersten 15 Bände zu einigen, mit deren Veröffentlichung an Weihnachten 1920 begonnen werden sollte.* Die Fahnen für *Drei Meister* waren bereits zur Hand, und er hatte manche Schwierigkeit bei der Korrektur während dieser arbeitsintensiven Reise.[32]

Er hatte sich Vorträge über Rolland in Berlin, Hamburg und Kiel vorgenommen. Bei seiner Ankunft im Hotel Westend in Berlin am 23. Oktober stellte er fest, daß alle Karten für den Vortrag, der in der ›Tribüne‹ stattfinden sollte, ausverkauft waren. Es wurde ein sensationeller Erfolg, wenn auch, wie er später an Friderike schrieb, ein gewisser Widerstand gegen Rollands Ideen nicht zu übersehen war. Er gab dem üblichen Verlangen nach einer Wiederholung nicht nach (zu »konzertsängerhaft«), gestand aber sein Bedauern, den Vortrag nicht in einem größeren Theater gehalten zu haben, was ihm 1500 bis 2000 Mark statt der 200 in der ›Tribüne‹ eingebracht hätte. Dieser Vortrag lenkte die allgemeine Aufmerksamkeit auf ihn, und er meinte, durch diese Reise mehr als durch hundert Briefe erreicht zu haben, und dies trotz der saumseligen Postverbindung mit seiner Salzburger ›Zentrale‹. Das Staatstheater zog eine Aufführung des *Jeremias* in gekürzter Form in Betracht und das Lessing-Theater eine Aufführung der *Legende eines Lebens*. Nach dem zweiten Vortrag in Hamburg, der ebenfalls gut verlief, und einem dritten in Kiel, fuhr er nach Berlin zurück, um beide Theater-Projekte voranzutreiben. Es war ermüdend, doch anregend: »Bin ich

* Die Anzahl der Bände, die tatsächlich zwischen 1920–23 veröffentlicht wurde, belief sich bei Abschluß der Reihe lediglich auf 14. Vgl. Zweigs Korrespondenz mit Kippenberg und Hofmannsthal, *BrFr* 94–130.

schon so sehr Provinzler oder ist dies Alterserscheinung oder die Proletarisierung der Umstände: ich bin abends von diesem Herumfahren, Telefonieren, Warten, Sprechen doch recht müde.« Aus Hamburg schrieb er am 29. Oktober an Friderike:

Aus allem sehe ich, daß ich mein Leben stärker auf Beweglichkeit, auf Ersparnis von Kraft und nicht von Geld stellen muß. Ich kann, wenn ich nicht ewig der Sklave meiner Korrespondenz und meiner Unordnung bin, gewiß mehr wirken als bisher ... Du bist, verzeihe, in Briefdingen eben noch nicht genug erfahren. Ich muß anscheinend mehr reisen, um Dich durch Erfahrung zu einer perfekten Nachsenderin und Korrespondenzverwalterin zu erziehen. Sonst scheint ja alles in bester Ordnung zu sein.* Ich bin neugierig, Salzburg zu sehen, innerlich habe ich es ganz vergessen: wenn ich auf einer Reise bin, fällt alle Bindung plötzlich ab, ich fühle mich ganz unbeschwerlich, zusammenhanglos und frei. Du kannst das nicht so fühlen, die Du Dich allein immer auch zugleich als verlassen oder als nicht ganz fühlst. Wie mächtig und rein und ohne jede seelische Untreue diese Empfindung in mir ist: Du möchtest mich vielleicht nicht darum beneiden (sie gehört auch nicht zu einer Frau), aber es ist etwas darin, das einen wunderbar aufhebt und belebt. Ganze vergangene Jahre kommen mit einmal zurück; es ist nichts abgetan, alles noch voll Beginn und Verlockung.[33]

Als er im November zurück in Salzburg war, sagte er von sich: »In Briefen atme ich europäische Luft ... gehe über die Trümmer der Kaiserreiche unbekümmert meinen Weg in unser gutes Europa hinein.«[34] In Wirklichkeit aber hatten sein Aufenthalt in Deutschland und das, was er seit seiner Rückkehr aus der Schweiz von Österreich gesehen hatte, dazu beigetragen, seinen Optimismus zu dämpfen und ihm gezeigt, daß die von ihm als Folge der Niederlage erhoffte Regenerierung durch einen bequemen Opportunismus vereitelt wurde. An Kippenberg hatte er schon vorher geschrieben:

Ich kann nur eines Deutschland nicht vergeben: daß es, kaum frei, kleinen Geistern, einem Erzberger und Scheidemann sich gegeben. Daß sein Unglück nur ein Jammer war und keine Tragödie! Warum findet sich kein Führer gerade in Deutschland, warum appelliert es immer an die Geschmeidigen und Geschickten. ... Wir hier in Österreich sind klein gewesen und klein geblieben, ohne Willen zur Größe. Dort in Deutschland war er und was haben die Politiker in dieser Stunde gemacht![35]

In Leipzig war ihm aufgefallen, mit welcher Verachtung die Deutschen die derzeitige ›Regiererei‹ betrachteten. Kaum jemand traf er, der nicht offen der Monarchie nachtrauerte oder eine Diktatur herbeisehnte. Der Antisemitismus griff mit Macht um sich, fast ebenso stark war die antifranzösische Gesinnung. Bei alledem waren die Geschäfte vollgestopft

* Friderike bekam in der Tat reichlich Gelegenheit, dies zu üben und lernte seine »Postnervosität«, wie sie sie nannte, zu beruhigen.

mit Waren zu phantastischen Preisen, und der bevorstehende wirtschaftliche Zusammenbruch lag bereits in der Luft.[36]
In einem *Aufruf zur Geduld*, den er nun in Stephan Großmanns Berliner *Tage-Buch* veröffentlichte, stellte er sich entschieden gegen den »Opportunismus der Niederlage«, wie er ihn bezeichnete, gegen den Papageienruf nach einem »geeinten Europa« aus reinem Herdentrieb heraus; er riet zur Geduld, die Überzeugungen über bloße Ansichten zum Sieg verhelfen sollte. Er drückte sich dabei eher pessimistisch aus – »wir sind eine verlorene Generation, wir werden das einige Europa nicht mehr sehen«[37] – konnte sich aber dennoch vorübergehend für ein geplantes Treffen der »europäischen Kameraden« einsetzen, das im September 1920 in Norditalien stattfinden sollte. »Wir wollen einfach nur wieder einmal europäisch beisammen sein und erwägen, wie wir die geistige Bindung von einst wiederherstellen könnten.«[38] Aber selbst für ein so vorsichtiges Engagement fehlte ihm die nötige Triebkraft. Jouve hatte ihm aus Paris über *Clarté* berichtet: »Man muß zugeben, daß Barbusse sich neulich ganz tapfer benommen hat, ... [aber] meines Erachtens ist es am besten und am gerechtesten, sich von jeder Art Gruppierung fernzuhalten« – ein Gedanke, dem Zweig zweifellos zustimmte.[39] Er bewunderte Magdeleine Marx sehr, deren *Femme* er mit Friderike übersetzen wollte, aber er stellte sich taub, als sie ihn um Beiträge für die Wochenzeitschrift *Clarté* bat.[40] Er war der Ansicht, daß seine Herausgabe des *Verlaine* einen echten Beitrag zur internationalen Verständigung darstellte, »nun doppelt wichtig ... als Zeichen, da das ganze lyrische Deutschland nicht mittut bei dem blödsinnigen Versuch, die alleinige Kunst in die Grenzen der Nationen und Sprachen feindlich zu zerspalten«[41], und fühlte sich zunehmend abgestoßen (wie zeitweise auch Rolland) vom fehlgeleiteten und politisch engagierten Internationalismus, zu dem Gruppen wie *Clarté* trotz des Idealismus von Barbusse neigten. »Un mêli-mêlo de noms excellents et de toute une racaille de la Foire sur la Place«, wie Rolland die *Clarté* nannte. Wie Jouve bezog auch Zweig instinktiv eine individualistische Position: »Nous sommes également énnemis aux gens du pouvoir et aux gens du communisme, aux intellectuels NRF et à ceux de Clarté«; und er brachte diese Meinung in einem offenen Brief an Barbusse zum Ausdruck, der im Sommer 1920 in Großmanns *Tage-Buch* veröffentlicht wurde.[42]
Nur selten jedoch gab er solcherart seine Ansichten öffentlich preis. Denn seine sehr individualistische Betrachtungsweise war gerade durch seine starke Zurückhaltung und natürliche Scheu bedingt. Wie Dumont herausgestellt hat, waren die Offenheit und Selbstenthüllung in seinen Briefen an Rolland seiner Überzeugung zu verdanken, daß sie nie veröffentlicht würden. Und als im November 1919 Rolland seine

Einwilligung erbat, Auszüge daraus in seinem *Journal des années de guerre* zu zitieren, sagte er nur sehr widerstrebend zu:

Meine Zurückhaltung in allen persönlichen Dingen ist sehr groß. Sie sahen, daß ich das Verhaerenbuch* nur privat herausgab und – daß ich es offen sage – mein Buch über Sie zögert so lange, weil ich es möglichst vermeiden will als Intimer zu sprechen, zu verraten, was ich nur durch Ihre persönliche Güte weiß.[43]

Als bester Beweis für seine Aufrichtigkeit hier steht *Die Welt von Gestern*: Seine Autobiographie ist sicher die unpersönlichste all seiner Biographien. Jouve hat in seinem Buch über Rolland Zweigs Ansicht folgendermaßen wiedergegeben: »Il existe pour tout homme vrai une certain pudeur qui lui défend de dire combien il aime un autre.«[44]

4

Dostojewski, Rolland, bibliotheca mundi, drei Übersetzungen in 3–4 Jahren, das darf wohl als genug bezeichnet werden!

Zweig an Fleischer, Mai 1920

Im Dezember 1919 hatten die langsam mahlenden Mühlen der österreichischen Bürokratie endlich den Dispens für seine Heirat mit Friderike erteilt. Das damals wie auch in späteren Jahren in Österreich herrschende Proporzsystem in der Verwaltung hatte den Vorteil, daß, falls sich ein Beamter aus politischen Gründen einer gewissen Maßnahme widersetzte, sein der Gegenpartei angehörender unmittelbarer Vorgesetzter oder Untergebener entgegengesetzter Meinung war. Im Fall Zweig/Winternitz war es ebenso. Der Landeshauptmann, ein Christlich-Sozialer namens Rehrl, hatte vorläufig den Dispens verweigert, doch während er auf Urlaub war, kamen die Akten zu seinem Stellvertreter, dem Sozialisten Preußler, für den diese Angelegenheit eine parteipolitische Grundsatzfrage war, und somit konnte kein Zweifel über die Entscheidung bestehen.[45] Am 9. Dezember schrieb Stefan Zweig an Victor Fleischer: »muß im Januar vermutlich mit Friderike nach Wien zur Perfektion der bekannten Angelegenheit, für die wir Dich persönlich sogar für eine Stunde vielleicht benötigen.«[46] Friderike hatte, wohl aus Schicklichkeitsgründen, Felix Braun zu ihrer Vertretung gewählt für die Heiratszeremonie im Wiener Rathaus: »Prager, Antoine, Victor werden die Zeugen sein, so daß Stefan mit 4 Männern heiraten wird, und mir so den Vorwurf der Weiberwirtschaft ... nicht machen kann.«

* Die *Erinnerungen an Verhaeren* von 1917, nicht die Monographie von 1910.

Vor allem war sie bestrebt, »jede Sentimentalität zu bannen und ganz so zu sein, wie es notwendig war, so leicht verletzlichen Hausfrieden ganz ohne Bitterkeit respektieren zu können« (sie hörte später von Felix Braun, wie er während der Zeremonie plötzlich lachen mußte, als der Magistratspfarrer über seine bzw. ihre zukünftigen Kinder gesprochen habe[47]). Stefans Mutter war zugegen, und beide riefen sie sofort nach der Trauung in Salzburg an.
Der erste Brief von Friderike *Zweig* war vom 30. Januar:

Mein Lieber, Wie hast Du die Hochzeitsnacht verbracht? Steffi, jetzt fällt mir ein, daß ich vielleicht einen bräutlichen Brief an die Eltern hätte schreiben sollen. Aber ich kann nicht, das siehst Du doch wohl ein. Ich spüre so gar keine Veränderung. Das ist so, weil Du mir meine Sentimentalität abgewöhnt hast. Wäre sie eingeschaltet, schriebe ich Dir einen Brief, den Du Dir einrahmen könntest. Es schwebt mir so dunkel vor, was ich Dir darin sagen würde – aber wie gesagt, es ist nichts damit, und meine Gebete, mein Liebling, bete ich auch wenn Du bei mir bist.[48]

Wie um ihre Fortschritte in der Bearbeitung seiner Post zu beweisen, gab sie ihm anschließend einen Bericht über den Stand seiner Korrespondenz. Thomas Mann habe ihm für seine Sammlung das Manuskript seiner Novelle *Die Hungernden* geschickt, »als ein Zeichen herzlichster Wertschätzung«. Die Klage gegen das Lessing-Theater in Berlin sei erfolgreich gewesen, und eine Aufführung der *Legende eines Lebens* werde für den folgenden Herbst geplant. Kippenberg lasse anfragen, ob Rollands *Liluli* verfügbar sei*, und der Berliner Verleger Kiepenheuer bitte ihn um die Herausgabe einer Novellensammlung.

Die Zugsperre ist recht ärgerlich. So sehr ich Dich Deiner Mutter gönne, ich wäre glücklich, Dich wieder hier zu haben. – Ich habe viel in Deinen Briefen getan. Riesige Stöße schon ausgeweidet. Mühe macht es, die Briefe von Freunden mit Verlagsaufschriften von geschäftlichen zu trennen. Da heißt es immer alles lesen, denn sonst kommen Berge zusammen und wieder keine Ordnung. Dir würde ja ein Blick zur Sonderung genügen. Sehr lästig sind mir beim Ordnen die Frauenbriefe aus der Zeit, wo ich dachte, daß neben mir nicht so viel anderes Raum hatte, andererseits sind Briefe dabei, die Dich in den Augen der biederen Frau M. als Don Juan erscheinen ließen. Es ist also unmöglich, daß Du ihr die Korrespondenz zur Durchsicht gibst. Du hast selbst vergessen, was für und wie viel unmögliche Briefe darunter sind. Aber mit der Zeit kommt schon gute Ordnung in alles. Auch in die Bibliothek. ...
Hoffentlich bist Du, mein Liebling, mit allem Geschäftlichen zurecht gekommen, hast Dich nicht zu sehr abgemüht, sondern auch ein bißchen vergnügt.

* Es gelang Zweig nie, dieses phantastische Werk zu übersetzen. Das mag das einzige Mal gewesen sein, da er eine unüberwindliche Sprachbarriere anerkennen mußte (vgl. Dum 235–236).

Aus Deiner Korrespondenz entnehme ich, daß Du nach Berlin fährst. Das ist mir ganz neu. Jetzt glaube ich, Dir alles geschrieben zu haben, was so der Tag mit sich brachte. Es küßt Dich Mumu.[49]

Es muß ihr eine schmerzliche Enttäuschung gewesen sein festzustellen, daß die Legalisierung ihres Verhältnisses kaum etwas änderte. Wenn Friderike auch sicherlich mit Stefan darin einig war, daß es schicklicher sei, sich bei der Trauungszeremonie von einem Bevollmächtigten vertreten zu lassen, und wenn sie sich auch sehr über seinen Anruf freute, so blieb doch die bittere Tatsache bestehen, daß sie danach mehrere Tage lang nichts mehr von ihm hörte. Der ruhige Ton ihres Briefes muß sie viel Überwindung gekostet haben. Doch sie hatte erreicht, was sie sich gewünscht hatte. Es wurde ihr klar, daß die Ehebande vom Wiener Rathaus diesen freien Geist nicht gefangen halten konnten; das wäre auch nicht ihr Wunsch gewesen. Sie waren jedoch der geistige Boden, auf dem sie ihr gemeinsames Leben aufbauen konnte, dauerhaft und fest wie der Kapuzinerberg selbst.

Um das stattliche, schönbestellte Haus auf dem Kapuzinerberg wurde er wohl von denen beneidet, die nicht ahnten, wie bedürfnislos er lebte. Wer denn bemerkte das Eremitische in dem Mann, der den Tag über schrieb und las – allein seine Korrespondenz war eine kaum bewältigbare – seiner Sekretärin diktierte, auf und niederging, um seine Gedanken fortzuspinnen, und erst abends die altertümliche Stiege ... in die Stadt hinuntereilte, um in einem Gasthof zu speisen, in einem Kaffeehaus seine Virginier zu rauchen und eine Partie Schach mit einem Freund zu spielen?

So erinnerte sich Felix Braun viele Jahre später an die Salzburger Routine der Nachkriegsjahre.[50] Das Café Bazar war der bevorzugte Treffpunkt nach dem Abendessen; ein Café in der Getreidegasse der Ort für eine ungestörte Schachpartie mit seinem jungen Freund Emil Fuchs (»Schachfuchs«). Oft machte er Nachtspaziergänge durch die Stadt oder auf den Mönchsberg. Er suchte in Begleitung Hermann Bahrs Entspannung auch auf ausgedehnten Bergwanderungen und war stolz auf diese körperliche Leistung.[51] Der Wiener Buchhändler Heinrich Hinterberger stellte bei einem Besuch um 1920 fest (er wollte die Autographensammlung sehen), wie es Friderike gelang, Schwierigkeiten mit einigen wohlüberlegten Worten zu glätten, wie sie es vermochte, die Ungeduld und Rastlosigkeit ihres Mannes auszugleichen. Er hörte Stefan auch inmitten dieses geordneten Lebens von seinem wiederkehrenden Gefühl der Unsicherheit sprechen und von dem Drang, der ihn dann überfiel, sich alleine davonzumachen.[52]
Finanzielle Sorgen hatte er kaum. Die schleichende Inflation in Österreich, die bald zu einer galoppierenden werden sollte, wurde zu dieser

Zeit mehr als aufgewogen durch seinen Erfolg in anderen Ländern. Im März schrieb er an Fleischer:

Mein Buch über Rolland schreitet rasch fort, ist auch schon als Katze im Sack nach England verkauft. Überhaupt ist das Ausland meine einzige Stütze, die Tschechoslowakei mit unserer Fabrik, Deutschland mit Honoraren – in Österreich gebe ich nur aus, und Summen, die schon beängstigend werden. Aber ich mache mir keine Sorgen. Die Bibliotheca [mundi] wird mich in paar Jahren allein über die Sündflut halten.[53]

Er hatte auch dafür gesorgt, daß sein *Rolland* gleichzeitig in Schweden erscheinen sollte, und erhoffte sich dadurch nicht nur harte Währung, sondern auch internationalen Erfolg: »Es kann eine Art standard work des Essay werden im Sinne Georg Brandes.«[54]

Anders als sein *Verhaeren*, den er ein literarisches Werk nannte, sollte der *Rolland* das Buch eines Lebens sein, »geschrieben aus dem Gefühl der Dankbarkeit, ... das Wunder einer solchen Existenz erlebt zu haben«, deren Gedanken und Träume, scheinbar durch die Mächte des Bösen überwältigt und zerstört, schließlich doch siegen würden. In Rollands *Déclaration de l'indépendence de l'esprit* sah er das Banner der unsichtbaren europäischen Republik des Geistes erhoben, im Autor den Mann, der dafür gesorgt hatte, »daß das heilige Licht der Brüderlichkeit im stärksten Sturme der Geschichte nicht erloschen ist«. Er widmete das Werk »den wenigen, die in der Stunde der Feuerprobe Romain Rolland und unserer heiligen Heimat Europa treu geblieben sind«. Rolland selbst bereitete das Buch eine seltene Freude:

das Gefühl, daß ein Leben der Kämpfe und Feuerproben, in dem so viele Jahre in Einsamkeit und unter Todesstille vergangen sind, ... daß dies Leben nicht nur nicht verlorengegangen ist, sondern daß es sich außer mir verlängert im Herzen treuer Freunde. ... Durch Sie bin ich stärker geworden. Ich verdanke Ihnen ein Licht, eine neue Sicherheit. Von meinem ganzen Herzen, Dank![55]

Das Buch erschien Ende 1920 bei Rütten & Loening und erregte großes Aufsehen zu einer Zeit, da die meisten Autoren einschließlich Zweig über den schwachen Absatz ihrer Bücher klagten. Zwei Jahre später folgte die zweite Auflage, 1925 die erweiterte dritte, womit insgesamt 18000 Exemplare verkauft waren. Wie Dumont bemerkt, hing Rollands literarisches Schicksal östlich des Rheins ganz von Zweigs Bemüungen ab: In Frankreich fast unbeachtet, brachten seine ins Deutsche übersetzten Werke Geld ein, und seine Stücke wurden an vielen deutschen Bühnen gespielt.[56]

Im Oktober unternahm Zweig eine zweite Geschäftsreise nach Deutschland, um weitere Vorträge zu halten und mit Rütten & Loening die Veröffentlichung des *Rolland* zu besprechen. Es war auch die Gelegenheit, Victor Fleischer zu treffen, der nun dem Neuen Frankfurter Verlag beigetreten war, ungeachtet Stefans Kassandrarufen bezüglich der Zukunft des deutschen Verlagswesens (der Verlag wurde später zur Frankfurter Verlagsanstalt und erhielt von Zweig Jahre hindurch sowohl finanzielle Unterstützung als auch persönliche Beratung). Doch seine Freude über die vorteilhaften Bedingungen des *Rolland*-Vertrages und die gutbesuchten Vorträge in Wiesbaden, Stuttgart und Heidelberg wurde durch schlechte Nachrichten aus Wien getrübt. Alfred schrieb, daß der Vater einen leichten Schlaganfall erlitten habe. Obwohl keine ernsten Folgen zurückgeblieben waren und seine Anwesenheit nicht erforderlich war, fühlte Stefan sich unbehaglich und sehnte sich nach Salzburg zurück, um erreichbar zu sein.[57]

Das Buch *Drei Meister* wurde inzwischen sehr gut aufgenommen. Thomas Mann, dem er ein Exemplar mit Widmung geschickt hatte, lobte »diese überaus glänzenden kritischen Kunstwerke« und war der Ansicht, der Dostojewski sei »sicher das Kühnste und Wissendste, was seit Mereschkowski über diesen großen Sohn des XIX. Jahrhunderts ... ›versucht‹ worden ist«. Anders als Tolstoi sah Mann in Dostojewski eher einen großen Sünder als einen großen Künstler: »Etwas ganz Großes, ganz schreckhaft und erschütternd Großes jedenfalls war er, und daß Ihr Essay mich diese Größe wieder einmal – und so stark wie selten – hat empfinden lassen, danke ich Ihnen in ehrlicher Bewunderung.«[58] Freud hingegen erschien Zweigs Behandlung des »vertrackten Russen« weniger befriedigend. »Da verspürt man Lücken und zurückgelassene Rätsel. ... Ich glaube, ... es ist sehr unwahrscheinlich, daß er Epileptiker war ... Alle anderen Großen, denen man die Epilepsie nachgesagt hat, waren reine Hysteriker.« Seine Anerkennung des Buches war jedoch uneingeschränkt, besonders lobte er Zweigs Technik der »Häufungen und Steigerungen, mit denen sich Ihr Satz an das intimste Wesen des Beschriebenen immer näher herantastet ... wie die Symbolhäufung im Traum, die das Verhüllte immer deutlicher durchschimmern läßt«[59]. Der Essay über Dostojewski bildete die Einführung zu einer fünfundzwanzigbändigen Ausgabe der Werke, die im folgenden Jahr im Insel-Verlag erschien.

5

Es ist Das Steffzweig ein Kunstprodukt, hergestellt anläßlich eines Wiener Dichterkongresses aus Federn, Haut, Haaren etc. aller möglichen europäischen Tiere. Es ist sozusagen ein Volapüktier. An seine organische Existenz glaubt man zur Zeit nur mehr in entlegenen Ländern und in gewissen Genfer Kreisen.

Dr. Peregrin Steinhövel, *Bestiarium Literaricum*, 1920

»Plus que jamais repensons à Candide et ›cultivons notre jardin‹. Mais je prêche un converti«, schrieb Arcos im August 1920 aus Genf.[60] Tatsächlich hatte sich Zweig in diesen frühen Salzburger Jahren etwas von der Welt zurückgezogen. Faesi hatte 1919 vorausgesagt: »Sie werden auch ziemlich resigniert auf Ihrem Salzburger Schloß sitzen und falls Sie sich, wie Sie damals planten, von ›kapitolischen Gänsen‹ bewachen lassen, wird Ihnen ihr Geschnatter ein Sinnbild für den allgemeinen Unverstand der Zeitgenossen sein.«[61] Politisch hatte er sicherlich resigniert; das politische Geschehen in Frankreich und Deutschland erschien ihm »ebenso wahnsinnig wie während der Kriegszeit ... es gibt nur ein Mittel, um uns zu retten, indem wir uns einerseits ganz in uns selbst zurückziehen, andererseits nur die letzte Gemeinschaft, die rein menschliche, mit unserer ganzen Leidenschaft umfassen«[62]. Und doch war er ständig tätig für die Sache des Internationalismus, wie er ihn sah. »Wir jüngere Menschen, die wir einmal geistig europäisch gelebt haben, sind hoffentlich für immer gegen alle nationalen Rückfälle gesichert«, äußerte er in einem Brief an den Germanisten Jethro Bithell in England und erklärte darin, wie er sich auch während des Krieges durch Verhaerens Irrglauben nicht hatte verleiten lassen.[63] Doch arbeitete er gerne als Individuum und nicht, wenn es sich irgend vermeiden ließ, als Mitglied einer Gruppe.

1921 plante die englische Sektion der International Women's League for Peace and Freedom in Salzburg ein Sommerseminar. Friderike war als prominentes Mitglied sehr an der Organisation und Vorbereitung beteiligt: Stefan dachte sofort an Flucht, obwohl viele seiner alten Freunde aus der Kriegszeit teilnehmen sollten. Jouve schrieb im Juni, Rolland sei über Zweigs Entschluß, diesem Anlaß fernzubleiben, recht überrascht, doch Jouve selbst, der den Diskussionen zwischen Zweig und Friderike über die Frauenbewegung beigewohnt hatte, war weniger erstaunt. Trotzdem drängte er ihn, alte Freunde wie Bazalgette und Vildrac nicht im Stich zu lassen, die vorhatten, zu kommen. Er ließ sich überreden (»il faut feindre de croire à toutes ces actions et étouffer le pessimisme secret«), und kehrte früher als geplant von einer Fahrt zurück, die ihn mit seiner Mutter nach Marienbad und mit Alfred nach

Reichenberg, wo die familieneigene Fabrik stand, geführt hatte. Jouve wohnte während des Sommerseminars auf dem Kapuzinerberg.[64]
Baudouin, der ebenfalls kam, entwarf in seinem Tagebuch ein interessantes und bezeichnendes Bild von Zweig bei einem Empfang auf dem Kapuzinerberg am 11. August:

Bei dieser zahlreichen vornehmen Gesellschaft ist er am richtigen Platz, da entfaltet er seine ganze Begabung als Vermittler. ... Er ist kosmopolitisch im besten Sinne. ... Fast schiene es die Selbstgefälligkeit eines verwöhnten Kindes, wäre er weniger nach menschlichem Kontakt begierig. ... Die gedämpfte Leidenschaft dieser Erscheinung strahlt eine herzhafte Wärme aus, wie er sich zwischen den Gruppen bewegt mit geschmeidigem, leichtem Gang, der an den Tänzer, an den Gott Merkur erinnert, ... ja, ich würde fast sagen ans Katzenhafte, wenn ich mit diesem Ausdruck lediglich das Bild einer gewissen eingeborenen Anmut in der Bewegung hervorrufen könnte, ohne irgendeine Spur von Grausamkeit oder List. ... In diesem Wesen des Verstandes verbirgt sich ein Wesen des Instinkts, wie ein Jäger, der aber nur auf menschliche Beziehungen aus ist. Und wenn man den streichelnden Blick aus diesen lächelnden Augen empfängt, so bewährt sich nicht mehr das Bild des Katzenhaften: es ist ein warmer, samtartiger Blick, aus dem die wirksame Kraft ... der ganzen Persönlichkeit herausströmt, dieselbe Emanation, die einen beim Lesen einiger seiner Novellenseiten wie ein sinnlicher Dunst umhüllt. ... Ja, dieser Vermittler, dieses Wesen der Verbindung und des Verkehrs, gehört in der Tat hierhin, zwischen diese Menschengruppe, zwischen diese kleinen Planetensysteme, wo er wie ein frei beweglicher Komet umherfliegt. ... Dann, plötzlich, ist es nicht mehr seine Sache. Da befällt ihn wie eine leichte Nervenstörung, der gesellige Mensch von einst zeigt sich fast überempfindlich. Er sucht jene aus, denen er sich am engsten verbunden fühlt, gesteht uns, daß ihn diese Leute schnell ermüden, ja langweilen, und daß er sich nur mehr an das tête-à-tête der Freundschaft sehne.[65]

Genau das war es: Immer zog er es vor, sein Talent als Vermittler durch persönliche Freundschaften zum Tragen zu bringen, anstatt sich dem erweiterten Gesellschaftskreis eines Salons oder einer Cocktail-Party auszusetzen. Er war froh gewesen, auf Veranlassung des Verlegers Kurt Wolff Rabindranath Tagore bei dessen Salzburger Aufenthalt im Juni zu betreuen. Der Weise hatte in Deutschland unter vielen Taktlosigkeiten sehr gelitten.[66] Doch für Zweig war der zielgerichtete, fast schon professionelle Internationalismus von Jane Addams, Emily Green-Balch und den zahlreichen asiatischen Gefolgsleuten, die das August-Seminar besuchten, offensichtlich zuviel. Es ist bezeichnend, daß fast zwanzig Jahre vergingen, bevor er wieder einen solchen Empfang gab – für seine deutschen und österreichischen Freunde in New York. Und tatsächlich beschloß er, daß dieser unerträglich überfüllte Sommer der letzte sein sollte, den er während der Festspiele in Salzburg verbringen würde. Ende August schrieb er mißgelaunt an Fleischer:

Eine Springflut von Menschen, 5 bis 10 jeden Tag... Ich habe seit 20. Juli keine Zeile arbeiten können. ... Es ist dafür gesorgt, daß mir nicht doch ein zweites Mal meine eigene Zeit von andern Menschen in diesem Maße geräubert wird.[67]

Er konnte sich zwar für die intellektuelle Vielseitigkeit Salzburgs begeistern. »Jetzt waren Schmidtbonn und Latzko da, gestern Alfred Wolfenstein, Hans von Hülsen, heute Kurt Martens«, schrieb er Servaes im Januar. »Wir sind eine Art Vorstadt Münchens geworden ... und so entgeht man der Gefahr ein Kotzebuescher Kleinstädter zu werden.«[68] Aber während der Festspiele ähnelte die Stadt zu sehr einem Brennpunkt der Welt, »eine Literaturbörse, eine dramatische Messe«, die für ihn zu einer »Menschenmüdigkeit ohne gleichen« führte.[69]
Im Frühjahr war er zum ersten Mal seit Kriegsende mit Friderike nach Italien gefahren – »eine verspätete Hochzeitsreise«. Seine Befürchtungen, ob Österreicher als alte Erzfeinde der Italiener willkommen wären, wurden schnell zerstreut. »Lei e Austriaco? Ah! che piacere! Finalmente!« sagte der freundliche Hotelportier, als sie in Verona eintrafen. Am nächsten Tag in Mailand erinnerte er sich, daß sein alter Freund G. A. Borgese Redaktionsmitglied des *Corriere della Sera* war und gab dort seine Karte ab, ebenfalls nicht ohne leise Befürchtungen. Er wünschte zwar sehr, Borgese wiederzusehen, mit dem er vor dem Krieg manchen anregenden Abend in Berlin und Wien verbracht hatte, erinnerte sich aber, wie eng dieser sich den Gegnern der Mittelmächte angeschlossen und sogar Mussolini unterstützt hatte. Nun wollte er nicht riskieren, abgewiesen zu werden. Er war deshalb hocherfreut, als er – kaum war er die Stufen des *Corriere*-Büros hinabgestiegen – von Borgese überholt wurde, dessen lebhaftes Gesicht vor Freude strahlte. In wenigen Minuten unterhielten sie sich so herzlich wie immer: Und wirklich wurde ihr Verhältnis enger als zuvor, nun, da sie aus entgegengesetzten Lagern kamen. In Florenz wiederum lief ihm der Maler Alberto Stringa, ebenfalls ein alter Freund, auf der Straße entgegen und umarmte ihn so heftig, daß Friderike, die ihn nicht kannte, glaubte, der seltsame bärtige Fremde wolle ihn angreifen.* Der Krieg schien wahrlich begraben und vergessen.
Doch am Tage ihrer Ankunft in Venedig erweckten verschiedene Erlebnisse in Zweig eine düstere Ahnung, daß die Wirren in Europa noch

* Stringa besuchte sie bald nach dieser zufälligen Begegnung auf dem Kapuzinerberg und malte mehrere Bilder vom Haus und vom Garten (Fr 308).

keineswegs vorbei waren: Streik, Drohungen gegen ihren Gondoliere, den einsamen Streikbrecher, und der erste Anblick junger Schwarzhemden, die auf der Piazza San Marco die *Giovanezza* sangen.

Immer haben optische Eindrücke etwas Überzeugendes. Zum erstenmal wußte ich jetzt, daß dieser sagenhafte, mir kaum bekannte Faschismus etwas Reales sei, etwas sehr gut Geleitetes, und daß er entschlossene, kühne junge Menschen für sich fanatisierte. ... Aus Neugier kaufte ich mir einige Nummern des *Popolo d'Italia* und spürte an dem scharfen, lateinisch knappen, plastischen Stil Mussolinis die gleiche Entschlossenheit wie bei dem Sturmlauf jener jungen Leute über den Markusplatz. Selbstverständlich konnte ich die Dimensionen nicht ahnen, die dieser Kampf schon ein Jahr später annehmen sollte. Aber daß ein Kampf hier und überall bevorstand und daß unser Friede noch nicht *der* Friede war, war mir von dieser Stunde bewußt.[70]

An Servaes schrieb er im Januar 1923: »Mir graut manchmal vor der rasenden Torheit dieses Weltfacismus [sic], vor dem brutalen Triumph der Gewalt: er wird das Ideal der nächsten Generation sein und der Fußballenthusiasmus wird bald einem böseren Furor weichen.«[71] »Personne ne veut liquider la guerre, ni la France, ni l'Allemagne«, sagte er Rolland 1921.[72]

6

Stefan Zweig ist unter allen, die heute in Deutschland das Wort meistern,
einer der intensivsten. Nicht nur in seiner Begabung,
sondern in seinem Willen und seiner Vitalität.

Richard Specht

Ein Garten vor dem Haus ersetzt mir die oft durchgefahrene Ferne, zu der ich nur selten mehr den Weg finde. Die Arbeit, einst bloß Auswirkung, gleichsam Radius des Lebenskreises, ist jetzt das Zentrum geworden und ich wünschte nur, daß sie seitdem das an Wert gewonnen habe, was ich ihr jetzt mehr an Intensität von meinem Leben gebe.[73]

Dies wurde 1922 geschrieben und dürfte nicht ganz zutreffend sein, denn er blieb weiterhin ruhelos und war ständig unterwegs. 1921 fuhr er nach Italien und in die Tschechoslowakei, zweimal nach Deutschland, einmal in die Schweiz, von einem Aufenthalt in Bad Gastein ganz zu schweigen. Und auch die folgenden Jahre zeigten ihn in ständiger Bewegung. Es ist jedoch wahr, daß er nun eine neue Einstellung zu seiner Arbeit gewann. Was er von Verhaeren gesagt hatte, mochte für ihn selbst gelten: »Er betrachtete die Dinge nicht mehr vereinzelt, sondern erweiterte sie zu einer lebendigen Kette«.[74] Ausgehend von *Drei Meister*, wo das Wesen des Schriftstellers als Typus herausgearbeitet werden sollte, entstand Zweigs Konzept von einer ›Typologie des Geistes‹, nämlich weiterer Trilogien in ähnlicher Form, um die *Baumeister der Welt*, die Architekten der Geisteswelt, zu portraitieren. Er betrachtete seine Novellen als eine Kette, deren erstem Glied – dem dunklen Sehnen der Kindheit und der frühen Jugend in *Erstes Erlebnis* – er nun ein zweites hinzuzufügen gedachte: eine Reihe von Beschreibungen reifer und exotischer Leidenschaft. Auch hier eine Typologie, ein Bemühen um architektonische Form aus verschiedenartigstem Material. Auf *Die Mondscheingasse*, die bisher nur in einer kaum bekannten Zeitschrift veröffentlicht worden war, folgten *Der Amokläufer, Phantastische Nacht* und *Brief einer Unbekannten*, alle in Salzburg geschrieben, und *Die Frau und die Landschaft*, in den Kriegsjahren für *Donauland* verfaßt. *Amok: Novellen einer Leidenschaft*, wie der Band betitelt wurde, erwies sich als sein erster großer Erfolg mit einer Auflage von 70000 in acht Jahren.

Diese Erzählungen fesselten ebenso wie die Somerset Maughams, obwohl sie keineswegs in dessen sachlich sparsamen Stil geschrieben waren, und auch auf realistische Details verzichteten (die Hauptfiguren werden nie mit Namen genannt, manchmal werden nicht einmal ihre Initialen angegeben, und wir erfahren so gut wie nichts von ihrem Hintergrund). Sie überzeugen aber in der Beschreibung der unter der Oberfläche des täglichen Lebens verborgenen Leidenschaften. Diese Kraft verdanken sie entweder dem Umstand, daß sie in der Ich-Form geschrieben sind – eine Geschichte, die dem Autor an Bord eines Schiffes aus Fernost erzählt wird, seine Beobachtung der verräterischen Hände über dem grünen Tuch der Spieltische von Monte Carlo – oder der Tatsache, daß bei der Verwendung der dritten Person als Erzähler (wie im *Brief einer Unbekannten*) scheinbar eine Identifizierung des Autors mit dem Helden besteht. Die Novellen riefen eine Flut von Leserbriefen hervor. Die Leser erkannten, wie wahrheitsgetreu Zweig die Grenzen des Unbewußten zu umreißen verstand, und, da sie annahmen, daß er hier persönliche Erfahrungen enthüllt habe, wollten sie sich ihn zum Beichtvater und Psychiater machen. Damit zollten sie seiner Berühmtheit großen Tribut, der ihm aber höchst unwillkommen und peinlich war, zumal seine Novellen so gut wie überhaupt kein autobiographisches Material enthielten.

Das architektonische Konzept, dieser großartige Entwurf eines Bauwerks, das nun Stein für Stein vollendet werden mußte, verdankte wohl einiges Zweigs Bewunderung von Balzacs dämonischer Energie. Seinem unruhigen Geist fehlte jedoch die stetige Geduld, wie sie für eine *Comédie Humaine* erforderlich war. In diesen Salzburger Jahren war seine Aktivität, wie Richard Specht bemerkte, eine »Radioaktivität«, geladen mit Spannungen: »In seiner Nähe glaubt man feine, vibrierende Drähte nach allen Weltrichtungen ausgespannt zu sehen.«[75] Er war kein weltabgewandter Hofmannsthal. Zwar konnte er stetig und konzentriert arbeiten, und dazu war ihm die Abgeschiedenheit des Kapuzinerbergs, eines abgelegenen Kurortes am Meer oder eines kleinen am See gelegenen Dorfes sehr willkommen. Doch nach einigen Wochen des Alleinseins hatte er das Gefühl, sein Leben werde zu mechanisch, zu eintönig, wie das ständige Drehen eines Mühlrades. Dann überkomme ihn, wie er Friderike schrieb, der Drang nach »Zufuhr an Leben oder Leidenschaft«: Er spüre als Lebendiger Episödchen und literarische Erfolge »so wenig wie als Raucher eine Cigarette«.[76] Dann machte er sich abermals zu einer seiner zahllosen Reisen auf. Manchmal waren es im voraus organisierte Vortragsreisen, manchmal fuhr er auch planlos ins Blaue hinein. Er genoß die Bewunderung junger Mädchen, erkundete die verborgenen Viertel kleiner französischer Städte und lebte gefährlich. Mit wachsendem Ruhm (und seine vierzig Jahre sah man ihm nicht an), fehlte es ihm nicht an jungen Frauen, die ihn bewunderten und vor denen er den Don Juan spielte: Und es lag eine Spur Sadismus in seiner Art, Friderike kein einziges Detail seiner Affären zu ersparen, sei es bei seiner Rückkehr, sei es in seinen fast täglichen Briefen, wenn er auf Reisen war. »C'était un homme très séduisant, presque trop«, sagte die französische Schauspielerin Eve Francis von ihm. »Les femmes avaient un grand ›béguin‹ pour lui, et il n'y restait pas insensible.«[77] Bei alledem hatte er sich jedoch gut in der Gewalt, und diese Vergnügungen lenkten ihn nicht von seiner Arbeit ab: Wo immer er sich auch aufhielt, es vergingen nur wenige Tage ohne Arbeit. Und immer kehrte er erfrischt nach Salzburg zurück. »Ich spüre immer, um wie viel freier ich Dinge in fremden Wänden überdenke«, schrieb er einmal aus Berlin.[78] »Wanderschaft! Sie erneut den Menschen von unten auf. ...ich habe es mir geschworen, nicht mehr lange still zu liegen, solange die Beine mich tragen.«[79] Solche Ausflüge waren keineswegs bloß Zerstreuungen, sie förderten vielmehr die Konzentration. Friderike hütete sich zu klagen, denn sie war sich bewußt, daß sie eine psychische, ja sogar physische Notwendigkeit waren, wenn das Werk, das sie so sehr bewunderte, sich voll entfalten sollte.

Seine intellektuelle Beweglichkeit erlaubte es ihm, sich auf den verschiedensten Gebieten zu engagieren. Neben dem eigenen Schaffen spielte er in den zwanziger Jahren eine höchst fruchtbare Rolle in der Welt der Literatur und des Verlagswesens in Deutschland, Österreich,

ja in Europa überhaupt. Als typisches Beispiel darf das Jahr 1922 gelten. Beim Insel-Verlag erschienen außer *Amok* noch die Legende *Die Augen des ewigen Bruders**, die *Episode am Genfer See* und Verlaines *Gesammelte Werke* mit seinem großen Nachwort: bei Rütten & Loening seine Übersetzung des *Clérambault* von Rolland; bei Axel Juncker eine Einführung zu einem Roman von Frans Hellens; bei Lehmann und Schulze in Dresden sein Beitrag zu der Reihe *Deutsche Dichterhandschriften*, ein Faksimile des Manuskripts des *Brief einer Unbekannten* mit einer autobiographischen Skizze und einer Würdigung Hanns Martin Elsters. Neben einer Reihe von Rezensionen veröffentlichte er die Essays *Ist die Geschichte gerecht?*, *Arthur Schnitzler zu seinem 60. Geburtstag* und *Walther Rathenau* (nach dessen Ermordung im Juni), dazu den Essay über Rudolf Pannwitz, dessen Werk er fördern wollte. Frans Masereel, den er im vergangenen Jahr in München wiedergesehen hatte und der im April seiner Einladung zu einem Besuch in Österreich Folge leistete, schlug er einen Holzschnitt-Sammelband vor, der begleitende kritische Aufsätze von ihm selbst und von Arthur Holitscher enthalten und als erster Band in einer Serie *Graphiker unserer Zeit* bei Axel Juncker erscheinen sollte. Die Zusammenarbeit mit Holitscher, einem Kommunisten und Gesinnungsgenossen von Barbusse, verlief gut, obwohl ihre politischen Ansichten auseinandergingen, und das Buch erschien im darauffolgenden Jahr. (Masereel stimmte unbekümmert allen Vorschlägen freudig zu: »Je te laisse toute liberté pour édition française, chinoise, nègre etc. ainsi que pour les droits de reproduction. ... J'attends *mon* livre. Je suis enchanté que c'est toi qui écrives cette monographie.«[80])
Dazu kamen Gelegenheitsgedichte: *Aufschrei des Schweigens*, ein Beitrag zum Nansen-Band zur Linderung der Hungersnot in Rußland, *Wir sagten Schule* ... für die Festschrift zur 50-Jahr-Feier des Wasa-Gymnasiums. Mit Victor Fleischer begann er eine zweibändige Ausgabe ausgewählter Sainte-Beuve-Essays in deutscher Übersetzung zur Veröffentlichung durch die Frankfurter Verlagsanstalt vorzubereiten, wobei er wiederum selbst den einleitenden Aufsatz schrieb. Aus seiner Korrespondenz geht hervor[81], welch große Mühe dieses Unternehmen ihm kostete: Er mußte Fleischer immer wieder mahnen, verhandelte selbst mit Joseph Gregor über passende Porträts aus der Wiener Hofbibliothek für die Illustrationen, sicherte sich die Hilfe des allzeit be-

* »Es ist nicht Zufall«, schrieb Zweig am 13. Dez. 1922 an Hesse, »daß ... wir beide in einer Legende aus der indischen Welt in derselben Stunde ähnliche Erkenntnisse abwandelten« – trotz ihrer sehr verschiedenartigen Naturen gab es tatsächlich, wie er im selben Brief andeutete, zwischen ihnen »ein merkwürdiges Zusammengehen in der Ferne«.

reiten Riegers, kümmerte sich um die Übersetzer und deren Honorar. Anfang August saß er Le Fauconnier für ein Porträt.*

Bei alledem blieb ihm Zeit, wieder zu träumen von »einem großen Roman oder Drama, dessen Entwürfe seit langem vorliegen«, wie er Rolland schrieb, als er ihm den *Amok* sandte[82] – ein Traum, den er nie verwirklichen sollte. Auch weitere Auslandsreisen blieben nicht aus: im November nach Berlin, im August mit Friderike an die Nordsee**, im März nach Paris, wo er Rolland wiedertraf (»prachtvoll wie immer«) und Bazalgette (»mon plus vieil ami, dont je suis le plus fier«). Zwar widerstrebte es ihm, zusammen mit Galsworthy bei der Gründungsversammlung des ›Cercle Littéraire‹ am 24. März als Ehrengast erscheinen zu müssen, aber er stimmte begeistert dem Vorschlag zu, in Paris eine Gruppe zur Förderung deutsch-französischer Literatur-Beziehungen zu gründen. Nach seiner Rückkehr begann er eine ausgedehnte Korrespondenz mit Kurt Wolff, wobei er den Plan einer neuen europäischen Zeitschrift in französischer Sprache skizzierte, die Übersetzungen neuer Dichter und Autoren sowie Gedichte in der Originalsprache bringen sollte: ein »großes europäisches Forum – irgendeine Summe aus *Nouvelle Revue Française* plus *Weiße Blätter* und *Neue Rundschau* plus Italien, England, Spanien usw.«. Verleger in den jeweiligen Ländern müßten gewonnen werden, um das bereits versprochene Kapital eines französischen Verlagshauses aufzustocken. Dafür wende er sich lieber an Wolff als an ›seinen‹ Insel-Verlag, da dieser einem solchen Projekt wenig Interesse entgegenbringen würde, während Wolffs Autoren (wie Werfel, Unruh, Schickele) wohl stark daran beteiligt wären. Was Zweig auf die vielen detaillierten Fragen des nüchternen Verlegers zur praktischen Durchführung (insbesondere den Wechselkurs Franc – Mark betreffend) geantwortet hat, ist nicht bekannt; doch im Mai schrieb er an Pannwitz: »Ich habe Wochen diesen (im gemeinen Sinne ›undankbaren‹) Bemühungen geopfert.«[83]

Stefan Zweig hat einmal scherzend von einem recht umtriebigen Bekannten behauptet, er müsse jemand haben, der für ihn schlafe. Specht meinte, das könne auch für Zweig selbst gelten.[84] Doch er schlief sehr gut und zeigte bemerkenswerte Konzentrationsfähigkeit und ökonomischen Kräfteeinsatz bei Tätigkeiten, die bei einem anderen Menschen in reinen Dilettantismus ausgeartet wären. Rieger verglich seine Kräfte gar mit denen Rathenaus[85], dessen »unerhörte Fülle von Wissen und Tätigkeit« Zweig in seiner Gedenkschrift im gleichen Jahr beschrieb.[86]

* Das Porträt ist verschollen (Reproduktion R 96). »J'ai vu l'admirable portrait de Fauconnier: grande chose, et par l'art, et par le sujet« (Jouve an Zweig, 14. Nov. 1922, ZE).

** Briefe an Fleischer (DLA). Sie blieben etwa 3 Wochen, zunächst in Kampen auf Sylt, die letzte Woche in Westerland.

Einem solchen kühnen Vergleich dürfen wir heute nicht beipflichten. Aber wir können Rieger gewiß zustimmen, was die Bedeutung von Zweigs »unsichtbarem Werk« betrifft: Er bemühte sich ohne Unterlaß, nicht nur fremde Autoren und Künstler in Deutschland bekanntzumachen (außer über Verhaeren, Rolland und Verlaine hatte er auch über Chateaubriand, Rousseau, Jens Peter Jacobsen, Masereel und Latzko geschrieben), sondern auch junge Talente zu entdecken und zu ermutigen. Selbst in jenem so geschäftigen Jahr 1922 fand er Zeit für lange Briefe an Pannwitz sowie an den Insel-Verlag, um ihn für die Herausgabe eines Bandes von Faesis Gedichten zu gewinnen.[87] Erich Maria Remarque, der ihm 1921 Gedichte mit einem Brief zur Beurteilung geschickt hatte, der fast verzweifelt klang (»Bedenken Sie, daß es für mich um Alles geht!«), erhielt eine sehr herzliche Antwort und konnte sich später bei Zweig bedanken für dessen Bemühung um das Zustandekommen der Übersetzung von *Im Westen nichts Neues*, die ihm den phantastischen Erfolg dieses Buches im ehemaligen Feindesland sicherte.[88] Kurz vor seinem Geburtstag im Jahre 1922 erhielt Zweig ein Huldigungsgedicht von Hans Carossa, der sich bewußt war, wieviel er dem Freund verdankte, weil der ihn als einer der ersten in seinen zögernden Anfängen als Schriftsteller bestärkt hatte:

> Wer einem Wink folgt im Sein,
> Vieles zu Einem erbaut,
> Stündlich prägt ihn der Stern.
> Und nach glühenden Jahren,
> Wenn wir irdisch erblinden,
> Reift eine große Natur ...[89]

Die Liste der jüngeren Schriftsteller, denen er half, ist endlos, so z. B. Ernst Fischer, Erwin Rainalter, Walter Bauer, Klaus Mann, Joseph Roth, Erich Ebermayer. Seine Hilfsbereitschaft beschränkte sich nicht bloß auf Worte der Anerkennung, sondern er fand Verleger für sie, vermittelte ihnen Arbeit, schrieb Vorworte zu ihren Werken, übte konstruktive Kritik und lieferte begeisterte Rezensionen. Ernst Fischer schrieb einmal: »Ich öffne Ihre Briefe jedesmal mit dem Vorgefühl einer freudigen Nachricht und finde meine Erwartungen stets übertroffen.«[90]

Die Ermordung Rathenaus am 24. Juni 1922 – der erste Schritt im Nachkriegsdeutschland auf dem Wege nach Auschwitz – gab Zweigs politischem Pessimismus neue Nahrung. Sie war ein weiterer Beweis für ihn, daß der Frieden nicht von Dauer sein konnte. An Fleischer, mit dem er Pläne für seine Sommerferien in Deutschland besprochen hatte, schrieb er am 29. Juni:

Ich glaube nicht, daß ich nach Langen kommen werde: ich kann jetzt auf zwei Meilen weit keine alldeutsche Jungens sehen. Lieber Frankfurter Juden, lieber Norderney als diese Geistigkeit, die einen Rathenau ermordet hat ... Das Traurigste: sie werden alles erreichen; so wie sie den Unterseebootskrieg und die Kriegsverlängerung erreicht haben, werden sie in einen neuen Krieg hineinsausen. Sie werden wieder in den Etappen sitzen [während] die jungen Burschen niedergeknallt werden. In Frankreich steht alles Gewehr bei Fuß. Man verkennt diese Symptome nicht. ... Lieber in ein Bad mit 700000 galizischen Juden![91]

Am gleichen Tag hieß es an Rolland:

Es ist mir unmöglich, dieses Volk aus der Nähe anzusehen, wenn ich die Idee des deutschen Volkes weiter lieben soll. Je mehr man sich ihnen nähert, desto schwieriger wird es einem, seinen Gefühlen der Unvoreingenommenheit treu zu bleiben und das sichtbar existierende Bild des großen Deutschlands des Geistes zu bewahren.[92]

Erst wenige Monate zuvor hatte er Ende 1921 während seines Aufenthalts in Berlin Gelegenheit gehabt, mit Rathenau zu sprechen, als der stets beschäftigte Minister wieder einmal Zeit für seinen Freund fand. Zweigs dramatischer Bericht in *Die Welt von Gestern* über diese Begegnung und über die Panik und die Inflation, die Rathenaus Tod folgten, ist chronologisch ungenau (sein Ferienaufenthalt in Westerland auf Sylt begann in Wirklichkeit erst im August) und in seinen Erinnerungen an diese wahrhafte ›Sternstunde‹ in der Geschichte Europas ist es eher der Künstler als der Historiker, der spricht: »Eigentlich war es nur Zufall, daß ich nicht Zeuge dieser historisch verhängnisvollen Szene gewesen ... die tragische Episode ... mit der das Unglück Deutschlands, das Unglück Europas begann.«*

Damals jedoch war sein Optimismus nicht so leicht zu unterdrücken wie in späteren Jahren. Da er in Gelddingen gleichgültig war, bewahrte er sich in den Inflationsjahren eine bemerkenswerte Lebensfreude. An Fleischer, der sich um Friderike kümmern sollte, wenn sie im Oktober nach Frankfurt kam, schrieb er: »Das Vernünftigste, was man mit Geld jetzt tun kann, ist, es auszugeben!« Und er bat ihn, ihr alles, was sie brauchte, aus seinen Mark-Einkünften zur Verfügung zu stellen. Und im folgenden Jahr, als die galoppierende Inflation nicht aufzuhalten war, berichtete er: »Habe Ende August dann etwa 12 oder 13 Millionen Mark verfügbar, wenn Du eine neue Emission vernehmen willst ... Aber man soll nicht [zählen] und rechnen, sondern sich des Lebens freuen.« Um eine Wertminderung wegen der Dauer der Geldüberweisungen von Deutschland nach Österreich zu vermeiden, machte er es

* *WvG* 353–355; aus *BrW* 144 geht hervor, daß er in der Tat Rathenau etwa am 17. Nov. 1921 traf; ein weiteres Treffen vor dessen Ermordung am 24. Juni 1922 ist nicht belegt.

sich 1923 zur Gewohnheit, seine gesamten Mark-Einkünfte an Fleischer gehen zu lassen und drängte ihn, nach Belieben davon auszugeben. Abrechnen würden sie, wenn die Zeiten sich besserten (einen seiner Briefe schrieb er auf die Rückseite einer Mitteilung des Berliner *Börsen Courier*, aus der hervorgeht, daß sein Honorar für den Artikel *Der richtige Goethe* 10 Milliarden Mark betrug. In seinem Brief schreibt er, er habe veranlaßt, diesen Betrag Fleischer gutzuschreiben[93]).

Rückblickend war er der Ansicht, er habe in diesen äußerst unsicheren Zeiten am freudigsten gearbeitet und gelebt: »Nie habe ich bei einem Volke und in mir selbst den Willen zum Leben so stark empfunden wie damals, als es um das letzte ging: um die Existenz, um das Überdauern.«[94] Seine Nikotinsucht war ein gutes Stimmungsbarometer: Wie Mark Twain fiel es ihm leicht, das Rauchen aufzugeben, da er Übung darin hatte, und dann zeigte sein Barometer fast immer ein ›Hoch‹, wie auch Ende 1922: »Zum erhöhten Respect meiner Person teile ich Dir mit, daß ich aus eigenem Willen das Rauchen eingestellt habe, seit einer Woche ›durchhalte‹ und mich äußerst wohl befinde ...«[95]

Obwohl ihm die Aufmerksamkeit der Öffentlichkeit, die sein Erfolg ihm einbrachte, zuwider war, und er vorgab, keinen Geschäftssinn zu haben, war er weit davon entfernt, den Erfolg selbst zu verachten und konnte scharfe Kritik an seinen Verlegern üben, wenn er den Eindruck hatte, daß sie günstige Gelegenheiten ungenutzt vorübergehen ließen. Bei einem Besuch in Wien während der Weihnachtszeit des Jahres 1922 stellte er mit Verärgerung fest, daß *Amok* in den Auslagen der meisten Buchhandlungen fehlte; empört beklagte er sich bei Fleischer, daß die »Schlamperei« des Insel-Verlages bei der Belieferung des Buchhandels ihn mindestens 1000 Exemplare gekostet habe: »Die Insel erstickt in ihrer Noblesse, die für uns nicht sehr bequem ist.«[96] Von Zeit zu Zeit behauptete er, des Ruhmes überdrüssig zu sein. Im Frühsommer 1923, als er wieder einmal auf Westerland war, diesmal jedoch ohne Friderike, und an dem Masereel-Aufsatz und an Beiträgen zu den bevorstehenden Jubiläumsfestschriften für Bahr und Kippenberg arbeitete, meinte er, er habe schon Angst, »ein Dichtautomat zu werden: meine ›Erfolge‹ langweilen mich unsäglich und ich möchte gern einmal 14 Tage eine Civilperson [sein], sorglos und frei, in irgend einem Winkel«[97]. Doch dies war, zumindest damals, eine Art Pose (das sollte sich innerhalb der nächsten zehn Jahre ändern); und es besteht kein Zweifel, daß er mit seiner Arbeit und mit seinem Leben sehr zufrieden war, trotz der erheblichen Schwierigkeiten, die die Inflation in Deutschland und Österreich mit sich brachte.

Auch Friderike gelang es in diesem Sommer, Ferien zu machen. Lix war

im Klosterinternat der Englischen Fräulein bei Reichenhall, doch Suse konnte sie begleiten, und sie beschlossen, nach Warnemünde zu fahren. Zwar tat Stefan viel, um ihr behilflich zu sein, sowohl bei der Wahl des Ferienortes als auch selbstverständlich mit Geld (wieder konnten seine Tantiemen in Deutschland die Befürchtungen der Hausfrau angesichts der noch nie dagewesenen Inflationslawine zerstreuen). Aber er dachte nicht daran, auch nur für kurze Zeit bei ihr zu bleiben, und so trafen sie sich lediglich zwischen zwei Zügen in München.[98] Sie hatte nur ein paar Wochen Zeit für ihre ersten Ferien am Meer, denn Rolland wurde Ende Juni auf dem Kapuzinerberg erwartet. Zum ersten Mal seit dem Krieg konnte dieser Besuch verwirklicht werden, der natürlich ein großes Ereignis für Stefan darstellte. Übereifrig machte er umständliche Vorbereitungen für die Unterbringung, die Verpflegung, den Komfort und die Ruhe seines Gastes. Weil Rolland nach einer Englandreise erkrankte, mußte der den Besuch auf den August verschieben; und Friderike erschien es ohnehin wie ein Wunder, daß dieser zerbrechliche Körper die Reise überstehen konnte und daß Rolland nun bei ihnen war.
Er reiste über Zürich, und Stefan war ihm bis Bischofshofen entgegengefahren. Der Zug hatte bei der Ankunft in Salzburg eine beträchtliche Verspätung, so daß Friderike vom Bahnhof aus anrufen mußte, um das Anzünden der kleinen Laternen hinauszuzögern, die Suse mit solcher Freude den Gartenweg entlang angebracht hatte. Rolland war zwar blasser, als sie ihn aus der Schweiz in Erinnerung hatten, schien aber nicht übermäßig schwächlich zu sein. Als Grund für die Begrenzung der Besucherzahl hatten sie seinen Gesundheitszustand angegeben und waren nun froh darüber. Während seines zwölftägigen Besuches bei ihnen erkannten sie, was die Lebendigkeit seiner Briefe ihnen stets verborgen hatte: daß sein Leben nur noch an einem dünnen Faden hing. Friderikes Besorgnis erwies sich glücklicherweise als unbegründet, denn das Wetter blieb gut, manchmal war es sogar heißer als gewöhnlich, und es bestand wenig Gefahr, daß sich Rolland auf seinen Spaziergängen vom und zum Kapuzinerberg erkälten konnte. Doch war er immer in sein ›gilet breton‹ eingehüllt.
Zweig hatte ihm die eigenen Schlaf- und Arbeitszimmer überlassen, so daß der Gast praktisch ein Appartement mit Balkon für sich hatte, das sich an den Salon mit dem Klavier anschloß. Vormittags pflegte er sich hier aufzuhalten und sich auszuruhen. Abends ging er meist in die Konzerte, die von der Internationalen Vereinigung moderner Musiker und einer Gruppe österreichischer Musiker veranstaltet wurden (Friderike zufolge hatte er wenig Freude an den atonalen Kompositionen der Modernen). Die Nachmittagsbesuche wurden von den Zweigs sorgsam reglementiert. Am meisten bedeuteten Rolland die Besuche von

Schnitzler (dessen Einstellung zum Krieg er bewunderte), von Paul Amann (einem alten Brieffreund, der gerade einen seiner Romane übersetzte) und von Hermann Bahr. Das Zusammensein mit Bahr hatte für Friderike einen Anhauch des Olympischen. Trotz des Gegensatzes in Art und Aussehen (auf einer Gartenbank sitzend sind sie in Riegers Biographie abgebildet) war Bahr voller Hochachtung für den Franzosen, und es entwickelte sich gleich ein Vertrauensverhältnis zwischen ihnen. Rolland mochte Rieger sehr gerne und sprach davon, ihn für eine Zeitlang zu seinem Sekretär zu machen. Er war auch erfreut, Paul Stefan kennenzulernen, der mit der Leitung der Internationalen Musikfestspiele beauftragt war.[99]
Es ist zu bedauern, daß Zweig seine eigenen Eindrücke von diesem Besuch nirgends festgehalten hat. Es war das einzige Mal, daß Rolland Gast in seinem Hause war. Aus Friderikes Tagebuch geht hervor, daß Rolland den Poseur, obwohl niemals boshaft, durchschaute, der sosehr ein Teil von Stefans Wesen war.

Ich werde seine lächelnden, verstehenden Blicke, die er über kleine männliche Torheiten Stefans mit mir tauschte, nicht vergessen, es war eine entzückende, wohlwollende und schelmische Überlegenheit über all dies »Männliche« darin, etwa »que voulez-vous, c'est un homme, auquel il faut un cigare«.

Als Suse sich bei Rolland beschwerte, daß Stefan ihre Katzen nicht leiden mochte, rief er aus: »Un poète qui n'aime pas les chats!« – denn auf ihn liefen die Katzen zu und er hob sie hoch, um Suse zu zeigen, daß jemand sie liebte (Zweig hatte wirklich nicht viel vom echten Tierfreund an sich, wenn er auch den Schäferhund Rolf, den sie zu dieser Zeit hatten, recht gern mochte. Dessen Zuneigung war anspruchslos, und er war es zufrieden, ruhig dazuliegen, wenn sein Herr keine Zeit oder Lust hatte, ihm ›Apportel‹ zu werfen). Für Rolland war Zweig vielleicht manchmal zu sehr der ergebene Schüler. Nach dem Besuch schrieb ihm Zweig am 12. August: »Je crois avoir le don de servir (notre ›Dienen‹) – vous savez après ce que je vous disais que je paie ce don d'une impuissance complète de dominer, d'être chef, de prendre des responsabilités.«
Rolland hatte immer Mühe, ihn von der Anrede »Maître« abzubringen: »Nous sommes tous des apprentis«, sagte er ihm einmal.[100]

7

In meinem persönlichen Leben war das Bemerkenswerteste, daß in jenen Jahren ein Gast in mein Haus kam und sich dort wohlwollend niederließ, ein Gast, den ich nie erwartet hatte – der Erfolg.

Die Welt von Gestern

Ein ›memento mori‹ brachte das zu Ende gehende Jahr 1923 Stefan und auch Friderike. Nach Rollands Abreise war Stefan kurz in Wien gewesen. Ende August mußte er kurzfristig wieder hinfahren, als sein nun achtundsiebzigjähriger Vater sich einer Notoperation wegen eines Leistenbruchs unterziehen mußte. Der Eingriff war erfolgreich, schwächte den alten Mann aber sehr, und er lebte nur noch zwei Jahre. Kurz vor Weihnachten wurde auch Friderike nach Wien gerufen, wo ihre Mutter, knapp achtzig, im Sterben lag. Sie konnte bis zum Ende bei ihr bleiben. Sie hatte ihre Mutter immer sehr geliebt, und obwohl der Rest der Familie in ihrer Nähe gewesen war und sie sich nicht einsam gefühlt hatte, bedauerte Friderike, daß die Richtung, in der ihr eigenes Leben verlaufen war, den Verzicht auf viele gemeinsame Stunden mit sich gebracht hatte. Etwa zur gleichen Zeit starb auch der Hofrat von Winternitz, für den sie weiterhin große Zuneigung empfunden hatte. Auch dies war ein schwerer Schlag für sie.

Um sie von ihrem Schmerz abzulenken, sorgte Stefan dafür, daß im Januar die Ausführung eines Vorhabens in Angriff genommen wurde, das sie schon seit längerer Zeit erwogen hatten: Es ging um den Einbau einer Zentralheizung im noch immer wenig komfortablen Haus am Kapuzinerberg. Ursprünglich hatten sie es nicht als ganzjährigen Wohnsitz betrachtet – das war es auch nicht, jedenfalls nicht für Stefan –, doch die Entwicklung der Salzburger Festspiele und sein Bedürfnis, sich jeden Sommer der Unruhe zu entziehen, die diese mit sich brachten, führte dazu, daß sie das Haus im Winter mehr benutzten als vorher beabsichtigt. Daher war eine anständige Heizung unerläßlich. In diesem alten, verwinkelten Haus war die Installation keine leichte Sache, und Friderike wurde dadurch so in Atem gehalten, daß ihr keine Zeit zum Trauern blieb. Stefan ging inzwischen der Unordnung aus dem Wege, indem er zehn Tage in Paris verbrachte. Vom Zug aus schrieb er ihr einen scherzhaften Brief, in dem er die schönen Mädchen beschrieb, die sich zu ihm ins Abteil setzen könnten, und Friderike ziemlich herzlos bemitleidete wegen ihres »unruhigen Herzens« und wegen des Lärms im Haus, den er versäumte.[101]

Als er wieder in seinem geliebten Hotel Beaujolais war (zwei Jahre zuvor, während der Renovierung des Beaujolais, hatte er im Hotel des

Colonies in der rue Paul Lelong gewohnt), entzückte ihn Paris mehr denn je. Beim vorigen Aufenthalt hatte er den Eindruck gewonnen, daß noch immer viel Haß aufgestaut war, und hatte sich irgendwie fern, unbeteiligt und desinteressiert gefühlt trotz seines mitfühlenden Verständnisses für Frankreichs Kriegsleiden und der herzlichen Sympathie, die ihm seine Freunde Bazalgette und Deprès bewiesen. Nun war Paris wieder die Stadt seiner Jugend. »Gott, ist diese Stadt schön. Abends ein Glanz ohnegleichen in die Dunkelheit – ich atme mit dem Geruch der süßen, milden Luft meine ganze Jugend mit, beuge mich zum Fenster mit mir selbst hinaus.« Und in einem weiteren Brief an Friderike heißt es: »Du weißt eben nicht, was die Zeit hier in meinem Leben war – die Befreiung von Wien, das Menschwerden überhaupt.« Dutzende von Freunden waren dort: »Ich habe hier Menschen gesehen für acht Monate!« – »Paris est splendide, plein de vie, débordant d'hommes plus dynamiques que jamais«, schrieb er an Rolland. Als er mit René Arcos in einem Straßencafé saß, hatte er das Gefühl, daß es dort keinen Winter gäbe.
Er hetzte von einer Aufgabe zur nächsten: traf sich mit den Verlegern Grasset und Stock, bereitete einen Rundfunkvortrag für den 15. Januar vor, versuchte sich davor zu drücken, einem Freund, der nur Deutsch sprach, als Reiseführer zu dienen (»Lieber Gott, schenk mir Brutalität«), ließ sich von Masereel porträtieren, besuchte die Ausstellung des belgischen Malers in der Galerie Billiet und suchte Verhaerens Witwe in Saint Cloud auf. Da schien kaum Zeit übrig zu bleiben für seine Lieblingsbeschäftigung in Paris – durch die Straßen zu schlendern und sich die Bücherstände an den Quais anzuschauen. Es gab Einladungen von Salvador Dali (»ein Kapitel für sich«), von Hanna Orloff, Le Fauconnier, James Joyce und Magdeleine Paz (ehemals Marx). Kein Wunder, daß er in diesem Trubel Friderike gegenüber Gewissensbisse empfand:

Meine liebe Fritzi, ich bin *aufrichtig*, wenn ich Dir sage, daß ich jede Stunde bedaure, daß Du nicht da bist – es ist ein wie von Gott geschaffener Konstrast zu Salzburg, und ich verspreche Dir, daß wir nächstes Jahr (wenn ich noch Geld habe, was aber zu hoffen ist) auf 14 Tage herkommen. – Also nächstes Jahr, meine Liebe, Gute, die Du im Gehämmer lebst, indes Dein Stefzi atmet und sich der linden Meerluft (mit Crevetten) erfreut.[102]

Er war voll Bewunderung für Masereels Porträt und schrieb Friderike:

Es ist ganz anders als Du erwartest, in kühnster Weise *unmodern* ohne Farbenexperimente, klar und offen, dabei wie alle seine Porträts genial in der Ähnlichkeit. –

Ich hoffe morgen die Kleinigkeiten für Dich zu kaufen, sonst bringe ich Dir nur mein Porträt mit, das Dein Eigentum bleibt.

Doch wurde es später nach Wien geschickt, wo eine Ausstellung von Masereels Werk stattfinden sollte. Im April 1924 schrieb ihm der Künstler:

»Ich habe die Augen ein bißchen, ein ganz wenig vergrößert, weil ich trotz Deiner Einwände beobachtet habe, daß Deine Augen etwas Asiatisches oder Indisches haben. ... Ich habe Dein Holzschnitt-Porträt noch nicht angefangen.«

Seit den Wirren der dreißiger Jahre sind das Porträt und der 1926 vollendete Holzschnitt leider verschollen.[103]
Alles war herrlich: »Nun wird das Zu-Hause-sein und Arbeiten doppelt schön.« Jetzt war er soweit, den zweiten Band der Baumeister-Reihe mit Essays über Kleist, Hölderlin und Nietzsche zu vollenden. Der Band trug den Titel *Der Kampf mit dem Dämon.* Im Gegensatz zu der jahrelangen Arbeit an Dostojewski schrieb er den *Kleist* mühelos in wenigen Wochen. Die erste Fassung des Manuskripts wurde im März 1924 beendet. Zwölf Monate später war der Band fertig; und 3500 Exemplare waren schon vor dem Erscheinungstag verkauft, so berühmt war der Autor inzwischen. Schon im August 1925 war die erste Ausgabe von 10000 Exemplaren nahezu ausverkauft. Zweig widmete das Buch Freud. Im Vorwort beschrieb er, wie er sein Vorhaben einer ›Typologie des Geistes‹ zu entwickeln gedachte: Nicht indem er sie auf eine Formel reduzierte, sondern indem er ihre wesentliche Substanz aus vergleichenden Studien herausarbeitete, wie Plutarch das in den *Vitae* getan hat. Es ging nicht darum, ein starres System zu schaffen, sondern eine notgedrungen bruchstückhafte und begrenzte Studie der unbegrenzten Welt des Geistes. »So baue ich, langsam und leidenschaftlich zugleich, mit meinen selbst noch neugierigen Händen den durch Zufall begonnenen Bau weiter hinauf in das kleine Himmelstück Zeit, das unsicher über unserem Leben hängt.«[104] Der Kampf mit dem Dämon, dem kein schöpferischer Mensch ausweichen kann, endet entweder mit dem Sieg wie bei Goethe oder wie bei Hölderlin, Kleist und Nietzsche in Unterordnung und scheinbarer Niederlage – alle drei entsprechen genau dem Typus des verklärten und vom Dämon besessenen Dichters: »Sie gehorchen nicht ... dem eigenen Willen, sondern sind Hörige, sind (im zwiefachen Sinne des Wortes) Besessene einer höheren Macht, der dämonischen.«*

* *Der Kampf mit dem Dämon*, 9. Bronsen hat zu Recht bemerkt, daß Joseph Roth auch zu diesen Außenseitern gehörte, wie sie von Zweig beschrieben werden.

Diese Arbeit fiel Zweig am leichtesten unter seinen *Baumeister*-Studien.* Weder benötigte er für sie eine lange Vorbereitungszeit wie für die *Drei Meister*, noch wurde sie ihm zur Last, wie es ihm zwei Jahre später mit *Drei Dichter ihres Lebens* erging. Wie Goethe glaubte er, Herr des Dämons bleiben zu können. Zu Jules Romains bemerkte er einmal: »Wissen Sie, als Mensch bin ich im Grunde furchtbar leidenschaftlich, mit gewaltigen Gefühlen aller Art erfüllt. Nur durch Selbstbeherrschung komme ich zu einem halbwegs vernünftigen Verhalten.«[105] Doch wie Goethe erkannte er die verhängnisvolle Anziehungskraft des Dämons, den er nur besiegen konnte, indem er ihn sich von der Seele schrieb. Diese Form der Katharsis war wie bei den *Novellen einer Leidenschaft* seine beste Inspiration, und in wenigen seiner Werke ist sein Stil freier und flüssiger als in *Der Kampf mit dem Dämon*. Hier gibt es keine Anhäufung von Wiederholungen und nichts Gekünsteltes, Gewolltes. Goethe *war* Werther, blieb aber am Leben, indem er die Geschichte von Werthers Tod schrieb. Von Zweig könnten wir sagen, er war Kleist, doch konnte er am Ende dem eigenen Schicksal nicht entrinnen, indem er von Kleists Selbstmord schrieb, dem Untergang dieser »tragischen Natur«, »des Gejagten«, der es besser verstand zu sterben als zu leben.[106] Der Dichter Ivan Heilbut bemerkte nach Zweigs Tod: »Wer so viel wußte von Hölderlin, Kleist und Nietzsche, mußte ihr Bruder sein.«[107] Freuds Beurteilung des Buchs, die leider nirgends aufgezeichnet ist, wäre von größtem Interesse gewesen.
Von Nietzsche hatte Zweig eine eigenständige Auffassung. Voller Zustimmung zitiert er Nietzsches Prophezeiung: »Nach dem nächsten europäischen Kriege wird man mich verstehen.« Denn in dieser Nachkriegszeit sieht er in ihm Europas Führer in die Freiheit, den Mann, dessen Bücher laut Jacob Burckhardt »die Unabhängigkeit in der Welt« vermehrten.[108] An Rolland schrieb er:

Die vier letzten Seiten sind für Sie und nach Ihren Ideen geschrieben: um den wahrhaft freien und unabhängigen Menschen zu feiern, als höchste Erscheinung der Menschheit. Mein ganzer Aufsatz ist eine versteckte Streitschrift gegen den Versuch, ... Nietzsche für Deutschland, für den Krieg, für die »gute deutsche Sache« zu reklamieren – ihn, der doch der erste Europäer war, unser Vorfahr ... der hochmütige Vaterlandslose.[109]

Die Leichtigkeit, mit der dieser Band vollendet worden war, ließ ihn um so bereitwilliger an den nächsten denken. Auch hatte er, wie aus dem-

* Jedoch nicht ganz so leicht, wie er erwartet hatte, »weil in der Komposition von vornherein eine gewisse Monotonie vermieden werden muß. Ich muß darauf achten, nicht in ein Schema des Essays zu kommen, sondern individuell aus dem Rhythmus der Personen heraus zu schreiben« (Brief an Fleischer, 31. Mai 1924; DLA).

selben Brief an Rolland hervorgeht, das Thema bereits festgelegt: Stendhal, Rousseau und Tolstoi, die ihr Leben in kritischer Selbstbetrachtung verbrachten, »les trois qui nous ont laissé trois autobiographies dont je veux essayer de fixer la véracite et le mensonge«[110]. Mit seinem Optimismus steckte er auch das *Inselschiff*, die Hauszeitschrift des Insel-Verlags an. In der Herbstausgabe von 1925 behauptete sie sogar vom Autor, daß er nicht nur an diesem neuen Band arbeite, sondern auch einen folgenden Band über Shelley, Novalis und Leopardi, »die Dichter des Elements«, plane.[111] Es gibt auch Anhaltspunkte dafür, daß er sich zu dieser Zeit erneut einem früheren Konzept von einer Trilogie über Frauen der Empire- und Restaurationszeit zuwandte. Zu Fleischer sagte er, daß er neben dem 1920 veröffentlichten Essay über Marceline Desbordes-Valmore und einem weiteren, dessen Titel nicht angegeben ist, einen dritten in Vorbereitung habe, und zwar über Rahel Varnhagen (der ungenannte Essay könnte über Marie Walewska gewesen sein). Daß aus diesem Vorhaben nichts wurde, mag, wie Dumont nahelegt, an der Schwierigkeit gelegen haben, einen schlüssigen Vergleich zwischen Marceline und Rahel zu finden, und wohl auch daran, daß die Anlage des bestehenden Essays Marceline eher einer französischsprachigen Umgebung wie die Rimbauds oder Verhaerens zuordnete.[112] Im bereits erwähnten Brief an Rolland gab er noch hochfliegenderen Plänen Ausdruck (»Ich habe eine Welt aufzubauen – wird mein armes Leben für eine solche Aufgabe ausreichen?«) und skizzierte die weiteren Themen, die ihm vorschwebten: die Besessenen des 19. Jahrhunderts (Van Gogh, Strindberg, Poe, Blake); Michelangelo, Villon und die Vorgänger Shakespeares; der Sieg über die Macht des Bösen (Keller, C. F. Meyer); die klaren ›architektonischen‹ Geister (Spinoza, Schiller, Voltaire); die großen Seher (Plato, Dante, Goethe, Shakespeare)[113], – ein grandioses Konzept, fürwahr, doch fehlten in Zweigs Veranlagung wie gesagt die dazu erforderliche Beständigkeit und Geduld.

Diesen weitausschweifenden Plänen zum Trotz kam eine ganze Reihe kürzerer Arbeiten zustande (»In mein Leben ist eine gewisse Monotonie getreten, es hat einen fast beamtenhaft regelmäßigen Charakter«), sowohl neugeschriebene als auch aus älteren Entwürfen fortentwikkelte: Aufsätze über Byron, die Kathedrale von Chartres, Gotthelf und Jean Paul, Hesse, Musset und Baudelaire in deutscher Übersetzung, Salzburg (*Die Stadt als Rahmen*), Cäsar und Napoleon, Proust, *Die Monotonisierung der Welt*; Beiträge zu Festschriften anläßlich der 50. Geburtstage für Kippenberg, R. H. Francé, Oskar A. H. Schmitz, Thomas Mann (»den Genius der Verantwortlichkeit«); eine Gedenkschrift über Leo Feld; Einführungen und Nachworte zu Werken wie

Chateaubriands *Romantische Erzählungen*, Otto Heuscheles *Briefe aus Einsamkeiten*, Hans Pragers Buch über Dostojewski; Artikel über Autographensammeln und -versteigerungen; ein unaufhörlicher Strom von Rezensionen. Ende 1923 besorgte er die Ausgabe der *Gesammelten Gedichte*. Bei alledem fand er noch Muße nicht nur für zwei seiner besten Prosawerke – *Die unsichtbare Sammlung*, eine meisterhafte Erzählung der Inflationszeit, und *Denkwürdiger Tag*, eine Miniatur zum 100. Geburtstag von Goethes *Marienbader Elegie* – sondern auch für das nächste Glied der Novellen-Kette, die *Verwirrung der Gefühle*. Diese drei Geschichten lagen schon im Juni 1925 im Entwurf vor.

Seine rastlose Energie hielt ihn sehr in Bewegung. Kaum war er im Februar 1924 aus Paris zurück, mußte er wegen des Todes einer Tante, der einzigen Schwester seiner Mutter, nach Wien fahren, und im Mai war er wieder dort, diesmal um mit Rolland zusammenzutreffen, der zu den Festlichkeiten zum 60. Geburtstag von Richard Strauss anreiste. Am 13. Mai gab Zweig ein Mittagessen für Schnitzler und einige seiner Freunde, darunter Felix Braun, Rieger und Paul Stefan, um sie mit Rolland zusammenzubringen. Am folgenden Tag besuchten sie Freud in der Berggasse. Freud hatte Rolland seit langem kennenlernen wollen und war dankbar, daß Zweig diesen Besuch anregte. Auf der Rückreise begleitete er seinen Freund bis nach Innsbruck.[114] Im Juli war Zweig in Zürich (»Die Ordnung hier ist unbeschreiblich: man vergißt, in was für einem Chaos wir leben«) und fuhr schließlich nach Boulogne weiter:

> Ich habe einen geschulten Instinkt: gar kein Luxus, ... ein Zimmer im vierten Stock, das über das Bassin mit den abfahrenden Schiffen auf das Meer hinaussieht. ... Dann noch eine ganz herrlich belebte französische Provinzstadt mit Markt und Cafés und allem Sonderbaren Frankreichs, das man hier viel stärker spürt als in Paris ... Ich habe, wie Ostende, so gerne eine Stadt im Rücken – Westerland ist ein ins Leere hineingebautes Vergnügungsbad.

Dort besuchte ihn für einige Tage Masereel, und sie verstanden sich wie immer ausgezeichnet: »Es scheint, daß ich einer der wenigen bin, die bei ihm die Heiterkeit und Frische wieder hervorholen. Wir haben zusammen gebadet, pantagruelische Mahlzeiten eingenommen, sind herumgerannt: es war ganz vortrefflich.« Seine Arbeit machte keine großen Fortschritte, doch las er viel, besonders Proust, und kehrte über Amiens und Reims gegen Ende des Monats sehr erfrischt zurück.[115] Im November begleitete er wie versprochen Friderike nach Paris, die endlich die Stadt wieder mit ihm genießen konnte. Sie feierten seinen 43. Geburtstag in Gesellschaft von Gleichgesinnten: mit Arcos, Rieger und Masereel.[116]

Mit seinem Erfolg wuchs auch die Nachfrage nach Vorträgen und Dichterlesungen. Im Oktober erhielt er als erster »feindlicher Ausländer« eine Einladung, im Dezember vor Studenten in Brüssel zu sprechen (es ist ungewiß, ob er sie annahm).[117] Für Anfang 1925 war eine anstrengende Vortragsreise durch Süddeutschland vorgesehen. Der dort zu dieser Zeit stattfindende Karneval schien nicht gerade günstig dafür, aber sein erster Vortrag in Freiburg im Breisgau war gut besucht, das Publikum war aufmerksam, und nicht einmal ein Räuspern war zu hören. Dann kamen Heidelberg, Frankfurt, Stuttgart, Baden-Baden und Wiesbaden (wo sein Vortrag wegen Eberts Tod verschoben werden mußte): »Lese mich jetzt durch die Städte, ganz ohne Lampenfieber (es geht mir spielend leicht) langsam nach Hause zurück.« Das Verlangen nach Kultur in diesen Provinzstädten überraschte ihn, und seine Briefe an Friderike zeigten eine ungewohnte Selbstzufriedenheit über die Anerkennung, die ihm zuteil wurde. Aus Wiesbaden hieß es:

Ich wohne hier fabelhaft, im alten feudalen Hotel Vier Jahreszeiten. Der Besitzer betrachtet alle Vortragenden des Vereines als seine Gäste, kennt alle meine Bücher. In diesen Dingen der Bildung sind die Leute hier in Deutschland fabelhaft, man ist bekannt bis zum Hotelportier. Allerdings gehen meine Bücher *besonders* gut, wie mir alle Buchhändler erzählen – ich habe Angst zu verbonseln und ein Liebling der deutschen Mädchenwelt zu werden. Zwei Damen haben sich hier schon gemeldet und ihre Bereitschaft erklärt, die eine eine Jugendfreundin. Aber ich bin kein Freund von Aufwärmungen.

Er war besorgt wegen der Korrekturfahnen von *Der Kampf mit dem Dämon*, die er Friderike überlassen hatte. So sah er sich gezwungen, den Insel-Verlag in Leipzig anzurufen, um Druckfehler auszuschließen. Dann erst war er beruhigt und schrieb an Friderike: »Ich hänge eben an meinen Büchern, wie Du an Deinen Kindern.«[118]

Seine Einstellung zu Suse und Alix war eine sonderbare Mischung aus Zuneigung, Ungeduld und stiefväterlicher Bevormundung. Er war der Ansicht, daß man Kinder sehen, nicht hören sollte. Den Wunsch aber, auf ihre Ausbildung und ihre privaten Interessen Einfluß zu nehmen, konnte er nie ganz aufgeben. Ihre Interessen kamen ihm kindisch vor und bezeugten nicht den regen Geist, den er für wesentlich hielt. Die Mädchen waren robust und lebhaft, ihr Charakter war von dem seinen vollkommen verschieden. Doch im allgemeinen kamen sie gut mit ihm aus und betrachteten ihn mit amüsierter Toleranz, als lebte er in einer anderen Welt. Friderike war klug genug zu erkennen, wie wichtig es war, diese Welten getrennt zu halten und die Weichen für die Zukunft der Mädchen selbst zu stellen. Oft gelang es ihr, allein mit den Kindern in die Ferien zu fahren. Im Juli 1925 fuhr sie mit Suse nach Paris und an die Normandieküste. Alix blieb für kurze Zeit bei Stefan in Salzburg, um dann zu ihrem Vater zu fahren, der ernstlich krank gewesen war. Stefans Arbeit machte gute Fortschritte, und er konnte seiner Frau mit ungewohnter Fröhlichkeit schreiben. Er erkundigte sich besorgt nach Suses Gesundheit (der Verdacht auf Masern hatte bestanden) und drängte sie, die Ferien voll auszukosten: »Mir fällt viel ein, ich habe Pläne für lange hinaus: wenn man mir Ruhe läßt, funktioniert der weiche Gehirnkasten noch immer erträglich. Grüße Suse, bade soviel Du baden kannst, es gibt doch nur ein Meer.«[119]

Einen Monat zuvor hatte ihn wieder Rolland in Anspruch genommen. Die Händel-Festspiele in Leipzig hatten den Musikfreund erneut nach Deutschland gelockt; gemeinsam besuchten die Freunde eine *Belshazzar*-Aufführung in der Oper (wo Zweig wegen Rollands Abscheu vor vielen Menschen und gesellschaftlichen Verpflichtungen eine ruhige Loge reserviert hatte) und hörten Bach-Motetten in der Thomaskirche. Rolland hatte Zweig ein von Masereel illustriertes Exemplar des *Jean Christophe* mitgebracht. Er traf sich natürlich mit Kippenberg, und der junge Richard Friedenthal (»unerhört begabt«) befand sich ebenfalls in Leipzig. Mit Rolland und dessen Schwester Madeleine fuhr er weiter nach Weimar, um Goethes Haus und das Nietzsche-Archiv zu besichtigen, das von der betagten Frau Förster-Nietzsche verwaltet wurde. Sie freute sich wie ein Kind, Rolland zu sehen und war (was Zweig überraschte), rührend dankbar für den Essay in *Der Kampf mit dem Dämon*. Alles war wunderbar: Er hatte solche Chöre und ein solches Orgelspiel nie im Leben gehört. Zweig hatte sogar den Eindruck, daß ein Aufmarsch von 25000 organisierten Jugendlichen, dem Rolland zufällig in Leipzig beiwohnte, ihm gut tat: »Es ist gut, daß die Gutwilligen auch die Gefahren kennen lernen: er war von den Gesichtern beim Paradeschritt geradezu erschreckt, so starrten sie von Verbissenheit und gewaltsamer Ausstraffung.«[120]

Im August war es wieder an der Zeit, dem Wirbel der Salzburger Festspiele zu entfliehen. Aus dem Grand Hotel in Zell am See, wo er unbekannt und ohne jemanden zu kennen, Ruhe für die Vollendung seiner Novellen zu finden hoffte, erreichte Friderike die Nachricht von einem erneuten Rückfall in seine latenten depressiven Stimmungen. Es seien dafür, so schrieb er,

keine reellen Gründe, weder in Arbeit (die ist nicht so arg) noch im Nikotin, das ich übrigens jetzt nur zur Probe zwei Tage aussetze. Es ist eine Alterskrise, verbunden mit einer allzugroßen (meinem Alter ungemäßen) Klarheit – ich beschwindle mich nicht mit Unsterblichkeitsträumen, weiß wie relativ die ganze Literatur ist, die ich machen kann, glaube nicht an die Menschheit, freue mich an zu wenigem. Manchmal kommt aus solchen Krisen was heraus, manchmal kommt man durch sie noch tiefer hinein – aber natürlich gehört sie zu einem dazu. ... Man soll eben resignieren und hat zuvor durch die zehn Jahre Krieg und Nachkrieg nicht das zugehörige Maß an Freude und Jugend gehabt. Und dann sind unsere Kriegsnerven eben doch nicht mehr ganz reparabel, der Pessimismus reicht tief unter die Haut. Ich erwarte mir nichts mehr – denn ob ich 10000 oder 150000 Exemplare verkaufe, ist doch einerlei. Wichtig wäre etwas Neues neu anfangen, eine andere Art Leben, anderen Ehrgeiz, anderes Verhältnis zum Dasein – auswandern nicht nur äußerlich. Die Vortragsreise war ja wirklich nicht klug. Ich habe sie aus Schwäche gemacht, aus Nicht-Nein-Sagen-Können und dann, um mich zu zwingen, ein wenig unterwegs zu sein. Ich möchte in den nächsten Jahren mich gewaltsam beweglicher machen – viel und kurz reisen, das tut uns am besten.[121]

Solche Depressionen traten jetzt häufiger auf, und die Ereignisse sollten die »allzu große Klarheit« bestätigen, mit der er in die Zukunft sah. Allerdings sollten noch neun Jahre vergehen, bevor er begann, jene andere Lebensart zu suchen: die Emigration, und diese nicht nur im äußerlichen. Sein Pessimismus war zwar tief verwurzelt, beherrschte sein Leben aber noch nicht vollkommen. In jenem Oktober schrieb er an Fleischer: »Jetzt wird es im März ein Vierteljahrhundert, daß die *Silbernen Saiten* erschienen: da sollte man bald in Pension gehen und steht mitten in immer erneuter Anstrengung.«[122]

V
Sonnenuntergang
1925–1929

Die Arbeit geht noch immer nicht recht, etwas ist in allen meinen Sachen seit ein- und einhalb Jahren verknaxt.

Zweig an Friderike,
Dezember 1928

Der Gedanke zerstört das Glück. Die Wonnen, die er gewährt, sind selten und problematisch.

Klaus Mann

1

A Locarno . . . nous avons parlé européen. C'est une langue nouvelle qu'il faudra bien que l'on apprenne.

Aristide Briand, Februar 1926

Es gab noch viele Freuden im Leben. In seinen Vorarbeiten zu *Verwirrung der Gefühle,* insbesondere für das Lehrerseminar über die Autoren des Elisabethanischen Zeitalters, hatte ihn Ben Jonsons *Volpone* gefesselt, den er Rolland als »une farce amusante sur l'argent« beschrieb.[1] Im November 1925 ging er wieder nach Frankreich, wo er sich für kurze Zeit in Marseille niederließ, und zwar im Beauvau, einem alten, gerade renoviertem Hotel, in dem einst Chopin und Lamartine gewohnt hatten. Hier – wieder einmal wie in Boulogne und Ostende mit einer »lebendigen Stadt« im Rücken, einem Blick über den Hafen, der ihn an Hamburgs Alster erinnerte, jedoch mit Sonne und Farben, wie sie nur der Süden bieten kann – entwarf er in wenigen Tagen eine freie Prosafassung des *Volpone,* die er später in Verse umarbeiten wollte. Nachdem er über Avignon, Dijon und Villeneuve – um Rolland wiederzusehen – zurückgekehrt war, fand er eine Anfrage des Dresdener Hoftheaters nach seinen Plänen für neue Werke vor und sandte diese Prosa-Version mit der Erklärung, sie sei nur ein erster Entwurf für eine spätere Komödie in Versen. Das Theater telegraphierte ihm sofort, er solle um Himmelswillen nichts ändern, und so blieb dieses Stück endgültig in Prosa, um dann fast weltweit aufgeführt und zu seinem größten dramatischen Erfolg zu werden. Im folgenden Jahr veröffentlichte Kiepenheuer das Werk mit Illustrationen von Aubrey Beardsley, und eilig verfertigte Jules Romains eine französische Fassung, die 1927 in Paris aufgeführt wurde und auch dort einen ungeheueren Erfolg erzielte.[2] Zweig war voll Stolz auf das Werk, wie seine Briefe an Rolland und Fleischer zeigen. Rolland gegenüber äußerte er sich amüsiert über das Zögern des Burgtheaters, das Stück aufzuführen: »Sie, ein ernster Mann, so ein Stück!« – »Ja, gerade wenn man ernst ist, bleibt man nicht auf halbem Wege stehen, selbst in der Farce«, habe er geantwortet.

Eine tour de force war es in der Tat: Neun Tage Arbeit, davon eineinhalb in Villeneuve, die später fast keine Verbesserung oder Überarbeitung erforderten. Und durch den Aufenthalt in Marseille war ihm die gute Laune rasch wiederhergestellt worden: das billige Leben, der große Abstand zu Österreich und – das Schönste von allem – der Schmutz in den Hafenstraßen. »Dieser Gestank ist Orient: nicht um-

sonst wurde dort das Räucherwerk erfunden.« Er war froh, nicht nach Rapallo oder gar nach Paris gefahren zu sein. »Nur weh tut's, die schönen weißen Riesenschiffe abfahren zu sehen und nicht mitzufahren: manchmal ist mir, als sei der Orient meine Heimat.«[3]
Seine Beziehung zu Rolland war während dieser Jahre am engsten. Zweig war tief bewegt, verwirrt, ja fast beschämt gewesen, als er dessen Widmung zu *Le jeu de l'amour et de la mort* im August 1924 las: »A l'esprit fidèle qui a le patriotisme de l'Europe et la religion de l'amitié – à Stefan Zweig – je dédie affectueusement ce drame, qui lui doit d'être écrit.« Da stand zudem noch im Vorwort:

Der gute Europäer Stefan Zweig, seit 15 Jahren mein treuester Freund und bester Ratgeber, hat mich beständig an meine Aufgabe als Steinbrecher erinnert, der am blutigen Berg der Revolution seine Aushöhlungsarbeit verfolgt. So habe ich meine Hacke erneut an den Felsen gelegt, und bringe hier den ersten Block, den ich diesen Frühling davon losgelöst habe. Darauf schreibe ich den Namen Zweigs. Ohne ihn würde dieser Block noch unter der Erde schlummern.

»Du darfst stolz sein auf diese Widmung«, schrieb ihm Arcos. In Riegers Übersetzung wurde das Stück in Wien aufgeführt, und es folgten Erfolge in Hamburg und München, wo Zweigs eigenes Werk *Der verwandelte Komödiant* als Vorspiel diente: »faire acclamer un auteur français dans le bastion du nationalisme, quelle victoire!« jubelte er in einem Brief an Rolland.[4]
Er zögerte nicht, eine weitere Vortragsreise durch Deutschland zu Beginn des Jahres 1926 anzutreten. Am 29. Januar nämlich war Rollands sechzigster Geburtstag und damit wieder einmal Gelegenheit, für den Bruder und Europäer Zeugnis abzulegen. Mit Duhamel und Gorki hatte er an dem elegant ausgestatteten Laudatio-Band *Liber amicorum Romain Rolland* mitgewirkt, der zu diesem Anlaß in Zürich erschien.[5] Der Deutschland-Tour ging ein Besuch in Zürich voraus, wo er an einem Rolland-Abend als Festredner auftrat. Er fuhr weiter nach Frankfurt und Wiesbaden, wo das Haus ausverkauft war, nach Lübeck (»Stadt der Erinnerungen«, schrieb er an Friderike), Hamburg und schließlich nach Berlin, wo er nicht weniger als neun Vorträge hielt, darunter einen im Meistersaal über Rolland. »Mon cher ambassadeur dans tout le monde germanique«, nannte ihn Rolland.[6] Diesmal hatte er keine Bedenken, die Vortragsreise könne ein Fehler sein, obwohl ihn der endlose und nach seiner Ansicht sinnlose Wirbel in Berlin störte, und so suchte er zwischen den Vorträgen mit Beethovens Konversationsheften Zuflucht in der Bibliothek, um einige Stunden »in einem friedvollen Jenseits« zu verbringen.[7]
Als er mit sechzig auf diese Reisen in den Nachkriegsjahren zurück-

blickte, fiel ihm auf, wie verschieden sie von denen seiner Jugend waren. Jetzt war er kein Fremder mehr in der Welt, hatte überall Freunde, Verleger, ein Publikum. »So besaß dieser unaufdringliche, nirgends anstoßende Mann in jeder Stadt von mehr als 5000 Einwohnern ... einen Freund«, schrieb Robert Neumann, »Buchhändler oder Mitglied der lokalen literarischen Gesellschaft oder Redakteur am lokalen Blatt, der dann auf dem Bahnhof stand, wenn Zweig jene Stadt besuchte, ihn einführte, wenn er den Vortrag hielt, und das dithyrambische Feuilleton schrieb, das dann am nächsten Tag in der lokalen Zeitung stand.« Da konnte er, so schien es ihm, »mit stärkerem Nachdruck und breiterer Wirkung für die Idee werben, die seit Jahren die eigentliche meines Lebens geworden: für die geistige Einigung Europas«[8]. Wie aber schon vorher bemerkt, blieb diese ›Werbungsarbeit‹ auf persönliche Beziehungen beschränkt; bei irgendeiner größeren Organisation mitzumachen widerstrebte ihm. 1924 hatte er mit Richard Graf Coudenhove-Kalergi korrespondiert, dessen Vorstellung von ›Paneuropa‹ für ihn, wie zu erwarten, recht anziehend war – das rote Kreuz auf goldener Sonne ein Symbol für Menschlichkeit und Vernunft: Aber er hielt sich von der Organisationsarbeit fern, die ein solches Konzept forderte.[9]

Baudouin war im Oktober 1926 in Salzburg, zum ersten Mal seit 1921 wieder bei Zweig zu Gast und besprach mit ihm eine Einladung, die er erhalten hatte, am Kongreß eines ›Kulturbundes‹ (auf Französisch weniger glücklich als ›Fédération des Unions Intellectuelles‹ bezeichnet) teilzunehmen, der im Laufe des Monats in Wien unter Hofmannsthals Präsidium stattfinden sollte. »Ein kurz nach dem Kriege entstandener lobenswerter Gedanke, der Internationale des Geistes konkrete Form und eine erste Organisation zu verleihen«, bemerkte Baudouin. Dabei seien wie üblich viele persönliche Rivalitäten und doktrinäre Reibungen im Spiele. Besonderes Augenmerk richtete sich auf Coudenhove-Kalergis ›Paneuropa‹, das ursprünglich eine Art Nebenzweig des ›Kulturbundes‹ war, nun aber bereits eine eigene politische und wirtschaftliche Bedeutung hatte.

Die Idee ist, Europa zu schaffen, aber ein Europa ohne England und ohne Rußland ... überhaupt ein *Mittel-Europa*, das an das Heilige Römische Reich deutscher Nation erinnert. Diese Idee scheint die Nachfolgevölker der ehemaligen Habsburger Monarchie anzuziehen, die an ihrer Zerstückelung leiden. ... Der Vorschlag, als erste Etappe eine beschränkte europäische Vereinigung ins Leben zu rufen, hat den Vorzug, nicht zu anspruchsvoll zu sein; andererseits aber ist es nicht ungefährlich, einen mitteleuropäischen Block den zwei anderen Blöcken entgegenzusetzen, dem britischen Empire auf der einen Seite und den Sowjets auf der anderen? Wie dem auch sei, diese Bewegungen sind ... konkreter und wirklicher, als wir zu glauben geneigt wären.[10]

Baudouin hat Zweigs Ansichten zwar nicht aufgezeichnet, doch besteht kein Zweifel, daß dessen ganzes Wesen sich gegen eine Teilnahme an einer solchen Organisation sträubte: nicht so sehr aus politischer Sicht (obwohl ihn zweifellos die Idee eines so unvollständigen Europas abgestoßen hätte) als aus dem Gefühl heraus, daß jeder politischen Lösung der bewußte Wunsch der Völker und vor allem der Individuen Europas nach Vereinigung vorauszugehen habe. Im März 1929 nahm er zwar eine Einladung Lee van Dovskis an, in Den Haag und Utrecht einen Vortrag (im Geiste Coudenhoves) über *Die europäische Idee in der Literatur* zu halten, und wiederholte ihn in Brüssel »etwas unwillig«, wie er Kippenberg schrieb:

Gern tat ich es nicht, aber ... es war nämlich bisher noch nicht möglich gewesen infolge der journalistischen Stimmung, einen Deutschen in diesem internationalen repräsentativen Zyklus zu Worte kommen zu lassen und da wollte man von allen obern Stellen gerade mich, weil ich durch Verhaeren legitimiert und als Österreicher der rechte Eisbrecher bin, so hielt ich es für meine Pflicht.[11]

Doch letzten Endes konnte für ihn nichts den persönlichen Kontakt und das Überzeugen eines Gesprächspartners ersetzen, wodurch allein eine Übereinstimmung der Geisteshaltung erzielt werden würde.
Zu diesem Gefühl kam seine Abneigung gegen die Art öffentlicher Kontakte, wie sie der Kongreßsaal verlangt: Vortragen, seine eigenen Worte einem anonymen Publikum vorzuwerfen, das mochte noch angehen, aber er konnte sich nie wohlfühlen in der geschlossenen Enge des Konferenzraumes, wo die durch seinen Ruhm hervorgerufene breite Öffentlichkeit ihn in peinliche Verlegenheit brachte. Es muß wie Ironie erscheinen, daß Hofmannsthal, der so viel weltfremder als Zweig war und der seine Abneigung gegen dessen Geschäftstüchtigkeit kaum verhehlen konnte, den Vorsitz in Wien innehaben sollte, den anzunehmen Zweig nicht im Traum eingefallen wäre. »Nichts sammelt ja mehr eines Menschen innerliche Kraft als Verborgenheit; nichts gefährdet andererseits dermaßen eine durchdauernde moralische Haltung als die Öffentlichkeit und ihr gefährliches Feuer, der Ruhm«, schrieb er um diese Zeit in einer Gedenkschrift für seinen Hamburger Freund Ami Kaemmerer.[12] Das war für seine Geisteshaltung bezeichnend. Schon 1922 hatte er in einem Brief an Hesse diesen Drang, sich von den Wirrnissen der Welt zurückzuziehen, rationalisiert:

Ohne mich überheben zu wollen, spüre ich, ... daß wir beide von der Zeit irgendwie erschüttert und in einen Weg nach innen gedrängt wurden, der manchem vielleicht abseitig und wie eine Flucht anmuten könnte, indes wir doch wissen, da es ein Versuch gerade zum Wesentlichen ist ...[13]

Aber der Drang, sich zurückzuziehen, und die Furcht, eingebunden zu werden, zeigten sich sogar in jenen persönlichen Beziehungen, durch die er ein vereintes Europa zu schaffen hoffte. In seinen pessimistischen Momenten wurde ihm nur zu klar, wie wenig er tatsächlich vollbrachte. Solch eine Krise entstand 1926; nach dem Tode seines Vaters am 2. März geriet er nur zwei Wochen nach der Beerdigung in einen scharfen Konflikt mit seiner Mutter. Wie er an Fleischer schrieb, zeigte sie eine gefährliche Mischung zweier sehr verschiedener Tendenzen:

> absolute Hilflosigkeit mit Eigensinn, unausdenkbare Unselbständigkeit mit unlenkbarer Hartnäckigkeit – weder mein Bruder noch ich können daran denken, sie zu uns zu nehmen, weil sie durch innere Unruhe Unruhe bringt. ... Innerlich bin ich müde ... Wir sind eine geschlagene Generation, uns fehlt der Schwung eines aufsteigenden Landes, einer uns steigernden Zeit; man hat uns mit Haß gefüttert, mit Angst wieder purgiert, mit Dumpfheit geschlagen, unseren Geist abgezogen [auf] sinnlose, feuerwerkhafte Geldspiele. Wie wollen wir ein Ganzes leisten, ein Starkgefügtes, auf Ruhe Ruhendes mit einer an Außenhaftem verzettelten Kraft! Sammlung, so heißt es, ja ich weiß, aber immer kommt dann, alles umstürzend, so ein Stoß wie jetzt mitten in die Arbeit gefahren, zum sechsten – zum siebenten Mal schon, daß man eigentlich im Aufbau innen schon immer wieder die Störung erwartet. Nun ich wills noch einmal versuchen mit französischem Wein und dem heilsamen Blau des Südmeers.[14]

Mit Friderike – »mit einer Gattin belastet« – bereiste er Südfrankreich: den Languedoc, Aigues-Mortes, Sète, Montpellier, Narbonne und Toulouse. Nach seiner Rückkehr im April schrieb er aufgeräumt an Rolland: »Tags darauf nach meiner Abreise ist die Kirche der Albade eingestürzt – nett von ihr, abzuwarten, bis ich sie gesehen hatte.«[15]
Ebenso wie der junge Klaus Mann, dem er so sehr Mut zugesprochen hatte, konnte er sich des Gefühls nicht erwehren, »in einem Interim zwischen zwei Katastrophen zu leben«[16]. Der Friede, den er suchte, die innere Freiheit, war ungeachtet seiner vielen Reisen immer schwerer zu finden. Für Rieger, der ihn ja gut kannte, und für Specht (beide schrieben damals über ihn) schien er eine rastlose psychologische Neugier, den »dämonischen Drang«, wie Rolland es ausgedrückt hatte, »zu sehen, zu wissen und jedes Leben zu leben, der aus ihm einen ›fliegenden Holländer‹, einen passionierten Pilger gemacht hat«, mit einer wohlbedachten Sparsamkeit der Kräfte und einer bewundernswerten Konzentrationsfähigkeit zu verbinden. Angesichts der schier unendlichen Vielfalt seiner Tätigkeiten und des unerschöpflichen Stroms von Essays, Rezensionen, Novellen und Legenden, die aus seiner Feder flossen, bemerkte Specht: »Zweig ist nie atemlos: nichts von Geschäftigkeit oder Betrieb [ist da] zu spüren.«[17] Sein Pessimismus und das ständig wiederkehrende Gefühl der eigenen Unwirksamkeit hielten sich gut

verborgen: Nur Friderike und Fleischer waren Zeugen seiner geistigen Krise.

Manchmal waren diese bewegten Jahre für Friderike »arge Zeiten«:

Stefan flieht vor irgendwelchen Verwicklungen etwaiger Abenteuer, und so bald man ihn als St. Zw. erkannt hat, immer früher als verabredet von seinen Reisen nachhause, ist katzenjammerlich familienfeindlich in allergefährlichstem Grade, wundert sich, ... daß da Menschen mit – seiner Ansicht nach – anmaßenden Anrechten auf Haus und Hof existieren. Das Plattandiewanddrücken gelingt nur schwer und erzeugt blaue Flecken. ... Was helfen alle Erfolge, wenn es menschlich so traurig steht?

Sie fragte sich, ob es ihm »ganz objektiv gesehen« gut täte, wieder Junggeselle zu sein: »Ob er sich aus seinen antihäuslichen Konflikten und dabei häuslichfestsitzenden Gewohnheiten befreien könnte, ohne sich die späteren Jahre zu ruinieren und haltlos zu werden?«[18]

Dem Strom von Besuchern auf dem Kapuzinerberg, ob es nun berühmte oder unbekannte Menschen waren, erschien er als das Abbild des kultivierten europäischen Literaten, und niemand entdeckte die unter dem urbanen Äußeren verborgene Verzweiflung. »Zweig treibt wie ein Genie den Kult der Freundschaft«, hieß es in Baudouins Tagebuch.

Die Gastfreundschaft, die einem in seinem Haus angeboten wird, ist ausgiebig, doch von einer leichten Hand, sie umhüllt, ohne in Verlegenheit zu bringen. ... Unser Frühstück hat sich in einen dieser ihm geliebten Augenblicke der Muße ausgedehnt – eine Unterhaltung unter vier Augen, mal auf Französisch, das er ganz gut spricht, mal auf Deutsch, wobei er mir liebenswürdig versichert, ich brauche nur etwas mehr Übung. ... Er führt mich in seine Bibliothek, einen längeren Saal mit verschiebbaren Vitrinen und Gittern, wo jede mögliche Sorgfalt angewendet wird, damit die Bücher mit ihren dunklen oder gelbbraunen Rücken sich wirklich zuhause fühlen. ... Zweig empfindet einen geradezu sinnlichen Genuß an schönen Dingen; er weiß den Rücken eines Buches zu streicheln. Diese Glaskasten sind auch mit Autographen geziert: er ist ein großer Sammler davon, und manche der wertvollsten Stücke stehen gerahmt da.*

Mag sein, daß Felix Braun recht hatte, als er schrieb: »Früh starb die Kraft zur Freude ab in seinem Gemüt.«[19] Das Bild von ihm jedoch, wie er damals war, sollten wir uns nicht verzerren lassen durch einen verständlichen Wunsch, in der Rückschau sein tragisches Ende zu erklären. Denn mit fünfundvierzig stand er zweifellos auf der Höhe seiner Kraft. Dem außerordentlichen Erfolg des *Volpone* folgte der der dritten Novellensammlung *Verwirrung der Gefühle*, wovon innerhalb von drei Monaten

* Baudouin 189–190 (18. Okt. 1926). Die ganzen Einkünfte vom *Volpone* wurden seiner Sammlung gewidmet, und er hatte kurz zuvor eine Debussy-Handschrift, einige Seiten aus dem *Esprit des lois* von Montesquieu, eine Robespierre-Rede und zwei Gedichte aus den *Fleurs du mal* erworben (Dum 205).

nach ihrem Erscheinen im Herbst 1926 bereits 30000 Exemplare verkauft waren. Die fünf historischen Miniaturen *Sternstunden der Menschheit,* darunter die *Marienbader Elegie,* wurden beendet – für Csokor eine »neue episch-dramatische Gattung«[20] – und er befand sich bereits tief in den Vorstudien zur nächsten Trilogie über die »in sich gewandten autobiographischen Naturen« Tolstoi, Stendhal und Rousseau[21] sowie für ein Buch über den völlig andersgearteten Joseph Fouché[22].

Im Juni 1926 erschien ein Essay, in dem er gegen den Obskurantismus der Familie Brockhaus loszog, die das unschätzbare Manuskript von Casanovas Memoiren unter Verschluß hielt. Darüber geriet er dermaßen in Zorn, daß er nun beschloß, Casanova statt Rousseau als Dritten in seine Trilogie aufzunehmen.[23] Seinen Artikel zu Freuds siebzigsten Geburtstag Anfang des Jahres betrachtete der alte Mann als einen der besten unter den vielen ihm dargebrachten Huldigungen.[24] Zweig freute sich über die Maßen, von Baudouin, der einige Stunden in Wien mit Freud und Adler verbracht hatte, zu hören, daß diese Gelehrten die *Verwirrung der Gefühle* auf eine Weise besprochen hatten, »die Ihnen nicht mißfallen hätte. Adler findet, daß Sie hier ›Psychoanalyse‹ getrieben haben. Also sind auf Ihrem Rücken die feindlichen Brüder einmal einig!«[25]

Seine Briefe an Fleischer im Jahr 1926 sind voller Ideen für die künftige Aktivität der Frankfurter Verlagsanstalt.[26] Und die Flut der Artikel und Essays ließ nicht nach: Beatrice Cenci, Philippe Daudet, Emil Lucka, Schmidtbonn, Otto Weininger, Ben Jonson, Verhaeren (zu seinem zehnten Todestag) – alle zog er in den Wirkungskreis jener unermüdlichen Energie, die Specht so beeindruckte.

Er reiste noch immer unablässig und hielt sich nur für wenige Tage an einem Ort auf. Im August in der Schweiz stellte sich heraus, daß er die ersehnte Anonymität höchstens eine Woche lang wahren konnte, und so fuhr er durch Bern, Zermatt und Riffelalp weiter nach Villeneuve. Später kamen einige Tage in München dazu. Im Herbst ging es nach Wien für die Proben und die Premiere von *Volpone* im Burgtheater. Raoul Aslan spielte die Rolle des Mosca. Eine weitere Vortragsreise durch Deutschland führte ihn nach Mainz, Köln, Aachen, Düsseldorf und Berlin. »Oh la gloire quelle saleté, quelle ordure!«, schrieb er Friderike aus der Hauptstadt, wo die Gastfreundschaft ihn fast überwältigte. Er dinierte mit dem Verleger Fischer, war Ehrengast bei einem Bankett im ›Bristol‹, »mit allen Bonzen – scheußlich, aber unumgänglich«. Friderike berichtete indessen von einer Anhäufung weiterer Einladungen zu Vorträgen und Auftritten, doch befolgte er gerne ihren Rat, sich etwas zu bremsen: »Ein bißchen Privatleben muß man sich doch bewahren.«[27]

2

Hofmannsthal vient de mourir. Avec lui et Rilke la vieille Autriche a fini.

Zweig an Rolland, Juli 1929

»Mein Leben wird immer komplizierter«, schrieb Zweig im Januar 1927 an Pannwitz. »Heute fahre ich nach Wien für drei Tage, im Februar muß ich nach München, um dort am Staatstheater die Gedächtnisrede für R. M. Rilke zu halten, dessen Tod mich über alle Maßen erschüttert hat.« Er hatte mit Abscheu bemerkt, wie kurz und teilnahmslos die Zeitungen über dieses erschütternde Ereignis hinweggingen: »Gerade zu 40, 50 Zeilen, manchmal zu 100, bemühten [sie] sich ..., dann war es vorbei und der ›Fall Rilke‹ für das Publikum erledigt. Die Zeit nimmt furchtbare Rache an allen jenen, die nicht auf ihr Niveau vollkommen eingehen, und bestraft jede Isolierung.«[28] In seiner Trauerrede am 20. Februar, einer bewegenden Huldigung des »frommen Steinmetzes am ewig unvollendeten Dom der Sprache«, war er darum bestrebt, diese sträfliche Vernachlässigung eines Dichters zurechtzuweisen, den er selbst noch höher als Hofmannsthal schätzte. Er hatte es abgelehnt, beim Requiem für Rilke in Wien zu sprechen, denn er war der Ansicht, einzig Hofmannsthal könne das tun.[29] Zwei Jahre später war dieser selbst tot.

Zweigs ursprüngliche Bewunderung für Hofmannsthal hatte nie nachgelassen, und obwohl ihre Wege auseinandergegangen waren und sie sich nur selten trafen, verlor er nie das Gefühl der Verehrung und Achtung für ihn. Hofmannsthals Begeisterung für seinen frühen *Balzac*-Essay, und ihre Zusammenarbeit für die Bibliotheca mundi, lagen nun weit zurück. Für jenen war ein Schriftsteller wie Zweig, der sich von der Welt und ihren Ereignissen sowie dem allgemeinen Geschmack beeinflussen ließ, kaum mehr als ein Journalist, und er empfand (wie sein Freund Leopold von Andrian es ausdrückte) einen starken Ekel vor »den Literaten dieser Zeit, von denen sich kein Dichter ganz trennen kann, leben und für ein Publikum schreiben zu müssen, das durch sie verdorben ist«[30]. Daß Hofmannsthal Zweig nicht leiden konnte, ist durch Benno Geiger und Max Reinhardt bezeugt. Laut Geiger betrachtete er ihn als lebendes Plagiat seiner Existenz als Schriftsteller und Dichter: »Schrieb er eine Novelle, da kam Zweig einen Monat später mit noch einer; führte er ein Drama auf, so stand Zweig bereit am Burgtheater mit dem seinen.« Geiger nahm auch an, daß das allzu offensichtliche Jüdische an Zweig zur Antipathie des älteren Mannes beitrug: Hofmannsthal ziehe es vor, seine eigene halbjüdische Abstammung zu vergessen. Ein zwei Jahre vor seinem Tod geschriebener Brief an Katharina Kippenberg ist bezeichnend für seine Haltung, den anderen mit mattem Lob zu verurteilen.

Ich kenne Zweigs Novellen nicht; ich vermute, daß sie an menschlichem Gehalt und auch an Reinheit der Darstellung hinter Carossas Prosa zurückstehen; aber sie müssen etwas an sich haben, das den Hunger der Leser wirklich stillt, etwas an ihnen, der Rhythmus vielleicht, wo nicht der Gegenstand, das Halb-wahre vielleicht des Accentes, das Anfechtbare vielleicht in den Wertungen (hinter jedem Dichtwerk stecken Wertungen) – muß jene wahre momentane Anziehung ausüben, die man durch keinen Hinweis, durch keine Würdigung der Arbeiten von Carossa oder Taube zu verleihen vermöchte.[31]

Auch Friderike meinte später, daß Neidgefühle Hofmannsthals Haltung zu Stefan bestimmt hätten und daß er Zweigs größere Weltläufigkeit, seinen Pazifismus und Antifanatismus eher verzeihend hätte übersehen können, wäre Zweig in seinem Schaffen nicht so erfolgreich gewesen: »Hofmannsthal hatte eine Familie zu ernähren und befand sich oft in Geldsorgen, es wäre daher menschlich begreiflich gewesen, falls er den in materieller Hinsicht Sorglosen als Konkurrenten betrachtet hätte.«[32]

So kurz nach Rilkes Ableben stellte nun der plötzliche Tod Hofmannsthals, den er weiterhin verehrte, obwohl er wußte, daß seine Gefühle nicht erwidert worden waren, das Ende des alten Österreich dar. Als Robert Braun kurz zuvor Zweig auf dem Kapuzinerberg besucht hatte, fand er ihn hocherfreut, die frühen Gedichte von ›Loris‹ wiederentdeckt zu haben; aus seiner Rezitation jedoch glaubte Braun eine traurige Abschiedsstimmung herauszuhören. Für ihn mehrten sich die Zeichen, daß Europa am Ende seiner Mission stehe, sagte Zweig: die gestaltende Kraft nähme katastrophal ab, und man stürze in ein Wellental der Kunstarmut und Barbarei. Am 18. Juli 1929 schrieb er an Kippenberg: »Zwei Tage war ich fort, leistete mir den Luxus, keine Zeitung zu lesen und erfahre jetzt erst zurückgekehrt: Hofmannsthal! Erst Rilke, dann er – das ist kein Zufall mehr, sondern ein Symbol, und kein gutes.« Rolland gegenüber betrauerte er das Ende einer Ära: Hofmannsthals Leben sei eine lange Tragödie gewesen: »Die Vollkommenheit mit zwanzig Jahren, dann verließ ihn die Stimme der Götter. Persönlich mochte ich ihn nicht sehr, aber ich war sein Schüler und sein Tod hat mich tief bewegt.«[33]

Er fühlte sich geehrt von der Einladung, die Gedenkrede im Burgtheater zu halten. Zweigs gerechte Würdigung des Dichters und seines Werkes ließ nicht erkennen, wie schmerzlich er die Abwesenheit der Witwe während der Zeremonie empfand.[34] Durch Richard Strauss erfuhr er erst einige Zeit später, daß Hofmannsthal gleich zu Beginn der

Salzburger Festspiele Reinhardt gegenüber für seine Mitarbeit die Bedingung gestellt hatte, Zweig niemals aufzufordern, sich ihnen anzuschließen. Nach Hofmannsthals Tod kam nun Reinhardt mit der förmlichen Bitte um Mitarbeit am Festspielprogramm und um die Genehmigung, seine Stücke in Salzburg aufführen zu dürfen. Hofmannsthals Haltung war eine schwere Kränkung für Zweig, und er konnte »in seinem oft geradezu naiven Menschenvertrauen«, wie Friderike schrieb, kaum an eine solch rücksichtslose Rivalität bei dem Dichter glauben, den er so vorbehaltlos bewundert hatte. So fand er wenig Gefallen daran, mit Reinhardt zu arbeiten.*

3

Nach Moskau? Gehen Sie mit Gott!
Thomas Mann an Zweig

Inzwischen war das Werk *Drei Dichter ihres Lebens* (Casanova, Stendhal, Tolstoi) Ende 1927 vollendet worden. Auf einer weiteren Spritztour in die Schweiz (weitab vom Trubel, während am Kapuzinerberg Gas installiert wurde und Moissi im Garten seine Rolle für *Jedermann* einstudierte) war ihm der Casanova-Essay leicht von der Hand gegangen, sicherlich angespornt von seiner Entrüstung gegen Brockhaus. Als er in Zuoz im Engadin zur Kur war – keine Zigaretten (das Stimmungsbarometer stand wieder auf ›Hoch‹), kein Kaffee, dafür tiefes Durchatmen und kalte Duschen –, trat er dem unvermeidlichen Verlust der Anonymität gelassen entgegen: »Ich habe hier die schönsten Einladungen auf Touren im Rolls Royce, very funny and amusing offers, you will be amused. Aber I would prefer to write my Casanova than to live it«, schrieb er an Friderike.[35] Die anderen Essays aber wurden ihm zur Last. Im Laufe der Vorarbeiten für den Aufsatz über Tolstoi schrieb er *Die Flucht zu Gott*, einen Epilog zu Tolstois unvollendetem Drama *Das Licht scheinet in der Finsternis*. Das Thema Stendhal rief erneut Gefühle der Unzulänglichkeit in ihm wach. Zurück in Salzburg schrieb er an Friderike, die nun ihrerseits in die Schweiz gefahren war, um Suse in einer Quaker-Schule bei Nyon unterzubringen:

* Fr 296–297; Fr 295. »Ein touristisches Rahmenprogramm, wie es heute veranstaltet wird, hatte [Reinhardt] niemals im Sinn. Der Mann, der diese fürchterliche Fehlentwicklung vorausgesehen und kritisiert hat, war Stefan Zweig, der ... Reinhardt die Schuld an Salzburgs Kommerzialisierung gab. Er ... übertrug die Antipathie, die er für Hofmannsthal empfand, auch auf Reinhardt.« (Helene Thimig, *Wie Max Reinhardt lebte*, Verlag R. S. Schulz, 1973, 103).

Ich arbeite aber noch immer nicht mit jener vollen Geistesgeschwindigkeit, mir ist, als säßen Schrauben locker in der Maschine: am besten wäre es, die im fünfzigsten Jahr ganz abzustellen und noch einmal den Versuch zu machen, die Welt zu erfahren, statt sie zu schildern. Ich bin voll Mißtrauen gegen die unablässige Literatur, sie ist ein unnatürlicher Zustand, wenn man gar nicht ehrgeizig ist. Je weniger ich von dem Spiegelwesen St. Z. höre, desto mehr bin ich mein Ich: einmal möchte ich es noch ganz und gar sein.[36]

Lange war er sich im unklaren über den Titel für die Trilogie und entschloß sich erst kurz bevor das Buch in Druck ging für *Drei Dichter ihres Lebens.* Er widmete es Gorki: »einer der mächtigsten Sturmvögel der neuen Wirklichkeit, zu der wir alle auf dem Wege sind«, waren zwei Jahre später seine Worte zu Willi Fehse.*
Das Buch wurde gut aufgenommen. Thomas Mann vor allem fand den Tolstoi-Essay »wohl das kritisch Tiefste, was Sie geschrieben haben ... die Entfaltung Ihres Lebenswerkes, Ihr Wachstum zu verfolgen, ist eine Freude«[37]. Felix Braun bemerkte zwar erneut die Neigung seines Freundes zu »Heftigkeit, Insistenz und Wiederholungslust«, glaubte aber, daß gerade dieser Fehler dem aufmerksamen Leser zeigen könnte, »was an Lebens- und Menschenerkenntnis, an Wissen um das Irdische und Unterirdische solch einem Buch zugrunde liegt«, das die zwei stärksten Eigenschaften seiner schriftstellerischen Darstellungskunst verkörpere, »die erklärende und die verklärende«.[38]
Schon 1923 war Gorki von Zweigs Werk, besonders vom *Brief einer Unbekannten*, stark beeindruckt worden und hatte einen gewissen Einfluß auf die Herausgabe einiger Novellen in den Jahren 1925–26 durch den Wremja Verlag in Leningrad ausgeübt, an den er begeistert über den Autor schrieb.[39] In diesem Verlag waren 1927 die ersten Bände der *Gesammelten Werke* mit einem Portrait von Masereel und einer Einführung von Gorki erschienen (»Mir scheint, daß niemand vor ihm über die Liebe so tief, mit einem so unermeßlichen Mitgefühl für den Menschen geschrieben hat«). Das Vorwort war eine kurze, aber verständige Monographie von Specht. Im Herbst desselben Jahres teilte Zweig den Herausgebern mit, er habe sich fast dazu entschlossen, im folgenden Frühjahr nach Rußland zu fahren.

* Fehse, *Sp* 64. Kurz bevor *Drei Dichter ihres Lebens* veröffentlicht wurde, erschien seine *Rede zu Ehren Maxim Gorkis* in der *Neuen Freien Presse* (25. März 1928). Vgl. Brief an Gregor, 24. März 1928: »Morgen sollte ich in Berlin die Festrede im Piskator-Theater halten, ich war aber durch einen Katarrh meiner Stimme so unsicher, daß ich absagte.« Die Rede wurde 1937 in *Begegnungen* abgedruckt; eine leicht überarbeitete Fassung diente als Einleitung zur Insel-Ausgabe von Gorkis Erzählungen, 1931. Siehe auch *BrW* 219, *Ausst* 67 und Brief an Gorki vom 22. März 1928 (*BrFr* 189).

Ich zweifle nicht, daß ich Einreise usw. leicht erlangen werde, da ich politisch in keiner Weise hervortreten will und auch nicht die Frechheit habe, nach vier Wochen Aufenthalt gleich ein Buch über Rußland zu schreiben. Aber ich halte es für notwendig, daß jeder geistige Mensch, der unsere Gegenwart und Zukunft wissen will, einmal persönlich nach Rußland kommt.[40]

Wohl aufgrund dieses Briefes und des Tolstoi-Essays wurde er bald darauf eingeladen, bei der Hundertjahr-Feier für Tolstoi, die im September 1928 in Moskau stattfinden sollte, die österreichischen Schriftsteller zu vertreten. Die Einladung war ihm äußerst willkommen, zumal der Anlaß, vom Politischen weit entfernt, ihm sehr passend schien. Mit seinem Essay hatte er sich fähig gezeigt, über den »Apostel der Gewaltlosigkeit« zu sprechen: »Auch schien es mir im europäischen Sinne eine bedeutsame Demonstration, wenn sich die Schriftsteller aller Länder vereinten, um dem Größten unter ihnen eine gemeinsame Huldigung darzubringen.«[41] »Reisen Sie mit Gott!« schrieb Thomas Mann: »Ich bin gar nicht eingeladen ..., denn seit man dem *Zauberberg* wegen bourgeoiser Gesinnung das Placet verweigerte, weiß ich, daß ich dorthin nicht reçu bin.«[42] Rolland seinerseits wollte nicht teilnehmen: »Mir scheint es genauso frevelhaft, Tolstoi vom Bolschewismus feiern zu lassen als Franz von Assisi vom Fascismus.«[43]

Als Zweig am 8. September, drei Tage nach der Kieler Premiere von *Die Flucht zu Gott*, abreiste, empfand er die Fahrt selbst als ein Erlebnis. Die zerstörten Städte des polnischen Galizien, die er 1915 gesehen hatte, waren wieder erstanden: »Wieder erkannte ich, daß zehn Jahre, die im Leben eines einzigen Menschen ein breites Stück seiner Existenz bedeuten, nur ein Wimpernschlag sind im Leben eines Volkes.«

In Warschau, wo er eine Nacht verbrachte, fanden sich keine Zeichen des Krieges mehr. In der flachen, sandigen Gegend vor der russischen Grenze erschien die gesamte Bevölkerung jedes Dorfes, um die Durchfahrt des Zuges zu sehen, der das Bindeglied zwischen dem Westen und dem verbotenen Osten darstellte. An der Grenzstation hing quer über den Geleisen ein blutrotes Banner mit kyrillischen Buchstaben, die er nicht lesen konnte, die man ihm aber übersetzte – »Arbeiter aller Länder, vereinigt Euch!« –, und wies ihn so auf seinen Eintritt in die Sowjetrepublik, in das Reich des Proletariats, hin.

Der Zug, in den er umstieg, war wahrlich kaum proletarisch: ein luxuriöser Wagon-lit aus der Zarenzeit, weit komfortabler als jene, an die er im Westen gewohnt war, den großen Entfernungen besser angepaßt, dazu wegen der Spurweite noch breiter und bedeutend langsamer. Bei der gemächlichen Fahrt durch die Steppe hatte er ein Gefühl der Vertrautheit mit diesem Land, das er doch zum ersten Mal sah: »Die weite leere Steppe mit ihrer leisen Melancholie, die kleinen Hütten und Städtchen mit ihren Zwiebeltürmen, die langbärtigen Männer, halb Bauer, halb Prophet, die mit gutmütigem breiten Lachen uns grüßten, die Frauen mit ihren bunten Kopftüchern und weißen Kitteln, die Kwas, Eier und Gurken verkauften.« Obwohl er kein einziges Wort Russisch sprach, schien er diese rührend einfachen Leute in ihren weiten Blusen zu verstehen, auch die jungen Arbeiter im Zug mit ihren endlosen Schachpartien oder lebhaften Diskussionen; und er begriff, daß er dies dem meisterhaften Realismus der großen russischen Autoren, die er gelesen hatte, verdankte: Dostojewski, Tolstoi und Gorki.[44]

Seine zwei Wochen in Rußland waren eine verwirrende Mischung aus großer Hast und ärgerlichen Verzögerungen, aus Begeisterung und Abneigung, »ein Wechselstrom zwischen heiß und kalt«. Er war kaum in Moskau eingetroffen, als ihm mitgeteilt wurde, daß er noch am selben Abend bei den Eröffnungsfeierlichkeiten im Bolschoi-Theater über *Tolstoi und das Ausland* sprechen sollte. Es gab eine charakteristische Verzögerung (er lernte bald, daß westliche Pünktlichkeit hier fehl am Platze war), und er betrat schließlich um elf Uhr das Podium. Völlig unvorbereitet beschloß er, aus dem Stegreif zu sprechen: »Das große Opernhaus (das herrlichste, das ich jemals sah, mit seinen 4000 Plätzen) und die Blitzlichter und elektrischen Scheinwerfer des Kinemafotografierens sind etwas, um einen verzagt zu machen, aber schließlich ging es für eine Ansprache nach einer 54stündigen Eisenbahnfahrt ganz anständig.« Die Reden gingen noch weiter, als er hundemüde um ein Uhr morgens wegging. Von da an war ein äußerst dichtes Programm zu bewältigen: Vom Grand Hotel wurde er in rascher Folge zum Dostojewski-Museum, zum Historischen Museum, zur feierlichen Eröffnung des Tolstoi-Hauses, zum Tolstoi-Museum geführt (»Mein Tolstoibuch wird an allen Straßenecken für 25 Kopeken verkauft und wie die ›Stunde‹ von Kolporteuren ausgerufen«), dann in die Oper zu einer *Eugen-Onegin*-Aufführung. Am nächsten Tag folgte die Zugfahrt nach Tula, dann fuhr man im Wagen nach Jasnaja Poljana mit Tolstois Grab unter den Bäumen, die er als junger Mann gepflanzt hatte – »das schönste Grab der Welt«. Bei seiner Rückkehr folgten vier weitere Museen, zehn Besuche (einschließlich seiner ersten persönlichen Begegnung mit Gorki) und wieder das Theater.

So ging das Programm weiter und gipfelte in einem ›Ausflug‹ (zwölf Stunden im Schlafwagen) nach Leningrad, auf Einladung des Wremja-Verlages. Als er die Kunstschätze der Eremitage besichtigte, staunte er über die Gruppen von Arbeitern, Soldaten und Bauern, denen von

Kunstkommissaren Vorträge über Rembrandt und Tizian gehalten wurden, und staunte über diese absurde, aber dennoch beeindrukkende Ungeduld, mit der diese Ungebildeten zu einem Verständnis von Beethoven und Vermeer emporgehoben werden sollten. Der Mann auf der Straße war sichtlich stolz auf seinen neuen ›Besitz‹, die technischen Errungenschaften des neuen Rußland, die sein kindlicher Glaube ausschließlich der Revolution und den ›Väterchen‹ Lenin und Trotzki zuschrieb. Aber Zweig blieb sich darüber im unklaren, ob das Volk sich wohl je als lernfähig erweisen würde, ob der ›Große Plan‹ jemals erfüllt werden könne, oder ob alles »in der alten russischen Oblomowerei versanden« würde. »In der einen Stunde hatte man Zuversicht, in der anderen Mißtrauen. Je mehr ich sah, desto weniger wurde mir klar.«[45]

Das Zwiespältige lag wohl tief in der russischen Seele selbst, tief in der Seele gerade des Mannes, den zu ehren sie gekommen waren.

»Was war er eigentlich«, sagte mir Lunatscharski, »ein Revolutionär oder ein Reaktionär? Hat er es selbst gewußt? Als richtiger Russe wollte er alles zu rasch, nach Jahrtausenden von Jahren die ganze Welt ändern in einem Handumdrehen. – Ganz wie wir«, fügte er lächelnd hinzu, »und mit einer einzigen Formel genau wie wir. Man sieht uns falsch, uns Russen, wenn man uns geduldig nennt. Wir sind geduldig mit unseren Körpern und sogar mit unserer Seele. Aber mit unserem Denken sind wir ungeduldiger als jedes andere Volk, wir wollen alle Wahrheiten, ›die‹ Wahrheit immer sofort wissen.«

Zweig war tief beeindruckt von der Herzenswärme aller Menschen, die er traf – Fahrer, Studenten und Schriftsteller, Tartaren und Mongolen –, von ihrer unglaublichen Großzügigkeit, dem unbegrenzten und echten Vertrauen, das sie ihren Besuchern aus dem Westen entgegenbrachten, ihrem schlichten Glauben, daß sie nun ›die‹ Wahrheit gefunden hätten – »das ist *unser, wir* haben das geschaffen«. Vor allem aber beeindruckte ihn die Überzeugung (auf einen Schriftsteller aus dem Westen mußte sie seltsam und erheiternd wirken), daß Bücher dem ›Volke‹ wirklich etwas bedeuteten. Er konnte verstehen, daß ausländische Autoren, die sich wie nie zuvor gefeiert und von den Massen anscheinend geliebt sahen, der Versuchung erlagen, nach ihrer Rückkehr »Generosität mit Generosität, Überschwang mit Überschwang zu erwidern«[46].

Daß er selbst nicht dazu zählte, war, wie er später schrieb, weniger einer besonderen Charakterfestigkeit zu verdanken als vielmehr der Handlung eines jungen Russen, dessen Namen er nie erfuhr. Als er von einem Abend mit Studenten heimkehrte und von ihrer lebhaften Begeisterung noch ganz erfüllt war, fand er in seiner Tasche einen nicht unterzeichneten, auf Französisch geschriebenen Brief, den einer von ihnen irgendwann an diesem Abend unauffällig dort hineingesteckt haben mußte. Es war ein kluger, menschlich geschriebener Brief, nicht der eines ›weißen‹ Gegenrevolutionärs, und dennoch

voll Erbitterung gegen die immer steigende Einschränkung der Freiheit in den letzten Jahren. »Glauben Sie nicht alles«, schrieb mir dieser Unbekannte, »was man Ihnen sagt. Vergessen Sie nicht, bei allem, was man Ihnen zeigt, daß man Ihnen auch vieles nicht zeigt. Erinnern Sie sich, daß die Menschen, die mit Ihnen sprechen, meistens das nicht sagen, was sie Ihnen sagen wollen, sondern nur, was sie Ihnen sagen dürfen. Wir sind alle überwacht und Sie selbst nicht minder. Ihre Dolmetscherin meldet jedes Wort. Ihr Telephon ist abgehört, jeder Schritt kontrolliert.«

Er nannte Beispiele und Einzelheiten, die Zweig natürlich nicht nachprüfen konnte. Aber er war beeindruckt genug, der Anweisung des Schreibers zu folgen (»Zerreißen Sie ihn nicht bloß, denn man würde die einzelnen Stücke aus Ihrem Papierkorb holen und zusammensetzen«) und über seine Erfahrungen in den letzten Tagen tief nachzudenken. Es stimmte, daß trotz aller Wärme und Kameradschaft er nicht eine einzige Gelegenheit gehabt hatte, mit irgend jemandem allein zu sprechen. Wie konnte er – bei seiner Unkenntnis der Sprache – meinen, einen wahren Eindruck von diesen Menschen zu haben? Und was für einen winzigen Teil dieses riesigen Landes hatte er nur sehen können! »Wenn ich ehrlich gegen mich und gegen andere sein wollte, müßte ich zugeben, daß mein Eindruck, so erregend, so beschwingend er in manchen Einzelheiten gewesen, doch keine objektive Gültigkeit haben konnte.«
So schrieb er, im Gegensatz zu den meisten Reisenden seiner Art, nach seiner Rückkehr kein Buch des Lobes oder Tadels, sondern verfaßte lediglich im Oktober und November eine Folge von Artikeln für die Wiener *Neue Freie Presse**, worin er sich vorsichtig auf das Unpolitische beschränkte und die Beschreibung des Grabes in Jasnaja Poljana zum Kernstück machte.

Ich habe mit dieser Zurückhaltung gut getan, denn schon nach drei Monaten war vieles anders, als ich es gesehen, und nach einem Jahr wäre dank der rapiden Wandlungen jedes Wort schon von den Tatsachen Lügen gestraft worden. Immerhin habe ich das Strömende unserer Zeit in Rußland so stark gefühlt wie selten in meinem Leben.[47]

* Diese Artikel, die in einer Broschüre separat abgedruckt wurden, waren später von großem Interesse für die Nazis: Friderike erhielt in Salzburg, nach Stefans Auswanderung, »mehrmals ... Anfragen über die Erhältlichkeit dieses Abdruckes, unverkennbar von nazistisch inspirierter Seite« (Fr 312).

Einige Jahre lang hielt er die persönlichen und literarischen Kontakte, die er bei diesem Besuch angeknüpft hatte, aufrecht – zu Gorki natürlich und zu Wolfsohn, dem Direktor des Wremja-Verlags; zu Konstantin Fedin, zu Tolstois Nichte, und zu Wladimir Lidin (dessen Frau er 1931 während ihrer ärztlichen Behandlung in Wiesbaden unterstützte).[48] Auch erwähnte er in Briefen im Laufe des Winters 1928–1929 zweimal die Absicht, erneut hinzufahren, um weitere Teile des Landes bis hin zum Kaukasus, nach Turkestan und Georgien zu erforschen. Diese Absicht wurde nicht verwirklicht, aber er teilte Ende 1931 dem Wremja-Verlag mit, daß er immer noch hoffe, »im Frühjahr nach Rußland zu kommen und die großen Fortschritte der letzten Jahre mit bewundern zu können«[49]. Doch unter dieser enthusiastischen Oberfläche verbarg sich eine gesunde Skepsis, wie er auch in den folgenden Jahren weit zurückhaltender als Rolland in bezug auf die UdSSR war. Er verurteilte 1936 und 1937 in Briefen an seinen Freund den Personenkult Stalins und äußerte sich anerkennend über Gides *Retour de l'URSS*.[50] Er erinnerte sich an die Verbitterung des unbekannten Briefschreibers über den Mangel an individueller Freiheit in Rußland, der für ihn alle denkbaren Reize des Kommunismus verblassen ließ. Und er sah mit prophetischer Einsicht, wie er Rolland im Oktober 1929 schrieb, »die Gefahr ... der Entwicklung eines russischen Nationalismus, eines Sozial-Nationalismus, wenn ich es so auszudrücken wagen darf«.[51]

4

Je verwegener in seinen Verwandlungen, um so interessanter
trat mir der Charakter oder vielmehr Nichtcharakter dieses
vollkommensten Machiavellisten der Neuzeit entgegen.

Zweig, *Joseph Fouché*

Ihre unterschiedlichen Ansichten über die Sowjetunion mögen wohl zu der leichten Entfremdung beigetragen haben, die sich in den folgenden zehn Jahren in seiner Beziehung zu Rolland abzeichnen sollte. Schon im Dezember 1928 entdeckte Zweig eine gewisse kühle Zurückhaltung im Verhalten des älteren Mannes, die sich sowohl in Briefen als auch beim Wiedersehen in Villeneuve bemerkbar machte, und er fragte sich, wer oder was dies herbeigeführt haben könnte.[52] Seinerseits veranlaßte ihn die Beschäftigung mit Fouché, dessen Biographie er bereits begonnen hatte, dazu, Rolland anzuspornen, sein großes Drama der Französischen Revolution mit einem *Robespierre* fortzusetzen.

Seine Gestalt fasziniert mich immer mehr. Bei der Arbeit an meinem Fouché hat mich jede Begegnung beeindruckt. ... Das dramatische Moment in seinem Leben sehe ich dann, wenn er sich zum Terror zu neigen beginnt (was keineswegs in seiner Natur liegt), wenn seine idealistische und humanitäre Anlage gegen die Realität zerbricht.[53]

Sein *Fouché* hätte in der Tat ein *Robespierre* werden können, wäre er nicht der Meinung gewesen, daß dieses Thema zu Recht von Rolland bearbeitet werden sollte. Doch obwohl er ihn immer wieder mahnte, bedurfte es noch weiterer zehn Jahre, bis Rolland schließlich diesen Block aus dem ›blutigen Berg‹ der Revolution herausbrach.
Obwohl Zweig später behauptete, er habe das Werk zu seinem »privaten Vergnügen« geschrieben[54], verfolgte er mit dem *Fouché* doch einen tieferen Zweck, wie aus einem 1928 an Emil Ludwig gerichteten Brief hervorgeht. Er sei darum bestrebt, so sagte er,

ein Bildnis des reinen Politikers zu geben, der jeder Überzeugung dient, jeden Posten annimmt, in allen Sätteln sitzt, und nie eine eigene Idee hat und die gewaltigsten Menschen seiner Zeit eben durch diese Flexibilität überdauert. Es soll ein Hinweis und eine Warnung für die Politiker von heute und allezeit sein und das Gefährliche in bildnerischer Form andeuten, das der »brauchbare«, der geriebene Politiker für alle Nationen und Europa bedeutet.[55]

»Stresemann et tous les autres sont de petites éditions de lui«, erklärte er Rolland. »Un livre contre la politique sans foi et sans idée, donc celle de l'Europe d'aujourd'hui.«[56] Er erwartete jedoch nicht, daß es sich gut verkaufen würde und beschwor Kippenberg, nicht mehr als 10000 Exemplare zu drucken, weil es nichts für Frauen sei und nur einen kleineren Kreis interessiere.
Die Aufnahme des Buches war eine um so größere Überraschung, und Ende 1929, als die zweite Auflage von 20000 schon vorlag, vertraute er Fleischer an, er komme sich wegen seiner völlig falschen Voraussage »ziemlich blödsinnig« vor. Die Rezensionen waren hymnisch: »sprachlich ein Stück bester deutscher Prosa ... eines der reifsten Zweigscher Provenienz« (Joachim Maass); »eine der psychologisch besterfaßten Biographien des großen napoleonischen Zeitalters« (Friedrich Kircheisen); »ein Zeitbild ohnegleichen, das Ganze der Politik, Entstehung, Umfang, Mißbrauch, Nutzen, Kritik und Ende, dessen ein Zeitgenosse einer solchen Gegenwart unmöglich entraten kann ... man beuge sich vor der Größe, die ... das Leben auch eines abstoßenden Mannes zur großen Dichtung macht« (Joseph Gregor). Zweig zeigte, in Hans Hellwigs Worten, »eine seltsam eindringliche Vision, ... wenige Jahre vor Beginn der Nazi-Herrschaft ein Buch [zu schreiben] über einen Menschen, der die politische Gewissenlosigkeit verkörpert. [Es] steht als Warnung vor der zeitgenössischen Leserwelt.«[57]

Als sein Spaniel Kaspar im April Vater eines Wurfes wurde (der treue Rolf hatte achtzehn Monate zuvor eingeschläfert werden müssen), wurde das beste Exemplar ›Fouché‹ genannt und an Erich Ebermayer nach Leipzig geschickt. Seltsamerweise sollte dieser Hund sich 1933 in den ersten Monaten der Hitlerherrschaft als schwer zu bändigen erweisen: »Offenbar kann er sich der Atmosphäre der Zeit nicht entziehen und verliert in ihr rein animalisch – dem Beispiel so vieler Geistigen folgend – den Charakter«, schrieb Zweig.[58]
Fast zur gleichen Zeit hatte er ein Drama mit dem Titel *Das Lamm des Armen* über einen Vorfall während Napoleons Ägyptenfeldzug beendet, in dem auch Fouché auftrat. Wieder erwartete er keinen großen Erfolg für dieses Stück, von dem er sagte: »Ma pièce est devenue très dure, très amère.« Doch die Nachfrage war groß, und das Drama wurde zum Zankapfel zwischen dem Deutschen Volkstheater (das Moissi als Napoleon vorschlug und Dagny, die erfolgreiche Tochter Franz Servaes', als Bellilotte) und dem Burgtheater (das Werner Krauß für die Hauptrolle vorschlug).[59] Es ist zweifelhaft, ob Zweig sich damals an seinen frühen Aberglauben hinsichtlich des Todes von Matkowsky und Kainz erinnerte (einem Brief an Ebermayer zufolge hatte er die Hauptrolle Moissi versprochen). Jedenfalls schloß er einen Vertrag mit dem Burgtheater für die Wiener Premiere ab, die wegen Krauß' Verpflichtungen mit Reinhardt auf das folgende Jahr verschoben werden sollte.[60]
Wieder einmal griff jedoch das Schicksal ein, zwar nicht mit Krankheit oder plötzlichem Tod, sondern durch eine ›Palastrevolution‹ an der Burg. Sie veranlaßte den Regisseur, Zweig Ende Januar 1930 bis nach Rom zu folgen, um ihn dazu zu bringen, ihn von seiner vertraglichen Verpflichtung zu entbinden, Krauß einzusetzen.
Bei der Premiere am 12. April war es Raoul Aslan, der als Napoleon auftrat. Vom Autor des *Volpone* stammend, der seinen Triumphzug über die Bühnen Europas und Amerikas fortsetzte, war der Tragikomödie der Erfolg sicher. Und noch bevor sie im Burgtheater aufgeführt wurde, fanden am 15. März gleichzeitig in Breslau, Hannover (wo Zweig anwesend war), Lübeck und Prag Vorstellungen statt.[61] Felix Braun fand das Stück meisterhaft in Handlung, Charakterzeichnung und Motivation, kritisierte jedoch Zweigs »Vorliebe für das Allzugenaue, für das Direkte«, das »medizinisch gesprochen eine Überbehandlung« bedeute: »Das Schweigen hat ... mit der Meisterschaft des Stils einen tiefen Zusammenhang«, betonte er seinem Freunde gegenüber.[62]
Gerhart Hauptmann bedankte sich für ein gewidmetes Exemplar mit den Worten: »Seit langer Zeit bereichert mich Ihr feiner, warm und zugleich überall scharf durchdringender Geist, dessen Eigenart Ihr Geheimnis ist ... ›Bildung macht frei‹. Für die Wahrheit dieses heute

ziemlich vergessenen Satzes sind Sie mir das beste Beispiel. ... Bildung hat nicht nur Ihre Seele frei gemacht, sondern auch Ihren Geist und, was mehr ist, Ihr dichterisches Ingenium.«[63]

Merkwürdiger war, daß der Verein ›Sozialdemokratische Kunststelle Wien‹ das Stück wegen seiner antitotalitären Tendenz und seines Eintretens für das Volk für die Linke reklamierte. Es wurde eine Sondervorstellung für Arbeiter im Burgtheater für den 28. Mai 1930 veranstaltet, und zu diesem Anlaß steuerte Zweig den ›Mitteilungen des Vereines‹ einen kurzen Artikel bei, in dem er vor der Anbetung von Erfolg und Macht warnte: Er habe einen »winzigen kleinen proletarischen Kommißsoldaten gegen den Gewaltigsten seiner Zeit« aufgestellt, »nur an einem Beispiel zu zeigen, daß wo Macht ist, überall ihr eifrig gefällige und geschickliche Helfer werden und dem einzelnen, dem Machtlosen, noch meist genommen wird, was er hatte« – um »wenigstens für drei Stunden schaubühnenhaften Spieles eine Weltordnung zu ändern, die immer dem Sieger und nie einem Besiegten ihre Liebe gibt«.[64] Von einem, der gewöhnlich jedem politischen Engagement aus dem Wege ging, war ein solcher Beitrag für ein Parteiblatt höchst unerwartet, und die Begebenheit wurde zweifellos sorgfältig von jenen politisch Andersgesinnten notiert, die bald darauf in Deutschland an die Macht kommen sollten.

Die mannigfaltigen Themen des revolutionären und napoleonischen Frankreichs übten zu dieser Zeit einen starken Reiz auf ihn aus. Er war von der einmaligen Persönlichkeit des Adam Lux angezogen worden, jenes deutschen Idealisten der Revolution, der in französische Dienste trat: Vielleicht durch Rollands Nebeneinandersetzung von Jean Christophe und Olivier angeregt, versuchte er sich zwischen 1926 und 1928 an mehreren Skizzen zur Geschichte dieser Begegnung des deutschen mit dem französischen Idealismus, die schließlich am »unerbittlichen Fels der Realität« scheiterte. Doch es gelang ihm nicht, diese Arbeit bühnenreif zu vollenden.[65] Im Mai 1928 äußerte er sich Ludwig gegenüber über das Thema einer »Geschichte der sozialen Revolutionäre«: »Je mehr ich lese, desto mehr wird mir klar, daß Jean-Jacques Rousseau und Marx *ein* Typus sind und sich alle Varianten von Thomas Münzer bis Marat ... ebenso wiederholen.« Es war ihm klar, daß »eine Monographie des revolutionären Geistes in Gestalten« geschrieben werden sollte; er meinte aber, er »habe eine zu schwere Hand dazu«.[66] Bereits im Frühjahr 1930 machte Rieger in Paris für Zweig erste Forschungen zu einer Studie über Marie Antoinette, während er die Durchsicht der Übersetzungen des *Fouché* durch Hella und des *Casanova* durch Olivier Bernac beendete.[67]

5

Halte Stefan Zweig für den deutschen Schriftsteller,
der *am besten* Deutsch kann.

Erzherzog von Habsburg-Lothringen
an Gustinus Ambrosi, um 1930

Gegen Ende der zwanziger Jahre war Zweigs schöpferischste Zeit. Kein Schriftsteller seines Formats (und kaum ein Journalist) erreichte eine ähnlich phantastische Produktivität wie er zu dieser Zeit, eine Massenherstellung von hervorragender Qualität, die die Bewunderung der literarischen Welt erregte und nur zu oft auch den Neid derjenigen Kollegen, denen es nicht gegeben war, so schnell zu arbeiten wie er. Gerade die Mannigfaltigkeit seiner Produktion und die verschiedenen Wege, die sich seine Schaffenskraft suchte, machen die Arbeit des Bibliographen schier unmöglich. Kein Wunder, daß Specht in ihm »das leise, explosive Knattern eines sausenden Motors« zu vernehmen meinte:

> Er greift mit Zeitungsartikeln ins Leben der Gegenwart, baut einen Zyklus grandioser Essays zu einem Weltbild auf, gründet eine Bibliotheca mundi und gibt sie gleich selbst heraus, überschüttet einen großen Verlag mit Ideen, macht Vortragsreisen, ist mit allen Geistigen Europas in dauernder und produktiver Verbindung, legt eine der kostbarsten Autographensammlungen an und baut sie auf, bearbeitet alte Komödien und läßt sie aufführen, entdeckt neue Dichter, trommelt sie aus und schafft ihnen Verleger, überwacht die Übersetzungen seiner Werke, streut überallhin Vorschläge und Anregungen aus, hat immer Zeit für seine Freunde und ist der hilfsbereiteste unter ihnen, schafft »nebenbei« jene herrliche Novellenreihe *Die Kette*, von der bisher drei Bände vorliegen ... und findet dabei noch die innere Ruhe zu lyrischer Sammlung und Flucht aus der Zeit in Legendenferne.[68]

Der »so beliebte und gangbare Autor«, dessen Bücher »wie die warmen Semmeln gingen«[69], lebte nur für seine Arbeit, und oft vermittelte sie ihm ungetrübte Freude. 1928 arbeitete er zusammen mit Alexander Lernet-Holenia (unter dem Pseudonym ›Clemens Neydisser‹) an der Komödie *Quiproquo*, die später *Gelegenheit macht Liebe* betitelt wurde. Zum ersten Mal erfreute er sich der Anonymität bei dem bescheidenen Erfolg dieses Stückes. Doch der Schleier war dünn und löste sich ganz auf, als der Kritiker Liebstöckl schrieb: »*Lernet*, Autoren, auf einen grünen *Zweig* zu kommen« (für die junge Paula Wessely war diese Komödie die erste bemerkenswerte Sprosse auf der Leiter zum Erfolg[70]). Doch wurde Zweig paradoxerweise, als er sich seinem fünfzigsten Lebensjahr näherte, von immer stärkeren Zweifeln bedrängt. Die meisten Menschen empfinden in diesem Alter ein Gefühl der Un-

zufriedenheit und des Versagens, und nur wenige sind es, die nicht wie Zweig wiederholt in dieser Zeit den Drang nach einem Neubeginn, einem Bruch mit der Vergangenheit verspüren.
Oft war dies für ihn ein beinahe erheiternder Gedanke. »Meine Bücher verkaufen sich übermäßig gut, ... aber ... unglücklicherweise bin ich weder ehrgeizig noch hochmütig, und ich zöge es lieber vor, zwanzigjährig zu sein, drei Frauen pro Tag zu haben und meine Arbeiten von allen Zeitschriften abgewiesen zu sehen. Ich habe kein Talent für ›Würde‹«, so hieß es einmal an Arcos.[71] Er konnte immer noch in der Gesellschaft junger Mädchen Freude und Entspannung finden und sich in ihrer Bewunderung sonnen. Auch die Musik bereitete ihm Freude. Ein Besuch in München im Mai 1929, um Schweitzers Orgelkonzert in der Sankt-Matthäus-Kirche beizuwohnen, gab ihm Gelegenheit zu einem ausführlichen Gespräch mit dem Mann, den er schon lange bewundert und mit dem er korrespondiert hatte.[72] Doch dies alles mag die Unzufriedenheit gesteigert haben mit dem, was er selbst erreicht hatte, ein Gefühl, das nun öfter in ihm hochkam. Rolland gegenüber bekannte er sich zu »einer Nostalgie nach der reinen Wissenschaft mit ihrer prachtvollen Selbstverleugnung«, und erklärte, es dränge ihn sehr, »einige Jahre hindurch mit dem ›Literatur-Machen‹ aufzuhören, so dem Beispiel der Besten folgend, dem Beispiel Goethes, Schillers, die sich in die Geschichte oder die Biologie vertieften, um davon mit völlig neuen Kräften zurückzukehren«.[73] Und gegen Ende des Jahres schrieb er von Montreux aus an Friderike, daß seine Arbeit immer noch nicht gut voranginge und daß bei allem, was er in den letzten eineinhalb Jahren versucht habe, etwas schiefgegangen sei:

> Mir fehlte jemand, der mir den entscheidenden Fehler sagen kann. ... Wie weise sind die Engländer von 50–70 Jahren, die ihr Haus ihren Kindern überlassen und ihre Geschäfte und still hier oder an der Riviera sitzen, langsam ihre Bücher und ihre Zeitungen lesen, ehrgeizlos ein bißchen Sport treiben und abends Bridge spielen! Ich hätte Lust, einer von ihnen zu werden – heraus aus dem »Betrieb«, der mich nicht lockt, weil ich allen äußeren Ehrgeiz hinter mir habe. Vom 1. Januar an hört alles Mittun und Helferspielen auf – ich habe ein Vierteljahrhundert gedient allen möglichen und meist unmöglichen Leuten, jetzt kündige ich auf![74]

Indessen wurde sein Werk zusehends zu einer Reihe unvollendeter Fragmente – »drei ganze Schubladen«, beschwerte er sich im Dezember 1929 bei Lissauer[75] – und während die Maschine allem Anschein nach besser lief denn je, war sein immer wiederkehrender Wunsch, sie anzuhalten.
Dies war nicht allein eine Folgeerscheinung der Wechseljahre. Obwohl sich seine natürliche Neigung zum Pessimismus in diesem Alter notge-

drungen verstärken mußte und sich immer häufiger in Ausbrüchen der Unzufriedenheit mit dem ›Betrieb‹ äußerte, war die Hauptursache seiner Malaise zweifellos seine nahezu unheimliche Vorahnung der schrecklichen Ereignisse, die in wenigen Jahren Europa heimsuchen sollten. Rückschauend konnte er in seiner Autobiographie das Jahrzehnt vor Hitler unter dem Titel »Sonnenuntergang« behandeln. Bemerkenswert ist, daß er damals selbst, wie aus seinen Briefen und Äußerungen hervorgeht, instinktiv wußte, daß die Sonne, obwohl scheinbar noch im Zenit stehend, bereits zu sinken begonnen hatte. Als ihn Robert Braun von »Europa am Ende seiner Mission« und von der Barbarei sprechen hörte, in die er es versinken sah, war er betroffen vom unheilbaren Pessimismus in Zweigs düsterem Blick, trotz der Pfeife, die ihrem Zusammensein so einen gemütlichen Anschein gab.[76]
Schon 1931 prophezeite er Kesten einen neuen Weltkrieg, »ehe das Jahrzehnt um sei«, in dem man »wiederum schaudernd einen neuen allgemeinen Verrat der Dichter in allen Ländern« erleben würde, ›la trahison des clercs‹.[77]

In der Tatsache, daß der Ruhm selbst ihn in zunehmendem Maße störte, sah Friderike einen weiteren erschwerenden Umstand. »Wenn man gewußt hätte, daß man es zu etwas bringt, hätte man besser unter einem Pseudonym geschrieben. ... Man müßte ein Doppelleben führen: ein privates und eins für seine Arbeit.«[78] »Ich sehne mich immer mehr nach Rückzug, will auch trotz aller Annehmlichkeiten mit allem Öffentlichen Schluß machen. ... Wie herrlich ... ganz privat zu leben, sein Leben, und zu reisen ohne Pflichten und Menschen: dieses künstliche und künstlerische Imschwungsein zerstört innerlich viel Kostbares in uns allen.«[79] Von Anfang an hatte er sich geweigert, irgend etwas mit Riegers Biographie zu tun zu haben, und der glücklose Autor war erschüttert, als er im Februar 1928 zwischen den Zeilen eines Briefes von Friderike las, daß das Manuskript ihn enttäuscht habe (»Auf *Deinen* ausdrücklichen Wunsch habe ich mich jeden Überschwangs enthalten, völlige Unparteilichkeit von der ersten bis zur letzten Zeile [angestrebt]«). Als Fleischer zu vermitteln suchte, erhielt er eine scharfe Erwiderung von Zweig aus Paris: »In der Sache Rieger hast Du mir Unrecht getan. Ich ... war sehr erstaunt zu hören, daß Späth mit ihm abgeschlossen hatte und habe *einen* Tag vor meiner Abreise das Buch im Manuskript erst gelesen (und einiges gemildert, ich vertrage kein Lob, weil ich mit mir selbst nicht zufrieden bin).«[80] Er teilte Rollands Gefühle, als Kra, der in Paris mit Autographen und seltenen Büchern handelte, einige seiner Briefe zum Verkauf anbot: »On paye la soidisante gloire avec la cession de la vie privée: rien ne nous appartient plus.«[81]

Er war nicht nur sehr empfindlich gegen jedes Eindringen in sein Privatleben und die Beschneidung seiner persönlichen Freiheit, sondern fühlte auch, da er nun die Höhen erreicht hatte, weniger Ansporn zu größeren Bemühungen. Gleichzeitig aber empfand er größere Verantwortung seiner Kunst gegenüber, so daß die Spontaneität leiden mußte. Der Widerspruch verschärfte sich: Je unzufriedener er mit seinen Werken war, desto begeisterter wurde jedes einzelne vom Publikum und von den Verlegern aufgenommen. Einige Jahre zuvor hatte er an Pannwitz geschrieben:

> Sonderbar, wie eigentlich unser Beruf, der der freieste von allen sein sollte, immer mehr zur Unzufriedenheit wird, indem das schon Vergangene, das schon Getane, immer wieder Fragen und Forderungen an uns stellt, das Erreichte, statt Fundament zu sein, immer wieder neu aufgestuft sein will. Irgendwie hat das jagende Tempo der Zeit doch von uns Besitz ergriffen.[82]

Er blieb ein Gefangener des ›Betriebs‹, und nur Friderike und seine engsten Freunde ahnten, was wirklich in ihm vorging. Bei ihrer ersten Begegnung anläßlich eines Vortrages, den Zweig im März 1929 in Utrecht hielt, sah Lee Van Dovski in ihm einen äußerst gepflegten, höchst unjüdischen Aristokraten.[83] Für Specht war seine »schmiegsame, bürgerlich-patrizische Art und Erscheinung, nicht aber sein vehementes Tempo« typisch für »die österreichische Dichter-Generation der achtziger Jahre«. Vierzig Jahre später meinte Arnold Zweig, das Portrait Stefans in der Reclam-Ausgabe von *Angst* aus dem Jahre 1930 sähe für alle Welt wie eine Illustration des Titels aus: die Augen voller Furcht, in einem gejagten Gesicht.[84] Damals aber fiel das niemandem auf.

VI
Incipit Hitler
1930–1933

Dort, wo man Bücher verbrennt,
verbrennt man auch am Ende Menschen.
Heinrich Heine

Der Humanismus ist erniedrigt oder tot.
Konsequenz: man muß einen neuen gründen.
Thomas Mann an Walter Rehm,
Juni 1930

1

Nichts beschäftigt mich mehr als dieser Versuch
einer Umstellung der Lebensführung.

Zweig an Fleischer, Juli 1930

Um Neujahr 1930 verbrachte Zweig mit Friderike fast einen Monat in Italien. Fröhlicher gestimmt als sonst betrachtete er diesen Aufenthalt mehr als Ferien denn als eine bloße Verlegung seines Arbeitsplatzes (es waren die ersten gemeinsamen Ferien, seit sie sechs Jahre zuvor in Paris gewesen waren); trotzdem blieb er auch hier nicht völlig untätig und beschäftigte sich bereits mit den ersten Entwürfen zu *Die Heilung durch den Geist*. In Neapel traf er mit Benedetto Croce zusammen, doch der Höhepunkt der Reise war ein dreitägiger Besuch bei Gorki, dem man erst kurz vorher aus gesundheitlichen Gründen die Aufenthaltserlaubnis für eine Villa in Sorrent erteilt hatte. Zweig war überrascht von der Vitalität des Russen und insbesondere von der Mühelosigkeit, mit der er ihn verstehen konnte: denn Gorki war nicht nur ein glänzender Geschichtenerzähler, erzählen war vielmehr »eine funktionelle Emanation seines ganzen Wesens«. Zweig bedurfte nicht einmal der Vermittlung der Baronin Budberg, Gorkis Sekretärin, um dessen Ausführungen zu folgen, so lebendig konnte Gorki die Charaktere seiner Erzählung durch Gesten, Stimme und Selbstverwandlung veranschaulichen. Der alte Revolutionär und Freund Lenins befand sich in Italien keineswegs im Exil (weniger jedenfalls als Croce, jener unerbittliche Gegner Mussolinis, im eigenen Land), und wenngleich er damals durchaus nicht vorbehaltlos auf seiten der Partei stand, machte er doch keinen Hehl aus seinem Heimweh und aus seiner Sehnsucht, in diesen entscheidenden Jahren zu Hause bei seinen Landsleuten zu sein. Mit ihm zusammen zu sein hieß für Zweig, »Rußland erleben, nicht das bolschewistische, nicht das von einst und nicht das von heute, sondern des ewigen Volkes weite, starke und dunkle Seele«.[1]

Es war eine unvergeßliche Zeit, gekrönt von einer gemächlichen Autofahrt entlang der Küste nach Amalfi, eine Zeit, an die er und Friderike als ihre glücklichste zurückdenken sollten, bevor die Wolken über ihrem Europa sich zu verdüstern begannen. Doch selbst jetzt wurde ihr geplanter Aufenthalt in Rom durch den Ruf des ›Betriebs‹ abgebrochen; Anfang Februar wurde Stefan von der leidigen Affäre mit dem Burgtheater und Werner Krauss »aus Rom heimgejagt«. Mit Ausnahme eines kurzen Abstechers nach Breslau und Hannover für die Produktionen von *Das Lamm des Armen* sowie nach Berlin, wo er mit

Einstein zusammentraf, einem »leidenschaftlichen Leser meiner Bücher«, verbrachte er die folgenden Monate in Salzburg.[2]
Als wolle er seinem alten Wunsch folgen, sich in der Wissenschaft »mit ihrer prachtvollen Selbstverleugnung« zu verlieren, machte er sich nun ernsthaft an die Entwürfe jener neuen Essay-Trilogie *Die Heilung durch den Geist* über die »Geist-Heiler und Heiler durch den Geist« Mesmer, Mary Baker-Eddy und Freud. Das Thema sowie die Tatsache, daß seine Bearbeitung sich wesentlich von dem großen Plan seiner *Baumeister* unterschied, scheinen eine, wenngleich nicht sehr überzeugende, Geste in Richtung der von ihm erstrebten »neuen Lebensführung« zu sein, »ein verwegener Ausflug in die Geheimnislande der seelischen Medizin«. »Dies ist meine Leidenschaft, immer um eine andere Ecke zu kommen, als man erwartet und dadurch, daß die Gebiete so weit auseinanderspannen, durch das Studium mehr vom Leben zu erfahren«, schrieb er im Dezember 1930 an Servaes.[3] Er ließ die »siebzig Fragmente«, die sich auf seinem Schreibtisch häuften, beiseite und vertiefte sich ganz in die außergewöhnlichen und faszinierenden Geschichten Mesmers und der Begründerin der Christian Science. Beide Essays waren binnen kürzester Zeit vollendet: Anscheinend wurden sie bereits im Sommer auszugsweise veröffentlicht oder zumindest in allen Einzelheiten angekündigt, denn im Juli zeigte Zweig sich verärgert, als er in einem Verlagsprospekt las, Christian Science würde seine Arbeit über ihre Gründerin zu Reklamezwecken für ein Buch von Sybil Wilbur ausbeuten, über das er selbst sich lustig gemacht hatte: »Ja, Geschäft und Glaube gehen gut zusammen.«[4] Seine Studie über Freud, »dem ich vieles verdanke«, fiel ihm sehr viel schwerer, denn wie bei Rolland spürte er »die Hemmung, über einen Lebenden zu schreiben«. »Seine Existenz ist ... antipoetisch, rein wissenschaftlich und bürgerlich und alle Dramatik in der Ideenwelt, die man niemals so sehr sinnlich machen kann.«[5]
Als »der Seelenjäger«, wie Rolland schreibt, »der sich den gefährlichen Schlüssel Freuds zu eigen gemacht hat«[6], war es unvermeidlich, daß er sich eines Tages einer solchen Studie widmen würde. Freud war ein eifriger Leser von Zweigs Werken, und unter der Vielzahl von Briefen, die auf jede neue Veröffentlichung folgte, waren seine dem Autor stets die willkommensten. Trotzdem war Zweig, wie Friderike sagt, nicht rückhaltloser Freudianer. Inspiriert von Freuds sachlichem Stil hat er sich doch bemüht, sehr klar und einfach den Aufbau dieser bedeutenden Lehre und die dadurch ausgelösten Reaktionen zu zeigen.[7] Nach Aussagen Arnold Bauers hatte er Freud gelegentlich in dessen Konsultationsräumen in Wien aufgesucht, und es ist durchaus möglich, daß ihre Gespräche den Charakter einer Lehranalyse angenommen haben.[8]

Daneben zeigte Zweig bei seinen Besuchen auch großes Interesse für Freuds Sammlung volkstümlicher Kunst. Freud seinerseits war, wie es scheint, trotz aller Bewunderung für Zweigs Werk, von dessen amateurhaftem Psychologieverständnis nicht sehr begeistert, und er hielt mit seiner Kritik nicht hinter dem Berg, wenn er es für nötig erachtete. Aufschlußreich ist diesbezüglich seine Korrespondenz mit Arnold Zweig im September 1930. Nachdem er Arnold irrtümlich mit »Doktor« angeredet hatte, schrieb er:

Ich hatte zwar ein unsicheres Gefühl, als ich die Titulatur niederschrieb, aber da hier offenbar unbekannte Mächte im Spiel waren, ist es nicht verwunderlich, daß ich mich rasch über die Mahnung hinwegsetzte. Die sofort angestellte Analyse dieser Fehlleistung führte natürlich auf heikles Gebiet, sie zeigte als Störung den anderen Zweig auf, von dem ich weiß, daß er gegenwärtig in Hamburg mich zu einem Essay verarbeitet, der mich in Gesellschaft von Mesmer und Mary Eddy-Baker vor die Öffentlichkeit bringen soll. Er hat mir im letzten Halbjahr einen starken Grund zu Unzufriedenheit gegeben; meine ursprünglich starke Rachesucht ist jetzt ganz ins Unbewußte verbannt, und da ist es ganz gut möglich, daß ich einen Vergleich anstellen und eine Ersetzung durchführen wollte.[9]

Hinter der Ironie mag wohl ein echtes Mißbehagen über Stefan Zweigs Arbeit gesteckt haben.[10]

Die Trilogie und insbesondere der Essay über Freud scheinen für Zweig so etwas wie eine Selbstanalyse gewesen zu sein. Er empfand sein Bedürfnis nach einer Umstellung seiner Lebensweise als einen Komplex, sah aber nicht ein, wie er sich davon befreien könnte. »Mir fehlt irgendwo in meiner Disposition ein notwendiger Einschuß von Brutalität und Selbstsicherheit.«[11] Im Juli reiste Friderike allein in die Schweiz, wo Suse jetzt für ein paar Monate in einem Genfer Kindergarten arbeitete. Durch die Lektüre von Balzacs *Louis Lambert*, der auf Mesmer Bezug nimmt, sowie durch Nachrichten über Joseph Roth, den gemeinsamen jungen Freund, den seine wachsenden Schulden in Wien zur Verzweiflung trieben, angeregt, schrieb sie Stefan von ihrer Besorgnis darüber,

daß Dich kein Mensch – außer mir – wirklich kennt und daß einmal die hohlsten, blödsinnigsten Sachen über Dich geschrieben sein werden. Allerdings läßt Du Dir ja auch Wenige mehr nahe genug kommen und bist, was Deine eigene Person betrifft, verschlossen. Dein Schrifttum ist ja nur ein Drittel Deines Selbst und auch das Wesentliche daraus für die Deutung der anderen, also der zwei Drittel, hat niemand erfaßt. Der arme Roth, der gescheit und hellseherisch genug wäre und mir auch etwas Charakteristisches über Dich sagte, ist zu sehr eingesponnen in die Dämonenwelt, in die er sich und seine Frau verstrickt hat. – Ich selber brauchte Konzentration, Alleinsein, Zwanglosigkeit, um das, was mir zu sagen lieb wäre, zu formulieren. Und wenn es so weit wäre, wüßte ich erst recht nicht, ob ich einige Widerstände überwinden könnte und ob ich es nicht, wie schon so manches, wieder eines Tages vernichten würde.[12]

Sie war kaum nach Hause zurückgekehrt, als er nach Hamburg aufbrach. Er hielt sich einen Tag in Augsburg auf, wo sich eine seiner jugendlichen Verehrerinnen zufällig auf der Durchreise befand, und ließ es sich angelegen sein, ihr die mittelalterlichen Schönheiten der Stadt zu zeigen, die er gut kannte. Mit Bewunderung sprach er dabei von einem ›vereinten Europa‹, das die von hier ausgehenden Unternehmungen der Fugger einst für einige Zeit hatten Wirklichkeit werden lassen. In Hamburg angekommen, tauchte er wieder in der Anonymität unter. Er mietete ein paar Zimmer in dem Haus an der Alsterglacis, in dem einst Hans von Bülow gewohnt hatte, und wie immer brachte auch diesmal die Veränderung einen kurzen Stimmungsaufschwung mit sich.

Zwar regnet es auch hier den Regen jeglichen Tag, doch mit Intervallen, und ich kann immer spazieren gehen, in allerhand saubere und sehr düstere Lokale, Zeitungen lesen, habe die totenstille, souveräne Wohnung, eine famose universalisch gebildete reizende Sekretärin. ... Daß Du auf Borg Radiotin geworden bist, habe ich vernommen: auch hier sitzt eines im Hause und gurgelt auf einen Druck sofort Operetten und ähnlichen Mist.* Gott behüte uns vor all diesem Unfug! Ich bin hier nicht eine Achtelsekunde je nervös gewesen, und die Welt kommt mir so vor, als ob sie mich nichts anginge, was weiß Gott doch richtig ist, während ich in Salzburg sie wie einen Alp auf der Brust spüre.

Jetzt nahm der *Freud* Form an. Bei zugezogenen Vorhängen und dem Licht einer Tischlampe arbeitete er tagsüber im Bett, wobei er seine Notizen mit dem Bleistift hinkritzelte. Nicht willens, diese produktive Phase zu unterbrechen, lehnte er die drängende Einladung von Barbara Ring, seiner norwegischen Übersetzerin, zu der *Volpone*-Premiere in Oslo ab, indem er eine nicht existierende Vortragsverpflichtung vorschützte. Erst gegen Ende seines Aufenthalts kam er aus seinem Schneckenhaus hervor, um Sigmund Warburg und Richard Friedenthal, der für einen Vortrag nach Hamburg gekommen war, zu treffen.[13]

Obwohl die 1931 von der Insel herausgebrachte *Heilung durch den Geist* in der Tat um eine »andere Ecke« kam und das ungewohnte und undichterische Thema eine für ihn ungewöhnlich objektive Behandlung erforderte, lehnte sie in der Form eng an die vorangegangenen Trilogien an. Als Friderike den *Freud* las, meinte sie, in den seltenen Fällen, in denen Stefan persönliche Werturteile gegeben habe, brächte

* Er hatte sich unentwegt gegen die Anschaffung eines Radios auf dem Kapuzinerberg gewehrt.

das Übermaß an Superlativen einen Mißklang in die sonst »geradezu edle Sachlichkeit« des Essays, den sie im übrigen wegen seines »weisen Maßes und seiner ruhigen Überschaulichkeit« lobte. »Den Freudianern wirst Du allerdings zu kühl erscheinen, ihnen aber durch die entschiedene, aber leidenschaftslosere Einstellung viel größere Dienste erweisen.«[14] Peter Flamm schrieb in einer Kritik für das *Berliner Tageblatt* bewundernd über »die Selbstlosigkeit einer Darstellung, die fast puritanisch auf jeden gerade hier lockenden Glanz der Ausschmückung verzichtet«.[15]

Freud selbst äußerte sich ziemlich ausführlich über seine Eindrücke, die sich insgesamt als durchaus nicht ungünstig erwiesen.

Am meisten harmonisch, gerecht und vornehm erschien mir der *Mesmer*. Ich denke auch wie Sie, daß das eigentliche Wesen seines Fundes, also der Suggestion, bis heute nicht festgestellt ist und daß hier Raum für etwas Neues bleibt. – An der Mary Baker-Eddy stört mich, daß Sie die Intensität so sehr herausgearbeitet haben ... Das Verrückte und das Frevelhafte der Begebenheit mit Mary Baker-Eddy kommt in Ihrer Darstellung nicht zur Geltung, auch nicht das unsäglich Betrübliche des amerikanischen Hintergrundes. ... [Ich eile] meiner Befriedigung Ausdruck zu geben, daß Sie das Wichtigste an meinem Fall erkannt haben. Nämlich, daß soweit Leistung in Betracht kommt, diese nicht so sehr Sache des Intellekts als des Charakters war.

Er nahm an, die Psychoanalyse sei für Zweig etwas völlig Neues gewesen: »Um so mehr Anerkennung verdient es, daß Sie sich seither so viel zu eigen gemacht haben.« Er bemängelte den knappen Hinweis auf die Technik der freien Assoziation, sowie die historisch unrichtige Behauptung, er – Freud – sei mit dem *Kindertraum* der Urheber der Traumdeutung gewesen; und er befand, daß Zweigs Zweifel, ob sich die Analyse »zur Ausübung für gewöhnliche Menschenkinder« eigne, auf seiner Unkenntnis der Technik beruhe, wobei er einen Vergleich mit den Anfängen des Mikroskops anstellte: »Daß es jeder nicht gleich gut macht, dagegen gibt es auf keinem Gebiet Hilfe.«[16]

Wenn Zweig gehofft hatte, durch die Wahl dieses Themas und durch die Flucht nach Hamburg seinen Dämon der Unrast auszutreiben, so war dieser Versuch fehlgeschlagen. Friderikes Briefe aus Salzburg waren eine ständige Mahnung daran, wie die Maschine weiterraste, und seine Verpflichtungen schienen nach wie vor unentrinnbar. An Fleischer, der trotz Zweigs Warnungen in Berlin einen Verlag gegründet hatte und der ihn wegen seines kühlen und knappen Händedrucks bei ihrem letzten Zusammentreffen getadelt hatte, schrieb er im Juli:

Mangel an innerem Selbstbewußtsein gibt mir nicht die Härte zur nötigen Verteidigung, so bleibt nur die Flucht und bislang ist durch familiäre Schwerfälligkeiten es mir seit zwölf Jahren *nie* möglich gewesen länger als drei Wochen einmal geschlossen fortzubleiben. ... was Du »Erfolg« nennst, empfinde ich ... nur als Last. ... Ich komme [mir vor] wie ein Jäger, der eigentlich Vegetarier ist, also gar keine Freude an dem Wild hat, das er abschießen soll.[17]

Diese innere Schwäche, die Unfähigkeit, nein zu sagen oder seine Freunde zu enttäuschen (es fiel ihm äußerst schwer, den Mut zur Notlüge gegenüber Barbara Ring zu fassen), stand in ständigem Kampf mit seinem Drang nach Freiheit und Unabhängigkeit. Nicht selten war das Ergebnis nur noch größeres Unglück. Während er in Hamburg war, wurde die arme Friderike mit Briefen von Henri Guilbeaux bombardiert, dem revolutionären Freund aus den Kriegstagen in der Schweiz, der sich nun in verzweifelter finanzieller Lage in Berlin befand und auf Vorauszahlungen wartete, um Stücke von Zweig und Rolland aufführen zu können. Ohne ihr Wissen hatte Stefan ihm bereits 600 Mark überwiesen; sie jedoch glaubte, er hätte Guilbeaux vage Versprechungen gemacht, die er aber keinesfalls halten würde. Sie schrieb:

Um Gotteswillen, sei doch zurückhaltender. Du verärgerst doch nur die Menschen mit solchen Liebenswürdigkeiten, die Dir dann konstant ein schlechtes Gewissen geben. ... Rolland ist ein herrliches Vorbild, aber er scheint Dir moralische Lasten aufzuerlegen, die Du nur tragen kannst, wenn Du sie besser dosierst.[18]

Immer häufiger wurde die warme Glut des Gebens für den »Apostel der Freundschaft« nun zu Asche. »Ich habe ein gutes Gewissen«, hatte er in der Guilbeaux-Angelegenheit an Rolland geschrieben. »Ich habe letztes Jahr über 10000 Mk den Freunden in Not gegeben, das jüdische Gesetz verlangt nur 10%.«[19] In Hamburg hatte ihn der Russe Wladimir Lidin aufgesucht – eine tragische Figur, dessen Frau kurz vor der Erblindung stand, ohne daß die deutschen Ärzte irgend etwas dagegen hatten tun können. Er war unglaublich dankbar, das Gefängnis Sowjetunion hinter sich zu haben und im westlichen Paradies der Freiheit zu sein; und das erinnerte Zweig – leider nur vorübergehend – daran, wie frei er selbst im Grunde war. Es machte ihn froh, Lidin mit einem Darlehen über 1000 Mark aushelfen zu können, ebenso wie er bereit gewesen war, Rieger als Rechercheur in Paris und als Korrekturenleser in Wien zu beschäftigen, als dieser sich wegen einer unglücklichen Liebe nach Tunis verkriechen wollte.[20] Aber diese persönlichen Verstrickungen, die zu seinen sonstigen, zunehmend sinnlos und unproduktiv erscheinenden Problemen noch hinzukamen, brachten ihn immer mehr dazu, sein Heil in der Flucht zu suchen.

Nach seiner Rückkehr von Hamburg nahm er Friderike für ein paar Tage mit nach Zell am See, und bereits sechs Wochen später war er zu Vorträgen in Frankfurt wieder in Deutschland. Einen Tag verbrachte er in Kassel in Begleitung zweier junger deutscher Verehrerinnen, eine Erholung von der anstrengenden Arbeit, die ihm stets willkommen war. Sie scherzten und lachten miteinander, und es machte ihm Freude, ihnen im dortigen Museum die Werke von Rembrandt und Frans Hals zu zeigen. Über Weihnachten (dieses Fest zu umgehen, machte ihm stets besonderes Vergnügen) blieb er in Frankfurt, um »in einem fremden deutschen Hotel mich auszuschlafen und einmal in Ruhe ... ein Buch zu lesen«. In dem Versuch, sich nun auf die *Marie Antoinette* zu konzentrieren, für die Rieger schon eine Menge Material gesammelt und eine chronologische Übersicht vorbereitet hatte, fuhr er an Neujahr mit Friderike zuerst nach Paris zu weiteren Forschungen und dann auf die Balearen. Die vielen Menschen und der Lärm der Bauarbeiten in Mallorca vertrieben die beiden jedoch nach Cap d'Antibes, wo sie sich für fast zwei Monate niederließen. Zweig konnte Joseph Roth überreden, sich ihnen anzuschließen. Das Zusammensein erwies sich als produktiv, und sowohl er als auch Roth kamen mit ihren Arbeiten an der *Marie Antoinette* bzw. dem *Radetzkymarsch* gut voran. Sie gingen in billige Bistros statt in die mondänen Cafés, und es gelang, Roth dazu zu bringen, weniger zu trinken und mehr zu essen. Es war eine seltene, glückliche Verkettung von Arbeit, Freundschaft und Ruhe.[21]

2

Ebenso ergibt sich Tragik, wenn eine mittlere oder gar schwächliche Natur in ein ungeheures Schicksal gerät, in persönliche Verantwortungen, die sie erdrücken und zermalmen, und diese Form des Tragischen will mir sogar die menschlich ergreifendere erscheinen.

Zweig, *Marie Antoinette*

Dies waren Jahre, in denen er sich – vielleicht wieder eine Vorahnung des Kommenden – seines jüdischen Erbes zunehmend bewußt wurde. Wenngleich er nicht aus einer streng jüdischen Familie komme (sagte er 1931 in einem Interview mit David Ewen) – seine Eltern seien nur durch den Zufall der Geburt Juden gewesen – habe er sich sein ganzes Leben mit den Problemen der Juden beschäftigt und sei sich, solange er denken könne, seines jüdischen Blutes bewußt gewesen. Außerdem sei da noch ein anderer Einfluß gewesen, der ihn – abgesehen von der Geburt – mit Herz und Seele zum Juden gemacht habe: Theodor Herzl. Er habe ihm die Größe ihres Volkes vor Augen geführt, und vor allem aus dieser Freundschaft stamme sein überaus starkes Interesse für die Sache der Juden.

In dieser Aussage steckt sicherlich eine gewisse Übertreibung; aber nichtsdestoweniger war die Rolle des jüdischen Volkes in der europäischen Kultur stets von großer Bedeutung für ihn gewesen, man denke nur an das entsprechende Kapitel in seinem *Rolland*. Leftwich gegenüber äußerte er einmal, die Juden seien nur in der Diaspora kreativ geworden: »Wären sie alle in einem Land versammelt, würden sie ihre Überlegenheit als Künstler und Denker verlieren.«[22] »Die Juden haben ihren heiligen Auftrag erfüllt«, hatte Jean Christoph gesagt, »welcher darin besteht, die Fremden unter den anderen Völkern zu bleiben, das Volk, das die Erde von einem Ende zum anderen mit dem Netz der menschlichen Einheit umspannt.« Und Olivier sagte: »Sie tragen den Pollen des Denkens überall hin.«

1927 hatte die *Neue Rundschau* seine eindrucksvolle Legende *Rahel rechtet mit Gott* veröffentlicht; zwei Jahre später erschienen seine Erinnerungen an Herzl. Der Gedanke an ein Buch über Herzl hatte ihn in der Tat sehr lange beschäftigt, doch der Umstand, daß so viele der Beteiligten noch am Leben waren, hinderte ihn daran, es schon früher zu veröffentlichen.[23] Durch seine Freundschaft mit Schalom Asch, der im Sommer 1929 zum erstenmal auf den Kapuzinerberg kam, wurde er sich nun auch bewußt, daß es eine ernstzunehmende jiddische Literatur gab, in einer Sprache, die nicht bloß ein verunstalteter deutscher Dialekt war[24]; und 1930 schrieb er für die Berliner *Literarische Welt* einen herzlichen *Geburtstagsgruß* für Schalom Asch.

Wie nicht anders zu erwarten, reagierte er mit äußerster Zurückhaltung auf die häufigen Aufforderungen durch jüdische Organisationen oder Zeitschriften, sich öffentlich zu seinem Judentum zu bekennen (für die *Zeitung des Centralvereins deutscher Staatsbürger jüdischen Glaubens* allerdings schrieb er 1932 einen Artikel über Ernst Lissauer, und sagte später über dessen Verfolgung durch die Nazis: »Der Mann, der zuerst dafür geächtet wurde, weil er zu deutsch war, wurde schließlich vertrieben, weil er nicht deutsch genug war«[25]). Seine scheinbare Abseitsstellung sollte ihm in den kommenden Jahren noch sehr viel Kritik von den Eiferern einbringen, obwohl er sich in allgemeinerer Form gelegentlich in jüdischen Zeitungen geäußert hat, wie das 1929 etwa von Joseph Leftwich aufgezeichnet wurde:

> Seit Verkündung der zehn Gebote hat das jüdische Volk stets eine führende Stellung unter den Menschen eingenommen. Natürlich bringt eine derart herausgehobene Position auch große Gefahren mit sich, aber diese Gefahren sind integraler Bestandteil unserer Aufgabe, denn nur in der geistigen Auseinan-

dersetzung wird das Individuum wirklich lebendig und hat die Gemeinschaft Bestand.[26]

Der ausgeprägte Nationalismus der zionistischen Bewegung war ihm stets zuwider. »Von Ihnen und den Ihren«, schrieb er 1917 an Martin Buber, »trennt mich nur dies, daß ich nicht wollte, daß das Judentum wieder Nation wird, ... daß ich die Diaspora liebe und bejahe als den Sinn seines Idealismus, als seine weltbürgerliche allmenschliche Berufung.«[27] Es gibt jedoch Hinweise dafür, daß er 1932 mit dem Gedanken spielte, bei einer Nahostreise auch Jerusalem zu besuchen.[28] »Ich möchte sehr gern einmal nach Palästina«, hatte er 1930 zu dem Künstler Ludwig Schwerin gesagt, »aber wenn ich einmal hingehe, dann schon auf ein bis zwei Jahre, um es gründlich kennenzulernen und eine Arbeit zu schreiben. Ich gestehe Ihnen, ich gehe mit der Befürchtung hin, Enttäuschungen zu erfahren. Ich kann mir nicht denken, daß die Kolonisation auf die Dauer gut tut.«[29] Als er später notgedrungen einen Teil seiner Schriftstücke weggeben mußte, fand er für die Briefe der bereits Verstorbenen (Rathenau, Verhaeren, Rilke, Hofmannsthal) eine Heimat in der Bibliothek der Hebräischen Universität in Jerusalem.[30]
Im Jahr 1930 erlebte Deutschland die Anfänge des Aufstiegs der Nationalsozialisten. Bei den Reichstagswahlen vom 14. September erzielten sie ein Gesamtergebnis von 6409000 Stimmen und waren mit 107 Sitzen die zweitgrößte Partei (im Vergleich zu den zwölf Sitzen im Jahre 1928). Damals scheint Zweig die Bedeutung all dessen nicht erkannt zu haben; jedenfalls sah er darin keinen unmittelbaren Zusammenhang mit seinen dunklen Ahnungen. Klaus Mann schrieb über diese Zeit:

> Andere setzten ihren Stolz darein, auch noch dem Todfeind gegenüber »objektiv«, »verständnisvoll«, »gerecht« zu bleiben. Stefan Zweig gehörte zu diesem Typus. Ich mochte ihn, schätzte ihn als Schriftsteller und Freund, war ihm dankbar für die ermutigende Anteilnahme, die er meiner Arbeit entgegenbrachte ... Aber auch aus Konzilianz und Gerechtigkeitsliebe kann man gefährlich irren, wie Stefan Zweig es tat, als er die Katastrophe der September-Wahlen in eine begrüßenswerte »Revolte der Jugend« umzudeuten versuchte.

In einem *Revolte gegen die Langsamkeit* überschriebenen Artikel war Zweig tatsächlich so weit gegangen, das Wahlergebnis als eben eine solche Revolte zu bezeichnen, »eine vielleicht nicht kluge, aber im Innersten natürliche und durchaus zu bejahende, ... gegen die Langsamkeit und Unentschlossenheit der ›hohen‹ Politik. ... Das Tempo einer neuen Generation revoltiert gegen das der Vergangenheit«. Mann konterte daraufhin sofort mit einem Artikel *Jugend und Radikalismus:*

Wenn einer das Recht hat, sich »an die Jugend« als an einen geistigen Sammelbegriff zu wenden, sind ohne Frage *Sie* es, verehrter Stefan Zweig. ... Sie beklagen das Schneckentempo in Genf ... Aber woher Sympathien nehmen für einen Radikalismus, der das wenige konterkarieren möchte, was die Älteren zu Ende bringen? ... Genf bringt uns *vielleicht* nicht den Frieden; die anderen aber bringen uns die sichere Katastrophe. ... Mit Psychologie kann man alles verstehen, sogar Gummiknüppel. Ich wende sie aber nicht an, diese Psychologie.

Und er schämte sich im voraus, »einer Generation angehört zu haben, deren Aktivitätsdrang, deren Radikalismus also, sich auf so schauerliche Weise verkehrt und ins Negative verwandelt hat«.[31]

Den Russen war der Umschwung nicht entgangen. Im Dezember erhielt Zweig einen Brief von Konstantin Fedin (ein Unternehmen, hinter dem sich aus heutiger Sicht durchaus der Arm des MVD, des Vorläufers des KGB, vermuten läßt), in dem er den Verdacht Moskaus zum Ausdruck bringt, daß gegen die UdSSR ein »neuer imperialistischer Krieg« geplant werde. Er sagte, er habe in der Moskauer *Literarischen Gazette* zu diesem Thema einen offenen Brief an Zweig geschrieben, und er bat ihn um eine Antwort, die »für seine Leser in Rußland von großer Bedeutung« sei. Im März 1931 dankte Fedin ihm für seinen ›offenen Brief‹, den er neben einen anderen von Rolland für die *Gazette* übersetzt habe.[32]

Zweigs politische Ideen waren im allgemeinen nicht ausgereift und schlecht durchdacht. Wo er scheinbar politischen Scharfblick bewies, war dieser oft eher auf Instinkt als auf klare logische Einsicht gegründet. In diesem Frühstadium des Nazi-Aufstiegs schien sogar sein Instinkt ihn verlassen zu haben. Rolland schrieb – natürlich von einer extrem linken Warte aus – verächtlich von »den finsteren Possen des Völkerbunds« und bezeichnete Briand als »einen alten Hanswurst«. Zweig schien in seinen Reaktionen ebenso extrem zu sein – entweder nach links oder nach rechts –, so bei seiner Verdammung des Völkerbunds als ein Intrigennest, als letztes Refugium der Geheimdiplomatie, die mit dem Schicksal der Völker spielt und »unsere europäische Bewegung ruiniert«[33]. An Kippenberg schrieb er im Sommer 1931:

Ich vermag den allgemeinen Optimismus über die Hoover-Aktion nicht zu teilen. Entweder werden in *allernächster* Zeit die Zollgrenzen innerhalb Europas abgeschafft oder Europa ist erledigt. Gegen zwei so geeinte Riesenorganismen wie Amerika und Rußland kann sich das zersplitterte, unorganisierte Europa wirtschaftlich nicht behaupten: *was* hat der leidige Völkerbund und die Gegeneinanderpolitik und der idiotische Friedenspakt an allen Nationen verbrochen! Wann wird wirklich Vertrauen, dieser Nährstoff aller Leistung, wieder bei uns allen sein![34]

Aber es sollte nicht lange dauern, bis er erkannte, in welche Richtung die Ereignisse wirklich gingen. Aus der Zurückgezogenheit in Thumersbach bei Zell am See äußerte er sich im Sommer 1931 auf seiner ersten Karte an Friderike zufrieden über das Hotel und fuhr dann fort (in französisch!):

Seulement un peu plus de Nat. Soc. entre les fréquenteurs de l'Hôtel, qu'il soit agréable à voir – d'ailleurs des jeunes gens assez sympathiques et polis, mais porteurs de leur croix – ce qui montre l'expansion que ce mouvement a pris dans la bonne bourgeoisie.

Bald darauf jedoch folgte ein Brief, in dem er die Gäste als »gräßliches Volk« bezeichnete, »Unterdeutsche. Die Hakenkreuzlerei hat den Mittelstand ergriffen, bei dem alles – Sozialismus, Religiosität, Bildung – zur Karikatur wird, es zäumt diesen Menschen, die nur durch Bescheidenheit erträglich wären, ein stupides Herrentum oder Ich-möchte-Herrentum auf. Immerhin interessant, von der Nähe zu sehen.«[35] »Danken wir Gott«, sagte er Ende des Jahres zu Julien Green, »daß in einer Schöpfung, die so vieles birgt, was sich gegen uns richtet, Elefanten keine Flügel haben und Deutschland keine Einigkeit.«[36]
Für kurze Zeit hatte der dynamische Charakter der Hitlerschen Bewegung ihn deutlich beeindruckt: Er hielt das Ganze für eine vorübergehende Erscheinung, die vielleicht sogar wünschenswert war, wenn sie Deutschland seinen Freiheitssinn zurückgab.* Noch bestärkt wurde dieses Gefühl in ihm, wenn er an den scheinbar sterilen Materialismus Frankreichs dachte, dessen »auf seinen Schätzen hockendes« Volk er mit Fafner verglich: »besser dieser stupide Wahnsinn der Hitlerianer (der die besten Idealisten verführt), als dieses ungeheure Gedröhne von Fafner«, gegen den er Siegfried in Gestalt von Deutschland kämpfen sah. Während seines Aufenthaltes in Paris über Weihnachten und im Jahr 1932, wo er das Material für seine *Marie Antoinette* sammelte, stieg er »in die Hölle hinab«, wie er sich gegenüber Rolland ausdrückte, in die Stahlkammern der Bank von Frankreich, damit er »die zwei Pole unserer Welt« gesehen hätte, »die Rote Fahne über dem Kreml und die Tresore der Bank von Frankreich«.[37] Doch bald darauf wurden ihm die Augen geöffnet, und er war für die Verfuhrung durch das »neue Deutschland« keineswegs die leichte Beute, als die seine Freunde Anton und Katharina Kippenberg sich erwiesen (»Leute, die, obgleich sie Goethe sammeln und ... dem Weltbürgertum am nächsten leben, doch

* Ebenso wie er die Depression von 1930 begrüßt hatte: »Rückschläge sind notwendig, um die Menschen vor Stolz und Selbstgefälligkeit zu bewahren« (Robert Bartlett: *Interview mit Zweig*, World Unity VII [März 1931], 399; zit. Steiman, 282).

dem Chaos in der Gestalt des 3. Reiches und Hitlers verfallen scheinen«, schrieb Walter Bauer 1932[38]).

Gegen Ende Oktober hatte er sich plötzlich entschlossen, nach jahrelanger Pause wieder Tagebuch zu führen. Unmittelbarer Anstoß war die Nachricht vom Tode Schnitzlers, dessen »noble Gestalt« er in einem Nachruf würdigte, noch mehr aber »das Vorempfinden, daß wir kritischen, kriegstagsähnlichen Zeiten entgegengehen, die dokumentarische Niederlegung ebenso fordern wie seinerzeit die großen Reisen oder die Zeit des Krieges. Ich meine und erwarte keine Konflagration mit Waffen, nur innere soziale Umstürze, bei uns vielleicht faschistisch-heimwehrliche Revolte ...« In seinen Aufzeichnungen gab er seinen »Ekel vor der österreichischen Politik« Ausdruck, sowie seinen Gedanken – schon damals – an eine Flucht: »Immer wieder ... die Frage: wohin? Alle Länder sind gleich unmöglich, Europa erst wieder wohnbar, wenn es eins ist, Raum gibt und Bewegung ...« Er notierte beunruhigt das Hin- und Hersausen der vielen Heimwehrpatrouillen, »dazu noch die Erfolge der nationalsoc. Bewegung in Deutschland, die Menschen wittern Morgenwind und hängen die Mäntel heraus«. Innerlich aber bewegte ihn das alles kaum, »denn die Freiheit, die mir äußerlich gegeben ist, nütze ich gar nicht aus, sondern lebe mönchisch der Arbeit allein in einer, wie ich selbst zugeben muß, übertriebenen Absonderung und Bedürfnislosigkeit«.[39]

Jetzt wie auch später ließ er sich unter keinen Umständen dazu verleiten, irgendwelche öffentlichen Erklärungen abzugeben oder sich in irgendeiner Form öffentlich zu engagieren. 1931 hatte es von den Nazis angezettelte Angriffe auf Moissi gegeben. Der Schauspieler schrieb an einem Roman, in dem u. a. eine Geburt beschrieben werden sollte, und Suse, die damals in einem Krankenhaus arbeitete, richtete es ein, daß er bei einer Entbindung zusehen konnte. Seine Frau schickte der Mutter hinterher Babywäsche als Geschenk: Da diese jedoch unverheiratet war, wurde die Geschichte nach ihrem Bekanntwerden zu einem Lekkerbissen für die antisemitische Presse. Zweig, der das endlose Hin und Her über die Affäre in den österreichischen Zeitungen verfolgte, beglückwünschte sich selbst dazu, daß er es verstand, das eigene Privatleben eifersüchtig abzuschirmen.[40] Ernst Fischer (auch ihn hatte Zweig sowohl in seiner Arbeit ermutigt als auch finanziell unterstützt) bat ihn im März 1932 vergeblich, einen Artikel gegen den Faschismus zu verfassen, als »ein Gegengewicht gegen alle die Werfels, die sich am Geruch des Faschismus begeilen und in dieser Zeit nichts Besseres zu tun haben, als Religiosität, Verinnerlichung und wie der Dreck heißen mag, zu predigen«.[41] Im Gegensatz dazu war Zweig der Ansicht, in solchen Zeiten sei es die Pflicht eines Schriftstellers, »eine Arbeit nur [zu] ver-

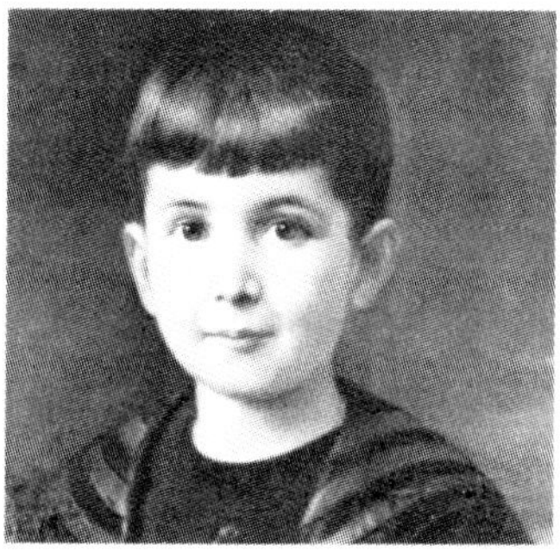

oben links: Stefan Zweigs Mutter
Ida, geb. Brettauer
oben rechts: der Vater Moritz Zweig
Mitte: Stefan im Alter von 4 Jahren
unten: mit dem Bruder Alfred

oben: Zweig als Student, etwa 1904
unten: Emile Verhaeren vor seinem Haus ›Caillou-qui-bique‹

oben links: Victor Fleischer
oben rechts: Franz Theodor Csokor
Mitte links: René Fülöp-Miller
Mitte rechts: Felix Braun
unten links: Ellen Key
unten rechts: Erwin Rieger

Friderike Zweig, geb. Burger, 1912

Stefan Zweig, 1912

Die Novelle *Der Zwang* sollte ursprünglich im Wiener Avalun-Verlag mit Holzschnitten von Frans Masereel erscheinen.

oben: Büste Zweigs vom Wiener Bildhauer Gustinus Ambrosi, 1913 entstanden
Mitte links: Zweig im Kriegsarchiv, Wien, 1916
Mitte rechts: Josef Gregor
unten: Romain Rolland

oben: Bibliothek und Arbeitszimmer auf dem Kapuzinerberg
unten: Stefan, Suse, Alix und Friderike im Salzburger Garten mit dem Hund Kaspar

oben: Friderike Zweig in den 20er Jahren
unten: Zweig auf der Terrasse des Salzburger Hauses

oben: Zweig, etwa 1934
unten: etwa 1939

oben links: Walter Bauer zu
Besuch auf dem
Kapuzinerberg, 1931
oben rechts: René Schickele
Mitte links: Joseph Roth
Mitte rechts: Albert Ehrenstein
unten: Zweig und Maxim
Gorki in Sorrent, 1930

oben links: Anton Kippenberg zu Besuch in Salzburg
oben rechts: Joseph Leftwich
Mitte links: Richard Strauss
Mitte rechts: Joachim Maass
unten: Elisabeth Bergner, die Zweig 1934 in London kennenlernte

oben links: Lotte Zweig, etwa 1932
oben rechts: Zweig in der Londoner Wohnung, etwa 1938
unten: Stefan und Lotte Zweig am Flughafen in Rio, November 1940

Zweig in Ossining, N. Y., Juni 1941

Lotte Zweig in Ossining, N. Y.,
Juni 1941

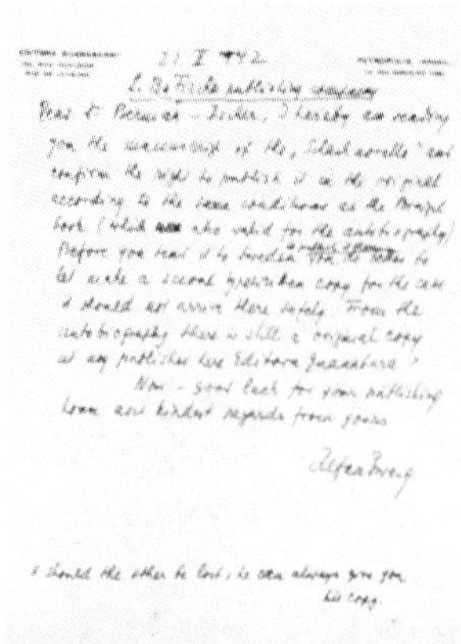

21. II 1942

Dear Dr. Bermann-Fischer, I hereby am sending you the manuscript of the „Schachnovelle" and confirm the right to publish it in the original according to the same conditions as the Brazil book (which was also valid for the autobiography). Before you send it to Sweden [illegible] to let make a second typewritten copy for the case it should not arrive there safely. From the autobiography there is still a original copy at my publisher here Editora Guanabara.*

Now – good luck for your publishing house and kindest regards from yours

Stefan Zweig

* should the other be lost, he can always give you his copy.

oben: letzter Brief an den Verleger Gottfried Bermann-Fischer
unten: das Grab in Petropolis

öffentlichen, wenn sie innerlich eine Hoffnung gibt, irgend etwas Beschwingendes und Befriedigendes«, und er meinte, mit einem historischen Werk wie *Marie Antoinette* würde er diese Pflicht erfüllen. In Thumersbach hatte er mit einer Arbeit begonnen, die sein erster Roman werden sollte, die *Postfräuleingeschichte**, doch er gab dieses Unternehmen zugunsten der *Marie Antoinette* schon bald wieder auf, teils aus Ungeduld, teils aus dem Gefühl, für einen Roman nicht die nötige »künstlerische und menschliche Reife« zu besitzen, wie er zu Adelbert Muhr sagte, überwiegend jedoch wegen seiner Überzeugung, das historische Werk sei für diese Zeit angemessener als das epische.[42]

In Wirklichkeit war das nur Selbstbetrug, und man sucht in diesem Werk, das paradoxerweise zu einem seiner größten Erfolge werden sollte, vergebens nach irgendeiner auch noch so versteckten Botschaft für die damalige Zeit. Die umfangreichen Nachforschungen, die der fleißige Rieger vor allem unter den bisher nicht veröffentlichten Briefen der Marie Antoinette im Wiener Staatsarchiv angestellt hatte, sowie der kurz zuvor für seine Sammlung erworbene Brief eines ihrer Minister hatten Zweigs Interesse für ihre Geschichte noch vertieft.[43] Trotzdem war die Niederschrift eine Flucht – ganz im Gegensatz zu seinem *Erasmus,* der zwei Jahre später entstand. Zwar fanden sich bald Kritiker ein, die den Eskapismus des Buches beklagten, doch das änderte nichts an seinem weltweiten Erfolg (schon kurz nach der Veröffentlichung, berichtete das *Inselschiff* Ende 1932 von Übersetzungen in nicht weniger als vierzehn Sprachen, und im darauffolgenden Februar wurde die englischsprachige Ausgabe in den USA zum Buch des Monats gewählt[44]). Die Geschichte war spannend erzählt und glänzend geschrieben: Ein bekannter Schauspieler und Filmproduzent erzählte Friderike, er habe beim Lesen der Szenen der Gefangenschaft und des Gerichts immerzu gehofft, die unglückliche Königin werde schließlich doch noch gerettet werden.[45] Außerdem war in dem Werk eine bemerkenswerte Fülle von Hintergrundmaterial verarbeitet, wie Albert Schweitzer (dessen Humanismus Zweig sehr verehrte) schrieb: »Als Historiker freute ich mich bei Ihnen an dem so soliden selbständigen Quellenstudium, das man hinter Ihrer Darstellung spürt: als Leser an Ihrer so einfachen und lebendigen Darstellung.«[46]

Aus irgendeinem Grund hatte Rieger Stefan Zweig ausdrücklich gebe-

* Die *Postfräuleingeschichte* brach er offensichtlich schon bald ab, doch wenig später, im November 1931, begann Stefan Zweig mit Notizen zu seiner »Novelle«, die sich zum Roman weitete, aber von ihm nicht satzfertig gemacht wurde. Im Juli 1940 verarbeitete er die Geschichte zusammen mit Berthold Viertel zu einem Drehbuch, das 1950 unter dem Titel *Das gestohlene Jahr* von der Ring-Film (Wien) und der Kammerspielfilm (Hamburg) verfilmt wurde.
1982 hat Knut Beck den von Zweig ohne Titel gelassenen Text als *Rausch der Verwandlung* aus dem Nachlaß herausgegeben.

ten, seine Mithilfe an der Entstehung des Buches nicht öffentlich zu erwähnen, und so findet sich auch in der *Welt von Gestern* kein Hinweis auf ihn, als Zweig darüber berichtet, wie er das umfangreiche Quellenmaterial für seine Zwecke verdichtete:

[Ich habe] tatsächlich jede einzelne Rechnung nachgeprüft, um ihren persönlichen Verbrauch festzustellen, alle zeitgenössischen Zeitungen und Pamphlete studiert, alle Prozeßakten bis auf die letzte Zeile durchgeackert. Aber im gedruckten Buch ist von all dem keine Zeile mehr zu finden ... [Es ist] mein Ehrgeiz, immer mehr zu wissen, als nach außen hin sichtbar wird.[47]

Die verbliebenen 640 Seiten, sagte er zu Lissauer, seien das Destillat aus dem fast doppelt so umfangreichen ursprünglichen Entwurf. Felix Braun und auch Fleischer fanden jedoch, daß sein Stil noch immer übersteigert sei und zu viele Wiederholungen aufweise (»Da man die unglückliche Gestaltung der Ehe ja erfahren hat – wozu sie immer und immer wieder betonen?« schrieb Braun); und für Benno Geiger war die Betonung der Sexualität widerwärtig.[48]

An Hans Deissinger, der ihm Ende 1932 ein Exemplar seines Gedichtbandes *Erde, wir lassen dich nicht!* geschickt hatte, schrieb er: »Wunderbar, daß es Menschen noch gibt, welche diese innere Musik in sich pflegen! Mir ist es nicht gegeben.«[49] Es hatte sich ihm Ende 1931 jedoch die Gelegenheit zu einem solchen Ausflug in die Welt der reinen Kunst – und zwar der Musik – geboten. Seit Hofmannsthals Tod hatte Richard Strauss vergebens nach einem würdigen Nachfolger als Librettisten gesucht, und im Oktober 1931 ließ er durch Kippenberg fragen, ob Zweig irgendwelche geeigneten Arbeiten für ihn hätte. Ohne große Hoffnungen sandte Zweig ihm daraufhin ein paar Vorschläge für eine Tanzpantomime und für »eine heitere, muntere, bewegliche Spieloper«; Strauss seinerseits schlug ein Thema vor, das es bis dahin in seinen Werken noch nicht gegeben hatte, nämlich »die Frau als Hochstaplerin oder die Grande Dame als Spion«. Als die beiden sich am 20. November in München trafen, einigten sie sich auf Zweigs zweiten Vorschlag, die komische Oper, für die er Ben Jonsons *Silent Woman (Die schweigsame Frau)* als Vorlage nehmen wollte. »Er encouragiert mich, es auszuführen, wünscht sich kleine Couplets, Strophen, singspielhaft – selbst der Rosenkavalier sei zu lang gewesen. Alles geht bei ihm jetzt auf Knappheit des Stils, aber Stil.«[50] Im Juni 1932, noch vor der endgültigen Fertigstellung der *Marie Antoinette,* konnte er Strauss einen ersten Entwurf des *Sir Morosus,* wie das Stück zunächst betitelt war, senden.

Der Komponist fand es entzückend, es schien ihm »die geborene komische Oper – eine Lustspielidee, den besten ihrer Art an die Seite zu stellen – für Musik geeignet wie weder der *Figaro* noch der *Barbier von Sevilla*«; und er wartete mit Ungeduld, daß sein neuer Librettist so bald wie möglich daran weiterarbeitete. Diese Begeisterung steckte Zweig an, und er konnte den Text des ersten Aktes, den er während eines kurzen Aufenthaltes in Gardone verfaßt hatte, schon zwei Monate nach Drucklegung der *Marie Antoinette* abliefern. Die Arbeit an *Die schweigsame Frau* – man hatte sich inzwischen für diesen Titel entschieden – sei für ihn eigentlich gar keine Arbeit, sondern ein echtes Vergnügen gewesen, berichtete er Strauss. Dieser jubelte: »Bravi, bravi, ganz ausgezeichnet«, und er drückte Kippenberg seinen tiefen Dank für den »unschätzbaren Dienst« aus, ihn mit Zweig zusammengebracht zu haben. »Ich hatte nicht zu hoffen gewagt, daß ich nach dem Heimgang meines unvergeßlichen Hugo noch einmal einen wirklichen Dichter finden würde, der auch einen so guten Operntext finden und gestalten kann.« Zweigs Freude an dieser Arbeit geht deutlich aus seinen Briefen an Strauss hervor.[51] Eine merkwürdige Fügung hatte es mit sich gebracht, daß er nun in die Fußstapfen jenes Dichters treten sollte, der ihm stets mit Indifferenz und Eifersucht begegnet war (neben dem neuen Libretto legte er auch letzte Hand an Hofmannsthals *Arabella*).[52] Er konnte damals nicht voraussehen, welche Schwierigkeiten die Oper unter dem strengen Regiment des Dritten Reiches haben würde, noch konnte er ahnen, wie es Friderike später tat, daß diese Zusammenarbeit mit Strauss keineswegs von den posthumen Segenswünschen Hofmannsthals begleitet war. Andererseits könnte man sich fragen, ob nicht etwas von dem, was *Die schweigsame Frau* noch erwarten sollte, schon in jenem Brief mitklang, in dem Felix Braun einen merkwürdigen Traum schilderte, den er am Weihnachtsabend des Jahres 1932 gehabt hatte: »Wir sprachen von Hofmannsthal und waren beide verzweifelt über seinen Tod ... Du sagtest das merkwürdige Wort ›Dieser Tod ist ein Mißerfolg für uns alle‹.«[53]

3

Sollte es immer so weitergehen bis sechzig, bis siebzig,
in geradem, glattem Geleise?

Die Welt von Gestern

Das Herannahen seines fünfzigsten Geburtstages im November 1931 hatte in ihm wieder einmal das Gefühl einer Lebenskrise aufkommen lassen, »jene typische Krise der Fünfzigerjahre, ... in denen man glaubt, sein Leben falsch gelebt zu haben«, wie er an den Schauspieler Ewald Balser schrieb, nachdem er dessen *Faust* in Salzburg gesehen hatte.[54] Sein Ruhm, sein finanzieller Erfolg, die Bewunderung durch seine Freunde und sein Publikum waren nie größer gewesen: Doch das alles schien ihm nur eine Last, und er konnte das Gefühl der Unzufriedenheit mit sich und seiner Arbeit nicht loswerden. Wenige Tage vor seinem Geburtstag schrieb er an Fleischer (dem offenbar unter dem Druck seiner eigenen beträchtlichen Schwierigkeiten in Berlin ein paar Worte des Neides entschlüpft waren):

> Eigentlich ist mein Leben sehr sonderbar und kaum mit dem der anderen Schriftsteller vergleichbar, und im Ganzen darf ich wohl sagen, nicht egoistisch gewesen zu sein. Dazu die geheimen Lasten, die ... Familie in Wien mit manchen Sorgen jetzt, die Schwierigkeiten im Haus, wo ich das Gefühl habe, alles ins Leere zu bauen und zu sammeln – nein, ich habe ein *Recht* manchmal müde zu sein, manchmal nein zu sagen, einmal zweimal im Monat und dann trifft es jeden, der an diesem schwarzen Tag kommt. Ich habe keine materiellen Sorgen gehabt, gewiß, aber ich habe die Sorgen von Dutzenden auf mich genommen. Ich hätte frei meiner Arbeit leben können und habe Dienst auf mich genommen – nein, Victor, so leicht und glatt wie Ihr meint war es nicht und ist es nicht, dazu noch der Umstand, daß ich hellsichtig-mißtrauisch auf meine Arbeit sehe, an »Erfolg« mich nicht freue und ihm, wie Du siehst, seit Jahren äußerst ausweiche ... nichts fürchte, weder Mißerfolg noch Vergessenheit noch Geldverlust noch Sterben – nur vor dem Kranksein, dem Altwerden oder Bitterwerden fürchte ich mich ...

Ähnlich hatte er sich kurz zuvor Lidin gegenüber geäußert, als er von seiner Furcht vor dem Alter und dem Erlahmen seiner Kraft sprach. Selbst mit einundvierzig Jahren, als Friderikes Geburtstagswünsche ihn ein paar Tage zu früh erreichten (vielleicht dachte sie dabei an sein Täuschungsmanöver damals in Lübeck), hatte er halb im Scherz und halb im Ernst geantwortet: »Du willst mich partout älter«, und am Briefrand fügte er hinzu, »26. November (noch zwei Tage vierzigjährig)«.[55]

Der fünfzigste Geburtstag als besonderes Datum ist bei Autoren oft der Anlaß zu einer Flut von Glückwunschartikeln (wie viele hatte er nicht selbst zu solchen Gelegenheiten geschrieben, den letzten gerade in diesem Jahr für Emil Ludwig[56]); er mußte für ihn unter diesen Umständen zu einer wahren Tortur werden, und so gab es, wie so oft in seinem Leben, nur den einen Gedanken: die Flucht. Schon am 17. November konnte er nach München fahren, um Strauss zu treffen und die »reizende Atmosphäre« dort zu genießen, bis der »dunkle Tag« vorüber war. Es war ein wahres Glück, allein zu sein, frei zu arbeiten oder Freunde wie Carossa und Leonhard Adelt aufzusuchen oder in die Oper zu gehen. Friderike folgte ihm am 26. November, doch für den Tag selbst bat er Zuckmayer, der nun in Henndorf unweit von Salzburg wohnte, um einen »Freundschaftsdienst« – nämlich auch nach München zu kommen und zur Feier des Tages mit ihm bei Schwarz zu Mittag zu essen (dem kleinen jüdischen, nur von Kennern besuchten Restaurant, wo man den blauen Karpfen, die gedämpfte Gänsekeule und alle Beilagen vollendet zubereitet bekam). Herr Schwarz gab ihnen »zwei famose Circusmadeln vom Circus Knie« mit und spendete Champagner, es herrschte »viel gute Laune«. Als sie aber beim Schnaps angelangt waren, sagte Zweig plötzlich: »Eigentlich hätte man jetzt genug vom Leben. Was noch kommen kann, ist doch nichts als Abstieg.« Und vom Hotel schrieb er an Ebermayer: »Dem Geburtstag entfliehend, stecke ich den Kopf unter die Decke, um die Welt nicht mit fünfzigjährigen Augen zu sehen.«[57]

Sein geheimer Wunsch, wie er ihn in der *Welt von Gestern* formulierte, war, daß etwas geschehen möchte, etwas, das ihn wegrisse von diesen Sicherheiten und Bequemlichkeiten, das ihn nötigte, »nicht bloß fortzusetzen, sondern wieder anzufangen«, »den ganzen Hausrat wegzuschmeißen und noch einmal zu beginnen«.[58] Er wußte, daß er von sich aus nicht den Mut zu einem so totalen Bruch finden würde, um sich wie Gauguin auf eine völlig neue Bahn zu begeben (und als der äußere Druck ein paar Jahre später dann tatsächlich kam, war es anscheinend zu spät). Vorläufig geschah gar nichts, und Flucht war natürlich nicht möglich. Als er auf den Kapuzinerberg zurückkehrte, mußte er unweigerlich die Flut von Glückwünschen über sich ergehen lassen, und keiner von denen, die die erwarteten glatten Antworten erhielten, ahnte, wie tief seine Depression gewesen war.

Das unvermeidliche Telegramm von den Kippenbergs hatte er nach München nachgesandt bekommen: »Wir grüßen den verehrten Autor, den der Insel-Verlag seit 25 Jahren zu den Seinen zählen darf ... und wir beglückwünschen Sie, lieber Stefan Zweig, aufs herzlichste mit dem Goetheschen: Und so fortan!« Und er hatte vom Hotel aus in Worten geantwortet, die etwas von seinen wahren Gefühlen über die Erlangung der »ominösen Zahl 50« verrieten. Auf der Haben-Seite stünden »menschlicher Gewinn, freundschaftlicher Besitz, humanes Vertrauen, und da finde ich Sie beide auf dem ersten Blatt. Möge es unverstellt so bleiben und gerade die dunklen und verantwortungsvollen Zeiten bewähren, was in helleren jugendlicheren begonnen wurde.«[59] Rieger hatte für eine Sonderveröffentlichung des Insel-Verlages eine Bibliographie seiner Werke zusammengestellt, und von ihm kam auch einer der ergreifendsten Geburtstagsbriefe: »Ich sage nichts als die elementarste Wahrheit, wenn ich bekenne, daß ich ohne Dich heute wohl kaum mehr überhaupt fähig wäre, an irgend etwas in der Welt zu glauben.«[60] Im *Inselschiff* erschien ein bemerkenswerter Beitrag von Joseph Gregor:

Wenn ich Ihre Freundschaften sammlerisch, Ihre Essays enzyklopädisch, Ihre Sammlung dichterisch nenne, so muß ich denn wohl Ihrer Dichtung alle diese Eigenschaften zugleich geben ... Indessen wächst Ihr Bau empor ... Ich bewundere es, ... daß Sie, dem es gegeben wäre, ein unbeschwertes Leben zu führen, völlig weitab von den Qualen, die an unserem Alltagsleben nagen, daß Sie dies materielle Glück gerne hingegeben haben für das Wesentliche, für die Arbeit. Die furchtbare Tragödie der Gegenwart wird weiter reifen. Eine vollendete europäische Erscheinung, in den Gaben, Absichten, Wirkungen, Beziehungen, Erfolgen, steht in Ihnen ohne Europa da.

Er wußte, daß Zweig diesen Tag nicht feiern würde, doch er fügte hinzu: »Lassen Sie sich von dieser Tragik nicht überwältigen! ... Es wird sich kaum etwas ändern, an dem stillen, innerlichen Werke, in der neuen Epoche, die Sie mit dem heutigen Tage betreten!«*
In seinem Dankesbrief an Servaes für dessen gute Wünsche erinnerte sich Zweig: »Das ist nun dreißig Jahre bald her, daß ich zum erstenmal in die Redaktion [der *Neuen Freien Presse*] hinaufkam um einem Redakteur ein Manuskript zu bringen und statt dessen einen wahrhaften Freund mir ins Leben mitnahm. Dank dafür und für alles, was ich von Ihnen lernte.« Und in seiner charakteristischen Art fügte er hinzu, er möge seinen Freund Friedenthal, nunmehr Lektor bei Knaur, bitten, dieser solle bei seinem Verlag auf eine Veröffentlichung von Servaes' Goethe-Roman hinwirken.[61] (Zu dieser Zeit unterstützte er auch Felix Braun, indem er den Insel-Verlag dazu brachte, dessen *Tantalos* herauszubringen, und sich dafür einsetzte, daß Braun der Bauernfeld-Preis verliehen wurde.) »Ich hab's überstanden!« schrieb er am 30. November an Fleischer, »Dank für Condolenz und Gratulanz!« Und an seinen Bruder:

Daß Du und ich keine Kinder haben, bin ich seit langem gewöhnt, als ein Glück zu betrachten. Was mich manchmal bedrückt, nämlich daß ich an Fritzis Kindern ganz andersartige und meinen Interessen fremde Menschen habe, das entlastet mich andrerseits auch, eigentlich obliegt uns nur so die Pflicht, unser eigenes Leben anständig zu Ende zu leben.[62]

* *Inselschiff*, XIII. I (Weihnachten 1931), 7–10. Die Ausgabe brachte als Titelbild Zweigs Photographie von Otto Skall; sie enthielt vier seiner Gedichte (*Neue Fülle, Hymnus an die Reise, Lied des Einsiedels* und *Der Bildner*), die Bibliographie (17–30) mit gekürzten Angaben zu den Übersetzungen seiner Werke sowie eine Laudatio vom Verlag (63), in der die fruchtbare Zusammenarbeit mit Zweig seit der Veröffentlichung von *Die frühen Kränze* – fünfundzwanzig Jahre zuvor – beschrieben wurde: »Stefan Zweigs lebendiger, von großen Menschen und Zeiten der Vergangenheit erfüllter und zugleich der Gegenwart zugewandter Geist hat uns aus tiefer Übereinstimmung mit unserem Wollen eine Fülle von Anregungen geschenkt.« Zugleich wurde das Erscheinen der *Ausgewählten Gedichte* (Insel-Bücherei Nr. 422) angekündigt.

Das vielleicht Besorgniserregendste zu jener Zeit war das dunkle Gefühl, daß seine persönliche Freiheit und sein Handlungsspielraum von allen Seiten bedroht seien. Sein Einkommen hing weitgehend von ausländischen Quellen ab: von dem Familienbetrieb in der Tschechoslowakei und von seinen Tantiemen, die hauptsächlich aus Deutschland kamen. Und obwohl es ihm nach dem Bankrott der Wiener Creditanstalt und den darauffolgenden Währungsrestriktionen in Deutschland gelungen war, mit Kippenberg eine Lösung zur bestmöglichen Verwendung seiner Mark-Einkünfte zu vereinbaren (gerade noch am Rande der Legalität, schrieb er im Dezember, *salvavi animam meam*[63]), war das Unbehagen, von Einschränkungen bedrängt zu werden, auf die er keinen Einfluß hatte, mitverantwortlich für seine Depression.
Gegen Ende des Jahres war er in Paris. Seine Beklommenheit war Friderike nicht verborgen geblieben, die ihm in ihrem Neujahrsgruß ein so gutes 1932 wünschte,

als es in diesen Zeiten, bei der Teilnahme, die Du an der Dich umgebenden Atmosphäre nimmst, möglich ist! Ich selber möchte Dir doch so gerne Ruhe geben, aber ich bin nicht mehr so zuversichtlich, denn ich kann mein eigenes Gleichgewicht jetzt auch nicht mehr recht im Stillsitzen finden. Das Haus ist mir nicht genug Heim: ich habe zu wenig zu sagen, ich habe kein Besitzrecht, es ist mir zu groß, ein zu weiter Mantel über einer manchmal frierenden Seele. Daß ich meinen Willen daransetze, es Dir leichter zu machen und meine Pflichten zu vereinigen, das weißt Du, und ich verspreche es.[64]

Auch sie mußte fort und versuchen, Trost in der Arbeit zu finden. Da Suse noch immer in der Schweiz war, verbrachte sie einen Teil des Januars dort, besuchte Rolland und begann mit den Vorstudien für die Pasteur-Biographie, die sie auf Rollands Drängen hin schreiben sollte.

Ich denke viel an Rolland und an die veränderte Atmosphäre [in Genf] ... – Wie wahr und falsch ist sein Weltbild zugleich ... Schade, daß Du nicht ein paar Tage hierher kommen willst, ich meine zu ihm und nach Genf. Es ist doch in mancher Hinsicht jetzt wieder »das Herz Europas«, freilich kein ganz gesundes, aber eines, das sich mit mehr oder weniger Aufrichtigkeit zu kurieren sucht, bevor es sich verloren gibt. Wärst Du doch dazu bereit, hier am Ufer des schönen Sees, wo im Jänner jetzt Blumen blühen, ein kleines Haus zu kaufen. Es kommen schlechte Zeiten. In bösen Nächten habe ich schon Hitlerbomben auf unser Haus herabfallen sehen. Wann hätte man je gedacht, daß man die Wiederwahl Hindenburgs in sein Gebet einschließen würde![65]

Trotz all seiner Vorahnungen schien sie die Zukunft sehr viel klarer zu sehen als er. Wie anders hätte ihr Leben sein können, hätte er Friderikes Drängen auf Entscheidungen nun nachgegeben. Aber sein Hang zum Ausweichen ließ ihn solche Entscheidungen immer wieder hinausschieben, und wenn er sie dann endlich traf, war es zwar vielleicht nicht zu spät, doch sie liefen zu oft in eine überraschende und auf tragische Weise falsche Richtung. In Paris nun war seine Stimmung erneut umgeschlagen, und er fühlte sich glücklich »wie ein Karpfen im frischen Wasser«. Es erwarteten ihn mehr Einladungen als er annehmen konnte: zu einer Rundfunklesung, einer Autographenauktion, und ein Strom von Freunden erwartete ihn: Schalom Asch, die Masereels, Julien Cain, die Luchaires, Benaroya, »mein bulgarischer Biograph«, Duhamel, Valéry, Jean-Richard Bloch (für die deutsche Ausgabe von dessen Buch *Vom Sinn unseres Jahrhunderts* schrieb er ein Vorwort), Roger Martin Du Gard (dessen *Les Thibault*, »enfant légitime de Jean Christophe ..., admirable hymne à l'homme libre«, ihn 1931 so bezaubert hatte). Doch gleichzeitig klagte er, daß seine eigene Arbeit leide:

Wäre mit Wonne noch zwei Monate geblieben, aber ich kann ohne Sekretärin nicht arbeiten, es ist die alte Misere. Wo wäre ich, wenn ich jemanden mit mir hätte, dem ich die Texte und Briefe diktieren kann, ich hätte bei halbem Kraftverbrauch das Doppelte geleistet und nicht immer die Nach-Hause-Nervosität gehabt.

Dieser etwas mürrische Ausbruch provozierte Friderike zu einer scharfen, aber berechtigten Antwort:

Mich trifft der Vorwurf nicht, daß Du zu wenig gearbeitet hast. Es hätten doch kaum mehr Bücher von Dir erscheinen können und noch erfolgreichere. Du bist von Jahr zu Jahr in den Büchern gewachsen. Der Mensch in Dir ist vielleicht karger geworden aus Routine, aber er wird wieder aufleben, wenn Du Kleinigkeiten wieder von Dir weist. Dem Arbeiter in Dir bist Du nichts schuldig geblieben. Seitdem Du mit mir bist, Lieber, ist in *ununterbrochener* Kette Deine Arbeit *gewachsen*, und ich habe Dir, wenn auch keine Stenotypistin, doch wirklich alles gegeben, was an Umwelt der Ungestörtheit ein Künstler braucht. Von allein kommt das nicht. Unterschätze das nicht, indem Du etwa dafür aus mir eine Stenotypistin machen möchtest und schon gar jetzt noch, mit beginnenden weißen Haaren. Sei umarmt
von Deiner

Exmumu[66]

4

Es geht vorbei;
Nachher wars einerlei.
Das Wort entschlief, als jene
Welt erwachte.

Karl Kraus

Im Mai 1932 wurde Zweig gebeten, in Florenz eine Vorlesung zu halten, und die Woche, die er dort verbrachte, gehörte zu den erfreulichsten seines Lebens. Die Zöllner an der Grenze warfen nicht einmal einen Blick auf sein Gepäck: »Ich scheine ein vertrauenerweckendes Antlitz zu haben.« Seine italienischen Gastgeber waren äußerst rücksichtsvoll und zuvorkommend; er bewohnte ein luxuriöses Zimmer mit geräumigem Balkon im Excelsior, und er hatte genügend Zeit, allein zu sein, durch die Uffizien zu wandern, seine Freunde Enrico Rocca und Lavinia Mazzucchetti (seine Übersetzerin) zu besuchen, die resedaschwangere Luft zu atmen und wilde Erdbeeren zu essen. Der Vortrag, den er im Palazzo Vecchio in italienischer Sprache hielt, hieß *Der europäische Gedanke in seiner historischen Entwicklung* – ein Thema, das ihm sehr am Herzen lag, und er war einer seiner besten. »Es war erstaunlich«, schrieb er an Friderike und bedauerte, daß sie nicht dabei sein konnte. Er beschrieb

den göttlichen Saal der Signoria, ... gefüllt zum Bersten, über 1000 Personen ..., nur Italiener, und was für fabelhafte Frauen – grand événement artistique, ich mußte dann etwa 200 Bücher unterzeichnen, dem Podestà und allen denkbaren Marchesen und Principessen Einladungen ablehnen ... Das Ganze hat ein unglaubliches Cachet gehabt, ich kann mir nicht denken, daß an irgendeinem Ort der Welt dies zu überbieten gewesen wäre. ... – mit Moskau im Operntheater war es doch das Eindrucksvollste meiner alternden Existenz.

Nach seiner Rückkehr jedoch erwartete ihn eine noch größere Ehre: eine von Marconi unterzeichnete Einladung, im November einen Vortrag vor dem europäischen ›Volta‹-Kongreß der moralphilosophischen und historischen Fakultät der Reale Accademia in Rom zu halten. Seine Arbeit an *Marie Antoinette* und *Die schweigsame Frau* verhinderten sein persönliches Erscheinen, doch sein Vortrag *Die moralische Entgiftung Europas* wurde in seiner Abwesenheit gelesen (eine bearbeitete Form erschien am 20. November unter dem Titel *Der geistige Aufbau der neuen Generation* in der *Neuen Freien Presse*).[67]
Für ihn war es in gewisser Hinsicht ein italienisches Jahr, und die Tatsache, daß man ihm Gelegenheit gab, im faschistischen Italien über derart europäische und internationalistische Themen zu referieren, könnte in

ihm den Gedanken bestärkt haben, hier gäbe es möglicherweise ein Gegengewicht gegen die in Deutschland aufkommende Gefahr (auf ähnliche Ansichten haben sich Anfang der dreißiger Jahre übrigens viele Österreicher berufen). Und zweifellos wurde sein naiver Glaube, die Macht der Vernunft werde dem Aufstieg des Totalitarismus Einhalt gebieten, damals noch bestärkt durch den Erfolg, den er selbst mit einer persönlichen Intervention bei Mussolini errungen hatte: Ein unmittelbar an den Diktator gerichteter Brief bewirkte die Freisprechung und schließlich sogar die Freilassung von Doktor Germani, einem ehemaligen Protégé des hingerichteten Matteotti, der aufgrund seiner Versuche, Matteottis Kinder aus Italien herauszuschleusen, eingesperrt worden war. Zweig war (mit Recht) unendlich stolz auf diesen Sieg und schrieb am 17. Januar 1933 jubilierend an Rolland: »Ich habe meiner Ansicht nach den größten literarischen Erfolg meines Lebens errungen, größer noch als der Nobel-Preis, ich habe den Doktor Germani gerettet.« Rolland gratulierte ihm, riet jedoch gleichzeitig zur Vorsicht: »Gewiß, Mussolini ist schlau! Aber ich bitte Sie, lassen Sie sich nicht einwickeln! ... sie wollen uns ›kriegen‹ ... mich werden sie nicht kriegen ... das Spiel, das Emil Ludwig mit Mussolini spielt, gefällt mir ganz und gar nicht. Er heuchelt Unabhängigkeit, treibt aber seine Schmeichelei ins Unbegrenzte.« Aber selbst nach den furchtbaren Enttäuschungen der folgenden Jahre betrachtete Zweig am Ende seines Lebens diesen Brief, den einzigen, den er je an einen Staatsmann richtete (und das einzige Mal, daß er sich offen und aktiv für die Freiheit einsetzte), als denjenigen, der ihm die größte Freude und Befriedigung gebracht hatte (Friderikes nicht unerheblichen Anteil an dessen Entwurf wurde nie erwähnt).[68]
Kurz vor Weihnachten schrieb er an Kippenberg:

> Mit diesem Jahr will ich herzlich zufrieden sein. Es hat mich belehrt über etwas, was ich freilich schon an Ihnen hätte persönlich wahrnehmen können, daß auch nach fünfzig die Sonne noch gut im Zenith steht und man vielleicht sogar noch Wärme genug hat, um sie an andere weitergeben zu können. Hoffentlich sind auch Sie geschäftlich zufrieden gewesen, so wie ich es reichlich bin in dieser gottgeschlagenen Zeit![69]

Bei den Neuwahlen zum Reichstag im November hatten die Nazis zwar Verluste erlitten, blieben aber trotzdem, wie schon im Juli, die stärkste Partei. Während eines kurzen Aufenthaltes in Arosa im Dezember hatte er den zweiten Akt des Librettos fertig geschrieben, und Strauss war höchst erfreut über das Ergebnis.[70] Der Erfolg in Italien und mit seiner *Marie Antoinette* schien seine einstige Bitterkeit verdrängt zu haben, das Gefühl des eigenen Versagens war anscheinend vorüber. Die Vorbereitungen für eine ins Portugiesische übersetzte Ausgabe seiner Werke in Brasilien waren voll im Gange, und er selbst dachte wieder, wie schon einmal 1928, an eine Südamerikareise, um einen Teil jenes Kontinents zu besuchen, den er geistig enger mit Europa verbunden sah als den Norden. Er bat seinen spanischen Übersetzer in Buenos Aires, Alfredo Cahn, um Vorschläge für eine zweimonatige Reise nach Argentinien und Brasilien.[71] Selbst noch im Januar 1933 – jenem schicksalhaften Monat für Europa – empfand er Freude über die Vollendung des letzten Aktes des Librettos. Strauss dankte Kippenberg erneut für die Zusammenführung mit dem Dichter, der ihm nun den besten Text geschrieben habe, der auf dem Gebiet der opéra comique seit dem *Figaro* geschaffen worden sei, und meinte:

Nachdem ich soeben die *Marie Antoinette* ... und das wundervolle Buch *Die Heilung durch den Geist* gelesen habe, schäme ich mich fast einzugestehen, wie wenig selbst ich ... von Stefan Zweigs Werken gekannt habe. Wenn ich die Popularität des Schaumschlägers Emil Ludwig ... und die Reklame, die fast täglich für den langweiligen »Patrizier« Thomas Mann gemacht wird, bedenke, so kann man nur bedauern, daß ein Zweig noch nicht nach seinem vollen Wert anerkannt ist.

»Ich hatte gleich das Gefühl, daß ich eine glückliche Ehe vermittelt hatte, und ich freue mich, von den beiden Ehegatten das nun bestätigt zu hören«, schrieb Kippenberg als Antwort.[72]
Mit Hitlers Ernennung zum Kanzler am Ende des Monats jedoch welkte die zarte Pflanze von Zweigs Optimismus dahin. Mit einem Mal schien alles schiefzugehen: »Es herrscht jetzt eine Art Böswilligkeit in der Welt, die unerträglich ist.« Die Filmrechte für *Brennendes Geheimnis* wurden nicht bezahlt. Und es drohte ein Prozeß: Eine Gruppe arbeitsloser Schauspieler hatte in Berlin mit den Proben für eine völlig unautorisierte *Volpone*-Aufführung begonnen, zu der er seine Zustimmung nur unter der Bedingung geben konnte, daß keine Kritiker zugelassen sein würden (zu der Zeit stand Emil Jannings für eine Inszenierung dieses Stückes unter Vertrag). In der deutschen und dann auch in der österreichischen Presse erschienen gegen ihn persönlich gerichtete Kommentare. »Man läßt sich gern beschütten mit Dreck für Dinge, die man getan, gewollt und riskiert hat, aber nur weil ein Buch 40 Tausend Exemplare verkauft, unablässig mit solchen Hetzen sekiert zu werden, ist verstimmend«, schrieb er an Ebermayer, »und mir, dem vor allem Öffentlichen graut, sind diese Dinge zum Brechen.« Bei einem Telefonat mit Kippenberg am 3. Februar erfuhr er, daß die Buchhandlungen und Theater in Deutschland wegen der politischen Lage wie leergefegt waren – »eine greuliche Zeit und vielleicht doch noch besser als diejenige, die kommen wird«.[73]

Von Salzburg aus konnte er die Vorgänge in Deutschland wie von einer Tribüne verfolgen. Die Tatsache, daß er vom Kapuzinerberg sogar direkte Sicht auf Berchtesgaden hatte, kam ihm erst später voll zu Bewußtsein. Aber was das Tröpfeln der Flüchtlinge und der Nazi-Agitatoren im Gewande des ›Touristen‹ bedeutete, die sich nun über die nahe Grenze machten, blieb ihm schon damals nicht verborgen. Es herrschte die rohe Gewalt, und insgeheim wußte er, daß es noch lange dauern würde, bis Maß und Vernunft wieder einkehrten. Jeden Tag rechnete er mit einem ähnlichen Umsturz in Österreich. In Wien und selbst in Deutschland trösteten sich viele mit dem Gedanken, daß das alles nicht lange dauern könne. Doch Zweig erinnerte sich an das, was ihm der Direktor des Wremja-Verlages 1928 in Leningrad gesagt hatte, als er ihn, der mit Wehmut an seinen früheren Reichtum dachte, fragte, weshalb er nicht gleich nach der Revolution emigriert sei: »Wer konnte denn damals glauben, eine solche Sache wie eine Räte- und Soldatenrepublik würde länger als vierzehn Tage dauern?« Nun erlebte er die gleiche Selbsttäuschung. Der Reichstagsbrand am 27. Februar war für ihn die endgültige Bestätigung, in der das Hitlertum sein wahres Gesicht zeigte: Der Zufall, daß der Film *Brennendes Geheimnis* damals in ganz Deutschland lief und mit seinen Plakaten für die Berliner in satirischer Beziehung zu dem Ereignis stand, diente nur zur Unterstreichung der furchtbaren Realität.*

Nur zwei Wochen zuvor hatte Kippenberg bei einem Essen mit Brockhaus und Ebermayer die Ansicht geäußert, es sei unwahrscheinlich, daß Zweig aus den politischen Veränderungen irgendwelche Schwierigkeiten erwachsen würden: Als er hörte, daß dieser auch Mitinhaber einer Fabrik sei, sagte Kippenberg scherzhaft ungläubig: »Was? Hat Zweig *noch* eine?«[74] Zweig konnte nie die Verblüffung vergessen, die ihn befiel, als er kurz nach dem Reichstagsbrand zu seinem Verleger sagte, mit seinen Büchern werde es in Deutschland bald vorbei sein, und Kippenberg antwortete: »Sie haben doch nie ein Wort gegen Deutschland geschrieben oder sich in Politik eingemengt.«[75] Doch mit der Nazi-Medizin der ›Ordnung‹ nahm Kippenberg schließlich auch das Reinigungsmittel des Antisemitismus ein, und so begann sich zwischen den beiden Schweigen auszubreiten.

Zur Bestürzung all derer, die von ihm öffentlichen Widerstand, eine offene Kriegserklärung gegen die Mächte der Finsternis erwarteten, hieß für Zweig die Parole nun Schweigen. Die geplante Vortragsreise

* *WvG* 417, 429. Im Jahr darauf wurden Exemplare von *Brennendes Geheimnis* konfisziert – nicht wegen des Autors, sondern weil sich unter gleich betiteltem Umschlag ein kommunistisches Pamphlet in Umlauf befand (Brief an Roth, etwa Aug. 1934, Roth 373).

nach Skandinavien im März, die von der Schwedisch-Österreichischen Gesellschaft arrangiert worden war, sagte er ab (Ginzkey spang für ihn ein):

Ich habe damit allen Erörterungen, als ob ich ins Ausland ginge und ob ich das Recht habe als »rassenfremder« Schriftsteller dort aufzutreten, von vorneherein die Gurgel abgeschnitten. Man muß jetzt wirklich die Muskeln anspannen, um sich nicht ... in Politik und Diskussionen hineinziehen zu lassen.[76]

In einem Brief an Rolland schrieb er im April:

Alles, was wir moralisch erlitten haben, übergehe ich mit Schweigen, denn mir selbst treu bleibend werde ich auch jetzt nicht ein ganzes Land hassen, und ich weiß, daß die Sprache, in der man schreibt, es einem nicht erlaubt, sich von einem Volk zu trennen – selbst in seinem Wahnsinn – oder es zu verfluchen.[77]

Strauss, der politischen Regimen gegenüber stets eine heitere Gelassenheit an den Tag legte, solange sie ihn nur ungestört arbeiten ließen, nun aber die verständliche Sorge hatte, ein unbedachtes Wort von Zweig könnte die Zukunft ihrer Oper gefährden, ließ sich von Kippenberg beruhigen: »Zweig hat ja nie zu den Leuten gehört, die nach allen Richtungen hin das Maul auftun, aber er wird sich in Zukunft noch mehr als bisher zurückhalten und völlig zurückgezogen nur seiner Arbeit leben.« Offenbar hatten sie sich Ende März getroffen.*

Obwohl Zweig aus dieser extremen Zurückhaltung heraus die Einladung nach Skandinavien abgelehnt hatte, sagte er doch im März für die Schweiz zu: Bern, Zürich, Genf (nach seinen Worten »eine neue Vortragsplage«) – und genoß zehn Tage lang die ruhige Atmosphäre dort. In der Schweiz hatte sich schon eine ganze Kolonie deutscher Flüchtlinge versammelt: Er traf Max Herrmann-Neisse, Ernst Toller (dessen Wohnung in Berlin von den Nazis durchsucht worden war) und Wilhelm von Scholz. Und er sah die wachsende Panik der Intellektuellen, angesichts der täglich neu erscheinenden Hetzartikel gegen jüdische Schriftsteller. Er signierte Hunderte von Büchern, bis seine »Tintenfedern erschöpft« waren, doch er meinte: »Man soll sich den Menschen nicht entziehen, die einem gut gesinnt sind – es gibt doch jetzt Millionen, die einen auf Kommando hassen und verachten.« Es war ihm bereits klar, daß die völlige Gleichschaltung der deutschen Presse durch Goebbels das Erscheinen auch nur einer Zeile von ihm oder über ihn

* Brief von Kippenberg an Strauss, 1. Apr. 1933 (*IAusst* 256). »Ich werde nie vergessen«, schrieb Kippenberg später, »wie wir in Baden bei Zürich Abschied von einander nahmen. Aber wir taten es mit der mündlich ausgesprochenen Zuversicht, daß die Trennung nicht für immer sein würde und daß zu guter Stunde seine Bücher wieder unter dem Zeichen des Insel-Schiffes erscheinen würden« – was zu Kippenbergs großem Schmerz nicht erfolgt ist (Brief vom 4. Okt. 1948 an Hanns Arens, freundlicherweise von Frau Eva Kampmann-Carossa mitgeteilt).

dort in Zukunft verhindern würde. Und als er von Basel aus einen Spaziergang über die französische Grenze machte, war er gerührt, als ein Polizist konstatierte: »Mais votre nom m'est bien connu« – glücklicherweise nicht in dem Sinn wie an der deutschen Grenze.[78]
Öffentliche Angriffe von seiten sowohl der Deutschnationalen als auch der Flüchtlinge zehrten an seinen Nerven. Zwar versuchte er, einen Mittelweg einzuhalten, doch die Unmöglichkeit dieser Aufgabe ließ ihn mehr und mehr verzagen. Freunde wie Gregor wollten ihn aufmuntern (»Als wenn jemals ein so großes, herrliches, vielbewundertes Lebenswerk durch eine Rundfunksphrase ... angetastet werden könnte!«) und versuchten, das Vorübergehende dieser Phase zu unterstreichen. Joseph Roth dagegen sah schwärzer; von Paris aus riet er, still abzuwarten: »Protestieren Sie in keiner Form!« Sowohl Gregor und Felix Braun als auch Rieger meinten, es wäre am besten, wenn er Salzburg für eine Weile verließe. Dabei kam Braun Zweigs eigenen Empfindungen besonders nahe; schon im April schrieb er, ob der Freund nicht in Erwägung ziehen wolle, Salzburg für immer zu verlassen.

Das wäre nicht Flucht, sondern das Ziehen einer Folgerung und die natürliche Haltung gegenüber Undankbarkeit und Mißgesinnung. ... In Salzburg aus einer angenommenen Pflicht auszuharren, hätte nicht Sinn. Wenn Du nicht nach Wien zurückkehrst, gibt es ja genug Orte in Europa, die stolz wären, wenn Du sie mit Deiner Gegenwart auszeichnetest.

Aber obwohl er noch nicht bereit war, einen solchen Entschluß zu fassen, dachte er doch daran, wenigstens den Winter im Ausland zu verbringen. So konnte er am 11. April an Gregor schreiben: »Auch die Bäume blühen besser, wenn man sie von der Stelle wegsetzt, wo sie schon alle Kraft ausgesogen haben, es handelt sich jetzt nur noch um das Wie und Wann.«[79]
Ende April fuhr er mit Friderike für ein paar Tage nach Cadenabbia, wo er einen ersten Rohentwurf für seinen *Erasmus* anfertigte. Auf Friderikes Anraten hatte er kurz zuvor Huizingas Buch über diesen ›ersten Europäer‹ gelesen, dessen Verwandtschaft mit seinem eigenen Geist ihn tief bewegte und dessen Position in einer Zeit, in der die extremen Gegensätze sich ebenso fanatisch bekriegten, der seinen so ähnlich gewesen war. Seine Geschichte zu schreiben, schien ihm nun das mindeste, was er in einer solchen Zeit tun konnte – und für ihn, der selber so erasmisch war, *homo pro se*, das äußerste. »Ich möchte ihm ein kleines Denkmal setzen, und wer lesen kann, der wird die Analogie zu der Geschichte unserer Tage erkennen. Uns bleibt kein anderer Weg, uns Gehör zu verschaffen, als in Symbolen zu schreiben oder zu emigrieren.«[80] Aber seine Unrast machte es schwer; seine Unfähigkeit zur

Konzentration wurde immer störender, und eine Arbeit, die er in besseren Tagen in zwei Monaten bewältigt hätte, brauchte nun zehn.[81] Auf dem Wege zum Comersee traf er Walter Bauer (dem er Geld vorgestreckt hatte, damit er Ferien in Italien machen konnte); in einem Bozener Hotel stießen sie auf Braunhemden. »Das hat gesiegt«, sagte er schwermütig zu Bauer und deutete auf die hohen Stiefel draußen im Korridor. »Es wird wieder verschwinden – aber wann?«[82]
Voller Mitgefühl schrieb er Thomas Mann ins Exil nach Lugano, nachdem dessen Haus und Eigentum in München konfisziert worden waren. Das Verhalten des Dritten Reiches schien für ihn ein schwererer Schock als für Mann selbst (oder für Hermann Hesse, der es sogar als gesund für den wahren deutschen Geist ansehen konnte, wieder einmal in Opposition zum offiziellen Deutschland zu stehen[83]). Aber noch schlimmer für ihn war die Bücherverbrennung in Berlin am 10. Mai; sie brachte ihn in eine Zwangslage, die auswegloser war als alles, was Erasmus je erlebt hatte: Denn die weltweite Aufmerksamkeit, die dieser barbarische Akt auf sich zog, drohte aus ihm einen Helden und Märtyrer zu machen, »was ich gar nicht bin«. »Ich hätte gern auf diese Reklame verzichtet«, schrieb er an Servaes. »Sie wissen, ich bin ein Mensch, dem nichts über die Stille geht.« Doch man könne nichts tun, meinte er, als »abwarten, abwarten, schweigen und noch einmal schweigen«. So ehrenvoll es auch sein mochte, diese völlige literarische Vernichtung in Deutschland mit so bedeutenden Zeitgenossen wie Einstein, den Manns, Werfel und Freud zu teilen, das »Märtyrertum« war für Zweig schmerzlicher als das Ereignis selbst.[84] Und sein Schweigen brachte ihm nichts außer Verwünschungen von denen ein, die auf Aktion und Protest drängten.
Als Felix Salten ihn aufforderte, Ende des Monats am PEN-Kongreß in Dubrovnik teilzunehmen, hielt er dagegen, die deutschen Juden sollten sich aus solchen Demonstrationen heraushalten (denn es war klar, daß die Bücherverbrennung oberster Punkt auf der Tagesordnung sein würde); und wieder flüchtete er in dem Glauben in die Schweiz, sich so der Notwendigkeit einer eindeutigen Stellungnahme entziehen zu können.[85] Als die offizielle Einladung kam, konnte Friderike nur telegrafieren: »Mein Mann gestern abgereist, wird an Kongreß nicht teilnehmen«, denn sie wußte nicht, was er mit Salten vereinbart hatte. Schließlich konnte er doch nicht umhin, ein klareres Telegramm zu schicken. Auf dem Rückweg kam es im Zug nach Bad Gastein zu einem höchst unangenehmen Zusammentreffen mit der nach Dubrovnik reisenden ›neudeutschen‹ Delegation. Er war natürlich höflich, um so mehr, als Hanns Martin Elster dabei war, der 1922 so lobend über sein Werk geschrieben hatte. »Aber man schnüffelte vorsichtig umeinander

herum und sprach über die grünen Wiesen von Gastein.«[86] Die später folgenden Meldungen über Meinungsverschiedenheiten auf dem Kongreß, die sogar zu Handgreiflichkeiten geführt hatten, empfand er als widerwärtig, und er beharrte auf seiner Weigerung, sich in den Protest hineinziehen zu lassen. Auch später lehnte er es ab, für Jacobs Resolution an den Österreichischen PEN-Club zu stimmen, in der dessen Verhalten in Dubrovnik verurteilt und gleichzeitig ein entschlossenerer Protest gegen die Behandlung der Schriftsteller in Deutschland gefordert wurde. Sein besonderes Mißfallen erregte Ernst Tollers Erscheinen auf dem Kongreß, denn er war der Ansicht, Toller habe durch sein Auftreten die Aufmerksamkeit von der schändlichen Tatsache abgelenkt, daß nicht ein einziger der selbst nicht betroffenen, nicht-jüdischen deutschen Schriftsteller es gewagt hatte, sich offen auf die Seite derer zu stellen, die so lange Jahre ihre Kollegen gewesen waren. Dieses Schweigen empfand er als schmählicher als die Haltung der Regierung, die immerhin nur ihr Parteiprogramm erfüllte. Er verglich Furtwänglers öffentliches Eintreten für Bruno Walter und für die Musik mit dem kleinmütigen Schweigen von Hauptmann und den anderen, das nur als stillschweigendes Einverständnis mit der Barbarei verstanden werden könne.[87]
Der Einfluß seines Schachpartners in diesem Sommer war wenig aufmunternd. Fuchs, der seit den frühen Tagen in Salzburg zu einem treuen Gefährten Zweigs geworden war und der regelmäßig Korrektur für ihn gelesen hatte, war ein Funktionär der Sozialistischen Partei Österreichs, die sich trotz ihrer Stärke in ihrer Opposition gegen die damaligen Rechtsströmungen zusehends negativ entwickelte. Seine Frau, die gelegentlich als Sekretärin für Zweig arbeitete, war die Tochter eines sozialistischen Abgeordneten. Sie waren nun fast täglich beisammen, und Fuchs' ständiges Schimpfen über den – wie er es nannte – Verrat der Demokratie an den sozialen Ideen ließ Zweigs Pessimismus immer größer werden und erschütterte seinen Glauben an das Ideal der Menschlichkeit, das er so lange hochgehalten hatte.[88] Als hätte er gewußt, daß er sie zum letztenmal sehen würde, war er seltsamerweise begeistert von den Salzburger Festspielen mit Strauss, Bruno Walter, Wassermann und vielen anderen, während er in früheren Jahren stets nur über den Rummel geklagt hatte.[89] Aber auch dieses kurze Vergnügen wurde getrübt durch die offenbar selbstsüchtige Willfährigkeit, mit der Strauss den neuen deutschen Machthabern begegnete. Eine von Zweigs jungen Verehrerinnen aus Deutschland weilte für ein paar Tage in Bad Reichenhall, doch die einzige Möglichkeit sich zu treffen war die Grenzbrücke in Gmain, zwischen den beiden Zollposten, denn die Nazi-Gesetze forderten für jede Auslandsreise einen Preis von 1000

Mark, und Zweig seinerseits war natürlich nicht bereit, das Reich zu betreten. Bei strömendem Regen standen sie scherzend eine Zeitlang unter einem Schirm auf der Brücke, aber der Vorfall vergegenwärtigte ihm, was er verloren hatte.[90]
Seine Situation war nicht zuletzt auch deshalb qualvoll, weil er sich außerstande fühlte zu handeln. Sicher, er drängte auf die Gründung eines gemeinsamen Verlags durch all jene (Engländer, Holländer, Italiener), die zu der Zeit Bücher in deutscher Sprache veröffentlichten, weil ihm, abgesehen von allem anderen, allmählich klar wurde, daß er für seine Werke eine Alternative für den Insel-Verlag finden mußte. Aber schon der Versuch, in der Emigration gedruckt zu werden, brachte ihm nur neue Angriffe ein, diesmal von den Emigranten, die in ihm einen heuchlerischen Kollaborateur der Nazis sahen, und er zog schnell seinen Beitrag zu Klaus Manns *Sammlung* zurück, für die er einen Auszug aus *Erasmus* versprochen hatte.[91] Seine etwas launenhafte Weigerung, die Kommunalsteuern in Salzburg zu zahlen, was ihm einen Prozeß, sowie eine Strafe von 100000 Schilling einbrachte, war eine höchst sinnlose Demonstration. Bisweilen brachte er es sogar fertig, die verhängnisvollen Entwicklungen in Europa bloß als eine Art Übergangsphase anzusehen, als einen Aufschub in der Schaffung eines Weltstaates, einer »Welt-Schweiz«[92]. Aber im Grunde seines Herzens wußte er natürlich, daß das Problem sehr viel tiefer lag.
Ihm fehlte – und auch das wußte er – die ruhige Entschlossenheit eines Thomas Mann. Es war ihm ganz klar, daß es höchste Zeit war, sich zu entscheiden, aber er konnte sich doch nicht durchringen. »Ein Stoß in den Rücken täte einem gut, damit man aus der Unsicherheit in einen Entschluß kommt.«[93] Er wußte nur, daß er im kommenden Winter aus Salzburg weg mußte, vielleicht nach Südamerika (wofür er Einladungen zu Vortragsreisen hatte) oder nach Rom.
Am 10. Juni schrieb er an Ebermayer:

> Jedenfalls werde ich den Winter das Haus hier sperren, wenn mich nicht die Umstände nötigen, es ganz aufzugeben. Es hat sich leider in der Umwelt manches hier verändert und nicht minder innen, die Freude an der Ausgestaltung des Hauses, der Sammlung, der Sinn für Repräsentation ist völlig abgestorben, ich gedenke mein Leben einfacher und dadurch beweglicher zu machen, mich zu entheimaten, wozu freilich der Anstoß nicht von innen kam.

Und noch im selben Monat, als er über seinen Konzentrationsmangel klagte:

Ich brauche Gegengewichte wie Musik, Menschen, und am meisten lockt mich Rom oder London, ich möchte nur nicht in eine Emigrantenecke ... man muß jetzt in der Welt Ersatz für dasjenige suchen, was man in der Heimat (denn die deutsche Sprache ist doch meine Heimat und unlösbar) verloren hat.[94]

Noch dachte er nicht an eine endgültige Emigration, aber schlimmer als das war sein Ausschluß aus der sprachlichen Heimat, und er konnte sich nicht vorstellen, wie er nach dieser geistigen Entwurzelung je wieder produktiv werden und etwas Dauerhaftes schaffen sollte.

Bis September hatte er den *Erasmus* noch immer nicht vollendet; er brauchte dazu noch zwei, drei Monate irgendwo, »wo man die Politik nicht allzunahe spürt«. Paris war unmöglich, denn dort würden ihn die vielen Freunde und die zahllosen Flüchtlinge mit ihren ebenso eifrigen wie nutzlosen Diskussionen allzusehr bestürmen. Was war besser als London? Er erinnerte sich an seinen letzten Besuch, der über ein Vierteljahrhundert zurücklag, und plötzlich schien es, als wäre die damals als so abstoßend empfundene kühle und reservierte Art der Engländer genau das, was er brauchte. Das Britische Museum konnte ihm alle nur erdenklichen Unterlagen bieten, die er für seine Arbeit brauchen würde, und vor allem: England war noch nicht in das politische Durcheinander auf dem Kontinent verwickelt, und von den Emigranten war dort kaum etwas zu spüren. Am 20. Oktober betrat Zweig das Foyer des Browns Hotels in London.[95]

VII
London
1933–1940

Nun blickte jedermann der Geschichte persönlich ins Glasauge.
Georg Kaiser

Oft komme ich mir vor wie ein Mann, der seine Nächte auf
dem Totenacker zubringt, am Grab seiner verstorbenen Frau.
Zweig an Paul Zech,
September 1936

1

Wenn ich darüber nachdenke, wo Du außerhalb Österreichs am besten hinpaßt, so ist es eben England.

Camill Hoffmann an Zweig

Soweit er für diese Monate der Ungewißheit überhaupt einen Plan hatte, sollte dieser Aufenthalt in London nur vorübergehend sein. Immerhin war es bemerkenswert, daß er entgegen seiner sonstigen Gewohnheit auf solchen Reisen noch vor Ablauf der ersten Woche eine Wohnung mietete: 11, Portland Place. Der erste Schritt in die Emigration war getan. Die ruhige Gelassenheit und Zurückhaltung der Engländer, die ihn einst so irritiert hatten, empfand er nun als wohltuenden Gegensatz zu der nervösen Aufregung und »ewigen Hetze« auf dem Kontinent. Es war herrlich, sich selbst überlassen zu sein, in einer »höflichen und haßlosen Atmosphäre« unter zivilisierten, gleichgültigen Menschen zu leben und regelmäßig im »gesegneten« Britischen Museum arbeiten zu können, »wo von der politischen Dummheit nichts zu merken ist und wo man sich noch konzentrieren kann«. Gesegnet auch die »gleichgültigen Menschen, die sich an Katzen, Fußball und Whisky freuen«, und ihre Einfachheit, die sich so angenehm von der Kompliziertheit der Mitteleuropäer abhob. Er hatte wieder einmal das Rauchen aufgegeben, und der *Erasmus*, der sich in den ersten Monaten so unglaublich zäh angelassen hatte, ging nun rasch seiner Vollendung entgegen.[1]

In gewisser Hinsicht war das Buch so etwas wie eine Autobiographie, eine »verschleierte Selbstdarstellung«. »Ich habe mir selber geholfen, indem ich den heiligen Erasmus als Nothelfer anrief.«[2] Er sah sich selbst in einer ebenso mißlichen Lage wie seinen Helden: bestrebt, das Gleichgewicht zu halten, ein Mann der Mitte zu sein, Menschlichkeit zu üben, die sich befehdenden Parteien zu verstehen, ohne die Unparteilichkeit zu verlieren, und daher von beiden mit gleicher Leidenschaft verachtet. »Sie schreiben damit«, schrieb Thomas Mann, »gewissermaßen den Mythus unserer Existenz ... und die Rechtfertigung der scheinbaren Zweideutigkeit, unter der wir leiden, und die wenigstens mich unter Emigranten schon beinahe so verhaßt gemacht hat, wie bei denen ›drinnen‹.«[3] Rolland gegenüber beschrieb Zweig das Buch als Glaubensbekenntnis, als einen Angriff gegen den Fanatismus in all seinen Formen, »ce bâtard de l'esprit et de la violence«; Rudolf Kayser gegenüber als die »Tragödie des weichen, schwachen Menschen in der Mitte, erliegend den Fanatikern: damit werfe ich etwas inneres Schicksal in einen Spiegel«; und Strauss gegenüber als »einen stillen Lobgesang an den antifanatischen Menschen, dem die künstlerische Leistung und der innere Friede das Wichtigste auf Erden ist ... die eigene Lebenshaltung in einem Symbol besiegelt«.*

Nicht alles in London sagte ihm zu, denn in seinen Augen begingen die Emigranten einen schweren Fehler mit ihren pausenlosen Attacken gegen das Dritte Reich, die durch die ständige Wiederholung an Wirksamkeit verloren, und mit ihren unaufhörlichen, in Büchern und Artikeln veröffentlichten Erörterungen des Judenproblems, die seiner Ansicht nach ihr Ziel verfehlten, indem sie etwas schufen, was in vielen Ländern gar nicht existierte. Nach seiner Meinung müßten das Arbeiten und das Schreiben gegen das Hitlertum »auf einer höheren Linie liegen und zwar in einer Form, die nicht ausschließt, daß man in Deutschland selbst gelesen werden könnte«. Den *Erasmus* sah er als einen solchen Versuch an.[4] Gleichzeitig aber meinte er, es sei für ihn unmöglich, das Buch in Deutschland zu publizieren. Er dachte daher zuerst an einen Privatdruck, den er an seine Freunde verschicken wollte, und dann an eine Veröffentlichung nur außerhalb Deutschlands – in der Tat der Plan eines »weichen, schwachen Menschen in der Mitte«, und so ist es nicht verwunderlich, daß die Wirkung des Buches, abgesehen von der Bewunderung der ›Konvertierten‹, im beabsichtigten Sinne praktisch gleich Null war.** Aber dessen ungeachtet gehört dieses Buch sowohl in der Formulierung seines Humanismus (der damals wie heute seine Gültigkeit hat) als auch in der historischen Darstellung seines geistigen Vorfahren zweifellos zu seinen besten.

Der Historiker mag gewisse Ungenauigkeiten im Detail kritisieren (schrieb Wallace K. Ferguson 1935); er mag – mit Recht – darauf verweisen, daß der Hintergrund bisweilen unscharf bleibt; ... doch er wird nicht umhin können, das Gesicht als das Gesicht des Erasmus zu erkennen, selbst wenn die Stimme gelegentlich die Stimme eines anderen zu sein scheint. Durch sein Einfühlungsvermögen oder seine schöpferische Phantasie ist es Stefan Zweig gelungen – trotz seiner etwas lückenhaften historischen Informationen –, für sich und durch das Buch auch für seine Leser ein sehr einsichtsvolles Bild von einem Mann zu zeichnen, den viele sogenannte Fachleute durchaus nicht verstanden haben.[5]

* Briefe an Rolland, 18. Dez. 1933 (Dum 203); Kayser, 30. Nov. 1933 (*Sp* 75); und Strauss, 17. Mai 1934 (*Str* 63). Verbittert über Zweigs ausweichende Antwort auf eine Bitte um finanzielle Hilfe schrieb Benno Geiger im Jahre 1935: »Ja er versetzte in Erasmus / sich selber derart tief hinein, / daß jener nur ein Pleonasmus / für ihn erschien; im Weltmarasmus / er selber eitel Sonnenschein« (*Sämtliche Gedichte*, III, 236).

** Trotzdem schrieb Gerhart Hauptmann, nachdem er das Buch gelesen hatte, Zweigs Beschreibung des ›Erasmischen‹ habe eine Saite tief im Inneren seiner eigenen Natur angeschlagen (Brief vom 30. Juli 1934, ZE).

Er blieb diesmal sechs Wochen in London. Die Last seiner bösen Vorahnungen war unvermindert, denn er erkannte nur zu gut, wie sehr es dem Deutschen an der Mäßigung fehlte, mit der der Franzose und der Engländer gesegnet waren: »Er schwankt immer zwischen Selbstmißachtung und Selbstüberschätzung, und wenn dieses Überlegenheitsgefühl nun gleichsam Staatsreligion wird, so muß man wirklich mit Besorgnis in die Zukunft blicken.«[6] Er spürte deutlich, was auf Österreich und das übrige Europa zukam, doch er konnte sich nicht dazu überwinden, die Brücken abzubrechen. Sechs Monate zuvor, genau am Tag der Bücherverbrennung, hatte er an Rolland geschrieben, er habe seinem Haus, seiner Sammlung und seinen Büchern nun Lebewohl gesagt:

Sollen sie doch alles nehmen, es macht mir nichts aus, im Gegenteil. Ich werde mich freier fühlen, wenn dieses ganze gelebte Leben nicht mehr auf meinen Schultern lastet ... das alles ist für ruhige Jahre, die im Schneckentempo dahinkriechen – in Zeiten wie den unsrigen muß man die Schultern frei haben.[7]

Aber jetzt in London beschlich ihn ein ängstliches und lähmendes Gefühl der Unsicherheit, wenn er daran dachte, daß Friderike und alles, was er liebte, noch in Salzburg war. Er spielte mit dem Gedanken, für immer nach England zu ziehen, und litt gleichzeitig unter seiner Unentschlossenheit.[8] Die, wenngleich nur vorläufige, Lösung brachte der Zufall. Seine Leidenschaft für alte Handschriften brachte ihn dazu, im Britischen Museum einen Blick auf einen Bericht über die Hinrichtung der Schottenkönigin Maria Stuart zu werfen, und mit der ihm eigenen Neugier begann er, sich näher mit deren Geschichte zu befassen: War sie der ihr angelasteten Verbrechen schuldig oder nicht? Die Bücher darüber waren so widersprüchlich, daß er sich gedrängt fühlte, zu den Quellen zurückzugehen und sich selbst ein Bild zu machen. Als er am 1. Dezember wieder nach Österreich aufbrach, stand sein Entschluß fest: Er würde nach London zurückkehren, um eine Maria-Stuart-Biographie zu schreiben.[9]

Zunächst jedoch sah er sich gezwungen, einen Verleger außerhalb Deutschlands zu finden. Im Oktober war ein privater Brief von ihm an den Insel-Verlag ohne Erklärung und ohne sein Wissen im Leipziger *Börsenblatt für den deutschen Buchhandel* veröffentlicht worden; er selbst erfuhr es erst durch einen Artikel in der Wiener Presse, in dem er als »Verräter der Emigranten« geschmäht wurde.* Daß ihm das wider-

* Der mit dem 26. Sept. 1933 datierte Brief scheint derjenige in der Nummer 240 des *Börsenblattes* zu sein, 14. Okt. 1933, S. 787 ff.; Zweig drückte darin seine Verwunderung darüber aus, daß Klaus Manns *Sammlung* keineswegs rein literarisch war, wie Mann ursprünglich hatte vermuten lassen, sondern ganz im Gegenteil äußerst politische Züge trug (zitiert Wegner, 69). Viele Emigranten waren wie Klaus Mann der Ansicht, daß Zweig umgefallen sei, »um Goebbels nicht zu

fahren mußte, wo er doch stets darauf bedacht gewesen war, jede Form von öffentlicher Äußerung zu vermeiden, kränkte ihn zutiefst, und in einem Anfall von heftiger Wut beschloß er, mit der Insel zu brechen. Selbst Kippenbergs persönlicher Entschuldigungsbrief – der Vorfall hatte sich in dessen Abwesenheit zugetragen – konnte ihn nicht mehr umstimmen, und er schrieb eine Antwort, deren Abfassung ihm die größten Schmerzen bereitet haben mußte und in der er diese achtundzwanzig Jahre währende Verbindung endgültig abbrach. »Es ist mein Leben darin, aber die Ehre ist wichtiger«, wie er zu Joseph Roth sagte. Als sich die Wogen der ersten Aufregung etwas geglättet hatten, erkannte er, daß sich eine solche Beziehung nicht über Nacht lösen ließ. Vor seiner Abreise aus London hatte er sich angesichts der Publizität des Falles noch genötigt gesehen, über die Jewish Telegraphic Agency eine Stellungnahme abzugeben, die seinen Entschluß, die Verbindungen mit Deutschland abzubrechen, deutlich machen sollte. Doch im Dezember schrieb er von Salzburg aus an Kayser, daß er trotz des niederschmetternden Gedankens an das Zerreißen seines Lebenswerkes eine Verflechtung so vieler Jahre nicht mit einem Schlag lösen wolle, »sondern eine Pause machen und abwarten, ob nicht die nächsten Monate und Jahre doch wieder den Irrsinn der Vernunft untertan machen«. Es war eine völlig neue Situation für ihn, und er hatte keine Ahnung von den juristischen Gegebenheiten.[10] Wie er selbst die Lage einschätzte, geht daraus hervor, daß er sich umgehend um eine Veröffentlichung seiner Werke in Wien bemühte.
Er überredete Herbert Reichner, den ihm gut bekannten Herausgeber der Zeitschrift *Philobiblon*, einen eigenen Verlag zu gründen und sicherte sich damit zumindest vorläufig sein Überleben im deutschen Sprachraum. Der Reichner Verlag wurde mit Sitz in Wien Anfang 1934 aus der Taufe gehoben; auf Zweigs Betreiben und gegen Reichners anfänglichen Widerstand wurde der Verlag auch in Leipzig und Zürich in das Handelsregister eingetragen, so daß seine Publikationen theoretisch und bis zu einem gewissen Grad auch praktisch im Reich selbst vertreten waren (wiederum ein Umstand, der nicht dazu beitrug, Zweigs Ansehen unter den Emigranten zu vergrößern). Aber im Gegensatz zu der damals weit verbreiteten Meinung war Zweig weder Besitzer der Firma, noch hatte er einen direkten Einfluß auf deren Leitung; er hatte der Versuchung einer finanziellen Beteiligung erfolgreich widerstanden. Die Politik überließ er gerne Reichner, solange er

kränken« (Brief an Zweig vom 15. Sept. 1933; *KlMBr* I, 135). Vgl. Walter; Zweigs Brief an Klaus Mann, 18. Nov. 1933 (*KlMBr* I, 151); und Rollands Kritik an seinem Vorgehen (Nedeljkovic, 164–171).

nur in bezug auf Ausstattung und Format seiner eigenen Bücher das letzte Wort behielt; und um das zu erleichtern, sorgte er dafür, daß Emil Fuchs als Reichners Assistent eingestellt wurde. Für Reichner war das Unternehmen natürlich äußerst attraktiv, bot es ihm doch die Aussicht, alle künftigen Werke eines sehr erfolgreichen Schriftstellers zu veröffentlichen und außerdem dessen bisherige Bücher, die für die Insel eine so einträgliche Goldgrube gewesen waren, neu aufzulegen. In der Tat dauerte es ziemlich lange, bis er sich entschloß, andere Autoren wie Canetti, Broch und Trebitsch in sein Programm aufzunehmen. Seine Geschäftsmethoden jedoch fanden nicht immer die Zustimmung des berühmten Autors, und die Informationen, die Zweig durch Fuchs, seinen »privaten Spion« erhielt, waren in den folgenden Jahren oft Anlaß zu Mißmut und manchmal zu Bitterkeit.[11]

Alle diese Regelungen wurden innerhalb weniger Wochen in Wien getroffen, bevor Zweig dann im Februar 1934 wieder nach London zurückkehrte. Aber diese scheinbare Entschiedenheit im Geschäftlichen überdeckte nur sein bohrendes Gefühl, daß er wie Erasmus weit davon entfernt war, die ›Mitte‹ zu halten und in eine nahezu ausweglose Situation gedrängt worden war. Der Bruch mit der Insel drohte erhebliche finanzielle Verluste nach sich zu ziehen (er hatte gehört, daß S. Fischer in einem ähnlichen Fall für Jakob Wassermanns Verlagsrechte 200000 Mark verlangte); und die hitzigeren Gemüter wie Roth, der alles, was mit den Nazis zu tun hatte, nur schwarz oder weiß sah, waren durch kein Argument davon zu überzeugen, daß es nicht das Geld war, das ihm Sorgen machte, sondern vielmehr die Frage, wie er einen ehrenvollen Ausweg aus seiner Situation finden konnte.[12] Mittlerweile hatte er eingesehen, daß Kippenberg an der Sache, die seinen Entschluß herbeigeführt hatte, keine Schuld traf, und der Gedanke, diesen alten Freund nun durch übereiltes Handeln zu verletzen, war ihm unerträglich. Das brachte ihn auf die Idee, der endgültigen Ausgabe des *Erasmus,* die nun bei Reichner erscheinen sollte, zum Anlaß von Kippenbergs Geburtstag eine limitierte Sonderausgabe mit Widmung vorausgehen zu lassen. Und noch von Wien aus schrieb er im Februar 1934 dem Inselherrn einen sehr einfühlsamen Brief:

Bitte sagen Sie mir dann klar Ihre Ansicht – Sie werden übrigens ja sehen, daß im ganzen Buch wohl nicht ein Wort zu beanstanden ist. Aber ich verstehe heute jedes Bedenken und werde Ihnen zwei Formen der Widmung vorschlagen: entweder, daß ich es Ihnen mit vollem Namen und zu dem festlichen Tag widme, was das freiere und schönere wäre: oder, daß auf die Seite gedruckt wird »Als Festgabe und Freundschaftszeichen zum 22. Mai 1934«, so daß nur die Eingeweihten wissen, wem es gilt und die andern glatt daran vorbeisehen, weil ja kein Name genannt ist. Alles das überlasse ich Ihnen zu freier Wahl, durch mich sollen Sie – soweit es auf mich kommt – keinerlei Überraschungen unangenehmer Natur haben. Wir werden das Buch hier schön machen – Initialen von Holbein, so daß der bibliophile Ausgabecharakter ostentativ betont ist ... An Zeitungen gebe ich keinesfalls Recensionsexemplare, nur an Freunde und die paar Leute, die sich beim *Philobiblon* melden.[13]

Der Plan wurde nie verwirklicht, aber die Angriffe gegen ihn wegen seiner scheinbaren Kompromißbereitschaft den Nazis gegenüber und der Gleichgültigkeit seines »Börsenhumanismus«[14] hielten unvermindert an.

Das Gefühl, keine Chance zu haben und in jedem Fall, gleichgültig was er tat, sowohl von Freunden als auch von Feinden geschmäht zu werden, spiegelt den inneren Kampf mit den persönlichen Fragen wider. Er litt unter dem fundamentalen und noch immer nicht gelösten Zwiespalt, einerseits intuitiv zu wissen, was auf Österreich zukam, und sich andererseits nicht entschließen zu können, dieses Land endgültig zu verlassen. Der lastende Druck seiner persönlichen Krise und seine bösen Zukunftsahnungen drängten ihn, vollständig mit dem Leben zu brechen, das er bis dahin geführt hatte – tatsächlich war es ihm, als er die Wohnung am Portland Place mietete, beinahe so erschienen, als kehrte er zu seinen Anfängen in der Kochgasse zurück, als begänne er wirklich von neuem: Er war in London so unbekannt wie damals in Wien. Aber es war nur eine halbe Sache: Österreich war noch immer seine Heimat; Friderike, Suse und Alix waren noch immer seine Familie, und vor allem war ihm die deutsche Sprache, in der er dachte und schrieb, in Wien noch immer erhalten. In Wirklichkeit wich er dem Problem ständig aus.

In der relativ friedlichen Atmosphäre Londons hatte es für kurze Zeit so ausgesehen, als habe das Provisorium Erfolg. Allein und ungestört hatte er sich für seine Verhältnisse ungewöhnlich gut gefühlt, sah »wenig Menschen, aber die Besten, Shaw, Wells, Schalom Asch« (noch lange mußte er an die kultivierte, aber tödliche Fechtkunst der britischen Schriftsteller während eines mittäglichen Rededuells zurückdenken); und er hatte das Gefühl, wie er an Ebermayer schrieb, *»ad personam* die Krise überwunden zu haben«. Im Dezember hatte er ein »finanziell ganz phantastisches« Angebot erhalten, als Drehbuchautor für zehn Wochen nach Hollywood zu gehen (von Freunden erfuhr er, daß die Filmzaren sogar bereit seien, das ihm gebotene Honorar bis auf das Dreifache zu erhöhen, so wertvoll sei ihnen seine Mitarbeit); doch er lehnte ab, »obwohl es eine moralische Anstrengung bedeutete, so furchtbar viel Geld in den Brunnen fallen zu lassen«.[15] Die Arbeit lief wieder gut, und im Britischen Museum kam er mit den Vorarbeiten für *Maria Stuart* ausgezeichnet voran. Es schien, als könne er all das und

auch Österreich haben, als könne er, so wie die Dinge lagen, zwischen diesem neuen Leben und dem alten hin und her pendeln. Aber ein Besuch in Wien sollte ihn aus dieser Behaglichkeit rütteln und schließlich vor die Notwendigkeit einer klaren Entscheidung stellen.
Der Zufall wollte es, daß er sich vom 12. bis 16. Februar 1934 dort aufhielt, also in den Tagen des Heimwehr-Schutzbund-Konflikts und zur gleichen Zeit, als der Angriff der Dollfuß-Regierung auf die Arbeiterwohnungen in Floridsdorf stattfand. Aber die Abgeschiedenheit im Hotel Regina und seine geschäftliche Inanspruchnahme brachten es mit sich, daß er davon nicht das Geringste mitbekam, und so war er sehr erstaunt, als er nach Salzburg weiterfahren wollte und erfahren mußte, daß der durch die Ereignisse ausgelöste Streik sämtliche Züge lahmgelegt hatte. Als sie am 17. Februar wieder verkehrten, fuhr er zwar mit einigem Unbehagen nach Hause, doch die volle Bedeutung des Geschehenen hatte er noch nicht erfaßt (wie so oft: Man war nur ein paar Straßen von den Ereignissen entfernt und wußte doch weniger als die Zeitungsleser am anderen Ende der Welt).[16] Auf dem Kapuzinerberg warteten Berge von Korrespondenz und die Korrekturbogen von *Erasmus* auf ihn, und er arbeitete bis spät in die Nacht. In solchen Fällen vermied es sein Diener, ihn zu wecken, wenn er nicht eine besondere Anweisung hatte. An jenem Morgen aber ging es nicht anders: Die Polizei stand vor der Tür. Zweig beeilte sich, in seinen Hausmantel zu schlüpfen, und befand sich in der vielleicht phantastischsten Situation seines Lebens: Die Beamten waren höflich, aber bestimmt und hatten Befehl, sein Haus nach verborgenen Waffen des Schutzbundes zu durchsuchen. Er war völlig verblüfft, denn er hatte bekanntlich nie das politische Schlachtfeld betreten, noch irgend etwas veröffentlicht, das auch nur entfernt als politisch aufgefaßt werden konnte; außerdem hätte selbst der größte Idiot unter den Schutzbündlern kaum je ein so exponiertes Haus, das auf einem Berg lag und zu dem es nur einen Zugang gab, als geheimes Waffenversteck ausgewählt. Blaß und äußerst erregt konnte er nur sagen: »Bitte schauen Sie selbst.«
Die oberflächliche und etwas verlegene Art, in der die Polizisten dieser Aufforderung nachkamen, machte deutlich, daß auch sie ihre Zweifel an der Glaubwürdigkeit ihrer Mission hatten. Alles, was sie fanden, war ein alter Armeerevolver in einem seiner Schränke: Der war ihm 1915 ausgehändigt und natürlich nie benutzt worden. Wie er ihnen sogleich demonstrierte, konnte er nicht einmal damit umgehen. Ordnungsgemäß konfiszierten sie die Waffe, und nach einer halben Stunde waren sie verschwunden. Für Zweig aber war dieser Vorfall ausschlaggebend. Unverzüglich begann er, das Nötigste zu packen, beschloß, sofort abzureisen, und zwar diesmal für immer. Man hatte ihn an seiner

empfindlichsten Stelle getroffen, an seiner persönlichen Freiheit, und er »reagierte wie gegen einen beabsichtigten Affront«. Später erfuhr er, daß die Hausdurchsuchung bloß eine Pro-forma-Angelegenheit gewesen war: Der Druck der Nazis auf die Beamten im westlichen Österreich hatte auf alarmierende Weise zugenommen, und so hielt man es für angezeigt, die eigene unparteiische Standfestigkeit zu demonstrieren, um jene möglichst in Zaum zu halten (obwohl die zu diesem Zweck eingesetzte Kommission sehr stark der Heimwehr zuneigte und von dem später berüchtigten Seyß-Inquart geleitet wurde). Erst viel später, als Zweig das nächste Mal in Wien war, kam der Landeshauptmann persönlich – derselbe Rehrl, der vierzehn Jahre zuvor zum Dispens für ihre Heirat genötigt worden war –, um ihm die Sache zu erklären und ihn um Nachsicht zu bitten.* Er war jetzt aber fest entschlossen, in Salzburg den nächstmöglichen Zug nach Paris und London zu nehmen.[17] Im Zugabteil traf er auf Robert Neumann, der ebenfalls auf dem Weg ins Exil war – allerdings aus konkreteren politischen Gründen –, und voller Bitterkeit berichtete er ihm, was geschehen war.

Die Salzburger Polizei hatte an jenem Morgen unter dem Bett dieses Pazifisten um jeden Preis, dieses Hassers jeglicher Waffe nach einem von ihm dort angeblich versteckt gehaltenen Maschinengewehr gesucht. Aber, so prophezeite er, dieses nicht-existierende Maschinengewehr werde zu schießen beginnen. Und darum gehe er ins Exil![18]

Eine Journalistin, die ihn während der Bahnfahrt interviewen wollte, wurde abgewiesen. Das war verständlich, doch unklug, denn die Folge davon (und möglicherweise auch von einigen unvorsichtigen Äußerungen, die er später in Paris machte) war ein Artikel in der französischen Presse, in dem ihm eine gewisse Anti-Dollfuß-Haltung angelastet wurde. Durch einen diesbezüglichen Bericht des österreichischen Botschafters an den Ballhausplatz kam es in Wien zu dem Gerücht, daß er wegen der ›Februar-Ereignisse‹ »geflohen« sei, sowie zu einer gründlichen Untersuchung, als deren Ergebnis an die *Neue Freie Presse* die Anweisung erging, von Zweig nichts mehr anzunehmen. Rieger, den er um Beistand gebeten hatte, gelang es schließlich, bei Hofrat Ludwig (dem Nachfolger von Winternitz am Ballhausplatz) zu intervenieren und die Behörden zu beruhigen.[19]

Denn in Wahrheit waren die politischen Entwicklungen nicht der wirkliche Grund für seine Abreise. Er war von der österreichischen Regie-

* Rehrl war Zweig sehr freundlich gesinnt. Während des Zweiten Weltkriegs wurde er von der Widerstandsbewegung gegen Hitler zum ›politischen Beauftragten‹ im Wehrkreis XVII (Salzburg) nominiert (P. Hoffmann, Widerstand, Staatsstreich, Attentat – der Kampf der Opposition gegen Hitler. München, Piper, 1969, 423).

rung sogar noch gebeten worden, sich wie Werfel aktiv an der Propaganda für Österreichs Unabhängigkeit zu beteiligen, und er hatte ein schlechtes Gewissen wegen seiner Weigerung.[20] Das soll jedoch nicht heißen, daß die Schießerei in Wien ihn unberührt gelassen hätte oder daß ihm deren Tragweite entgangen wäre. Einer der vielen Briefe, die er an jenem letzten Abend vor der Hausdurchsuchung in Salzburg schrieb, war an Alfredo Cahn gerichtet:

> Die Tage in Wien werden furchtbar; es ist der Sieg der faschistischen Idee und der Sieg wird morgen von dem der Nat.soz. abgelöst werden. Für uns, denen auf allen Seiten das Gewalttätige ungünstig erscheint, ist die Luft schwer in solchen Zeiten und manchmal habe ich ein grauenhaftes Vorgefühl, als seien dies alles nur Vorpostengefechte für einen tausendmal fürchterlicheren Krieg.[21]

Aber den entscheidenden Ausschlag gab die Bürokratie, für die er stets die größte Verachtung empfunden hatte, mit ihrem Eindringen in seine private Sphäre und durch die Bedrohung, die sie seiner Ansicht nach in Österreich nun für seinen wertvollsten Besitz – die persönliche Freiheit – darstellte. Nach seiner Ankunft in London griff er sofort zur Feder, um den Salzburger Behörden formell die Aufkündigung seines dortigen Wohnsitzes mitzuteilen.

2

> Lieber! Du bist kein Emigrant, mach Dich nicht freiwillig dazu! ... Verlaß den Acker nicht, aus dem Dir Alles gewachsen ist!
>
> Csokor an Zweig, August 1934

Es war Friderike nicht gelungen, ihn zu einer vernünftigeren Reaktion zu bewegen, und wie immer mußte sie mit den praktischen Konsequenzen fertig werden. Sie war in diesen letzten Jahren mehr und mehr allein und voll damit beschäftigt gewesen, das Haus zu besorgen, um ihm so den nötigen Rückhalt zu schaffen und seine »Postnervosität« zu stillen, wenn er fort war. Es blieb aber nicht aus, daß sie eigene Interessen entwickelte; im Gegensatz zu Stefan war sie ein ›Organisationsmensch‹ und arbeitete unermüdlich in nationalen und internationalen Vereinigungen für soziale und humanitäre Belange. Trotz seiner sonstigen Güte und Freundlichkeit hatte er das, was sie für ihn tat, gewissermaßen als selbstverständlich genommen, so wie eine Uhr unbemerkt arbeitet, bis sie aufhört zu ticken. Obwohl sie ihm jetzt nach London folgte und eine Weile blieb und auch ihm ein paar Dinge mitbrachte, wie etwa die Blake-Zeichnung von König Johann, die sein Leben dort vielleicht etwas schöner gestalten konnten, änderte das nichts an der Tatsache, daß die Auflösung des gemeinsamen Lebens in Österreich mehr Zeit in Anspruch nahm als der Kauf einer Fahrkarte von Salzburg nach London.[22] Es gibt keinen Zweifel daran, daß sie durchaus willens war, mit ihm in England zu leben (»Ich würde sehr gerne bei ihm in London sein und dort ein Haus haben, alles lieber, als von meinem Mann getrennt zu sein«, sagte sie in jenem Frühjahr zu Joseph Leftwich[23]). Schließlich war sie es gewesen, die die heraufziehende Katastrophe damals deutlicher sah als er und bereits 1932 zu einem Umzug nach Genf riet.[24] Praktisch jedoch war es ihr nicht möglich, sich ebenso bereitwillig loszureißen wie er, und es war nur natürlich, daß ihre Heimatliebe, wenngleich sie auch nicht stärker als die seine war, sie länger zögern ließ. In seiner Ungeduld, neu anzufangen, sah er nicht, daß sie im Herzen bei ihm war. Und so begann sich allmählich eine Kluft zwischen den beiden aufzutun, die der feinfühlige Rieger im fernen Wien aus ihren Briefen sofort bemerkte.* Als sie nicht gerade leichten Herzens im März wieder nach Salzburg fuhr, stand es für Stefan so gut wie fest, daß sie ihn nun für immer verließ, daß sie nicht in der Lage oder nicht willens war, sich vom Kapuzinerberg zu trennen. Der Gedanke war vorhanden, wenn auch nicht ausgesprochen: Ein völliger Bruch mit der Vergangenheit könnte auch einen Bruch mit der Gefährtin so fruchtbarer Jahre bedeuten. »Stefan will das Haus verkaufen und 2 Jahre herumwandern, ehe er sich zu neuer Bleibe entscheidet«, schrieb sie im Juli an Leonhard Adelt. »Er handelt brutal und ich fürchte die Entfremdung, die diese Handlungsweise zufolge hat. Ich werde mir wohl allein – und weiß Gott wo einen neuen Hausstand gründen ... Stefan lebt in einer imaginären Emigrantenpsychose und ich freue mich der Heimat.«[25]

Ohne es zu ahnen, trug Friderike selbst dazu bei, den Weg zum Bruch zu bereiten. Ihre Hauptsorge bestand darin, daß er mit seiner Arbeit an *Maria Stuart* vorankommen sollte. Die Nachforschungen waren größtenteils schon erledigt; er brauchte dringend eine Sekretärin, um den ersten Entwurf zu diktieren, und Friderike nahm sich der Sache an. Auf ihren Vorschlag hin versuchte er es zunächst mit einem von der österreichischen Botschaft empfohlenen Mädchen, doch es erwies sich bald schon als untauglich; durch Smolka, den Korrespondenten der *Neuen Freien Presse*, fand Stefan Zweig schließlich eine allem Anschein nach

* Brief von Rieger, 4. März 1934 (ZE). Aus anderen Briefen von ihm aus dieser Zeit geht hervor, daß er – im Gegensatz zu den Erinnerungen Friderikes (Fr 369) – damals nicht zu ihnen nach London gekommen ist.

ideale junge Dame. Die große sechsundzwanzigjährige Charlotte Elisabeth Altmann war die Enkelin eines Rabbiners und zusammen mit ihrem Bruder Manfred 1933 von Frankfurt nach England emigriert (als ihr Vater, ein ursprünglich aus Kattowitz stammender Eisenwarenhändler, ein oder zwei Jahre später starb, zog die Mutter zu den Kindern nach England). Die sehr gebildete Lotte war schon drei Jahre zuvor einen Monat lang in England gewesen, und nachdem sie im Sommer 1933 das Whittingham College in Hove besucht hatte, konnte sie ziemlich gut Englisch; von anderen Sprachen jedoch hatte sie wenig Ahnung. Sie wohnte im Nordwesten Londons und schien wie geschaffen für Stefans Zwecke. Noch bevor Friderike nach Österreich zurückfuhr, kam Lotte täglich zum Portland Place, wo der neue ›Betrieb‹ nun endlich anfangen konnte. Sie war eine ›schweigsame Frau‹ und wurde bald zu einer ergebenen Verehrerin ihres Arbeitgebers, der in ihrer unkritischen Bereitschaft, jede seiner Launen zu ertragen, natürlich eine nicht unwillkommene Abwechslung zu Friderikes vermeintlicher Widerspenstigkeit sah.[26]
Seine Euphorie in den folgenden Monaten – nachdem er den Ärger über die Pariser Anschuldigungen überwunden hatte – kam für ihn selbst überraschend. »Die Stadt ist wunderbar, man lebt ganz wie man will und ist meilenweit von der Politik«, schrieb er am Ostersamstag an Kippenberg. Mit *Maria Stuart* gehe es energisch voran, und er glaube, es werde »ein solides, anständiges Buch ... Ich habe mich seit Jahren an keinem Ort besser gefühlt, die reservierte, taktvolle, zurückhaltende und freundliche Art der Engländer tut einem nach der Aufgeregtheit von Wien und Paris sanatoriumsmäßig wohl«[27]. Lotte begleitete ihn auf einer Reise nach Schottland, wo er sich selbst ein Bild über den Hintergrund seines Buches machen wollte. An Roth hieß es: »Ich habe hier noch einmal zu lernen angefangen wie ein Gymnasiast. Ich bin noch einmal unsicher geworden und neugierig. Auch eine junge Frau ist mir hier gut, mir, dem dreiundfünfzigjährigen!«[28] Der Sturm widriger Ereignisse – die Einführung des Ständestaates durch Dollfuß im Mai, die blutige Röhm-Affäre Ende Juni, der Versuch eines Nazi-Putsches in Wien, die Ermordung von Dollfuß, Mussolinis nachfolgender Truppenaufmarsch am Brenner im Juli –, das alles schien ihm wie Manifestationen einer anderen Welt, die außerhalb seines ›Sanatoriums‹ lag. Seine Briefe an Rolland in diesem Sommer sprechen nur vom Frieden und von der leidenschaftslosen Atmosphäre in England. Europas Probleme waren bei den Freuden von Covent Garden oder bei Shakespeare im Freiluft-Theater von Regent's Park vergessen.[29] Alles paßte zu seiner Vorstellung von einem neuen Leben. Schon im Februar war er auf dem Weg nach London Antonina Vallentin in Paris übertrieben

jugendlich vorgekommen: »Ich fühle mich an der Schwelle zu einem neuen Abenteuer«, hatte er ihr gesagt. »Für alte Herren wie mich ist es bisweilen ganz gut, wenn ein starker Schock sie aus ihren eingefahrenen Geleisen reißt.«[30] In einem Brief an Rolland ging er sogar so weit, »Herrn Hitler« dafür zu danken, daß er seinem Leben neuen Elan gegeben und ihn vor der Gefahr gerettet habe, allzu bürgerlich zu werden. Seiner Ansicht nach würde diese Krise ebenso heilsam für ihn sein wie diejenige von 1914, die ihn aus dem ruhigen und verweichlichten Leben in Wien vertrieben hatte.[31]

Mein politischer Pessimismus ist maßlos. Ich glaube an den nahen Krieg wie andere an Gott. Aber gerade *weil* ich an ihn glaube, lebe ich jetzt stärker. Ich klammere mich an das letzte Stück Freiheit, das wir noch genießen. Ich sage mir jeden Morgen ein Dankgebet, daß ich frei, daß ich in England bin,

schrieb er an Roth.[32] Und als sie eines Tages gemeinsam den Kingsway hinauf zum Strand gingen, sagte er zu Leftwich: »Es ist wunderbar, durch die Straßen zu gehen und nicht das Gefühl haben zu müssen, daß ein jeder darauf achtet, welches Parteiabzeichen man am Rockaufschlag trägt.«[33] Obwohl sich über der *Schweigsamen Frau* (mit deren Instrumentierung Strauss inzwischen so gut wie fertig war) ein politisches Wölkchen zusammenzubrauen begann, blieb er ganz ruhig: Denn war nicht Strauss von Goebbels persönlich versichert worden, daß die Zweig-Akte sozusagen fleckenlos sei? Am 2. August, dem Tag, an dem Hindenburg starb und Hitler als Führer die Kanzlerschaft übernahm, schrieb Strauss: »Ich teile Ihnen im strengsten Vertrauen mit, daß Sie in London ›beobachtet‹ worden sind und Ihre prachtvolle Haltung als ›korrekt und politisch einwandfrei‹ befunden wurde.« Für den Augenblick war seine nagende Angst vor der Zukunft gebannt, und er konnte in aller Ruhe sogar daran denken, im August von der Schweiz aus einen Besuch in Österreich zu machen. Eine Rückkehr für immer dagegen war ausgeschlossen. Der alte »Hunger nach Ferne« war wieder erwacht und der Wunsch, »diese Welt noch einmal rund zu sehen, ehe sie zusammenkracht«.[34]

Schweigen, sich von den Ereignissen fernhalten und sich in Ruhe auf seine Arbeit konzentrieren schien diesmal gerechtfertigt. Im Juni schrieb er einen ausführlichen Brief an Professor Fanto, der für Kostüme und Ausstattung der bevorstehenden Opernpremiere am Sächsischen Theater in Dresden verantwortlich war; darin machte er sehr phantasievolle Vorschläge und lieferte eine eingehende Beschreibung des Hintergrundes: »das England der Handelszeit und wenn Sie wollen auch der Memoiren Casanovas und der Karikaturen Rowlandsons«.[35] Trotz der unseligen Erfahrung vom Februar machte Zweig im August von der Schweiz aus zweimal einen kurzen Abstecher nach Salzburg. Strauss war zu der Aufführung seiner *Elektra* zu den Festspielen gekommen, und als sie sich nach der Oper im kleinen Kreis trafen, zu dem auch der Dirigent Clemens Krauss zählte, benutzten sie die Gelegenheit, um über die mögliche Besetzung für *Die schweigsame Frau* zu sprechen. Krauss schlug zudem ein paar Änderungen im Text vor, die den gesanglichen Ausdruck verbessern sollten.[36] Strauss, der um seiner Schaffensfreiheit willen zu jedem Kompromiß mit dem Nationalsozialismus bereit war (und der sich unter dem Regime selbst nicht allzu sicher fühlen konnte: Sein Sohn war mit einer Jüdin verheiratet, sein Verleger war Jude, ebenso sein jetziger Librettist, dessen Vorgänger auch kein ›reiner Arier‹ gewesen war), hatte kürzlich eingewilligt, den Vorsitz der Reichsmusikkammer zu übernehmen. Aber in seligem Kunstegoismus drängte er Zweig nun, ihm ein weiteres Libretto zu schreiben. Und noch im Laufe dieses Sommers sandte Zweig ihm einen Entwurf, der den Frieden am Ende des Dreißigjährigen Krieges zum Thema hatte. In realistischer Einschätzung der Lage jedoch gab er zu erkennen, daß er durchaus bereit sei, die Ausarbeitung einem anderen zu überlassen, um Strauss politischen Ärger zu ersparen.* Alles in allem war dies für ihn eine recht optimistische Zeit – ohne rechten Grund zwar und für eine solche Natur ausgesprochen ungesund.

Ein langer, im August in Salzburg mit Maschine geschriebener Brief an Renè Schickele drückte seine Empfindungen aus.

Es hat sich so vieles geändert, ich sehe, daß ich zu nachsichtig war mit Rußland, das den geistigen Terror erfunden hat und die Propagandamaschine, Instrumente, die wie eine Dampfwalze über Deutschland hingehen. Ich glaube nur, daß unsere Aufgabe ist, nicht wie die Journalisten, Polemiker, jede *einzelne* Erscheinung anzugreifen, sondern gegen die *Ursachen* vorzustoßen. Ich habe in diesem Sinn einiges versucht mit meinem Erasmus, der gegen *jeden* Fanatismus, gegen jeden Versuch, das Denken unter eine Norm zu bringen (ob faschistisch, ob kommunistisch, ob nationalsozialistisch) sich entschlossen wehrt. Vielleicht ist es altmodisch, ... noch den Begriff der persönlichen Freiheit zu verteidigen; ich versuche es jedenfalls in meinem privaten Leben. Ich binde mich an keine Partei, an keine Gruppe, löse meine verlegerischen Beziehungen zu Deutschland (langsam und ohne alles Ostentative, das ich hasse)[der folgende Satz mit Bleistift**] *gehe von Salzburg fort,* aber alles, was ich tue, versuche ich *still* zu tun und möchte lieber angegriffen werden dafür als gerühmt.

* *Str 73–77.* Tatsächlich wurde das Libretto nach Zweigs Entwurf mit dem vorläufigen Titel *24. Oktober 1648*, später von Joseph Gregor geschrieben, den Zweig mit Strauss bekanntgemacht hatte. Die fertige Oper hieß *Friedenstag*.

** Zweifellos um die treue Frau Meingast nicht zu beunruhigen, die noch immer als seine Sekretärin auf dem Kapuzinerberg ausharrte.

Mir liegt das sogenannte Heldische nicht. Ich bin konziliant geboren und muß meiner Natur gemäß handeln.... Ich kann nur vom Verbindenden, vom Erklärenden her wirken, aber weder kann ich Hammer sein, noch will ich Amboß werden. So sind wir einige wenige, die den undankbarsten und gefährlichsten Posten innehaben: in der Mitte zwischen den Schützengräben: die selber nicht schießen, sondern ackern. Unser Zusammenhalt ist ein unsichtbarer, aber darum vielleicht ein festerer als der der Parolen und Kongresse, und ein geheimes Gefühl sagt mir, daß wir richtig handeln, wenn wir nur dem Menschlichen treu bleiben und dem Parteilichen entsagen.

Er versprach, Schickele ein Exemplar des *Erasmus* zu senden, und beklagte, daß das Buch »kräftig mißverstanden« worden sei:

Nie ist es mir eingefallen, die Neutralität zu einem Axiom zu erheben, sondern ich wollte nur an einem Beispiel zeigen, welche ungeheure moralische Anforderungen sie an einen Menschen stellt und in welche tragische Lage in Zeiten des Rottenwahns der unabhängige Mensch geraten muß. ... [Es folgt ein mit Bleistift geschriebenes P. S.] Nur nicht jetzt unsicher werden, sage ich mir jeden Tag. Ich höre aus Italien ebenso wie aus Deutschland, daß allmählich sich der Enthusiasmus löst. Es wird noch lange dauern, ehe die Menschen dort zu handeln beginnen, aber sie heben schon an zu denken, und damit ist die erste Stufe betreten.[37]

Er stand tatsächlich im Feuer zwischen den Schützengräben. Die Nazis hatten für sein Abseitsstehen, für sein stilles Bemühen um Unauffälligkeit nichts als Verachtung übrig, während die Emigranten ihn schlicht als Feigling brandmarkten. Nach anfänglichen Gerüchten, er würde mit dem Feind kollaborieren, weil er der Aufführung von *Die schweigsame Frau* in Dresden zustimmte, verstärkte sich der Druck von seiten der Emigranten, und überall drängte man ihn, öffentlich gegen die Premiere in Nazi-Deutschland zu protestieren. Doch in seiner Abneigung gegen derart aufsehenerregende Gesten redete er sich ein, daß es ungerecht wäre, dem mittlerweile siebzigjährigen Strauss Schwierigkeiten zu bereiten, der vielen als der bedeutendste unter den lebenden Komponisten Deutschlands galt, der fast drei Jahre mit dieser Arbeit verbracht hatte und der ihm stets mit äußerster Korrektheit, Freundschaft und sogar Courage begegnet war. Und so ließ er trotz eines gewissen Unbehagens schweigend den Ereignissen ihren Lauf.
Wie er später erfuhr, verursachten sein Schweigen und sein Nichteingreifen den Reichsführern mehr Ungelegenheiten als jeder Protest es gekonnt hätte. Strauss, der beinahe der letzte noch verbliebene Stern an ihrem kulturellen Firmament war, und dessen Anhänglichkeit sie sehr zu schätzen wußten, bestand darauf, daß der Name seines jüdischen Librettisten nicht unterschlagen wurde. Das Ergebnis war eine mit äußerster Härte geführte Auseinandersetzung, in deren Verlauf

Goebbels Zweig als einen unpolitischen Menschen und sein Libretto als einwandfrei bezeichnete, woraufhin Rosenberg den Propagandaminister der Abweichung von den Prinzipien des Nationalsozialismus beschuldigte. Am Ende mußte der Führer selbst die Entscheidung treffen, und nach langwierigen Konferenzen gab er Strauss Ende September persönlich seine Einwilligung zu der Inszenierung, obwohl damit gegen das Gesetz verstoßen wurde, das die Beteiligung von Juden an öffentlichen Aufführungen untersagte.*

Natürlich war es Zweig unmöglich, sein Schweigen konsequent durchzuhalten. Einen im *Stürmer* veröffentlichten besonders hinterhältigen Angriff auf Strauss (»Wenn er in künftigen Werken wieder beabsichtigt, mit jüdischen Kollaborateuren zu arbeiten, werden wir zu nicht sehr erfreulichen Konsequenzen gezwungen sein«) konnte selbst er nicht kommentarlos hinnehmen, und so ließ er durch Leftwich der Presse eine Stellungnahme zukommen, in der er erklärte, sofort nach der Machtübernahme durch das Hitlerregime habe er versucht, seine Arbeit zurückzuziehen; da dies jedoch aus vertraglichen Gründen nicht möglich gewesen sei, habe er schon vor vielen Monaten verfügt, daß seine sämtlichen Tantiemen zur Unterstützung von deutschen Juden verwendet werden sollten. Er sah sich einige der Vorstellungen des jiddischen Theaters aus Wilna an, das 1934 in London gastierte, und hielt eine Rede anläßlich eines Empfangs für das Ensemble in der Whitechapel Art Gallery:

> Wenn es dem Judentum gelungen ist, Jahrtausende der Bedrängnis und der Anfeindung zu überleben, so liegt das daran, daß die Juden selbst in Zeiten der Gefahr stets ihr Bestes gegeben haben, weil sie erkannten, daß es zu nichts führt, Haß mit Haß zu vergelten. Es muß daher Aufgabe der Juden bleiben, positive Werte zu schaffen, zum eigenen Besten und zum Besten der Welt.

Im übrigen jedoch mied er die Öffentlichkeit so gut er konnte. Als das hebräische Theater *Ohel* aus Palästina im Juni 1934 die Londoner Theatersaison mit seinem *Jeremias* eröffnete (laut *Observer* eine gelungenere zionistische Propaganda als hundert Ansprachen), blieben die Rufe nach dem Autor ohne Echo, denn Zweig hatte absichtlich einen Platz auf der Galerie gewählt, um nicht auf der Bühne erscheinen zu müssen.[38] Er hielt sich auch fern von dem Pulk der Emigranten, deren ewiges Bedürfnis, in Opposition zu stehen, ihm auf tragische Weise steril erschien. »Wir wollen«, schrieb er in einem anderen Brief an

* *WvG* 423–427; Robert Weltsch (Leftwich XVII). In diesem Zusammenhang ist es vielleicht bemerkenswert, daß Göring, dessen Schwägerin einige von Zweigs Werken ins Schwedische übersetzt hatte, ein großer Bewunderer von Zweig war und fast alle seine Bücher besaß (Aussage von Friderike Zweig gegenüber dem Autor).

Schickele im Herbst, »nicht unsere besten Kräfte verschwenden, um mit der Stirn gegen die Gefängniszelle zu rennen, sondern lieber diese Stirn uns erhalten und nach dem Vorbild des Cervantes in einem unsichtbaren Gefängnis gute Bücher schreiben.«[39]
Inzwischen hatte er sehr intensiv an *Maria Stuart* gearbeitet, und je näher er ihrer Vollendung kam, desto mehr schwanden sein anfänglicher Optimismus und sein Entzücken über London. Plötzlich sah er in der vornehmen Zurückhaltung der Engländer bloß noch eine Weigerung, sich mit unangenehmen Dingen zu beschäftigen, und in ihrer wohlwollenden Art die Verschleierung eines tief sitzenden Mangels an echtem Mitgefühl für die Probleme des Ausländers. London begann ihn »tödlich zu langweilen«. Es war noch immer ein Sanatorium für die Nerven, »aber auf die Dauer werden die weißen Wände eines Sanatoriums unerträglich«.[40] Seit über einem Jahr waren immer wieder Einladungen zu einer Vortragsreise nach Südamerika gekommen, wo seine Bücher inzwischen eine begeisterte Anhängerschaft gefunden hatten, aber er zögerte, eine so weite Reise auf sich zu nehmen. Da er jedoch unbedingt einen Szenenwechsel brauchte, entschloß er sich schließlich, ein ähnliches Angebot aus den USA anzunehmen. Der Zufall wollte es, daß Toscanini und Asch zur selben Zeit dorthin reisen wollten, und so vereinbarte man, im Januar 1935 gemeinsam das Schiff *Conte di Savoia* von Villefranche aus zu nehmen.
Im Dezember zog Zweig für einen Monat nach Nizza in das Hotel Westminster an der Promenade des Anglais, um dort seinem Manuskript den letzten Schliff zu geben. Dazu brauchte er natürlich Lotte, aber der Schicklichkeit halber – meinte er – bedurfte es einer schriftlichen Einladung durch seine Frau. Also bat er Friderike, dies zu tun und ihn noch vor Lottes Ankunft in Paris zu treffen. Wie immer entsprach sie seinen Wünschen. Als die drei in Nizza eintrafen, stellte Friderike amüsiert und zugleich ein wenig verbittert fest, daß Lotte einen riesigen Schrankkoffer mit sich führte: Stefan war darüber etwas in Verlegenheit, denn er hatte bisher stets darauf bestanden, daß Friderike in seiner Begleitung nur mit Handgepäck reise. Die Sekretärin bewohnte ein kleineres Zimmer auf der gleichen Etage wie sie, und Friderike kümmerte sich um die junge Dame, lud sie ein, auf dem luftigen Balkon des großen Zimmers zu arbeiten, und nahm sie zu gemeinsamen Ausflügen mit.
Zur selben Zeit weilten viele Freunde an der Côte d'Azur. Außer Asch und Toscanini waren da Maurois, Romains, Strawinski, Wells – gewissermaßen ein Mikrokosmos des von Zweig geliebten Europa. Von den engeren Freunden waren Schickele, Joseph Roth und Hermann Kesten da. Die Tage brachten harte Arbeit, doch die Abende waren in dieser Gesellschaft die reinste Freude. Lotte war überall dabei: bei einem Tos-

canini-Konzert in Monaco oder auf gelegentlichen Spazierfahrten entlang der Corniche. In Friderikes Gegenwart behandelte Stefan sie mit scheinbarer Gleichgültigkeit, oft sogar ausgesprochen unhöflich (als Friderike sie einmal auf die Schönheit der Landschaft hinwies, meinte er: »Zeitverschwendung; sie hat keinen Sinn dafür«); aber Friderike wurde sich nun zum erstenmal der Situation bewußt, die sie selbst herbeigeführt hatte. Als sie eines Tages unerwartet früh von der Erledigung einiger Visa-Angelegenheiten für Stefan in das Hotel zurückkehrte, fand sie die beiden eng umschlungen in ihrem Zimmer. Sie war schockiert und bestand darauf, daß Stefan Lotte für die letzten paar Tage vor seiner Abreise am 10. Januar fortschickte. Seine Verlegenheit war groß, doch er konnte nicht einmal sich selbst seine Wünsche und Absichten klarmachen. Als Friderike ihn schweren Herzens auf das Schiff brachte, erreichte ihn ein Brief von Lotte aus ihrem Verbannungsort in den Französischen Alpen. Stefan gab ihn ungeöffnet an Friderike weiter, als wolle er damit ihr die Verantwortung abtreten. In dem Brief brachte Lotte ihr Bedauern darüber zum Ausdruck, seine Frau kompromittiert zu haben, aber gleichzeitig gestand sie ihm ganz offen ihre Liebe, die auch durch die vorübergehende Trennung um nichts geringer geworden sei:

> Ich möchte Dir noch einmal sagen, ... wie gerne ich Dich habe und wie glücklich Du mich durch Deine Freundschaft gemacht hast. Wenn ich auch nach außen kalt erscheine, ... so habe ich doch ... ein ganz großes Bedürfnis nach Liebe und Freundschaft und die hast Du mir gegeben. ... Du hast mir so viel Freude gegeben in der Zeit unseres Zusammenseins und ich war so glücklich über den Aufenthalt in Nizza, noch länger mit Dir sein zu können ... Diese eine Unannehmlichkeit hat mich nur deshalb so sehr bedrückt, weil ich Deine Frau nun einmal auch sehr gerne habe ... Ich wünsche, Du könntest hier sein, wir beide allein.

Doch als Friderike ihm den Brief nach Amerika nachschickte, versprach er, seine Beziehung zu Lotte aufzugeben.[41]

3

> Der Librettist hat mir besser gefallen als der Komponist.
> Max Brod an Zweig

Die Pressekonferenz bei der Ankunft in New York am 17. Januar 1935 war unvermeidlich, aber sämtliche Versuche der Reporter, Zweig zu einer Stellungnahme gegen das Hitler-Regime zu bewegen, blieben erfolglos. Verstimmt über diese Weigerung schrieb Joseph Brainin später: »Mit aller Hartnäckigkeit versuchte ich ihn aus seinem Schneckenhaus hervorzuholen, entschlossen, ihm eine druckreife Verurteilung von Hitlers barbarischem Vorgehen gegen die Juden zu entlocken. Aber meine Bemühungen blieben vergeblich.« Doch dann fuhr er fort: »Nur ein paar Tage später, als ich ihn privat wiedersah, gewann ich Einblick in die tiefen Qualen seiner Seele.« Das war sein wahres Gesicht, das eines enttäuschten Mannes, der sich verzweifelt an ein Europa klammerte, das nicht mehr existierte, und der sich weigerte, dessen Tod als gegeben hinzunehmen. Zweig befürchtete, derartige Aussagen von ihm könnten sich negativ auf das Schicksal der noch in Deutschland verbliebenen Juden auswirken: »Die ... stellen gewissermaßen Geiseln dar, und jede Unternehmung unsererseits, die wir noch frei sind, würde an diesen Wehrlosen gerächt werden. ... Meiner Meinung nach [ist es] jetzt nicht tunlich, persönlich oder polemisch hervorzutreten.«[42]

Amerika, das er seit 1911 zum erstenmal wiedersah, wirkte zweifellos belebend auf ihn; aber gleichzeitig mußte er erkennen, daß das Exil hier für viele Emigranten mit finanziellen Schwierigkeiten verbunden war. Am erfolgreichsten waren diejenigen, die sich in der universellen Sprache der Musik ausdrücken konnten. Neben den Verhandlungen mit Huebsch von der Viking Press über die amerikanischen Rechte für *Maria Stuart* (die Schottenkönigin war auch das Thema einiger seiner Vorträge) galt sein Hauptanliegen auf dieser Reise dem Versuch, Unterstützung für ein Projekt zu finden, das er – allerdings ohne Erfolg – schon in England zu verwirklichen versucht hatte: die Gründung einer jüdischen Monatszeitschrift, in der die besten Arbeiten von Juden aller Sprachen erscheinen sollten. Er sah darin ein geeignetes Mittel, um der demagogischen Propaganda, die Europa zu zerstören drohte, etwas Würdiges entgegenzusetzen. »Wir dürfen es uns niemals gestatten, auf das geistige Niveau unserer Widersacher hinabzusteigen«, sagte er zu Brainin. Aber während seines kurzen, nur zwei Wochen dauernden Aufenthaltes gelang es ihm nicht, irgend etwas zu erreichen. Freilich war den Reportern auf der Pressekonferenz ein solches Thema höchst gleichgültig.[43]

Die Reise habe ihm genutzt, notierte er auf der Rückfahrt,

wenn sie auch die schwere Krise, in der ich mich künstlerisch befinde, nicht lösen konnte. Ich habe vor allem erkannt, daß meine zunehmende Angst vor jeder Form der Öffentlichkeit unüberwindlich ist, daß ich nicht mehr auftreten will und kann ... Ich müßte jetzt undankbare, ganz persönliche Aufgaben lösen, vor allem alles Biographische beiseitelassen und versuchen, mich noch einmal ganz zu konzentrieren, ein Roman wäre das Absolutgegebene für mich. ... Für die nächsten Monate ist das Programm klar: M. St. fertig und dann *jeden* Tag am Epischen fortarbeiten, den Stil klären, wieder lernen, was ich vielleicht schon vergessen habe. Das Diktieren sich wieder abgewöhnen und nicht viel mit Menschen sein. Mehr Kino, mehr Theater, alles was Stoff bringt und Anregungen entwickelt. Es war gut für mich, diese Pause , und auch für die M. St. wird sie gut sein.[44]

Nach seiner Rückkehr blieben ihm nur zehn Tage für London, denn Reichner erwartete ihn in Österreich zu den Korrekturen für *Maria Stuart.* Obwohl er es Friderike versprochen hatte, unternahm er nichts, um Lotte zu entlassen. Von Salzburg aus, wo er für ein paar Tage haltmachte, schrieb er erneut an Strauss und schlug vor, die Oper zurückzuziehen, aber die Vorbereitungen waren schon zu weit fortgeschritten. Strauss, der noch vor wenigen Monaten keinerlei Schwierigkeiten für ihre weitere Zusammenarbeit gesehen hatte (»... in ein paar Jahren, bis die Sachen dann fertig sind, sieht die Welt wahrscheinlich doch wieder anders aus«), war auch jetzt noch zuversichtlich, wenn auch etwas vorsichtiger. »Wenn ich das Glück habe, von Ihnen noch einen oder mehrere Texte zu bekommen, so soll die Verabredung gelten, daß niemand davon erfährt, daß ich ... ein Libretto von Ihnen komponiere. Ist die Partitur fertig, kommt sie in ein Safe, das erst eröffnet wird, wenn wir beide den Zeitpunkt für geeignet halten, an eine Aufführung zu denken.« Zweig dagegen meinte, solche Heimlichkeiten seien eines Mannes wie Strauss unwürdig, und drängte ihn weiter, sich einen anderen Librettisten zu suchen, aber gegen die bayerische Starrköpfigkeit des alten Mannes war er machtlos. »Den Dichter, der mir ein brauchbares Opernbuch schreiben kann, gibt es nicht ... Nach Hofmannsthals Tod glaubte ich endgültig verzichten zu müssen, ein Zufall (kann man es so nennen?) führte mich zu Ihnen. Ich gebe Sie auch nicht auf, auch nicht, weil wir jetzt gerade eine antisemitische Regierung haben.« Von Wien aus, wo er hart an den Fahnenkorrekturen für *Maria Stuart* arbeitete, erinnerte Zweig, der Sammler, ihn im März an das Versprechen, ihm das Manuskript der Klavierpartitur zu überlassen, die er natürlich niemandem zeigen werde. Aus Sorge um etwaige politische Konsequenzen für Strauss schlug er jedoch vor, es vorsichtshalber auf den Beginn der Arbeit, d. h. vor der Machtergreifung, rückzudatieren. Und noch während er in Wien war, gelang es ihm einen Monat später, Strauss, der weder von Faesi noch von Lernet-Holenia etwas hören wollte, zu überreden, Joseph Gregor als seinen Nachfolger wenigstens in Erwägung zu ziehen und mit diesem über »Semiramis« als ein mögliches Thema zu sprechen.[45]

Ebenso wie Strauss versuchte Kippenberg sich einzureden, daß das gegenwärtige Regime in Deutschland nur eine vorübergehende Erscheinung sei. Aber seine herzlichen Briefe an Zweig, in denen er ihm beispielsweise mitteilte, daß trotz der noch vorrätigen zweitausend Exemplare eine weitere Auflage der *Marie Antoinette* im Druck sei, konnten diesen nicht umstimmen, obwohl Zweig wie immer sehr dankbar war, von ihm zu hören. »Sie wissen«, hatte er ihm im Dezember aus Nizza geschrieben, »daß diese Unterbrechung mit das schmerzlichste war, was ich in geistigen Dingen zu tragen hatte ...« Und er bedauerte, daß sein Plan gescheitert war, Kippenberg den *Erasmus* zu widmen, wodurch die Welt erfahren haben würde, daß nicht ein persönliches Zerwürfnis die Ursache für diese »Zwischenpause« in ihrer Zusammenarbeit gewesen sei.[46] Wenn er hier von einer ›Pause‹ schrieb, dann nur deshalb, weil er wußte, was sein Freund hören wollte: Er selbst war im Grunde seines Herzens überzeugt, daß es mehr als nur eine Pause sein würde. »Nächste Woche ist *Maria Stuart* fertig«, schrieb er am 5. April aus Wien. »Das Buch sieht vortrefflich aus, aber – ich brauche dem Herrn der ›Insel‹ wohl nichts mehr zu sagen.« Die Freude, die er selbst darüber empfand, wurde getrübt durch die schmerzliche Erinnerung an das altvertraute Signet, und er hoffe, schrieb er, es eines Tages wieder auf seinen Büchern zu sehen. Ein geplantes Zusammentreffen in Linz mußte leider abgesagt werden, und natürlich war es ihm auch nicht möglich, Kippenbergs Wunsch nachzukommen und mit ihm zu der Premiere von *Die schweigsame Frau* in Dresden zu gehen, die mittlerweile auf den 24. Juni festgesetzt worden war: Das Theater würde voll mit hohen Parteifunktionären sein, und seine Anwesenheit würde nur Anlaß zu jeder Art von »überflüssigen Kommentierungen« geben; aber es werde ihm »ein verläßlich gutes Gefühl sein«, wie er schrieb, »einen so würdigen Paten bei der Taufe zu wissen«.[47]

Die Reichnersche Ausgabe von *Maria Stuart* war in der Tat gelungen, und das Buch fand sofort großen Anklang. Der Vertrieb in Deutschland allerdings erwies sich (trotz der Genehmigung der Oper durch den Führer) als äußerst schwierig: »Es muß künftighin verhindert werden, daß etwa der jüdische Verlag Reichner ... mit Prospekten, die die Werke Stefan Zweigs und anderer Juden anpreisen, Deutschland überschwemmt«, tönte die *Neue Literatur* in ihrer Dezembernummer. In Amerika dagegen erreichte die Auflage bis Ende 1935 die Zahl von zweihunderttausend.[48]

Felix Braun war besonders angetan davon, daß Stefan hier die mehr ›psychoanalytischen‹ Betrachtungen seiner früheren Biographien zugunsten einer direkteren historischen Darstellung aufgegeben habe, und er ermunterte ihn, in dieser Richtung weiterzumachen: »Du mußt wieder solche Bücher schreiben: darin liegt ein Wesentliches Deiner Begabung.« Für eine Autorität auf dem Gebiet der Stuart-Ära wie Conyers-Read lag eine gewisse Irritation in der gelassenen Art, in der

Zweig seine Fakten als absolut gesichert hinstellte – »Fakten, die bis dahin nur unter äußersten Vorbehalten als gesichert angesehen wurden«; desgleichen seine Anmaßung einer »geradezu gottgleichen Einsicht in die Motive und Beweggründe, die hinter den Fakten lagen«. Die sogar noch größere Autorität J. E. Neale dagegen meinte, das Buch sei durchaus mit Lytton Stracheys *Elizabeth and Essex* zu vergleichen, denn »Charakter und Psychologie sind durchaus legitime Zeugnisse in der menschlichen Geschichte, und es ist sehr wohl möglich, daß ein Literat, der geschickt mit diesen Zeugnissen umzugehen versteht, zu gültigeren Ergebnissen kommt, als der reine Historiker; vorausgesetzt allerdings, daß er sich an die eindeutig gesicherten dokumentarischen Zeugnisse hält.« Er war der Ansicht, daß Zweig, der es bewußt abgelehnt hatte, in der Kontroverse um die Casket-Briefe unparteiisch zu bleiben, zu einem Schluß gelangt sei, der sich durchaus mit den vorhandenen Erkenntnissen vereinbaren lasse. Er zollte den »brillanten Qualitäten« des Buches seine Anerkennung und meinte, es enthalte zahlreiche Passagen und Beschreibungen, die man selbst gerne geschrieben hätte.[49]

Die Mühsal der Arbeit an diesem Manuskript hatte im Jahr zuvor in Zweig für kurze Zeit ein Gefühl des Überdrusses an der »Biographienfabrikation« und deren modischem Erfolg aufkommen lassen.[50] Bald aber wurde er von der Idee gefesselt, das in *Erasmus* begonnene Thema weiterzuverfolgen und eine (von Pastor Jean Schorer aus Genf angeregte) Studie über den Fanatismus Calvins und über den heldenhaften Widerstand Castellios, eines anderen großen, wenn auch weniger bekannten Humanisten, zu schreiben. Er plante also, nach einem kurzen Aufenthalt in Österreich, wo er die endgültige Fertigstellung der *Maria Stuart* überwachen wollte, in die Schweiz zu fahren und dort mit den Nachforschungen zu beginnen. Aber der Besuch in Wien zog sich länger hin als beabsichtigt. Seine Mutter war schwer krank gewesen, und obwohl kindliche Liebe niemals seine starke Seite gewesen war, hielt ihn ein gewisses Pflichtgefühl an ihrem Bett. Der kurze Aufenthalt in Salzburg bestärkte in ihm das Gefühl, daß Friderike sich aus sentimentalem und unangebrachtem Patriotismus seiner Übersiedlung nach London widersetzte und die Abwicklung der Haushaltsauflösung auf dem Kapuzinerberg absichtlich hinauszögerte. Sie hatte schon im vorigen August bemerkt, daß er ihre Anhänglichkeit an das Haus, die ihn aufs äußerste erbittere, nun damit bestrafen wolle, »daß ich in S. bleiben soll um es zu verkaufen. Der erlittene Schock hat ihn grausam gemacht.«[51]

Die daraus entstandene, unnötige Bitterkeit verfinsterte seine Verfassung, und der alte Pessimismus begann wieder die Oberhand zu gewinnen. Ebermayer, der ihn im Hotel Regina zum erstenmal seit 1933 traf, erkannte klar, daß Zweigs Entschluß, sein bisheriges Leben aufzugeben, mindestens ebenso sehr durch seine Ehekrise wie durch die Krise der Welt herbeigeführt worden war. Obwohl seine Augen vor Freude aufleuchteten, als er vom Widerstand gegen das Nazi-Regime erfuhr, den Ebermayer und seine Freunde unterstützten, konnte nichts seine Schwermut und seine Traurigkeit erschüttern. »Ich kann nicht immer gegen eine Wand starren«, sagte er – gegen die Wand Deutschland, die drohend und unheilverkündend gegenüber von Salzburg aufragte; doch Ebermayer spürte, daß nicht nur sein Lebensstil, sondern auch seine Ehe »im Feuerbrand dieser Jahre« dahinschmolz. Im Juni machte Zweig in einem Brief an Fleischer, der nun in London lebte, all seiner Bitterkeit Luft:

Ich sehe die Verhältnisse in unserer Heimat mit denkbar pessimistischem Blick an, und hätte ich *meinen* Willen durchgesetzt, so wäre ich schon längst Dein Nachbar. Aber ich habe mit sentimentalen Widerständen schwer zu kämpfen ... F. macht es mir in [allem] furchtbar schwer. ... Ich habe mir den Herbst als endgültigen Termin gesetzt. Dann muß eine Entscheidung fallen.[52]

Während er sich in Wien aufhält, war Moissi plötzlich gestorben. Das war nicht dazu angetan, seine Stimmung zu verbessern. Im Jahr zuvor war er wieder in die Welt des Theaters hineingezogen worden, als Pirandello ihn bat, sein neuestes Stück, *Non si sa come*, zu übersetzen; und Moissi selbst, der die Hauptrolle übernehmen wollte, hatte ihn bei einem Treffen in Zürich zur Annahme dieses Auftrages gedrängt.* Bis Oktober 1934 hatte er neben der Arbeit an *Maria Stuart* die Übersetzung abgeschlossen, und im darauffolgenden März sollten die Proben für *Man weiß nicht wie* im Wiener Volkstheater beginnen. Am 22. März jedoch, noch vor Beginn der Arbeit, erkrankte der Schauspieler in Zürich an einer Lungenentzündung, die er sich bei Filmaufnahmen in Rom zugezogen hatte. Wie seine Vorgänger in der ehrenvollen Reihe der Träger des Iffland-Ringes, Kainz und Matkowsky, starb er gerade in dem Augenblick, als er in einem Stück von Zweig auftreten sollte.[53] Angesichts jener beiden anderen Katastrophen mußte Zweig darin ein böses Omen sehen. Aber wie zuvor versuchte er, sich durch neue Arbeit abzulenken.

Am 9. Mai traf er in Zürich ein und mietete eine kleine Suite im Hotel Bellerive am Uto-Quai. Wie gewöhnlich suchte er die Anonymität; immerhin war es erfreulich, daß die Wirtin den Preis der Zimmer sofort

* Das Zusammentreffen mit Moissi, wie aus der Korrespondenz hervorgeht, fand 1934, etwa im August, statt, nicht 1935; das von Friderike erwähnte frühere Treffen mit Pirandello in Paris ist nicht belegt.

um drei Franken pro Tag herabsetzte, als sie seinen Namen erfuhr. Lotte war in England geblieben, und so bat er seinen Freund, den Verleger Carl Seelig, ihm eine Sekretärin zu besorgen, die er ganztätig zu beschäftigen hoffte, denn er begann unverzüglich in der Bibliothek seine Nachforschungen für *Castellio*. Am Abend war er in einem der Cafés, im ›Odeon‹, in der ›Terrasse‹ oder im ›Select‹: »urban, klug, genießerisch«, wie Klaus Mann sich erinnerte, »immer hilfsbereit, an den Arbeiten und Sorgen anderer warmherzig interessiert«, und wie immer »eminent pazifistisch«. Walter Bauer jedoch, der ihm näher stand, erkannte den tiefen Pessimismus hinter dieser Fassade. »Es könnte sein«, sagte Zweig einmal zu ihm, »daß ich eines Tages vor Ihrer Tür stehe und nichts mehr besitze.«[54]

Als ihm einfiel, daß Thomas Manns sechzigster Geburtstag bevorstand, bat er Friderike, sie möge ihm das Manuskript von Goethes Gedicht *Will einer sich gewöhnen* aus seiner Sammlung schicken, damit dieser Tag, an dem er ja Mann nicht öffentlich ehren könne, wenigstens privat nicht unbemerkt verstreichen würde.

Wie oft haben Sie als Meister mich belehrt, wie oft als Mann, als Charakter bestärkt und eigene Unsicherheiten durch Ihre herrlich klare Haltung entrungen! [schrieb er an Mann, als er ihm das Gedicht sandte] ... All das auszusagen, würdig und wesentlich, erforderte mehr als ein Briefblatt, es müßte als gestaltete Rede sich formen, als Bekenntnis oder Buch. Aber was diese Stunde, diese beengende Zeit uns verweigert, wird beredter und gerechter eine spätere aussagen und dann unsere Zeugenschaft vielleicht auch gelten, wie viel Sie unserer Generation als Mann, als Vormann, als Beispiel gewesen sind.[55]

Das Herannahen des ›Dresdner Tages‹ für *Die schweigsame Frau* erfüllte ihn mit wachsender Besorgnis. Und obwohl er selbst nicht mehr eingreifen konnte, hegte er noch eine kleine Hoffnung, daß die Premiere doch im letzten Moment vielleicht abgesetzt werden würde. Fleischer gegenüber bekannte er: »Das ist für mich eine *historische* Angelegenheit, vor dem Hitler-Krieg gemacht« (für ihn war es selbstverständlich, daß Hitler Krieg bedeutete) »und darum tausend Jahre alt.« Bei den Proben schärfte Strauss dem Dirigenten Karl Böhm ein, daß der Text wichtiger sei als die Musik und daß er bereit sei, seine *mezzoforti* zu *piano* abzuschwächen, damit bestimmt auch jedes Wort der Sänger verstanden würde. Mit Maria Cebotari als Aminta versprach die Oper ein Erfolg zu werden, und Strauss war mit dem Fortgang der Proben sehr zufrieden. Gerüchten zufolge beabsichtigten sowohl der Führer als auch Goebbels eine der Vorstellungen durch ihre Anwesenheit zu beehren, aber bei der Premiere am 24. Juni war keiner der oberen Parteibonzen vertreten. In der Königsloge des Sächsischen Theaters saßen Reichsstatthalter Mutschmann und Blomberg, weitere

Armeeoffiziere verteilten sich auf die übrigen Logen. Der Intendant hatte versucht, den Namen Zweigs im Programmheft unerwähnt zu lassen, mußte jedoch den wütenden Protesten von Strauss stattgeben, und so hieß es im Text: »Frei nach Ben Jonson von Stefan Zweig.« Alle Plätze waren ausverkauft, schrieb Katharina Kippenberg in ihrem Bericht an Zweig: »... ein großer, unbestrittener Erfolg, ganz gewiß nicht zum wenigsten dem Text zu verdanken, der entzückend ist« (in diesem Punkt wagten am folgenden Morgen sogar einige Musikkritiker mit ihr übereinzustimmen*). Auf einem Empfang, der nach der Vorstellung im Rathaus gegeben wurde, strahlte Strauss, zur Rechten Mutschmanns, über seinen Triumph.[56]

Andere Berichte, die bei Zweig eintrafen, klangen jedoch nicht so enthusiastisch und ergaben ein recht widersprüchliches Bild. Und wie in seiner damaligen Stimmung nicht anders zu erwarten, neigte er dazu, den negativen Kritiken zu glauben.

> ... so ist eines gewiß, daß sie *viel* zu lang ist, zweitens, daß sie *wahnwitzig schwer* ist, also ganz das Gegenteil dessen, was mir vorgeschwebt ... Einzelne Teile sollen hervorragend sein und der erste Akt geschlossen, dann geht es ähnlich wie bei der Arabella und der Ägyptischen Helena ins Ermüdende über. Das Können scheint bei ihm intakt, nur die Dynamik fehlt. ... Von allen schweren Opern Straussens scheint diese die schwerste zu sein.[57] Er scheint nicht mehr in der Lage eines wirklichen Erfindens ... nur noch das Koloristische in voller Kraft. ... Auch hat [seine] Halsstarrigkeit geschadet ... [er] weigerte sich, irgendwelche Kürzungen vorzunehmen (die Partitur ist dicker als die der Meistersinger).[58]

Er vermutete (was sich später als zutreffend erwiesen hat), daß die Oper »nur eine Art Halbleben« führen werde wie *Die Frau ohne Schatten* und *Helena*, manchmal hervorgeholt, aber keine ständige Repertoireoper und wahrscheinlich (ganz im Gegensatz zu dem, was er ursprünglich gewollt hatte) für kleinere Opernbühnen unmöglich. Bei den Kritikern bemerkte er auch eine gewisse Animosität gegenüber Strauss und sah darin ein Anzeichen dafür, wie die Dinge in Deutschland nun liefen. Das demonstrative Fernbleiben Goebbels' von der Premiere schien dies noch zu unterstreichen.[59]

In diesem Punkt war sein Gefühl richtig, denn noch bevor er den Brief an Friderike geschrieben hatte, war das Beil gefallen. Bereits nach drei weiteren Vorstellungen, deren eine im Sender Leipzig nur unter Störungen zu hören war, wurde die Oper auf höheren Befehl abgesetzt und

* Einer schrieb: »Der Text war von einem Mitglied jenes *Zweiges* der deutschen Literatur verfaßt, der jetzt nicht mehr genannt werden soll« (Friedenthal, Arens[1] 213). »Für Strauss ... sicher das beste Buch seit *Rosenkavalier*« (Rudolf Kastner).

für ganz Deutschland verboten. Anfang Juli kam die Nachricht von Strauss' Rücktritt als Präsident der Reichsmusikkammer. Die Gestapo hatte auf ihrer Suche nach belastendem Material, mit dem die Parteipuristen ihre Sache in dieser Angelegenheit vorantreiben konnten, einen Brief von Strauss an Zweig abgefangen, der nicht nur die dringende Bitte um ein weiteres Libretto enthielt, sondern auch einige allzu freimütige Äußerungen über politische Fragen. Als man Strauss deshalb zur Rechenschaft zog, blieb ihm keine andere Wahl als zurückzutreten. Die Oper wurde zwar später in Zürich, Graz, Prag und sogar in Mailand aufgeführt, aber allem Anschein nach hat Zweig sie nur ein einziges Mal gesehen. Strauss blieb bis zum Ende seines Lebens noch überzeugt, daß dies die beste komische Oper seit dem *Figaro* sei: »Der letzte Es-Dur-Schluß gehört zu meinen besten melodischen Erfindungen.«[60]
Zweig blieb nichts übrig, als sich in Arbeit zu vertiefen. Die *Castellio*-Forschungen kamen gut voran, aber die von Seelig engagierte Sekretärin erwies sich als unfähig. Deshalb schrieb er Anfang Juli an Lotte, sie möge von England herüberkommen. In einer »Fülle von Ärgernissen« fand er »noch immer die alte verläßliche Freude, dieses von Gott erfundene Kinderspiel, aus einem Ries weißer Blätter tintenfarbene zu machen und sich dabei vorzutäuschen, man tue etwas Wichtiges und Wertvolles«. Seine Briefe an Friderike waren ziemlich barsch im Ton. In einer Erörterung über die im Sommer geplanten gemeinsamen Arbeitsferien sprach er sich gegen ihren Vorschlag aus, nach Bad Gastein zu fahren: Es sei zu nahe an Salzburg, und er würde entweder ständig dorthin fahren müssen, um Leute zu besuchen, oder diese würden kommen, um ihn zu sehen; schon jetzt seien die Journalisten wegen einer Stellungnahme zu der Strauss-Affäre hinter ihm her. Am 15. Juli schrieb er: »Meine Pläne sind also: 29. morgens in Salzburg anzukommen, abends zu Falstaff zu gehen« (es bestand die Möglichkeit, daß Huebsch, sein amerikanischer Verleger und derzeit auf Europareise, an diesem Abend mit ihnen kommen würde), »am nächsten Tag womöglich Toscanini zu sehen und am 30. abzureisen und baldigst an die Arbeit zu gehen.« Er wolle nicht nach Gastein, sondern nach Marienbad; Frau Meingast solle mitkommen. Er selbst wolle keinesfalls länger in Salzburg bleiben, »weil mich der Ansturm dieser vielen Menschen mehr ermüdet und schließlich mich doch die Interessen dieser Leute nichts angehen«.[61]
Ebermayer verbrachte mit ihm und Lotte in Pontresina die letzten zwei Tage vor seiner Abfahrt; sie unternahmen lange gemeinsame Spaziergänge und tranken Tee. Er stellte fest, daß Zweig persönlich voll Energie und Optimismus war, politisch aber pessimistischer denn je; nach seinen Prognosen würde es noch Jahre dauern, bis der Nazi-Schrecken

vorbei wäre, und sogar einen Weltkrieg sah er voraus. Am Abend des 27. Juli stieß Rudolf Binding zu ihrer Runde, und Ebermayer war erschüttert darüber, wie Zweig auf dessen Reden reagierte und sich in seinen finstersten Ahnungen bestärkt sah. »Alles schön und gut. Ein prachtvoller Mensch, dieser Binding. Aber ein Gedicht auf Hitler hat er eben leider doch gemacht!« Zweig vertraute Ebermayer an, daß seine Ehe bald gelöst werde, und er dann ganz nach London übersiedeln wolle. Nach einem gemeinsamen Abschiedskaffee am 28. Juli brachte Ebermayer die beiden zu ihren Zügen, sie nach London und Stefan nach Salzburg. Als der Zug bereits anfuhr, hielt er ihn noch an beiden Händen, als hätte er gewußt, daß sie sich nie mehr wiedersehen würden.[62]

Der August, den er mit Friderike in Marienbad (in der Villa Souvenir an der Waldquellzeile) verbrachte, verlief harmonischer, als zu erwarten gewesen wäre. Doch obwohl er jedes unmittelbare Eingeständnis seiner Gefühle vermied, konnte Friderike sich keinen Illusionen mehr darüber hingeben, daß dies das Ende ihres gemeinsamen Lebens war. Er hatte seine Freiheit immer für selbstverständlich gehalten und sah naiverweise keinen Grund, sein Verhältnis mit Lotte zu erklären oder zu rechtfertigen. Ihm genügte es, den Dingen ihren Lauf zu lassen, und er konnte Friderike sogar in aller Seelenruhe den Vorschlag machen, auch in Zukunft von Zeit zu Zeit gemeinsame Ferien zu verbringen. Es war ein Glück, daß auch sie sich in eine Arbeit stürzen konnte, in die Pasteur-Biographie, die sie seit ihrem Besuch in Genf drei Jahre zuvor beschäftigt hatte. Was ihn anging, so träumte er noch immer von einem völlig neuen Leben: Und würde es ihm selbst nicht gelingen, dann vielleicht stellvertretend in einem Roman, dessen Hauptfigur das Wagnis übernimmt. Als er Rolland von dieser Idee berichtete (das Projekt wurde nie verwirklicht), meinte er, er sei zutiefst aufgewühlt durch die Herausforderung, neu zu beginnen anstatt nur fortzuführen.[63]

4

God offers to every mind its choice between truth and repose.
Take which you please – you never can have both.

Emerson

Auf der Rückfahrt von Marienbad verließen Zweig und Frau Meingast den Zug in Wien, während Friderike allein nach Salzburg weiterreiste. Er fand seine Mutter in sehr viel besserem Zustand vor; sie war sogar

außerordentlich lebhaft und bestand darauf, wenigstens zweimal am Tag auszugehen. So verursachte ihm sein nun endlich gefällter Entschluß, sich in London niederzulassen, weniger Gewissensbisse. Er gab ihr sein Wort (und meinte es zweifellos ernst, vorausgesetzt, er würde seine uneingeschränkte Freiheit nicht verlieren), Friderike niemals zu verlassen. Bei Reichner lief alles bestens, und die Bestellungen strömten nur so herein. Die Meldungen aus Deutschland, daß jüdische oder teilweise jüdische Firmen wie S. Fischer und Rütten & Loening liquidieren mußten oder in ›arische‹ Hände übergingen, verschafften ihm eine melancholische Befriedigung über seinen eigenen, in weiser Voraussicht rechtzeitig eingeleiteten Rückzug. Es tat ihm gut, Rieger wiederzusehen, auch Gregor und Berta Zuckerkandl, und es war ihm sogar möglich, an einem Geburtstagsessen für Csokor teilzunehmen (wie im Falle Thomas Manns mußte ein privates Geschenk an die Stelle einer veröffentlichten Würdigung treten).[64] Anschließend genügten ein paar Tage in der Schweiz, um die noch fehlenden Materialien und Illustrationen für *Castellio* zu versammeln. Am 26. September fuhr er dann über Paris nach London zurück.
Er notierte im Tagebuch:

Reisetag wie so viele andere in den letzten Jahren. Ist es, weil die Welt so unruhig hin- und herschwankt, daß man sich gewöhnt hat, im Gleitenden zu leben? Ist es Vorgefühl, daß wieder Jahre kommen könnten, wo die Länder sich ganz gegeneinander sperren und man noch rasch einmal Weltluft atmen möchte? Jedesfalls, Reisen ist mir kein fremder Zustand mehr, sondern beinahe ein natürlicher. Man hat sich stärker losgelöst von den Bedingungen und Gewohnheiten, von Haus und Besitz – beides fragwürdig geworden und kaum mehr entbehrt. Zwei Koffer, in dem einen die Garderobe, die irdische Notwendigkeit, in dem anderen Manuskripte, die geistige Bereitschaft, und man ist überall zu Hause. Und wenn es Sinn ist eines Lebens, sich im Zeitlichen und im Geistigen immer wieder eine neue Form der Freiheit zu entdecken , so ist es vielleicht das Beste, mit möglichst wenig Last zu leben, die Kunst, ohne Sentimentalität viel Vergangenheit hinter sich zu lassen.[65]

Es war ihm immerhin eine Erleichterung, endlich wieder die ruhige, sympathische Luft Englands atmen zu können. »Ich verstehe es eigentlich selbst nicht«, schrieb er einmal von der Schweiz aus an Lotte, »wie es mir mit dieser Stadt [London] ergangen ist. Zuerst ließ sie mich gleichgültig ... Aber je mehr ich mich einlebte, ... desto mehr entdeckte ich mir, ich liebte [ihre] Formen, ihre besondere Atmosphäre ... und ich säße lieber [dort] als hier unter den schönsten Bergen.« »Sie zielen [hier] nur auf eines: to keep out und das tue ich in meinem Sinn als Schriftsteller auch.«[66] Bisweilen konnte er sogar heiter sein. Auf einer Busfahrt mit Hermann Kesten durch London zog er seinen Hut, als sie an der Bank von England vorüberfuhren, und bemerkte: »Ich grüße sie immer, wenn ich vorbeikomme. Da ruht das Geld der halben Welt.« In fröhlicher Runde mit Kesten und Ernst Toller bei Tee mit Rum im Café Royal scherzte er wie in alten Zeiten, ein Autor solle auf Ironie verzichten und müsse seine Zeit, sein Publikum und seine Helden lieben.[67] »Ich lebe an einem schwanken Ast«, hatte er auf der Rückfahrt von Amerika an Hesse geschrieben, »mein Haus in Salzburg ... ist mir nicht recht Heimat mehr, zum Emigranten habe ich kein Talent, so lebe ich jetzt beinahe studentisch ... und spüre es beinahe als ein Glück, aus diesem sicheren Behagen herausgestoßen zu sein.«[68]

In Wirklichkeit aber bestand sein Leben noch immer aus lauter Widersprüchen. Seine nur allzu richtige Einschätzung der politischen Entwicklung hatte ihn – theoretisch – zu dem klaren Entschluß veranlaßt, in England einen neuen Anfang zu machen, um seine Arbeit und seine Freiheit zu verteidigen. Aber er schien seinem Vorsatz nicht gerecht werden zu können. Die tief in seinem Inneren verwurzelte Abhängigkeit von seinem Heimatland Österreich war stärker, als er es sich selbst eingestehen wollte. Und auch nach außen hin hatte er zu kämpfen: Das bei seiner Abreise von so vielen Freunden geäußerte Bedauern über seinen Weggang rief in ihm das Gefühl hervor, sie schamlos im Stich gelassen zu haben, während er doch stets ängstlich darauf bedacht war, niemandem wehzutun; dieser Konflikt machte seinen Entschluß so gut wie unwirksam.[69] Er litt unter einer ›Verwirrung der Gefühle‹, die schmerzvoller war als die des Helden in seiner Novelle und die ihn auch im praktischen Leben völlig durcheinander brachte. Der Sündenbock war natürlich Friderike. Ohne sie davon in Kenntnis zu setzen, war er darangegangen, den Verkauf eines Großteils seiner Handschriftensammlung samt den einigen tausend Versteigerungskatalogen in die Wege zu leiten, die sie während all der Jahre mit so großer Sorgfalt für ihn betreut hatte; andererseits aber gab er ihr keine eindeutigen Anordnungen hinsichtlich des Hausverkaufs mit allem Inventar. Dabei war es in derart unsicheren Zeiten gewiß extrem schwierig, einen solchen Besitz loszuwerden, zumal das Fehlen einer Zufahrtstraße im Zeitalter des Automobils ein besonderes Manko darstellte. Er jedoch war überzeugt, daß sie allein die Schuld trüge und im Grunde gar nicht weg wolle. Auch seine eigene Unfähigkeit, sich in dem neuen Leben zurechtzufinden, legte er ihr zur Last. Gleichzeitig hatte sie den Eindruck, er wolle sie in Österreich wissen, in der Nähe seiner Mutter.[70]

Diese Unentschlossenheit brachte es notwendigerweise mit sich, daß der »Betrieb« zwischen Portland Place und dem Kapuzinerberg aufgeteilt blieb. Das Gros seiner Korrespondenz lief noch immer über Österreich und mußte von Friderike und Frau Meingast erledigt werden, während seine innere Verwirrung ihn ständig widersprüchliche Anweisungen geben ließ. Einmal sollte sie leugnen, daß er in London sei, dann wieder mußte sie sagen, er sei ganz dorthin umgezogen. Im Oktober 1935 fing er an, eine geeignetere Wohnung zu suchen,

> ein Provisorium, eine Sicherheitswohnung, eine Adresse, eine Stelle, wo ich meine wichtigsten Sachen ständig habe. Salzburg soll bestehen, solange es Dir Freude macht – als Sommerwohnung und eben solange es auch im andern Sinne geht, ich habe nicht die Absicht, jemandem die Heimat zu rauben. – Ich habe nur einen Wunsch: Friede in der Welt und zu Hause.

Deprimiert über den Ausbruch des italienisch-abessinischen Krieges reagierte er barsch auf ihr Drängen, mehr über die neue Wohnung zu erfahren (denn offenbar waren davon Entscheidungen über das Salzburger Inventar abhängig):

> All das hat ja noch etwas Zeit, denn es läßt sich ja nicht übersehen, was in den nächsten Monaten geschehen wird ... Ich bitte Dich also, nicht »Entscheidungen« anzukündigen, sondern lassen wir diese Art Worte – ich bin abhängig von meiner Arbeit und dem Weltschicksal und *meine* Vorschläge sind darum die wichtigeren. Ich aber weiß noch gar nichts, als daß ich hoffe, in sechs bis acht Wochen das Buch *[Castellio]* bewältigen zu können.[71]

Als er gefunden hatte, was er suchte, (49, Hallam Street, gleich um die Ecke, in einem Haus, an dem noch gebaut wurde, so daß es mit dem Umzug keine Eile hatte), kündigte er seine Absicht an, nach Salzburg zu kommen, um das auszusortieren, was überführt werden konnte. Es sollte nur ein kurzer Besuch sein, und er bat sie, ihn nicht dort festzuhalten: »Ich muß jetzt *scharf* und konzentriert an die Arbeit gehen ... – mit 55 Jahren muß man seine Zeit zusammenhalten.« Er hatte vor, zuerst nach Paris zu fahren (wo Romains, wie schon vor ihm Rolland, seine Sekretärin heiratete – ein Omen für Friderike), dann weiter nach Wien und schließlich nach Italien und Nizza.[72] Aber ihr blieb Zeit, sich einen Eindruck von der Größe der Wohnung in Hallam Street zu verschaffen, und dann konnte sie an die traurige Auswahl dessen gehen, was vom Kapuzinerberg dorthin kommen sollte. Im Januar 1936 war es ihr möglich, Stefan kurz in Nizza zu besuchen, bevor sie nach London weiterfuhr, um dort den Umzug zu bewerkstelligen und bis zu seiner Rückkehr alles in Ordnung zu bringen. Als sie in Dover ausstieg, sagte ihr der Beamte der Einwanderungsbehörde, er sei stolz, die Frau von Stefan Zweig in England begrüßen zu können. Unter ihrer Aufsicht wurde das neue Arbeitszimmer in der Hallam Street fast zu einer Replik des alten: mit der gleichen roten Tapete und der Masereelschen Landschaft über seinen Bücherregalen (die aber gegenüber den zirka

10 000 Bänden in Salzburg nur ein Zehntel dessen enthielten).[73] Als er am 14. Februar von Paris nach Croydon zurückflog, war praktisch alles für ihn eingerichtet; trotzdem blieb er noch zwei Wochen länger in Portland Place (vom typisch scheußlichen englischen Wetter im Haus festgehalten), um die Arbeit an *Castellio* abzuschließen und auch um Masereel aufzunehmen, der für ein paar Tage herübergekommen war. Erst am 6. März 1936 konnte er den Polizeibehörden offiziell seinen Wohnungswechsel mitteilen (die Forderungen der Bürokratie, wenn auch hier etwas freundlicher gehandhabt, ließen sich nirgendwo umgehen). Friderike blieb, so lange sie konnte, doch Anfang Mai mußte sie zurück nach Salzburg, wo es so vieles zu erledigen gab. Ihre Bitten und auch diejenigen von Freunden, er möge sich doch eine andere Sekretärin nehmen, hatten keinen Erfolg gehabt (für einen sonst so sanften Charakter konnte er bisweilen eine erstaunliche Halsstarrigkeit an den Tag legen); Lotte blieb. Als Friderike abfuhr, war weiter ungeklärt, wie es mit ihnen weitergehen würde.[74]

Seine Beziehung zu Rolland begann nun, seine eigene Unsicherheit widerzuspiegeln. Schon 1933 hatte sich sein Freund zutiefst beunruhigt über seine Passivität angesichts des Nationalsozialismus gezeigt. Obwohl ihre Korrespondenz unvermindert anhielt, war er hingegen wie Baudouin der Ansicht, daß Rollands rückhaltlose Deckung des Sowjet-Kommunismus einen Verrat an der Sache des Humanismus bedeute.[75] Bereits im Oktober 1934 hatte Zweig in einem Antwortbrief an Schickele, der ähnliche Bedenken hegte, geschrieben: »Wir stehen eigentlich mehr zu ihm als er zu sich selbst, seit er ... alles in Rußland bejaht und alles entschuldigt, auch die Unterdrückung.«[76] Rollands siebzigster Geburtstag sollte im Januar 1936 gefeiert werden, und bereits ein Jahr vorher begannen die treuesten seiner Anhänger wie etwa Jean-Richard Bloch mit der Planung der Jubiläumsfeierlichkeiten; ihnen war es selbstverständlich, daß Zweig seinen Beitrag sowohl finanziell als auch persönlich dazu leisten werde.* Selbst in den besten Zeiten würde er es vorgezogen haben, sich aus solchen öffentlichen Demonstrationen herauszuhalten: Nun aber erweckte die ausgesprochen extreme Linie, die hier offenbar verfolgt wurde, seinen Widerwillen nur um so mehr.

Auf seiner Rückreise von der Schweiz hatte er Rolland im September 1935 besucht. Sie sahen sich in Villeneuve (wie es scheint, war dies ihr letztes Zusammentreffen), und Zweig war davon höchst enttäuscht.

* Brief von Jean Richard Bloch, 12. Jan. 1935 (ZE). Ein Brief an Gorki, in dem Zweig diesen bat, er möge Rollands Freunde telegraphisch auffordern, mit den Vorbereitungen zu beginnen (*BrFr* 271), steht in merkwürdigem Gegensatz zu seinen wahren Gefühlen bezüglich der Art der Planung (vgl. Brief vom 24. Jan. 1936 an Klaus Mann, ebd., 270).

Rolland wirkte alt und müde und schien sich nun völlig der extremen Linken untergeordnet zu haben: »Er lernt jetzt mit 70 Jahren Russisch und ist alles nur nicht mehr l'homme libre.«[77] Zweigs Überredungsversuche, er solle sich nicht für eine solche ausschließlich politische Demonstration hergeben, hatten keinen Erfolg, und so beschloß er, zumindest insgeheim, sich künftig herauszuhalten. Als er ein paar Tage später auf dem Weg nach London in Paris Station machte, vermied er es, mit Bloch zusammenzutreffen, und ließ auch andere Freunde wie Masereel, die fest mit seiner Teilnahme an der Feier rechneten, im unklaren über seine wahren Gefühle (seine ausweichende Haltung aus Angst, Menschen weh zu tun, verursachte oft mehr Ärger und Enttäuschung, als es eine direkte und ehrliche Ablehnung getan hätte). »Nun, ich habe meine Pflicht getan«, hatte er nach dem Besuch bei Rolland an Friderike geschrieben, wobei er zweifellos auf den einfachsten Ausweg, eine finanzielle Unterstützung, anspielte, »und ich muß mich nicht in eine Veranstaltung zwingen lassen, die meiner innern Anschauung widerspricht.« Noch eine Woche vor dem Drei-Tage-Spektakel Ende Januar 1936 waren die Organisatoren überzeugt, daß er als einer der Redner auftreten würde, und als er schließlich nicht mehr umhin konnte abzusagen, traf sie das um so härter.[78] Zwar verlor Zweig nie seinen Respekt und seine Bewunderung für Rolland und veröffentlichte zu dessen Geburtstag auch einen Artikel *(Dank an Romain Rolland)* im *Pester Lloyd*[79], aber ihre Wege trennten sich nun immer mehr. Auch ihre Korrespondenz wurde spärlicher und enthielt bisweilen sogar scharfe Töne, so als Rolland sich beschwerte, daß Zweig seine Beethoven-Handschriften verkauft hatte, ohne ihn vorher zu informieren, oder (was Zweig sehr erzürnte) als er gegen Ende der Zweigschen Ehekrise die Partei Friderikes zu ergreifen schien.

Nach jahrelangem Zögern hatte Zweig sich nun endlich entschlossen, doch nach Südamerika zu fahren. Eine offizielle Einladung durch die brasilianische Regierung sowie der Kongreß des Internationalen PEN-Clubs, der im September 1936 in Buenos Aires stattfinden sollte, hatten ihm nicht nur eine günstige Gelegenheit, sondern auch eine freie Schiffspassage beschert. Damit gab es wenigstens einen Fixpunkt in dieser sonst so bewegten Zeit. Es war kaum verwunderlich, daß nur noch wenig Schöpferisches aus seiner Feder floß, nachdem *Castellio* bei Reichner abgeliefert war. Der einst stetige Strom von Essays, Artikeln und Besprechungen wurde zu einem Tröpfeln, der *Pester Lloyd* ein Ersatz für die *Neue Freie Presse* (wenngleich letztere ohne sein Wissen und bestimmt auch zu seinem Ärger im Mai einen Auszug aus *Castellio* brachte). Freuds achtzigsten Geburtstag jedoch vergaß er nicht, und er versammelte eine Reihe von passenden Namen in der »Gratulationsschrift«, die er im *Pester Lloyd* veröffentlichte. In seinem Dankschreiben bemerkte Freud, daß in Zweigs »Panoptikum«, jener Galerie außerordentlicher Persönlichkeiten, er, wenn nicht die interessanteste, so doch allenfalls die einzige lebende Person sei, und er fügte hinzu: »Beim Biographen gibt es ja ähnlich wie beim Analytiker Phänomene, die man unter dem Namen ›Übertragung‹ zusammenfaßt.«[80]

Vielleicht symptomatisch für Zweigs geistige und seelische Verfassung war ein Ausflug in das Genre des Films. Gegen Ende 1935 war es Ebermayer gelungen, für ihn die Rechte für *Angst* von der Firma Orplid-Film in Berlin zurückzukaufen, und im darauffolgenden Mai lag das Drehbuch in einer französischen Version vor, die ihm stellenweise ganz gut gefiel (*La Peur;* die Hauptrolle sollte Gaby Morlay spielen). Als Robert Neumann, der inzwischen ebenfalls in London lebte, ihm vorschlug, man könne doch gemeinsam ein Drehbuch für eine *Manon Lescaut* schreiben, schien ihm die Idee zunächst verlockend. Anfang 1936 waren sie mit der Arbeit fertig. Das Skript wurde nie verwendet, aber als Neumann es zwanzig Jahre später durchblätterte, wunderte er sich, daß das vergilbende Papier keine Flecke aufwies: »Das ist in so viel ausgezeichneter Butter herausgebacken, daß darin schon wieder ein Stil, eine Haltung, ein Anflug von Größe liegt.« Obwohl Zweig, wie Friderike bemerkte, die unerläßliche Begeisterung für den Film als Kunstform fehlte, und er sowohl *Manon Lescaut* als auch *Das gestohlene Jahr* stets als Nebenprodukte ansah[81], wurde eine ganze Reihe seiner Arbeiten zu erfolgreichen und populären Filmen[82].

Wichtiger war ihm das Projekt, seine bisherigen Werke, die überall verstreut waren, zu einer neuen Edition bei Reichner zusammenzufassen. 1935 waren die drei Essay-Trilogien unter dem Titel *Baumeister der Welt* in einem Band erschienen; ein Jahr darauf wollte er die *Novellen,* Legenden und *Sternstunden* in zwei Bänden als *Gesammelte Erzählungen* zusammenfassen, wobei der eine Band die drei Ringe der Novellenkette enthalten sollte und der andere ein »Kaleidoskop«. Danach war noch ein Band mit ausgewählten Essays über Menschen, Städte und Bücher geplant, womit »das Opus unter Dach« wäre. Aber die räumliche Distanz zu Reichner sowie die ständige Ablenkung durch seine persönlichen Angelegenheiten machten es ihm unmöglich, die nötige Aufmerksamkeit für die Arbeit aufzubringen, und so war er mit dem Ergebnis höchst unzufrieden, als die Bände der *Erzählungen* im Herbst erschienen. Sie hatten keinen Gesamttitel, nur *Die Kette* und *Kaleidoskop,* und er meinte, diese Überschriften seien nichtssagend für die neuen Leser, die er zu gewinnen hoffte, während sein Stammpublikum in der Erwartung, etwas Neues zu finden, enttäuscht werden würde. Und wieder einmal sehnte er sich nach den alten Zeiten bei der Insel.[83]

Castellio gegen Calvin oder Ein Gewissen gegen die Gewalt erschien im Mai 1936 und litt ebenfalls unter seiner Zerstreutheit, obwohl er Reichner die Schuld gab, er habe ihn zu sehr gedrängt. Die Rezensionsexemplare waren schon verschickt, bevor er einen historischen Fehler im Abschnitt über Bernardo Ochino entdeckte: Um die Hauptauflage zu berichtigen, mußte in aller Eile ein ganzer Bogen neu gedruckt werden, aber damit war die unmittelbare Wirkung eines Werkes verpfuscht, das für ihn nach dem *Erasmus* einen wesentlichen Ausdruck seiner Philosophie darstellte. Auch die anerkennenden Worte von Mann, Feuchtwanger (»ich freue mich, daß Sie sich so unmißverständlich auf unsere Seite gestellt haben«) und Felix Braun konnten ihn nicht trösten. Noch größere Enttäuschung aber bereitete ihm die englische Ausgabe, die während seines Südamerika-Aufenthaltes bei Cassell in Druck gegangen war, denn sie gab dem Calvin-Porträt eindeutig den Vorrang vor Castellio, und in der Übersetzung von Eden und Cedar Paul (deren Arbeit leider immer etwas schlampig ausfiel) lag die Betonung so sehr auf dem Fanatiker, daß der Humanist, der eigentliche Held, praktisch in den Schatten gestellt wurde.[84] Das deutsche Original des Buches erregte in der Schweiz einigen Groll, und er bedauerte, den Namen Calvins in den Titel aufgenommen zu haben (und zwar so sehr, daß er die französische Ausgabe zurückhielt, um noch einige Textänderungen vorzunehmen; sie wurde erst 1946 veröffentlicht und entfachte einen erbitterten Streit, der selbst dem 16. Jahrhundert alle Ehre gemacht hätte).[85]

Das war ein trauriges Ergebnis, denn das Buch war mehr als nur eine Neuformulierung von *Erasmus.* Es befaßte sich mit dem »Problem der Probleme: wie Freiheit und Ordnung vereinen«[86], und es bot sogar einen Hoffnungsschimmer, indem es die These vertrat, daß Mäßigung den Fanatismus überdauern werde, wie gefestigt dieser auch erscheinen möge. Stand Erasmus für Zweig, wie er wirklich war, so zeichnete Castellio das Bild des Mannes, der er sein wollte.[87] An Rolland schrieb er im Juli, um den Feind Dogmatismus zu vernichten, sei es nötig, einen »Fanatismus des Antifanatismus« zu schaffen, einen Pazifismus, der nicht lammfromm, sondern aggressiv und aktiv sei. Aber derart kämpferisch zu sein, lag nicht in seiner Natur.[88]

Die Depressionen wurden nun immer häufiger. »Die letzten Jahre haben wie Jahrzehnte auf mir gelastet und ich bin manchmal voll tiefer Müdigkeit ... Ich habe die Literatur und den Anhang meines Namens so unbeschreiblich satt, wie ich es nicht sagen kann.«[89] Noch kamen viele Briefe von in Deutschland ausharrenden jüdischen Freunden, die

– obwohl sie seine Jeremiaden nur bestätigten – mit ihren Schreckensberichten doch größte Unruhe hervorriefen. Auch die Hilfsappelle von jenen, die zwar entkommen, aber mittellos waren, mehrten sich. Zweig war oft entrüstet über diese »ständigen Belästigungen«, half aber dennoch still und unaufdringlich, wo er konnte. Seine häufigen Zuwendungen an Joseph Roth, damit dieser sich in Frankreich über Wasser halten konnte, hatten leider nur den Erfolg, daß er sich um so mehr dem Alkohol hingab (die ängstliche Bitte des Schriftstellers H. E. Jacob um eine Kaution in Höhe von 20000 österreichischen Schillingen, als ihn das Schuschnigg-Regime in Wien in »Untersuchungshaft« genommen hatte, mußte Zweig jedoch ablehnen; er war nicht so reich, wie seine Freunde glaubten[90]). Während er an der Legende über die Menorah, *Der begrabene Leuchter*, schrieb, machte ihm das entsetzliche Elend der Juden größte Sorgen; und es war typisch für ihn, daß er – obwohl er wußte, sie würden den gegenwärtigen Schicksalsschlag ebenso überleben wie diejenigen der Vergangenheit – seine Generation für zu alt hielt, um noch einmal neu anzufangen, wie er zu Leftwich sagte. »Uns fehlt die große geistige Kraft unserer Vorfahren«, schrieb er in einem Symposium mit dem Thema *Whither Jewry?*, das die Londoner Zeitschrift *Dos Yiddishe Wort* organisiert hatte, »die einzige Möglichkeit, den neuen Haß zu bekämpfen, muß von innen kommen ... wir müssen den Weg zurück zu uns selbst finden.« Insgeheim jedoch bezweifelte er, daß seine Generation in der Lage war, diesen schweren Weg zu gehen.[91]

»Man möchte sich in ein Mauseloch verkriechen und nie mehr eine Zeitung sehen«, war sein Kommentar, als er die Meldungen über die Schwierigkeiten in Palästina las. Und in einer Besprechung von Roger Martin Du Gards *Eté 1914* schrieb er, die Geschichte Europas werde, wenn man nicht im letzten Moment noch zur Vernunft komme, nun »kein Heldenepos wie dieses [1914] mehr sein, sondern nur das Dokument einer unermeßlichen kollektiven Müdigkeit und einer mit Vernunft nicht mehr erklärbaren Indifferenz gegen den eigenen Untergang«.[92] Aber er konnte – verwirrt wie oft – bisweilen einen außergewöhnlichen Optimismus aufbringen, so etwa als er Paul Zech prophezeite: »Noch ein halbes Jahr und der Spuk ist zu Ende« (Zech war inzwischen in Argentinien angekommen, und Zweig zeigte sich damals noch überrascht, daß er sein Exil in Südamerika gesucht hatte).[93]

Unterdessen war es Friderike noch immer nicht gelungen, einen Käufer für das Haus zu finden, und von Stefan war keine Hilfe zu erwarten. Auf sein Geheiß mußte sie sogar das Angebot eines religiösen Ordens in München ablehnen, vermutlich wegen der Verzögerung des Verkaufsabschlusses. Als er Mitte Juni nach Österreich kam, vor allem um seine Mutter zu sehen und um bei Reichner die Korrekturfahnen des *Kaleidoskop*-Bandes zu überprüfen, fuhr er über Zürich. Er war nicht zu bewegen, länger als eine Nacht in Salzburg zu bleiben, wo er Post und Papiere auf das wesentlichste reduziert vorzufinden hoffte, um mit deren Erledigung möglichst rasch fertig zu werden. Obwohl Friderike ihn für ein Paar Tage nach Wien begleitete, war ihre gemeinsame Zukunft noch immer ungeklärt. Er war nach wie vor überzeugt, daß sie sich gegen seine Pläne sträube, und sie war darauf bedacht, seine bevorstehende Südamerikareise jetzt nicht dadurch zu stören, daß sie auf Entscheidungen drängte, denn sie hegte die Hoffnung, daß diese Reise ihn zur Vernunft bringen werde.[94] In einem Brief an Gisella Selden-Goth (eine verwandte Seele auf dem Gebiet der Musikaliensammlung, welcher er dankbar war, daß sie beim Verkauf eines Teils seiner eigenen Sammlung im April die Stücke von Mahler sichergestellt hatte) äußerte er sich über

> jene Ihnen bekannten Gegensätze zu nahen Angehörigen, die immer meinen sogenannten Pessimismus verurteilten und sich heimatlich in dem Grade enger binden wollten, als ich fortstrebte. Fast vergesse ich die wunderschönen Jahre, die ich dort verlebt, um der Verbitterung willen, die ich erfahren. Schon im letzten Jahre war es mir eine geheimnisvolle Steigerung des Genießens, daß ich spürte, die Toscaniniwelt lebt sich zum letzten Male aus.[95]

Ebenso wie Klaus Mann sah auch Zweig etwas Makabres imWien jener Tage, das ihrem Empfinden nach nur noch auf Abruf lebte. Aber niemand – und am wenigsten Friderike – wollte die Cassandrarufe hören. Zweig sprach von Rückzug in die Arbeit, und er war auch keineswegs müßig. Doch außer der Fertigstellung von *Der begrabene Leuchter* brachte er nur noch ein oder zwei weitere *Sternstunden* zustande. Den größten Teil des Juli verbrachte er mit Lotte in Ostende, einem seiner liebsten Ferienorte, und es gelang ihm, Roth, dessen Trunksucht ihn sehr bekümmerte, zu überreden, sie dort zu besuchen. Zweig hegte eine ungeheure Bewunderung für Roths Werk, das er für größer hielt als sein eigenes (»ein Genie wie Verlaine, wie Villon!«), und er hoffte, ihn durch diesen Ortswechsel und mit Hermann Kestens Hilfe vor sich selbst retten zu können; er kleidete ihn völlig neu ein und versuchte, seine Selbstachtung wiederherzustellen. Lotte blieb diskret im Hintergrund; sie wohnte in einem anderen Hotel. Irmgard Keun, die ihnen dort begegnete, sah in Zweig geradezu die Verkörperung des berühmten Schriftstellers, wie ihn das Kinopublikum sich vorstellte – »weltmännisch, elegant, gepflegt, mit sanfter Melancholie im dunklen Blick ... ein Schloß in Salzburg und eine damenhafte Sekretärin«.[96] Das Ganze war ein friedvolles Zwischenspiel, das sehr zur Wiederherstellung seines Humors beitrug, bevor es am 31. Juli an der Zeit war, nach London zurückzukehren und die Sachen für die Südamerika-Reise zu packen. »Ich freue mich ... von Europa zwei oder drei Monate Urlaub zu nehmen. Vielleicht ist es überhaupt ein Abschied von der guten Zeit, obwohl wenigstens die Gefahr eines Krieges ... nun beseitigt scheint.«[97]

5

Einfach das Zauberhafteste, was es auf Erden gibt. ... ein Land für mich.

Zweig an Friderike

Wie stark sein Interesse an Südamerika gewesen sein muß, läßt sich daran erkennen, daß er dafür sogar die Einladung zu einem PEN-Kongreß in Kauf nahm (es war der einzige, den er je besuchte). Er hatte das Visum als Gast der brasilianischen Regierung erhalten, und die ihm gewährte Gastfreundschaft schmeichelte ihm ebenso, wie sie ihn überraschte. Seine Bücher, insbesondere die Novellen und die *Baumeister*-Essays, genossen in Brasilien größere Beliebtheit, als ihm bewußt gewesen war. Anfangs lagen sie sowohl als Raubdrucke als auch in autorisierter Form vor, doch nun wurden sie ganz legal vom wagemutigen Verlag Guanabara vertrieben, der seit 1932 die Alleinrechte besaß und wahrscheinlich auch die Regierungseinladung arrangiert hatte. Ernst Feder erinnerte sich, kein Haus in Brasilien gesehen zu haben, in dem nicht wenigstens ein Werk von Zweig vorhanden war. Es bestand daher wenig Hoffnung, daß die Bedingung, die er an seine Zusage geknüpft hatte – keine offiziellen Empfänge und keine Presse –, erfüllt werden würde: Für die Brasilianer war er *der* Starautor der europäischen Literatur, und für seinen Besuch sollte alles in Bewegung gesetzt werden. Er sollte froh sein, daß er vorsorglich Frack und Schleife eingepackt hatte.[98]

Er bestieg den Königlichen Postdampfer *Alcantara* am 7. August in Southampton. Seit Beginn des Franco-Aufstandes in Spanien waren erst wenige Wochen vergangen, aber der planmäßige Halt in Vigo wurde dennoch nicht gestrichen, weil man Flüchtlinge an Bord nehmen mußte. Zweig war einer der wenigen, die es riskierten, dort an Land zu gehen; und wieder einmal hatte er Gelegenheit, eine Revolution aus der Nähe zu betrachten. Die Stadt befand sich bereits in Francos Händen, und die Rekrutierung für seine Streitkräfte war in vollem Gange;

die neuen Uniformen und Fahrzeuge erinnerten an ähnliche Szenen Jahre zuvor in Italien und Deutschland.
Aber das Leben an Bord eines Schiffes ist losgelöst und frei, und so konnte er Europas Probleme verdrängen: Er genoß die tägliche Gymnastik auf dem Oberdeck und die Übungen im Schwimmbecken und fand Mitreisende, die sich sehr von seinem sonstigen Umgang unterschieden und ihm viel von Brasilien erzählen konnten. Manchmal dachte er darüber nach, welchen Kontrast dieses »schwimmende Sanatorium« zu den winzigen Schiffen der Entdecker der Neuen Welt darstellte, und in seinem letzten Brief von Bord schrieb er an Friderike, sie möge ihm ein paar Bücher nach London schicken, darunter eines über Magellan, dessen Geschichte zu schreiben er sich als nächste größere Arbeit vorgenommen hatte.[99]
Der Empfang in Rio nach einer unvergeßlichen morgendlichen Einfahrt in die große Bucht wäre fast eines Königs oder eines Staatsoberhauptes würdig gewesen. Im Hafen begrüßten ihn Abgesandte des Außenministeriums und der österreichische Botschafter in Buenos Aires, der in Rio als Geschäftsträger fungierte, und dann ging es in Windeseile zum Copacabana-Hotel, wo eine großartige Suite mit vier Räumen, ein Wagen, sowie ein »Attaché« des Ministeriums zu seiner ständigen Verfügung auf ihn warteten. Ein dicht gedrängtes und anstrengendes Programm war nicht nur vorausgeplant, sondern auch in allen Zeitungen veröffentlicht worden, so daß seine ersten Besuche bei den Präsidenten der Akademie und des brasilianischen PEN-Clubs sowie beim Außenminister von einem Pulk von Journalisten begleitet wurden. Auch die folgenden Tage waren ein einziges phantastisches Spektakel; in ihrem Wunsch, diesem Hohepriester der europäischen Literatur jede Ehre zuteil werden zu lassen und ihm jeden Aspekt ihrer Hauptstadt und ihres Lebens vor Augen zu führen, überschütteten ihn die Brasilianer mit Einladungen und Angeboten. Er wurde vom Präsidenten der Republik empfangen, dinierte mit dem Außenminister im Jockey Club, hielt Vorträge in französischer Sprache am Nationalen Musikinstitut und in der Literaturakademie, wo die Menschenschlangen noch zwei Straßenzüge weit reichten, als bereits sämtliche der zur Verfügung stehenden 2000 Plätze ausverkauft waren. Er bekam einen Krampf von den vielen Hundert Unterschriften, die er jeden Tag leisten mußte – die angesehensten Persönlichkeiten des Landes wollten ein Autogramm oder ein Bild von ihm. Er besuchte die »paradiesischen« Inseln in offiziellen Staatsbarkassen, machte Ausflüge in »seinem« Wagen und mit »seinem« Attaché (u. a. nach Petrópolis, »die schönste Landschaft, die ich je gesehen«). Und überall gab es Geschenke und noch mehr Einladungen. Bei einem Besuch in dem berüchtigten Gefängnis von São Paulo spielte

die eigens für ihn angetretene Musikkapelle (die zu zwei Dritteln aus Mördern bestand) zu seinen Ehren die österreichische Nationalhymne. Er besichtigte das bekannte Schlangeninstitut und machte Station auf einer Kaffeeplantage. Täglich berichteten die Zeitungen über ihn, und überall war sein Bild zu sehen. Das zu absolvierende Programm würde ihn beinahe zerreißen, schrieb er an Friderike, er verlöre jeden Tag ein Kilo an Gewicht. Aber »Brasilien ist *unglaublich*, ich könnte heulen wie ein Schloßhund, daß ich hier weg soll«. Die Schönheit, die Farbenpracht und den Glanz von Rio fand er unbeschreiblich, die Menschen bezaubernd, und das völlige Fehlen eines jeglichen Rassenproblems inmitten einer solchen Vielfalt von Völkern machten es für ihn zu einem Paradies auf Erden, wo er Jahre hätte zubringen mögen. »Eines ist sicher, daß ich nicht das letzte Mal hier war.«[100]

Wahrscheinlich war es nur dem Charme Brasiliens und seiner Menschen zuzuschreiben, daß Zweig seine angeborene Scheu und seinen Widerwillen gegen das Licht der Öffentlichkeit beinahe vergaß. Die herzliche Wärme des Empfangs und der verschwenderische Luxus der Gastfreundschaft hinterließen in ihm einen tiefen Eindruck. In seinem Vortrag *Dank an Brasilien* an der Akademie für Literatur brachte er den Gedanken zum Ausdruck, daß »das Schwergewicht längst sich von Europa weg verschoben« habe und daß vielleicht dieses junge Land, das die Kultur der Alten Welt mit der Vitalität der Neuen absorbiert habe und dem so deutlich eine große Zukunft bevorstehe, den Menschen jene Hoffnung geben könne, die – wie er fürchte – in Europa zunichte gemacht werde. Hatte er sich in seiner Rede, *L'Unité spirituelle du monde* optimistisch in bezug auf den künftigen Sieg der moralischen Einheit der Welt über deren Tendenzen zur Selbstzerstörung gezeigt[101], so war er, als er erschöpft das Schiff nach Buenos Aires bestieg, doch froh, daß er sich nicht darauf eingelassen hatte, auf dem PEN-Kongreß als Redner aufzutreten, sondern »nach dem überstarken Licht in Rio im Schatten stehen« konnte. Duhamel, zu dessen kluger Menschlichkeit er sich hingezogen fühlte, und Emil Ludwig waren mit an Bord – eine kongeniale Gesellschaft. Trotzdem freute er sich schon jetzt auf die Rückfahrt, auf der er ungestört für sich arbeiten wollte.[102]

Da seine Überfahrt von den Organisatoren des PEN-Clubs bezahlt worden war, nahm er pflichtbewußt an dem Kongreß teil, obwohl die fast pausenlosen Veranstaltungen, bei denen jedes Wort in drei Sprachen übersetzt wurde, sich schier endlos in die Länge zogen. Er lehnte es ab, die Präsidentschaft der Sitzung zu übernehmen, und es gelang ihm, mit nicht mehr als einer einzigen Rede davonzukommen. Die Aufmerksamkeit der Presse kam hier schon fast einer Verfolgung gleich. Besonders erzürnt war er über ein Bild von sich mit der Überschrift »weinend

während der Rede von Ludwig«; in Wahrheit hatte er sich so angewidert gefühlt, als man ihn und die deutschen Schriftsteller im Exil als Märtyrer hinstellte, daß er den Kopf in die Hände stützte, um sich nicht photographieren zu lassen. Die Konkurrenz zwischen Duhamel und Romains um das Amt der internationalen Präsidentschaft und ihre kaum verhohlene Feindseligkeit gegeneinander betrübten ihn, da er mit beiden befreundet war; seine Versuche, sie zu versöhnen, blieben ohne Erfolg. Das Geschehen war weitgehend von den Kontroversen zwischen Linken und Rechten beherrscht, aber er tat sein Bestes (indem er sich heraushielt und dadurch zum Vertrauensmann für alle wurde), die Spannungen durch diplomatisches Verhalten hinter den Kulissen abzubauen. Etwas zynisch reagierte er auf die zahlreichen Resolutionen und Friedensappelle – leere Worte, die auch durch noch so viel Applaus nicht an Substanz gewannen.
Er erhielt zahllose Aufforderungen, als Redner aufzutreten oder an Diners teilzunehmen, doch er überließ das alles Ludwig, dessen Vitalität und dessen enzyklopädisches Wissen er bewunderte. Die gute Laune bewahrte er sich, indem er sich fortstahl, um allein in den örtlichen Picheros zu essen.[103] Buenos Aires war eine Enttäuschung nach Rio; man hätte ebensogut in Birmingham oder Genua sein können, schrieb er, »ohne Bilder und Paläste«. Eine schöne Erinnerung wurde jedoch ein Abend bei seinem Übersetzer Alfredo Cahn, dessen Frau auf seine Bitten hin einen ›arroz a la valenciana‹ zubereitet hatte, und wo er seinen Verleger, Antonio Zamora von *Claridad*, treffen konnte. Cahn erinnerte sich, daß Zweig bei Tisch einen der Bücherschränke im Blickfeld hatte und darum bat, man möge eines der Bücher umdrehen: Es war ein Band *Deutscher Geist – Kulturdokumente der Gegenwart* von Carl Lange und E. A. Dreyer. Er wollte sich den Appetit nicht durch einen so unerquicklichen Anblick verderben lassen. Cahn berichtet auch, wie ihn Zweig um seine Bibliothek beneidete, da die eigene Sammlung sich in Auflösung befand. Die Popularität seiner Werke war in Argentinien zwar nicht so groß wie in Brasilien, doch ebenfalls beträchtlich (jeden Tag fand er in seinem Hotelzimmer einen Strauß roter Rosen, die Huldigung einer unbekannten Leserin von *Carta de una desconocida*), und Cahn war von der Regierung beauftragt worden, ihn zu bitten, eine Biographie des Nationalhelden San Martín zu schreiben (im Falle einer Ablehnung sollte Ludwig gefragt werden). Cahns Enttäuschung war groß, als Zweig mit dem Argument, er schriebe lieber über Verlierer als über Sieger und eine Zusage würde bloß seine Eitelkeit befriedigen, ablehnte. Noch unglücklicher war Cahn, als Ludwig, dessen Werk er weit niedriger einschätzte und den er nur für publicitysüchtig hielt, das Angebot mit Freuden annahm, um – wie er sagte –

San Martín mit *seiner* Biographie weltberühmt zu machen (nicht ohne eine gewisse Schadenfreude bemerkte der Übersetzer, daß trotz Ludwigs großem Auftritt in der Kongreßhalle in den folgenden Jahren »die Auflagen der Zweigschen Werke sich verdoppelten und verdreifachten, während die der Ludwigschen merklich zusammenschrumpften«[104]).

Die Flut neuer Eindrücke und besonders seine Begeisterung für Brasilien hatten Zweigs Stimmung in vieler Hinsicht gebessert. Paul Zech, der nun in Buenos Aires lebte und der einer seiner ältesten Jugendfreunde war, ihn aber schon seit vielen Jahren nicht mehr gesehen hatte, meinte, als er ihn auf die *Almanzora* brachte, daß er »ein ganzes Stück näher an die Wirklichkeit« herangerückt sei, obwohl ihm in ihren Gesprächen keineswegs die Last der Melancholie entgangen war, die Zweig mit sich herumtrug. »Oft komme ich mir vor wie ein Mann, der seine Nächte auf dem Totenacker zubringt, am Grab seiner früh verstorbenen Frau«, hatte er einmal gesagt. »Unendlich viel ist in den letzten Jahren von mir weggestorben.«[105] Aber auf der Rückreise konnte er gut an einer Reihe von Aufsätzen über Brasilien arbeiten (die später unter dem Titel *Kleine Reise nach Brasilien* in dem Essay-Sammelband aufgenommen wurden) und an seinem ersten Entwurf zu *Magellan*. Jedenfalls schien er bester Laune, als er mit kostbaren Geschenken aus Brasilien beladen, denen per Fracht bald noch weitere folgen sollten, am 6. Oktober in Southampton an Land ging.[106]

6

Laß mich Erinnerung! Allein, allein
Und namenlos muß ich hinaus ins Fremde:
Haus gib mich frei!

Das Haus am Meer

In Vigo hatte er einen Brief von Friderike erhalten, die einige Zeit in der Hallam Street verbracht hatte, um alles für seine Rückkehr vorzubereiten und die stark verkleinerte Bibliothek zu katalogisieren. Auch Lotte war dagewesen; sie waren sich ungezwungen, aber kühl begegnet, denn natürlich war Friderike nicht entgangen, welche Herausforderung ihr gegenüber die Anwesenheit der Jüngeren darstellte. Davon jedoch durfte in ihrem Brief an Stefan nicht die Rede sein. Sie hoffe innigst, schrieb sie, daß er gesund sei, sich von keinen Nachrichten aus Europa in seiner Arbeitsruhe stören lasse und daß der neue innere Reichtum sicher sein möge gegen alle etwaigen Abwertungen (erst kurz zuvor war der Franc abgewertet worden).

Hier wirst Du alles in Ordnung finden. Es war mir eine große Freude, wieder hier zu wohnen und Dich trotz Meerferne näher zu spüren. Am 12. oder 13. fahre ich wieder weg. Ich komme bis Southampton entgegen, um möglichst wenig von Dir zu versäumen. Zu erzählen gibt es allerlei, doch alles wird nichtig vor der Neugier, Deine Briefberichte ergänzt zu haben.

Aber ihre Hoffnungen auf einen Sinneswandel seinerseits erwiesen sich als vergebens (einen Teil der gemeinsamen Woche verbrachte er jedenfalls im Langham Hotel), und obwohl das Wort »Scheidung« niemals gefallen war, wußte sie bei der Abreise, daß dies der Anfang vom Ende war. Tatsächlich hatte er sie gedrängt zu fahren, weil er Platz brauche, um Rieger und Masereel aufnehmen zu können; doch als er sie zur Bahn brachte, schien er voller Reue.[107]
Die folgenden Monate brachten wenig Erfreuliches. Seine Briefe klangen verzweifelt, als wäre die ganze Welt gegen ihn. Der Unsinn, den Reichner mit den *Gesammelten Erzählungen* und Cassell mit *Castellio* veranstaltet hatten, war nur ein Punkt in einer scheinbar endlosen Reihe von Ärgernissen; sogar das Paket mit der von ihm so geliebten Gänseleber, die ihm Friderike zum Geburtstag schickte, wurde vom Zoll aufgehalten und traf nicht rechtzeitig ein. Endlich wurde auch der Verkauf des Salzburger Hauses vorangetrieben – aber zu spät. »Die letzten vier Jahre zählen mir wie vierzig und haben mich innerlich um so viel älter gemacht«, schrieb er in einem Brief, in dem er Friderike um ihre »Begeisterung an Menschen« beneidete. »Man wird dieser fortwährenden Schwierigkeiten und Kompliziertheiten mit 55 Jahren und nach 35 Jahren Arbeit ein wenig müde. Ich wäre froh, irgendein kleines anonymes Leben irgendwo führen zu können und von dem unablässig rollenden Kampfwagen abzusteigen.« Salzburg – und Friderike – wurden zu einem »Komplex«, den keine Selbstanalyse beseitigen konnte: Er wollte beides los sein, fühlte aber dunkel, daß einmal abgeschnittene Wurzeln sich nicht wieder schlagen ließen. Da er unfähig war, sich ein neues Leben einzurichten, was, soweit es das Praktische betraf, für einen Mann seiner Stellung und mit seinen Mitteln eigentlich keine Schwierigkeiten hätte bereiten dürfen, begann er sich als typischen Vertreter seines Volkes, als den herumirrenden Juden zu sehen; und seine Stimmung schwankte zwischen Selbstmidleid und Auflehnung gegen die Schläge des Schicksals.[108] Für die Juden, die vor allem das Ziel dieser Schläge waren, wurde seine Anfang 1937 veröffentlichte Legende von der Menorah, *Der begrabene Leuchter*, zu einem großen Trost. »Vielleicht ist dies der Sinn unseres ewigen Gejagtseins über die

Erde, daß das Heilige uns nur noch heiliger wird durch die Ferne und unser Herz immer demütiger am Übermaß der Not.«[109] Sein eigenes Leiden war nur stellvertretend, aber paradoxerweise um so härter zu ertragen, und er gewann die Überzeugung, daß auch er gejagt, verstoßen und heimatlos sei.

Bei seiner ersten Ankunft vor zwei Jahren hatte er sich mit Carr im Außenministerium wegen einer Naturalisierung in England erkundigt (und sollte sich zu gegebener Zeit weiter darum kümmern); nun jedoch erwarb er US-Sparbriefe im Wert von 10000 Dollar und bat Huebsch, sie für ihn aufzubewahren.[110] Sein alter Helfer, die Arbeit (bis Ende des Jahres steckte er tief im *Magellan*), die nur bei häufigen Szenenwechseln gedieh, machte ihm seine Heimatlosigkeit jetzt nur noch deutlicher. Das Reisen, einst der unabdingbare Antrieb (und noch immer wirksam, wie er im Januar fand, als er in Neapel einen zweiten Entwurf anfertigte), wurde nun auch zu einer Buße, die selbst auferlegt und daher um so schwerer war. Er schimpfte weiterhin auf die »Maschine«, obwohl er die Hebel, mit der sie zu bedienen war, selbst in Händen hielt. Die Angst vor dem Altwerden hatte ihn sein ganzes Leben begleitet. Schon sein fünfzigster Geburtstag war ihm wie eine Wasserscheide erschienen, und mit fünfundfünfzig glaubte er, der Weg werde nun noch steiler nach unten führen. »Der kräftige Mann in der Mitte der Fünfziger, der noch kaum ein graues Haar aufwies, wirkte wie gebrochen«, erinnerte sich Friedenthal. »Er wanderte im Zimmer auf und ab, er rang die Hände, das Handgelenk umklammernd mit einer nervösen Bewegung, die dann für ihn charakteristisch wurde.« Er war voll von bösen Ahnungen: »Wir Österreicher haben noch einige Zeit zu warten, aber wie lange?« Sein Bemühen, dies außerhalb seines engsten Kreises zu verbergen – und auf seinen Reisen bewahrte er mit Erfolg das Bild des eleganten Weltmannes, des berühmten Autors, der zwischen Paris und Rom, Mailand und Neapel pendelte und in der Welt der Kunst ebenso zu Hause war wie im Salon der Kronprinzessin von Italien – bestärkte ihn noch in dem Gefühl, einer Generation anzugehören, die am Ende war.[111]

Er fühlte sich ständig angegriffen, und so blieb es nicht aus, daß seine Entscheidungen, vor allem wenn sie ihm aufgezwungen wurden, bisweilen fast ans Irrationale grenzten. Verständlicherweise hatte Friderike viele Fragen in bezug auf das Haus: bei ihrer Abreise aus London hatte er ihr dessen unverzüglichen Verkauf befohlen; sie behauptete aber, er überlasse ihr zu wenig Geld, um es inzwischen weiterführen und heizen zu können. Als er mit dem Vorsatz, *Magellan* abzuschließen und mit einem Roman zu beginnen, im Februar 1937 von Italien in die Hallam Street zurückkehrte, war sein Ärger über diese Störungen grenzenlos. Da Friderike aus finanziellen Gründen nicht auf dem Kapuzinerberg bleiben konnte, war sie vorübergehend zu ihrer alten Freundin Yella Hertzka nach Wien gezogen. Johann, der Diener, der sieben Jahre bei ihnen gewesen war, wollte in Stefans Abwesenheit ihre Anordnungen nicht befolgen; er fuhr ohne ihre Erlaubnis von Wien nach Salzburg zurück, so daß sie gezwungen war, ihn zu entlassen. Als sie mit Stefan über eine Pension für ihn sprechen wollte, erwiderte er barsch: »Ich kämpfe seit drei Jahren darum, nicht noch den Komplex Haus Salzburg im Kopf zu haben. Deshalb wollte ich Schluß machen um allen Preis. Die Sache Johann ist nun Deine Sache. Also bitte koch sie aus.«[112]

Er beschloß jetzt, nicht nur mit dem ›Komplex‹ Schluß zu machen, sondern auch die finanziellen Angelegenheiten mit Friderike notariell festzulegen (vor dem Wort ›Scheidung‹ schreckte er noch immer zurück). Er gab ihr den Auftrag, sämtliche Papiere für den Hausverkauf sowie für die endgültige Verteilung des Vermögens bereitzuhalten und die Termine mit den Anwälten zu vereinbaren, damit er alles erledigen könne, wenn er im Mai für zwei Tage nach Salzburg und für höchstens eine Woche nach Wien kommen werde. Es war unglaublich und tragisch, daß der Mann, der sich sein ganzes Leben so liebevoll mit der Vergangenheit anderer beschäftigt hatte, die eigene nun in so sinnloser Hast erledigen wollte. Er jedoch war überzeugt, daß diese Hast die gefährliche Weltlage spiegelte: Die politische Situation sei »katastrophal«, der Börsenverfall Ende April »der größte Finanzzusammenbruch seit Jahren«, sogar der Bankier Warburg habe sein Haus aufgegeben und eine Wohnung genommen, um beweglicher zu sein (obwohl Friderike, wie er bissig bemerkte, die »so in Salzburger Dingen interessiert« sei, vielleicht von alledem nichts bemerkt habe). In Wirklichkeit aber spiegelte diese Hast seine mangelnde Stabilität und seine eigenen inneren Widersprüche. Felix Braun, der seine »Tatkraft im Durchführen der als notwendig erkannten Entschlüsse« bewunderte, hatte offenbar trotz der engen Freundschaft, die sie verband, keine Ahnung von dem unglücklichen und gespaltenen Geist, den die glatte Oberfläche verbarg.[113]

Das Haus wurde schließlich für 63 000 Schilling verkauft, was vermutlich nicht einmal die Hälfte des eigentlichen Wertes war. Eine Salzburger Zeitung kommentierte:

> Dr. Zweig, obwohl politisch nie tätig gewesen, fühlte sich seit den Februartagen des Jahres 1934 in Salzburg nicht mehr wohl, lebte viel im Ausland und hat jetzt dauernden Aufenthalt in London genommen. Diese Umstände veranlaßten ihn, seinen Besitz um verhältnismäßig wenig Geld abzustoßen.

Er selbst schrieb von Wien aus an Lotte:

Die Kämpfe in S. waren sehr erbittert, aber immerhin bin ich ... um ein gutes Stück weitergekommen, indem das Haus nicht mehr existiert. Welche Arbeit war dazwischen: das Sortieren, abends der gräßliche versoffene Roth, das Schluchzen ... der Frau Meingast, hier die Advocatensachen, der bevorstehende Kampf mit Reichner und so weiter ...[114]

Um die juristischen Angelegenheiten so unkompliziert wie möglich zu machen und um keine Gegnerschaft aufkommen zu lassen, hatte Friderike einen mit Stefan befreundeten Anwalt genommen. Aber die Art, wie ihr Mann auf diese ihrer Meinung nach rein finanzielle und administrative Vereinbarung reagierte, erstaunte sie sehr. Nachdem die Dokumente unterzeichnet waren, kehrten sie gemeinsam in das Hotel Regina zurück, wo er logierte, und dort warf er sich in einem offenbar akuten Anfall von Depression auf das Bett. Zweifellos sah er diese Formalität als endgültige Trennung an, und es schien, als packte ihn schon jetzt die Reue.[115] Verwirrt kehrte sie noch am selben Abend nach Salzburg zurück, wo sie am folgenden Tag einen langen Brief von ihm erhielt. Darin betonte er, daß er keine Bitterkeit empfände.

Ich möchte nicht, daß Du glaubst, es sei dies eine frohe Stunde für mich gewesen – im Gegenteil, ich schreibe Dir das in der Nacht, schlaflos und voll Gedanken an die vergangene gute Zeit. Wir haben beide Fehler gemacht und ich wollte, es wäre anders gekommen – bei Gott, ich spüre im Herzen nichts als Traurigkeit über diesen äußeren Abschied, der innerlich keiner für mich ist, vielleicht nur wieder ein Näherkommen, weil wir nicht mehr so nahe sind mit all den Kleinlichkeiten und Peinlichkeiten. Ich weiß, ohne eitel zu sein, daß es Dir bitter schwer sein wird, ohne mich zu sein – aber Du verlierst nicht viel. Ich bin nicht mehr derselbe, ein menschenscheuer, ganz in sich zurückgezogener Mensch geworden, den eigentlich nur mehr die Arbeit freut ... Ich fühle diese Zeit als grausamsten Druck. Verzeih mir jedenfalls, wenn ich durch diese Art von Pessimismus Dir manche Stunde verstörte, aber Du weißt, ich habe es mir nie leicht gemacht und mache es andern schwer, mit mir – außer in einzelnen glücklichen Intervallen – fröhlich zu sein ... Ich bin voll Fehler und Unzulänglichkeiten, aber eines weißt Du, daß ich nie einen Menschen vergessen habe, den ich jemals gerne gehabt und wie sollte ich Dir fremd werden können, Dir, die mir am nächsten stand ... Bitte gib nie dem Gedanken Raum, Du hättest mich irgendwie »verloren« und kümmere Dich nicht um die Leute. Wenn sie mich verurteilen, haben sie zum Teile recht, zum andern Teil wissen sie nicht, was ich in den letzten Jahren durch den Komplex Salzburg gelitten habe. – Dich aber wird niemand verurteilen, und wer zu Dir hält, wird mir nur lieb und teuer sein.* ... Ich glaube selbst, es ist besser so, wie es jetzt geworden ist und doch

* Roth war entrüstet über die Art, wie Stefan Friderike behandelte, und machte daraus kein Hehl; trotzdem bewahrte Zweig seine große Achtung vor ihm – seine »unglückliche Liebe«, wie er es nannte (Roth 514).

mir ein tiefer Schmerz. ... Die beste Zeit ist unwiederkehrbar vorbei und wir haben sie gemeinsam gelebt, viel davon in wirklichem Glück und ich auch in gesegneter Arbeit ... Denke an mich wie an Deinen besten Freund – möge mir oft Gelegenheit gegeben sein, Dir dies zu beweisen und verzeih mir allen Schmerz, den diese Trennung Dir angetan. ... Ich danke Dir für alles und vergesse nichts von dem Guten und Gemeinsamen dieser Jahre und werde es *nie* vergessen.[116]

Auf dem Weg von Wien nach Zürich, wo Lotte auf ihn wartete, hielt sein Zug für kurze Zeit in Salzburg, und sie trafen sich auf dem Bahnhof. Wieder war er schwankend geworden, und nun flehte er sie an, sie dürfe nicht glauben, daß er an Lotte gebunden sei; sie solle doch mit ihm fahren, wenigstens bis Zell am See; von dort könnten sie ein Telegramm an die Anwälte schicken und die Vereinbarung zurücknehmen. Tatsächlich gelang es ihm, sie im Zug festzuhalten – sehr zur Aufregung von Joseph Roth und ihren Töchtern, die sie zum Bahnhof begleitet, dann aber beide allein gelassen hatten. Das Telegramm wurde aufgegeben, als sie in Zell am See hielten. Dort stieg Friderike aus, um nach Salzburg zurückzufahren. Doch das Telegramm war umsonst, da der Anwalt auf Urlaub und so im Augenblick nichts zu machen war. Er hatte gewollt, daß sie so bald wie möglich nach Zürich käme; aber als er dort ankam, wechselte seine Stimmung erneut (zweifellos wollte er eine Szene mit Lotte vermeiden), und er telegraphierte im gegenteiligen Sinn. Obwohl die Vereinbarung nichts weiter als ein Stück Papier zur Regelung der Finanzen, keineswegs so bindend wie eine Scheidung und jederzeit revidierbar war, betrachtete er sie offensichtlich als die endgültige Trennung. Trotzdem konnte er sich nicht klar entscheiden, neigte bald hierhin, bald dorthin. Und wie so oft überließ er alles dem Schicksal. Als er dann mit Lotte zurück nach London kam, waren die Würfel gefallen.[117]

Friderike mußte nun für sich selbst sorgen. Alles schien auf ein Verbleiben in Österreich hinzudeuten – nicht nur Stefans Wünsche (soweit diese zu ergründen waren), sondern auch die Tatsache, daß die Mädchen dort nun feste Berufe hatten, Alix in einem Reisebüro und Suse als Photographin. Sie pachtete daher im Nonntal nahe Salzburg eine Villa auf den Namen ihrer Töchter, weil Stefan nicht wollte, daß sie offiziell in Österreich wohne (der Grund war wahrscheinlich das schwebende Verfahren wegen der nicht-gezahlten Steuern in Salzburg). Ein großer Teil der Möbel und andere Gegenstände vom Kapuzinerberg mußten aus Platzmangel eingelagert werden; dazu gehörten ihre Sammlung (etwa 600 Bände) von Stefans sämtlichen Büchern, die der Insel-Verlag mit gedruckter Widmung speziell für sie hergestellt hatte, Übersetzungen in allen Sprachen, die handgeschriebenen Entwürfe seiner früheren

Arbeiten und (das ihr Kostbarste) das handgeschriebene Manuskript des *Jeremias* von 1917, das mit dem Widmungsgedicht an sie versehen war. Sie richtete sich ein, so gut sie konnte. Als Willkommensgeschenk sandte Stefan ihr das Autograph des *Mailied* von Goethe, das so lange an seiner Wand gehangen hatte.[118] Auch er schien ein gewisses Gleichgewicht gefunden zu haben. Ende Juni schrieb er:

Es mußten endlich zwischen uns die Spannungen beendet sein. Dein Selbständigkeitsgefühl ist zu groß – nicht, daß Du nicht geistig das Recht hattest – aber für mich zu groß geworden und ich keine Kraft mehr hatte, für den unbewußten Widerspruch. Auch in diesem letzten Moment der Regelung konntest Du mir nicht vertrauen: vielleicht hast Du Recht gehabt, denn ich vertraue mir selbst nicht mehr ... seit ich sehe, daß die ältesten Freunde wie Roth, wie Rolland* (wegen politischer Unstimmigkeit) sich entfremden und es ist vielleicht wirklich schwierig, mit mir zu sein – ich habe vor vier Jahren eben den Stoß tiefer bekommen, als Du bemerkt hast. Es ist besser, hoffe ich, wie es gekommen ist, denn Du hast wenigstens Frieden und Sicherheit und dazu, ich schwöre es Dir, meine herzlichste Freundschaft, die sich weit über den toten Buchstaben hinaus erweisen wird.[119]

Wie immer schrieb er ihr weiterhin alle paar Tage seine Berichte über die »Maschine«, die ihn wieder gefangengenommen hatte: ein Fernseh-Interview, ein Empfang für die Wiener Philharmoniker in der österreichischen Gesandtschaft, ein Gedächtnisabend für Drinkwater, das Philadelphia Ballett mit Margarita Wallmann, ein Bruno-Walter-Konzert – das alles neben einer Menge Arbeit: Konferenzen wegen des *Magellan*, der seine endgültige Form noch nicht gefunden hatte, zwei neue *Sternstunden*, Fahnenkorrektur des Essaybandes und der Beginn des neuen Buches, des Romans, auf den er sich »so *gerne ganz* konzentrieren« wollte. Aber all dies war wie eine Droge, um der Notwendigkeit, klar zu denken und zu handeln, zu entgehen. »Ich zwinge mich, alles gewaltsam abzureagieren zugunsten der Arbeit. Was wären wir, hätten wir diese nicht und außerdem noch eine Handvoll guter Freunde ...«[120] Selbst sein Entschluß, für den Fall seines Todes Vorsorge für Friderike zu treffen, führte zu nichts. Fuchs, der für Reichner in London war, sollte – so schrieb er an Friderike – von ihm einen verschlossenen Brief erhalten, »der gewisse Verfügungen und Sicherungen ent-

* Vgl. ihre Korrespondenz zwischen Februar und September 1937 (siehe Nedeljkovic 196–200), in der Zweig Rolland drängte, angesichts der Exzesse des Stalinregimes sein Schweigen zu brechen. Zu einer weiteren Verschlechterung ihres Verhältnisses kam es im September mit der Veröffentlichung von Henri Guilbeaux' *La fin des Soviets:* Guilbeaux – inzwischen ein erbitterter Sowjet-Gegner geworden – behauptete darin, Zweig habe den Einfluß von Marie Rolland auf ihren Mann beklagt, und beschuldigte diese dann, quasi eine Agentin der sowjetischen Geheimpolizei zu sein, indem er ihre Ehe als »mariage d'état« bezeichnete (*La fin des Soviets*, Paris: Edgar Malfère, 1937, 36–37; Nedeljkovic 200–201; Dum 133).

hält, die ich anderweitig nicht verlautbaren will«, und der ihr erst nach seinem Tode auszuhändigen sei. Dieser Brief kam nie zum Vorschein, und zu Csokor sagte Fuchs später, daß er ihn nie erhalten habe. »Stefan bleibt ohne mich in London«, berichtete Friderike dem treuen Leonhard Adelt: »Ich habe mit [ihm] nach traurigen Kämpfen Frieden gemacht und unsere Freundschaft scheint gefestigt.«[121] Stefan wollte sie in seine Pläne für den Sommer einbeziehen, aber ihr Vorschlag zu einem Treffen bei den Salzburger Festspielen kam für ihn nicht in Frage (»Du willst es nicht wahrhaben, daß Salzburg für mich seit vier Jahren ein Alpdruck ist«); also sahen sie sich in Luzern, nachdem er zuvor wieder einen Monat in Marienbad verbracht hatte. Obwohl das nicht ihre letzte Begegnung war, war es das letzte Mal, daß sie wirklich beisammen waren.[122]

Natürlich ist es müßig, Spekulationen darüber anzustellen, ob der Lauf der Ereignisse zu ändern gewesen wäre. Wenn Friderike ihm tatsächlich nach Zürich gefolgt wäre, wie er es so überraschend vorgeschlagen hatte, so wäre es ohne Zweifel zu einer höchst schmerzlichen Szene gekommen (selbst wenn er Lotte fortgeschickt hätte), die Stefans Kraft überstiegen und ihn zur Verzweiflung gebracht hätte; denn ein Leben mit der selbständigen Friderike hätte er einfach nicht mehr ertragen können. Aber so wie die Dinge lagen, verband sich sein Laissez-faire mit seinem Pessimismus in bezug auf die Weltlage, so daß er mehr denn je das Gefühl hatte, ein heimatlos Treibender zu sein, der einer verlorenen Generation angehörte. Ein Wunder, daß er noch so lange weiterleben konnte.

7

He that hath Wife and Children, hath given Hostages to Fortune; for they are Impediments to great Enterprises, either of Vertue, or Mischiefe.

Francis Bacon,
Of Marriage & Single Life

Magellan war jetzt so gut wie fertig, aber Zweig reiste im Januar und Februar 1938 erst noch mit Lotte nach Portugal, bevor er die Korrekturen endgültig abschickte. Mit der Auswahl der Illustrationen hatte er sich große Mühe gegeben, und das Ergebnis war ein ganz hervorragendes Buch sowohl in der Standardausgabe als auch in der limitierten Sonderauflage. Diese erschien in 100 Exemplaren, war vom Verfasser signiert, in Halbleder gebunden und mit zusätzlichen Karten und Illu-

strationen versehen. Nach außen hin war damit wie schon mit dem Essayband *Begegnungen mit Menschen, Büchern, Städten,* der Ende 1937 erschien, die Fassade des stets besonnenen und über den Dingen stehenden Dichters gewahrt. »Ich darf Sie in Freundschaft darum beneiden, daß Sie durch schöne Arbeit sich zur Wehr setzen können«, schrieb Freud; Thomas Mann bewunderte Pracht und Reichtum des neuen Bandes; und der Pianist Alfred Cortot sagte: »Les jours où on rencontre un Zweig sont à marquer d'une pierre blanche dans la vie des êtres qui ont le respect des idées ou la curiosité de l'intelligence.«[123]
Aber sein Gespür für den nahenden Schlag gegen Österreich war sehr ausgeprägt. Alarmiert durch die Verhandlungen zwischen Lord Halifax und Hitler im November, wàr er kurzentschlossen nach Wien geeilt; bei der Umarmung seiner Mutter war ihm, als wäre es das letzte Mal; und der scheinbar unerschütterliche Optimismus einiger Freunde wie Csokor stimmte ihn traurig.[124] Anfang März tadelte er Toscanini für seine Weigerung, bei den kommenden Salzburger Festspielen zu dirigieren: Er dürfe Österreich nicht aufgeben, »solange es sich noch wehrt, und der einzige Effekt wird sein, daß jetzt Furtw[ängler] und Strauss Salzburg schon dieses Jahr zur deutschen Festspielstadt gestalten«. Aber ein paar Tage später sah er – beinahe mit Genugtuung über die eigenen Vorahnungen, die ihn rechtzeitig hatten gehen lassen –, wie alle jetzt zur selben Tür hinaus wollten, »sogar meine Frau und deren Töchter, die doch eben sich das riesige Haus* in Salzburg eingerichtet und sich finanziell dort (gegen meinen Willen und meinen Rat) verankert haben, sind darunter«. Der Anschluß ließ nur wenige Tage auf sich warten.[125]
Für Friderike war es eine Katastrophe. Im Januar war sie mit Suse nach Paris gefahren; hauptsächlich um Stefan auf seinem Rückweg von Portugal zu treffen, aber auch, damit Suse als Photographin ein paar Erfahrungen im Ausland sammeln konnte. Sie war länger geblieben, hatte zuerst eine Wohnung in der Nähe des Étoile genommen, dann in der rue de Grenelle; sie ahnte das heraufziehende Gewitter nicht, und als es dann losbrach, war sie zu erschüttert, um zurückzukehren. Plötzlich war ihr der Boden unter dem neuen, eben erst begonnenen Leben entzogen. Alix, die ebenfalls nach Paris kommen wollte, hatte zuvor noch die vom Kapuzinerberg verbliebenen Schätze, sowohl die eingelagerten, als auch die in der Nonntal-Villa untergebrachten, für den Transport nach Frankreich vorbereitet; sie wurden aber von der Gestapo beschlagnahmt und versteigert – ein unersetzbarer Verlust. Friderikes

* In Wirklichkeit war die Villa bescheiden genug; um die Jahresmiete sicherzustellen, hatte Friderike während der Festspielsaison 1937 Zimmer an reiche Amerikaner vermietet.

Entschluß, in Österreich zu bleiben, den sie hauptsächlich aus Rücksicht auf ihre Töchter getroffen hatte, dann aber auch in dem Glauben, im Sinne Stefans zu handeln, war fatal gewesen.
Trotz seiner Einwände, alles vorausgesehen zu haben, war Stefan von dem Ereignis zutiefst betroffen, vor allem wegen der Sorge um seine Mutter, die noch in Wien war. In einem Brief an Fleischer versuchte er, sich zu rechtfertigen:

Mein Bruder wird wahrscheinlich mit schweren Vermögensverlusten auswandern, weil er Tschechoslowake ist, ... meine Frau war mit der einen Tochter gerade in Paris und will nicht zurück, was aus ihrem Vermögen, aus ihrem irrsinnigerweise groß eingerichteten Hause wird, weiß Gott und Goering. Du erinnerst Dich, wie verzweifelt ich seit Jahren gegen das Dortbleiben und auf groß Festlegen protestierte ... Das gleiche bei Reichner ... ich beschwor ihn, sich in ein Limited hier zu verwandeln. Er hat alles im Stich gelassen ... der arme Fuchs hat die größten Unannehmlichkeiten, weil er für alles Rede stehen muß.[126]

Reichner war tatsächlich von dem Schlag wie paralysiert. Zwei Wochen nach dem Anschluß wurde Zweig von Frau Gregor gebeten, ob er nicht etwas bei dem Verleger tun könne: Das Buch ihres Mannes solle in Kürze erscheinen, doch der verzweifelte Fuchs könne kein Wort aus seinem Chef herausbringen, obwohl ihm das neue Regime wiederholt versichert habe, es würde genügen, einen ›arischen‹ Anwalt als Geschäftsführer einzusetzen. Reichners Hauptsorge jedoch galt weniger der Machtergreifung durch ein antisemitisches Regime als vielmehr seiner vor kurzem erfolgten Herausgabe eines Buches von Schuschnigg. Nach einigen Wochen völliger Ratlosigkeit floh er schließlich nach Zürich. Dieser Abgang brachte eine der letzten Säulen zu Fall, die Zweigs Leben noch stützten: die Möglichkeit, sich im deutschen Sprachraum zu artikulieren.* Obwohl die Arbeit an seinem Roman gut vorangekommen war, fühlte er sich jetzt wie ein Schauspieler, der vor leerem Haus spielte: »ein Gefühl«, schrieb er an Lavinia Mazzucchetti, »als schriebe ich deutsch ins Leere«. Zwar gelangte er schon bald darauf zu einer Übereinkunft mit Gottfried Bermann Fischer, der nach dem Vertrag mit dem S. Fischer Verlag über die Trennung jetzt in Deutschland unerwünschter Autoren in Stockholm einen deutschsprachigen Verlag gegründet hatte, aber ganz kam Zweig über diesen gleichzeitigen Verlust von Heimat und Sprache nie hinweg. Verbittert stellte er fest, daß die erste Bücherverbrennung in Österreich, bei der auch seine Werke verbrannt wurden, ausgerechnet in Salzburg, der »Lieblings-

* *Bildb.* 97; Brief an G. Selden-Goth, 18. Mai 1938 (*UB* 49). Reichner ging später nach Amerika, doch es gibt keine Anhaltspunkte dafür, daß er und Zweig sich je wiedersahen.

stadt meiner Familie«, stattfand. »Ein so gelernter Pessimist [ich auch bin], diese Katastrophe hat mein Vorgefühl noch arg übertroffen.« Im April schrieb er an Schickele:

Nicht nur, daß ich meine Mutter dort habe und Freunde, nicht nur, daß das ganze Opus noch einmal eingestampft wird und noch einmal von neuem angefangen werden soll – es ist auch der Verlust des beinahe letzten Wirkungskreises, der Sturz ins Leere. Hieße es nur »durer« wie Sie sagen, man brächte noch die Kraft auf. Aber dazu noch das immerwährende Neuanfangen mit einem von tausend dreckigen Äußerlichkeiten verschmutzten Kopf. Paßfragen, Heimatszugehörigkeitsfragen, Familienproblemen, Lebensproblemen. Man wird manchmal schon recht müde ...[127]

Trotzdem arbeitete er fest entschlossen daran, denen zu helfen, die weniger begünstigt waren als er. Hallam Street wurde so etwas wie ein Wohlfahrtsbüro, das Dutzenden von Österreichern jede Art von Unterstützung gewährte – Arbeit vermittelte, Verleger für deren Bücher ausfindig machte, Einreisegenehmigungen besorgte oder auch Geld. Auf der Suche nach einer Stelle für Robert Braun schrieb Zweig an Eugenie Hirschfeld: »Wenn Sie wüßten, wie viele Briefe ich schreibe und *wie* wenigen ich bisher helfen konnte: es macht mich verzweifelt.« Er wandte sich mit Erfolg direkt an die Königin-Mutter um Hilfe für Emigranten, organisierte eine Bittschrift an die russische Regierung um Aufnahme von Flüchtlingen, und aus eigener Tasche schickte er regelmäßig jeden Monat Geld an den Schriftsteller Ernst Weiß, von dessen Ankunft in Paris bis zu seinem Freitod im Jahr 1940.[128] »[Muß] nach allen Seiten helfen, obwohl ich mir selbst nicht zu helfen vermag.« Denn so gut es ihm in materieller Hinsicht gehen mochte, was die verhaßten »Äußerlichkeiten« betraf, hatte er durchaus zu kämpfen. Dabei mußte er an die Worte eines Exilrussen denken, der ihm vor Jahren gesagt hatte: »Früher hatte der Mensch nur einen Körper und eine Seele. Heute braucht er noch einen Paß dazu, sonst wird er nicht wie ein Mensch behandelt.« Bis jetzt hatte Zweigs österreichischer Paß stets ausgereicht (er war erst fünfzehn Monate zuvor verlängert worden), doch nun mußte er ebenso wie Lotte sich in die endlosen Schlangen vor dem Home Office einreihen, um sich einen Ersatz für dieses zur Mitgliedschaft in der menschlichen Rasse unerläßliche Papier zu besorgen. Und obwohl er seit über vier Jahren in England gemeldet war, erwiesen sich seine langen und häufigen Auslandsaufenthalte als Hindernis für ein Naturalisierungsverfahren zum jetzigen Zeitpunkt; das hieß, er würde dafür noch ein paar Jahre warten müssen.

Ihre Identitätsbescheinigungen wurden im August ausgehändigt. Im selben Monat starb in Wien seine Mutter ohne den Beistand eines Familienangehörigen (ihrer – ›arischen‹ – Betreuerin war es untersagt, über Nacht in ihrem Haus zu bleiben, wenn ein männlicher Jude zugegen war). In *Die Welt von Gestern* schrieb er:

Ich zögere nicht zu bekennen, daß seit dem Tage, da ich mit eigentlich fremden Papieren oder Pässen leben mußte, ich mich nie mehr ganz als mit mir zusammengehörig empfand ... Am Tage, da ich meinen Paß verlor, entdeckte ich mit 58 Jahren, daß man mit seiner Heimat mehr verliert als einen Fleck umgrenzter Erde.

Sein Empfinden, ein heimatloser Wanderer zu sein, wurde noch stärker; er fühlte sich nicht nur heimatlos, sondern ganz und gar verstoßen und vergessen, denn es war ein harter Schlag gewesen, als er entdecken mußte, daß die mit seinem Fall befaßten Beamten des Innenministeriums offenbar keine Ahnung hatten, wer er war.[129]
Was sollte er tun, wie sein Leben gestalten? Seine Vorstellungen darüber änderten sich ständig. Im Juni war er strikt gegen die Auswanderung in die Neue Welt gewesen: »Überhaupt sollen wir uns hüten, plötzlich aus Amerika, das uns bisher mehr ein Curiosum war als ein Ideal, ein Heim machen zu wollen – unserer Generation werden radicale Umstellungen in keinem Sinn mehr gelingen.« Fast im selben Atemzug sagte er Rolland, daß er daran dächte, nach Südamerika zu emigrieren, stimmte jedoch wahrscheinlich zu, als Rolland antwortete, er könne sich ihn nicht für ganz in Brasilien vorstellen: »Il est trop tard dans notre vie pour y prendre racines profondes. Et sans racines on devient une ombre.« Im Juli wiederum schrieb er an Freunde in New York, daß Amerika London hundertmal vorzuziehen sei und daß ihn nur die Notwendigkeit seiner Naturalisierung noch in England hielte.[130] Für Ende des Jahres hatte er eine Einladung zu einer Vortragsreise in die USA angenommen, und nach der Tragödie von München schien er im Oktober durch die zahlreichen Briefe von inzwischen dort ansässigen Freunden zugunsten Amerikas eingenommen. Gleichzeitig sprach er davon, daß er im kommenden Sommer wieder nach Brasilien fahren wolle, und besorgte sich dafür im Mai auch tatsächlich ein Visum. Die blinde Hast, mit der die Welt nun auf einen Krieg zusteuerte, ließ ihn wie einen von einer Schlange fixierten Vogel erstarren. »Fast hat man schon vergessen, daß es ein Österreich gab«, schrieb er nach der Münchener Konferenz, »die Zeit geht so schnell und stürmisch, eine Welle überholt die andere: wir sind schon gar nicht lebendig mehr, sondern eingesargt in die Historie.« – »Ich zittere immer für Paris, für diesen letzten Hort unserer Kultur. ... Mein eigener Kadaver interessiert mich weit weniger, er möchte nicht lang in einer Welt sich herumschleifen, wo die Gemeinheit in Röhrenstiefeln herumtrampelt.« Zwar zitierte er gern Rilkes Wort, »Überstehn ist alles«, aber die

Zweifel an der Überlebensfähigkeit seiner Generation wurden größer: »Wir selbst ... sind zu erasmisch ..., um gegen diese Menschen aufzukommen, die einen Prellbock statt Stirn und Hirn haben. Gegen diese Besessenen des Nationalwahns können nur selbst Besessene aufkommen: wir sind vergiftet mit Humanität.«[131]

Dieses grundsätzliche Problem vermochte er nicht zu lösen, aber noch vor seiner Abreise nach Amerika brachte er es fertig, gewisse Schritte zu unternehmen. Fürs erste reichte er sein Gesuch um Naturalisierung ein und trieb das offizielle Verfahren energisch voran. Der sehr umfangreiche, mit Hilfe seiner Anwälte ausgeklügelte Brief an das Home Office mit detaillierten Angaben zu seiner Person und insbesondere über die Zeiten, die er seit 1933 in England ansässig gewesen war, wurde im Dezember abgegeben; als Referenzen nannte er Archibald G. B. Russell (mit dem er seit 1906, den fernen Tagen des William Blake, befreundet war), Newman Flower von Cassells, William Rose und Lord Carlow, den er durch Anthony de Rothschild und Louis Golding vor kurzem kennengelernt hatte.[132] Der andere, weitaus schmerzlichere, aber schon lange vorausgesehene Schritt war die formelle Scheidung von Friderike.

Obwohl er allem Anschein nach noch nicht daran dachte, Lotte zu heiraten, war deren Position ungewiß; zwar hatte auch sie ihre Naturalisierung beantragt, aber die unsichere Weltlage ließ es ihm ratsam erscheinen, absolut ungebunden zu sein, um sich um sie kümmern zu können. Noch kurz vor dem Anschluß hatte Schuschnigg mit Rom einen Konkordatsvertrag geschlossen, der in Zukunft alle Eheschließungen nach einem Dispens mit Nicht-Katholiken unterband und sogar die Nichtigkeitserklärung solcher bereits bestehenden Ehen auf Antrag von Verwandten zuließ. Auf Stefans Geheiß war Alfred bereit, das zu tun. Doch bevor Zweig zu dieser letzten widerwärtigen Möglichkeit griff, machte er Friderike das Angebot einer formellen Lösung vor Gericht, wobei er, wie er sagte, bereit sei, die Rolle des »Schuldigen« zu übernehmen. Zweifellos hatte ihn ein unbewußtes, tiefsitzendes Bedürfnis nach völliger Unabhängigkeit von Friderike zu diesem Schritt getrieben; für sein Gefühl war ein neues Leben ohne diesen totalen Bruch unmöglich. Der Ton seiner Briefe hatte in den letzten Monaten eine zunehmende Gereiztheit erkennen lassen und war bisweilen sogar verletzend. Friderike weigerte sich zunächst, ihre Einwilligung zu geben, denn die britische Staatsbürgerschaft, die man ihm zweifellos in absehbarer Zeit zuerkennen würde, wäre natürlich auch für sie als seine Ehefrau von unschätzbarem Wert; sie appellierte daher an Rolland, er möge seinen Einfluß geltend machen und Stefan dazu bewegen, diesen Schritt wenigstens hinauszuschieben. Es war umsonst. Keines von Rollands Argumenten konnte seinen Entschluß ändern; im Gegenteil, er schimpfte noch auf Friderikes, wie er es nannte, »Österreicherei«. Schließlich konnte sie ihre Zustimmung nicht länger verweigern, denn die Verstörtheit, die aus seinen Briefen sprach, hatte ihr ernstlich Sorge bereitet (»c'est déjà de la folie«, hatte sie einmal an Rolland geschrieben), und sie glaubte, die einzige Hoffnung für ihn wäre, wenn er sich ganz ungebunden fühlen könnte. Man kam überein, seelische Grausamkeit als Grund für die Scheidung anzugeben. Alix trat als Zeugin auf und berichtete von Stefans Angewohnheit, sich in sein Zimmer einzuschließen und tagelang kein Wort mit der Familie zu reden. Glücklicherweise zog sich die Prozedur nicht in die Länge, und das Urteil erging am Heiligen Abend, nachdem er schon nach Amerika abgereist war.[133]

Es ist fast unglaublich, daß Zweig trotz seiner schweren inneren Krise und angesichts der für ihn so verheerenden Umwälzungen in Europa einen vierhundert Seiten umfassenden Roman vollenden konnte. Er hatte ihn nach seiner Rückkehr aus Südamerika begonnen und bereits die zweite Fassung fertiggestellt, als das Salzburger Haus 1937 verkauft wurde. Das Buch wurde während des Spanischen Bürgerkriegs, des Anschlusses Österreichs und der Münchener Konferenz immer wieder überarbeitet. Es existieren dazu nicht weniger als elf Bände voll von Notizen, Manuskripten und zahllosen Entwürfen. War es vielleicht auch nicht *der* große österreichische Roman, von dem er geträumt hatte, so waren der Schauplatz (die fernen Tage der Habsburger Monarchie) und das Thema (das Unglück, das durch unbesonnenes Mitleid entstehen kann) ein zutiefst persönlicher Ausdruck von Zweigs Heimweh nach Österreich und seiner Liebe zu Lotte (in der Mitleid eine große Rolle spielte). 1940 schrieb er über das Buch, er habe es als seine Pflicht angesehen, »unser Vorkriegs-Österreich, mit all seinem Zauber, seiner Sentimentalität und seiner Raffiniertheit, für ein internationales Publikum in Erinnerung zu bringen, das Österreich, das in jener spezifischen Kulturform nie wieder aufleben wird«, und dabei als Leitmotiv hervorzubringen, wie »Mitleid – ein der schönsten und edelsten Gefühle der menschlichen Seele – zu einer drohenden Gefahr steigen kann, wenn es übertrieben wird«.[133a] Er dachte lange über den Titel nach: Das Wort ›Mitleid‹ schien im Deutschen zu direkt, ebenso Felix Brauns Vorschlag ›Erbarmen‹; und so entschied er sich schließlich für *Ungeduld des Herzens* (die englische Version sowie der später nach dem Buch gedrehte Film[134], der zu einem großen Erfolg wurde, erschienen jedoch unter dem Titel *Beware of Pity*). Wegen der deutschsprachigen Ausgabe verhandelte er mit Bermann Fischer in Stockholm und mit Allert de Lange in Amsterdam. Als er jedoch feststellen mußte, daß er jetzt nur noch ›ein Autor in Übersetzung‹ war, bezweifelte er, daß dieses Buch dem angelsächsischen Geschmack entgegenkommen würde, und dabei hing für ihn davon finanziell alles ab (hierin täuschte er sich, denn sowohl die amerikanische als auch englische Ausgabe verkauften sich gut: Cassells druckte in einer Woche drei Neuauflagen, und insgesamt war der Roman einer seiner größten Erfolge in England). Dagegen meinte er, als er das Manuskript an seinen brasilianischen Verleger Koogan schickte, daß es dort sogar noch mehr Anklang finden würde als seine bisherigen Werke (»Je suis persuadé qu'il intéressera un plus grand public que mes derniers livres«). Ernst Weiß, der von dem persönlichen Charakter des Buches keine Ahnung hatte, kommentierte in geradezu hohnlachender Rücksichtslosigkeit gegenüber Zweig, der ihn in so großzügiger Weise unterstützte: »lauter Lesefrüchte«*; für Rolland hingegen war es ein ganz ausgezeichneter Roman, der vor Kraft nur so überschäume, wenngleich er ihm um die Hälfte zu lang erscheine, eine Verschwendung von schöpferischem Material, das noch für ein ganzes weiteres Buch ausreiche, ein Balzacsches Epos über die Unterwerfung der Kekesfalvas durch den Juden Kanitz.[135]

In dem Brief an das Innenministerium hatte Zweigs Anwalt geschrieben, sein Mandant werde am 17. Dezember in die USA reisen, um dort eine Reihe von Vorträgen zu halten und auf Einladung der Theater Guild an der Inszenierung eines seiner Stücke mitzuarbeiten (*Jeremias*). Nach einer angenehmen Überfahrt auf der *Normandie* in New York angelangt, wurde er in eine förmliche Hetzjagd gestürzt, die zu überstehen er ohne Lottes stille wirksame Hilfe kaum fähig gewesen wäre: Besprechungen über die *Jeremias*-Aufführung, stundenlange Vorbereitungen und Proben für die Vorträge in englischer Sprache, wiederholte Interviews und Pressekonferenzen, zwischendurch eilige Verabredungen mit Alfred, der nun in New York wohnte, mit Hermann Broch, dem Verleger Huebsch, Einstein, Salvador Dali, Raoul Auernheimer, Klaus Mann, Ernst Toller. Von New York fuhr er am 4. Januar nach Princeton zum Lunch mit Thomas Mann. Zwischen dem 9. Januar und 14. Februar hielt er Vorlesungen in nicht weniger als fünfzehn Städten kreuz und quer durch Amerika; von New York über Pennsylvania, Indiana, Minnesota, Ohio, Missouri, Texas und Utah nach Kalifornien; er legte die ganze Strecke in anstrengenden Eisenbahnfahrten zurück, von einem Abstecher mit dem Flugzeug nach New Orleans abgesehen. Nach New

* Laut Kesten hat Weiß gesagt: »Ich habe eine meiner Figuren aus meinem Inflationsroman bei Zweig in leicht beschädigtem Zustand wiedergefunden«: die Anspielung bezog sich wohl nicht auf *Der arme Verschwender*, sondern auf *Der Verführer* (Zürich: Humanitas Verlag, 1937), einen Roman, der tatsächlich manche Parallelen mit *Ungeduld des Herzens* vorweist.

York zurückgekehrt, wohnte er am 18. Februar der Theater-Guild-Aufführung bei (»schlecht gespielt und schlecht inszeniert«, fand Lotte), deren Tantiemen der Flüchtlingshilfe überwiesen werden sollten, hielt dort noch einen Vortrag, und fuhr schließlich am 27. zur letzten Vorlesung nach Toronto.*
Es blieb ihm kaum Zeit, von den unheilvollen Entwicklungen in Europa Notiz zu nehmen (die deutsche Pressekampagne, die der Besetzung von Prag vorausging, war in vollem Gange), aber selbst in so großer Entfernung gab es kein Entrinnen: Im Zug von Houston drangen Hitlers heisere Töne aus dem Radio des Clubcars. Von San Francisco aus hatte er an Gisella Selden-Goth geschrieben, daß er am 3. März wieder nach Europa zurückfahren werde: »wahrscheinlich der größte Unsinn, den ich begehen kann.«[136]

8

Ich *will* keinen zweiten Krieg mehr sehen und überleben.

Zweig an Felix Braun

Duhamel besuchte ihn kurz nach seiner Rückkehr aus Amerika in London. Er fand die Wohnung in der Hallam Street trotz der schönen Einrichtung kalt und bedrückend und war durch Zweigs Pessimismus überwältigt. Er war absolut überzeugt, daß Hitler unbesiegbar sei. Die Einverleibung der Tschechoslowakei im März bedeutete nur einen weiteren Schritt auf dem Weg in einen Krieg, dessen Greuel man sich gar nicht vorzustellen vermochte, oder, noch schlimmer, auf dem Weg zu einer unblutigen Eroberung ganz Europas durch Hitler. Zweig spürte ganz deutlich, daß das Ende einer Ära bevorstand, und »morsche Knochen« wie die seinen wollten die nächste nicht erleben.[137] »An den Zusammenbruch in Deutschland zu glauben«, schrieb er an Felix Braun, »ist Irrwitz ... Haben wir doch den Mut, uns zuzugestehen, daß wir (nicht minder als unsere Ideale) etwas Erledigtes, etwas Historisches sind ... Klar sehen und *doch* nicht verzweifeln, das, lieber Freund, ziemt unseren Jahren.« Doch obwohl er hinzufügte, daß es für sie keine

* Zweig hielt auf der Tournee abwechselnd zwei Vorträge. *Das Geheimnis des künstlerischen Schaffens* und *Geschichtsschreibung von morgen*, die er unterwegs umarbeitete und die in endgültiger deutscher Fassung in *Zeit und Welt* abgedruckt sind; ersterer wurde schon vor seiner Abreise am 2. Dezember 1938 in London gehalten (Brief an Leftwich vom 30. Nov. 1938, Leftwich[2]).

Rückkehr mehr gäbe, weil sie, selbst wenn ein Wunder diese Rückkehr möglich machte, die Heimat doch nicht mehr fänden, und obwohl er entschieden keinen zweiten Krieg mehr sehen oder gar überleben wollte[138], hielt er es weiterhin für seine Pflicht, auf seinem Posten zu bleiben und über die Katastrophe zu schreiben, wenngleich er nichts tun konnte, sie abzuwenden. Als er von Ernst Tollers Freitod in New York erfuhr, sagte er zu Leftwich: »Das ist der falsche Weg.«[139]
Aber als dann zu guter Letzt die freien Länder Europas einschließlich Englands begannen, ihre Kräfte zum Widerstand gegen Hitler zu einen, sah sich Zweig aus Abscheu vor jeglicher Gewalt nicht imstande, diesen Kampf zu unterstützen. Der »große Europäer«, wie Jules Romains ihn in seiner bemerkenswerten Rede[140] im selben Frühjahr genannt hatte, der zwar aus innerer Überzeugung nicht zu den Waffen rufen konnte, erhob auch nirgendwo seine Stimme zur Ermutigung und moralischen Unterstützung. Zwar trat er Fred Uhlmanns ›Free German League of Culture‹ bei und hielt neben Kingsley Martin und Wickham Steed auf deren Versammlung in der Conway Hall zum Gedächtnis von Toller und Roth eine Rede (wie Verlaine, mit dem Zweig ihn einst verglichen hatte, war Roth im Mai in Paris dem Alkohol zum Opfer gefallen; sein Tod hatte Zweig schwer getroffen[141]). Auf Bitten von E. M. Forster überwies er dem National Council for Civil Liberties einen großzügigen Betrag, und er stellte auch dem von Thomas Mann angeregten ›German Committee‹ seinen Namen zur Verfügung, dessen Ziel es war, eine »von Repräsentanten des deutschen Geistes für das deutsche Volk« verfaßte, vierzehntägig erscheinende Broschüre in Deutschland zu verteilen (es ist »unsere Pflicht und Schuldigkeit, unseren Einfluß auf die Deutschen zu nutzen«, schrieb Mann).[142] Aber er klagte ständig, daß er zu alt, zu müde sei, und sogar seine Bemühungen, den anderen Flüchtlingen zu helfen, ließen allmählich nach. Die Zahl derer, die ihn bedrängten, stieg in einem Maße, daß er glaubte, aus London flüchten zu müssen – anfangs nur für ein paar Tage, eine Woche und dann im Sommer sogar mit der Überlegung, für ganz wegzuziehen.[143] Selbst ein alter Freund wie Ehrenstein, der nun in Brissago angelangt war und verzweifelte Bittbriefe schrieb, Zweig möge ihm helfen, eine Einreisegenehmigung für Frankreich zu bekommen, oder wenigstens mit Verlegern sprechen, damit sie ihm etwas Geld schickten, fand nur taube Ohren. Zweigs Gejammer über das eigene Schicksal ließ ihn erbittert reagieren:

Sie, der Verfasser des Jeremias ... sind nicht nur auf freiem Fuße, sondern könnten mal mit den Einnahmen der Jeremiade helfen! ... Erinnern Sie Stefan Zweig daran, daß ich zwar ohne ihn nie ins Kriegsarchiv gekommen wäre, er aber ohne mich kaum damals nach der Schweiz! ... Von Ihnen existieren immerhin deutsch ein Roman und ein Drama, und wenn es auch traurig ist, daß Ihre Hauptwerke fehlen, weil Sie den Reichner nicht in der Schweiz gründeten, bedenken Sie, daß Sie ein Welthaus sind und Ihre Bücher dafür in allen anderen Sprachen reüssieren!

Über die neue Woge von Flüchtlingen, die jetzt anrollte, schrieb Zweig, sie seien reine Bettler

und meist auch die schwächeren Könner und trägeren Seelen, die zu lange gezögert haben. – Täglich ist mein Morgengebet: Herr, mache mich egoistisch und siehe zu, daß ich meinen Tag nicht ausschließlich an andere Menschen verliere. – Die Leute wollen alle etwas und lassen einem, wie noch nicht zimmerreine Hunde den Dreck im Zimmer, etwas von ihren Sorgen und Nöten im Kopf zurück, der bedenklich nach Kuhstall aussieht und dunstet.[144]

Für Freunde wie Felix Braun, waren seine Briefe »erschreckend depressiv«; und nicht einmal dem heiter couragierten Masereel gelang es, seinen Pessimismus zu erschüttern. Der fünfzigste Geburtstag des Künstlers stand im August bevor, und Zweig hatte dafür – neben einer von ihm für den Herbst geplanten Ausstellung von Masereels Werken in London – seinen Essay von 1923 zu einem Begleittext umgearbeitet, der zusammen mit von der Gabelentz' umfassender Bibliographie der gedruckten Werke bei Vorms in Paris erscheinen sollte.* Aber als Masereel einmal scherzhaft sagte, »vielleicht treffen wir uns eines Tages in einem Konzentrationslager«, griff Zweig den Gedanken auf und wiederholte ihn ständig in vollem Ernst seinen anderen Freunden gegenüber. Louis Golding fand, daß seine Augen traurig und merkwürdig ängstlich aussahen.[145] Und wie schon früher, fehlte es auch jetzt nicht an denen, die in seiner Haltung nichts weiter sahen als elende Angst und Feigheit. In einem Artikel für Tcherikovers neue jiddische Zeitschrift in Paris *Oifn Sheideweg (Au Carrefour)*, die sich mit der Stellung der Juden in der Politik befaßte, hatte er den durchaus einsichtigen Standpunkt vertreten (ebenso übrigens wie Max Brod in derselben Nummer, wenngleich aus anderen – zionistischen – Gründen), daß nichts die antisemitische Bewegung mehr geschürt habe, als das Übergewicht der Juden in der Politik: Nicht in Vordringlichkeit, vielmehr in besonnener Zurückhaltung zeige sich die moralische Stärke. Professor Jack Isaacs von der London University, der Zweig recht gut kannte, meinte Leftwich gegenüber, er glaube, daß sich durchaus einiges für diese Ansicht vorbringen ließe, zumindest aus Gründen der Opportunität, andererseits befürchtete er, daß dahinter eine ganze Menge an »innerer Feigheit« stecke. Jedenfalls war das kaum eine passende Bot-

* Wegen des Krieges kam es damals nicht zur Veröffentlichung; der Aufsatz erschien erst zwanzig Jahre später in von der Gabelentz' *Franz Masereel* (Dresden: Verlag der Kunst, 1959).

schaft für diese Zeit, und Zweigs natürliche Abneigung gegen alles Laute und Rechthaberische, die ihm stets nur Unverständnis eingebracht hatte, wurde nun mehr denn je von den ›Tatmenschen‹ als verachtungswürdig gekennzeichnet.[146]

Aber es gab ja noch das alte Heilmittel Arbeit. Obwohl der weitaus größte Teil der Fragmente, Entwürfe und Notizen, die sich auf seinem Schreibtisch gehäuft hatten, mit dem endgültigen Großreinemachen im Salzburger Haus vernichtet worden war, hatte er alle Papiere für den ›großen Balzac‹ sorgfältig aufgehoben, für das Projekt, das ihn in seinen Gedanken seit über dreißig Jahren begleitet hatte und das er immer als die dereinstige Krönung seines Lebenswerkes gesehen hatte. War nicht jetzt endlich der Zeitpunkt gekommen, um sich daranzumachen? Zwar würde es ein oder zwei Jahre Arbeit in Anspruch nehmen, aber die Zeit für geringere Themen schien jetzt vorbei. Hierfür jedoch war es unbedingt notwendig, London und dem fortwährenden Ansturm der Menschen dort den Rücken zu kehren; und in den ersten Julitagen zog er mit Lotte nach Bath, wo sie früher schon einmal für zehn Tage gewesen waren und wo die Ruhe und die Schönheit der Landschaft, die bisweilen an das Salzkammergut erinnerte, ihnen besonders entgegenkam. Sie wohnten zunächst in der Lansdown Lodge, einer Pension an der Lansdown Road, wo Lottes Bruder Manfred und seine Frau Hannah sie gelegentlich besuchten, wo sie aber im übrigen in völliger Zurückgezogenheit lebten. In den letzten zwei Monaten des Friedens schienen der Szenenwechsel und die Vertiefung in eine große Arbeit ihn wie immer in solchen Fällen nach der geistigen und körperlichen Erschöpfung in London wiederherzustellen. Seine Aufzeichnungen, die im Laufe der Jahre schon auf mehrere hundert Seiten angewachsen waren, wurden immer noch umfangreicher, die Merkzeichen und Hinweisnotizen in Balzacs Werken vervielfachten sich, und schließlich begann er, einen ersten Entwurf zu skizzieren. Daneben verfaßte er in gelegentlichen Pausen eine neue Sternstunde über Ciceros Tod – »auch einer, der der Diktatur erlag, der von Ordnung träumte und auf dem Recht beharrte«. Felix Braun jubelte, als er erfuhr, daß der Balzac in Arbeit war: »Es ist ja Deine alleinige Aufgabe, ein solches Werk zu geben, und kein Dichter der Welt so der Deine wie er ... Dein früher Balzac-Essay ... wird nun voll instrumentiert.« Sein Leben in Bath (»wie ein abgebröckelter Säulenheiliger«) schien für kurze Zeit glücklich; als Huebsch sie im Juli besuchte, wurde er auf lange Märsche mitgeschleift – »wir Engländer sind jetzt sehr militärisch geworden«.[147]

Es war ein sonniger Sommer – wie der von 1914. Aber während damals nur wenige überhaupt auch nur an Krieg dachten, konnte nun kaum ein Mensch daran zweifeln, daß der nächste vor der Tür stand. Für viele, besonders in England, war er fast eine Erleichterung, indem er den unerträglichen Spannungen der letzten sechs Jahre ein Ende machte; auch in Frankreich war, wenngleich nicht so oft, der Ruf zu hören: »Il faut en finir.« Für Zweig dagegen, depressiv (wie er war) und alt und gebrochen (wie er sich fühlte), konnte der Krieg nur das Ende sein. Ihm kamen die Unterzeichnung des Pakts der Nazis mit den Sowjets am 23. August und der Einmarsch in Polen am 31. August nur noch als die letzten Nägel im Sarg Europas vor. Weit schlimmer: Das Konzentrationslager, das er so oft vorhergesehen hatte, drohte für ›feindliche Ausländer‹ sogar in England; und selbst wenn ihm mit seinen Verbindungen die Internierung vielleicht erspart bliebe, so war Lottes Situation weitaus weniger günstig; er fürchtete um ihre Gesundheit (sie litt an Asthma) unter den Bedingungen eines solchen Lagers. Sein Identitätsausweis war zwar soeben erst verlängert worden, aber seine Naturalisierung ließ noch immer auf sich warten; gleichviel empfand er es als seine Pflicht, alles nur mögliche zu unternehmen, um sie zu schützen, und am Tag nach Hitlers Angriff auf Polen, während England sich anscheinend noch immer nicht zu einer Kriegserklärung entschließen konnte, stellte er den Antrag auf Heiratsgenehmigung. Die standesamtliche Trauung fand am 6. September in Bath statt mit Hannah Altmann und einem Rechtsanwalt Ingram als Zeugen.[148] »Glaube nur nicht, daß ich noch ein Liebhaber bin«, hatte er zu Friderike gesagt, als es einmal um seine Gefühle für Lotte ging; aber obwohl Mitleid (dieses gefährliche Sentiment, das er in seinem Roman beschrieben hatte) zweifellos in seine Motive für die Heirat mit hineinspielte, hatten ihre treue Ergebenheit und ihre Kameradschaftlichkeit in ihm eine tiefe Wärme und echte Zuneigung für sie geweckt. Friderike, die nach wie vor in Paris war, bekam einen gemeinsam geschriebenen Brief von ihnen, der die Bitte enthielt, sie möge ihnen vergeben und ihre Freundschaft für sie beide nun nicht als beendet ansehen. Später kam noch ein notariell beglaubigtes Schreiben, worin Stefan seinen ausdrücklichen Wunsch erklärte, daß sie seinen Namen weiter trüge. Ende des Monats zog das Paar in ein eigenes Haus (Rosemount) am Lyncombe Hill, von wo aus man einen Blick genoß wie vom Kapuzinerberg. Friderike wurde eingeladen, ihr erster Gast zu sein (»Wie gefühllos ist das Herz eines Mannes!«) – doch sie fuhr niemals hin.[149]

Seine Arbeit über Balzac schien in den ersten Septembertagen mit einem Schlag plötzlich völlig sinnlos. Nun ging es vor allem anderen darum, seine eigene Lage zu klären. In Briefen an das Innenministerium sowie an Menschen, von denen er glaubte, daß sie ihm helfen könnten, wie Wells und Desmond Flower, versuchte er, das Verfahren seiner Naturalisierung voranzutreiben. Als feindlichen Ausländer hatte man ihn vorläufig unter die Gruppe ›B‹ eingestuft (d. h nicht internierungspflichtig, aber mit eingeschränkter Bewegungsfreiheit); demnach mußte er, um bei Freuds Leichenverbrennung am 25. September in Golders Green reden zu können, eine Sondererlaubnis zum Verlassen von Bath beantragen. Die gerichtliche Überprüfung der einzelnen Naturalisierungsanträge dauerte notgedrungen ziemlich lange (»Eigentlich sonderbar, daß man sich innerhalb von sechs Jahren noch immer nicht von meiner ›Unschädlichkeit‹ überzeugen konnte. So muß ich wie ein schlimmer Schulbub noch ein paar Wochen im Winkel stehen«). Was ihn aber am meisten schmerzte, war die Einschränkung seiner Bewegungsfreiheit, »die Degradierung, jedesmal von neuem in Polizeiwachstuben zu warten und ›Gründe‹ angeben zu müssen«. Hier sprach sein alter Haß gegen die Bürokratie mit ihren Übergriffen auf die Freiheit des einzelnen; und die Folge war, daß er sich weigerte, einen Antrag zu stellen, selbst wenn es bedeutete, daß er nicht an der Gedächtnisfeier für Freud teilnehmen konnte, die später in London abgehalten wurde.[150]

Genau wie in den Anfangstagen des ersten Krieges sah es jetzt für kurze Zeit so aus, als hätte sich sein tief verwurzelter Pazifismus zu einer etwas militanteren Einstellung gewandelt. An Guido Fuchs schrieb er:

Wir [beide] sind praktisch zu alt, aber ich bin etwas enttäuscht, daß so wenig Österreicher und Juden und Tschechen sich freiwillig zur Armee gemeldet haben; alle wollen sie zum BBC und Arbeitserlaubnisse, auch die Zwanzigjährigen und Dreißigjährigen. Eine österreichische Legion hätte mehr Effect gemacht als alle Reden und Aufsätze – es ist auch wirklich schmerzlich, daß ich mit 58 Jahren da kein Beispiel geben darf.

Auch Leftwich gegenüber beklagte er sein Alter: Die Leute würden zwar behaupten, er wüßte genau, daß er nicht genommen würde, wenn er sich freiwillig zum Militärdienst meldete – das aber sei seine Ansicht. »Ich kann die jungen Juden in Amerika und neutralen Ländern nicht verstehen, daß sie nicht sich Frankreich zur Verfügung stellen. Jetzt oder nie ist der Augenblick, denn *wie* sollen wir leben, wenn Hitler bleibt?«[151] Er korrespondierte mit Hugh Walpole über eine eventuelle Mitarbeit im neugebildeten Informationsministerium, für das er die Gründung eines deutschsprachigen Nachrichtenblattes vorschlug; und in seinen Briefen an das Innenministerium wies er auf den Einfluß hin, den sein Name zu propagandistischen Zwecken im Ausland, insbesondere in den neutralen Ländern, ausüben könnte, falls sein Angebot, in den Dienst der Regierung zu treten, akzeptiert würde. Doch solange seine Überprüfung durch das Tribunal nicht abgeschlossen und seine

Naturalisierung nicht erfolgt war, gab es nichts für ihn zu tun, und so lebte er zur Untätigkeit verurteilt in Bath vor sich hin.[152]
Eine erneute Einladung zu einer Vortragsreise in die USA mußte abgesagt werden, obwohl er hoffte, »in ein paar Monaten« neue Vorschläge machen zu können.[153] Er zog an jedem nur erreichbaren Strang in dem Bemühen, das Home Office zu größerer Eile anzutreiben. In einem Brief an Wells, der versprach, in seiner Angelegenheit bei Lord Winterton zu intervenieren, machte er darauf aufmerksam, daß der Zeitraum von über einem Jahr seit der Pressemeldung über seinen Antrag zu Gerüchten und Spekulationen hinsichtlich etwaiger mysteriöser Gründe für diese Verzögerung geführt hätte und daß diese Zweifel durch die Einschränkung seiner Bewegungsfreiheit noch verstärkt worden seien: Es sei dies alles nicht nur eine Entwürdigung, die ihn in große Verlegenheit setze, sondern es gebe ihm darüber hinaus das Gefühl, völlig nutzlos zu sein

in einer so entscheidenden Epoche der Weltgeschichte. Ich bitte, es nicht als Vermessenheit auszulegen, wenn ich hier die rein statistische Tatsache wiedergebe, daß von allen Schriftstellern deutscher Sprache heute kein einziger weltweit von einem größeren Publikum gelesen wird, als ich, und daß nur wenige in den neutralen Ländern diesseits und jenseits des Atlantiks über einen ähnlichen Einfluß verfügen ... Nichts ist schmerzlicher, als zur Untätigkeit gezwungen zu sein, zu einer Zeit, da es moralische Pflicht jedes einzelnen ist, seinen Dienst zu tun.

Wells war in diesem Fall ganz auf seiner Seite, und als er den Brief an Winterton weitergab, sagte er, Zweig werde von vielen Literaturkritikern in eine Reihe mit Maugham oder Galsworthy gestellt. Er verurteilte scharf die »Sinnlosigkeit« einer solchen Behandlung des Falles, die »uns bei den amerikanischen Intellektuellen sehr schadet, vor allem bei den jüdischen, die sehr einflußreich bei der Presse sind: wem sie nützen mag, außer irgendeinem alten Trottel auf einem Tribunal, kann ich mir gar nicht vorstellen«. Leftwich sprach mit Humbert Wolfe, und Desmond Flower schrieb an das Home Office. Aber trotz so massiver Unterstützung wurde auch in diesem Fall keine Ausnahme gemacht. Es dauerte noch bis zum 12. März 1940, bis ihm die Naturalisierungsurkunde endlich zuerkannt wurde; drei Tage später erhielt Lotte als seine Frau die britische Staatsangehörigkeit.[154]

9

Was gilt noch das Leben – verurteilt in deutscher Sprache zu schreiben und damit erledigt in einer Welt, die jenem anderen Deutschland gehört?

Zweig an Körmendi

Es bleibt zu bezweifeln, ob Zweigs kurz aufflackernde Begeisterung für den Kampf mit Waffen angedauert hätte, selbst wenn sein Anerbieten, sich freiwillig zu verpflichten, sofort akzeptiert worden wäre. Nachdem man ihn jedenfalls zur Untätigkeit gezwungen und durch polizeiliche Auflagen praktisch an die Kette gelegt hatte, kam die alte Unsicherheit bald wieder zutage. Selbst in den ersten Tagen der Mobilmachung hatte er sich über Gebühr erregt, als sein Zug von Bath nach London in Oxford aufgehalten wurde und er dadurch eine Verabredung mit Friedenthal am Paddington-Bahnhof versäumen mußte.[155] In den ersten Monaten des ›Scheinkrieges‹ äußerte er seine Erleichterung darüber, daß er mit der Propaganda nichts zu tun habe, denn auf diesem Gebiet hielt er England für äußerst unzulänglich und sogar für fehlgeleitet.

Ich habe das Gefühl, daß die offiziellen Kreise hier (sehr im Gegensatz zu Frankreich) die Forderung nach einer Wiederherstellung Österreichs nicht gern erörtert sehen, und die Tatsache, daß sie uns mit den »Germans« in einen Topf geworfen haben, während sie die Tschechen als Freunde bezeichneten, scheint mir ein nicht zu übersehender Wink.

Die »überraschende Entdeckung«, mit der das Tribunal im Dezember aufwartete, daß er gar kein Nazi war, war ein schlechter Trost.[156] Denn seine Depressionen waren wiedergekommen, schlimmer als je zuvor: Eine unbeschreibliche Traurigkeit, versuchte er Leftwich zu erklären, »eine Art Verzweiflung des Hiob, der Gott fragt, weshalb er alles den Sündern gibt«.

Die Nachrichten über die Ereignisse in Mitteleuropa oder über die schreckliche Lage der Flüchtlinge waren nicht dazu angetan, seine Schwermut zu beheben: Er wagte kaum noch, die Post zu öffnen, denn er kannte deren Inhalt schon vorher nur zu genau. Sein Denken war wieder beherrscht von jenem Gefühl, einer verlorenen Generation anzugehören, für die es keinerlei Aussicht gab, die bevorstehenden Jahre des Hasses, der Bitternis und des Chaos zu überstehen, um danach eine schönere, bessere Welt zu erleben. Er begann nun, mit dem Gedanken an eine Autobiographie zu spielen – nicht eine egozentrische Selbstbeweihräucherung mit allen Erfolgen, sondern die Geschichte der Zeit, in der er gelebt, und die das historische Schicksal mit jener von ihm oft bestaunten und beschriebenen Kunstfertigkeit am 1. September 1939 zu einem dramatischen Ende gebracht hatte.

Ich werde Wien beschreiben, und das jüdische Wien, den Krieg und unseren Kampf in dem Krieg, unseren Aufstieg und unseren Untergang seit Hitler, die Erniedrigung und das Leben der »sans patries«. Ich werde es »Meine drei Leben« nennen, weil ich glaube, daß ich in drei verschiedenen Zeitaltern gelebt habe.

Dies solle nun seine Aufgabe sein, nicht der Balzac, der ohnehin zu lange dauern würde; und es war fast die einzige Ablenkung für ihn, solange er in der Abgeschiedenheit von Bath begraben blieb, um – wie er sagte – »seine Freunde nicht mit seiner deprimierenden Erscheinung zu quälen«.[157]
Das Ende eines Zeitalters. Es paßte genau dazu, daß Jethro Bithell gerade jetzt eine Anthologie deutscher Gedichte der Gegenwart plante, und für Zweig war es ein melancholisches Vergnügen, ihn dabei zu beraten und etwa Lissauer vorzuschlagen, »der Kuriosität halber«, oder Lernet-Holenia und Max Herrmann-Neisse. Daß auch ein paar seiner eigenen Gedichte aufgenommen wurden, ließ seine Bitterkeit über die Verbannung aus der Muttersprache wieder aufleben (obwohl die *Gesammelten Gedichte* natürlich schon lange vor 1933 vergriffen waren). Die Nachricht von René Schickeles Tod in Frankreich war ein weiteres Zeichen der Endgültigkeit: in einem Jahr Roth, Toller, Freud und Schickele![158] Und als er sich an den vorigen Krieg erinnerte und überlegte, was er damals »brüderlich verbunden mit den Besten der Zeit in allen Ländern über alle Grenzen hinweg« hatte tun können, dann wurde er »so manchesmal kleinmütig«. Damals war Jean Christophe Symbol gewesen; jetzt fand er seine Anliegen in Martin Du Gards *Les Thibault* ausgedrückt, auf den er häufig Bezug nahm – auf Jacques' Verdammung des Kriegs etwa, und vor allem auf Antoines Ergebung im Angesicht des Todes, obwohl es keine Hoffnung auf ein Leben danach gebe.[159] »Courage et surtout patience«, hatte Masereel geschrieben, »Hitler n'est pas éternel!« Aber Zweig meinte, weder Mut noch Geduld aufbringen zu können. »Das gute Fleisch des Lebens, wir haben's aufgegessen«, klagte er Fleischer gegenüber, »... törichte alte Knaben, die von der guten alten Zeit reden.«[160] Selbst die optimistische Botschaft in Irwin Edmans *Ein Schimmer Licht im Dunkel* (das er »als Fingerübung« an den langen Abenden der Verdunkelung im Januar zusammen mit Friedenthal übersetzte) konnte seinen Geist nicht aufhellen.[161]
Von Frankreich aus hatte Friderike die tiefe Depression bemerkt, die ihn so quälte, und sie versuchte mit einem für sie typischen, resoluten Vor-

gehen eine Kur mit dem alten Hausmittel ›Ortsveränderung‹. Im Februar setzte sie (mit Unterstützung von Duhamel und Julien Cain) die Hebel in Bewegung, die für ihn einen Vortrag in Paris ergaben; Anfang April fuhr er hinüber. Sein Thema überraschte sie, denn sie hatte gar nicht gewußt, daß er an seiner Autobiographie arbeitete.[162] Es hieß ›Das Wien von Gestern‹, eine Thematik, die von der Ergriffenheit über das tragische Schicksal der Stadt unter den Nazis eingegeben war und die er mit seinen nun um so prägnanteren Erinnerungen ausfüllte. Der Zustrom des Publikums versetzte ihn in Staunen, denn das Théâtre Marigny, ein keineswegs kleines Haus, war zum Bersten voll, und Hunderte vor den Türen mußten weggeschickt werden. Er rühmte seine Geburtsstadt für ihre Toleranz, als einen Ort, wo man das Gefühl gehabt habe, »Weltluft zu atmen und nicht eingesperrt zu sein in einer Sprache, einer Rasse, einer Nation, einer Idee ...« Im Widerspruch zu dem Goethe-Wort, der Mensch müsse entweder dienen oder herrschen, sagte er: »Vor allem soll er frei bleiben.«[163]

Aus Zeitgründen war es nicht möglich, den Vortrag zu wiederholen, aber er hatte Gelegenheit, drei Reden über Radio Paris zu halten, in denen er – wie damals 1914 in seinem Essay – zu Freunden und Gesinnungsbrüdern in Feindesland sprach, die zum Schweigen verurteilt waren. Er traf während dieses Aufenthaltes die Masereels, Kesten, Alfred Cortot und auch Paul Valéry; Rolland dagegen sah er nicht, obwohl dieser in Paris war.[164] Für Friderike bedeuteten die paar Tage, die sie miteinander verbringen konnten, eine große Freude, wenngleich sie nicht nur aus dem Vortrag und aus den Rundfunkansprachen erkennen mußte, daß der Besuch die erhoffte Wirkung nicht gebracht hatte. Ihm war es vorübergehend »wie eine Wiederkehr vergangener Zeit [vorgekommen]. Man *vergaß* für einen Augenblick das Grauen«, schrieb er nach seiner Rückkehr nach Bath an Max Herrmann-Neisse.[165] Er hatte auch die Gelegenheit zu einigen Recherchen für die Balzac-Studie ergriffen, und wieder einmal war Friderike beeindruckt von der Intensität, mit der er sich dabei auch noch in die Geschichte von André Chénier vertiefte (»der Napoléon kommen sah, so wie wir Hitler kommen sahen«), sogar das Grab dieses Idealisten auf dem Friedhof Picpus suchte er auf.[166] Trotz allem aber war sie der Ansicht, daß nur Veränderungen und ein neues Projekt ihm helfen könnten, und als bald darauf die Einladung nach Südamerika erneuert wurde, ermunterte sie ihn anzunehmen.[167]

Lee van Dovski, der ihn in Paris wiedersah – erstmals seit vor zehn Jahren in Utrecht –, fand ihn merklich verändert: Der ›Aristokrat‹ war verschwunden, das Jüdische trat stärker hervor, die feinen Hände von einst erschienen gröber. So spiegelte sich im Körper die tiefste Depression wider, die ihn je heimgesucht.

Eine Zeitlang habe er gehofft, schrieb er in jenem Frühjahr an Paul Zech, sich daraus befreien zu können, damit er wieder etwas anderes sähe als die Ungewißheit des Emigrantenlebens, die erzwungene Trennung von geschätzten Menschen wie Carossa oder Ricarda Huch, die schrecklichen Verluste unter der jüdischen Gemeinde, und um daran glauben zu können, daß die Wolken sich eines Tages teilen würden, um wieder Licht in das Dunkel scheinen zu lassen.

Wonach ich strebte, schon in meinen frühesten Jünglingsjahren, war die Betonung des »Europäischen Menschen« und der »Europäischen Geisteshaltung«. Soll das jetzt vorbei sein? Total und unwiederbringlich? Nach all den jahrhundertelangen Anstrengungen unserer geistigen Größen?

Sein ganzes Sein schrie es jetzt hinaus – es war aus, vergangen und vorbei. »Der Haß, der die Welt umnachtet, frißt sich immer weiter fort wie eine Seuche«, von welcher die Ärzte nur wüßten, daß sie bei weitem größere Opfer fordere, als Pest und Cholera es je getan hätten.[168] Und nirgendwo die Möglichkeit für ihn, für seine ganze Generation, das Unheil aufzuhalten. Im Gespräch mit Cain in Paris sah er die Tragödie voraus, die Frankreich ereilen würde, und er drängte den Freund, vergebens, sich zu retten, solange noch Zeit war.[169]
Seit Mitte Mai, als die Deutschen schon bis Amiens vorgestoßen waren, führte er das Tagebuch weiter, das er bei Kriegsausbruch angefangen hatte: »Ich wollte noch einmal ein Bild der Zeit mir geben – und ließ es dann. Es geschah nichts.« Die hastig hingeworfenen Zeilen jetzt, wo Entscheidendes und, wie es ihn dünkte, Katastrophales bevorstand, geben vielmehr ein persönliches Bild von grundlosem Pessimismus. England sei total verloren, schon sehe er den Reflex, die Suche nach Opfer:

Ich weiß, was uns nach dem Kriege bevorsteht – Haß für beides, daß man deutscher Sprache ist und Jude. – Vielleicht gelänge es noch jetzt sich nach Amerika einen Permit zu schaffen ... Trotz allem aber vielleicht auch um mich zu isolieren, arbeite ich rüstig an meiner Selbstdarstellung ... (24. Mai). Wohin? Momentan habe ich keine Kraft, keinen Mut, noch einmal zu packen, zu reisen (25. Mai). Wird dieser Krieg weitergeführt, so wird er das Grauenhafteste, was die Menschen je gekannt, die totale Erledigung Europas. Und doch, ich habe – ist es Trägheit, Mut oder Treue – keine rechte Lust zu fliehen, selbst wenn mir der Ausstieg erleichtert würde. ... Wir, die wir mit und in den alten Begriffen leben, sind verloren; ich habe ein gewisses Fläschchen schon bereitgestellt (28. Mai).[170]

Trotzdem erkundigte er sich in London über die Möglichkeit der Reise nach Amerika und Brasilien. Sein Zögern, so hieß es in seinem Abschiedsbrief an Emil Ludwig, der gerade zu einer solchen Vortragstour-

nee in Amerika abreiste, sei »nicht aus Reisefurcht, sondern aus dem Gefühle, nicht zum zweitenmal wie in der Schweiz damals die Dinge nur von außen gesehen zu haben«.[171] Desmond Flower kam in den ersten Junitagen nach Bath zu Besuch, um die englische Ausgabe der *Sternstunden* zu besprechen, die Zweig nun mit der historischen Miniatur über Wilson abgeschlossen hatte. Er sah mit Schrecken, wie Zweig von den Radionachrichten über die Ereignisse in Frankreich »total zerschlagen« war: »Er konnte kein Wort hervorbringen, schrumpfte förmlich zusammen wie eine Mumie.«
Im März hatte er an Kesten geschrieben, wer Europa jetzt verlasse, werde nie wieder zurückkehren. »Hier können wir durch unsere bloße Anwesenheit eine Aufgabe erfüllen. Amerika würde uns verschlingen.« Und als sie sich in Paris sahen, drückte er sich noch überzeugter aus, in der Meinung, daß ein Intellektueller, der Europa jetzt verlasse, es verrate.[172] An Fleischer schrieb er – noch nach dem Fall Frankreichs – er habe zum erstenmal seit Jahren in Bath ein Heimatgefühl und sei glücklich seine Papiere und Bücher beisammen zu haben, nur die Idee einer Invasion erschrecke ihn und das, was sich später ereignen würde – »lebend sollen mich die Nazis nicht finden!« Er würde also doch die Reise unternehmen, obwohl alles so grauenhaft sei, »daß ein guter Torpedoschuß eigentlich die von mir gewünschteste Lösung wäre«.[173] Der langwierige Kampf um die erforderlichen Reisedokumente und Sichtvermerke, das ständige Hin und Her zwischen Gesandtschaften, Konsulaten und Reisebüros, ließen ihn mutlos und erschöpft. In die klassische bürokratische Sackgasse geraten – kein Visum ohne Schiffskarte, keine Schiffskarte ohne Visum – war er bereit zu verzichten. Da kam ihm ein alter Freund, der Autographenhändler Heinrich Eisemann, zu Hilfe, besorgte für ihn und Lotte Reservierungen auf dem Cunard-Dampfer *Scythia,* der Anfang Juli von Liverpool aus nach New York fahren sollte. Diese Buchung lehnte Zweig zunächst ab, am andern Tag aber gab er telephonisch die Bestätigung durch. »Ich konnte mich lange nicht entschließen, aber jetzt ist es dringend geworden, allerdringlichst«, schrieb er unmittelbar vor der Abfahrt, »alles hängt ja jetzt von der Neuen Welt ab ... Ich hoffe, Ende Oktober zurück zu sein ... Unterwegs will ich an der Autobiographie arbeiten.« Auf dem Euston-Bahnhof sagten Eisemann, Hannah und Manfred Altmann ihnen ›Lebewohl‹. Wegen der späten Reservierung waren nur noch Kojen im Unterdeck erhältlich gewesen: Als sie nun an Bord kamen, stellte ihnen der Kapitän die eigene Kabine zur Verfügung.[174]

VIII
Die letzten Jahre
1940–1942

Was für ein Schicksal hat uns gerade in diesen Zeiten geboren sein lassen ... ich sehe keinen anderen Weg als auszuwandern, mein Haus zu verlassen und zu gehen wohin immer mich das Schicksal trägt ... Wenn an der Schwelle unseres Jahrhunderts eine neue Welt aus den Wogen erstand, so war es, weil die Götter sie bestimmten als ein Refugium, wo die Menschen frei unter einem Himmel ihr Feld bestellen sollten, indes das grausame Schwert und eine schmachvolle Plage Europa zum Untergang verdammt.

La Boétie an Montaigne, ca. 1560

Das Schachspiel, in dem er befangen war, ließ ihn einen achtlosen Zug um den andern tun; und die Verzweiflung, die ihm lang über die Schulter gesehen, führte endlich die Hand, die nicht mehr das Opfer zurücknahm. Er begriff, daß er schachmatt war, oder vielmehr; er wähnte, es zu sein. Der Dämon der Ungeduld war es, der das Spiel umstieß.

Felix Braun, *Das Musische Land*

1

Emigration bedingt eine Verschiebung des Gleichgewichts.
Zweig an Thomas Mann

Zweig hatte eigentlich vorgehabt, sich so kurz wie nur möglich in den Vereinigten Staaten aufzuhalten und das erstbeste Schiff nach Brasilien zu nehmen. Doch das Ende des Frankreichfeldzugs hatte Friderike und ihre Töchter wie auch viele andere Freunde in eine sehr schwierige Lage versetzt. So hielt er es nun für seine Pflicht, die Bemühungen zu unterstützen, die von bereits in Amerika ansässigen Flüchtlingen unternommen wurden, Einreisevisa für die große Anzahl von Menschen zu beschaffen, die nach Amerika hinüber wollten. Auch an anderen Hilfsaktionen glaubte er sich beteiligen zu müssen. Mit Lotte stieg er im Wyndham Hotel in der West 58th Street ab, und es verging ein Monat, ehe sie New York verließen.[1]

Als sich herausstellte, daß Paris bedroht war, war es Friderike gelungen, nur drei Tage vor dem Einmarsch der Deutschen sich in Richtung Süden nach Montauban durchzuschlagen. Suse und ihr Spaniel Schuschu, denen es beiden nicht gut ging, fuhren mit Freunden in einem der wenigen Taxis, die aufzutreiben waren. Friderike und Alix mußten sich mit dem wenigen Gepäck, das sie tragen konnten, den Menschenmassen auf dem Bahnhof anschließen, wo es ihnen wie durch ein Wunder gelang, Plätze in einem Zug zu ergattern. Die Ankunft zahlreicher ausländischer Botschaftsangehöriger in Montauban und der Umstand, daß sich unter den Flüchtlingen Leute befanden, die früher mit den Salzburger Festspielen zu tun gehabt hatten, veranlaßten Friderike, dem Botschafter von Mexiko einen Vorschlag zu machen. Er könne dem Fremdenverkehr seines Landes zu einem starken Aufschwung verhelfen, indem er einer Gruppe ausgewählter Künstler Visa gewähre. Daß sie persönlich an ihn herantrat, verfehlte seine Wirkung auf Señor Rodriguez nicht, denn Zweigs Name war in Mexiko ebenso bekannt wie in den übrigen Ländern Lateinamerikas. Schließlich wurden Visa für mehr als hundert Personen ausgegeben. Inzwischen hatten auch Stefans Bemühungen und die der anderen Freunde in den Vereinigten Staaten Erfolg gehabt: Präsident Roosevelt genehmigte die Erteilung von US-Visa für etwa eintausend ›bedrohte Intellektuelle‹ und entsandte einen persönlichen Stellvertreter nach Marseille, der sich um die Anträge kümmern sollte. Dort gelang es Friderike, nicht nur für sich und ihre Töchter Visa zu beschaffen, sondern auch für deren Ehemänner, die, nachdem sie einige Zeit bei der französischen Armee gedient hatten, nun ihre Entlassungspapiere erhalten hatten. Visa zu bekommen war schon schwierig genug; aber Vichy-Frankreich tatsächlich zu verlassen, war noch viel schwieriger, denn Ausreisegenehmigungen mußten sowohl von Vichy als auch von den Deutschen gebilligt werden. Man mußte also zunächst heimlich die spanische Grenze überschreiten. Nach vielen Wechselfällen, unter anderem mußten die Pyrenäen zu Fuß überquert werden, erreichte die Gruppe Mitte September Lissabon.[2]

Seit sie Paris verlassen hatte, war Friderike über Stefans Aufenthalt im ungewissen gewesen. Nun gelang es ihren Verwandten in New York, denen sie von Montauban aus geschrieben hatte, ihm ihre Adresse mitzuteilen, und von da an hielten sie mit Telegrammen und Briefen ihre Verbindung aufrecht. Die schrecklichen Ereignisse in Frankreich hatten ihn tief erschüttert, und obwohl er bei seiner Ankunft in New York seine feste Absicht bekundete, nach Beendigung der Vortragsreise nach Bath zurückzukehren (»Wo ich allen meinen Besitz habe, meine Bücher und mein Leben still zu Ende zu leben hoffte«), fragte er sich schon Ende Juli, ob er Rosemount je wiedersehen würde: »Ich habe alles dort gelassen und nicht einmal meine Arbeitsunterlagen Balzac mitnehmen können.«* Jules Romains gegenüber, der inzwischen auch in Amerika angelangt war, äußerte er sich verbittert über den Vermerk ›enemy alien‹ in seinem Paß, der ihm böse Blicke von den Einwanderungsbeamten eintrug. Englands Gleichgültigkeit gegenüber den Intellektuellen stellte er den Respekt entgegen, der ihnen in Frankreich stets erwiesen worden war. In Liverpool hatte man sein Gepäck durchsucht, als sei er ein gewöhnlicher Verbrecher.[3] Bald nach seiner Ankunft beschrieb er in einem Brief an Thomas Mann, für dessen *Lotte in Weimar* er voller Bewunderung war und die er kurz vor der Abreise aus London in glühenden Worten besprochen hatte, sein Gefühl der Macht- und Nutzlosigkeit in England und die ›Fifth-Column‹-Hysterie, »in den breiten Massen zu einem wilden Mythos anschwellend«, die jemandem, der einen deutschen Namen hatte, das Leben unbehaglich machte.

Hoffentlich kann ich nach England rebus bene gestis zurückkehren und muß nicht die Schar der Umgeschüttelten und Heimatlosen und damit die Last für die anderen vermehren ... So blieb auch das ganze fast vollendete Manuskript meiner großen Balzacbiographie ... zurück, aber ist es nicht wichtiger, sich der Arbeit zu retten, die man noch tun kann, statt die halb oder ganz getane?

* Er sagte Romains sogar, daß sein Balzac-Manuskript konfisziert worden sei: »Die dachten wohl, daß sich Militärgeheimnisse darin befänden« (Rom 4). Er hatte jedoch die Kopie eines Teils des Manuskripts mit in Amerika und in Brasilien bei sich.

In einem späteren Brief hieß es, er sei eigentlich entschlossen, nach England zurückzukehren außer im Falle, daß Mosley dort Diktator würde, dann wäre auch Amerika »kein Hort für lange Dauer«. »Ich versuche zunächst den ganzen Komplex des ›wohin‹ möglichst abzublenden und lasse mich treiben. Einmal muß entweder der Sturm enden oder man endet selbst.«[4]
»Vormals Schriftsteller, nun Experte in Visen«, behauptete er. Die Hälfte seiner Zeit gehe damit verloren, für Freunde und sogar nur Bekannte jenseits des Ozeans Affidavits, Permits, Reisegelder usw. zu beschaffen. Aber er versuchte auch, an der Autobiographie weiter zu arbeiten.[5] »Wir sind schließlich Zeugen einer der größten Weltverwandlungen, und solange ich nicht dichterisch zeugen kann (im Sinne der Schöpfung), will ich wenigstens Zeugenschaft leisten im Dienst des Dokumentarischen.«[6] Er suchte auch Entspannung in der Zusammenarbeit mit Berthold Viertel an dem Drehbuch seiner unvollendeten *Postfräuleingeschichte* (sie waren übereingekommen, sich die Kosten für die Agentengebühren usw. zu teilen, während der eventuelle Ertrag an Viertel gehen würde: Zweig behauptete, an der Zukunft dieses Werkes kein Interesse zu haben[7]).
Es stellte sich aber bald heraus, daß seine scheinbare Entschlossenheit doch schwankend war. Die Bemühungen, die erforderlich waren, um mit den ihm so verhaßten Behörden zu verhandeln, ermüdeten ihn rasch, wenn es auch um die Rettung Friderikes und der anderen Flüchtlinge ging. Stets betonte er die Unsicherheit seiner eigenen Lage, denn er besaß nur ein Transit-Visum für die Vereinigten Staaten. Er hätte es zweifellos verlängern lassen können, fühlte sich aber außerstande, die nötige Kraft aufzubringen, um die Behörden unter Druck zu setzen. Und noch bevor Washingtons Entscheidung über die Visa für ›bedrohte Intellektuelle‹ feststand, bemühte er sich um Platzreservierungen auf der *Argentina*, die am 9. August nach Rio fahren sollte. Wieder einmal ließ er sich von den Umständen treiben, die er mit mehr Entschlossenheit durchaus hätte beeinflussen können. Diese innere Unsicherheit und Schwäche zeigte sich in seiner wachsenden Reizbarkeit über die Unfähigkeit anderer, sich selbst zu helfen. Er redete sich ein, daß die Schwierigkeiten, in die Friderike und ihre Familie geraten waren (die sich seines Wissens noch im unbesetzten Frankreich aufhielten), ihrem Versäumnis zuzuschreiben war, sich rechtzeitig Visa zu beschaffen (obwohl das keineswegs zutraf).[8] Fast ein Monat verging nach seiner Ankunft in Rio, bis er erfuhr, daß sie und die anderen sich endlich auf dem Weg über den Atlantik befanden. Es war ihm gelungen, sie in Lissabon anzurufen, Geld zu überweisen und einen portugiesischen Minister,

den er kannte, zu veranlassen, ihr dort behilflich zu sein. Mit einer großen Gruppe von Intellektuellen, die US-Visa bekommen hatten – darunter die Werfels, Afred Polgar, Golo Mann, Heinrich Mann und seine Frau –, sicherte sie sich schließlich Plätze auf dem griechischen Dampfer *Nea Hellas* und traf am 13. Oktober in New York ein.[9]
Für Stefan und Lotte war der Wechsel nach Südamerika natürlich wohltuend. »We are ashamed that we are here in a country at peace and unbelievably beautiful«, schrieb Lotte an Fleischer; doch Stefan fügte hinzu: »I wish I would be again in Bath.«[10] Sie kamen am 21. August in Rio an und wurden herzlich empfangen, aber nicht mit dem fast königlichen Pomp wie vier Jahre zuvor. Er hatte nämlich an seinen Verleger Koogan geschrieben, um seinem Wunsch Nachdruck zu verleihen, ein möglichst ruhiges Leben zu führen. Er möge seinen Besuch als Ferienreise betrachten, was für ihn bedeute, in der Abgeschiedenheit schreiben zu können.[11] Es waren zwar einige Vorträge vereinbart worden (von denen einer über ›la Vienne d'autrefois‹ auf Französisch gehalten wurde), doch das öffentliche Interesse an seiner Ankunft und seinem Aufenthalt in Rio war begrenzt. Im September nahm er an einem PEN-Club-Diner teil und hatte Gelegenheit, gute Freunde wie Jaime Chermont und Mello-Franco zu sehen. Ansonsten war er jedoch frei und konnte nicht nur in Ruhe an seiner Biographie weiterarbeiten, sondern auch umherreisen und als Vorbereitung für ein weiteres Projekt mehr von Brasilien sehen. Er wollte nämlich die Essays zu einem Buch erweitern, die er 1936 diesem ›Land der Zukunft‹ gewidmet hatte, dem allein es gelungen sei, »Menschen verschiedener Rassen, Klassen, Hautfarben und Religionen ein friedliches Zusammenleben zu ermöglichen«[12]. So betrachtete er seine Vortragsreise nach Argentinien und Uruguay lediglich als einen dreiwöchigen Ausflug, nach dessen Beendigung er für den Rest des Jahres wieder nach Brasilien fahren würde, um dann in die Vereinigten Staaten und schließlich nach England zurückzukehren. »I am longing to be back in England«, hatte er Desmond Flower an Bord der *Argentina* geschrieben.
Den ganzen September und den größten Teil des Oktobers konnte er sich völlig in seine Arbeit vertiefen. Die Vorträge, die er hielt, die Spanisch-Stunden, die er dreimal wöchentlich nahm, um sich auf seinen ›Ausflug‹ vorzubereiten, und seine Fahrten nach São Paulo und Ouro Preto verhalfen ihm dazu, den Gedanken an die Unterjochung Europas und die anscheinend unausweichliche Bedrohung Englands einigermaßen zu verdrängen. Doch er vermochte den quälenden Gedanken nicht völlig zu unterdrücken, daß das, was er in Bath zurückgelassen hatte, zerstört werden könne und es ihm vielleicht nicht möglich

sein werde, dorthin zurückzukehren. In einem Beileidsbrief an Friderike zum Tode Arnolds, des jüngeren ihrer zwei Brüder, schrieb er:

> Vielleicht wäre es für ihn besser gewesen, in Europa zu bleiben, es ist immer noch ein guter Platz zum Sterben (nicht zum Leben). Ich bin fast sicher, daß alles, was ich in England habe, meine Manuskripte, meine Bücher, meine Ersparnisse, verloren sind; aber ich habe wenigstens ein schönes Jahr fern vom täglichen Terror verbracht, und ich hoffe, die letzten Jahre meines Lebens irgendwo – Gott weiß wo – zu erleben.

Während eines kurzen Aufenthaltes in Teresopolis wurden ihm in einer Pension, die einer tschechischen Familie gehörte, wohlvertraute Lekkerbissen vorgesetzt, und das verbesserte seine Laune, bevor er am 26. Oktober nach Buenos Aires zurückflog.[13]

Alfredo Cahn (der in Schriftstellerkreisen des öfteren Stefan Cahn oder Alfredo Zweig genannt wurde, weil er sich derart mit seinem Meister identifizierte) war glücklich, Zweig nicht mehr als eine der vielen Berühmtheiten begrüßen zu müssen, die zum PEN-Kongreß gekommen waren, sondern ihn diesmal als Privatmann willkommen zu heißen, der frei tun konnte, was ihm behagte. Cahn nahm seinen eigenen Geburtstag am 28. Oktober zum Anlaß, eine repräsentative Auswahl der literarischen, künstlerischen und wissenschaftlichen Kreise von Buenos Aires zu einem Souper einzuladen. Es beeindruckte ihn, wie Zweig darauf bedacht war, keinen der Gäste zu vernachlässigen und bald Englisch, bald Deutsch, dann wieder Französisch und auch Spanisch sprach. Es war charakteristisch für ihn, daß er, als ihn der argentinische Außenminister empfing, jede Art der Ehrung ablehnte und statt dessen (mit Erfolg) um Visa für drei deutsche Flüchtlinge bat. Vier Vorträge waren in der Hauptstadt vorgesehen. Zum ersten kamen mehrere tausend Menschen ins Colegio Libre de Estudios Superiores. Die Polizei mußte eingreifen und den Verkehr auf der Straße vor der Schule sperren. Die Schule ließ einen Teil der Sitze herausnehmen, um mehr Stehplätze zu schaffen, und in den benachbarten Räumen wurden Lautsprecher angebracht. Vor Beginn der Vorlesung trat eine Delegation von jungen Leuten an Cahn mit der inständigen Bitte heran, er möge für eine Wiederholung des Vortrages sorgen, zu der sich Zweig nach anfänglichem Zögern doch bereitfand. Als er zum Rednerpult ging, waren die ersten tausend Karten für die Wiederholung des Vortrages bereits verkauft. Unter den Zuhörern, die standen, befanden sich ein früherer Vizepräsident der Republik Argentinien, zwei Senatoren, der Vorsitzende einer der größten politischen Parteien und mehrere Professoren. Zweig kam mit seinem Spanisch gut zurecht, und das ›Wunder‹, daß ein ausländischer Autor sich in ihrer Muttersprache an sie wandte, verstärkte noch die Sensation. Er fühlte sich wie ein berühmter Tenor, als man ihn nach dem Vortrag in ein kleines Zimmer einschließen mußte, um ihn vor dem Andrang der Menge zu schützen. »Nie zuvor und nie nachher hat Buenos Aires etwas Ähnliches erlebt«, schrieb Cahn.[14]

In Cordoba, wo er am 7. November mit Cahn übernachtete, kam es zu einem ähnlichen Auftritt. Da der Vortrag nicht wiederholt werden konnte, beschlossen die Veranstalter, der Presseverband und der Jockey Club, außerhalb des überfüllten Theaters, in dem er sprach, Lautsprecher anbringen zu lassen. Weitere Vorträge hielt er in Santa Fé, Rosario und nochmals in Buenos Aires. Hier hielt er einen Vortrag auf Englisch vor dem British Community Council und einen auf Deutsch zur Unterstützung des Hilfsvereins für deutschsprachige jüdische Einwanderer. Danach war er völlig erschöpft, nicht so sehr wegen der Anstrengung der Veranstaltungen selbst als vielmehr durch die überwältigende Gastfreundschaft der Argentinier und sein Bemühen, die Konversation auf Spanisch zu führen, was ihm trotz seiner Unterrichtsstunden immer schwerfallen sollte. Die Tatsache, daß ein so berühmter europäischer Autor ins Landesinnere reiste, veranlaßte Leute von weitem anzureisen, um ihn zu sehen. Jeder Tag war ausgefüllt mit Einladungen, Empfängen und Besichtigungen. In Santa Fé hatte er das Gefühl, das alles nicht mehr durchstehen zu können, und versuchte, den Besuch in Uruguay abzusagen. Doch die dortigen Gastgeber wollten davon nichts wissen und boten ihm doppelte Gage sowie die Übernahme der Flugkosten, und er konnte sie nicht im Stich lassen. Am 13. November flog er nach Montevideo, hielt die vereinbarte Rundfunkansprache und war am folgenden Tag zurück, um am 15. November wieder nach Rio zu fliegen.[15]

Den Ertrag aus den englischen und deutschen Vorträgen hatte er den betreffenden Wohltätigkeitsorganisationen überlassen, doch der Gewinn der Vortragsreise blieb nicht unbeträchtlich. Sie war für ihn eine bemerkenswerte Erfahrung gewesen; die drei Wochen waren fast so angefüllt mit neuen Eindrücken wie jene Wochen in Brasilien im Jahre 1936. Aber noch vor seiner Montevideo-Reise waren seine Depressionen schnell zurückgekehrt. Unter seiner Post befand sich die Todesnachricht von Hernandez Catá, der bei einem Flugzeugunglück in Brasilien umgekommen war. Dieser cubanische Gesandte und begabte Schriftsteller war ein naher Freund von ihm geworden. Zweig fühlte sich für seinen Tod beinahe mitverantwortlich, denn er hatte den Leuten in São Paulo empfohlen, Catá zu einem Vortrag einzuladen, und auf dem Rückflug von dort war das Unglück geschehen. Er erfuhr auch vom Selbstmord von Ernst Weiß: Der Tod schien nur die Besten fortzunehmen. Eine Jugendfreundin war schockiert, als sie ihn in Montevideo sah, so sehr schien er ihr über seine Jahre hinaus gealtert.[16] An Friderike schrieb er:

Ich glaube, ich werde nie wieder zurückkommen in dies Europa und alles, was ich dort habe, meine Bücher und vor allem mein Balzac (zu drei Viertel geschrieben und vorbereitet) ist verloren, außerdem alle die Länder, in denen ich Boden hatte, denn das Englische und amerikanische ist ja nicht meine eigene Welt... Ich habe mir wenigstens, um ein Land zu haben, wo man nicht um Visa betteln muß, ein permanent visa in Brasilien gesichert.

Zurück in Rio, wo er hoffte, mindestens einen Monat ungestört arbeiten zu können, fiel es ihm schwer, zur Ruhe zu kommen, denn er mußte immer daran denken, daß Veröffentlichungen in deutscher Sprache sinnlos geworden waren, daß er nie wieder Wurzeln schlagen würde, daß er alt war. Zu Friderikes Geburtstag im Dezember schrieb er ihr:

Du hast wenigstens noch zwei Jahre vor dem Sechziger, während ich zum letzten Mal den Fünfziger verwerte. Als ich hier jüngst mich polizeilich für eine Identitätskarte eintragen mußte, schrieb das hübsche Fräulein dort »Haare: grau«. Kein Wunder.

Er wollte nicht glauben, daß man ihm das Balzac-Material aus England nachsenden und es durch die Zensur bringen könnte. Die Nachricht, daß Cassells in London mit der gesamten Herbstproduktion einschließlich seiner *Tide of Fortune* (zwölf *Sternstunden*) ausgebombt worden war, bestärkte seine Befürchtungen, daß er alles, was er in England besaß, abschreiben mußte. Noch dazu gaben ihm die strengen Devisenbestimmungen, die die Engländer im Krieg einführten, das Gefühl finanzieller Einschränkung, jedenfalls klagte er öfters darüber.[17]
Das wenige an Konzentration, das er aufzubringen vermochte, widmete er den Vorbereitungen für sein Brasilien-Buch. Leopold Stern, der gerade aus Europa in Rio eingetroffen war und Eindrücke für sein eigenes Buch sammelte, erinnerte sich daran, ihn bei einer ›voyage de documentation‹ auf den »bonde«, den Straßenbahnen von Rio, begleitet zu haben, wonach sie sich die Ausbeute teilten (Zweig sollte die Geschichte von Pedro II. persönlichem Straßenbahnwagen verwenden, während er selbst die Anekdote über den Ursprung der Redensart ›Vai comprar um bonde‹ übernehmen sollte[18]). Die brasilianische Regierung hatte großes Interesse daran, Zweigs Vorhaben zu unterstützen, in dem sie eine wertvolle Reklame für ihr Land sah. So bot sie ihm beträchtliche Vergünstigungen an, insbesondere für Reisen in die nördlichen Staaten, die er noch nicht kannte und die er auf seiner Rückreise in die USA zu besichtigen vorhatte. Die Sommerhitze Brasiliens war der Arbeit nicht förderlich, wenn sie auch den Vorzug hatte, sein Gewicht zu reduzieren. Sein Weihnachtsbrief an Friderike klang schwermütig: Rose-

mount sei so gut wie verloren, »Bristol wird täglich bombardiert und wir sind so weit wie Brooklyn – nein viel näher. Aber man ist wenigstens mit seinen paar Knochen fort.« Von allen Freunden – Fleischer, Warburg, Felix Braun und so vielen anderen in jener Hölle – habe er kein Wort und könne ihnen auch nicht helfen. »Die Leute, die heute ›Literatur‹ machen oder reden können, sind mir nicht ganz verständlich; es scheint mir eher ein humaner Defekt als eine Tugend (aber vielleicht ist Kunst wirklich immer durch Defekte bedingt).«[19]
Brasilien fesselte ihn als Thema derart, daß er sich vornahm, die Arbeit an seiner Autobiographie erst nach seiner Rückkehr nach Nordamerika wiederaufzunehmen. Aber der Gedanke an New York mit der zunehmenden Flüchtlingsbevölkerung stieß ihn ab: Da befanden sich fast dreihundert Leute, die er kannte und die beleidigt wären, wenn er sie nicht aufsuchte, und ihm war jetzt Gesellschaft kaum erträglich.

Es erschöpft mich, täglich fünf, sechs Leute zu sehen ... Das Telefon ging in N. Y. und Buenos Aires von früh bis nachts; was ich fürchte ist doch, daß man mich so überschätzt, ich soll Bücher bei Huebsch unterbringen, Zeitungen vermitteln etc. etc. und wo ich etwas tun kann, tue ich es doch spontan. ... Ich habe nicht die weise Ökonomie Manns, der Leute nach einer Stunde entläßt – bei mir bleiben alle Leute drei Stunden.

Deshalb bat er Friderike dringend, sein Kommen niemandem mitzuteilen. Er wollte etwa eine Woche in New York haben, um seine eigenen Angelegenheiten zu regeln und um eine nicht zu weit entfernte Bleibe suchen zu können, eventuell in einer kleinen Universitätsstadt mit einer guten Bibliothek, wo er in Ruhe würde arbeiten und sich seinen Umgang selbst bestimmen können.[20] Aber er war unschlüssig in seinen Plänen, die Unsicherheit des Lebens war zu groß, und er war der Verzweiflung nahe. »Überstehen«, schrieb er Zech am 12. Dezember, »ja, das könnte alles sein. Aber wird man die Geduld dazu aufbringen?« Es freute ihn, daß an seinem neunundfünfzigsten Geburtstag nur wenige Leute an ihn dachten oder ihn erreichen konnten. Doch das Alleinsein und der fast gänzliche Zusammenbruch der Postverbindung mit England deprimierte ihn sehr. Als Weihnachts- und Neujahrskarte ließ er eine Stanze von Camões' *Lusiades* drucken, die er gerade übersetzt hatte:

Weh, wieviel Not und Fährnis auf dem Meere,
Wie nah der Tod in tausendfalt Gestalten!
Auf Erden wieviel Krieg! Wieviel der Ehre
Verhaßt Geschäft! Ach daß nur eine Falte
Des Weltballs für den Menschen sicher wäre

Sein bißchen Dasein friedlich durchzuhalten
Indes die Himmel wetteifern im Sturm,
Und gegen wen? Den ärmsten Erdenwurm![21]

2

Nicht zum Frieden sind wir erwählet unter den Völkern; Weltwanderschaft ist unser Zelt, Mühsal unser Acker und Gott unsere Heimat in der Zeit; ... das Leid ist dein heilig Erbe.

Jeremias

Anfang Januar 1941 brach er mit Lotte zu einer Tour durch Nordbrasilien auf, um anschließend in die Vereinigten Staaten zurückzukehren. Sie sahen Bahia, Pernambuco und Belém, wo er zehn Tage verbrachte, um den Entwurf des Buches abzuschließen, das *Brasilien – Land der Zukunft* betitelt werden sollte. Er hatte vorgehabt, einen allzu abrupten Wechsel von der Hitze Brasiliens in die Kälte des Nordens zu vermeiden; aber als sie in Florida angelangt waren, flogen sie doch über Washington nach New York, wo sie am 23. Januar ankamen. Obwohl er Friderike versprochen hatte, ihr seine Ankunft mitzuteilen, hatte sie wegen einer Umstellung der Reisepläne keine Nachricht erhalten. Als sie beim Britischen Konsulat ein ›navicert‹ für schweres Gepäck abholen wollte, das sie aus Europa erwartete, war sie äußerst verblüfft, Stefan aus einem der Aufzüge heraustreten zu sehen. Eine halbe Stunde nach ihrer Ankunft hatte er sich dort gemeldet.[22]
Für beide schien diese Fügung eine tiefere Bedeutung zu haben. Für Stefan, der nun drei Wochen in New York verbrachte, bevor er das gewünschte ruhige Quartier fand, war es seltsam beruhigend festzustellen, daß eine Verbundenheit, die er verloren glaubte, weiter zwischen ihnen bestand und daß Glück oder Schicksal ein Zusammentreffen inszeniert hatte, das, wäre es vorsätzlich zustande gekommen, sich wohl als recht schwierig erwiesen hätte. Während er bisher eine Konfrontation zwischen Friderike und Lotte sorgsam vermieden hatte, glaubte er nun ihrer Begegnung mit Gelassenheit entgegensehen zu können. Friderike, die ihrerseits in ihrer Beziehung zu Stefan stets das Walten des Schicksals zu fühlen geglaubt hatte, war überrascht, keinerlei Feindseligkeit gegenüber Lotte zu empfinden, deren stille Hingebung nun offensichtlich eine wichtige Rolle in Stefans Leben spielte. Sie fühlte im Gegenteil großes Verständnis für sie und teilte ihre Sorgen um ihre Familie, die unter den Bombenangriffen auf London litt.

Stefan und Friderike hatten sich nicht nur auseinandergelebt, das Leben hatte vielmehr den Kontrast, der schon in früheren Jahren zwischen ihnen bestand, verschärft. Sie war aktiver denn je, extrovertiert und blühte auf im Kontakt mit anderen Menschen, während Stefan sich immer tiefer in sich selbst zurückzuziehen suchte. Sie war es, die nun in ihren bescheidenen Räumen im Greenwich Village die studentenhafte Ungebundenheit genoß, die er sich einst gewünscht hatte. Obwohl Stefan sie nie mit Lotte alleinzulassen wagte, entwickelte sich zwischen den dreien für die Dauer einiger Monate eine ausgewogene und herzliche Beziehung, die anfangs eine unschätzbare Hilfe für ihn bedeutete. Er konnte sich auf *Brasilien* konzentrieren und sogar neue Arbeit ins Auge fassen.[23]

Wie er vorausgesehen hatte, war es ihm unmöglich, in New York zu arbeiten (wo er wieder im Wyndham Hotel wohnte). Zwar hatte er eine Erzählung beendet[24], und *Brasilien* würde bald mehr oder weniger fertig sein. Für die endgültige Fassung aber sollte jede Ablenkung vermieden werden. Er entschied sich für New Haven in Connecticut, wo ihm die hervorragende Bibliothek der Yale-Universität zur Verfügung stehen würde. Am 11. Februar zog er dort in das Taft-Hotel. Innerhalb von drei Wochen gelang es ihm, das Manuskript nach und nach per Schiff an Koogan in Rio zu schicken, um ein gleichzeitiges Erscheinen der portugiesischen Übersetzung mit der englischen, deutschen und anderen Fassungen zu ermöglichen. Darüber hinaus hatte er eine weitere Novelle geschrieben und war mitten in den Nachforschungen zu einer kurzen Studie über Amerigo Vespucci, dessen geheimnisvolle ›Taufe‹ Amerikas ihn plötzlich gefesselt hatte. In der Yale-Bibliothek zu arbeiten war ihm »Wohltat und Trost«, und ein Thema wie Amerigo die einzig mögliche Isolierung gegen die Schrecken des Weltgeschehens. Er befand sich nahe genug an New York, um es bei Bedarf jederzeit erreichen zu können, und doch weit genug davon entfernt, um Kontakten mit unerwünschten Menschen zu entgehen. Auch befanden sich einige gute Freunde und Bekannte in der Umgebung – Schalom Asch, Hendrik van Loon, Thornton Wilder. Vieles mußte auf der Maschine geschrieben werden sowohl für die Novelle als auch für *Brasilien*. Exemplare der beiden Werke mußten für die Übersetzung ins Englische, Französische, Spanische und Schwedische vorbereitet werden, und Alix wurde zu Lottes Unterstützung gegen entsprechende Bezahlung verpflichtet. Für kurze Zeit schien der alte ›Betrieb‹ wieder in Gang zu sein.[25]

Doch er ließ sich nicht täuschen. Zu viele Einflüsse stellten sich einer solchen Rückkehr zu vergangenem Glück entgegen. Bei seiner Ankunft im vergangenen Jahr hatte ihn der blinde Optimismus der Amerikaner und ihre mangelnde Vorbereitung auf den bevorstehenden Angriff entsetzt und bestürzt. Wie vordem England gaben nun auch die USA das äußere Bollwerk der Verteidigung preis, ohne den Grad der Gefahr zu ermessen, und versteckten sich hinter einer scheinbaren Neutralität, die von vornherein zum Scheitern verurteilt war.[26] Nun schien es noch schlimmer zu kommen.

Es wird das fürchterlichste Jahr der Geschichte und wer nicht – wie die meisten – das Glück hat, alles was sie nicht selber angeht, nicht zu spüren, der leidet jetzt grauenhaft: Ich *weiß*, was jetzt kommt und das macht mich manchmal verstört.[27]

Er glaubte, daß sogar die Schweiz den Nazis zufallen würde, und veranlaßte, daß eine Versicherungspolice, die er dort vor langen Jahren für Friderike und sich abgeschlossen hatte, ihnen zu gleichen Teilen ausbezahlt wurde.[28] Zu seinem deutlichen Vorgefühl einer Weltkatastrophe kam noch persönlicher Kummer. In jenem Frühjahr erhielt er die Nachricht vom Tode Max Herrmann-Neisses in London, Oskar Loerkes in Berlin, und – die erschütterndste – vom Tode Erwin Riegers in Tunis: »Wieder ein Stück Vergangenheit, das entschwindet – er war mir immer treu und ein wirklicher Freund ... Es wird rasch leer um einen und man sagt sich, daß Roth und sie alle vielleicht die Klügeren waren« (er war überzeugt, daß Roths übermäßiges Trinken eine Art Selbstmord gewesen war.)[29] Auch das Hotelleben zermürbte ihn zusehends. »Lieber in Zelten und Hotels leben und frei sein«, hatte er nach dem ›Anschluß‹ ausgerufen[30]; jetzt aber war ihm das Nomadenleben, das in glücklicheren Zeiten eine willkommene Abwechslung bedeutet hatte, ein schwerer Druck und erhöhte seine Unrast. Schließlich gab auch Lottes Gesundheitszustand einigen Anlaß zur Besorgnis. Sie hatte immer noch ihr quälendes Asthma, und bei dem plötzlichen Wechsel in einen nordamerikanischen Winter kamen Grippe und eine Reihe von Erkältungen hinzu. Er sehnte sich immer noch nach England zurück, doch war ihm klar, daß, wenn (wie er glaubte) diese Rückkehr nicht mehr in Frage kam, sie sich bald nach einem weniger extremen Klima würden umsehen müssen. Als *Amerigo* Ende März vollendet war, plante er, nach Brasilien zurückzukehren; eventuell im Juni, bevor der amerikanische Sommer zu heiß wurde. Bis dahin hoffte er, die Autobiographie in ihren Grundzügen beendet zu haben. Doch dann faßte er den überraschenden Entschluß, trotz allem, was er über die Unerträglichkeit New Yorks gesagt hatte, vom Hotel Taft wieder ins Wyndham zu ziehen.[31]
Da wurde er unvermeidlich wieder in die Kreise der Flüchtlingshelfer hineingezogen. Das ›Emergency Rescue Committee‹, an dessen Spitze Frank Kingdon stand und in dem Erika Mann, Kesten und natürlich

Friderike mitarbeiteten, drängte ihn, bei einem Festessen, das der finanziellen Unterstützung des Komitees dienen sollte, eine Ansprache zu halten. Nachdem er widerstrebend zugesagt hatte, erschien ihm die Abfassung der Zehn-Minuten-Rede äußerst schwierig:

Ich will kein Wort sagen, das als Encouragement gedeutet werden könnte für den Eintritt Amerikas in den Krieg, kein Wort, das victory verkündet, nichts was Krieg rechtfertigt oder rühmt und dabei muß die Sache doch einen optimistischen Charakter haben.

Die amerikanische Methode, den Hut herumzureichen, um Geld zu sammeln, fand er widerwärtig, und noch widerwärtiger waren ihm die politischen Intrigen hinter den Kulissen. Aber das Diner wurde ein Erfolg.[32] Später schlug Jules Romains dem Komitee vor, zur Erleichterung seiner Arbeit ein ›European PEN Center‹ in New York zu gründen. Das war ein vernünftiger Vorschlag, da die PEN-Clubs in London und New York offenbar ihrer Aufgabe nicht gewachsen waren, den emigrierten Schriftstellern ausreichend Hilfe zu gewähren, die, oft ohne Englischkenntnisse, in ernsten Schwierigkeiten waren. Dies hinderte die bestehenden Clubs nicht daran, sich einer solchen Neugründung, in der sie eine Spaltung der PEN-Organisation sahen, zu widersetzen. Doch den Streitigkeiten zum Trotz ging es voran, und Zweig war diesmal froh, daß man ihn aufforderte, bei der Eröffnung des PEN-Center am 15. Mai zu sprechen.

In seiner Rede (die später auf Englisch und Deutsch nach Europa gesendet wurde), sprach er ausführlich über die Tragik, daß die Verfolgten die Sprache ihrer Verfolger sprechen mußten, daß Verbrechen gegen den Geist der Freiheit in derselben Sprache ersonnen wurden, in der die Opfer dachten und sprachen.

Es ist an uns heute, an uns, denen das Wort gegeben ist, inmitten einer verstörten und halb schon vernichteten Welt den Glauben an die moralische Kraft, das Vertrauen in die Unbesiegbarkeit des Geistes trotz allem und allem unerschütterlich aufrechtzuerhalten.[33]

Als er Claudio de Souza, dem Präsidenten des brasilianischen PEN-Clubs, für seine Unterstützungsbotschaft dankte, schrieb er, daß sie vor tausend Anwesenden verlesen worden sei und daß 5600 Dollar zur Unterstützung von Schriftstellern in der Emigration gesammelt worden seien.[34] Am 4. Juni gab er im Wyndham eine Cocktailparty für all seine österreichischen und deutschen Freunde. Bei seiner üblichen Zurückgezogenheit war das eine große Ausnahme und bezeichnend für das tiefe Mitgefühl, das er seinen Schicksalsgenossen entgegenbrachte, obgleich er selbst die Not, die die meisten Flüchtlinge litten, nie gekannt hatte. »Muß Dir nicht sagen, daß Du herzlich willkommen bist«, sagte er Friderike, und sie war stolz darauf, öffentlich zeigen zu können, daß die Scheidung ihre gegenseitige Zuneigung nicht beeinträchtigt hatte.[35]

Doch seine Bemühungen um die Emigranten – und er tat viel mehr, als die paar öffentlichen Auftritte vermuten ließen – waren eher Ausdruck der eigenen inneren Verzweiflung als einer wahren Zukunftshoffnung. Im Jahr davor hatte er zu André Maurois gesagt: »Sie beginnen gerade Ihr Leben im Exil. Sie werden sehen, wie die Welt sich nach und nach dem Verbannten verweigert ... Sie werden ein Leben kennen lernen, das nicht mehr *unser* Leben ist und kaum mehr die Mühe verdient, gelebt zu werden.«[36] Klaus Mann, der Zweig nach dem Cocktail-Abend zufällig auf der Straße begegnete, bemerkte mit einigem Schrecken die düstere und gramvolle Miene des anderen, der sich unbeobachtet glaubte – »in Gedanken, wie man wohl sagt: es dürften keine sehr vergnügten Gedanken sein«, und unrasiert, »wodurch sein Gesicht erst recht verfremdet und verwildert schien«. Als Klaus Mann ihn anredete, fuhr er zusammen »wie ein Schlafwandler, der seinen Namen hört«, hatte sich sofort gefaßt, wurde wieder »good old Stez«, der weltmännisch gesittete und elegante ›homme de lettres‹. Aber das wildfremde Bartgesicht, das er erst gezeigt, konnte Klaus Mann nicht vergessen.*

Zur gleichen Zeit etwa kam Zuckmayer von seiner Farm in Vermont nach New York. Als ihn Zweig in ein französisches Restaurant zum Essen einlud, war auch er betroffen vom unverminderten Pessimismus dieses Mannes, der, noch nicht einmal sechzig, bei bester Gesundheit und vom üblichen Emigrantenlos, dem Existenzkampf, unbetroffen war. »Wie auch immer der Krieg ausgeht«, sagte Zweig zu Zuckmayer, »es kommt eine Welt, in die wir nicht mehr hineingehören.« Er erinnerte sich an ihr gemeinsames Essen an seinem fünfzigsten Geburtstag im ›Schwarz‹ in München und sagte, er hielte sechzig Jahre für genug. Als Zuckmayer lachend meinte: »Unsereiner muß neunzig oder hundert werden, damit wir noch einmal anständige Zeiten erleben«, erwiderte er mit tiefer Traurigkeit: »Die kommen nicht mehr, ... nicht mehr für uns ... Wir werden Heimatlose sein ... Was hat es für einen Sinn, daß man als sein eigener Schatten weiterlebt? Wir sind doch nur Gespenster – oder Erinnerungen.«[37] Noch im selben Jahr hatte er an

* *Wendepunkt* 431 (auch in Arens[2] 201–202). Zweig rasierte sich nur ungern, und es ist wohl möglich, daß Klaus Mann, der diese Beobachtungen nach Zweigs Tod niederschrieb, mehr hinter dessen Aussehen vermutete, als der Wirklichkeit entsprach. Aber Gottfried Bermann Fischer beschreibt ein ähnliches Zusammentreffen mit Zweig: »In bemitleidenswertem Zustand, unrasiert ... sich an den Häuserreihen einer New Yorker Straße entlangdrückend ... in einer schweren Depression« (Bermann Fischer, 244).

Ludwig geschrieben, um ihn zu seinem sechzigsten Geburtstag zu beglückwünschen und hatte ihn aufgefordert: »Zeigen Sie mir, ... daß man mit Sechzig nicht notwendigerweise im Abstieg ist, sondern noch neuer Pubertäten im Sinne Vater Goethes gewärtig!«[38] Die Heiterkeit war forciert, und da er sich selbst dieser Altersschwelle näherte, ergriff der Gedanke, daß sie das Ende des Lebens bedeute, immer stärker Besitz von ihm. Friderike hatte er die Worte Hölderlins zitiert: »Ich bin nichts mehr, ich lebe nicht mehr gerne.«[39]

Es wirkt wie Ironie, daß jemand, der immer tiefer in Verzweiflung geriet, sich gerade jetzt den Orakelschreibern zugesellen sollte, um kurze Artikel für die *Readers-Digest*-Serie *Profit From My Experience* beizutragen. Der Mann, der unfähig war, seine eigenen Probleme zu lösen, konnte in der Juli-Ausgabe in zwei Beiträgen *(What Money Means to Me* und *Never Hesitate)* seinen Lesern den Rat geben: »Our real security lies not in what we own but in what we are and what we create out of ourselves«; und »one should never hesitate to obey the first impulse to give support, because a word or deed of compassion has real value only in the moment of utmost need.«[40]

Trotz der Ablenkungen New Yorks gelang es ihm, in seiner Autobiographie ein großes Stück voranzukommen. Doch auch dies geschah im Hinblick auf das Ende, die künstlerische Abrundung eines abgeschlossenen Lebens. »What can we do with our pen?« schrieb er an Fleischer gegen Ende Juni.

Ich habe mein Buch über Brasilien und eine kleine Studie über Amerigo Vespucci beendet und arbeite nun an meiner Selbstbiographie. In diesen Erinnerungen werden nicht sehr private Dinge stehen. Es soll ein großer Ausblick werden, und wir wollen hoffen, daß ich es innerhalb dieses, meines 60. Jahres vollenden kann. Vielleicht wird es das Letzte sein, was ich zu dieser Welt sagen kann, die ich gern verlassen würde ... Ich bin sehr traurig. Du weißt, ich habe eine schwarze Leber und ein zu weitsichtiges Auge; während ich unter dem Heute leide, sehe ich gleichzeitig die Sorgen des Morgen. Sogar der Sieg wird für uns alle durch die Zuckungen der Nachkriegswelt verdorben werden ... Ich wünschte, ich könnte Dir mehr Mut einreden als ich selbst habe.[41]

Es war schon Hochsommer und sehr heiß. Es galt nun, das Werk mit voller Konzentration in einer Umgebung in Angriff zu nehmen, die ihm mehr entsprach als ein Hotelzimmer. Danach würden sie in den milden Winter Rios flüchten. Ende Juni zog er mit Lotte nach Ossining, N. Y., und mietete eine kleine Villa in der Ramapo Road 7. Jules Romains war erstaunt über die Wahl dieses »unheimlichen Vororts«, die die düstere Stimmung seines Freundes kaum lichten würde. Die Entscheidung für diesen Ort war in erster Linie dadurch bestimmt, daß Friderike, die er häufig zu diesem Buch um Rat zu fragen wünschte, vor einigen Wochen dorthin gezogen war. Wenn er in der Nähe wohnte, könnte er ohne weiteres ihre Erinnerungen nutzen, und Alix könnte beim Maschinenschreiben helfen. Lotte kam durch den Umzug näher an das benachbarte Croton heran, wo Eva, die Tochter ihres Bruders Manfred, die vor kurzem aus England gekommen war, in einem Internat untergebracht war. Hier in Ossining begann nun in der Hochsommerhitze ein Monat harter Arbeit; tagaus, tagein neun Stunden, verkrampft, fast verzweifelt. Es schien, als arbeite Stefan gegen die Uhr, auf irgendeinen, nur ihm bekannten Stichtag hin. Lotte versuchte, Schritt zu halten, wie um den anderen und sich selbst zu beweisen, daß ihr Gesundheitszustand kein Hindernis darstellte. Als Friderike ihm Vorhaltungen machte, daß Lotte nicht fähig sein werde, diese mörderische Anstrengung durchzuhalten, antwortete er, das Aufgehen in der Arbeit werde ihr gut tun.[42]

Gab es tatsächlich einen Stichtag? Hatte er einen Entschluß gefaßt, von dem er niemandem etwas sagte? Romains, der das Paar vor seiner eigenen Abreise nach Mexiko während der Monate Juni und Juli oft sah, hatte trotz ihrer fieberhaften Tätigkeit den Eindruck, daß sie körperlich und seelisch gebrochen waren, und tatsächlich schrieb ihm Zweig später von einem »Zusammenbruch« zu jener Zeit. Einmal sagte er: »Ich glaubte, mich durch die Heirat mit einer jungen Frau eines kleinen Vorrats an Heiterkeit für meine alten Tage zu versichern, nun aber liegt es an mir, sie aufzumuntern.« Als Romains später an ihr letztes Zusammensein in Ossining um Mitte Juli dachte, war er überzeugt, daß es eine Krise gegeben hatte, »une épreuve spécialement cruelle«, doch hatte er keine Ahnung, was es gewesen sein könnte.[43] Wahrscheinlich waren es in Wirklichkeit die neuerliche enge Verbindung mit Friderike und die durch ihre gemeinsame Arbeit an der Autobiographie erweckten Erinnerungen, die die Spannung erzeugten. Er besuchte sie häufig in den Räumen, die sie im Hildebrandtschen Bungalow in Ossining bewohnte, und einmal bekannte er voller Verzweiflung, daß er bei ihr bleiben wolle, um sie nie wieder zu verlassen.[44] Doch es war zu spät. Für einen Geist, der jede Fessel haßte, mußte die Einsicht niederschmetternd gewesen sein, daß er Lotte verpflichtet unwiderruflich an sie gebunden, daß die Grenze zwischen dem zweiten und dritten seiner ›drei Leben‹ endgültig gezogen war und daß er nie zurückkehren konnte zu dem, was einmal gewesen war.

Die Beobachtungen René Fülöp-Millers sind bezeichnend für diesen entscheidenden Lebensabschnitt. Er gehörte seit jenem Tag im Jahr 1905, da dieser den Jüngeren in seinen ersten dichterischen Bemühungen ermuntert hatte, zu Zweigs ältesten Freunden. Nun hatte auch Fülöp-Miller in der Nähe von Ossining Zuflucht gefunden, und sie verbrachten manchen Abend bei der Diskussion eines umfassenden Werkes über den Tod, an dem er gerade arbeitete. Erst später fiel ihm auf, wie groß Zweigs Interesse an Giften und ihrer tödlichen Dosierung sowie an der Psychologie der letzten Stunde gewesen war und wie er immer wieder das Gespräch auf diese Aspekte des Themas gebracht hatte.[45] In einem Brief, den Zweig etwa um diese Zeit an Zech schrieb und in dem er sich auf den Selbstmord von Weiß und Hasenclever bezog, sagte er: »Sie verloren die Geduld. Soll man sie deshalb verklagen und des Verrats beschuldigen? Ich wäre der letzte, dies zu tun.«[46] Zweifellos hatte sich das Gefühl, am Ende seines Lebens zu stehen, verstärkt, und der Gedanke an Selbstmord, der nicht zum ersten Mal in ihm aufkam, war ihm jetzt nie mehr fern. Doch niemand kann mit Sicherheit sagen, was er genau im Sinne hatte, als er Ende Juli, als die Autobiographie so gut wie beendet war, Plätze auf der *Uruguay* reservierte, die am 15. August von New York nach Rio fahren sollte. Unmittelbar vor der Abfahrt schrieb er an Kesten: »Wieder nach Südamerika in unser altes Arbeits- und Lecturebusiness und ich hoffe, dann von dort die Einwanderung späterhin zu machen. Auf Wiedersehen unten oder oben.« An Romains schrieb er nach Mexiko von seinen »depressiven Zuständen« und dem Gefühl der Unentschlossenheit, das ihn seit Monaten bedrückt habe. »Einerseits wäre es eine Dummheit, nach England zurückzukehren, wo ich moralisch ein Fremder bin und noch immer ein bißchen der ehemalige ›alien enemy‹; andererseits bereitet es Schwierigkeiten, in der Fremde zu leben ohne die Möglichkeit, sich irgendwo niederzulassen – meine Lage wird zunehmend absurder.« Eines Tages werde Romains nach Frankreich zurückkehren können, Amerika werde für ihn nur eine Episode gewesen sein: er aber würde niemals wieder ein Vaterland haben, und »das Provisorische scheint für mich Endgültiges zu werden«.[47]

Koogan hatte ihm vorgeschlagen, eine kleine Villa in Petrópolis zu mieten, da er ja vorhabe, ein ruhiges Leben in Brasilien zu führen. Zweig schrieb ihm, daß ihm der Gedanke gefalle, und gab das Datum seiner Ankunft an; er sei sehr müde, und ihr einziger Wunsch sei, sich endlich ausruhen zu können. »Ne dites rien avant à personne.« Etwas später hieß es, sie hätten zwar anfänglich eine Wohnung in Rio ins Auge gefaßt, der Gedanke aber eines erneuten Umzugs im heißen Dezemberwetter habe ihn angewidert. »Wir leben seit Monaten, seit mehr als einem Jahr, in Hotels und Sie können sich vorstellen, wie sehr wir uns ein Zuhause wünschen.« Er sprach davon, Portugiesisch zu lernen, was ihm nicht schwer fallen dürfe, da er es bereits gut lesen könne.[48] In einem ausführlichen, englisch verfaßten Brief an Fleischer am 7. August brachte er seine Ermüdung zum Ausdruck, die Zerstörung seines Lebens durch den Krieg, »because we with our sixty years will be too old for this new world to come«. Die Autobiographie werde wohl sein letztes Buch sein, denn er fühle sich vollkommen erschöpft.

Dieses Nomadenleben von Hotel zu Hotel, ... der Mangel an wirklicher Ruhe und Konzentration fängt an, mich ernsthaft zu stören – wenn ich nur eine Zukunft und eine wirkliche Vergangenheit erkennen könnte! Werde ich jemals Bath wiedersehen? ... Ich fühle mich plötzlich wie ein alter Mann – ist das der Schatten des sechzigsten Jahres? Ich wünschte mir, vergessen irgendwo an einem vergessenen Ort zu leben und niemals mehr eine Zeitung aufschlagen zu müssen. Die meisten Emigranten haben sich hier niedergelassen – nur ich und Lotte wandern und wandern, ohne einen endgültigen Ruheplatz zu sehen ...[49]

Die wenigen Tage bis zur Abfahrt verbrachte er wieder einmal im Wyndham in New York, wo er von seinen engeren Freunden wie Berthold Viertel und Joachim Maass Abschied nahm. Friderike kam aus Ossining, um den Tag vor der Abfahrt mit ihnen zu verbringen, und sie besuchten auch Eva in Croton. In diesem Abschiednehmen schien etwas Endgültiges zu liegen. Zweig wirkte auf Maass äußerst nervös, er beklagte sich über die idiotischen Formalitäten, die man bei Reisen in diesen Tagen berücksichtigen mußte, schien gereizt und offensichtlich völlig überarbeitet. Als Zweig mit Maass und Lotte nach dem Abendessen in einem Wiener Restaurant in das Hotel zurückkehrte, verließ er sie ganz plötzlich an der Bar mit der Begründung, er müsse sich hinlegen. Und so erfuhr Maass von Lottes Verzweiflung über Stefans Zustand, daß sie gar nicht wisse, was ihm fehle und sich unfähig fühle, ihm zu helfen. »Was kann ich schon für ihn tun, außer daß ich mich mitschleppen lasse?« fragte sie betrübt. Als sie hinaufgingen, um ihm Gutenacht zu sagen, war er ruhiger: Wie früher sprach er zu Maass über seine eigene Arbeit und rühmte die Gastfreundschaft Brasiliens, wo er sich fast zu Hause fühle. Als Maass aufbrechen wollte, überraschte ihn Zweig mit dem Vorschlag, er solle die Reiseschreibmaschine mitnehmen, die sie seit mehreren Jahren benutzt hatten. Er brauche sie nicht mehr, es sei vernünftig, mit leichtem Gepäck zu reisen, und Lotte könne bei der Ankunft eine neue kaufen. Vernünftig war es wohl. Doch fand Maass, daß ein Schriftsteller, der eine Schreibmaschine weggab, mit der er eine Reihe wichtiger Manuskripte einschließlich der Autobiographie und so viel seiner Korrespondenz geschrieben hatte, mehr im Sinne haben müsse, als sich nur die Reise zu erleichtern. Am letzten Tag, bevor sie nach Croton fuhren, war er eine Zeitlang allein mit Friderike. Sein Gesicht nahm jenen starren Ausdruck an, wie sie ihn in den vergangenen Wochen oft bemerkt hatte, als er sagte: »Weißt du, daß wir uns wahrscheinlich nicht wieder sehen werden?« Er faßte sich schnell wieder und schien Kraft aus ihrer Antwort zu schöpfen, daß sie bis ans Ende der Welt gehen würde, um ihn zu sehen. Aber niemals vergaß sie die Art, wie er es gesagt hatte. Eva und Ben Huebsch brachten sie an Bord der *Uruguay*.[50]

3

Die Zeit gibt die Bilder, ich spreche núr die Worte dazu.
Die Welt von Gestern

Als Zweig im September 1939 aufgefordert worden war, vor dem 17. Internationalen PEN-Club-Kongreß in Stockholm zu sprechen – er mußte absagen, weil er noch keinen gültigen Paß hatte –, hatte er als Thema *Die Geschichte als Dichterin* vorbereitet: Geschichte als Künstler, Dichter, Dramatiker, die unübertroffene Herrin jeder Kunstform, vom Drama des vereinzelten historischen Augenblicks – der ›Sternstunde‹ – bis zum Kolossalgemälde der Französischen Revolution oder dem sich langsam entfaltenden Epos vom Aufstieg und Fall einer Kultur. Er zeigte auf, »daß Wahrheit Schichten hat, wie eine Artischocke ... daß Geschichte bis zu einem gewissen Grad immer etwas Gedichtetes sein muß«.[51] Diese Auffassung leitete ihn bei der Arbeit an der Autobiographie. In seiner eingefleischten Abneigung gegen das Rampenlicht dachte er nicht im Traum daran, der Welt rein persönliche Dinge zu erzählen. Die Geschichte seiner Generation aber, wie sie sich in seinem eigenen Leben spiegelte, die Geschichte der beispiellos raschen Folge apokalyptischer Ereignisse in Europa, deren Zeuge er durch Zufall geworden war – das alles wäre erzählenswert. Die Geschichte selbst hatte den Rahmen abgesteckt: ein Triptychon gewaltsamster Gegensätze, gegliedert durch die Wendepunkte der Jahre 1914 und 1933. Wenigstens für ihn selbst hatte sie einen festen Schlußstrich am Ende des Jahres 1939 gezogen. Ihm, der zufällig in das Epizentrum dieser Erdbeben geraten war, fiel die Rolle zu, die Bilder auszumalen und das Kunstwerk der Geschichte zu vollenden. Und da Wahrheit teilweise gedichtet sein muß, erschien es sogar durchaus vorteilhaft, daß er in seinem selbstgewählten Exil weit von Bath nicht die geringste Erinnerungsstütze hatte: keine Bücher, keine Notizen, nichts von der ausgedehnten Korrespondenz, die er von den Einfachen und Mächtigen erhalten hatte, und wenige Zeitgenossen, die er befragen konnte.
Meine drei Leben, der zuerst erwogene Titel, paßte nicht in dieses Konzept, und eine Zeitlang war er sich unklar, wie er es in einem Titel

ausdrücken sollte. In Briefen an Cahn erörterte er zahlreiche Möglichkeiten: *Wir, Eine geprüfte Generation, These Days are Gone, Die unwiederbringlichen Jahre, Ein Leben für Europa, Vida de un Europeo.* Es ein Triptychon zu nennen, schien, obwohl es natürlich etwa diese Form nehmen würde, unangebracht, denn der Kriegsausbruch von 1939 bildete einen scharf abgegrenzten Schlußstrich, »weil ... meine Erlebnisse während des Krieges mir nicht so bedeutend erscheinen, sondern im Vergleich mit dem, was die anderen durchzumachen haben, recht unwichtig«.[52] Erst im Oktober, als er das Werk in Brasilien schließlich beendet hatte, entschloß er sich für den Titel *Die Welt von Gestern.*

Als Friderike in Ossining den ersten Entwurf der Anfangskapitel las, bemängelte sie, daß er in seiner Beschreibung des kaiserlichen Österreichs, dieser Welt der Sicherheit, persönliche Details fast völlig ausgeklammert hatte: Er erwecke den Eindruck, daß er und seine Gefährten glücklich in einer arkadischen Welt lebten, einer Atmosphäre heiterer Gelassenheit, in welcher die Kunst die hohe Herrscherin war. Dabei waren, wie sie ja beide wußten, das Bildungswesen und die Gesellschaftsordnung unzulänglich und heuchlerisch und voller Gefahren für die Jugend. Er entgegnete ihr, daß ihn seine Scheu veranlaßt habe, ein Kapitel, das er zu diesem heiklen Thema entworfen hatte, zu streichen. Diese ihres Erachtens fast angelsächsische Zurückhaltung überwand er jedoch in Brasilien und fügte das Kapitel ›Eros Matutinus‹ ein[53] (wir können nur vermuten, welche persönlichen Erfahrungen dazu beigetragen haben mögen). In Kestens Worten: »Der Bewunderer, Schüler, Patient von Sigmund Freud, war viel zu keusch, um eine echte Autobiographie zu schreiben. Allzu schamhaft, fürchtete er sich vor dem Nackten.«[54] Und wirklich wird jeder, der mehr als allgemeine Aussagen zur Person sucht, das ganze Buch hindurch enttäuscht. Zweig ging es darum, die Welt, die er sah, zu beschreiben und nicht sich selbst. Die Menschen, die er namentlich erwähnt, sind jene, die dazu beitrugen, diese Welt zu gestalten, eher also die ›Größen‹, die er kannte oder traf, als die Hauptpersonen im eigenen Leben. Friderike wird nicht erwähnt, es findet sich sogar kaum eine Andeutung, daß er verheiratet war, erst auf den letzten Seiten spielt er auf eine zweite Ehe an; er berichtet so gut wie nichts über seine Familie und Herkunft, hebt eher das Typische jener Generation hervor; Lotte, Rieger, Felix Braun, Fleischer treten überhaupt nicht auf. Dagegen sind die Welt des Geistes, das historische Bild Europas zwischen 1880 und 1939 in kühnen, weiten Strichen gezeichnet, die persönliche Erinnerungen mit einfühlsamer Beobachtung des wahren Zeitgeschehens verbinden. Es werden weniger Fakten und Daten erwähnt und das – wie wir bereits festgestellt haben – nicht im-

mer sehr genau. Aber wie in seinen Biographien, gelingt es dem Historiker als Künstler, dem Werkzeug der Geschichte selbst als Künstler, wie nur wenigen vor ihm, das Lebensgefühl und die Atmosphäre einer Epoche wiederzugeben. Aus diesem Grunde wird *Die Welt von Gestern*, obwohl sie kein Quellenwerk ist, von außerordentlichem Wert bleiben.
Er schrieb an Guido Fuchs:

> Es ist das dritte Mal, daß hinter mir das Aufgebaute einstürzt, und es war eine schwache Genugtuung, das einstige Leben wenigstens in der geschriebenen Form festzuhalten. Was ich für das alte Österreich tun konnte, ist hauptsächlich, ein Bild zu erwecken von dem, was es war und für die europäische Zivilisation bedeutet hat.[55]

Der Mann, der sich vor allem als Europäer, als Weltbürger betrachtete, mußte feststellen, daß sein Heimatland nun, da es verloren war, ihm doch mehr bedeutete, als er gedacht hatte. Und die Liebe zu seiner Heimat kommt in diesem Buch noch deutlicher zum Ausdruck als in *Ungeduld des Herzens* oder in seinem 1940 gehaltenen Vortrag über das Wien von Gestern. Das Hauptgewicht der *Welt von Gestern* aber liegt in seiner Endgültigkeit: Der September 1939 bezeichnet das Ende der Vergangenheit, die Vernichtung des Vollbrachten. »Eine neue Zeit begann, aber wie viele Höllen und Fegefeuer waren noch zu durchschreiten!«[56] Man merkt, daß er nicht damit rechnete, diese neue Zeit selbst zu erleben. Zwar räumt er in *Die Geschichte als Dichterin* ein, daß unsere Zeit es einem schwer mache, sich eine ausgewogene Meinung zu bilden, konnte aber noch hervorheben, daß auf die Dauer das scheinbar Sinnlose einen Sinn bekommt und daß die Geschichte uns lehren sollte, uns der Gegenwart mutig zu stellen anstatt zu verzweifeln. In seiner Autobiographie findet sich keine solche Botschaft der Hoffnung. »So sprecht und wählt, ihr Erinnerungen, statt meiner, und gebt wenigstens einen Spiegelschein meines Lebens, ehe es ins Dunkel sinkt!«[57] Etwas Fatalistisches durchzieht das ganze Buch, nicht nur wegen des unheilverkündenden Todes von Matkowsky, Kainz und Moissi, als sie sich anschickten, in seinen Stücken aufzutreten; auch in seinem lebenslangen akuten Dilemma zwischen hellseherischem Weitblick und Machtlosigkeit kommt es zum Ausdruck. Er sah das Kommende lange vor den anderen, mehr als andere empfand er die Hilflosigkeit des Individuums im Auf und Ab der Ereignisse. Fatalismus und eine grenzenlose Sehnsucht nach der Vergangenheit blieben: Das vereinte Europa, von dem er geträumt hatte und dessen Morgenröte er während der kurzen Jahre zwischen den Kriegen wahrzunehmen glaubte, hatte sich hinter den Wolken der Barbarei verborgen und er zumindest würde es nicht wieder auftauchen sehen.

4

Es ist alles so fern hier und der Krieg so grauenhaft langwierig, daß man seine Folgen gar nicht übersehen kann. Es wird dann alles einerlei sein, was man sich gemüht hat, und wenn man noch die Kraft hat, wird man ein ganz neues Leben beginnen müssen.

Zweig an Friderike, Oktober 1941

Wohl sprach Zweig manchmal von der Autobiographie als von seinem letzten Werk, und ihr ganzer Tenor ließ sie wie die letzte Anstrengung eines Lebens erscheinen, das er für beendet hielt, doch ist keineswegs sicher, daß er, als er von New York nach Brasilien fuhr, einen klaren Entschluß gefaßt hatte. Da er eine Rückkehr nach England als unmöglich betrachtete und Brasilien das einzige Land war, für das er damals eine ständige Aufenthaltserlaubnis besaß, sah er dort die beste Möglichkeit für ein Leben in Zurückgezogenheit und Frieden, das seinem ›heimatlosen Wandern‹, zu dem er sich verurteilt wähnte, ein Ende setzen sollte. Lottes Gesundheitszustand müßte sich bessern, besonders wenn sie im höhergelegenen Petrópolis wohnten. Dabei schien ihn der Umstand, daß dieser Umzug ihn noch weiter von seinen verbliebenen Freunden entfernen würde, nach der erschöpfenden Arbeit im Juli und August nicht zu stören, vielmehr lockte ihn die Einsamkeit. Er sah voraus, daß Amerika bald auf die eine oder andere Weise in den Krieg hineingezogen werden würde, und, wie er Friderike von Bord der *Uruguay* schrieb, bedrückte ihn der Gedanke, noch einmal als Ausländer einen Krieg durchmachen zu müssen. Zur gleichen Zeit aber teilte er Gisella Selden-Goth mit, seine Reise nach Südamerika sei lediglich unternommen worden, um nach solch einem Wanderleben eine Zeitlang an einem Ort verweilen zu können, denn er hoffe, später endgültig in die USA zurückzukehren. Er behauptete auch weiterhin, sich nach England zurückzusehnen: Dorthin zurückzukehren, schrieb er um diese Zeit an Guido Fuchs, hätten sie oft überlegt, »aber mein Haus ist überfüllt, ich könnte dort nicht arbeiten, und Arbeit ist doch das Einzige, das einen in dieser grauenhaften Zeit aufrecht erhält.« Huebsch und andere Freunde in den USA versuchten sogar, Transitvisa für eine eventuelle Rückreise nach England zu bekommen, was im Prinzip möglich gewesen wäre, hatten aber keinen Erfolg.[58]

Der Empfang, der ihm diesmal in Rio bereitet wurde, trug zu seiner Unsicherheit bei. Obwohl er Koogan ausdrücklich gebeten hatte, seine Ankunft niemandem mitzuteilen, war er erfreut, daß nicht nur Claudio de Souza, sondern auch Aranha, ein Beamter des Außenministeriums, zum Schiff gekommen waren. Doch war er verwirrt, als sich, nach einer

kurzen Begrüßung, Aranha von ihm ab- und einem japanischen Diplomaten zuwandte, zu dessen Begrüßung er eigentlich erschienen war.[59] Bis ein passendes Landhaus gefunden werden konnte, wohnte er einige Wochen im Hotel Central. Während dieser Zeit mußte er feststellen, daß einige seiner brasilianischen Freunde, die ihn bei seinen früheren Besuchen mit so großer Begeisterung empfangen hatten, weniger herzlich zu ihm waren. *Brasil-País do Futuro* wurde kurz nach seiner Ankunft veröffentlicht. Schon in New York hatte er ein Glückwunschtelegramm von einem der Minister erhalten, der das Manuskript gelesen hatte, und das Buch, zu dem Afrânio Peixoto ein äußerst schmeichelhaftes Vorwort geschrieben hatte, bekam viele gute Kritiken. Trotzdem wurde Zweigs Loblied auf das ›Land der Zukunft‹ nicht mit allzu großer Begeisterung aufgenommen. In einigen Kreisen war die Reaktion recht kühl, in manchen unverhohlen feindselig. Seine persönliche Berühmtheit sicherte zwar dem Werk bei den meisten brasilianischen Lesern eine freundliche Aufnahme. Manche aber waren enttäuscht festzustellen, daß die Errungenschaften, auf die sie am meisten stolz waren, nämlich auf dem Gebiet der Technik und Architektur, so wenig Erwähnung fanden und daß er die Betonung auf das Exotische und Pittoreske legte, dessen sie sich eher schämten. Ein Kritiker schrieb sogar, man könne glauben, ein Feind Brasiliens habe das Buch geschrieben. Es gab auch Gerüchte, daß Zweig es im Auftrag der Vargas-Regierung verfaßt und ein hohes Honorar dafür erhalten habe.[60] Und obwohl er ein Visum besaß, stellte er verärgert fest, daß Brasilien in den Anforderungen der Behörden, wenn es um Urkundenformalitäten ging, hinter keinem anderen Land zurückstand. Diese Formalitäten schlossen sogar Fingerabdrücke ein, was für ihn den äußersten Eingriff in die persönliche Freiheit bedeutete. Brasilien war letztlich doch nicht die Heimat, die er sich erhofft hatte. Er fühlte sich weiterhin als der ›émigré‹, dazu verdammt wie ein Bettler durch das Land zu ziehen, der für seine bloße Existenz eine polizeiliche Genehmigung benötigt. »Vor allem gilt es, das Gleichgewicht zu finden und die moralische Müdigkeit zu bekämpfen, die mich während der letzten Monate überfallen hat. Ich bin mehr Europäer als ich dachte«, gestand er in einem Brief an Romains.[61]
Jedenfalls beeilte er sich, aus Rio fortzuziehen, und es gelang ihm bald, von Margarida Banfield, der amerikanischen Frau eines britischen Ingenieurs, ein kleines Landhaus in Petrópolis in der rua Gonçalves Dias 34 zu mieten. Es befand sich etwa zwei Kilometer vom Stadtzentrum entfernt, nicht weit von der Straße nach Rio. Zwar hatte es nur zwei kleine Schlafzimmer, ein Wohnzimmer, eine Küche und einen winzigen Garten auf der Rückseite, doch lag es hübsch auf einem Hügel, und von der gedeckten Terrasse auf der Vorderseite hatte man eine

schöne Aussicht über ein kleines Tal, auf vereinzelte Geschäfte und ein kleines Café auf der gegenüberliegenden Straßenseite. Sie zogen mit einem Gefühl großer Erleichterung am 17. September ein und konnten zum ersten Mal seit über einem Jahr ihre Koffer auspacken und verstauen. Wohl hatte er das Haus zunächst nur für sechs Monate gemietet, aber es war endlich ein Refugium. Auf den ersten Blick erschien das Leben dort paradiesisch, mit ›göttlichem‹ billigen Kaffee, einem Hausmädchen und einem Gärtner, die für fünf Dollar im Monat arbeiteten. Das Haus lag in erfrischender Stille, an einem Ort »so schön verlassen wie Ischl im Oktober«. Auch die Menschen waren heiter und freundlich.

Wenn es mir gelingt, hier Europa zu vergessen, allen Besitz, Haus, Bücher als verloren zu betrachten, gleichgültig gegen »Ruhm« und Erfolg zu sein und nur dankbar, daß man in einer göttlichen Landschaft leben darf, während Europa Hunger und Elend verheert, will ich zufrieden sein.[62]

Dem jungen Schriftsteller Victor Wittkowski, mit dem er sich in Rio angefreundet hatte, sagte er, er habe in dieser Zurückgezogenheit vor, »das herbe Glück der Arbeit nach Wochen der Deconcentration« auszukosten. Er arbeitete an der endgültigen Fassung des Entwurfs zu *Die Welt von Gestern* und begann darüber hinaus als Ablenkung eine kleine Novelle zu planen. Am Tage ihres Umzugs schrieb er an Friderike:

Im ganzen kann ich meinen Entschluß, Amerika zu verlassen, nicht genug preisen, man lebt hier näher sich selber und im Herzen der Natur, man hört nichts von Politik und, soviel Egoismus darin sein mag, es ist doch Selbsterhaltung im physischen wie im seelischen Sinn. Wir können nicht ein Leben lang büßen für die Torheiten der Politik, die uns nie etwas gegeben und immer nur genommen hat, und ich bin bereit, mich auf den engsten Raum zu beschränken, wenn er mir nur Arbeitsruhe läßt.[63]

Die Leute hier und die Landschaft dieses ›Miniatur-Ischl‹ hatten etwas Österreichisches an sich. Ernst Feder, der ehemalige Chefredakteur des *Berliner Tageblatt*, zog am 1. Dezember in ein nahegelegenes Haus, und die beiden Familien befreundeten sich eng. Lottes Portugiesisch machte Fortschritte, und sie war bald in der Lage, dem Hausmädchen, das sehr willig, aber völlig ahnungslos war, wenn es darum ging, etwas Komplizierteres als Manioc oder schwarze Bohnen zuzubereiten, ihre eigenen geringen Kenntnisse der Kochkunst zu vermitteln. Eine Wohltat war es ihm zu wissen,

daß ich jetzt Monate irgendwo »Bleibe« habe und man nichts mit Behörden, Öffentlichkeiten zu tun hat; ein alter Goethe, ein Homer, ein Shakespeare, die ich mir zulegte, genügen als erste Lektüre, anderes kann ich mir ausborgen – freilich, die New Yorker Bibliotheken bleiben unersetzbar.

Abends machte er Spaziergänge oder spielte mit Lotte Meisterpartien aus einem Schachbuch, das er gekauft hatte (was der Bearbeitung der *Schachnovelle* diente, die er gerade entwarf).[64]
Es war idyllisch in Petrópolis, aber sein Pessimismus und die tiefe Unrast seines Geistes traten bald wieder zutage. Er konnte Europa nicht vergessen, und seine ›Selbsterhaltung‹ ließ ein Gefühl der Schuld in ihm aufkommen. De Souza, der während der Sommermonate auch in Petrópolis wohnte, bemerkte mit dem Auge des Mediziners die Melancholie und Verzweiflung, die sich in einer Gesprächspause oder wenn er zerstreut war, zeigten. Er erkannte auch Zweigs vergebliche Versuche, seiner Seelenangst zu entkommen. So versuchte dieser, sich für nebensächliche Fragen zu interessieren, sprach auf seinen Spaziergängen mit allen, die er traf, und befragte sie in allen Einzelheiten nach den tausend Problemen ihres einfachen Lebens. de Souza erinnert sich, daß Zweig ihn einmal bat, ihn nach Caxambu zu fahren, wo neue Arbeiten für die Wasserversorgung von Petrópolis im Gange waren: Er war beeindruckt vom anscheinend tiefen Interesse, mit dem der Dichter das langweilige Bild der Gräben und Rohre betrachtete, das so weit entfernt war von der eigenen geistigen Tätigkeit. Der Brasilianer glaubte in ihm einen Fall von psychischer Allergie in akutem Zustand zu erkennen.[65]
Zweig war sich seiner unnatürlichen Situation schmerzlich bewußt: »Ich kann mich mit dem Ich in meinem Reisepaß nicht identifizieren – Emigrant aus ich-weiß-nicht-wo, Schriftsteller ohne Vaterland, ein Coriolanus, der das Land haßt, in dessen Sprache er schreibt und sich ausdrückt.« Er war weder Fisch noch Fleisch, ein deutscher Schriftsteller ohne Bücher, und das Gefühl verfolgte ihn, daß es ihm nie wieder gelingen würde, Ordnung und Stabilität in sein Leben zu bringen. Er fühlte sich wie Keats, dessen Name ›in Wasser geschrieben‹ war. »Nicht nur Pflanzen und Zähne vertragen es nicht, keine Wurzeln zu haben, den Menschen geht es nicht besser.«[66] Nach kurzer Zeit begann ihn die Einsamkeit, die er so sehr gesucht hatte (»l'enterrement à corps vivant«) und die ihm so viel erstrebenswerter erschienen war als die Geschäftigkeit New Yorks, zu bedrücken. Obwohl die Postverbindung mit den Vereinigten Staaten gut funktionierte, war der Briefverkehr mit Europa notgedrungen spärlich und unregelmäßig; und der Mann, der sich einst gerühmt hatte, seine tägliche Korrespondenz sei größer als die Goethes, mußte nun oft feststellen, daß der Postbote an ihm vorüberging. In Amerika hatte er das Gefühl gehabt, die Gesellschaft von Menschen nicht ertragen zu können. Nun war er wirklich allein, denn außer Feder, der chilenischen Dichterin Gabriela Mistral und de Souza, die alle Nachbarn waren, sah er so gut wie niemanden in Petrópolis; hin

und wieder kamen Stern, Koogan und Wittkowski zu Besuch; Friderikes Bruder, Siegfried Burger, gelang es nie, die erforderliche Genehmigung für die Reise von Rio nach Petrópolis zu erhalten. Aber er empfand um so schmerzlicher die Abwesenheit seiner Freunde und vermißte die geistige Anregung ihrer Gesellschaft.

Sein ganzes Leben hatte er sich hin- und hergerissen gefühlt zwischen seinem Bedürfnis nach Einsamkeit und einem Verlangen nach menschlichem Kontakt. Das war erträglich, ja sogar fruchtbar gewesen, so lange er die Möglichkeit gehabt hatte, nach Belieben von einem Ort zum anderen zu wechseln. »Ich glaube sogar, daß Zäsuren in meinem Leben unbedingt notwendig sind, grundlegende Veränderungen und Umgestaltungen«, hatte er 1933 geschrieben.[67] Jetzt schien er zur Einsamkeit verdammt, die ihm zwar körperlich gut bekam, sein Grauen über die Zeit aber verschärfte. Er erkannte klar, daß der Krieg erst am Anfang stand. Unwiederbringliche Jahre würden vergehen, bevor er hoffen konnte, wieder irgendwo seßhaft zu werden. Und der Krieg würde bis ins Letzte alles vernichten, was die vorige Generation aufgebaut hatte. Die einzige Lösung für ihn wäre ein neues Werk, etwas Großes wie der *Balzac* (doch die Unterlagen dazu waren immer noch nicht eingetroffen), oder ein ›österreichischer Roman‹ (aber dazu müßte er zehn Jahrgänge Zeitungen durchstudieren, was nur in New York möglich wäre, wohin er »auf absehbare Zeit« nicht zurückkehren wollte). Er wurde wieder von dem Gefühl übermannt, daß es hoffnungslos war, auf Deutsch ins Leere hineinzuschreiben, und litt unter der Isolation seiner Lage im tiefsten Südamerika – ein Europäer, von der Welt ausgeschlossen, in der er gedacht und gelebt, und von den Büchern, die ihm so viel bedeuteten. Er brauchte menschlichen Kontakt und sein kulturelles Erbe sozusagen als Brennstoff, und er sorgte sich um die Produktion, die »ohne Zufuhr auslöschen muß wie ein Licht ohne Sauerstoff«.

Solche Empfindungen sprach er nur wenige Wochen nach dem Umzug nach Petrópolis in einem Brief an Friderike aus, und er fragte sich, wie lange diese ›kontemplative Pause‹ wohl andauern könnte.

Mich lockte sehr, über Montaigne zu schreiben, den ich jetzt viel und mit großem Genuß lese, ein anderer (besserer) Erasmus, ganz ein tröstlicher Geist. Aber hier gibt es so gut wie nichts über ihn und ich weiß nicht einmal, ob ich in Amerika die Bücher würde anschaffen können – man braucht doch die ganze Sphäre einer Zeit, um den Menschen darin zu verstehen.

Denen, die die Phantasie besitzen, das Unglück ihrer Mitmenschen mitzufühlen, riet Montaigne, sich zurückzuziehen und sich abseits zu halten. Zweig glaubte, daß ein solcher Versuch ihm nicht gelingen konnte. »Ein paar Prozent Egoismus und Phantasielosigkeit hätten mir im Leben viel geholfen; jetzt ändert man sich nicht mehr.«[68] Friderike, die nun wieder eine kleine Wohnung in New York bezogen hatte, glaubte alles tun zu müssen, um Zweig zu ermutigen und ihm zu einer neuen, ihn voll beanspruchenden Aufgabe zu verhelfen. Da sie Zugang zu den Bibliotheken hatte, die er so sehr vermißte (später meinte sie, sie hätte ihm nicht so begeistert davon berichten sollen), konnte sie ihm eine ausgewählte Bibliographie über Montaigne schicken und später auch ein oder zwei der Bücher, unter anderem das von Gide. Sie schlug ihm auch Da Ponte als Thema vor; aber er sagte, wenn er überhaupt schreiben könne, dann über das, was ihm am Herzen läge – Balzac oder Montaigne.[69]

Gegen Ende Oktober wurde *Die Welt von Gestern* nach umfangreichen Abänderungen vollendet. Er bat Wittkowski, die Maschinenschrift für ihn durchzusehen: Wie er sagte, sehe er selbst nichts in dieser Form, »meine Klarheit kommt sobald ich die ersten Fahnen habe und bei der Insel konnte ich mir den Luxus leisten auf den Fahnen noch stilistisch und inhaltlich wie in einem Manuscript zu schalten. Das ist vorbei.« Am 20. November hatte er das Manuskript bereits an Bermann Fischer (in Amerika) und Huebsch abgeschickt. Zunächst hatte er erwogen, die deutschsprachige Ausgabe in Brasilien zu veröffentlichen, denn pessimistisch wie er war, schien ihm eine Veröffentlichung in Bermann Fischers Stockholmer Verlagshaus ein ziemlich großes Wagnis, und an eine Veröffentlichung in den USA war wegen der hohen Kosten nicht zu denken. Nachdem er sich zu guter Letzt für Stockholm entschieden hatte, ließ ihn die Sorge nicht los, daß das Exemplar, das der Verleger nach Schweden schickte, verlorengegangen sei. Jedenfalls war »dieser Stein also abgewälzt«, wie er Friderike schrieb (ein Ausdruck, den er so oft für seine früheren Werke gebraucht hatte), und er konnte versuchen, Neues anzugehen.[70]

Besonderer Anlaß zur Verzweiflung in dieser Zeit war die allmähliche Vergegenwärtigung dessen, was den Juden in Europa angetan wurde. Es begannen Geschichten durchzusickern, die auf einen Völkermord schließen ließen, der alle früheren Erscheinungsformen des Antisemitismus übertraf. Zu seinem maßlosen Entsetzen kamen noch Schuldgefühle, weil es ihm gelungen war zu entkommen. Als man ihn aufforderte, bei einer Veranstaltung zugunsten der jüdischen Kriegsopfer zu sprechen, sagte er, es bedrücke ihn, daß ihm soviel Freundschaft erwiesen werde, während andere leiden müßten.

Wir als Menschen und vor allem als Juden haben kein Recht, in diesen Tagen glücklich zu sein. Sie können sich nicht vorstellen, was in Europa passiert. Wir dürfen nicht glauben, daß wir die wenigen gerechten Männer sind, die wegen unserer besonderen Verdienste vor der Zerstörung von Sodom und Gomorrha verschont blieben. Wir sind nicht besser und nicht mehr wert als all die anderen, die drüben in Europa vertrieben und gejagt werden.[71]

Die Aussicht, daß sein sechzigster Geburtstag in Brasilien zu einer solchen Zeit öffentlich gefeiert werden könnte, war ihm unerträglich, und er bat Koogan, alles zu unternehmen, um ihn geheimzuhalten.

Niemals habe ich den inneren Widerstand, hier gefeiert zu werden, mehr empfunden; ich, der ich dem entkam, was nun in England und den anderen Ländern bevorsteht ... Es ist nicht der Augenblick, zur Schau gestellt zu werden, und jeder von uns, der im Schatten bleibt, tut Gutes an seinen Mitbrüdern ... Ich fände es ideal, wenn niemand hier diesen Tag kennen würde und ich hier im Schatten leben und arbeiten könnte. Für die Juden gibt es in dieser Zeit keine Ehrenbezeigungen mehr, es ist genug, wenn sie überleben können.

Sein Judentum war Sache eher des Gefühls als der Religionszugehörigkeit. Als er gebeten wurde, die Lesung zum yom Kippur am 1. Oktober zu halten, fühlte er sich verpflichtet, zugunsten eines Würdigeren abzulehnen: Wie er an Rabbi Dr. Lemle schrieb, müsse er zu seiner Beschämung »bekennen, daß ich – wie die meisten Österreicher – sehr lax in Dingen des Glaubens erzogen wurde und ein Unsicherheitsgefühl in einer wahrhaft gläubigen Versammlung nicht bemeistern könnte«.[72] Sein Mitgefühl für die Leiden seines Volkes war deshalb jedoch nicht weniger tief, wenn es für ihn auch nur einen Teil der leidenden Menschheit überhaupt darstellte.
Auch Friderike hatte er inständig gebeten, niemanden an seinen Geburtstag zu erinnern, und war bestürzt, wenn auch tief gerührt, als er erfuhr, daß Romains zu diesem Anlaß eine Festschrift plante. »Denn zu Festen ist nicht die Zeit, und die Freunde, wo sind sie – unerreichbar wie Rolland, Masereel, unter der Erde wie Roth und Rieger, und man sich selbst eigentlich kaum gut gesinnt.« Es blieb für ihn ein »ominöser Tag«, und genau wie er zehn Jahre zuvor nach München geflohen war, so verabredete er nun mit Koogan eine Autofahrt, »um allfälligen Besuchern zu entgehen, falls sich jemand hier erinnern sollte«. Sie hatten beabsichtigt, nach Nova Friburgo, der Schweizer Ansiedlung, zu fahren, aber die Straße war so schlecht, daß sie den Tag in Teresópolis verbrachten.[73] Es kamen einige Telegramme aus Amerika und England (darunter eines von Newman Flower von Cassells), von Cahn aus Buenos Aires und (das einzige aus Brasilien) von Soares, dem Außenminister. Die wenigen Geschenke, die er erhielt, machten ihm viel Freude. Die Festschrift Romains' enthielt den Text von dessen Vortrag über den ›großen Europäer‹, mit einer eigens für diesen Anlaß geschriebenen

Widmung: in schönem Leder gebunden, erschien das Buch in begrenzter Auflage zugleich bei Viking auf Englisch und in der Maison Française auf Französisch. Von Koogan bekam er einen reizenden drahthaarigen Foxterrier namens Plucky und von Lotte eine Balzac-Gesamtausgabe, die sie in einem der Buchläden der rua São José entdeckt hatte. Wittkowski schenkte ihm einen Essay von Taine, eine nostalgische Erinnerung an seine Doktorandenzeit vor nun fast vierzig Jahren. Friderikes Geschenk kam wenige Tage später an: Es waren die Bücher über Montaigne, die sie in New York gefunden hatte.[74]

Nun war »der düstere Tag glücklich überstanden«, und seine Briefe klangen ungewöhnlich heiter. »Vous m'avez aidé dans un moment très sombre«, schrieb er an Romains. Bei Wittkowski bedankte er sich noch am selben Abend und verkündete: »Die Arbeit geht rege vorwärts ... ich arbeite (oder spiele mich) gleichzeitig an drei oder vier Büchern, Balzac, eine Novelle, ein Roman[75], eine Arbeit über Montaigne: man muß sich in dieser Einsamkeit des Lebens Abwechslung in der Arbeit erschaffen.« Der kleine Foxterrier Plucky fühlte sich bei ihnen sogleich zu Hause und gab, wie Zweig an Friderike schrieb,

> dem Häuschen erst das richtige Gefühl von Heim. Er hat ... einen ellenlangen Stammbaum, der uns, die wir von Abraham abstammen, nicht so imponiert wie seine Wohlerzogenheit – ein Tier ist immerhin ein guter Ersatz in Zeiten, da die Menschheit widerwärtig wird. ... aus den Details Hund und Balzac ersiehst Du, daß ich in steigerndem Skeptizismus mehr und mehr daran denke, auf längere Zeit mich einzustellen.

Ähnlich hieß es in einem Brief an Cahn:

> Während ich früher in der Kriegszeit Kleineres und Provisorisches in Angriff nahm, habe ich jetzt ... mich gerade wieder an langwierige Arbeiten gewandt und arbeite jetzt gleichzeitig an Novellen, dem Balzac, an dem Montaigne herum. Irgend etwas wird in kurzem schon die Oberhand gewinnen.[76]

In Wirklichkeit konnte er jedoch nichts Langfristiges ins Auge fassen. Er schien Angst zu haben, Versprechungen zu machen, Verantwortung zu übernehmen. Nicht einmal für einen so nahen Freund wie Masereel, für den er zuvor ein kolumbianisches Visum besorgt hatte, um ihm auf diesem Umwege nach Brasilien zu verhelfen, bemühte er sich, wie versprochen, bei den brasilianischen Behörden zu intervenieren.[77] Die Angst vor dem Altwerden (in den USA hatte er eine Hormonbehandlung begonnen, die sich in Brasilien wohl nicht fortsetzen ließ) hatte ihn immer zu einer recht unrealistischen Auffassung vom Alter geführt. In der Autobiographie gab er, gleichsam unbewußt, des öfteren sein Alter zu hoch an. So scheint auch in einer der Novellen dieser

letzten Jahre* – *Die spät bezahlte Schuld* – seine Schilderung der Hauptfigur bezeichnend: mit fünfundsechzig wird der Hofschauspieler Peter Sturzentaler als alter, gebrochener Mann dargestellt.
Einmal jedoch behauptete er, als er mit Feder über die größere Lebenserwartung des heutigen Menschen im Vergleich zu früher sprach, daß er mit sechzig durchaus in der Lage sei, ein Flugzeug zu steuern (und lächelte, als Feder entgegnete, er wolle dann lieber nicht sein Passagier sein).[78] Wittkowski fand seine »körperliche Frische und Jugendlichkeit, seine geistige Spannkraft« bemerkenswert. Doch schon 1931 hatte er in *Die Heilung durch den Geist* über Mary Baker-Eddy geschrieben: »Einundsechzig Jahre ... ein Alter, da Menschen bereits erste Gleichgültigkeit und Müdigkeit überfließt, denn wie lange kann man noch wirken und für wen?«[79] Müdigkeit hatte ihn schon überfallen, Gleichgültigkeit empfand er kaum, eher ein alles beherrschendes Gefühl der Verzweiflung darüber, daß man durch so viel ›Höllen und Fegefeuer‹ hindurch mußte, daß so viele Jahre vergehen mußten, bis eine neue Welt entstehen würde.
Er sah sich wie den Schriftsteller Mörner in Jakob Wassermanns Geschichte *Der unbekannte Gast*, die er sich gerade von einem Nachbarn ausgeliehen hatte. Mörner, in mittlerem, ja vorgerücktem Alter, erfährt eine unerklärliche Veränderung seines seelischen Gleichgewichts und ist plötzlich völlig unfähig, eine soeben begonnene Arbeit fortzuführen. Seinen Freunden erklärt er:

> Wenn ein Mensch wie ich nicht mehr an die Wichtigkeit und Notwendigkeit einer Mission glaubt, ist er einfach das allerüberflüssigste Geschöpf auf Erden ... Da wird alle Wirklichkeit ein Gespenstergruß, sein Geist hat gar nicht Fassungsraum genug für die Tiefe des Abgrunds, der vor ihm gähnt. ... Zerrinnt einem der Stein, den man aus dem Bruch schlägt, zu flüssigem Sand, flattern von der Fackel, die man am großen Weltfeuer entzündet hat, statt der Flamme rotgefärbte Papierfetzen empor, so ist es schlimm, mehr als schlimm, es ist das Ende.

Und er bittet, man möge ihn bloß dulden: wenn es zum Ärgsten komme, werde er trachten, nicht zur Last zu fallen. Die Geschichte stammte aus dem Jahr 1922, und Zweig muß sie wie alle Werke Wasser

* Diese Novellen wurden Koogans Obhut überlassen und erschienen auf Portugiesisch (Guanabara, 1942 und 1949, und Delta, 1953) unter den Titeln *Divida tardiamente paga* und *Seria êle?* Auf Englisch erschien die erste als *The Debt* in der *Chicago Sunday Tribune* vom 29. Juni 1941; die zweite, wesentlich gekürzt und verändert, als *Jupiter* in *Colliers Magazine*, 3. Juli 1943. Die bisher einzigen publizierten deutschen Fassungen sind: *Die spät bezahlte Schuld*, in *Die Presse*, Wien, 15. Sept.–13. Okt. 1951, und *Jupiter*, in *Die besten klassischen und modernen Hundegeschichten*, Zürich: Diogenes, 1973, SS. 355–372. Bei der Fassung in der Zürcher Anthologie handelt es sich um eine Übersetzung des veränderten englischen Textes in *Colliers*, der auch in spätere englische Anthologien aufgenommen wurde (Kl 285, 286).

manns schon vorher gekannt haben. Vielleicht reizte ihn jetzt an der Geschichte (wie Feder später nahelegte) weniger Mörners Aufzählung der Weltübel und die Beschreibung eines Seelenzustandes, der seinem so ähnlich war, als vielmehr die Schilderung seiner Heilung: Der ›unbekannte Gast‹, ein Arzt, der Mörners Diagnose beipflichtet, kann in ihm dennoch Optimismus erwecken, den Willen, die Augen zu öffnen, um zu erkennen, daß die Zeiten nicht weiter aus den Fugen geraten sind, als sie es vor zehn, hundert oder tausend Jahren waren. »Ist das eigene Auge und die eigene Seele unzerstört, so ist die Welt unzerstört. Schlagen Sie die Augen empor! Fassen Sie es doch, das Ungeheure, das Süße, das Schmerzliche, das Blühende, den ungeheuren, überflutenden Reichtum!«[80] Diese Lektüre mag für Zweig tatsächlich ein letzter Versuch gewesen sein, sich selbst zu retten.

Daß er fehlschlug, beweist ein Gedicht, das er um diese Zeit schrieb und an Friderike und ein oder zwei seiner Freunde in die Ferne schickte. Das Thema war die zufriedene Resignation, die das Alter mit sich bringt und das Bewußtsein, daß das Dunkel naht. Die Worte verbargen seine Verzweiflung, gaben aber seiner Überzeugung klaren Ausdruck, daß sechzig tatsächlich das Ende des Lebens bedeutete.

Der Sechzigjährige dankt

Linder schwebt der Stunden Reigen
Über schon ergrautem Haar,
Denn erst an des Bechers Neige
Wird der Grund, der gold'ne, klar.

Vorgefühl des nahen Nachtens
Es verstört nicht – es entschwert!
Reine Lust des Weltbetrachtens
Kennt nur, wer nichts mehr begehrt,

Nicht mehr fragt, was er erreichte,
Nicht mehr klagt, was er gemißt
Und dem Altern nur der leichte
Anfang seines Abschieds ist.

Niemals glänzt der Ausblick freier
Als im Glast des Scheidelichts,
Nie liebt man das Leben treuer
Als im Schatten des Verzichts.[81]

5

Es gibt voraussichtlich auf Jahre keinen andern als diesen inneren Frieden, den wir uns mit allen Mächten der Seele erkämpfen müssen, allen Dämonen der äußeren Unrast zum Trotz.

Zweig an Robert Faesi, 1939

Daß er gerade jetzt an Montaigne geriet, war nur scheinbar ein Zufall. Kurz nachdem er sich in Petrópolis eingerichtet hatte, fand er im Keller eine verstaubte Ausgabe der *Essays*. »Ein großer Fund«, schrieb er an Fülöp-Miller und fügte hinzu, daß diese Lektüre ihn mehr als alles andere fessele. Aber alles deutet darauf hin, daß dieser Zufall – ebenso wie seine Entdeckung Verhaerens und Rollands – ›von innen bestimmt‹ war. Es war nicht seine erste Begegnung mit den *Essays*, aber mit zwanzig hatte ihm ihre Botschaft nichts bedeutet. Nun erkannte er, daß Montaigne zu den Schriftstellern gehörte, deren Bedeutung einem erst im Verlauf der Zeit bewußt wird, nach den Erfahrungen und Enttäuschungen des Lebens. Und Montaignes Problem – wie er sich im Chaos seiner Zeit die Freiheit bewahren konnte – war nun genau Zweigs eigenes Problem. Er glaubte, es könne kein reiner Zufall sein, daß sich unter den wenigen Büchern, die Ernst Feder aus seiner früheren Bibliothek verblieben waren, die beste Montaigne-Gesamtausgabe befand. Noch hielt er es für Zufall, daß sich einer der größten Montaigne-Experten, Fortunat Strowski, gerade in Brasilien aufhielt. Sein Buch war eine der wichtigsten Eintragungen in der Bibliographie, die Friderike zusammengestellt hatte. »Sie kennen das Phänomen«, schrieb er an Viertel, »wenn man einen Autor, den man lau genossen, genau in dem Augenblick findet, in den er gehört.«[82]

Zweigs Notizen lauteten:

Damals wie heute die Welt zerrissen, ein Schlachtfeld, Krieg zum Summum der Bestialität gesteigert ... in solchen Zeiten münden die Probleme des Lebens für den Menschen nur in ein Problem: wie bleibe ich frei? Wie löse ich mich ab von der Umstrickung. Wie befreie ich mich von der Furcht. ... Wie bewahre ich mir in einer Zeit der Bestialität die Humanität.

Montaigne in seinem Turm war ein ›Schicksalsgenosse‹ von Zweig in seinem Zufluchtsort Petrópolis. »1593. Wird müde. Der Tod. Der Turm. Der einzige Spazierweg. Die Mauer. Von da alles überseh.« Die Parallelen zwischen dem 16. und 20. Jahrhundert fielen ihm immer stärker auf. Damals wie jetzt ein Aufblühen des menschlichen Geistes, Erforschungen, Entdeckungen; all dies zunichte gemacht und ins Chaos gestürzt durch einen mörderischen Krieg. Und jede Zeile von

Montaigne schien jene stoische Entschlossenheit auszudrücken, die Zweig so verzweifelt für sich herbeisehnte: das Innerste gegen den Ansturm der Welt zu schützen. Seine Studie über Montaigne würde keine Biographie werden, sondern sich nur auf diesen einen, für ihn entscheidenden Aspekt von dessen Philosophie konzentrieren.[83] In einem Brief, in dem er sich für die Festschrift bedankte, hatte er an Romains geschrieben:

> Wir sind immer eine kleine Minorität geblieben, wir, les hommes de bonne volonté; unsere Isolierung wird nur in den Epochen großer Strömungen spürbarer, in denen sich alle anderen ängstlich der großen Hammelherde einordnen. Das Wichtigste für uns ist, unsere Enttäuschung nicht zu zeigen – oder nur in einer für die wenigen Glücklichen lesbaren und sichtbaren Form, wie es der gute Montaigne tat, der mir in diesen Tagen der Einsamkeit die fernen Freunde ersetzt.[84]

Doch war er seinem Wesen nach unfähig zu vergessen, was mit der Welt geschah. Sein Turm würde nie wie der Montaignes, seine Isolierung nie so vollkommen sein. Wohl konnte man sich nur die brasilianischen Nachrichten im Radio anhören und die Zeitung nach einem flüchtigen Blick beiseite legen, dennoch traf eine jede neue Wendung der Ereignisse wie ein unausweichlicher Schlag.[85]
Er hatte kommen sehen, daß die USA sich nicht aus dem Krieg würde heraushalten können. Aber die Katastrophe von Pearl Harbour am 7. Dezember und die darauffolgenden gewaltigen japanischen Angriffe waren niederschmetternder als alles, was er sich je hatte vorstellen können, und stürzten ihn in völlige Verzweiflung. Seine Arbeit schien ihm sinnlos: »Welch ein Fluch, gerade in [der deutschen] Sprache leben, denken, schreiben zu müssen.«[86] Eine Woche nach Pearl Harbour schrieb er (auf Englisch) an Friderike:

> Hier ist alles noch ruhig, ... aber auch dieses Land wird eines Tages hineingezogen werden ... Auf jeden Fall habe ich einen Mietvertrag bis Ende April, aber ach, die Zeit vergeht schrecklich schnell. Wie weit scheint es mir zurückzuliegen, daß ich ein Haus hatte, meine Bücher, und ich weiß schon, daß all dies für immer dahin ist ... In den nächsten zwei Monaten wird Petrópolis seine Einsamkeit verlieren, und der Gedanke, wieder mit Leuten zusammenzutreffen, erschreckt mich etwas – ich mag jetzt nicht sprechen, weil niemand unsere Lage verstehen kann. Man muß diese Dinge am eigenen Leib erfahren haben.[87]

de Souza gegenüber, der ihn Ende des Monats zu einem PEN-Club-Diner einlud, beschrieb er sich als einen Menschen, der all das Liebste in seinem Leben verloren hatte, und sagte, es sei ihm unmöglich, an solchen Festlichkeiten teilzunehmen, während so viele Menschen in Europa litten. Es sei eine Gewissensfrage, er trauere um Europa.[88] Seine

Unfähigkeit, sich auf irgendeine Art von Arbeit zu konzentrieren, erschreckte ihn. Am letzten Tag des Jahres 1941 schrieb er einen Brief an Wittkowski, den er bei einer Verabredung am Heiligen Abend verfehlt hatte, als er sich auf einem seiner seltenen Besuche in Rio befand:

Die Menschen werden nicht gewahr, daß dieser Krieg mit seiner Ausdehnung – der erste *Welt*krieg auf Erden – die größte Katastrophe der Geschichte darstellt und nach seinem Ende aus seiner Leiche noch alle geistigen und physischen Pestilenzen sich erheben werden. Wenn ich lese, daß uns Dezember 1941 der Sieg für 1943 oder 1944 versprochen wird, zittert mir die Hand vor Grauen, die das Zeitungsblatt hält.[89]

Als er an jenem Abend Feder besuchte, sprach er (in Erinnerung an seine Fernost-Reise im Jahre 1909) über die Erfolge der Japaner wie ein Experte. »Ich weiß, wie wichtig diese Dinge sind. Ich kenne die Gegend ganz genau.« Alles war für ihn wieder unsicher geworden. »Nach wie vor betrübt durch die Endlosigkeit dieses Krieges«, fühlte er immer deutlicher, daß er kaum je nach Europa zurückgehen werde, aber auch durch die besonderen Umstände in Brasilien keine sichere Existenz finden könne: »Immerhin haben wir diesen Bungalow noch für vier Monate und ich versuche nicht weiter zu denken.«[90]

Er konnte für sich jene innere Zitadelle nicht finden, von der Goethe gesprochen und die Montaigne so gut gegen das Chaos und die Brutalität um sich herum zu verteidigen wußte. Und eine weitere Flucht war nicht möglich. An Zech schrieb er im Januar:

Ich halte, daß es jetzt, in meinem Alter vor allem, wenn man sich schon mit Fluchtgedanken beschäftigt, nur die eine und einzige Flucht geben kann, nämlich die zu den letzten Tiefen des Ichs hinunter. Eine gefahrvolle und eine sehr beschwerliche Reise. Es wäre dumm und verlogen, ... nun zu sagen: Sei guten Mutes, es wird alles besser werden. Nein. Wir brauchen einen ganz anderen Mut.[91]

An Kesten schrieb er »vom schönen Mut, der sich wird in Geduld wandeln müssen bis auf jenes mysteriöse ›Nachher‹, das zu erleben ich eigentlich neugierig wäre«.[92] Aber der Mut verließ ihn beim Gedanken, wie viele Jahre der Krieg dauern würde, und angesichts der noch längeren Jahre, die vergehen würden, bis seine Folgen ausgelöscht und die Zerstörungen sowohl physisch als auch psychisch wieder gutgemacht werden könnten. Bei der Lektüre Montaignes, dessen Vorbild ihm so angemessen erschienen war, verweilte er nun bei den Textstellen, die vom Tode handelten. »Ce n'est pas la recepte à une seule maladie, la mort est la recepte à touts maulx. ... La plus volontaire mort, c'est la plus belle. La vie despend de la volonté d'aultruy; la mort de la nostre.«[93]

»In meinem Alter vor allem«, hatte er zu Zech gesagt (der übrigens fast im gleichen Alter war): Wieder finden wir bei ihm die Ansicht, daß er am Ende des Weges angelangt sei, daß dies das Ende für seine Generation bedeute und daß man die Zukunft den Jüngeren überlassen müsse. Österreichischen Besuchern gegenüber äußerte er, er wünschte, er wäre gleich bei seinem ersten Besuch in Brasilien geblieben; nun sei er zu alt, sich an ein neues Leben zu gewöhnen.[94] Am 8. Januar kam ein Brief von Roger Martin Du Gard (»der beste Brief, den ich seit Jahren gelesen habe«), der genau sein eigenes Gefühl ausdrückte, »daß uns in unserem Alter nur die Rolle der Zuschauer im großen Theaterstück (oder vielmehr in der Tragödie) zukommt, daß die anderen, die Jüngeren, ihre Rolle spielen müssen. Die unsere besteht nur darin, still und würdig abzutreten.«[95]

Er fuhr fort zu arbeiten, aus Gewohnheit und »ohne Intensität«. Seine Montaigne-Studie begann Gestalt anzunehmen; die *Schachnovelle* wurde Anfang Januar fertiggestellt. In der Kraft des österreichischen Anwalts, sich dem Druck der Gestapo zu widersetzen, dürfen wir wohl eine Wunschvorstellung des Autors sehen. Obwohl dies eine seiner besten Novellen ist (und in Ben Huebschs Fassung die einzige, die wirklich gut ins Englische übersetzt wurde), schien Zweig nicht an ihren Erfolg zu glauben: »In meinem beliebt-unglücklichen Format, zu groß für eine Zeitung und zu klein für ein Buch.« Er hatte zum ersten Mal ein Thema gewählt, das sich direkt auf das Zeitgeschehen bezog, doch fand er die Geschichte »zu abstrakt für das große Publikum« und erstaunlicherweise »zu abseitig in seinem Thema«. Das maschinengeschriebene Manuskript hatte er Feder geschickt mit der Bitte, er möge es als Schach- und Literaturexperte kommentieren und kritisieren. Als sie sich am Abend des 8. Januar auf seiner Terrasse trafen, war er noch ganz erfüllt von Martin Du Gards Brief; und während er ihn Feder vorlas, schwang in seiner Stimme fast so etwas wie Freude mit über diese Bestätigung seiner eigenen Gefühle. Feder wies ihn darauf hin, daß seine Schaffenskraft unvermindert sei; das beweise die *Schachnovelle,* die Autobiographie, die gerade an den Verlag geschickt worden war, und *Amerigo,* der in Kürze erscheinen sollte. Doch Zweig lächelte nur, schüttelte den Kopf und meinte: »Ja, früher war doch in dem, was ich schrieb, ein gewisser Glanz.«[96]

Hatte er schon den Entschluß gefaßt, einem Leben, das er als abgeschlossen betrachtete, ein Ende zu setzen? Wenn es so war, dann verbarg er seine Absicht gut, nicht nur vor denen, die im Januar und Februar mit ihm zusammentrafen, sondern auch vor seinen Freunden in der Ferne, wenn er ihnen schrieb. Es ist kaum anzunehmen, daß er an Selbstmord dachte, als er am 29. Januar Bruno Kreitner vorschlug, ein

Jahrbuch der Emigration zu beginnen, oder sogar mehrere, ein deutsches, ein österreichisches, ein französisches und ein spanisches, »das in der Auswahl die besten Arbeiten der Emigranten bringt und damit dartut, daß sie weiter am Werke sind ... nicht nur ein literarisches Prachtbuch, sondern auch ein zeithistorisches Document ersten Ranges«.[97] Es gibt aber einen starken, unübersehbaren Hinweis darauf, daß sein Entschluß schon Anfang Februar feststand. An Zech schrieb er am 4. Februar folgende Zeilen, denen er eine handschriftliche Kopie des Gedichtes *Der Sechzigjährige dankt* beifügte:

Ich habe die Arbeit an meiner Lebensgeschichte endlich beenden können und glaube damit ein Dokument zu hinterlassen, womit aufgezeigt werden soll, was wir gewollt, versucht und mitgemacht haben, wir, die vielleicht schicksalsbeladenste Schriftstellergeneration seit Jahrhunderten und seit Jahrhunderten ... *Welche weiteren Verpflichtungen ich mir nun auferlegt habe, davon wirst Du bald hören, vielleicht direkt, vielleicht aber auch auf jenem Umwege, den ich sonst gehaßt habe.*[98]

Die Bedeutung dieser Worte scheint unmißverständlich, selbst wenn wir nicht in der Lage wären, sie rückblickend zu interpretieren. Aber niemand anderem gegenüber ging er in seinen Äußerungen so weit. Wenn wir bedenken, welch hamlethafte Unentschlossenheit er bei den lebenswichtigen Entscheidungen der vergangenen acht Jahre seines Lebens gezeigt hatte, ist es sogar durchaus möglich, daß er auch hier und gerade hier nicht in der Lage war, von einem Tag zum anderen vorauszusehen, was er tun würde.
An Friderike richtete er gleichzeitig einen Brief (auf Englisch) von fast heiterer Wehmut:

Die Saison hat jetzt begonnen in unserem Ischl, aber ich lebe nicht weniger zurückgezogen als vorher, lese, arbeite und spaziere mit dem kleinen Hund, der sehr süß ist, nicht so intelligent wie Kaspar war, aber sehr anhänglich, wie wenn ich ihn schon seit Jahren hätte. Briefe werden immer spärlicher, jedermann hat seine eigenen Sorgen, und man schreibt nicht gern, wenn man nichts Wichtiges zu sagen hat – und was in unserem kleinen und beschnittenen Leben ist noch wichtig, verglichen mit den Weltereignissen. ... Lesen ist mein bester Trost, und zwar nur gute alte, wenn ich so sagen darf, *erprobte* Bücher, Balzac, Goethe, Tolstoi; aber was wir vermissen, ist die Aussprache mit Leuten von unserem Niveau. Die meisten Leute, denen wir begegnen, verstehen nicht, was vorgeht und kommen wird, sie glauben, der künftige Friede werde einfach eine Fortsetzung der Friedenszeit sein; man muß gewisse Dinge erlebt haben, um sie zu verstehen, und Europa steht ihnen geistig so fern wie uns China in diesen letzten schrecklichen Zeiten ... Ich weiß noch nicht, ob ich das Bungalow noch länger als bis zum April mieten kann; wenn ich umziehe, werde ich es Dich rechtzeitig wissen lassen.[99]

In seiner Antwort an Martin Du Gard ein paar Tage später beschrieb er die natürliche Schönheit der Einsamkeit, in der er lebte und erinnerte ihn daran, daß Bernanos sich in einer ähnlichen Lage befand, zufrieden mit wenigem, solange er frei bleiben konnte. Aber er betonte, daß er sehr unter dem Mangel an Büchern und Freunden leide und nicht über das Gefühl hinwegkomme, immer noch ein heimatloser Wanderer zu sein: »Ich begehe stets die Dummheit, immer an eine ›Rückkehr‹ zu denken.« Er sehe Du Gards *Journal* mit großer Vorfreude entgegen: »Es wird noch kostbarer sein als das von Gide ... Ich würde noch gern dreißig Jahre leben, nur um es zu lesen ... Der Gedanke, Sie eines Tages wiederzusehen, bleibt einer der wenigen Wünsche, die ich mir noch erlaube.«[100]
Solche relativ heiteren Stimmungen waren jedoch in jenen Januar- und Februartagen selten. Er konnte seine innere Unruhe nicht bezwingen. Obwohl einer Verlängerung des Mietvertrages für die Villa im Grunde nichts im Wege stand, behauptete er, sich dessen nicht sicher zu sein. Feder, der ihn in dieser Zeit am häufigsten sah, erschien er wie »eine Biene, die aus jeder Blüte Bitternis sog«. Er setze sich entschieden gegen alles zur Wehr, was seinen Optimismus auch nur im geringsten unterstützen könnte und reagiere mit einer erstaunlichen Heftigkeit ausschließlich aufs Negative. Daß Brasilien, das im Januar die Beziehungen zu den Achsenmächten abgebrochen hatte, eines Tages ebenfalls in den Krieg verwickelt werden würde, schien ihm selbstverständlich, und der sich ausbreitende Einfluß der Nazis in Südamerika beunruhigte ihn.[101] Einigen Berichten zufolge erhielt er anonyme Briefe von Nazi-Sympathisanten in Brasilien, und es kursierten boshafte Gerüchte, daß er mit Lotte nicht wirklich verheiratet sei, was ihm, so Gabriela Mistral, sehr zu schaffen machte.[102] Immer häufiger nahm er Zuflucht zu Beruhigungsmitteln und Schlaftabletten. Lottes Asthma quälte sie sehr, sie hustete ständig (vielleicht war der rauchende Ofen in der Villa daran Schuld), und er kam schon deshalb nur wenig zum Schlafen, ganz abgesehen von den Sorgen, die ihn bedrückten.[103]

6

Das einzige Menschenrecht, das einem bleibt, ist doch: zu krepieren wie man will ... und dabei ungeschoren zu bleiben von fremder Hilfe.

Amok

Feder hielt an der Überzeugung fest, daß bis zum 16. Februar keine schicksalsschwere Entscheidung getroffen worden war. Der Karneval in Rio sollte am Samstag, dem 14. Februar beginnen, und eine Woche zuvor verkündete Zweig seine Absicht, am Montag mit Lotte hinzufahren und vielleicht bis Dienstag zu bleiben. Sie vereinbarten, am Montagmorgen zusammen mit Feder hinzufahren. Wenige Tage danach regte er sich sehr über einen Artikel in einer brasilianischen Zeitung auf, in dem behauptet wurde, er habe Freunden in Brasilien versprochen, eine Biographie von Santos Dumont zu schreiben. Das Versprechen sei nicht eingehalten worden, weil er den Vorrang Dumonts über die Gebrüder Wright nicht wahrhaben wollte, um die Beliebtheit und die Dollars, die er sich in Amerika erworben hatte, nicht aufs Spiel zu setzen. Das war eine ziemlich grobe Verdrehung der Wahrheit. Man hatte ihm tatsächlich den Vorschlag gemacht, diese Biographie zu schreiben, doch er hatte das Thema lediglich als interessant bezeichnet, ohne sich in irgendeiner Weise zu verpflichten. Obwohl stichhaltige Beweise dafür fehlen, sagt man, es sei ihm auch nahegelegt worden, eine Biographie von Vargas zu schreiben, und er habe in diesem Fall seine Meinung nicht verheimlicht, daß der Präsident eine Person von geringerer Bedeutung sei. Wenn das zutrifft, dann wäre ein journalistischer Angriff aus diesem Grunde verständlich gewesen. Jedenfalls glaubte er, eine Entgegnung veröffentlichen zu müssen. Am Sonntag verbrachte er einige Zeit mit de Souza, um seine Erklärung auf Portugiesisch abzufassen, wobei er den Wortlaut, den sein Freund vorschlug, mit peinlicher Genauigkeit überprüfte. (de Souza, dem nicht daran gelegen sein konnte, ein für Brasilien peinliches Thema an die Öffentlichkeit zu bringen, spricht in seinen Erinnerungen an Zweig nur von ihrer gemeinsamen Übersetzung eines »französischen Briefes über ein literarisches Thema«. Aber Feders Bericht laßt keinen Zweifel daran, daß es sich in Wirklichkeit um den Entwurf einer Antwort auf die Zeitungs-Attacke handelte.[104])

Die Angelegenheit beschäftigte ihn sehr, und als sie am folgenden Morgen auf dem Weg nach Rio waren, fragte er Feder im Auto um Rat, ob er seine Entgegnung veröffentlichen solle. Anscheinend wurde der Entwurf jedoch vernichtet, denn es fand sich später keine Spur davon, und er erreichte die Zeitung nie. In diesem Entwurf erklärte er (ebenfalls laut Feder), er habe die Biographie abgelehnt, weil ihm das nötige technische Verständnis fehle. Er hoffe, ein künftiger Biograph werde nicht versäumen, die zwei Briefe Dumonts an die Brazilian Academy of Letters (deren Mitglied er war) zu erwähnen, in denen er gegen den Mißbrauch der Flugmaschine zu kriegerischen Zwecken protestiert.[105]

Zweig schien während dieser Autofahrt seine gute Laune wiedergefunden zu haben. Er erzählte Feder von einem Angebot, das er von *Readers Digest* erhalten habe. Er solle als Rätselaufgabe für die Leser eine Kurzfassung eines bekannten Werkes der Weltliteratur schreiben, ohne Autor und Herkunft anzugeben. Die Idee schien ihm zu gefallen, und er sagte, er habe sich schon einige Möglichkeiten ausgedacht, etwa Balzacs *Colonel Chabert*, dessen Geschichte er nun im einzelnen zu erzählen begann. Später erinnerte sich Feder, daß er einige Wochen zuvor mit Zweig über den Selbstmord diskutiert habe. Dabei hatte er Zweig gegenüber den Standpunkt vertreten, daß die angebliche Selbstmord-Welle, die durch Goethes *Werther* ausgelöst wurde, nichts weiter als eine ›fable convenue‹ sei, und er hatte ihm vorgeschlagen, Nachforschungen über diese Legende anzustellen. In ihrem damaligen Gespräch hatte Zweig keine Andeutung gemacht, daß er sich mit Selbstmord beschäftigte; und auch jetzt sprach er so lebhaft über den Vorschlag von *Readers Digest* und zeigte derart großes Interesse an einer so unbedeutenden Arbeit, daß er nach Feders Ansicht zu dieser Zeit noch keinen unumstößlichen Entschluß gefaßt haben konnte. Auch wirkte er auf ihn fröhlicher und beherrschter. Als sie die Vorstadt von Rio erreichten und den Umzug buntkostümierter Kinder sahen, veranlaßte ihn dieser schöne Anblick zu Ausrufen fast kindlicher Begeisterung. Es schien ihm große Freude zu bereiten, dieses prächtige Schauspiel mit seiner Frau zu betrachten. Und Feder meinte, daß auch sie etwas heiterer und weniger zurückhaltend war als sonst. Sie setzten Feder am Hotel Botafogo ab und scheinen den Rest des Tages mit de Souza mitten im Karnevalstrubel in den Straßen von Rio verbracht zu haben, wobei sich Zweig Notizen machte, die später vernichtet wurden.[106]

Sie übernachteten in de Souzas Wohnung. Der folgende Tag, der Faschingsdienstag, würde natürlich der Höhepunkt des Karnevals sein, und sie hatten beschlossen dazubleiben, um sich das Treiben anzuschauen. Beim Frühstück las Zweig jedoch die Schlagzeilen, daß Singapur zwei Tage zuvor gefallen war: »Weiterer Widerstand unmöglich. Tiefe Trauer im British Empire.« Und auf der ersten Seite: »Deutsche Offensive in Libyen mit Ziel Suez Kanal.« Der Kontrast zu den fröhlichen Bildern des Karnevalumzugs, die er wenige Stunden zuvor gesehen hatte, stürzte ihn in tiefe Depression. Und obwohl er sich seine Gefühle nicht anmerken ließ, verkündete er, daß er beschlossen habe, sofort mit Lotte nach Petrópolis zurückzukehren und nichts mehr vom

Karneval zu sehen. Er hatte Koogans kleiner Tochter versprochen, sie an jenem Tag zum Kinderball zu bringen, aber er verließ die Familie am Eingang des Theaters und ging mit Lotte zur Praça Mauá, um den Bus nach Petrópolis zu nehmen. Sie zwängten sich durch die überfüllten Straßen und den Platz, durch das Getöse der schreienden und singenden Menge und das Geschmetter der Musikkapellen. »Riam, riam!« riefen die maskierten Figuren ihnen im Vorübergehen zu: »Por que vão assim tristes? Viva a folia!« Es war eine Szene wie aus *Phantastische Nacht*. Doch nun waren seine Ohren den Stimmen des Lebens verschlossen: Er hatte sich entschieden, es zu beenden.[107]
Obwohl sich de Souza, Koogan und Feder über diesen plötzlichen Stimmungswechsel Gedanken machten, ahnten sie weder wie tiefgreifend er war, noch, daß diese unerwartete Rückkehr nach Petrópolis den ersten Schritt zu Zweigs letzten Vorbereitungen bedeutete. Auch bemerkte in den folgenden Tagen niemand das geringste Anzeichen von dem, was sich anbahnte. Er reiste noch einmal mit Lotte nach Rio, wahrscheinlich am 19. Februar, um seinen Rechtsanwalt Dr. Malamud zu sprechen und eine Kopie seines Testaments bei ihm zu hinterlegen. Am selben Tage suchte er Koogan auf, um ihm ein Paket ›zu treuen Händen‹ zu übergeben. Keiner der beiden Freunde sah etwas Ungewöhnliches in diesen Handlungen oder in seinem Verhalten. In dem Paket, das Koogan ungeöffnet in seinem Büro-Safe verwahrte, befanden sich einige wertvolle Zeichnungen, darunter eine von Rembrandt, auch Autographen zusammen mit einem auf Französisch verfaßten Brief an Koogan mit dem Datum 18. Februar:

Vor allem muß ich mich für die Güte bedanken, die Sie mir während meines Lebens erwiesen haben, und Sie um Entschuldigung bitten für die Plagen und Sorgen, die ich Ihnen mit meinem Tode verursache. Sie wissen, wie ermüdet ich vom Leben war, seit ich mein Vaterland, Österreich, verloren habe. Ich konnte das wahre Leben nicht mehr in meiner Arbeit wiederfinden, seitdem ich als Nomade lebte und mich mehr an inneren Leiden altern sah als durch die Jahre. – Ich habe Dr. Malamud eine Kopie meines Testaments hinterlassen, das ich während meiner Reise über New York deponierte, und gebe Ihnen noch einige persönliche Hinweise. Es ist mein Wunsch, auf dem Friedhof in Rio de Janeiro auf einfachste und diskreteste Weise beerdigt zu werden ... – Was meine deutschen Manuskripte betrifft, die man finden wird, so ist keines – außer einer kleinen Novelle – beendet. Der Balzac, der Montaigne und ein Roman, den ich begonnen habe, befinden sich im Zustand des ersten Entwurfes. Victor Wittkowski soll sie jedenfalls gegen Honorar durchsehen. Ein Original-Exemplar meiner Autobiographie blieb mir in Maschinenschrift. Nehmen Sie es: vielleicht könnte es zu einer Originalausgabe oder einer Übersetzung nützlich sein: es ist das letzte, und ich bin nicht sicher, ob die anderen nicht verloren gegangen sind ... – Beklagen Sie mich nicht, mein Leben war seit Jahren zerstört, und ich bin glücklich, eine Welt verlassen zu können, die grausam und verrückt geworden ist. Bewahren Sie mir ein gutes Andenken: ich war stets stolz und dankbar für Ihre treue und aufopfernde Freundschaft.

Doch das würde erst nach seinem Tode gelesen werden.[108] Am selben Tag schrieb er an Friderike auf Englisch einen Brief von unendlicher Traurigkeit, in dem sein Entschluß zwischen den Zeilen zu lesen ist:

Liebe Friderike,
Alles was ich Dir zu schreiben habe, sind liebste Gedanken. Gerade jetzt war der phantastische Karneval in Rio, aber mein Sinn steht nicht nach Festlichkeiten, und ich bin bedrückter denn je. Nie mehr werden all die versunkenen Dinge wiederkommen, und was uns erwartet, kann uns niemals das geben, was uns jene Zeiten boten. Ich fahre mit meiner Arbeit fort, aber nur mit einem Viertel meiner Kraft; ich setzte eine alte Gewohnheit fort, ohne eigentlich schöpferisch zu schaffen. Man muß überzeugt sein, um zu überzeugen, muß Enthusiasmus verspüren, um andere mitzureißen, und wie soll man dies heute finden! All meine Gedanken sind bei Dir, und ich hoffe, Deine Kinder werden gute Arbeitsgelegenheiten finden und vorwärtskommen; sie werden noch die bessere Welt nach dieser sehen. Ich hoffe, daß Du recht guten Mutes und ganz gesund bist und daß New York mit seiner Vielfalt Dir wenigstens gelegentlich von seinem künstlerischen Reichtum schenkt – hier hatte ich nur die Natur und Bücher, gute, alte Bücher, die ich lese und wieder lese.

Immer Dein Stefan.[109]

Als sie am Abend des 19. Februar nach Petrópolis zurückkamen, machte er sich daran, Romains zu schreiben. Es war der letzte Brief an diesen alten Freund, einer der wenigen noch verbliebenen wahren Vertreter eines Europas, das er nie wiedersehen würde. Obwohl auch dieser Brief keine Einzelheiten enthielt, machte er Romains, als er ihn nach der Nachricht von Zweigs Tod erhielt, die Trostlosigkeit von dessen Gemütszustandes klar:

Wie sehr Ihr mir in dieser Stunde fehlt! ... Ich bin einige Jahre älter als Du, und da diese vergangenen Jahre so mit Unruhe beladen waren, habe ich mich oft gefragt, wo ich den Brunnen der Jugend finden könnte. Alles, was ich zu geben fähig war, verdanke ich einer gewissen inneren Begeisterung; ich verstand es, andere mitzureißen, weil ich selbst hingerissen war, und das erzeugte eine kommunikative Wärme. Ohne Glauben, ohne Enthusiasmus, nur mit der Hilfe des Gehirns, gehe ich wie auf Krücken. ... Ich beneide Dich um Deine unerschöpfliche Energie; *ich* biege mich in jedem Windstoß und nur durch ein Zurückziehen in mich selbst konnte ich die Kraft aufbringen, zu überstehen. Ein Baum ohne Wurzeln ist ein schwankendes Ding ... Man schreibt nicht gern, wenn man weiß, daß die Worte nach einer so langen Überfahrt abgekühlt ankommen – und hier fühle ich mich ganz und gar isoliert. Es gibt Wochen, in denen ich nicht eine einzige Nachricht erhalte.

Auf den Karneval bezogen fügte er hinzu:

Ich habe mich von dieser Welle des Vergnügens und des Rausches nicht mitreißen lassen können: und wie hätte man sich in früheren Jahren daran erfreut, eine ganze Stadt tanzend, marschierend, singend, für vier Tage ohne Polizei, ohne Zeitungen und ohne Geschäfte zu sehen – eine Menge nur durch die Freude vereint![110]

»In früheren Jahren« – nun war für ihn solch ein Schauspiel lediglich ein Symbol für den Triumph der niederen Instinkte über die Welt des Geistes.

7

What is there more, that I lag and pause and crouch with unshut mouth?
Is there a single final farewell?

Walt Whitman, *Songs of Parting*

Hatte Lotte sich schon bereit erklärt, diese letzte Handlung gemeinsam vorzunehmen? Ihre Hingabe war zweifellos so groß, daß sie ihm bis zum Ende folgen würde. Trotzdem mag sie gezögert haben. Am Samstag, dem 21. Februar, ging sie wie gewohnt morgens zum Einkaufen, kaufte sogar eher größere Vorräte ein als gewöhnlich: Ob sie es tat, weil sie noch nicht entschlossen war, oder nur um keinen Verdacht zu erregen, steht dahin. Den Freitag hatte Zweig damit verbracht, seine Papiere in Ordnung zu bringen, und später am Tage stieg eine Rauchfahne von einem ansehnlichen Feuer im kleinen Garten hinter der Villa auf.[111] Er war entschlossen, seine Absicht geheimzuhalten und machte keine Abschiedsbesuche außer bei Strowski, der damals in einem Hotel in Petrópolis wohnte, aber Strowski war ausgegangen. Der brasilianische Schriftsteller Domenico Braga, den er in Paris kennengelernt hatte und den er mochte, rief zufällig am Samstag an, um zu fragen, ob er ihn am Sonntag besuchen dürfe. »Demain je suis occupé«, sagte Zweig. »Et dans la semaine prochaine?« – »Dans la semaine prochaine nous ne serons pas là.« Braga hatte gehört, daß sie vielleicht Minas Gerais besichtigen würden und dachte, Zweig spiele darauf an. Nach einer kleinen Pause fügte Zweig hinzu: »Je suis heureux de vous entendre.« Er war wohl dankbar für diese Gelegenheit, einem Freund in aller Stille Lebewohl sagen zu können, ohne zu verraten, was er vorhatte. Am Samstag rief er auch de Souza an, nicht wie dieser erwartete, um ein Treffen zu vereinbaren oder ihn einzuladen, sondern nur, um einige

Worte mit ihm zu wechseln. Er schloß mit: »Je suis heureux de vous parler.« de Souza begriff damals ebenfalls nicht, was das zu bedeuten hatte.[112]
Sie wollten die Feders noch wiedersehen, und Lotte rief sie am Samstagmorgen an, um sie für den Abend einzuladen. Auf Frau Feders Gegeneinladung erwiderte sie, daß sie noch zu arbeiten hätten und vorzögen, selbst die Gastgeber zu sein. Sie würden sie gegen acht erwarten. Feder hinterließ folgenden Bericht von diesem letzten gemeinsamen Abend:

Als ich um diese Stunde mit meiner Frau die Veranda des hochgelegenen Hauses betrat, saß er am offenen Fenster seines Arbeitszimmers und schrieb. Das überraschte mich. Abends pflegte er nie zu arbeiten. »Wir kommen zu früh? Wir stören Sie?« »Nein, gar nicht«, sagte er in einer Verlegenheit, die mir auffiel. Ich ahnte nicht, daß ich ihn bei der Niederschrift seiner Abschiedsbriefe überrascht hatte.
Vier Stunden waren wir an diesem Abend zusammen. Nie zuvor hatte ich ihn so traurig, so völlig zerschlagen gesehen. Der Schatten, der über ihm lag und den Glanz der Augen verdüsterte, wirkte noch tiefer als je zuvor. Ich war und bin noch immer der Meinung Rabelais', daß »Lachen der natürliche Zustand des Menschen« sei. Nie aber lachte ich mit Stefan Zweig. An jenem Abend kam es nicht einmal zum Lächeln.
»Ich habe diese letzten Nächte kaum geschlafen«, hob er an. »Ich habe sehr viel gelesen«, wobei er Bainvilles *Leben Napoleons* erwähnte und eine Reihe Begebenheiten darin erinnerte, die französische Revolution mit dem heutigen Weltumsturz vergleichend. »Wollen Sie das Buch haben?« fragte er mich. Ich bemerkte, daß es größtenteils noch unaufgeschnitten war: »Sie haben es aber selbst noch nicht zu Ende gelesen!« – »Werde ich auch nicht«, erwiderte er, und bestand darauf, daß ich die zwei Bände mitnehmen sollte (er wußte, daß ich eine Studie über die französische Revolution in Vorbereitung hatte).
Ich hatte ihm auf seinen Wunsch eine kleine Arbeit mitgebracht, *Begegnung in Weimar,* die er vor der Publikation lesen wollte. Er sah sie genau durch und machte, sich entschuldigend, einige feine Einwendungen.
Ich fragte nach einem Roman über die Inflationszeit, von dem er mir einiges erzählt hatte, den er aber vor einiger Zeit beiseitegelegt, weil er sich genauere Daten und Einzelheiten der Periode nicht habe verschaffen können. Er sprach über Österreich, wieviel Vernunft doch in dem germanisch-slawischen Völkergemisch gelegen habe. »Wir Österreicher haben das niemals gewürdigt. Wie haben wir die Deutschen bewundert!«
Er sprach von seiner Arbeit am *Balzac.* »Es gibt keine große Balzac-Biographie. Die sich damit befaßten, sind alle gestorben, ehe sie das Werk vollenden konnten. Ich sprach in Paris mit Bouteron. Auch er wird sie nicht schreiben. Auch für mich ist das vorbei.«
Die vier Bände meines Montaigne, die er entliehen hatte, gab er mir zurück.
»Haben Sie denn jetzt eine vollständige Ausgabe?«
»Ja«, murmelte er unsicher, er habe schon zwei Kapitel geschrieben. In den Bänden, die er zurückgab, schien das Vorwort sein besonderes Interesse erregt

zu haben. Darin waren zwei Stellen angestrichen. Die eine beschrieb Montaigne am königlichen Hof, »in der Menge verdrängt, beobachtend«. In der anderen wurde der Essayist selbst zitiert; indem er zwischen Montaigne dem Menschen und Montaigne dem Bürgermeister von Bordeaux unterscheidet, schreibt er: »Meines Erachtens sollte man dem Mitmenschen leihen und nur sich selbst wirklich geben.« ...
Ich versicherte ihm, daß seine Kräfte noch unvermindert waren, daß es seine Pflicht sei, zum Vergnügen und Gewinn seiner zahlreichen Leser weiterzuschreiben. »In früheren Tagen aber schrieb ich voller Freude und Enthusiasmus«, versetzte er. »Jetzt ist das alles vorbei ... Ich konnte meine Bücher durch den ganzen Produktionsprozeß verfolgen, die Korrekturen fünf, sechs Mal machen. Jetzt habe ich nur die Übersetzungen: das sind meine Adoptivkinder, und ich liebe sie, aber es sind nicht wie Kinder des eigenen Bluts.« ...
Ab und zu brachte er den Ausdruck »am Kriege sterben« hervor, wie man vom Sterben an einer Krankheit spricht.
Damals wußte ich nicht, weshalb er mir den Montaigne zurückgab, weshalb er mir Bainvilles *Napoleon* ... zum Geschenk machte, warum seine Frau, als er meinen Vorschlag zu einer Schachpartie akzeptierte, ihm einen langen, erstaunten Blick zuwarf. Ich machte diese Anregung, weil ich dachte, das Spiel, das er so liebte, würde ihn von seinen düsteren Gedanken ablenken. An sich war es kein Vergnügen, sein Gegner am schwarzweißen Brett zu sein. Ich bin ein schwacher Spieler, aber seine Kenntnis dieser Kunst war so gering, daß es mich Mühe kostete, ihn gelegentlich eine Partie gewinnen zu lassen.
Es ist fast Mitternacht, als sie uns nach Hause geleiten. Ich gehe mit Stefan Zweig voraus. Er erwähnt, daß sein Freund in Columbien, dessen Buch über Süd-Amerika er mir zeigte, Unterrichtsminister der Republik geworden sei und auf seine Glückwünsche ihn nach Bogota eingeladen habe. Ich sagte: »Da sollten Sie doch hinfahren«, und als in diesem Moment uns unsere Frauen erreichen, sage ich zu Frau Lotte: »Wir haben eben eine gemeinsame Expedition nach Columbien beschlossen. Kommen Sie mit?« Meine Frau meinte, solche Reise im Krieg sei nicht ganz ungefährlich. Frau Lotte widerspricht: bei ihrer Abfahrt aus England war die Sache doch auch ungemütlich. »Ich werde diese Reise nicht machen«, sagte Zweig ...
Er reicht mir lächelnd noch einmal zum Abschied die Hand. Er fühlt, daß seine Stimmung uns bedrückt: »Also entschuldigen Sie meine schwarze Leber!« Mit diesen Worten und einem tieftraurigen Blick verschwand er im Dunkel der zauberhaften Sommernacht, und von den zahlreichen Begegnungen mit ihm bleibt mir dies Bild als dominierend und definitiv vor Augen.[113]

Es war eine ganze Anzahl Briefe, bei deren Niederschrift seine Freunde Zweig überrascht hatten. Manche, die zur Anordnung seiner persönlichen Angelegenheiten bestimmt waren, spielten keineswegs auf den schicksalsschweren Entschluß an, den er gefaßt hatte, und er drückte sich etwa nur so aus, als stehe ihm eine gewöhnliche Reise bevor. Den Adressaten aber würde beim Erhalt die volle Bedeutung klar sein. An Fróes, den Direktor der Stadtbibliothek Petrópolis, hieß es auf Französisch:

Meine Bibliothek habe ich nicht bei mir hier, mein notwendigstes Handwerkszeug fehlt mir seit Jahren: es bleiben nur einige Bücher, die der Zufall und die Freundschaft bei mir versammelt haben. Aber ich wäre glücklich, wollten Sie sich einige für Ihre schöne Bibliothek aussuchen, die für mich so nützlich war und die Ihren Respekt und Ihre Liebe für Bücher und Literatur bezeugt. Möge sie wachsen und sich entwickeln und anderen ebenso viel Freude bereiten wie mir.

Und an Cardoso Miranda, den Präfekten von Petrópolis, seinen ›cher confrère‹:

Ich möchte mich noch einmal bei Ihnen für die schönen Stunden bedanken, die ich in Ihrer wunderschönen Stadt verbringen durfte. Hätte ich es gewagt, mir zum dritten Mal ein Haus zu bauen, in dem Versuch, mein Leben, das von seinen eigentlichen Wurzeln abgeschnitten ist, neu zu gestalten, so wäre es hier geschehen und nirgendwo anders. Doch wie schön war es hier, inmitten einer freigebigen und friedlichen Natur zu leben und zu arbeiten. Mein letzter Blick von meinem Fenster aus umfaßt noch einmal die unübertreffliche Schönheit der Landschaft! Lassen Sie mich auch Ihnen persönlich für Ihre große Liebenswürdigkeit danken.[114]

An Mrs. Banfield schrieb er:

Es tut mir schrecklich leid, aber wir haben eine andere Entscheidung getroffen und können Ihr reizendes Haus nicht wieder mieten. Sie können sich nicht vorstellen, wie müde man mit sechzig wird, wenn man nicht im eigenen Haus leben kann und ständig umherwandern muß. – Für alle kleinen Ausgaben, Licht, Telephon, Stundenlöhne für Antonio und das Mädchen usw. werden meine Testamentsvollstrecker hier in Brasilien (Dr. Malamud oder Abrão Koogan) sorgen. Ich habe außerdem verfügt, daß einige Kleider usw. an diese ehrlichen und freundlichen Menschen übergeben werden sollen, die unseren Aufenthalt in Ihrem Haus so angenehm machten.
– Freundliche Grüße an Ihren Mann und Ihre Söhne

Ihr Stefan Zweig.

Über Plucky werden die Testamentsvollstrecker entscheiden. Wenn Sie ihn wirklich haben wollen, müssen Sie sie informieren. Ich weiß, daß es ihm bei Ihren Buben gutgehen würde.[115]

Seinem ›cher ami‹ Koogan gegenüber schrieb er unverhohlener:

Verzeihen Sie, wenn ich Ihnen Mühe und Arbeit gebe, aber ich war durch dieses Nomadenleben und den schlechten Gesundheitszustand meiner armen Frau am Ende meiner Kräfte. Ich bitte Sie, mein Begräbnis so einfach und privat wie möglich zu veranstalten. Die kleinen Schulden unseres Haushaltes sind von dem, was hier bleibt, zu bezahlen. Meine Habe und testamentarischen Verfügungen befinden sich in der verschlossenen Schublade. Dr. Malamud wird sich – so hoffe ich – um die juristischen Dinge kümmern. Ich habe in meinem Testament (und meine Frau ebenfalls) ihm und Ihnen die Befugnisse erteilt, als meine Testamentsvollstrecker für meine brasilianischen Angelegenheiten zu agieren.

Ich danke Ihnen aus ganzem Herzen für Ihre gute Freundschaft und wünsche Ihnen, Ihrer Frau und Ihrem Kind das Beste. Ihr Freund bis zur letzten Stunde ...[116]

Auch an Wittkowski schrieb er trotz ihrer gemeinsamen Muttersprache auf Französisch, wohl um jeden Verdacht von seiten der brasilianischen Behörden abzuwenden (seitdem Brasilien mit den anderen südamerikanischen Republiken beschlossen hatte, die diplomatischen Beziehungen zu Deutschland und Italien abzubrechen, war täglich mit der Kriegserklärung an die Achsenmächte zu rechnen). Er erklärte, daß er Koogan gebeten habe, Wittkowski die beendeten Manuskripte sowie die Fragmente durchsehen zu lassen.* Insbesondere erwähnte er die *Schachnovelle* (obwohl er am selben Tag drei Exemplare davon per Einschreiben an Viking, Bermann Fischer[117] und Alfredo Cahn abgeschickt hatte) und die Novelle *War er es?* Er bat ihn weiter, dafür zu sorgen, daß die restliche Kopie der Autobiographie erhalten bleibe, da das Exemplar, das er nach Schweden geschickt hatte, möglicherweise verlorengegangen sei.

Die anderen Sachen sind teilweise als erste Entwürfe vorhanden (ach, der Montaigne) und zweimal »ach« für den Balzac, der nur das Skelett des großen Buches ist, das ich geschrieben haben würde, hätte mich der Krieg nicht daran gehindert (es war das erste von zwei großen Bänden). Wenn Sie etwas finden, was Koogan behalten kann – lassen Sie es ihm – zerstören Sie das andere! – Ich werde Koogan bitten, Ihnen eine Bezahlung von meinen Tantiemen während Ihrer Einordnungsarbeiten zu geben. Ich glaube nicht, daß diese Sachen einen großen Wert für die Nachwelt haben, es ist dies bloß ein Bewahrungsinstinkt, eine Sentimentalität.

Wie in anderen Briefen wiederholte er auch hier seine Klage, daß er nach diesen Jahren der Wanderschaft erschöpft sei. »Als mein sechzigstes Jahr einläutete, war es für mich wie ein Ruf: ruhe dich aus, da du dein wirklichstes Werk, den großen Balzac, nicht vollenden kannst.« Und er fügte hinzu: »Übrigens ist es typisch, daß alle, die Maß an diesen Giganten legen wollten, erschraken vor der Arbeit an diesem ›Helden der Arbeit‹. Ich fühle mich seit meinem Entschluß sehr glücklich – das erste Mal seit jenem Septembertag, der meine Welt zerstörte. – Mut! Sie sind jung! Sie werden noch sehen, wie sich die Woge wieder erheben wird!«[118]
Dem Abschiedsbrief Lottes an ihren Bruder und dessen Frau fügte er auf Englisch hinzu:

* Mit diesem Auftrag glaubte Wittkowski, zum eigentlichen Nachlaßverwalter eingesetzt zu sein, und es folgte ein recht scharfer Briefwechsel (teilweise öffentlich geführt) zwischen ihm und Manfred Altmann, Lottes Bruder (vgl. Brief von Wittkowski, *Aufbau*, New York, 28. Mai 1943).

Ihr würdet uns besser verstehen, wenn Ihr gesehen hättet, wie Lotte in den letzten Monaten unter ihrem Asthma litt und ich meinerseits durch unser Nomadenleben schwer bedrückt war ... Wir liebten dieses Land sehr, aber es blieb immer ein provisorisches Leben, fern von unserem Heim und unseren Freunden. Und für mich wurde mit sechzig Jahren der Gedanke unerträglich, noch Jahre in dieser schrecklichen Zeit warten zu müssen. Wir lebten in Gedanken immer mit den anderen, die weit entfernt waren; und ohne die Hoffnung, das ersehnte ruhige Leben zu finden und eine Besserung in Lottes Gesundheitszustand zu erreichen (die langwierige Injektionskur half nicht einmal), entschieden wir, in Liebe verbunden einander nicht zu verlassen ... Ihr wißt, wie gut wir beide in diesen Jahren zusammen gelebt haben und daß es keinen Augenblick der Uneinigkeit gab ...[119]

Nachdem er diesen Entschluß gefaßt hatte, fühlte er sich gewiß glücklicher, ruhiger und gelassener. In einem Abschiedsbrief an Fülöp-Miller, den er in jenen letzten Tagen schrieb, empfahl er seinem Freund eine sorgfältige Lektüre Montaignes und zitierte wiederum aus dem Essay, den er selbst so oft gelesen hatte: »La vie despend de la volonté d'aultruy; la mort de la nostre ... La réputation ne touche pas une telle entreprise: c'est folie d'y avoir respect. Le vivre, c'est servir, si la liberté de mourir en est à dire.«[120] Bei Ausbruch des Krieges hatte er noch Rilkes Wort wiederholen können: »Überstehn ist alles.« Nun, da er sich zu alt fühlte, um die Welle des Aufschwungs abzuwarten, konnte er das von Montaigne begründete Recht in Anspruch nehmen. In einer Welt, in der es keine persönliche Freiheit mehr zu geben schien, konnte er sich durch diese letzte Handlung seine Freiheit bewahren: Hier und hier allein war die innere Zitadelle zu finden, die er vergeblich gesucht hatte: »un port tresasseuré, qui n'est jamais a craindre«. »Wenn Du diesen Brief erhalten hast, werde ich mich viel besser fühlen als vorher«, schrieb er an Friderike am Sonntagmorgen:

Du hast mich in Ossining gesehen, und nach einer guten und ruhigen Zeit wurde meine Depression viel akuter – ich litt so viel, daß ich mich nicht mehr konzentrieren konnte. Und dann die Gewißheit – die einzige, die wir hatten – daß dieser Krieg Jahre dauern wird, daß Jahre und Jahre vergehen würden, ehe wir uns in unserer besonderen Lage wieder in unserem Heim niederlassen könnten – sie war zu bedrückend. Petrópolis gefiel mir sehr gut, aber mir fehlten die Bücher, die ich brauchte, und die Einsamkeit, die erst eine so beruhigende Wirkung hatte, begann niederdrückend zu werden – zu denken, daß ich mein zentrales Werk, den Balzac, nie würde beenden können ohne zwei Jahre ruhigen Lebens und alle Bücher, war sehr hart, und dann dieser Krieg, der seinen Höhepunkt noch nicht erreicht hat. Ich war zu müde für all das, und die arme Lotte hatte keine gute Zeit mit mir, besonders da ihre Gesundheit nicht die beste war. Du hast Deine Kinder und damit eine Pflicht zu erfüllen. Du hast weite Interessen und eine ungebrochene Aktivität. Ich bin sicher, Du wirst noch die bessere Zeit sehen und wirst mir recht geben, daß ich mit meiner »schwarzen Leber« nicht mehr länger wartete. Ich schicke Dir diese Zeilen in den letzten Stunden. Du kannst Dir nicht vorstellen, wie froh ich mich fühle, seit ich den Entschluß gefaßt habe. Liebe Grüße an Deine Kinder, und beklage mich nicht – erinnere Dich an den guten Joseph Roth und Rieger, wie froh ich immer für sie war, daß sie diese Qualen nicht durchmachen mußten. – Alles Gute und Liebe und fasse Mut, weißt Du mich doch ruhig und glücklich. Stefan[121]

Diese Briefe sind unser einziger Anhaltspunkt für seine seelische Verfassung an jenem Sonntag. Da die Bediensteten, die übrigens nicht im Hause wohnten, ihren freien Tag hatten, gab es keine Zeugen für das, was wirklich geschah. Der Morgen wurde offensichtlich damit verbracht, seine Papiere endgültig zu ordnen; die Bankunterlagen für ihr bescheidenes Konto in Brasilien, etwas bares Geld, kleine Schenkungen an Koogan und Zweigs angeheirateten Neffen Ferdinand Burger wurden zusammen mit ihren Testamenten ordentlich in die Schublade seines Schreibtisches gelegt. Er schickte Ferdinand einen kurzen undatierten Brief, dem er etwas Bargeld beilegte. »Ich hatte das Gefühl, daß Ihr nur aus Beengtheit nicht heraufgekommen seid. Da ich gerade Ordnung in meinen Sachen mache, sende ich Dir etwas zu – leider ist Sonntag, so daß ich nicht registrieren kann. Hoffentlich erreicht es Dich.« Die verpackten Manuskripte und Entwürfe versah er mit dem Vermerk: »Pas toucher! Tous ces manuscrits (en grande partie inachevés) ont à être remis à Senhor Abrão Koogan, Editora Guanabara, que j'ai prié de les garder et faire reviser par Mr. Victor Wittkowski Hotel Russel Praia Russel«; er unterschrieb den Vermerk und legte alles auf einen Stuhl in der Ecke. Auf die Vorsatzblätter der in Leder gebundenen englischen und französischen Bände, die Romains ihm zum Geburtstag geschenkt und eigenhändig gewidmet hatte, fügte er hinzu »et donné par lui à son ami Abrão Koogan, 21. 2. 1942« und legte sie gut sichtbar auf den Schreibtisch.
Die Briefe, die er geschrieben hatte, waren frankiert, die Bleistifte auf seinem Schreibtisch gespitzt, die entliehenen Bücher für die Rückgabe an die Besitzer entsprechend gekennzeichnet. Es blieb nur eines zu tun: als letzten schriftstellerischen Akt eine öffentliche Erklärung zu schreiben, einem Leben, das der Literatur und dem Geist der Freiheit gewidmet war, damit ein ihm gemäßes Siegel aufzudrücken, einen ehrenhaften und künstlerischen Schlußstrich zu ziehen. Die Überschrift war auf Portugiesisch abgefaßt, *Declaração*, das übrige auf Deutsch geschrieben:

Ehe ich aus freiem Willen und mit klaren Sinnen aus dem Leben scheide, drängt es mich, eine letzte Pflicht zu erfüllen: diesem wundervollen Land Brasilien innig zu danken, das mir und meiner Arbeit so gute und gastliche Rast gegeben.

Mit jedem Tage habe ich dies Land mehr lieben gelernt und nirgends hätte ich mir mein Leben lieber vom Grunde aus neu aufgebaut, nachdem die Welt meiner eigenen Sprache für mich untergegangen ist und meine geistige Heimat Europa sich selber vernichtet.
Aber nach dem sechzigsten Jahre bedurfte es besonderer Kräfte, um noch einmal völlig neu zu beginnen. Und die meinen sind durch die langen Jahre heimatlosen Wanderns erschöpft. So halte ich es für besser, rechtzeitig und in aufrechter Haltung ein Leben abzuschließen, dem geistige Arbeit immer die lauterste Freude und persönliche Freiheit das höchste Gut dieser Erde gewesen.
Ich grüße alle meine Freunde! Mögen sie die Morgenröte noch sehen nach der langen Nacht! Ich, allzu Ungeduldiger, gehe ihnen voraus.

Als diese Zeilen unterschrieben und mit dem Datum versehen gut sichtbar auf dem Schreibtisch lagen, waren sie bereit. Am Nachmittag, irgendwann zwischen Mittag und vier Uhr, nahmen sie eine Überdosis Veronal und legten sich gemeinsam zu diesem letzten Schlaf nieder, Stefan in Hemd, Krawatte und Hosen, Lotte in einem geblümten Kimono, den sie nach dem Bad angezogen hatte. Die Mineralwasserflasche, die sie benutzt hatten, trug das ironische Etikett ›Salutaris‹. Auch Plucky, der kleine Terrier, legte sich hin vor ihr Zimmer und wartete geduldig darauf, daß sein Herr aufwachen und ihn auf seinen Abendspaziergang mitnehmen würde. Auf dem Buffet stand eine Vase mit vierblättrigem Klee.[122]

8

Viele Menschen mit Herz in der ganzen Welt müssen, als sie von diesem Doppelselbstmord erfuhren, über die Verantwortung aller nachgedacht haben, und über das Schamgefühl einer Zivilisation, die fähig ist, eine Welt zu schaffen, in der ein Stefan Zweig nicht leben kann.

André Maurois

Als die Herrschaften am Montagmorgen, dem 23. Februar nicht erschienen, waren die Bediensteten nicht sonderlich überrascht. Es war nicht ungewöhnlich, daß sie bis spät in die Nacht aufblieben, und es galt die Weisung, sie morgens nicht zu stören. Antonio ging wie gewöhnlich an seine Arbeit, die Frau machte sich an die Hausarbeit. Am späten Vormittag klopfte sie an die Schlafzimmertür, und da niemand antwortete, glaubte sie, daß das Ehepaar noch schlafe. Etwa um drei Uhr nachmittags rief Claudio de Souza an, der Zweig einen Spaziergang vorschlagen wollte. Das Dienstmädchen sagte, sie schliefen noch, und de Souza nahm an, sie meine die Siesta. Doch als Antonio zurückkehrte

und immer noch niemand auf das Klopfen antwortete, wurde er unruhig. Er versuchte die Türe zu öffnen und fand sie verschlossen. Darauf kletterte er auf das Dach, entfernte einige Ziegel, schaute hinein und erkannte mit Entsetzen, was geschehen war. Die Polizei wurde gerufen und begann mit ihren Ermittlungen, wobei sie nicht ausschloß, daß sich hinter diesem scheinbaren Selbstmord noch etwas anderes verbergen könnte. Angesichts der heiklen politischen Lage in Brasilien verlangte der ungewöhnliche Tod von Flüchtlingen aus den Ländern der Achsenmächte nach einer Erklärung. Ein Bekannter von Zweig, der französische Architekt Alfred Agache, der ihn auf seinem Weg nach Rio besuchen wollte, erfuhr die Nachricht von den Detektiven, die gerade die steile Treppe herunterkamen. Entsetzt eilte er zu de Souza, der sofort mit ihm und Leopold Stern zurückkehrte, den sie telefonisch benachrichtigt hatten. Stern war der einzige, der Deutsch sprach, und konnte so die *Declaração* übersetzen und den eintreffenden Polizeirichter von der tragischen Wahrheit überzeugen.[123]
Alle drei waren tief bewegt. Da de Souza dachte, die Zweigs hätten keine Verwandten im Lande und der PEN-Club von Brasilien stelle ihre engste Verbindung dar, übernahm er die traurige Pflicht des nächsten Anverwandten. Eine seiner ersten Handlungen für einen so bedeutenden Gast Brasiliens war, den Stabschef von Präsident Vargas anzurufen: Er möge umgehend den Präsidenten, der sich in Petrópolis befand, benachrichtigen und um die Genehmigung für ein Staatsbegräbnis bitten. Trotz Zweigs letztem Wunsch in seinem Brief an Koogan, der natürlich erst später bekannt wurde, meinten de Souza und eigentlich das ganze offizielle Brasilien, daß dem Verfasser des *País do futuro* nichts Geringeres als ein Staatsbegräbnis gebühre. Sobald sich Vargas vergewissert hatte, daß die Zweigs keine Katholiken waren, gab er bereitwillig seine Erlaubnis und befahl, als Zeichen des Respekts die Autopsie im Hause vorzunehmen. Er war einer von den Hunderten, die zur rua Gonçalves Dias pilgerten, um die Verstorbenen zu sehen.[124]
Die Tragödie hatte in der Öffentlichkeit ein großes Echo hervorgerufen, und das Staatsbegräbnis am folgenden Tag, dem 4000 Menschen beiwohnten, war für einen ›estrangeiro‹ beispiellos in der Geschichte Brasiliens, größer und bewegender als für jeden brasilianischen Schriftsteller außer für den Staatsmann Rui Barbosa. Die mit Blumen beladenen Särge wurden in der Hauptschule von Petrópolis aufgebahrt. Hier, im Grupo Escolar Pedro Segundo, hielt Carauta de Souza, Präsident der Akademie der Literatur von Petrópolis, eine Ansprache vor einem illustren Publikum. Zwar befand sich keiner von Zweigs alten Freunden darunter, sondern nur die wenigen, die ihm in letzter Zeit nahegestanden hatten – de Souza, Feder, Koogan, Stern. Aber der Präsident war

persönlich anwesend, auch der Staatsminister und zahlreiche offizielle und akademische Delegationen waren erschienen. Auf der letzten Reise zum Friedhof hielten unter anderen Admiral Peixoto als Vertreter des Präsidenten, der Maler und Dramatiker Raul Pedrosa, der Präfekt Cardoso Miranda, der Akademie-Professor Clementino Fraga und Leopold Stern das Bahrtuch. Als der Trauerzug bei strahlendem Sonnenschein durch die Stadt zog, wurden die Geschäfte spontan geschlossen, und eine große Menschenmenge folgte ihm. Man war übereingekommen (obgleich es zweifelhaft erscheint, ob Zweig dem zugestimmt hätte), die Zeremonie nach jüdischem Ritus abzuhalten. Am Grab, nicht weit vom Mausoleum des Kaisers Pedro II., hielten der Rabbiner Dr. Lemle und der Kantor Fleischmann den Trauergottesdienst. Als die Särge hinabgesenkt wurden, verdunkelte eine Wolke das Antlitz der Sonne, und es folgte ein starker Regenschauer, der in dem Augenblick aufhörte, als die Zeremonie beendet war.[125]

Epilog

Gleichsam ein Paradigma europäischer Wirksamkeit ist ... die Erscheinung Stefan Zweigs; zumindest als Vorläufer jener darf er gelten, die da kommen müssen, wenn es gelingen soll, unsere geistige Welt aus der allgemeinen Verwirrung zu retten.

Erwin Rieger

Das wirkliche Wesen gibt jeder Mensch nur in dem, was er schafft.

Stefan Zweig, *Das Geheimnis des künstlerischen Schaffens*

Sein Werk bleibt uns, und man kann darin immer Beweggründe finden, das Leben trotz allem zu lieben.

Frans Masereel

»A morte de Zweig e um choque para todo o Brasil« (Der Tod Zweigs ist ein Schock für ganz Brasilien), sagte ein brasilianischer Freund, der ihn nicht einmal persönlich gekannt hatte, zu Feder. In zahllosen Beiträgen würdigte die brasilianische Presse seinen Ruhm und die ungeheure Popularität seiner Werke. Am 2. März, dem ›siebten Tag‹, fand in der jüdischen Gemeinde von Petrópolis eine Trauerfeier statt, bei der Rabbi Lemle sprach und ein Fräulein Haberer Lieder von Händel in englischer Sprache sang. Am 15. April veranstaltete der brasilianische PEN-Club in den vornehmen Räumen der Akademie der Wissenschaften in Rio eine Gedenkstunde, an der das Diplomatische Corps einschließlich des britischen Gesandten, die Angesehensten der brasilianischen Gesellschaft und die berühmtesten Wissenschaftler teilnahmen; de Souza als Präsident des Clubs, Miranda und Feder hielten Ansprachen.[1] Ähnliche Feierstunden fanden in New York und London statt.[2] In der ganzen freien Welt war die Trauer über den Verlust überwältigend. Vor allem bei den vor Hitler Emigrierten löste das tragische Ereignis einen Schock aus und stellte sie gleichzeitig vor ein Rätsel; denn gerade Zweig, vermögend, an einem sicheren Platz, beliebt bei allen Verlegern der Welt, war der letzte, von dem man erwartet hätte, daß er sich das Leben nehmen würde. »Er schien so stark zu sein, so sicher in seiner Existenz, und auch zu wissen, wie er diese vor allen Gefahren bewahren konnte«, schrieb Rolland.[3]

Die Art, in der die Nachrichten an diesem Montag übermittelt wurden, diente bei denjenigen, die ihn gekannt hatten, nur dazu, das Geheimnis noch zu vertiefen. Seine *Declaração*, die an Ort und Stelle von Stern ins Französische und dann von de Souza ins Portugiesische übersetzt wurde (beide befanden sich in verständlichem Aufregungszustand), erreichte die brasilianische Presse und die internationalen Nachrichtenagenturen in einer fehlerhaften und unvollständigen Textgestaltung. Dadurch entstand der Eindruck eines egozentrischen, ja feigen Aktes, der nur aus Verzweiflung geschehen war. Aus »persönlicher Freiheit« wurde »menschliche Freiheit und *meine eigene*«, und der optimistische Hinweis im vorletzten Satz über die »Morgenröte nach der langen Nacht« war gänzlich ausgelassen.* Nachdem dann das Originaldokument in Faksimile in den meisten brasilianischen Zeitungen erschienen war, wurde der Irrtum bald bemerkt und (in einem Land, das damals zwischen Krieg und Frieden schwebte) das Thema zum Gegenstand heißer politischer Debatten. Anklagen wurden laut, man habe im Interesse der ›Fünften Kolonne‹ der Achsenmächte Zweigs Glauben an einen endgültigen Sieg der Alliierten unterdrücken wollen. de Souza wurde gezwungen, sich zu rechtfertigen, indem er in einem Interview mit *O Globo* erklärte, er habe diese Übersetzung direkt nach Sterns mündlicher, französischer Übermittlung einer dritten Person diktiert; wegen seiner geringen Deutschkenntnisse sei ihm die Auslassung entgangen. Er erinnerte sich daran, daß die mit Bleistift geschriebenen Seiten der Version, für die sich der Korrespondent des *Jornal de Petrópolis* verantwortlich machte (zur Weitergabe an seine Kollegen in Rio und an die DIP-Agentur) mit dem »herzlichen Lebewohl« geendet hatten. Er verteidigte sich heftig gegen die Unterstellung von Gefühlen für die Achsenmächte und unterstrich nachdrücklich den Anti-Nazigeist des PEN-Clubs.[4]

* Nachfolgend werden die verschiedenen Fassungen der Schlußstelle der *Declaração*, die in den ersten Tagen erschienen, dem Originaltext gegenübergestellt:
A Noite, Rio, 28. Febr.
Assim julgo melhor terminar a tempo uma vida que dediquei exclusivamente ao trabalho espiritual, considerando a liberdade humana e a minha propria como o maior bem da terra. Deixo um adeus afetuoso a todos os meus amigos.
(Wie in vielen brasilianischen Zeitungen wurde dieser ›Übersetzung‹ ein Faksimile des Originals beigefügt.)
Aufbau, New York, 27. Febr.
Daher glaube ich, daß es an der Zeit ist, ein Leben zu beenden, das nur geistiger Arbeit gewidmet war und das stets die Freiheit und auch meine eigene als den größten Reichtum in der Welt betrachtet hat. Ein herzliches Lebewohl an alle meine Freunde!
PM, New York, 24. Febr.
Therefore I believe it is time to end a life which was dedicated only to spiritual work, considering human liberty and my own as the greatest wealth in the world. I leave an affectionate goodby to all my friends.

Original
So halte ich es für besser, rechtzeitig und in aufrechter Haltung ein Leben abzuschließen, dem geistige Arbeit immer die lauterste Freude und persönliche Freiheit das höchste Gut dieser Erde gewesen. Ich grüße alle meine Freunde! Mögen sie die Morgenröte noch sehen nach der langen Nacht! Ich, allzu Ungeduldiger, gehe ihnen voraus.

Die Wirkung dieser mangelhaften Übersetzung war in den ersten Wochen höchst bedauerlich, denn es verging eine Weile, bis der Originaltext die USA und England erreichte. Trotz aller redlichen Tribute an Zweigs Humanismus und seine Ergebenheit für die Sache der Freiheit konnten manche in seinem Selbstmord nichts anderes sehen als eine Abtrünnigkeit und demzufolge einen Sieg des Gegners. Sollte Stefan Zweig, der »immer so furchtbar recht mit seiner Voraussicht« gehabt hatte, auch jetzt recht haben, fragte sich Zuckmayer: War der Kampf tatsächlich hoffnungslos?[5] Thomas Mann sah, bei allem Respekt vor Zweigs »tiefer und sanfter Humanität, einer Güte, die vielen zu leben geholfen hatte«, in dem Selbstmord nur die Tragödie, daß diese Eigenschaften »selbst nicht robust genug« seien, »die Finsternis zu überleben und den Tag zu sehen« (selbst als der Originaltext der *Declaração* bekannt war, blieb er bei der Ansicht, daß der Selbstmord ein Pflichtversäumnis sei, weil er in selbstsüchtiger Weise unterschätzte, welche Entmutigung er bei den Emigranten bewirken mußte).[6] Emil Ludwig bezeichnete in einem *Abschiedsbrief* in der Gedenkausgabe der New Yorker Emigrantenzeitung *Aufbau* vom 27. Februar die Tat schlicht als unbegreiflich. »So wenig ich erstaunt war, als ich von Ernst Tollers Selbstmord hörte, der ihm so sehr gemäß war, so überrascht war ich heute ... Warum hielten Sie sich nicht an das Beispiel unserers Meisters (Goethe), der, während der Feind in seinem Land stand, ja bis an sein Haus vordrang, Geologie von China studierte?« »Man verstummt vor der majestätischen Endgültigkeit einer solchen Tat«, schrieb Bruno Frank in derselben Zeitung, »deren Beweggründe selten völlig erkennbar sind. Und man wendet seine Gedanken jenen Kameraden zu, die unter äußerlichen schweren Umständen stündlich gegen Verzweiflung kämpfen. Laßt uns zusammenhalten, materiell und seelisch einander beistehen, damit keiner mehr fällt, ehe wir das Licht sehen.« Nur aus den Beiträgen in dieser Nummer des *Aufbau* von Heinrich Mann und Lion Feuchtwanger (die ihn beide nicht besonders gemocht hatten) sprach das instinktive Verständnis, daß er nicht wirklich an dem endgültigen Sieg der Humanität gezweifelt hatte.[7]

»So stark schien er immer und war doch schwächer als ich, wie sich's nun enthüllt«, schrieb der gütige Felix Braun an Friderike aus seiner einsamen Hütte in Englands Lake District. »Er konnte es länger nicht ertragen und wie ein ungeduldiger Knabe ... das Spiel aufgibt, das ihm eben noch alles bedeutet, so warf er, der Unselige, sein Leben weg, nicht bedenkend, was dieses Leben für uns gewesen ist.«[8] »Er wurde von der Vergangenheit überwältigt«, hieß es im Leitartikel der *New York Herald Tribune*, »und von der Einsicht, daß alles, was ihm am Herzen lag, mutwillig zerstört worden war«. Die New Yorker *Sun* erinnerte sich eines Interviews, das er im Juli 1940 gegeben hatte. Darin hatte er zum Ausdruck gebracht, daß das Exil zwar nicht den Körper zerstöre, wohl aber die Schaffenskraft, und wenn diese tot sei, erscheine dem Künstler das Leben des Körpers nicht mehr lebenswert.[9] »Er war ein in der Zeit Verbannter aus dem 19. Jahrhundert«, lautete der Nachruf der Londoner *Times* am 25. Februar, »und sein Tod kann vielleicht seinem Überdruß am Umherwandern zugeschrieben werden.« »Wenn sogar dieser bis zum letzten Atemzug hilfsbereite Mann am endlichen Sieg der gerechten Sache verzagte, was blieb uns, die wir dauernd geistig und materiell am Abgrund hausten?« fragte sich Csokor.[10]

Die Gründe für einen Selbstmord müssen immer ein Rätsel bleiben, denn wer kann wissen, was einen Menschen in den letzten Stunden bewegt. Es ist üblich, daß diejenigen, die diesseits der Scheidelinie bleiben, sagen, das seelische Gleichgewicht eines Selbstmörders sei gestört gewesen. Das will sagen: Wir betrachten die freiwillige Entscheidung für den Tod als eine Art Wahnsinn, obgleich die Ehrfurcht, mit der wir uns dem Akt nähern, diesen oft in eine Art von Heroismus kleidet. Die äußeren Ursachen einer solchen Entscheidung scheinen oft einfach genug zu sein: zumal bei einem Selbstmordpakt, wenn ein Mann und eine Frau unter dem Druck von Ereignissen privater oder öffentlicher Art am Ende ihrer Kraft anlangen. Aber die innere Ursache ist meist viel komplizierter. Im Fall von Stefan Zweig können wir so etwas wie ein Mosaik von Gründen wahrnehmen, in dem kein Teil in sich vollständig ist, sondern jeder vom anderen abhängig, wenn man das Bild als Ganzes betrachtet.

Vor allem müssen wir erkennen, daß die Depressionen, unter denen er sein ganzes Leben litt und die oft pathologisch in ihrer Intensität waren, eine gewisse Neigung zum Selbstmord mit sich brachten. Schon als junger Mann auf der Universität hatte er einmal von dem Mut gesprochen, den man benötige, seinem Leben ein Ende zu setzen, und er hatte hinzugefügt, daß er selbst diesen Mut aufbringen werde, falls er jemals spüren sollte, daß sein Leben seinen Sinn verloren habe.[11] Zweimal in seinem Leben, als er unter besonders starken Depressionen litt, hatte er Friderike gedrängt, mit ihm in den Tod zu gehen. In seinem persönlichen Kampf gegen den Dämon gelang es ihm fast immer, die Oberhand zu gewinnen und die gewalttätigen Kräfte in sich (wie er zu Jules Romains sagte) seiner Selbstkontrolle zu unterwerfen. Andere bewunderten seine Klugheit, die anscheinend wohlbedachte Lebensführung: »Er verstand es, die Weisheit über sein Leben regieren zu lassen«, schrieb Romains. Nur wenige ahnten, daß es Augenblicke gab, in denen der Dämon nicht überwältigt werden konnte und daß dann das Gefühl der Niederlage einen Impuls zur Selbstzerstörung auslöste, vor allem einen

Impuls wie bei Kleist, einen Gefährten beim Selbstmord zu finden. Das Positive im Charakter Friderikes hatte bei diesen früheren Anlässen genügt, ihn vor dem Abgrund zu bewahren. Beim dritten Mal war sie nicht bei ihm, und Lottes sanfteres Wesen, ihre Melancholie und ihre größere Bereitschaft aufzugeben, erlaubten ihr nicht, etwas anderes zu tun als sich ›von ihm mitschleppen zu lassen‹.

In früheren Jahren, das dürfen wir nicht vergessen, hatte er ein Mittel gegen seine depressiven Zustände: Obgleich er sich über die Fesseln des ›Betriebs‹ zu beklagen pflegte, bestand für ihn die Möglichkeit, sie jederzeit abzuschütteln, von seinem ›Sprungbrett‹ abzuheben und frei in der Welt umherzuwandern. Er suchte sich dann aus seinem großen Freundeskreis die aus, die seiner jeweiligen Stimmungslage entsprachen, oder tauchte einfach in Bereiche menschlicher Aktivität ein, die ihm bisher unbekannt waren; eine ›Zufuhr an Leben und Leidenschaft‹, die ihn bald wieder genesen ließ. Ideen für neue Werke strömten ihm zu, der Reiz, alte Projekte wieder aufzunehmen, kehrte zurück. Doch in Petrópolis bestand eine derartige Fluchtmöglichkeit nicht. Er befand sich in einer Ecke, aus der es nur einen Ausweg gab. Und es ist tatsächlich schwer, die Folgerung zu umgehen, daß er sich vielleicht bewußt diese unmögliche Lage geschaffen hatte. Mit sechzig Jahren war er davon überzeugt, daß seine Kräfte erschöpft seien und die Wurzellosigkeit, die ›Jahre der heimatlosen Wanderschaft‹, von denen er ständig sprach, ein Ende haben müßten. Da er die absolute Isolierung von Petrópolis wählte, verzichtete er freiwillig auf das einzige, das ihn hätte retten können: die Möglichkeit, sich zu bewegen und eine andere Umgebung aufzusuchen. Das Ideal der persönlichen Freiheit, der ›verbindende Faden‹ in seinem Lebenswerk, hatte für ihn nichts anderes bedeutet, als die Freiheit zu besitzen, zu reisen, seine Umgebung mit einer anderen zu vertauschen, um durch neue Eindrücke, andere Menschen seine innere Ruhelosigkeit zu stillen. Ohne einen solchen Schauplatzwechsel konnte er den außerordentlichen Einsatz für seine Arbeit, die ihm alles bedeutete, nicht leisten. Er war niemals fähig, mit Freunden oder Menschen, die er liebte wie Friderike und Lotte, eine ruhige und friedliche Beziehung zu unterhalten, wenn er nicht häufiger verreiste. Sobald er in einem Hotelzimmer irgendeiner Provinzstadt allein war, empfand er jedoch rasch wieder das Bedürfnis nach Gesellschaft. Während der letzten Monate in Brasilien war diese Freizügigkeit verlorengegangen – scheinbar aufgrund seiner eigenen Entscheidung.

Damit wäre wohl das Mittelstück des Mosaiks aufgestellt, doch allein läßt es die Frage im Grunde noch unaufgeklärt. Nur wenn wir die restlichen Stücke dazu einfügen, beginnen wir eine Erklärung zu finden für einen anscheinend so irrationalen Entschluß bei einem so klugen

Geiste. Robert Dumont, dessen einfühlsames Buch *Zweig und Frankreich* die bisher einzige gründliche Studie über Zweigs Korrespondenz mit Rolland enthält, war der Meinung, daß diese Briefe, wohl die einzigen, in denen Zweig sich vorbehaltlos äußerte, einen Schlüssel zum Rätsel geben:

> Hinter dem Schriftsteller großer Auflagen, dessen Ruhm und materiellen Erfolg viele seiner Kollegen mit Neid betrachteten, verbirgt sich ein enttäuschter Künstler, ein Schaffender, der unzufrieden mit seiner Arbeit ist, an seiner Fähigkeit, die Meisterschaft in den höheren Genres erreichen zu können, zweifelt und auch daran, ob er sich der Vorbilder, die er verehrt, würdig zeigt. Dies ist ein wenig beachteter Gesichtspunkt, der jedoch dazu beitragen mag, die unglückselige Tat von Petrópolis zu erklären.[12]

Es ist gut möglich, daß er von dem Gefühl heimgesucht war, er sei ein Versager und dem Schicksal einen Tribut schuldig für einen Erfolg, der ihm nicht gebührte. Der Verzicht auf die Arbeit an dem ›großen Balzac‹ könnte ein Ausdruck dessen sein. Ganz bestimmt hatte sich seiner ein Gefühl der Hoffnungslosigkeit, was die Arbeit betraf, bemächtigt. Der Verlust seines »Heimatlandes der deutschen Sprache« war ein viel einschneidenderer Schmerz für ihn, als der Verlust von Österreich und selbst von Europa. Der Gedanke, seine geistige Arbeit, seine »reinste Freude«, sollte nur in Übersetzungen überleben, wirkte vernichtend auf ihn.
Es ist unwahrscheinlich, daß Lottes Gesundheitszustand wesentlich zu seinem Entschluß beigetragen hat. Sicherlich gab es Zeiten, in denen er gefühlt haben muß, daß die junge Frau, die ihm seinen Lebensabend erhellen sollte, nur eine zusätzliche Bürde war – und in einem Zustand, der sich nie wirklich bessern würde. Er empfand hauptsächlich Mitleid mit ihr, und die Aufforderung, mit ihm in den Tod zu gehen, die Henriette Vogel für seinen Kleist zu sein, kann er durchaus als Akt des Mitleids verstanden haben. Doch vor allem brauchte er, wie Kleist, einen Begleiter in den Tod. Wir dürfen zweifeln, ob er in Lotte, wie Kleist in Henriette, »eine, die ihn erlöst von der Einsamkeit der letzten Sekunde des Sturzes ... eine Todgeweihte« sah.[13]
Anders als Castellio, der Mann, der er gerne gewesen wäre, fehlte ihm die Stütze eines religiösen Glaubens, die ihn tragen konnte. »Diese hypernervösen, beweglichen und unbeständigen Geschöpfe«, hatte Olivier von den Juden gesagt, »brauchen einen Glauben, der sie stützt«. Vielleicht hätte es, wie Felix Braun dachte, »nur eines Anstoßes bedurft, oder der rechten Hand«, in ihm den Glauben zu erwecken[14]: Er blieb bei der Ansicht, es sei seines Freundes größtes Unglück, daß sich sein Geist so entschlossen dagegen wehrte. Zweigs Ideal, »die kultu-

relle Einheit Europas«, war durchaus von dieser Welt, sein Lebenswerk ein bewußtes Programm mit diesem Ziel. Als die Woge des Barbarismus jenes Europa überflutete, in dem man dieses Ideal noch suchen konnte, blieb ihm nichts mehr. Politisch war er ein Quietist: Internationalismus betrachtete er nicht als politisches Programm, sondern als die Summe individueller, privater Beziehungen, in Freundschaft geschmiedet. Die geistigen Führer Europas, eines jeden Landes Europas, zählten zu seinen Freunden: Nun waren sie entweder mundtot in der ›inneren Emigration‹ oder ausgestoßene Wanderer, wenn nicht bereits ›unter der Erde‹. Er war niemals ein Kämpfer gewesen, und es wäre ein Verrat an seinem Ideal gewesen, wenn er sich in die Reihen jener, die wie Werfel oder Thomas Mann der Gewalt mit Gewalt begegnen wollten, eingeordnet hätte.

Seine wesentlich pazifistische Gesinnung erlaubte ihm nicht, im Krieg einen Kampf zwischen Gut und Böse zu sehen, zwischen den Mächten der Finsternis und den Engeln von Recht und Freiheit. Für ihn blieb er ein absolutes Unheil für die Welt, wobei unzählige Menschen verfolgt, gefoltert und getötet werden würden; und das Leid, das ihn stellvertretend in seinem sicheren Zufluchtsort überfiel, wurde unerträglich. »Ein paar Prozent Egoismus und Phantasielosigkeit hätten mir im Leben viel geholfen; jetzt ändert man sich nicht mehr.«[15] Er konnte keine Freude empfinden, wenn er von den deutschen Verlusten in Rußland las; diese Toten stellten für ihn keinen Sieg dar, ihr Schicksal ergriff ihn ebensosehr wie die Berichte über die Leiden der Juden in Mitteleuropa. Die allgemeinen Schrecken des Krieges gruben sich tief in seine Seele, und jeder Bericht über Gewalt und Tod, gleichgültig auf welcher ›Seite‹, vertiefte seine Depression.

In seinem *Erasmus* hatte er geschrieben, der Humanismus sei ständig von dem »ewig Irrationalen der Leidenschaft« bedroht; Humanisten müßten aufopfernd bewußt bleiben, »daß immer wieder in den Zeiten eine Sturzflut des Fanatismus, geballt aus den Urtiefen der menschlichen Triebwelt, alle Dämme überfluten und zerreißen wird ... es ist dann ihre moralische Aufgabe, ihn ohne innere Verwirrung zu überdauern«.[16] Und einige Jahre später sagte er: »Ich weiß, daß jede Welle, so gewalttätig sie sich bäumt, in sich zusammenfallen muß.« Doch allmählich war er davon überzeugt worden, daß diese neue Flut bestialischer Unmenschlichkeit, die sich immer rascher über die ganze Welt ausbreitete, viele Jahre ihren Weg nehmen würde und seine Generation sie nicht mehr verebben sähe. Die schlimmsten Unheilsahnungen, die der »so gelernte Pessimist« bereits bei der ersten Begegnung mit Mussolinis Faschismus im Jahre 1921 gehabt hatte, waren vollkommen in Erfüllung gegangen. Und nach den Schlägen gegen Pearl Harbour und

Singapore, als auch Brasilien kurz davorstand, in einen Weltkrieg schlimmsten Ausmaßes verwickelt zu werden[17], kann man seine Verzweiflung gut verstehen. Es würde wahrhaftig eine lange Nacht werden, bevor der Morgen anbrechen konnte. Und sein Verständnis für die ›Geschichte als Dichterin‹, geschärft bei der Vollendung seiner *Welt von Gestern,* ließ es ihm nur angemessen erscheinen, sein eigenes Leben, das einer verlorenen Generation, abzuschließen. Das Vermächtnis von Erasmus sollte an andere übergeben werden, an eine neue Generation: »Wir selbst sind ... zu wenig Maniaken und Fanatiker unserer Ideen, zu erasmisch, zu alexandrinisch, um ... aufzukommen.«[18] Wie Castellio am Ende seines langen Kampfes gegen Calvin war auch er müde. Hitler würde wie Calvin den Sieg davontragen. Zwar hatte ihn das menschliche Element der Geschichte stets fasziniert, die großen *Sternstunden,* die Wendepunkte, an denen alles von einem einzigen menschlichen Wesen abhing, doch hatte er auch seit langem deren essentielle Amoralität erkannt: Weder werden die bösen Taten bestraft, noch die guten belohnt; letzten Endes beruht alles mehr auf Gewalt als auf Gerechtigkeit. Obwohl er die ebenso gültige Lehre der Geschichte nicht vergessen hatte, nach der jeder Versuch, die ganze Welt in ein einziges System einzupferchen, schließlich dem Untergang geweiht ist, besaß er für sich selbst nicht die Kraft, die Wende zu erwarten.
In nahezu jedem Charakterzug von Stefan Zweig läßt sich ein tiefer Zwiespalt erkennen. In einer Welt der Sicherheit aufgewachsen, kannte er keine wirkliche Not, und selbst als diese Sicherheit schwand, hatte er keinen wesentlichen materiellen Verlust. Dennoch wurde er sein ganzes Leben lang von einer inneren Ruhelosigkeit verzehrt und reagierte stets empfindsam auf jede geringe Bewegung des scheinbar festen Bodens unter seinen Füßen. Er war in der Tat, wie Werfel sagte, »nicht dazu geschaffen, das Leben leicht zu nehmen«.[19] Ungeheuer begierig, jeden Aspekt menschlichen Lebens kennenzulernen, konnte er der geselligste Mensch sein, ein wahrhafter »Apostel der Religion der Freundschaft«, in Rollands Worten. Dennoch vermochte er Gesellschaft nicht lange zu ertragen und war stets auf dem Sprung zu fliehen; allerdings nur, um sich dann wieder nach dem Umgang mit kongenialen Freunden zu sehnen. Er war impulsiv und ungeduldig, blieb in vieler Hinsicht ein verwöhntes Kind; trotzdem war er zu dauerhafter Konzentration und äußerster Sorgfalt bei seiner Arbeit fähig. Er hegte eine tiefe Liebe zur Musik, doch nur selten war er entspannt und geduldig genug, einem Konzert bis zum Ende beizuwohnen. Sein Charakter war freundlich, selbstlos und gütig, und seine noble Großzügigkeit konnten viele Freunde bezeugen, die in weniger glücklichen Verhältnissen lebten; doch seine verborgene Heftigkeit und die Gefühlsausbrüche

konnte er nicht immer unterdrücken oder kontrollieren. So war in seinem Verhalten zu Frauen, die ihn mehr liebten als er zu verdienen glaubte, mehr als ein Hauch von Sadismus. Er konnte fröhlich und leichtherzig sein, doch die ›schwarze Leber‹, die starken depressiven Phasen, kamen immer wieder zum Vorschein.

Sein tief pessimistisches Naturell und sein Vorstellungsvermögen verliehen ihm die Sehkraft eines Propheten (»meine Witterung für politisches Unheil quält mich wie ein entzündeter Nerv«[20]), dennoch fiel es ihm schwer, persönliche Entscheidungen aufgrund dieser Erkenntnisse zu fällen. »Mich hat das Schicksal mit einem unbestechlichen Auge, einem harten Auge und einem weichen Herzen geschlagen.«[21] Obwohl er ein berühmter Mann und ein wirkungsvoller öffentlicher Redner war, scheute er das Rampenlicht und weigerte sich, Ehrungen anzunehmen; und niemals würde er seine Ellbogen gebraucht haben, um sich einen persönlichen Vorteil zu verschaffen. Er machte den Eindruck eines kultivierten und intellektuellen Weltmannes und leitete seinen ›Betrieb‹ als Schriftsteller mit bewundernswertem Professionalismus. In Wirklichkeit war er scheu, in einem hohen Maß zurückhaltend, selbst bei engen Freunden immer auf der Hut, nicht zu stören. Trotz seiner mannigfachen Skepsis konnte er häufig von jungenhaftem Enthusiasmus erfüllt sein, und hinter der höflichen Fassade, der scheinbaren Gelassenheit, mit der er anderen zuhörte, verbargen sich feste Überzeugungen.

Seine böhmisch-italienische Abstammung, seine leichte Auffassungsgabe für Sprachen und seine Anpassungsfähigkeit machten es ihm leicht, sich mehr als Europäer denn als Österreicher und Jude zu empfinden. In Rom oder Paris, in Berlin oder Prag fühlte er sich ebenso zu Hause wie in Wien oder Salzburg. Dennoch hatte er in seinem Heimatland und in seinem Judentum tiefere Wurzeln, als er selbst ahnte; und nachdem diese von der Axt des neuen Barbarentums abgetrennt waren, sollte die scheinbar starke Pflanze seines Internationalismus dahinwelken. Dieser Mann, der immer als ›Lebenskünstler‹ bewundert und von Romains als einer der sieben Weisen Europas angesehen wurde[22], war in Wirklichkeit oft von Zweifeln und Hoffnungslosigkeit heimgesucht. Niemals in seinem Leben konnte er die stille Unversehrtheit eines Verhaeren oder eines Rolland erlangen: Vielleicht entsprach dieser Erkenntnis seine tiefe Verehrung, die er für diese Abgötter seiner Jugend und seiner mittleren Jahre beibehielt.

Für seine Arbeit war ihm keine Mühe oder Anstrengung zu groß, im Leben aber blieb er so etwas wie ein Dilettant: Menschlicher Beziehungen wurde er rasch müde, wich Schwierigkeiten und ›Diskussionen‹ mit anderen aus und war nur glücklich, wenn er sich frei fühlen und jeder-

zeit zu neuen Erlebnissen aufbrechen konnte. »Wenn man ihn traf, gleichgültig wo«, sagte Antonina Vallentin, »ließen seine Gesten darauf schließen, daß er im Nebenzimmer einen halbgepackten Koffer stehen hatte.«[23] Er liebte Abenteuer, die Annäherung der ›Unbekannten‹, die von seinen Geschichten angezogen wurde, und die Schwärmerei junger Mädchen bei seinen Lesungen – allerdings nur in der Gewißheit, daß er mit dem nächsten Zug abreisen konnte. Nach Spinoza liegt wahre Freiheit in der Anerkennung der Notwendigkeit: Bei Zweig sieht man trotz seiner großen Güte und des Bedürfnisses, andere nicht zu verletzen, immer wieder ein instinktives Zurückweichen vor jeder Beziehung, aus der Ansprüche ihm gegenüber zu entstehen drohten. »I have the misfortune not to beware of pity«, schrieb er an Robert Neumann. In seinem Fall war es zu oft das »schwachmütige und sentimentale Mitleid, das eigentlich nur Ungeduld des Herzens ist, sich möglichst schnell freizumachen von der peinlichen Ergriffenheit vor einem fremden Unglück«[24]. Ähnlich bedacht war er auf die Erhaltung seiner persönlichen Freiheit, seiner bürgerlichen Rechte; mit seinem ausgezeichneten Sinn für den richtigen Zeitpunkt, den ihm seine beachtliche Voraussicht verlieh, versuchte er den großen politischen, zeitbedingten Herausforderungen auszuweichen. »Sie widerlegen gar nichts mit Ihrer Sanftmut«, schrieb ihm 1937 Joseph Roth, »die übrigens gar keine ist, sondern Flucht.«[25] Als zum Schluß keine weitere Flucht mehr möglich war, hatte er sich von allen, die ihn liebten – mit Ausnahme von Lotte –, isoliert und mußte sich der letzten großen Notwendigkeit unterwerfen.
Es gibt ein aufschlußreiches Gedicht aus seinen mittleren Jahren, das mehr Bedeutung für das Verständnis vom Wesen Zweigs hat, als bisher erkannt wurde, die *Ballade von einem Traum*[26]. In einer für ihn ungewöhnlichen Länge beschreibt er in galoppierendem, dramatischem Stil einen Verfolgungs- und Enthüllungstraum, einen Traum,

> ... des wissender Verrat
> Mein Innen hell nach außen tat
> Und deutsam quer durch Schein und Schlaf
> Geheimsten Nerv des Lebens traf ...

mit dem Kehrreim:

> Du bist erkannt! Du bist erkannt!

ausgemalt in feurigen Worten, für alle zu sehen und immer wiederholt von seinen spottenden Verfolgern.

Vergebens daß ich vierzig Jahr'
Der Hüter meines Herzens war –
Geheimstes Laster, dunkles Tun,
Die fremden Wände wußten's nun!
... Mein tiefstes Ich, mein Urgeheim
War nun in aller Schwatz und Schleim ...

Der Träumer taucht verzweifelt im Lethe-Fluß unter und entflieht ins Wachsein.

Oh Dank! Oh Glück! Oh Zuversicht!
Man kennt mich nicht! Man kennt mich nicht!
Mein Urgeheim, mein letztes Sein
Bleibt mir allein, bleibt mir allein ...
... Da – lachte ich in mich hinein,
Tat an mein buntes Kleid von Schein,
Schloß Schweigen um mich als Gewand
Und trat, im tiefsten unerkannt,
Mein Tagwerk an, das wartend stand.

Der Verfolgungstraum, der Alptraum von der ›Enthüllung‹, ist banal, doch hier scheint seine Darstellung mehr zu sein als konventionelle Versdichtung. Zweig kämpfte sein ganzes Leben lang gegen die Ansprüche von Ruhm, Lieben und Freundschaften, um sein Innerstes, »das tiefste Ich«, »das Urgeheim«, zu bewahren. Dies verstand er unter »persönlicher Freiheit« und »höchstem Gut dieser Erde«. Fritz Naschitz hat darauf hingewiesen, daß seine Bereitschaft, anderen zu helfen, verbunden mit seiner zaghaften Hilflosigkeit in eigenen Dingen, eine perfekte Illustration von Freuds Trieblehre darstellen könnte.[27] Wenn man Benno Geiger glauben darf, so hat Zweig während seiner jungen Jahre in Wien eine starke Tendenz zum Exhibitionismus gezeigt und, um Schwierigkeiten mit den Gesetzen zu umgehen, einmal ein Zeugnis mit sich geführt, das ihn als Patient von Freud auswies.[28] Ein derartiger Zug wird nicht selten von Schüchternheit und dem Wunsch, »im tiefsten unbekannt« zu bleiben, ergänzt. Seine Schweigsamkeit, vor allem im Exil, ist sicherlich oft ein Mantel gewesen, wenn auch nicht die bewußte Täuschung eines »bunten Kleides von Schein«. Man könnte wohl die Ansicht vertreten, daß sein Festhalten am Weg der Mitte nur aus der Angst geschah, bei einer Parteinahme zu enthüllen, daß sein Humanismus bloß Rationalisierung des tiefen inneren Bedürfnisses nach persönlicher Freiheit war. Auch diejenigen, die einen Zug von Egoismus als das dominierende Motiv zu seinem Freitod feststellten, mögen nicht weit von der Wahrheit entfernt sein. »War er sich keiner Verpflichtung bewußt«, schrieb Thomas Mann gleich nach seinem Tod an Friderike, »... gegen die vielen Schicksalsgenossen in aller Welt, denen das Brot des Exils ungleich härter ist, als es ihm, dem Gefeierten und materiell Sorglosen war? Betrachtete er sein Leben als seine Privatsache und sagte einfach: Ich leide zu sehr. Sehet ihr zu. Ich gehe.«[29]

Er war überaus empfänglich für die Gefühle anderer und besaß eine unheimliche Fähigkeit, im Geist deren Leiden und Nöte mitzuempfinden. Seine Seele reagierte wie ein feiner Seismograph auf die entfernten Erdbeben des Krieges. »Die Leute reden so leicht von Bombardements, wenn ich aber lese, daß die Häuser zusammenstürzen, stürze ich selbst mit den Häusern zusammen«, schrieb er in einem seiner letzten Briefe.[30] Dieses Mitgefühl wurde allmählich so stark, daß es in den letzten Jahren bei ihm gegen alle Vernunft sogar zu einer Identifikation mit denjenigen führte, die tatsächlich unter den Schicksalsschlägen litten. Der Weltbürger wurde zum Ewigen Juden, der kultivierte Reisende ein reiner Nomade, der Besitzer eines britischen Reisepasses zu einem verfolgten Flüchtling. Obwohl er noch immer wohlhabend war, hielt er sich für arm, und obgleich er sich auf dem Höhepunkt seiner Schaffenskraft befand, sah er sich auf dem Abstieg.

Ein Hang zum Fatalismus vertrug sich schlecht mit seinem Streben, ungehindert und frei zu sein. In der Geschichte sah er nicht nur eine Künstlerin, sondern auch eine unerbittliche Herrscherin; sie entschied sich eher für die Menschen, die ihre Befehle ausführten, als für diejenigen, die sie zu formen gedachten. Ihr Werk der Vergangenheit konnte er bewundernd betrachten, das der Gegenwart nur mit Furcht und Bestürzung. Dennoch durften weder ihre Befehle ignoriert, noch das vorbestimmte Verhängnis verhindert werden. Daß dies in Wirklichkeit Unentschlossenheit bedeutete, erkannte er selbst. »Du kannst dir nicht vorstellen, was für eine Freude es ist, sofort zu wissen, welche Position man einnehmen und welche Entscheidung man treffen soll«, hat er einmal gesagt.[31] Zu oft ließ er in kritischen Augenblicken seines Lebens den Dingen ihren Lauf, oder er zögerte so lange, bis er den falschen Weg einschlagen mußte. Seine Abneigung gegen jede Form politischer oder organisierter Tätigkeit, teils aus Scheu vor der Öffentlichkeit, wurzelte ebenfalls in seinem Fatalismus; was konnten Menschen angesichts der Vorbestimmung schon erreichen? Was geschehen sollte, würde geschehen. Daß er niemals unter einer ernsthaften Krankheit zu leiden hatte, war vielleicht ein fataler Mangel in seinem Leben: »er war nie vom Schicksal geimpft.«[32] Er war im wesentlichen eine passive Natur und bewunderte daher robuste, vierkantige Persönlichkeiten wie Jaurès, Schweitzer und Verhaeren oder das Schicksal herausfordernde Charaktere wie Rimbaud und Magellan; aber er war unfähig, ihnen nachzueifern. »Konziliant geboren ... weder kann ich Hammer sein, noch will ich Amboß werden.«[33] Er konnte prophezeien und warnen, aber, anders als Jeremias, nicht führen. Wie Montaigne war er nur imstande, vor den Heimsuchungen zu fliehen. Für ihn war der wirkliche Held ein Tersites und nicht ein Achilles; eher ein Castellio als ein Calvin; nicht jene, »die über Millionen von Gräbern und zerschmetterten Existenzen ihre vergänglichen Reiche errichten, sondern gerade diejenigen, die gewaltlos der Gewalt unterliegen«[34].

In früheren Jahren hatte sich diese Philosophie in seinen Werken und in seinem Leben auf positive Weise ausgedrückt. *Jeremias* verkörperte die verstärkende Kraft der Niederlage, die elementare Überlegenheit des Besiegten über den Sieger. Unpolitisch wie er war, trieb auch Zweig nach seiner Art ›die Kunst des Möglichen‹. Seine Wirkung erzielte er nicht durch hochklingende Erklärungen oder internationale Kongresse, sondern durch praktische, persönliche Anwendung des Prinzips internationaler Brüderlichkeit und Freundschaft.

Ich rechne mir nur eins zur Ehre: daß ich mich gegen Haß und Erbitterung gewaltsam zur Wehr setzte, daß kein bitteres Wort, keine »Gekränktheit« jemals von mir öffentlich vermerkt werden konnte ... Was mir an Schwierigkeiten zugedacht war, habe ich allein bewältigt und hoffentlich in Gestaltung sublimiert ... ich glaube, nur das Positive ist fruchtbar.[35]

Sein Lebensziel war

Überparteilichkeit in allen Dingen, die unbeugsame Anspannung, auch das Fremdeste zu verstehen, immer Völker und Zeiten, Gestalten und Werke nur in ihrem positiven, ihrem schöpferischen Sinne zu bewerten und durch solches Verstehenwollen und Verstehenmachen demütig, aber treu unserem unzerstörbaren Ideal zu dienen: der humanen Verständigung zwischen Menschen, Gesinnungen, Kulturen und Nationen.[36]

Neben seinem Hauptwerk steht ein immenses und verschiedenartiges Werk in diesem Sinne: Essays, Einführungen, Wertschätzungen der Arbeiten und der Bedeutung großer Zeitgenossen und wichtiger Persönlichkeiten der Vergangenheit aus Deutschland, Frankreich, Rußland und den angelsächsischen Ländern, aus Belgien, Italien und Portugal – nicht nur aus der Welt der Literatur, sondern aus dem gesamten Kulturbereich.

Seine Studien über Balzac, Dostojewski, Tolstoi, Fouché, Marie Antoinette, Magellan, Erasmus, Maria Stuart, Rolland, Casanova, Verhaeren, Freud, Dickens, Nietzsche, Stendhal, Mesmer, Hölderlin und Kleist wurden mit Recht Pfeiler seines Ruhms. Weniger bekannt, doch von nahezu gleicher Bedeutung ist der anscheinend unerschöpfliche

Strom seiner kürzeren Interpretationsarbeiten – ein Panorama europäischer Kultur, von tiefem Verständnis durchströmt und mit einer kritischen Kompetenz ausgearbeitet, die ihresgleichen sucht. Rousseau, Goethe, Jean Paul, Marceline Desbordes-Valmore; Sainte-Beuve, Beatrice Cenci, Rimbaud; Renan, Händel, Flaubert, Lenin; Verlaine, Byron, E. T. A. Hoffmann; Amerigo Vespucci, Baudelaire, Jeremias Gotthelf; Balboa, Cicero, Jens Peter Jacobsen, Wilson; Blake, Chateaubriand, Whitman, Victor Hugo; Lafcadio Hearn, Rouget de l'Isle, Mozart, Proust: Die Aufzählung könnte einen Dilettanten oder einen literarischen Journalisten vermuten lassen, doch in jedem einzelnen Fall, so kurz der Essay oder die Einführung auch waren, stützte sich sein Urteil auf gründliche Untersuchungen, ungemein sorgfältige Vorbereitungen und auf die intuitive Fähigkeit, seinen Gegenstand so zu plazieren, daß er sich vom Hintergrund der gesamten europäischen Kulturbühne abhob. Noch intensiver war seine Beobachtung der zeitgenössischen Szene. Die persönliche Bekanntschaft oder Freundschaft mit führenden Männern aus vielen Sphären machte ihn zum berufenen Interpreten. In der Welt der Literatur waren es Rilke, Thomas Mann, Hesse, George, Hofmannsthal; Drinkwater, Schalom Asch, Ginzkey, Tagore, Bazalgette; Carossa, Gorki, James Joyce, Dehmel, Joseph Roth; Schweitzer, Barbusse, Schnitzler, Jakob Wassermann; in der bildenden Kunst Rodin, E. M. Lilien, Masereel; in der Musik Mahler, Busoni, Toscanini, Bruno Walter; auf der Bühne Moissi und Kainz; in der ›großen Welt‹ Rathenau, Jaurès, Herzl, Berta von Suttner, Lammasch – über diese alle und auch über viele weniger große Lichter schrieb er seine scharfsinnigen Beiträge. Ihre verschiedenartigen Werke sah er als Fäden in dem großen Wandteppich des geistigen Erbes Europas.

Seine Generation »glaubte an die Einheit Europas wie an ein Evangelium«; aber der Erste Weltkrieg hatte den frühen kindlichen Glauben zerstört, daß diese Einheit schnell erreicht werden könnte. In einem Vortrag, den er 1932 in Florenz über die historische Entwicklung der europäischen Idee gehalten hatte, wies er auf die ungewöhnliche Erscheinung hin, daß die ›romantische Stimmung‹ in vielen Ländern gleichzeitig entstanden war, obwohl in jenem Zeitalter relativ wenig Kommunikationsmöglichkeiten bestanden hatten. Byron, Mickiewicz, Puschkin und Hölderlin konnten unabhängig voneinander ähnliche Empfindungen äußern; der revolutionäre Geist der 40er Jahre flammte gleichzeitig an verschiedenen Punkten Europas auf. Das sei so etwas wie der Keim einer ›gemeinsamen europäischen Psyche‹. Um so mehr könne man heute, in einer Zeit, aus der blitzschnelle Kommunikationsmöglichkeiten ein »Zeitalter der Gleichzeitigkeit« gemacht hätten – hoffen, daß die europäische Idee trotz der zentrifugalen Tendenzen der

Nationen und ihrer Vernichtungskriege in den Geist der Menschen eindringen würde. »Es wird nicht morgen sein, das geeinte Europa ... vielleicht wird unsere Generation es überhaupt nicht mehr erleben.«[37] »Wenn wir nun schaffen, jeder an seiner Stelle, ... so wird der Turm wieder aufsteigen, und auf den Höhen werden sich die Nationen wiederfinden«, hatte er 1916 geschrieben.[38] Und noch 1940: »Wir müssen bleiben, sogar wenn es ein verlorener Posten wäre«[39] – obwohl damals die neue, weltweite Feuersbrunst deutlich zeigte, daß die Anstrengungen mühseliger und der Weg länger sein würden, als er geträumt hatte.

Die letzte entscheidend wirkende Kraft eines jeden, so schrieb er in seinem *Verhaeren*, »diejenige, die allein erst sein Werk oder seine Tätigkeit zur höchsten Möglichkeit anspannen kann«, sei das Verantwortungsgefühl. »Verantwortlich sein und sich so empfinden heißt, das ganze Leben gewissermaßen als eine ungeheure Schuld betrachten, die man mit allen Kräften abzuzahlen sich bemühen muß.«[40] Obgleich er im Privatleben oft dazu neigte, sich der Verantwortung zu entziehen und die aus seiner natürlichen Großmut entstehenden Verwicklungen mit anderen zu meiden, bewies er dagegen ein starkes Verantwortungsgefühl dem eigentlichen Lebenswerk gegenüber, so als bemühe er sich tatsächlich »mit allen Kräften« jene »ungeheuere Schuld abzuzahlen«. Als er sich nach dem Ersten Weltkrieg in Salzburg niederließ, hatte er einen Lebensplan entworfen: Niemals habe er versucht, sein Werk einzuschätzen, schrieb er 1922:

Ich gebe, soviel ich kann – wieviel es taugt, das zu werten steht mir nicht zu. Wichtig und als Verpflichtung dagegen empfinde ich dasjenige, was meiner Natur besonders zu eigen ist, das Bindende, Verbindende und Komprehensive, das durch die europäische Form meines früheren Lebens, durch vielfache Welterfahrung und Freundschaft auch jenseits Deutschlands wirksam werden konnte, bewußt und tätig auszubauen, um selbst an dem Wiederaufbau der alten europäischen Gemeinschaft mitwirken zu können und eine Isolierung zu verhindern, die Deutschland ebenso verhängnisvoll wäre wie seinen Gegnern. In seiner Kunst kann man sich durch bloßen Willensakt nicht steigern, wohl aber in seiner moralischen Haltung, in seiner Tätigkeit und hilfstätigen Leidenschaft: hier sehe ich eine Aufgabe, die mir durch Natur und Schicksalsführung ganz besonders gestellt ist und ich habe dadurch die Beruhigung, daß meine literarische Leistung, wenn sie nicht in sich selbst bedeutend genug sein sollte, im solidarischen Sinne jedenfalls eine nützliche sein kann und im Unsichtbaren vielleicht noch stärker wirken als in der bloßen sachlichen Erscheinungsform der Bücher und der Bühne.[41]

Daß ihn das Bewußtsein dieser Verpflichtung zuletzt verließ und er nicht die Stärke hatte, den Kampf bis ans Ende fortzuführen, stellt die Wahrhaftigkeit dieses Ideals keineswegs in Frage. Er hatte aber versucht, es ohne Aufgabe seiner persönlichen Freiheit zu erreichen, und letzten Endes blieb diese Freiheit ausschlaggebend. Die Dosis Veronal war der einzig mögliche Ausweg, sein »Urgeheim« zu bewahren: eine endgültige Flucht »zu den letzten Tiefen des Ichs hinunter«. Dennoch scheint es fast, als habe er in seinem Ideal einen unerreichbaren Heiligen Gral gesehen, nach dem der Mensch immer streben muß, auch wenn dieser sich ständig seinem Zugriff entzieht. »Nur die Ideale, die sich nicht durch Realisierung verbraucht oder kompromittiert haben«, hieß es in seinem *Erasmus,* »wirken in jedem neuen Geschlecht als Element sittlichen Auftriebs fort.«[42] Die Reise ist entscheidend wichtig, nicht die Ankunft: Wie Goethe sagte, kann nur im Immer-Streben die Erlösung liegen. Sein durchdringender Pessimismus, der in den düsteren Tagen Ende 1941 stärker denn je war, erhielt so eine optimistische Stütze: Wenn auch er selbst sich am Ende angelangt fühlte, würde sein Ideal zwar unrealisiert bleiben, aber die Nachkommenden inspirieren. Er war in Wahrheit, wie Eugen Relgis gesagt hat, »un gran artisano del porvenir« (ein großer Baumeister der Zukunft).[43] Rollands Leben hatte er als ein Kunstwerk bezeichnet: »Ein einziger großer Mensch, der menschlich bleibt, rettet immer und für alle den Glauben an die Menschheit.«[44] Für das eigene Leben konnte er diesen Anspruch nicht erheben; doch als Zeuge der »Welt von Gestern«, die 1939 endete, vermochte er ein letztes Kunstwerk durch seinen Tod zu schaffen: still und würdig, rechtzeitig und in aufrechter Haltung zu verschwinden. Wir dürfen den Entschluß kritisieren, doch wir können den Mut dieser letzten Tat nicht in Abrede stellen.[45]

Anhang

ABKÜRZUNGEN

(Für vollständige Titel siehe Quellennachweis und Bibliographie S. 396)

Arens[1]	*Zweig, sein Leben, sein Werk*, 1949
Arens[2]	*Der große Europäer …*, 1956
Arens[3]	*Zweig im Zeugnis seiner Freunde*, 1968
Aust	*Katalog der Gedächtnisausstellung*, 1961 (Hrsg. v. Fitzbauer)
Baudouin	*Eclaircie sur l'Europe*, 1944
Bauer	*Zweig*, 1961
BdFr	*Buch der Freunde* (Ebermayer), 1960
Bermann Fischer	*Bedroht – bewahrt*, 1967
Bildb	*Bildbiographie* (Friderike Zweig), 1961
Brod	*Streitbares Leben*, 1960
BrFr	Zweig, *Briefe an Freunde*, 1978 (Hrsg. v. Friedenthal)
Bronsen	*Joseph Roth*, 1974
BrW	*Briefwechsel* Stefan/Friderike Zweig, 1951
Burger	Briefe von Zweig an Siegfried Burger
Cahn	Briefe von Zweig an Alfredo Cahn, usw.
DDh	*Deutsche Dichterhandschriften*, Hrsg. v. Elster, 1922
de Souza	*Os Ultimas Dias de Stefan Zweig*, 1942
Dichter	*Dichter im Café* (Kesten), 1965
DLA	Zweig-Briefe im Deutschen Literaturarchiv, Marbach a. N.
Dum	*Zweig et la France* (Dumont), 1967
E	Briefe von Zweig an Alfred Einstein
Exil	*Deutsche Literatur im Exil* (Kesten), 1964
Faesi	*Erlebnisse – Ergebnisse*, 1963
Flower	*Just as it Happened*, 1950
Fr	*Zweig: wie ich ihn erlebte* (Friderike Zweig), 1947
Fr[2]	*Spiegelungen des Lebens* (Friderike Zweig), 1964
Freud *Br*	*Briefe 1873–1939*, 1961
Freud/Zw *BrW*	*Briefwechsel* Freud/Arnold Zweig, 1968
Ged	*Eine Gedenkschrift* (Zech), 1943
Geiger	*Memorie di un Veneziano*, 1958
Gorki/Zweig *BrW*	*Briefwechsel* Gorki/Zweig, 1971
Grasberger	*Der Strom der Töne …*, 1967
Gregor	Briefe von Zweig an Josef Gregor
H	*Zweig* (Hellwig), 1948
Heute	*Denn heute gehört uns Deutschland …* (Ebermayer), 1959
Homeyer	*Deutsche Juden als Bibliophile und Antiquare*, 1963
IAusst	*Eine Ausstellung … (Die Insel)*, 1965
JNUL	Jewish National and University Library, Jerusalem
Jouve	*Romain Rolland vivant*, 1920
Jugend	*Jugend in Wien* (Müller-Einigen), 1948
K	Briefe von Zweig an Abrão Koogan

KB	Briefe von Zweig an Ellen Key
Kl	*Zweig: eine Bibliographie* (Klawiter), 1965
KlMBr	Klaus Mann *Briefe und Antworten*, 1975
Leftwich	›Zweig and the World of Yesterday‹, 1958
Leftwich²	Briefe von Zweig an Joseph Leftwich
Liber Amic	*Liber amicorum Friderike Zweig* (Hrsg. Zohn), 1952
Licht	*Das Licht der Welt* (Felix Braun), 1949
LM	Briefe von Zweig an Liesl Monath
Mann *Br*	Thomas Mann *Briefe: I 1889–1936*, II *1937–1947*
Mathis	›Zweig as Librettist‹, 1944
Mazzucchetti	*Novecento in Germania*, 1959
Mus Land	*Das musische Land* (Felix Braun), 1952
Nedeljkovic	*Rolland et Zweig*, 1970
Neumann	*Ein leichtes Leben*, 1963
Parandowski	›Erinnerungen an Stefan Zweig‹, 1961
Poeten	*Meine Freunde die Poeten* (Kesten), 1959
R	*Zweig* (Rieger), 1928
Relgis	*Cazador de almas*, 1952
Rom	›Les derniers mois . . .‹ (Jules Romains), 1955
Roth	Joseph Roth *Briefe*, 1970
S	*Zweig* (Specht), 1927
Schwerin	Briefe von Zweig an Ludwig Schwerin und Schwerins Notizen
Sp	*Zweig: Spiegelungen ...* (Hrsg. v. Fitzbauer), 1959
StB	Zweig-Briefe in der Stadtbibliothek, Wien
Steiman	*Zweig* (Diss.), 1970
Stern	*La mort de Stefan Zweig*, 1942
Str	Strauss / Zweig *Briefwechsel* (Hrsg. v. Schuh), 1957
Suche	*Auf der Suche nach einem Weg* (Klaus Mann), 1931
TMArch	Korrespondenz zwischen Zweig und Thomas Mann
Treb	*Chronicle of a Life* (Trebitsch), 1953
UB	*Zweig: Unbekannte Briefe ...* (Selden-Goth), 1964
Uhlman	*The Making of an Englishman*, 1960
Vallentin	›Stefan Zweig‹, 1947
Walter	›Streit um die Sammlung‹, 1966/67
Wegner	*Exil und Literatur*, 1967
Wendepunkt	*Der Wendepunkt* (Klaus Mann), 1960
Williams	*The Broken Eagle*, 1974
Wittkowski	*Ewige Erinnerung*, 1950
Wolff	*Briefwechsel eines Verlegers*, 1966
Wremja	Briefe von Zweig an die Wremja, *Jahrbuch 1975*
Wulf	*Literatur im Dritten Reich*, 1966
WvG	*Die Welt von Gestern*
Zuckmayer	*Als wär's ein Stück von mir ...*, 1966
ZE	Briefe im Zweig-Nachlaß, London
ZwV	*Zwischen den Völkern* (Rolland), 1954

ANMERKUNGEN

Vorwort

1 Besprechung von Stefan Zweig, *Die Monotonisierung der Welt*, Aufsätze und Vorträge. Hrsg. v. Volker Michels; Frankfurt/Main: Suhrkamp, 1976
2 Nachwort zu *Erstes Erlebnis*; Frankfurt/Main: S. Fischer, 1976, S. 217.
3 Brief an Arnold Zweig, 31. Mai 1936 (Freud *Br* 423).

I. Das goldene Zeitalter der Sicherheit 1881–1904

1 *WvG* 22.
2 Brief an Friderike Zweig von Felix Frankl, 14. März 1942.
3 *WvG* 26.
4 *WvG* 21.
5 *WvG* 47.
6 *WvG* 49.
7 »Wir sagten Schule ...«, in *Wasa-Gymnasium: 50 Jahre einer Wiener Mittelschule*, Festschrift, 1922, 7 (*Ausst.* 36).
8 *WvG* 54.
9 *WvG* 55.
10 *Jugend* 60.
11 *WvG* 61–62.
12 Kraus in der ersten Nummer der *Fackel*.
13 *WvG* 67.
14 *WvG* 121.
15 Brief an Franzos, 21. Juni 1899 (StB).
16 Brief an Franzos, 3. Juli 1900 (StB).
17 Ebd.
18 Brief an Franzos, 18. Februar 1898 (StB).
19 Brief an Friderike Zweig von Felix Frankl, 14. März 1942.
20 *Jugend*, 421 und 446ff.
21 Victor Fleischer, *Erinnerung an Stefan Zweig* (*Sp* 36ff).
22 Brief an Franzos, 17. März 1900 (StB).
23 Brief an Franzos, 2. November 1900 (StB).
24 Ebd.
25 Brief an Franzos, 29. April 1901 (StB).
26 *WvG* 122–123.
27 *Autobiographische Skizze*, Literarisches Echo, Jg. 17, Nr. 4, 15. Nov. 1914, 201.
28 Brief an Hesse, 2. März 1903, (*BrFr* 7).
29 *Führer durch die moderne Literatur*, Hrsg. v. Hanns Heinz Ewers; Berlin: Globus-Verlag, 1911, 190.
30 Gedicht *Die Hände*, in *Österreichische Dichter zum 60. Geburtstage von Detlev von Liliencron*; Wien: Karl Konegen-Verlag, 1904, 79.

31 Brief an Franzos, 22. Juni 1900 (StB).
31a Vgl. Mark H. Gelber, ›The Impact of Martin Buber on Stefan Zweig‹ in *Modern Austrian Literature*, 14:3/4, 1981, 313–335.
32 Brief an Franzos, 1. August 1900 (StB).
33 Brief an Franzos, 29. August 1900 (StB).
34 Brief an Franzos, 10. Dezember 1901 (StB).
35 Korrespondenz in ZE.
36 Briefe an Franzos, 4. Juli, 7. Juli, 29. Oktober und 5. November 1901 (StB).
37 *WvG* 145.
38 Briefe von Franz Evers, 11. April 1902 und 11. Juli 1902 (ZE).
39 *Blasse Liebe*, in *Deutsche Dichtung*, XXXI (Oktober 1901/März 1902) (Kl 1425).
40 *WvG* 145.
41 *Erinnerungen an Emile Verhaeren*, Privatdruck. Wien: Christian Reissers Söhne, 1917, 16–7.
42 *Autobiographische Skizze*, Literarisches Echo, 17, Nr. 4., 15. Nov. 1914, 201 bis 202.
43 Brief an Hesse, 2. März 1903 (*BrFr* 8).
44 *WvG* 151.
45 *WvG* 152.
46 Stefan Zweig, *Vorbeigehen an einem unauffälligen Menschen – Otto Weininger*, in *Berliner Tageblatt*, 3. Okt. 1926; Neudruck in *Europäisches Erbe*, Hrsg. v. Friedenthal; Frankfurt/Main, S. Fischer, 1960, 225. Steiman, 29–30, gibt einen interessanten Überblick der möglichen Einflüsse auf Zweig von Jodl und Müllner.
47 Dum 28.
48 *Ausst* 40.
49 *WvG* 152.
50 Brief an Ellen Key, undatiert (1904) (KB).

II. Die Welt 1904–1914

1 *DDh* 7–8.
2 *WvG* 159–160.
3 Brief an Hesse vom 21. Nov. 1904 (*BrFr*, 15); *DDh* 8.
4 Briefe an Hesse, Juli und 8. Sept. 1904.
5 *WvG* 153, 159.
6 *WvG* 161.
7 Dum 93.
8 Briefe von Bojer, 27. Sept., Nov. und Dez. 1905 (ZE).
9 Briefe an Servaes, 4. Febr. 1905 (StB) und Ellen Key (? Febr.) 1905 (KB); Franz Baumer, *Hermann Hesse*, Berlin: Colloquium Verlag, 1959, S. 36.
10 Brief vom 12. Aug. 1905 (KB).
11 Fülöp-Miller, Arens[1] 167; Csokor, *Sp* 1909.
12 Braun: *Licht* 457, *Mus Land* 193.
13 Undatierter Brief, 1904 (KB).
14 *WvG* 186.

15 Brief vom 15. April 1906 (KB).
16 Undatierter Brief an Servaes (StB).
17 *WvG* 187–188.
18 Undatierter Brief an Ellen Key (KB).
19 Brief an Servaes, 1906 (StB).
20 Briefe an Ellen Key, undatiert (KB).
21 Brief vom 27. Mai 1906 (ZE).
22 *Oxford*, Feuilleton für die *NFP*, 1906. Wiederabgedruckt in *Zeit und Welt*. Hrsg. v. Friedenthal. Frankfurt a. M.: S. Fischer, 1946, 200–201.
23 Brief an Ellen Key, undatiert (Herbst 1906) (KB).
24 Brief an Ellen Key, 1. Juli 1905 (KB).
25 Brief an Ellen Key, 12. Aug. 1905 (KB).
26 Brief an Ellen Key, 15. Apr. 1906 (KB).
27 *Führer durch die moderne Literatur*, 190.
28 Brief von Freud, 3. Mai 1908 (Freud *Br* 273).
29 Brief von Csokor, undatiert (1907) (ZE).
30 Brief an Ellen Key, 12. Aug. 1905 (KB).
31 Brief an Ellen Key, 9. Febr. 1906 (KB).
32 Briefe an Ellen Key, undatiert (Herbst 1906 und früher Sept. 1907) (KB).
33 Brief an Ellen Key, 2. Apr. 1908 (KB); R 58.
34 Brief von Raoul Auernheimer, 8. Mai 1908 (ZE).
35 Brief an Ellen Key, 2. Aug. 1908 (KB).
36 *WvG* 201.
37 Brief an Servaes, Nov. 1908 (StB).
37a Es erschien später in Form einer Novelle, *Geschichte eines Untergangs* (*NFP*, 5. bis 23. Sept. 1910).
38 Brief an Servaes, 1907 (StB).
39 Brief an Hans Feigl, undatiert (? 1908) (StB).
40 *WvG* 191–4; Stefan Zweig, *Abschied von Goethes Welt (zum Andenken an Ottilie Demelius, 1830–1923)*, in *Berliner Tageblatt*, 4. März 1923.
41 Erst am 1. 10. 1912 engagierte er einen Diener, Josef.
42 *WvG* 191–196; Fr 70, 78; *Bildb* 36.
43 *WvG* 191.
44 Briefe an Servaes, 21. Okt. 1907 und 14. Jan. 1908 (StB).
45 *WvG* 211–215.
46 KB.
47 *WvG* 215–220; Fr 53–55; *Bildb* 43–44; *Ausst.* 45 Brief an Ellen Key, 4. Mai 1909 (KB).
48 Karte (ZE)
49 Jules Romains, *Stefan Zweig – ein großer Europäer* (Arens[1] 323) und Vorlesung, gehalten in Wien im Jahre 1958 (zitiert Dum 331).
50 Brief an Ellen Key, 4. Mai 1909 (KB).
51 Brief an Ellen Key, 12. Aug. 1905 (KB).
52 Brief vom 30. Mai 1910 (ZE).
53 *Ged* 20.
54 Briefe an Servaes, 1910 (StB); Bithell, 16. Febr. 1910; Heinrich Glücksmann, 19. Juni 1911 (*Ausst.* 42). Es waren, wie es scheint, Harry Graf Kessler und

Hofmannsthal, die als erste Reinhardts Interesse an *Helenas Heimkehr* erweckten (*Briefwechsel;* Insel, 1968, 285, 539).
55 Brief vom 25. Nov. 1910 (ZE).
56 Brief vom 27. Mai 1910 (ZE).
57 Brief an Kutscher, 2. März 1912 (DLA).
58 Felix Braun, *Licht* 474–476.
59 Briefe an Kutscher, 2. und 9. März 1912 (DLA).
60 Brief von Verhaeren an Marthe Verhaeren, 5. März 1912 (zitiert Dum 33–34).
61 Brief von Csokor, 17. Dez. 1911 (ZE).
62 Emanuel bin Gorion, *Ceterum Recenseo*, 51, 100.
63 Brief an Ellen Key, 2. Aug. 1908 (KB).
64 *WvG* 202–204.
65 Brief an Paul Zech, 23. Aug. 1911 (DLA).
66 Im Lobetheater, 5. Mai 1912.
67 Interview im *Neuen Wiener Journal*, Nr. 6829, 27. Okt. 1912.
68 *WvG* 208–209.
69 Brief an Zech, undatiert (DLA).
70 *WvG* 220–224.
71 *Gustav Mahler: ein Bild seiner Persönlichkeit in Widmungen.* Hrsg. v. Paul Stefan. München: Piper 1910, 58–61.
72 Brief an Zech, undatiert (DLA).
73 *WvG* 225–233.
74 Barbusse, *Die Schutzflehenden*, Übers. v. Stefan Zweig; Zürich: Rascher, 1932, 246.
75 *WvG* 234–235.
76 Dum 123.
77 *WvG* 234–238.
78 Fr 59–64.
79 Fr 67; Fr^2 20–1, 28–32.
80 Fr 68–69.
81 *BrW* 7–8.
82 Fr 72–73.
83 *BrW* 9.
84 *BrW* 11.
85 Fr 75–76.
86 Fr 79–81.
87 Fr 82–84.
88 Fr 86–87.
89 Fr 87–88; Zweigs Tagebuch, ZE.
90 In *Silberne Saiten, Gedichte und Übertragungen.* Hrsg. v. Friedenthal, Frankfurt/Main: S. Fischer, 1966, 107.
91 *BrW* 35.
92 *Der Ruf der Heimat*, Berlin: Schuster & Loeffler, 1914 (Neuauflage: Graz: Bergland-Buch Verlag, 1932).
93 Fr 92–93.
94 Brief an Feigl, undatiert (März 1913) (StB). Zweigs Beitrag, *Die Autographensammlung als Kunstwerk.*

95 Briefe an Feigl, 19. und 22. Aug. 1913 (StB).
96 *BrW* 44.

III. Der Erste Weltkrieg und Friderike 1914–1918

1 *Bildb* 130; Brief an Zech, Febr. 1914 (DLA).
2 Brief von Fried, 4. Febr. 1914 (ZE). Es kam nichts dabei heraus.
3 Brief an Ellen Key, 4. Mai 1909 (KB).
4 Fr[2] 41–42; Zweigs Tagebuch, ZE.
5 *BrW* 53–54.
6 *BrW* 60; Fr[2] 39–40.
7 *BrW* 58.
8 Fr[2] 44.
9 Fr[2] 41–42; Brief vom 21. Mai 1914 (Geiger 430).
10 *WvG* 246.
11 Brief an Benno Geiger, 21. März 1914 (Geiger 430); Carossa, *Führung und Geleit*, Insel, 1933, 81; Briefe von Zech (DLA), Carossa, Binding und Eulenberg (ZE), Rilke (JNUL).
12 *WvG* 247.
13 *WvG* 253.
14 Fr 100; Fr[2] 43.
15 *WvG* 248–251.
16 *WvG* 253–256; *DDh* 8.
17 Zweig, *Heimkehr nach Österreich*, in *NFP*, 1. Aug. 1914.
18 Treb 221–222.
19 DLA.
20 *Heimkehr nach Österreich*, in *NFP*, 1. Aug. 1914; Tagebuch, ZE.
21 *WvG* 256–259.
22 Rolland, *Clérambault*, zit. Dum 142.
23 *Hofmannsthal / Kessler-Briefwechsel*, Frankfurt: Insel Verlag, 1968, 384.
24 *WvG* 263.
25 Fr. 103.
26 DLA; *BrFr* 27.
27 Fr 102.
28 Brief an Kippenberg, undatiert (? Herbst 1914) (DLA).
29 Fr 105–108.
30 Fr 103; *Mus Land* 200.
31 *Mus Land* 199.
32 Williams, 117.
33 H 52; *WvG* 274.
34 Brief an Kippenberg, 28. Sept. 1914 (DLA).
35 *WvG* 275; *ZwV* i. 46.
36 Brief vom 18. Sept. 1914 (DLA; *BrFr* 38).
37 Brief vom 23. Dez. 1914 (DLA).
38 Brief an Rolland, 23. März 1915 (Dum 49).
39 Arens[1] 121.
40 Brief an Rolland, Okt. 1914 (*ZwV* i, 77–78).

41 Brief an Rolland, 11. Dez. 1914 (Dum 146).
42 Hauptgrundbuchblatt und Direktionsakt 740/1914, Kriegsarchiv; Erklärung von Friderike Zweig gegenüber dem Autor.
43 Briefe an Kippenberg, Nov. 1914 (DLA; *BrFr* 39) und Schnitzler, Ende Nov. 1914 (Williams 118).
44 Brief an Kippenberg, undatiert (DLA).
45 *BrW* 61–62.
46 Fr 101; Fr[2] 43–44; *BrW* 63–64.
47 Zweigs Tagebuch (ZE); *BrW* 65.
48 Fr 109.
49 Fr 109–110.
50 *BrW* 70–72.
51 Tagebuch, 1. und 2. Jan. 1915, ZE.
52 *BrW* 72–73.
53 An Servaes, 10. Dez. 1914 (DLA).
54 Brod 41; *Mus Land* 199; Treb 226; Korrespondenz in ZE.
55 Brief an Servaes, 10. Dez. 1914 (DLA).
56 Brief an Zech, undatiert (DLA).
57 Treb 241.
58 DLA.
59 *WvG* 266; Baumer, a. a. O., 42.
60 Brief an Kippenberg, o. D. (DLA).
61 *DDh* 8–9.
62 *WvG* 264.
63 *ZwV* i, 244.
64 Brief an Zech, etwa April 1915 (DLA).
65 Leftwich 82; Leftwich[2], Brief o. D. (? Mai 1915).
66 Brief an Rolland, 17. März 1915 (*ZwV* i, 303).
67 *Notre prochain l'ennemi*. Die Übersetzung erschien leicht zensiert in der *NFP* vom 25. März 1915.
68 *WvG* 290.
69 *BrW* 73.
70 *ZwV* i, 346; Arens[1] 171.
71 *WvG* 291.
72 *BrW* 74.
73 Briefe an Feigl, 7. Juni und 12. Juli 1915 (StB).
74 Memorandum vom 13. Juli 1915, Kriegsarchiv 274/1915.
75 *WvG* 283–290.
76 *Galiziens Genesung*, in *NFP*, 31. August 1915; Ms Weltkrieg R 1914/44, Kriegsarchiv.
77 *Heldenkränze*. Hrsg. v. Felix Lorenz; Berlin: Schuster und Loeffler, 1915, 28 bis 29.
78 Williams, 117–119.
79 Brief vom 22. Juni 1915 (*BrFr* 50 ff.).
80 Brief o. D. (DLA).
81 *WvG* 280.
82 Rathenau, *Tagebuch 1907–1922*; Düsseldorf: Droste, 1967, 189, Anm. 29.

83 *WvG* 280–282.
84 Fr 105–106.
85 Brief an Arcos (Dum 322).
86 *WvG* 272.
87 Briefe von Charles Baudouin, 8. und 27. Febr. 1916 (ZE).
88 *Europäisches Erbe*, 278–279.
89 Brief von Baudouin, 17. Aug. 1916 (ZE).
90 Stefan Zweig, *Legenden*. Frankfurt/Main: S. Fischer, o. J., 217.
91 Brief von Hauptmann auf der Rückseite eines Sonderdrucks der *Legende*, wie sie im *Bildermann* veröffentlicht wurde, 1. Jahrg., Nr. 17 (ZE).
92 DLA.
93 *WvG* 273.
94 Fr 114–119; *Bildb* 50.
95 Brief an Servaes, 1916 (StB).
96 *DDh* 9.
97 *WvG* 290.
98 Fr 117.
99 Brief an Rolland, Anfang Juli 1915 (Dum 210).
100 *BrW* 82; *Bildb* 51; Fr 117–118. Die von Friderike Zweig zitierten Textversionen unterscheiden sich kaum merklich.
101 *WvG* 291.
102 Brief vom 17. Mai 1916 (ZE).
103 *WvG* 291.
104 Brief vom 18. Febr. 1917 (Dum 211). Das Werk war aus gerade diesem Grunde historisch nicht ganz einwandfrei. Vgl. dazu Steiman, Journal of European Studies, 6, 2: 22. Juni 1976, 111, 123.
105 Brief an Ami Kaemmerer vom 28. Juni 1917.
106 *WvG* 293. Vgl. auch Brief an Buber, Anfang Febr. 1918 (*BrFr* 83).
107 Brief vom 9. Sept. 1917 (TMArch).
108 Brief vom 5. Sept. 1917 (Arens[1] 146).
109 Brief o. D. an Servaes (StB).
110 Brief an Servaes, 1916 (StB).
111 Brief o. D. an Servaes (StB).
112 Brief an Feigl, 31. Aug. 1916 (StB). Die Reise war vermutlich anläßlich der Proben für die Premiere seines Stücks *Der verwandelte Komödiant* in Leipzig (Kriegsarchiv 443/1916).
113 Fr[2] 49.
114 Fr[2] 74; Fr 125–6.
115 *WvG* 328–329, Fr 126–127; Details über Frau von Ziegler und Dr. Kranz aus einem Zeitungsausschnitt einer nicht mehr zu bestimmenden Salzburger Zeitung, 1937 (aus der Zeit, als Zweig das Haus verkaufte); Bemerkungen von Friderike Zweig gegenüber dem Autor.
116 Fr 127–128.
117 Fr 125.
118 Postkarte und Briefe von Ehrenstein, 30. Dez. 1916, 14. Jan., 11 Apr., 28. Aug. und 12. Sept. 1917 (ZE).
119 Brief an Zech, Aug. 1917 (DLA).

120 *WvG* 296; Kriegsarchiv 30/134/1917.
121 Fr[2] 129–30; Fr[2] 75.
122 Brief vom 20. Sept. 1917 (Arens[1] 148).
123 *WvG* 297–300; Fr[2] 75, 77–78. Wie Steiman (203) betont, gibt es jedoch keinen Beleg für irgendeine Aktion Zweigs in der Sache.
124 *WvG* 302.
125 *ZwV* ii, 476.
126 Fr[2] 78; *ZwV* ii, 480–482; *WvG* 303–306.
127 Brief vom 8. Febr. 1916 (*BrFr* 62–63).
128 Dum 124.
129 *A mes frères français (Demain,* II, 125–128).
130 *ZwV* ii, 490–491.
131 *ZwV* ii, 487; Kopie des Textes in ZE.
132 *ZwV* ii, 482.
133 *WvG* 309.
134 Jouve 228.
135 *DDh* 9.
136 *WvG* 306–312; Brief von Jouve, 25. Dez. 1917 (ZE).
137 Brief von Arcos, 21. Dez. 1917 (ZE). Rolland jedoch vertraute weniger auf einen Wandel in Verhaeren: »Es ist eher das Gegenteil eingetreten unter dem Einfluß des widerwärtigen Loyson« (Brief vom 1. Febr. 1918, ZE).
138 *ZwV* ii, 141.
139 Brief an Zech, 6. Dez. 1916 (DLA).
140 Siehe Anmerkung 41, S. 368.
141 *WvG* 313–338.
142 *WvG* 318–321; Faesi, *Erinnerungen an Stefan Zweig,* 1302.
143 Kriegsarchiv 30/134/1917.
144 *BrW* 82–83; Fr 142–148; Fr[2] 79. Moritz Benedikt war zwar immer noch der nominelle Inhaber der *NFP,* aber sein Sohn hatte bereits die aktive Leitung übernommen.
145 Brief von Chapiro, 26. Juli 1919 (ZE).
146 Fr 148–149.
147 Brief von Rolland, 4. März 1918 (ZE).
148 Fr 153–154; Bildb. 62; Faesi, a. a. O. 1303; *WvG* 320.
149 *BrW* 93.
150 *BrW* 88; Dum 330.
151 R 100.
152 *ZwV* ii, 657.
153 Brief aus dem Hotel Baur au Lac, Zürich (ZE).
154 *ZwV* ii, 658.
155 *Ausst* 53; Brief von Ehrenstein, 2. März 1918; Szenenbild R 64.
156 *ZwV* ii, 569.
157 Briefe von Flake, 26. Juni 1918 und Alfred H. Fried, 23. Juli und 5. Okt. 1918 (ZE).
158 Briefe von Magdeleine Marx, 4. und 12. Sept. 1918 (ZE).
159 *ZwV* ii, 574.
160 Brief an Ludwig, 28. April 1918 (DLA, *BrFr* 84–85).

161 Brief von Masereel, 25. Okt. 1918; Fr[2] 83–85; Fr 141.
162 *ZwV* ii, 599 ff.
163 *BrW* 86.
164 *Die Schweiz als Hilfsland Europas*, in *Donauland*, II. Jg., 7. Sept. 1918.
165 *BrW* 86–98, 101.
166 *ZwV* ii, 604–605.
167 *BrW* 100.
168 *BrW* 90.
169 Brief an Hesse, 12. Aug. 1918 (*BrFr* 88).
170 *BrW* 94.
171 *ZwV* ii, 757–759.
172 Brief an Rolland, 10. Dez. 1918 (Dum 166).
173 Zitiert R 109–10.
174 DLA; *IAusst* 229.
175 Zitiert R 124.
176 *WvG* 323.
177 Brief an Rolland, 21. Jan. 1918 (Dum 199).

IV. Salzburg und der Erfolg 1919–1925

1 *BrW* 99–101.
2 *BrW* 102–103.
3 Briefe an Fleischer, undatiert und 14. Jan. 1919 (DLA).
4 *BrW* 87.
5 *BrW* 104.
6 Fr 161–162; *WvG* 322–324.
7 *WvG* 326–327.
8 *WvG* 327–330; Fr 163–164; Fr[2] 87–88.
9 *BrW* 105–106.
10 Fr 165–167.
11 *BrW* 106–107.
12 *ZwV* ii, 919. Das ist das einzige Manifest, das Zweig je unterzeichnet haben soll (*ZwV* ii, 929).
13 *ZwV* ii, 934; *Bildb* 70; Arens[2] 31.
14 Brief an Rössler, 19. Mai 1919 (StB).
15 DLA; *IAusst* 189.
16 Brief an Rolland, 4. April 1919 (*ZwV* ii, 929).
17 *WvG* 347.
18 Fr[2] 89; Fr 53, 170–171; *BrW* 107.
19 *WvG* 330–331; Fr 171–173; *BrW* 139
20 *Vögelchen*, Berlin: S. Fischer, 1919.
21 Brief an Rössler, 19. Mai 1919 (StB).
22 Laut Friderike befanden sich in Österreich zu jener Zeit 30000 Paare in dieser mißlichen Lage; Fr 131, 173–174.
23 Brief an Fleischer, 20. Juli 1919 (DLA).
24 ZE; StB; DLA; *Ausst* 53.
25 Sollten diese bitteren Worte sich auf Hofmannsthal beziehen? Vgl. Hofmannsthal/Andrian-*Briefwechsel*; Frankfurt/Main: S. Fischer, 1968, 304.

26 Brief o. D. (etwa 15. Aug. 1919) (DLA).
27 Brief o. D., wahrscheinlich vom 25. Sept. 1919.
28 *BrW* 200.
29 Fr 177–179.
30 Brief an Kippenberg, undatiert (etwa Sept. 1919) (DLA).
31 *BrW* 111–112.
32 *BrW* 112–118.
33 *BrW* 120–126; Fr 239.
34 Brief an Zech, Datum ungewiß (?Nov. 1919) (DLA).
35 Brief o. D. an Kippenberg (?Sept. 1919) (DLA). Vgl. auch Brief an Dehmel, ?Juli 1919 (*BrFr* 103 ff.).
36 *BrW* 113–118.
37 *Tage-Buch.* Hrsg. v. Großmann; Berlin, i. I. 10. Jan. 1920, 7–10.
38 Faesi 215.
39 Brief vom 9. Dez. 1919 (ZE).
40 Korrespondenz ZE.
41 Zitiert Zohn, *German Life and Letters*, V. 3 (April 1952), 208.
42 ZwV ii, 968–969; Brief von Magdeleine Marx (unvollständig), 3. Okt. 1919 (ZE); Brief von Masereel, 30. Juni 1920 (ZE); *WvG* 345–346; R 112; Briefe von Jouve, 13. Febr. 1922, und Rolland, 20. Juli 1919 (ZE).
43 Dum 196.
44 Jouve 9.
45 Fr^2 121–122.
46 DLA.
47 Briefe an Leonhard Adelt vom 29. Dez. 1919 und Anfang 1920.
48 *BrW* 128.
49 *BrW* 129.
50 *Mus Land* 201.
51 Felix Braun, *Persönliches über Stefan Zweig zum 80. Geburtstag*, 28. Nov. 1961; Fr 178–179, 188–189.
52 Heinrich Hinterberger, *Liber Amic* 46–47.
53 Brief an Fleischer, 30. März 1920 (DLA).
54 Brief an Fleischer, 24. Mai 1920 (DLA).
55 Brief vom 10. Juni 1920 (ZE).
56 Dum 239.
57 *BrW* 130–136.
58 Mann *Br* i, 180.
59 Freud *Br* 330–332.
60 Brief v. 17. Aug. 1920 (ZE).
61 Brief v. 14. Mai 1919 (ZE).
62 Brief an Servaes, 8. Febr. 1921 (StB).
63 Brief vom 20. Aug. 1921.
64 Fr^2 90–91; *BrW* 137–138; Briefe von Jouve vom 1. Juni 1921 und undat. (ZE); Brief an Rolland vom 27. Nov. 1920 (Dum 171).
65 Baudouin 23–25.
66 Korrespondenz Wolff 413–414.
67 Brief v. 27. Aug. 1921 (DLA).

68 Brief v. 29. Jan. 1921 (StB).

69 Brief an Katharina Kippenberg, 6. Sept. 1921 (DLA).

70 Brief an Fleischer (?21. März 1921) (DLA); *WvG* 348–352.

71 Brief vom 22. Jan. 1923 (StB).

72 Brief an Rolland, 4. Sept. 1921 (Dum 172).

73 *DDh* 9.

74 R 125.

75 S 8.

76 Brief an Friderike Zweig, Okt. 1922.

77 Interview in *Nouvelles Littéraires*, Paris, 18. Sept. 1969.

78 Brief an Friderike Zweig, 24. Nov. 1922.

79 Brief an Hesse, Herbst 1922 (*BrFr* 139).

80 Briefe ZE, bes. von Masereel, 13. Okt. 1922, u. Holitscher, 26. Apr. 1923.

81 DLA.

82 Brief vom 12. Okt. 1922 (Dum 213).

83 *BrW* 151–155; Brief an Rolland, 12. Apr. 1922 (Dum 96); Wolff 414–418; Brief an Rudolf Pannwitz, 15. Mai 1922 (DLA). Die Zeitschrift *Europe* erschien erstmals 1923; René Arcos war einer ihrer Herausgeber.

84 S 9.

85 R 204.

86 *Europäisches Erbe*, 234.

87 DLA; ZE.

88 ZE.

89 Brief vom 20. Nov. 1922 (ZE), mit beigefügter handschriftlicher Kopie des Gedichts. Spätere Fassung: siehe Carossa, *Führung und Geleit;* Insel, 1933, 190.

90 Brief von Fischer, 5. Aug. 1924 (ZE).

91 Brief vom 29. Juni 1922 (DLA).

92 Brief an Rolland, 29. Juni 1922 (Dum 173).

93 Briefe an Fleischer, 21. Okt., 9. Dez. 1922 (?17. Jan.), 20. Juli, 19. Sept., 3. Nov. und Dez. 1923 (DLA).

94 *WvG* 339.

95 Brief an Fleischer, 13. Dez. 1922 (DLA).

96 Brief an Fleischer, 29. Dez. 1922 (DLA).

97 Brief an Fleischer, (?29. Mai 1923) (DLA).

98 *BrW* 169–172.

99 Fr^{2} 104–108; R 80; Fr 184.

100 Fr^{2} 109–112; Dum 127; Brief v. Rolland, 1. Jan. 1918 (ZE); Fr. 190.

101 Brief an Fleischer, 31. Aug. 1923 (DLA); *BrW* 174; Brief an Friderike Zweig, 24. Jan. 1924; Fr^{2} 127–128.

102 *BrW* 174–177; Brief an Friderike Zweig, 30. Jan. 1924.

103 *BrW* 177–178; Brief von Masereel, 8. April 1924 (ZE).

104 *Der Kampf mit dem Dämon;* Insel, 1925, 8.

105 Arens^{2} 343.

106 *Der Kampf mit dem Dämon*, 228.

107 Brief an Friderike Zweig, 26. Febr. 1942.

108 *Der Kampf mit dem Dämon*, 319–321.

109 Brief an Rolland, 4. Mai 1925 (Dum 128).
110 Ebd. (Dum 292).
111 *Inselschiff*, vi, 4, 317.
112 Brief an Fleischer, 30. Juni 1925 (DLA); Dum 106–107; Fr. 197.
113 Dum 212–213.
114 Briefe an Fleischer, 28. Feb. u. 6. Mai 1924 (DLA): Freud *Br* 348; *BrW* 180 bis 181; Brief an Fleischer, 31. Mai 1924 (DLA).
115 *BrW* 179–180 (Der Brief an Friderike aus Zürich ist wohl auf den 17. Juli zu datieren); Brief an Fleischer, Juli 1924 (DLA).
116 Karte an Kippenberg, 30. Nov. 1924 (DLA).
117 Brief an Fleischer, 18. Okt. 1924 (DLA).
118 Brief an Fleischer, 16. Feb. 1925; *BrW* 181–184.
119 Äußerung Friderike Zweigs gegenüber dem Autor; *BrW* 187–189.
120 Brief an Emil Ludwig, 10. Mai 1925 (DLA); *BrW* 185–186.
121 *BrW* 189–190.
122 Brief an Fleischer, 26. Okt. 1925 (DLA).

V. Sonnenuntergang 1925–1929

1 Brief an Rolland, 26. Sept. 1925 (Dum 331).
2 Briefe von Romains, 2. Dez. 1927 und Januar 1928 (ZE).
3 Brief an Friderike Zweig, 7. Nov. 1925; *BrW* 190–195; Briefe an Rolland, 2. und 14. Dez. 1925 (Dum 331–337).
4 Rolland, *Le jeu de l'amour et de la mort*; Paris: Albin Michel, 1925, Vorwort und 18; *BrW* 181; Karte von Arcos, 20. Sept. 1924 (ZE); Brief an Rolland, 17. August 1924 (Dum 230).
5 Zürich: Rotapfel Verlag, 1926.
6 Brief vom 21. Jan. 1926 (ZE).
7 *BrW* 195–196; Briefe an Fleischer, 13. Jan. und 27. Jan. 1926 (DLA); Brief an Bethge, 9. Febr. 1926 (DLA). Der Meistersaal-Vortrag wurde nachgedruckt in *Europäisches Erbe*, 102–121.
8 *WvG* 372–3; Neumann, 115–116.
9 Briefe von Coudenhove-Kalergi, insbes. 9. Juli 1924 (ZE).
10 Baudouin, 186–188 (17. Okt. 1926).
11 Lee van Dovski, *Stefan Zweig zu seinem 25. Todestag am 22. Febr. 1967*, in *Der Bund*, Bern 118. Jahrg., Nr. 67, 17. Febr. 1967; Briefe an Kippenberg, 8. März 1929 (DLA; *BrFr* 200).
12 Stefan Zweig, *Gedächtnis eines deutschen Menschen*, in *Die Ausfahrt, ein Buch neuer deutscher Dichtung, I. Reihe*. Hrsg. v. Otto Heuschele; Stuttgart: Verlag Silberburg, 1927, 5. Siehe auch *BrW* 153–154, Briefe vom 21. u. 23. März 1922.
13 Brief o. D. (etwa Herbst 1922), *BrFr* 138–139.
14 Brief an Fleischer, 23. oder 24. März 1926 (DLA).
15 Briefe an Fleischer, 23. oder 24. März 1926 (DLA) und Rolland, 25. April 1926 (Dum 253).
16 *Suche*, 33; *Wendepunkt*, 160.
17 R 34; S 8–9; Rolland, Vorwort zu *Amok*; Paris: Stock, 1927.

18 Brief o. D. an Leonhard Adelt, wahrscheinlich vom Aug. 1926.
19 *Mus Land* 201–202.
20 Brief von Csokor, 2. Dez. 1927 (ZE).
21 Brief an Pannwitz, 26. Mai 1926 (DLA).
22 *BrW* 198.
23 *F. A. Brockhaus – Beschwerde gegen einen Verleger (Casanova betreffend),* in *Berliner Tageblatt,* 29. Juni 1926. Vgl. *Drei Dichter ihres Lebens,* Insel, 1928, 30, Anmerkung.
24 *Zum 70. Geburtstag von Sigmund Freud,* in *Münchner Neueste Nachrichten,* 5. Mai 1926 (auch in der *NFP*); Freud *Br* 365.
25 Brief von Baudouin, 27. Dez. 1926 (ZE).
26 DLA.
27 *BrW* 196–207.
28 Brief an Pannwitz, 27. Jan. 1927 (DLA).
29 *Abschied von Rilke,* Staatstheater München, 20. Febr. 1927; Tübingen: Rainer Wunderlich Verlag, o. D. (1927); wieder aufgelegt 1946; Brief an Katharina Kippenberg, 8. Jan. 1927 (DLA; *BrFr* 177).
30 Hofmannsthal/Andrian-*Briefwechsel;* Frankfurt am Main: S. Fischer, 1968, 405.
31 Geiger 427–8; *Der Liebhaber: Erinnerungen seines Sohnes an Max Reinhardt,* Zürich: Buchklub Ex Libris, 1974, 90; Hofmannsthals Brief, 28. Apr. 1927 (*IAusst* 219).
32 Fr^2 95.
33 Brief an Rolland, 22. Juli 1929 (Dum 208); Brief an Kippenberg, 18. Juli 1929 (DLA); Robert Braun, *Sp* 79.
34 Briefe von Heinrich Eduard Jacob, 4. und 11. Nov. 1929 (ZE).
35 *BrW* 208–211.
36 *BrW* 215–216.
37 Brief vom 7. Mai 1928 (Mann *Br* i, 279).
38 Braun, Rezension in *Die Literatur,* zit. *Inselschiff,* ix. 4 (Herbst 1928), 323.
39 Vgl. Asadowskij, Wremja, 219.
40 Brief vom 26. Sept. 1927 (Wremja, 242).
41 *WvG* 374–375; *BrW* 188.
42 Brief vom 1. Sept. 1928 (Mann *Br* i, 283).
43 Brief an Zweig vom 2. Sept. 1928 (ZE). In späteren Jahren nahm es Rolland nicht so streng mit dem Bolschewismus.
44 *WvG* 375–377; *BrW* 221.
45 *WvG* 377–380; *BrW* 222–223. Eine Dokumentation der Reise findet sich bei Asadowskij, Wremja, 221–223 (obwohl die Nachricht in der *Izvestija,* daß er von Friderike begleitet wurde, natürlich unzutreffend war).
46 *WvG* 380–384.
47 *WvG* 384–385.
48 Briefe ZE, bes. von Lidin, 13. Okt. 1930.
49 Briefe vom 1. Dez. 1928, 1. März 1929 und 16. Nov. 1931 (Wremja 246, 248, 251).
50 Dum 132–133.
51 Brief vom 3. Okt. 1929 (Dum 177).

52 Brief an Friderike Zweig, 23. Dez. 1928 (*BrW* 224).
53 Brief an Rolland, 20. Juni 1928 (Dum 231–232).
54 *WvG* 363.
55 Brief vom 2. Mai 1928 (DLA; *BrFr* 193).
56 Dum 302–303.
57 *WvG* 363; *Inselschiff* xi, 1; Gregors Rezensionen im Ms., ZE; H 81–82.
58 ZE; Brief an Ebermayer, 10. Juni 1933 (*BdFr* 54, *Heute* 104).
59 Brief an Rolland, 28. Mai 1929 (Dum 216); Brief an Fleischer, 11. Sept. 1929 (DLA).
60 Briefe an Ebermayer (*BdFr* 49) und Fleischer (DLA), 21. Sept. 1929; Brief an Servaes, 28. Sept. 1929 (StB).
61 Brief an Ebermayer, 15. Febr. 1930 (*BdFr* 49); Fr 295–296; *BrW* 230–231.
62 Brief vom 6. Mai 1930 (ZE).
63 Brief vom 9. Nov. 1929 (ZE).
64 *Etwas über Macht und Moral*, in *Kunst und Volk. Mitteilungen des Vereines Sozialdem. Kunststelle Wien*. 4. Jg., Heft 9. Mai 1930, 288.
65 *Dum 175; Fr 300*. Zweig veröffentlichte davon ein Fragment: *Vorspiel zu einer Tragödie ›Adam Lux‹*, in *Literarische Welt*, 6. Jg., 1930, Heft 33/34, 5–6.
66 Brief an Ludwig, 2. Mai 1928 (DLA).
67 Briefe von Gregor, 19. Febr. 1930 und Rieger in Paris, 28. Febr. und 27. März 1930 (ZE).
68 S 8.
69 Katharina Kippenberg an Rilke, 19. Apr. 1926 (*Briefwechsel:* Insel, 1954, 588).
70 Lernet-Holenia, Arens[1] 149; *Ausst* 67.
71 Undatierter Brief, vielleicht Anfang 1928 (Dum 323).
72 Information von Prof. E. R. Jacobi, Zürich.
73 Brief vom 20. Juni 1928 (Dum 215).
74 *BrW* 226.
75 Brief vom 18. Dez. 1929 (StB).
76 Robert Braun, *Sp* 79–80.
77 Kesten, Arens[2] 171.
78 Schwerin.
79 Brief an Friderike Zweig, 11. Nov. 1927?
80 Brief von Rieger, 18. Febr. 1928 (ZE); Karte an Fleischer, 2. April 1928 (DLA).
81 Brief an Rolland, 20. Mai 1927 (Dum 132).
82 Brief vom 4. Okt. 1926 (DLA).
83 Lee Van Dovski, *Liber amic 27–28.*
84 Arnold Zweig, *Über Schriftsteller;* Berlin: Aufbau Verlag, 1967.

VI. Incipit Hitler 1930–1933

1 *WvG* 386–389; Fr 312–318; *Bildb* 132; Fr[2] 118–120.
2 *BrW* 230–231.
3 Brief vom 11. Dez. 1930 (StB).
4 *BrW* 235.

5 Brief an Ernst Lissauer, 2. Apr. 1931 (StB).
6 Zit. R 35.
7 Fr 207.
8 Bauer, 56.
9 Brief vom 10. Sept. 1930 (Freud/*Zw BrW* 25–26).
10 Vgl. Johannes Cremerius, *Stefan Zweigs Beziehung zu Sigmund Freud*, in *Jahrbuch der Psychoanalyse*, Bd. 8, Bern: Verlag Hans Huber, 1975, 49–89.
11 Brief an Fleischer, 7. Juli 1930 (DLA).
12 BrW 231–237.
13 Aussage von Helene Freifrau von Ledebur gegenüber dem Autor; *BrW* 239 bis 245; Vladimir Lidin, *People I have met, Writers and Artists Forum* (Datum unbekannt).
14 *BrW* 245.
15 Zit. im *Inselschiff* xii, 2 (Frühjahr 1931), 138.
16 Brief vom 7. Febr. 1931 (Freud *Br* 398–399).
17 Brief vom 7. Juli 1930 (DLA).
18 *BrW* 242–244; Brief an Rolland, 9. Juli 1930 (Dum 132).
19 Brief an Rolland, 9. Juli 1930 (Dum 132). Vgl. Rollands Antwort vom 16. Juli und Brief vom 2. Aug. 1930 (ZE).
20 *BrW* 243–244; Briefe von Lidin, 13. Okt. 1930, Gregor, 19. Febr. 1930 und Rieger, 14. Okt. 1930 (ZE).
21 *BrW* 244; Information von Helene Freifrau von Ledebur; Brief an Fleischer, 29. Dez. 1930 (DLA); Fr 319–322; *BrW* 191, Fußnote zu dem Brief vom 4. Nov. 1925; Fr^2 132–4; Friderike Zweig, *A Journey with Marie Antoinette*, in *Greatness Revisited*; Boston: Branden Press, 1973, 79–88.
22 Leftwich, 91–92.
23 Schwerin.
24 Leftwich, 96.
25 Zit. Leftwich, 82.
26 Leftwich, 92.
27 Brief vom 24. Jan. 1917 (*BrFr* 68).
28 Briefe von Rieger, 10. Febr. 1932, und Latzko, 27. Juli 1932 (ZE).
29 Schwerin. Vgl. auch Brief an Hermann Struck, 18. Juni 1930 (*BrFr* 207).
30 Brief an Kesten, 12. Juni 1939 (*Exil* 103). Die Übergabe erfolgte, wie es scheint, schon im Frühjahr 1934 (Brief Zweigs an den Direktor der Jewish National University Library, Jerusalem, vom 11. Dez. 1933).
31 *Wendepunkt* 249; *Suche* 114–18. Vgl. *KlMBr* i, 70–1.
32 Briefe von Konstantin Fedin, 13. Dez. 1930 und 1. März 1931 (ZE): Zweigs Antwort wird wohl in der *Literaturnaja gazeta* vom 14. Febr. 1931 erschienen sein.
33 Brief von Rolland, 5. Okt. 1930, und Brief an Rolland, 8. Juni 1931 (Dum 175).
34 Brief vom 7. Juli 1931 (DLA).
35 *BrW* 247.
36 Green, *Journal 1925–1958*, Paris: Plon, 1961.
37 Dum 177–8; siehe seinen Essay *Besuch bei den Milliarden*, 1932 (neu abgedruckt in *Begegnungen*, 1937).

38 Brief an Zweig, 17. Juni 1932 (ZE).
39 Tagebuch, ZE (21., 22. Okt. und 2. Nov. 1931).
40 Äußerung von Friderike Zweig gegenüber dem Autor; *BrW* 248.
41 Brief an Zweig, 15. März 1932 (ZE).
42 Brief an Ebermayer, 5. Febr. 1932 (*BdFr* 51); Adelbert Muhr, *Sp* 58; Willi Fehse, *Sp* 65; *BrW* 234; Brief an Kippenberg, 7. Juli 1931 (DLA); Brief an Fleischer, 6. Okt. 1931 (DLA).
43 *BrW* 249; Fr^2 97.
44 *Inselschiff*, xiv, 1 (Weihnachten 1932), 64; Brief von B. W. Huebsch, 3. Febr. 1933 (ZE).
45 Fr 223–224.
46 Undatierter Brief (Ende 1932) (ZE).
47 Brief von Rieger, 7. Sept. 1932 (ZE); *WvG* 365.
48 Brief an Lissauer, 25. Okt. 1932 (StB); Briefe von Braun und Fleischer, 10. Nov. 1932 (ZE); Geiger 426–427.
49 Brief an Deissinger, 12. Dez. 1932 (*Blätter der Internationalen Stefan-Zweig-Gesellschaft*, 13/14 (Apr. 1962), 2).
50 Zweigs Tagebuch (ZE).
51 *Str* 7–31, 155–156; *BrW* 250; *IAusst* 255; Grasberger 340.
52 Zohn und Barricelli, *Juilliard Review*, iii, 2 (1956), 7.
53 Brief von Felix Braun, 25. Dez. 1932 (ZE).
54 Brief vom 30. Aug. 1933 (*Ausst* 72).
55 Brief an Fleischer, 22. Nov. 1931 (DLA); Lidin, a. a. O.; Brief an Friderike Zweig, 24. Nov. 1922. Vgl. auch *BrW* 149–150.
56 Stefan Zweig, *Emil Ludwig zum 50. Geburtstag*, in *NFP*, 25. Jan. 1931 (Kl 1201); *Emil Ludwig at Fifty*, in *Living Age*, Boston (Apr. 1931) (Kl 1200).
57 Tagebuch, ZE; Zuckmayer, 52–53; *BdFr* 50.
58 *WvG* 406; Brief an Alfred Zweig, 29. Nov. 1931.
59 Telegramm von Kippenbergs, 28. Nov. 1931 (Arens 132); Brief an Kippenberg, gleiches Datum (DLA; *BrFr* 218).
60 Brief von Rieger, 26. Nov. 1931 (ZE); *Bibliographie der Werke von Stefan Zweig, dem Dichter zum fünfzigsten Geburtstag dargebracht vom Insel-Verlag, 28. November 1931*, zusammengestellt von Fritz Adolf Hünich und Erwin Rieger, 500 Exemplare.
61 Brief an Servaes, 30. Nov. 1931 (StB).
62 Briefe von Felix Braun, Ende 1931 (ZE); Briefe an Fleischer, 30. Nov. 1931 (DLA) und Alfred Zweig, 29. Nov. 1931.
63 Brief an Kippenberg, 9. Dez. 1931 (DLA; *BrFr* 219).
64 *BrW* 250.
65 *BrW* 252–255.
66 *BrW* 255–256; Brief an Rolland, 20. März 1931 (Dum 325).
67 *BrW* 257–259. Die Vorträge wurden abgedruckt in *Zeit und Welt*, 299–326 (*Der europäische Gedanke*) und *Begegnungen*, Wien: Reichner, 1937, 234–248 (*Die moralische Entgiftung Europas*).
68 *WvG* 391–393; *BrW* 267; Brief an Rolland, 17. Jan. 1933, und Rollands Antwort (Dum 133–134).
69 Brief vom 23. Dez. 1932 (DLA).

70 *Str* 32.
71 Brief an Koogan, 22. Juni 1932 (K); Briefe an Alfredo Cahn, 22. Okt. und 24. Dez. 1932 (Cahn).
72 Brief an Ebermayer, 9. Jan. 1933 (*BdFr* 52); Brief von Strauss an Kippenberg, 24. Jan. 1933 (*IAusst* 256) und Kippenbergs Antwort, 25. Jan. 1933 (Grasberger 344).
73 *BrW* 266; Brief an Ebermayer, 9. Febr. 1933 (*Heute* 20).
74 *Heute* 24.
75 *WvG* 414.
76 *BrW* 270; *Str* 48; Brief an Kurt Frieberger, 27. März 1933 (*Sp* 74).
77 Brief vom 10. Apr. 1933 (Dum 179).
78 *BrW* 268–271.
79 Briefe von Gregor, 4. Apr. 1933 (ZE), Joseph Roth, 6. Apr. 1933 (Roth, 261) und Felix Braun, 6. Apr. 1933 (ZE).
80 Fr 272; Brief an Rolland, 26. Apr. 1933 (Dum 180).
81 Brief an Ebermayer, 19. Juni 1933 (*BdFr* 55, *Heute* 114).
82 Walter Bauer, Arens[1] 138.
83 Brief von Thomas Mann, 24. April 1933 (TM Archiv); Brief von Hermann Hesse an Mann, 21. Apr. 1933 (*Briefwechsel*, Hrsg. v. Anni Carlsson; Frankfurt/Main: Suhrkamp, 1968, 26–27).
84 Briefe an Servaes (StB), Ebermayer (*Heute* 83), 11. Mai 1933, und Leftwich, 6. Juni 1933 (Leftwich[2]); *WvG* 415–417.
85 Brief von Felix Salten, 13. Mai 1933 (ZE).
86 *BrW* 271–272.
87 Briefe von Jacob, 21. Juni und 5. Juli 1933 (ZE); Leftwich 90; Brief an Alfredo Cahn, 6. Juni 1933 (Cahn).
88 Bauer 77; Fr[2] 156, 166; so Friderike Zweig gegenüber dem Autor.
89 Brief an Ebermayer, (?5.) August 1933 (*Heute* 150).
90 Information von Helen Freifrau von Ledebur.
91 Briefe an Ludwig, 16. Juni 1933 (DLA); Lissauer, 20. Juni und 21. Sept. 1933 (StB); Klaus Mann, 19. Juni 1933 (*KlMBr* i, 101–102); und von Klaus Mann, 19. Mai und 15. Sept. 1933 (ZE und *KlMBr* i, 98, 134–135).
92 Aussage von Friderike Zweig gegenüber dem Autor; Brief an Robert Faesi im Jahre 1933 (Faesi 1307).
93 Brief vom 27. Juni 1933 (Gregor).
94 Briefe an Ebermayer, 10. Juni, 22. Juni und 15. Juli 1933 (*BdFr* 54–55).
95 Brief an Lissauer, 19. Sept. 1933 (StB); *WvG* 431.

VII. London 1933–1940

1 Fr 364–365; *WvG* 432–433; Brief an Rudolf Kayser, 30. Nov. 1933 (*Sp* 76); Brief an Rolland, 14. Febr. 1934 (Dum 184); Brief o. D. an Roth (?30. Okt. 1933; Roth, 280).
2 *WvG* 347; Brief vom 10. Mai 1934 (*KlMBr* i, 175).
3 Brief vom 8. Nov. 1933 (Mann *Br* i, 338).
4 Brief an Cahn, 30. Dez. 1933 (Cahn).
5 *Journal of Modern History*, vii (1935), 365 ff.
6 Brief an Cahn, 30. Dez. 1933 (Cahn).

7 Dum 180–181.
8 Briefe an Cahn, 30. Dez. (Cahn) und Kayser, 30. Nov. 1933 (*Sp* 75).
9 Brief an Kayser, 30. Nov. 1933 (*Sp* 75); *WvG* 433–434.
10 Briefe an Kayser, 30. Nov. und 14. Dez. 1933 (*Sp* 76–77) und Roth, undatiert (?13. Nov. 1933; Roth, 292).
11 Aussagen von Friderike Zweig gegenüber dem Autor; Homeyer 83.
12 Brief an Roth, undatiert (?November 1933; Roth, 290–291).
13 Brief vom 13. Febr. 1934 (DLA).
14 Hanns Eislers Formulierung, zitiert in Jost Hermand, *Exil und innere Emigration*, Frankfurt/Main: Athenäum, 1972, 20.
15 Brief an Ebermayer, 2. Jan. 1934 (*BdFr* 56); *WvG* 446–447; Brief von Ernest Bloch, 5. Jan. 1934, mit Zitierung eines Briefes von Mrs. Deborah Lewin, Los Angeles (ZE).
16 *WvG* 436–439; *Str* 60.
17 *WvG* 439–441; *BrW* 306; Fr 365–366; Aussage von Friderike Zweig gegenüber dem Autor; Bildb. 103.
18 Neumann, 114–115.
19 Äußerungen Riegers gegenüber Friderike Zweig; Briefe von Rieger, Wien, 12. und 16. Apr. 1934 (ZE); Briefe an Roth, 27. und 28. März 1934 (Roth, 321–324); Brief an Kippenberg, Ostersamstag 1934 (DLA).
20 Vallentin 65–66.
21 Brief vom 17. Feb. 1934.
22 Fr 366–367.
23 Leftwich, *Liber Amic* 59.
24 Vgl. auch *BrW* 273, Abschn. 2 des Briefes vom 27. Mai 1933.
25 Brief vom 20. Juli 1934.
26 Fr 368; Akten des Innenministeriums, London.
27 DLA; Brief an Strauss, 26. Juli 1934 (*Str* 69).
28 Brief vom (?Mai) 1934 (Roth 334); vgl. auch Fr 370.
29 Dum 184.
30 Vallentin 66.
31 Dum 184.
32 Brief an Roth, (?Mai) 1934 (Roth 334).
33 Leftwich, *Liber Amic* 59.
34 *Str* 70; Brief an Roth, (?Mai) 1934 (Roth 335).
35 Brief vom 26. Juni 1934 (DLA; *BrFr*, 251 ff.); *Str* 69.
36 Information von Helene Freifrau von Ledebur.
37 Brief vom 27. Aug. 1934 (DLA).
38 Leftwich 93, 95–98.
39 Brief vom 26. Sept. 1934 (DLA; *BrFr* 258).
40 Brief an Rolland, 4. Okt. 1934 (Dum 184).
41 Kopie des Briefes in Friderike Zweigs Nachlaß; Fr 371–378; Fr[2] 159; vgl. Brief an Lotte, 10. Jan. 1935 (*BrFr* 269 f.).
42 Joseph Brainin, *National Jewish Monthly*, April 1942, 254, 285; Leftwich 95, 97; Brief an Leftwich vom 12. Juni 1933 (Leftwich[2]).
43 Joseph Brainin, a. a. O.; Brief von Zweigs Anwalt an das Innenministerium, 29. Nov. 1938 (Akten des Innenministeriums, London).

44 Tagebuch, ZE.
45 *Str* 92–120. Wie aus seinen Briefen an Gregor hervorgeht, scheute Zweig keine Mühe, seinem Freund mit Rat und Hilfe zur Seite zu stehen.
46 Brief von Kippenberg, 25. Feb. 1935 (ZE); Brief an Kippenberg, 20. Dez. 1934 (DLA); *BrFr*, 262–263.
47 Briefe an Kippenberg, 5. Apr. und 6. Mai 1935 (DLA); Briefe von Kippenberg, März 1935 (ZE).
48 Brief an Ebermayer, (?24.) Dez. 1935 (*Heute* 646); Wulf 277.
49 Brief von Felix Braun, 19. Apr. 1935 (ZE); Conyers-Read, *Yale Review*, xxv (1936), 609–612; J. E. Neale, *Saturday Review of Literature*, New York, XII, 31. Aug. 1935.
50 Brief an Schickele, 26. Sept. 1934 (DLA; *BrFr* 259).
51 Brief an Leonhard Adelt, 12. Aug. 1934.
52 Fr[2] 167; *Heute* 491–492; Brief an Fleischer, 20. Juni 1935 (DLA).
53 *WvG* 206–208; Briefe und Telegramme von Pirandello, 2., 11. und 23. Sept. und 7. Okt. 1934 (ZE); Fr 301.
54 *BrW* 275; *Wendepunkt* 314; Walter Bauer, Arens[1] 139. »Ich empfinde so viel Freundschaft und Liebe für Walter Bauer ... er ist einer von jenen Deutschen, die es uns für immer verbieten, das ganze Volk nach den Verbrechen seiner gegenwärtigen Führer zu beurteilen«, schrieb Zweig in einem auf Englisch verfaßten Brief an Mrs. Barron, 16. Aug. 1939 (Otago University Library, Neuseeland, Ms. 23).
55 *BrW* 275; Brief an Thomas Mann, undatiert (TM Archiv).
56 Brief an Fleischer, 20. Juni 1935; *Str* 158, 175–176; Brief von Katharina Kippenberg, 27. Juni 1935 (DLA).
57 *BrW* 276.
58 Briefe vom 29. Juni und 3. Juli 1935 (Gregor).
59 *BrW* 276.
60 *Str* 141–142; 169–174; Brief vom 5. Juli 1935 (Gregor); Brief von Strauss an Johannes Franze, 1. Apr. 1947 (Grasberger 461). Vgl. auch Mathis, und (über die Anzahl der Aufführungen) Kenneth W. Birkin, *Strauss, Zweig and Gregor: unpublished letters*, in *Music & Letters*, 56, Apr. 1975, 195. Die Vorstellung, der Zweig beigewohnt hat, war die von der Wiener Richard-Strauss-Gemeinde veranstaltete Sonderaufführung vom 15. Dez. 1935 (*Str* 178).
61 *BrW* 277–278; Brief an Katharina Kippenberg, 29. Juni 1935 (DLA).
62 *Heute* 564–568.
63 Angaben von Friderike Zweig gegenüber dem Autor; *BrW* 278; Fr 378; Brief an Friderike Zweig von Frau Meingast, 30. Aug. 1935; Brief vom 22. Aug. 1935 (Dumm 206).
64 *BrW* 279–280; Aussage von Friderike Zweig gegenüber dem Autor.
65 Ms, ZE.
66 Akten des Innenministeriums, London; Brief o. D. an Lotte (?1935) (ZE); *BrW* 287.
67 Kesten, *Poeten* 148, *Dichter* 73–74.
68 Brief vom 30. Juni 1935.
69 *BrW* 283–284.
70 Fr 379; *BrW* 280, 283.

71 *BrW* 284–286, 288.
72 *BrW* 280–281.
73 *BrW* 289; Leftwich, *Liber Amic* 59; Fr 381–382.
74 Akten des Innenministeriums, London; Brief an Schickele, 26. Febr. 1936 (DLA); Karte an Guido Fuchs, 2. März 1936 (StB); Fr 379.
75 Nedeljkovic 164 ff.; Brief von Baudouin, 14. März 1931 (ZE). Vgl. Rollands Brief vom 20. Juli 1935 an den »teueren Genossen Stalin«, als er die UdSSR verließ (*Internationale Literatur*, Moskau, 5. Jg., 8, 1935, 5).
76 Brief an Schickele, 26. Sept. 1934 (DLA; *BrFr* 259).
77 Brief an Friderike Zweig, 20. Sept. 1935.
78 *BrW* 281–282; Brief von Masereel, 16. Jan. 1936 (ZE).
79 *Pester Lloyd*, 26. Jan. 1936 (Kl 1188). Vgl. auch *Hommage à Romain Rolland*, in *Commune*, Paris, März 1936 (Kl 1243).
80 *BrW* 290; *Sigmund Freud zum 80. Geburtstag*, in *Pester Lloyd*, 3. Mai 1936 (Kl 1344); Brief von Freud, 18. Mai 1936 (Freud *Br* 422).
81 *BdFr* 57; *BrW* 286–287, 290; Neumann, 117–118; Fr 224.
82 So *Angst* mit Gaby Morlay (1936) und Ingrid Bergman (1954); *Letter from an Unknown Woman* mit Joan Fontaine und Louis Jourdan (1948); *Marie Antoinette* mit Norma Shearer und Tyrone Power (1938); *24 Hours of a Woman's Life* mit Merle Oberon und Richard Todd (1952) und Danielle Darrieux (1968). Zu *Beware of Pity (Ungeduld des Herzens)* siehe S. 281 u. 388, Anm. 134 (*Schachnovelle*, 1960 mit Curd Jürgens in der Hauptrolle verfilmt, war eine bedauerliche Entstellung des Originals).
83 *BrW* 292, 303–304.
84 Brief an Roth, 2. Juni 1936 (Roth 478); Briefe von Feuchtwanger, 29. Mai, und Felix Braun, 30. Mai 1936 (ZE); Brief von Thomas Mann, 30. Mai 1936 (Mann *Br* i, 417); *BrW* 304.
85 *BrW* 293, sowie Briefe an Schorer, 1937–38; vgl. Schorer, *Jean Calvin et sa dictature*.
86 Zweigs Aufzeichnungen (*Ausst* 81).
87 In einem Brief an Roth gab Zweig 1937 das selbst zu (Roth 514).
88 Brief vom 30. Juli 1936 (Dum 203–204).
89 Brief an Lotte, 20. Juni 1936 (ZE).
90 *BrW* 285, 287–288; Briefe von Jacob, 15. Apr. und 15. Juni 1936 (ZE); *BrW* 290.
91 Leftwich 93–95.
92 *BrW* 291; *Zeit und Welt*, 336.
93 Brief an Zech, Ende 1935 (*Ged* 18).
94 *BrW* 293–294; Äußerungen von Friderike Zweig gegenüber dem Autor.
95 Briefe vom 18. Apr. und 31. Juli 1936 (*UB* 13–15); vgl. Brief an Carossa, 2. Aug. 1936 (*BrFr*, 275 f.).
96 Brief vom 17. Juli 1936 (Gregor); Kesten, *Poeten* 149–150; Irmgard Keun, Arens[2] 197–199.
97 Brief vom 17. Juli 1936 (Gregor).
98 *BrW* 291–292; Brief an Editora Guanabara, Rio de Janeiro, 21. Juli 1936 (K); Fr 328.
99 *BrW* 295–297; Akten des Innenministeriums, London.
100 *BrW* 297–301; de Souza 16.

101 de Souza 16–18; *Zeit und Welt*, 156–157.
102 *BrW* 301.
103 *BrW* 301–303; Parandowski, 40–41.
104 Handschriftlicher Bericht (Cahn); Cahn, *Stefan Zweig, Amigo y Autor*, 115 bis 116, 124. Aus der Korrespondenz mit Cahn geht hervor, daß das argentinische Ersuchen um eine San Martín-Biographie 1938 erfolgte oder aber dann erneuert wurde.
105 *Ged* 21.
106 Fr 330; *BrW* 300.
107 Fr 382; Fr² 187; Aussage von Friderike Zweig gegenüber dem Autor; *BrW* 303.
108 *BrW* 304–305.
109 Stefan Zweig, *Der begrabene Leuchter*; Wien: Reichner, 1937, 38–39.
110 Akten des Innenministeriums, London; Briefe von Huebsch, Dezember 1936 (ZE).
111 Friedenthal, Arens¹ 214; *BrW* 306–309; Fr 318–319; Brief an Thomas Mann, 4. Dez. 1936. Vgl. auch Treb 375, Zuckmayer 53.
112 *BrW* 310; Fr² 168; Aussage von Friderike Zweig gegenüber dem Autor.
113 *BrW* 310–312; Brief von Felix Braun, 25. Apr. 1937 (ZE).
114 Nicht identifizierte Salzburger Zeitung, 1937; undatierter Brief, etwa Mai 1937 (ZE).
115 *BrW* 312; Aussage von Friderike Zweig gegenüber dem Autor; Fr² 168.
116 Brief vom 12. Mai 1937 (*BrW* 312–314).
117 Fr² 170–171.
118 Fr² 187–188; *BrW* 314; so Friderike Zweig gegenüber dem Autor.
119 *BrW* 316–317.
120 Brief vom 14. Juni 1937 (Gregor).
121 Brief vom 11. Juli 1937.
122 *BrW* 315–320; Fr² 188–189; *Ausst* 83 und Photographie.
123 Briefe von Freud, 17. Okt. 1937 (Freud *Br* 430), Thomas Mann, 14. Nov. 1937 (Mann *Br* ii, 32) und Alfred Cortot, 13. Okt. 1937 (ZE).
124 *WvG* 456–458; Csokor, *Sp* 109.
125 Brief an G. Selden-Goth, 3. März 1938 (*UB* 45); Brief an Fleischer, 7. März 1938 (DLA).
126 Fr 384–386; Fr² 191–194; Brief an Fleischer, 28. März 1938 (DLA).
127 Brief vom 7. Mai 1938 (E); Mazzucchetti 271; Brief an Schickele, 22. Apr. 1938 (DLA; *BrFr* 290); Brief an Liesl Monath, 4. Juli 1938 (LM).
128 Brief vom 6. Apr. 1938 (*UB* 46); Robert Braun, *Sp* 84; *BrW* 328; Aussagen von Gertrud Isolani und Friderike Zweig gegenüber dem Autor; Brief von Robert Neumann, 22. Juni 1938 (ZE); Kesten, *Poeten* 148–149.
129 *WvG* 459–467; Akten des Innenministeriums, London; *Ausst* 83; Fr 386; Brief an G. Selden-Goth, 14. Juli 1938 (*UB* 53).
130 Brief an G. Selden-Goth, 4. Juni 1938 (*UB* 52); Brief von Rolland, 24. Juni 1938 (Dum 185); Brief an Liesl Monath, 4. Juli 1938 (LM).
131 Akten des Innenministeriums, London; Briefe an Guido Fuchs, 8. Okt. 1938 (StB); Koogan, 31. Okt. 1938 (K); Klaus Mann, 15. Sept. 1938 (*KlMBr* ii, 57); und Alfred Wolfenstein, 15. Okt. 1938 (*Sp* 86).

132 Akten des Innenministeriums, London.
133 Fr[2] 206–207; Brief von Friderike Zweig an Rolland, 5. Mai 1938 (Dum 135 bis 136); Aussage von Friderike Zweig gegenüber dem Autor; Akten des Innenministeriums, London.
133a Zu der Sonderausgabe (Übersetzung von Phyllis und Trevor Blewitt) im Programm der Reader's Union, London, 1940.
134 Eine Produktion der Filmgesellschaft ›Two Cities‹ mit Lilli Palmer und Albert Lieven in den Hauptrollen; Regie: Maurice Elvey (1946).
135 *Ausst* 85; Brief an Schickele, 22. Apr. 1938 (DLA; *BrFr* 289); Brief von Felix Braun, 6. Aug. 1938 (ZE); Brief an Koogan, 31. Okt. 1938 (K); Kesten, *Poeten* 148; Brief von Rolland (Dum 214).
136 Akten des Innenministeriums; Brief von Thomas Mann, 28. Dez. 1938 (Mann *Br* ii, 73); Fr 406; Brief an Wolfenstein, 15. Okt. 1938 (*Sp* 86); *WvG* 453–454; Brief an G. Selden-Goth, 9. Febr. 1939 (*UB* 57).
137 Dum 185; Brief an Guido Fuchs, 11. Mai 1939 (StB).
138 Brief vom Sommer 1939 (*Sp* 87–88) – wahrscheinlich von Anfang Juli.
139 Leftwich 90.
140 *Stefan Zweig – Grand Européen;* Abdruck in Übersetzung, Arens[2], 295 ff.; in den USA Veröffentlichungen in Englisch (Viking Press) und Französisch (La Maison Française) Nov. 1941.
141 Uhlmann 217; *Daily Worker,* 24. Juni 1939.
142 Brief des National Council for Civil Liberties, Juli 1939 (ZE); Brief von Thomas Mann, 26. Mai 1939 (TM Archiv).
143 Brief an Guido Fuchs, 28. Apr. 1939 (StB).
144 Brief von Ehrenstein, 22. Juni 1939 (ZE); Briefe an G. Selden-Goth, 12. Juli 1939 (*UB* 60–61); Einstein, 23. Juni 1939 (E), und Lotte, undatiert (ZE). *Jeremias* war gerade von Bermann Fischer und Albert de Lange neu aufgelegt worden (Kl 98).
145 Briefe von Masereel, 29. Juni und 11. Aug. 1939 (ZE); von Felix Braun, 15. Juli 1939 (ZE); und an Braun, ?Anfang Juli 1939 (*Sp* 87–88); Louis Golding, *John o' London's Weekly,* 19. März 1948.
146 Leftwich 96–97.
147 *WvG* 486–489; Leftwich 96; Brief an Felix Braun, (?Anfang Sept.) 1939 (*Sp* 89); Brief von Braun, 12. Aug. 1939 (ZE); Briefe an Liesl Monath, 2. Sept. 1939 (LM) und an Kesten, 12. Juni 1939 (*Exil* 104).
148 *BrW* 320; Fr 388; *WvG* 488–490.
149 Fr 388–391; Fr[2] 208.
150 Akten des Innenministeriums, London; Briefe an Guido Fuchs, undatiert (?Sept.) und (?Okt.) 1939 (StB); Brief von Robert Neumann, 11. Nov. 1939 (ZE); Leftwich 87. Über Freud, vgl. Zweigs Brief an Max Hermann-Neisse, 25. Sept. 1939 (*BrFr* 301).
151 Brief o. D. an Guido Fuchs (?Sept. 1939) (StB); Brief an Leftwich, 18. Nov. 1939 (Leftwich[2]).
152 Brief von Hugo Walpole, 7. Sept. 1939 (ZE); Brief an das Innenministerium, 12. Sept. 1939 (Londoner Akten).
153 Brief an Harold R. Peat, New York, 19. Nov. 1939 (Abschrift in ZE).
154 Akten des Innenministeriums, London; Leftwich 87. Walter zufolge war Zweig einer von insgesamt nur drei deutschen bzw. österreichischen Flüchtlingen,

denen zwischen 1933 und 1940 die britische Staatsbürgerschaft verliehen wurde (*Deutsche Exilliteratur 1933–1950*, Bd. II; Neuwied: Luchterhand, 1972, 28).

155 Aussage von Richard Friedenthal gegenüber dem Autor.

156 Briefe an Guido Fuchs, undatiert (?September) und 13. Dez. 1939 (StB).

157 Leftwich 86–87; Brief an Liesl Monath, 30. Dez. 1939 (LM).

158 Briefe an Bithell, 15. Jan. und 12. Febr. 1940.

159 Brief an Körmendi, 21. Jan. 1940 (StB); Dum 326.

160 Brief von Masereel, 4. Okt. 1939 (ZE); Brief an Fleischer, undatiert, 1939 (DLA).

161 Schriftenreihe *Ausblicke*, Stockholm: Bermann Fischer, 1940.

162 Fr 391–393; *Bildb* 105.

163 *Das Wien von Gestern*, in *Zeit und Welt*, 132, 144.

164 Briefe an Lotte, 11. und 13. Apr. 1940 (ZE).

165 Brief vom 18. Mai 1940 (*BrFr* 311–312).

166 Fr^{2} 212–215; Fr 225; Dum 130, 186.

167 Fr 394.

168 Lee Van Dovski, *Liber Amic* 28; *Ged* 27–28.

169 Brief von Julien Cain an Friderike Zweig, 1946.

170 Tagebuch, ZE.

171 Brief an Ludwig, (30. oder 31.) Mai 1940 (DLA; *BrFr* 213).

172 Kesten, *Poeten* 151.

173 Briefe an Fleischer, undat. und 19. Juni 1940 (DLA). Vgl. auch *BrW* 321.

174 Aussage von Eisemann gegenüber dem Autor; Brief o. D. (»vor der Abreise«) an Leftwich (Leftwich^{2}).

VIII. Die letzten Jahre 1940–1942

1 Brief an G. Selden-Goth (Juli) 1940 (*UB* 84).

2 Fr 394–395; Fr^{2} 215–231; *BrW* 321–322.

3 *BrW* 322; Brief an G. Selden-Goth (Juli) 1940 (*UB* 64); Brief an Fleischer, 22. Juli 1940 (DLA).

4 Briefe vom 17. und 29. Juli 1940 (TM Arch).

5 Kesten, *Exil* 179; Brief an G. Selden-Goth, Sommer 1940 (*UB* 65).

6 Brief an Thomas Mann, 29. Juli 1940 (TMArch).

7 *Blätter der Internationalen Stefan Zweig-Gesellschaft*, 8/10 (Okt. 1960), 14 bis 17; *Ausst* 88; Brief von Viertel an Friderike Zweig, o. D. Der Film wurde schließlich 1950 in Österreich mit Ewald Balser unter dem Titel *Das gestohlene Jahr* gedreht.

8 Brief vom 15. Aug. 1940 (Burger).

9 *BrW* 323–324; Fr 395–396; *Wendepunkt* 409.

10 Brief vom 9. Sept. 1940 (DLA).

11 Brief vom 22. Juli 1940 (K).

12 *Brasilien: ein Land der Zukunft*; Stockholm: Bermann Fischer, 1941, 14 bis 15.

13 de Souza 30; *BrW* 323–324; Briefe vom Sept. und 20. Okt. 1940 (Burger).

14 Handschriftlicher Bericht (Cahn); Kesten, *Aufbau*, New York, 27. Febr. 1942, 15. Vgl. auch *BrW* 330.

15 Handschriftlicher Bericht (Cahn): *BrW* 325–328. Die Ansprache hielt er über ein Lieblingsthema, *Die geistige Einheit der Welt* (Relgis, *Stefan Zweig*, 1967).
16 Relgis, 53.
17 *BrW* 328–329.
18 Leopold Stern, *Rio de Janeiro et Moi*; Rio de Janeiro: Editora Civilização Brasileira, 1942, 255–261.
19 *BrW* 330–331.
20 *BrW* 330–332.
21 Brief an Zech, *Ged* 37; *BrW* 331; Fr 402. Das Gedicht wurde unter anderem an Zech, Wittkowski und Gisella Selden-Goth geschickt.
22 *BrW* 331–332; Fr 402; Fr[2] 236–237.
23 Fr 402–404; *BrW* 332.
24 *Fishermen on the Seine*, nur in Englisch veröffentlicht (*Harpers*, Febr. 1941).
25 *BrW* 333–334; Briefe an Koogan, 11. und 22. Febr. 1941 (K) und Fleischer, 22. Febr. 1941 (DLA).
26 Brief an Thomas Mann, 29. Juli 1940 (TMArch; *BrFr* 316ff.).
27 *BrW* 334.
28 Mitteilung Friderike Zweigs an den Verfasser.
29 *BrW* 334–335; Brief an Zech, 22. Apr. 1941 (DLA).
30 Brief an G. Selden-Goth, 21. Sept. 1938 (*UB* 55).
31 Brief an Fleischer, 26. Mai 1941 (DLA); Brief an Koogan, 28. März 1941 (K).
32 *Fr* 404; *BrW* 336.
33 Rom 6. Zweigs Rede wurde veröffentlicht in *Aufbau*, New York, 16. Mai 1941, 3.
34 de Souza 32.
35 *BrW* 337.
36 Maurois, Vorwort zu de Souza, *Les derniers Jours de Stefan Zweig*, 13–14.
37 Zuckmayer, 53; Arens[2] 245–246.
38 Brief an Ludwig, undatiert (?Anfang Febr. 1941).
39 Brief vom 20. März 1941.
40 *Readers Digest*, XXXIX, 231, Juli 1941, 39–43.
41 Brief vom 25. Juni 1941 (DLA).
42 Dum 338; Fr 407–408; Fr[2] 239; Mitteilung Friderike Zweigs an den Verfasser.
43 Dum 338; Brief von Romains an Friderike Zweig, 15. Juni 1947.
44 Mitteilung Friderike Zweigs an den Verfasser.
45 Fülöp-Miller, Arens[1] 167–168.
46 *Ged* 29–30.
47 Brief an Kesten, 15. Aug. 1941 (*Exil* 196); Brief an Romains, 11. Aug. 1941 (Rom 7–8); Brief an Eisemann, 22. Juli 1941 (*Ausst* 89).
48 Briefe an Koogan, 1. Aug. 1941 und o. D. (*Nouvelles Littéraires*, Paris, 44e année, No. 2036, 8. Sept. 1966, 7).
49 DLA.
50 Joachim Maass, Arens[2] 208–215; Fr. 412–413; Mitteilung Friderike Zweigs an den Autor.
51 Die Rede ist abgedruckt in *Zeit und Welt*, 339–354.
52 Briefe vom 17. Sept. und 18. Okt. 1941 (Cahn).
53 Fr 409–410.

54 *Poeten* 146.
55 Undatierter Brief (?Sept. 1941; *Sp* 92).
56 *WvG* 493.
57 *WvG* 15.
58 *BrW* 338; Briefe an G. Selden-Goth, 15. Aug. 1941 (*UB* 71); Brief an Guido Fuchs, undatiert (?Sept. 1941; *Sp* 91); Mitteilung Friderike Zweigs an den Verfasser.
59 Brief an Koogan, 1. Aug. 1941 (*Nouvelles Littéraires*, 8. Sept. 1966, 7); Information von Ferdinand Burger; de Souza 33.
60 Handschriftlicher Bericht und Brief vom 19. Sept. 1941 (Cahn); Fr 412, 414 bis 415; Ernst Feder, Arens[2] 219; Wittkowski, 107; Stefan Zweig, *Brasil-País do Futuro*, Übers. v. Odilon Gallotti; Rio de Janeiro: Editora Guanabara, (1941).
61 de Souza 34; Information von Ferdinand Burger; Brief an Romains, 2. Sept. 1941 (Dum 338).
62 *BrW* 339–340; Information von Frau Margarida Banfield.
63 Brief an Wittkowski, 17. Sept. 1941 (DLA); *BrW* 341.
64 *BrW* 341–342; Brief von Lotte Zweig an Romains, 29. Sept. 1941 (Rom 10); undatierter Brief (?Ende Sept. 1941) (Burger).
65 de Souza 42–43.
66 Brief an Cahn, 19. Sept. 1941 (Cahn); Brief an Romains, 28. Okt. 1941 (Rom 12).
67 Brief v. 11. Apr. 1933 (Gregor).
68 *BrW* 343–345; Brief an Romains, 28. Okt. 1941 (Rom 12). Siehe auch Treb 389.
69 *BrW* 345–346.
70 Brief an Wittkowski, 20. Okt. 1941 (DLA); Brief an Cahn, 18. Okt. 1941 (Cahn); *BrW 346.*
71 Leftwich 88–89.
72 Brief an Koogan, o. D. (?Nov. 1941) (*Nouvelles Littéraires*, 8. Sept. 1966, 7); Brief an Dr. Lemle, o. D. (?Sept. 1941).
73 *BrW* 345–347.
74 *BrW* 347; Rom 13; Arens[2] 295; Brief an Wittkowski, 28. Nov. 1941 (DLA); Telegramm von Soares (K); handschr. Bericht (Cahn); Flower 179.
75 Notizen dazu wurden im Nachlaß gefunden.
76 *BrW* 347–348; Briefe an Romains (Rom 14) und Wittkowski (DLA), 28. Nov. 1941; Brief an Cahn, 30. Nov. 1941 (Cahn).
77 Briefe an Masereel 23. Nov. 1940 und 1. Aug. 1941 (*BrFr* 321, 325).
78 Ernst Feder, *Stefan Zweigs letzte Tage*, in *Aufbau*, New York, 13. März 1942, 6.
79 Wittkowski, 65; Stefan Zweig, *Die Heilung durch den Geist*; Leipzig: Insel, 1931, 267.
80 Ernst Feder, *Letzter Rettungsversuch*, in *Hüben und Drüben*, Beilage zum *Argentinischen Tageblatt*, xiii Jg., Nr. 1622, 1. Juni 1947, und *In Memoriam Stefan Zweig*, in *Aufbau*, New York 1943.
81 Das Gedicht wurde u. a. an Friderike und Zech geschickt. Es ist vielfach reproduziert worden, so z. B. Fr 295, Bauer 79, *Bildb* 119, Arens[2] 337, Arens[3] 249, und steht in den Gesammelten Gedichten (*Silberne Saiten*, Hrsg. v. Friedenthal; Frankfurt/Main: S. Fischer, 1966, 160).

82 Fülöp-Miller, Arens[1] 168; *BrW* 347; Brief an Wittkowski, undatiert (?Anfang Dez. 1941; DLA); Brief an Kesten, 15. Jan. 1942 (*Poeten* 141, *Exil* 199); Friedenthal, Arens[2] 349; Brief an Viertel, 28. Okt. 1941 (*BrFr* 336).
83 Friedenthal, Arens[2] 348–349; Brief an Kesten, 15. Jan. 1942 (*Exil* 199); Brief an Romains, 22. Jan. 1942 (Rom 17).
84 Brief an Romains, 28. Nov. 1941 (Rom 14); Dum 339.
85 *BrW* 345.
86 Brief an Wittkowski, 13. Dez. 1941 (DLA).
87 *BrW* 349.
88 de Souza 36–37.
89 Brief vom 31. Dez. 1941 (DLA).
90 Feder, Arens[1] 161; undatierter Brief (?Ende Dez. 1941; Burger).
91 Brief vom 4. Jan. 1942 (*Ged* 38).
92 Brief vom 15. Jan. 1942 (*Exil* 199).
93 »Er ist nicht das Rezept gegen eine einzige Krankheit, der Tod ist das Rezept gegen alle Krankheiten ... Der freiwilligste Tod ist der schönste. Das Leben hängt vom Willen der anderen ab – der Tod von unserem.« Montaigne, II, iii (*Coustume de l'Isle de Cea*).
94 Brief von Dr. und Frau Kris an Friderike Zweig, 1. März 1942.
95 *BrW* 351–352; Brief an Wittkowski, 20. Jan. 1942 (DLA). Vgl. Dum 326 und Brief an Viertel, 30. Jan. 1942 (*BrFr* 344).
96 Brief an Kesten, 15. Jan. 1942 (*Exil* 199); Feder, Arens[1] 156–157.
97 Kopie eines Briefes (mit freundlicher Genehmigung von Dr. Susan Bach, Rio de Janeiro).
98 *Ged* 41 (Hervorhebung vom Autor). Mit dem ›Umweg‹ ist sicher das Radio gemeint.
99 *BrW* 353–354.
100 Brief vom 9. Febr. 1942 (Dum 327).
101 Feder, Arens[1] 154–156.
102 Gabriela Mistral, Interview in *Aufbau*, New York, 31. Dez. 1954. Für die angeblichen anonymen Briefe gibt es keine Belege.
103 Information von Mrs. Margarida Banfield.
104 Feder, Arens[1] 158; de Souza 48–49.
105 Feder, Arens[1] 158–159 und der Artikel *In Memoriam Stefan Zweig*, in *Aufbau*, New York, 1943.
106 Feder, Arens[1] 159–160 und der Artikel *Stefan Zweigs letzte Tage*, in *Aufbau*, New York, VIII, Nr. II, 13. März 1942.
107 de Souza 53–56; Feder, Arens[1] 160–161.
108 Information von Abrão Koogan; Brief vom 18. Febr. 1942 (*Nouvelles Littéraires*, 8. Sept. 1966, 7); Fr 431; *Bildb* 125.
109 *BrW* 356.
110 Rom 19.
111 Information von Mrs. Margarida Banfield.
112 Feder, Arens[1] 162–163.
113 Der folgende Text wurde aus verschiedenen Artikeln von Feder zusammengestellt, möglichst unter Verwendung seiner eigenen Worte: Arens[1] 163–165; *My Last Conversations with Stefan Zweig*, in *Books Abroad*, Band 17, 1 (Jan.

1943), 3–9; *Stefan Zweigs letzte Tage*, in *Aufbau*, New York, VIII, Nr. II, 13. März 1942, 6.

114 Faksimiles im Besitz von Leopoldo Stern, Rio de Janeiro.

115 Original im Besitz von Mrs. Banfield, Rio de Janeiro.

116 *Nouvelles Littéraires*, 8. Sept. 1966, 7.

117 Siehe Faksimile des Briefes im Abbildungsteil dieses Buches.

118 DLA.

119 Kopie in ZE.

120 Fülöp-Miller, Arens[1] 168. Zitat aus Montaigne, II, iii (*Coustume de l'Isle de Cea*): »Das Leben hängt vom Willen anderer ab, der Tod von unserem. Der gute Ruf hat nichts dabei zu suchen, es ist eine Torheit darauf Rücksicht zu nehmen. Leben – heißt dienen, unter der Bedingung, daß einem das Sterben freisteht.«

121 *BrW* 357.

122 H. E. Jacob. *Aus den Polizeiakten von Petrópolis*, in *Neue Zeitung*, Wien, Febr. 1952, und *Sp* 101; Information von Mrs. Banfield, Ferdinand Burger und Abrão Koogan; Stern, passim; *Nouvelles Littéraires*, 8. Sept. 1966, 7. Die *Declaração* wurde mehrmals in Faksimile reproduziert, so in *The World of Yesterday*, London 1943, und Arens[3] 32.

123 Information von Mrs. Banfield; de Souza 64–65; Jacob, a. a. O. und *Sp* 102 bis 103; Stern 9–21.

124 de Souza 65–66; Jacob, a. a. O., *Sp* 104; *New York Times*, 24. Febr. 1942.

125 Jacob, *Sp* 105–106; Brief von Feder an Friderike Zweig, 4. März 1952; de Souza 72; Stern 113–115; Leftwich 89; Reuter-Nachricht vom 25. Febr. 1942.

Epilog

1 Feder, Arens[1] 152; Brief von Feder an Friderike Zweig, 4. März 1952; de Souza 5–6.

2 Die Gedenkfeier des Londoner PEN-Clubs konnte erst am 23. Juli 1942 in der Rudolf-Steiner-Hall unter dem Vorsitz von Herman Ould stattfinden. Es sprachen Robert Neumann und G. B. Stern, und Berthe Grossbord las aus Zweigs Werken. Bei der Feier in New York am 28. Febr. 1942, die unter der Schirmherrschaft des *Aufbau* stand, führte der Herausgeber Manfred George den Vorsitz; es sprachen Emil Ludwig, Ferdinand Czernin, Klaus Mann und Berthold Viertel; Eleonore von Mendelssohn las aus den Werken.

3 Brief an Andrée Jouve, 25. Febr. 1942, Dum 136.

4 Verschiedene Berichte in *O Globo* und *Correio da Manha*, Rio de Janeiro (Ende Febr. / Anf. März 1942).

5 Brief an Friderike Zweig, 26. Febr. 1942.

6 *Aufbau*, New York, 27. Febr. 1942; Brief an Friderike Zweig, 15. September 1942 (Mann *Br* ii, 281–282). Dies war ebenfalls die Ansicht von Bernanos (*Le Chemin de la Croix-des-Âmes*, 195–196).

7 *Aufbau*, New York, 27. Febr. 1942. Weitere Beiträge waren von Hermann Kesten, Franz Werfel, Walter Mehring, Alfred Polgar, Berthold Viertel, Lothar Wallerstein und Paul Stefan. Die Ausgabe enthielt auch einen Auszug aus Zweigs Übersetzung von Verhaerens Gedichten *Hymnen an das Leben (Die*

letzte Sonne) und eine kurze Würdigung seines Lebens und seines Werkes (einschließlich der mangelhaften Übersetzung der *Declaração*).

8 Brief vom 25. März 1942.

9 Zitiert in *The Jewish Journal* (?Ende Febr.) 1942.

10 *Sp* 110.

11 Hans Müller-Einigen (*Jugend*, 329–331) hat einen romantisierenden Bericht über eine Unterhaltung mit Zweig in diesem Sinne konstruiert; es besteht jedoch kein Grund, den Tatbestand anzuzweifeln.

12 Dum 216.

13 Stefan Zweig, *Der Kampf mit dem Dämon*, 222.

14 Brief an Friderike Zweig, 26. Febr. 1942.

15 *BrW* 345.

16 Stefan Zweig, *Erasmus von Rotterdam*, Wien: Reichner, 1934, 18.

17 Brasilien erklärte am 22. Aug. 1942 den Achsenmächten den Krieg, beteiligte sich an der Verteidigung gegen die U-Boote im Südatlantik und sandte im Juli 1944 Truppen nach Italien.

18 Brief an Alfred Wolfenstein, 15. Okt. 1938 (*Sp* 86).

19 *Aufbau*, New York, 27. Febr. 1942.

20 Brief an Roth, undatiert (?April 1938; Roth 467).

21 Brief an Felix Braun, ?Frühling 1939 (*BrFr* 293).

22 Arens[2] 344. Laut einem Brief Max Reinhardts vom 16. März 1942 war auch Hofmannsthal der Ansicht, Zweig wisse unfehlbar, was man in jedem, auch dem schwierigsten Moment tun müsse (*Der Liebhaber, Erinnerungen seines Sohnes an Max Reinhardt*. Zürich: Buchclub Ex Libris, 1974, 90).

23 Vallentin 58.

24 Stefan Zweig, *Ungeduld des Herzens*, Stockholm: Bermann Fischer, 1939, 228; Robert Neumann, *Goodbye Stefan Zweig*, in *Tribune*, London, 18. Dez. 1942.

25 Bronsen, 367.

26 *Gesammelte Gedichte* Leipzig: Insel, 1924, 143; nachgedruckt in *Silberne Saiten*; Frankfurt/Main: S. Fischer, 1966, 154.

27 *Verwirrung um Stefan Zweig*, in *Emuna – Horizonte zur Diskussion über Israel und das Judenproblem*, VIII, 6 (Nov./Dez. 1973), 443.

28 Geiger, 423.

29 Mann, *Br* i, 281.

30 Franz Werfel, Arens[2], 280.

31 Vallentin, 55.

32 F. D. Huegel, *Stefan Zweig*, in *Die Zeitung*, 25. Juni 1943.

33 Brief an Schickele, 27. Aug. 1934, (DLA).

34 Stefan Zweig, *Castellio gegen Calvin*; Wien: Reichner, 1936, 27–28.

35 Faesi, 341–342.

36 Stefan Zweig, *Begegnungen mit Menschen, Büchern und Städten*, Wien: Reichner, 1937, 6.

37 Stefan Zweig, *Der europäische Gedanke in seiner historischen Entwicklung*, in *Zeit und Welt*, 301–326.

38 Stefan Zweig, *Der Turm zu Babel*, in *Europäisches Erbe*, 279.

39 Brief an Kesten, 24. Jan. 1940 (*Exil*, 130).

40 Stefan Zweig, *Emile Verhaeren;* Leipzig: Insel, 1910, 209.

41 *DDh* 9–10.

42 *Erasmus*, 226. Vgl. Brief an Rolland, 20. April 1918: »Vielleicht stirbt ein Ideal nur durch seine Verwirklichung. Sein wahres Leben ist Kampf ...« (zit. Steiman, 207).

43 Relgis, 10.

44 Stefan Zweig, *Romain Rolland. Der Mann und das Werk;* Frankfurt/M.: Rütten & Loening, 1921, 260.

45 Gedenkstätten für Stefan Zweig sind bis heute nur gering an der Zahl (wie es wohl diesem ungemein bescheidenen Mann nicht mißfallen würde). Auf seinem Grab neben Lottes unter den Zypressen von Petrópolis steht ein einfacher schwarzer Marmorstein, der nur Namen und Jahreszahlen in Englisch und Hebräisch trägt. An seinem Geburtshaus und dem Haus in der Kochgasse in Wien sind Tafeln angebracht; der Weg, der den Kapuzinerberg in Salzburg hinaufführt, wurde nach ihm benannt; ebenso Straßen u. a. in Hohenems, Wien, München und Rio de Janeiro. Ein Basrelief steht auf einem Platz in Bahia. Eine B'nai-B'rith-Loge, 1968 in dem Rio-Vorort Penha gegründet, trägt seinen Namen. Zweig-Archive werden in der Internationalen Stefan-Zweig-Gesellschaft in Wien und im Zweig-Center der State University College, Fredonia, New York aktiv fortgeführt und bleiben als lebendige Andenken. Erst 1983 wurde ein Stefan-Zweig-Denkmal (Büste von Josef Zenzmaier, Salzburg) gegenüber dem Haus auf dem Kapuzinerberg eingeweiht.

QUELLENNACHWEIS UND BIBLIOGRAPHIE

Abkürzungen, die in den Fußnoten verwendet wurden, stehen in [ ]

Unveröffentlichtes

Korrespondenz und Dokumente, meistens Briefe an Zweig, im Zweig-Nachlaß, London (jetzt größtenteils in der Reed Library, State University College, Fredonia, N.Y.) [ZE]

Briefe von Stefan an Friderike (nicht im Briefwechsel aufgenommen) und andere, Reed Library, State University College, Fredonia, N.Y.

Briefe von Zweig, Handschriftensammlung, Stadtbibliothek, Wien [StB]

Briefe von Zweig, Deutsches Literaturarchiv / Schiller-Nationalmuseum, Marbach a. N. [DLA]

Briefwechsel Zweig/Thomas Mann, Thomas-Mann-Archiv, Zürich [TMArch]

Briefe von Zweig, Ellen-Key-Archiv, Kungliga Bibliotek, Stockholm [KB]

Brief von Zweig an Abrão Koogan, Rio de Janeiro [K]

Briefe von Zweig an Liesl Monath, New York [LM]

Briefe von Zweig an Alfred Einstein, Abschriften im Nachlaß Friderike Zweigs, Stamford, Ct. [E]

Briefe von Zweig an Alfredo Cahn, Photokopien samt maschinenschriftlichem Bericht Cahns über Zweigs Besuche in Buenos Aires im Nachlaß Friderike Zweigs, Stamford, Ct. [Cahn]

Briefe von Zweig an Pastor Jean Schorer, Genf, Archiv der Internationalen Stefan-Zweig-Gesellschaft, Wien

Briefe von Zweig an Hermann Hesse, Kopien im Besitz von Erich Fitzbauer, Wien (teilweise veröffentlicht in *Briefe an Freunde*, Hrsg. v. Friedenthal; Frankfurt/Main: S. Fischer, 1978)

Briefe von Zweig an Ludwig Schwerin und Schwerins unveröffentlichte Notizen über einen Besuch bei Zweig am 15. Nov. 1930 [Schwerin]

Briefe von Zweig an Siegfried Burger, freundlicherweise zur Verfügung gestellt von Dr. Ferdinand Burger, Rio de Janeiro [Burger]

Briefe von Zweig an Joseph Gregor [Gregor]

Briefe von Zweig an Arthur Schnitzler, Cambridge University Library

Briefe von Zweig an Joseph Leftwich, Central Zionist Archives, Jerusalem [Leftwich²]

Veröffentlichtes

Araujo Lima, Claudio de.: Ascensão e queda de Stefan Zweig. Rio de Janeiro: Livraria José Olympio, o. J. (?1942)

Arendt, Hannah: Juden in der Welt von gestern. Anläßlich Stefan Zweig, Die Welt von Gestern. Sechs Essays. Heidelberg: Lambert Schneider, 1948, 112–127.

Arens, Hanns (Hg.): Stefan Zweig: sein Leben, sein Werk. Esslingen: Bechtle Verlag, 1949 [Arens¹]

– (Hg.): Der große Europäer Stefan Zweig. München: Kindler Verlag, 1956 [Arens²]

Arens, Hanns (Hg.): Stefan Zweig im Zeugnis seiner Freunde. München: Langen-Müller, 1968 [Arens[3]]

Asadowskij, K. M.: Briefe an die Wremja. Jahrbuch 1975, Russ. Literaturinstitut, Akad. der Wissenschaften der UdSSR (Haus Pushkin). Leningrad: Wissenschaftlicher Verlag, 1977, 217–255 [Wremja]

Baudouin, Charles: Eclaircie sur l'Europe. Lausanne: L'Abbaye du Livre, 1944 [Baudouin]

Bauer, Arnold: Stefan Zweig. Köpfe des XX. Jahrhunderts, Band 21. Berlin: Colloquium Verlag, 1961 [Bauer]

Bermann Fischer, Gottfried: Bedroht – bewahrt. Weg eines Verlegers. Frankfurt/Main: S. Fischer, 1967 [Bermann Fischer]

Bernanos, Georges: Stefan Zweig, Le chemin de la Croix-des-Âmes. Articles de guerre 1941–1942. Rio de Janeiro: Atlantica, 1944, 141–144

Bin Gorion, Emanuel: Ceterum Recenseo: Kritische Aufsätze und Reden. Tübingen: Alexander Fischer, 1929

Braun, Felix: Das Licht der Welt: Geschichte eines Versuches als Dichter zu leben. Wien: Th. Morus-Presse im Verlag Herder, 1949 [*Licht*]

– Das musische Land. Innsbruck: Österreichische Verlagsanstalt, 1952 [*Mus Land*]

– Zeitgefährten. München: Nymphenburger Verlagshandlung, 1963

Braun, Robert: Erinnerungen an Stefan Zweig. In: Buch und Leben, Heft 10 (Okt. 1962). Stuttgart: Europäischer Buchklub, 1–3

– Abschied vom Wienerwald. Graz: Verlag Styria, 1971

Brod, Max: Streitbares Leben: Autobiographie. München: Kindler Verlag, 1960 [Brod]

Bronsen, David: Joseph Roth: eine Biographie. Köln: Kiepenheuer & Witsch, 1974 [Bronsen]

Cahn, Alfredo: Stefan Zweig. Un pueblo perdió su norte. Buenos Aires: Claridad, 1941, 108–122

– Stefan Zweig, amigo y autor. In: Revista de la Universidad Nacional de Cordoba, 2 a serie, año VII, No. 1–3 (März/Aug. 1966)

Cremerius, Johannes: Stefan Zweigs Beziehung zu Sigmund Freud, ›eine heroische Identifizierung‹. In: Jahrbuch der Psychoanalyse, Bd. 8, 49–89. Bern/Stuttgart/Wien: Hans Huber, 1975

Daviau, Donald G.: Stefan Zweigs Victors in Defeat. In: Monatshefte, University of Wisconsin. Jan. 1959, 1–12

Dirschauer, Wilfried: Klaus Mann und das Exil. Worms: Georg Heintz, 1973 (Schriftenreihe Deutsches Exil 1933–1945, Nr. 2)

Dumont, Robert: Stefan Zweig et la France. Etudes de littérature étrangère et comparée, No. 58. Paris: Didier, 1967 [Dum]

– Le théâtre de Stefan Zweig. Publications de l'Université de Rouen, Serie littéraire No. 34. Paris: Presses Universitaires de France, 1976

Ebermayer, Erich: Denn heute gehört uns Deutschland ... Hamburg/Wien: Zsolnay, 1959 [*Heute*]

– Buch der Freunde. Hrsg. v. Peer Baedeker und Karl Lemke. München: Verlag Karl Lemke, 1960 [*BdFr*]

Elster, Hanns Martin (Hg.): Stefan Zweig. Deutsche Dichterhandschriften,

13. Band. Dresden: Lehmannsche Verlagsbuchhandlung (Lehmann & Schulze), 1922 [DDh]
Faesi, Robert: Erinnerungen an Stefan Zweig. In: Schweizer Monatshefte, Jg. 41, 12 (März 1962), 1301–1310.
– Erlebnisse – Ergebnisse: Erinnerungen. Zürich: Atlantis Verlag, 1963 [Faesi]
Feder, Ernst: My Last Conversations with Stefan Zweig. In: Books Abroad, 17, 1 (Jan. 1943), 3–9
– Stefan Zweig. In: Begegnungen – die Großen der Welt im Zwiegespräch. Esslingen: Bechtle Verlag, 1950, 197–210
Fitzbauer, Erich: Stefan Zweig zur 15. Wiederkehr seines Todestages. In: ÖGB Bildungsfunktionär, 56 (März 1957), 13–22
– (Hg.): Stefan Zweig: Spiegelungen einer schöpferischen Persönlichkeit. 1. Sonderpublikation der Internat. Stefan-Zweig-Gesellschaft. Wien: Bergland Verlag, 1959 [*Sp*]
– Stefan Zweig als Dramatiker. In: Deutsche Rundschau, 85. Jg., 5, 1960
– (Hg.): Katalog der Gedächtnisausstellung Stefan Zweig, Salzburg, 1961 [*Ausst*]
Flower, Newman: Just as it Happened. London: Cassell, 1950 [Flower]
Forst de Battaglia, Otto: Der Kampf mit dem Drachen. Berlin: Verlag für Zeitkritik, 1931
Freud, Sigmund: Briefe 1873–1939, hrsg. v. Ernst Freud. Frankfurt/Main: S. Fischer, 1961 [Freud *Br*]
Freud, Sigmund/Zweig, Arnold: Briefwechsel, hrsg. v. Ernst Freud. Frankfurt/Main: S. Fischer, 1968 [Freud/Zw *BrW*]
Friedenthal, Richard: Stefan Zweig. In: Verbannte und Verbrannte, hrsg. v. Freien Deutschen Kulturbund, London (Mai 1942), 4–6
– Nachwort zu Stefan Zweig, Balzac. Stockholm: Bermann Fischer, 1946
– Nachwort zu Stefan Zweig, Zeit und Welt, Gesammelte Aufsätze und Vorträge. Berlin/Frankfurt: S. Fischer, 1946
– Stefan Zweig und der humanitäre Gedanke. Vortrag in der Berliner Universität am 11. Juni 1948. Esslingen: Bechtle Verlag, 1948 (Sonderdruck)
– Einleitung zu Stefan Zweig, Die Dramen. Frankfurt/Main: S. Fischer, 1964
– Einleitung zu Stefan Zweig, Silberne Saiten, Gedichte und Nachdichtungen. Frankfurt/Main: S. Fischer, 1966
– Nachwort zu Stefan Zweig, Erstes Erlebnis. Frankfurt/Main: S. Fischer, 1976
– (Hg.): Stefan Zweig – Briefe an Freunde. Frankfurt/Main: S. Fischer, 1978 [*BrFr*]
Fuchs, Albert: Stefan Zweig. In: Moderne österreichische Dichter. Wien: Globus-Verlag, o. J. (1946), 53–59
Geiger, Benno: Memorie di un Veneziano. Florenz: Vallecchi, 1958 [Geiger]
– Sämtliche Gedichte in drei Bänden. Florenz: Vallecchi, 1958
Gorki, Maxim/Zweig, Stefan: Briefwechsel. Hrsg. v. Kurt Böttcher. Leipzig: Reclam, 1971 [Gorki/Zw *BrW*]
Grasberger, Franz (Hg.): Der Strom der Töne trug mich fort: die Welt um Richard Strauss in Briefen. Tutzing: Hans Schneider, 1967 [Grasberger]
Grossberg, Mimi: Die letzten Lebensmonate Joseph Roths. In: Wort in der Zeit, XI, 8–9 (1965), 62–68

Hellwig, Hans: Stefan Zweig: ein Lebensbild. Wildners Kurzbiographien, Band 4. Lübeck: I. M. Wildner, 1948 [H]

Homeyer, Fritz: Deutsche Juden als Bibliophilen und Antiquare. Schriftenreihe wissenschaftlicher Abhandlungen des Leo Baeck Instituts, Band 10. Tübingen: J. C. B. Mohr, 1963 [Homeyer]

Die Insel. Eine Ausstellung zur Geschichte des Verlages unter Anton und Katharina Kippenberg. Katalog Nr. 15, Sonderausstellungen des Schiller-Nationalmuseums. Hrsg. v. Bernhard Zeller, 1965 [*IAusst*]

Insel-Verlag. Verzeichnis aller Veröffentlichungen 1899–1924

Jouve, Pierre-Jean: Romain Rolland vivant. Paris: Ollendorff, 1920 [Jouve]

Kesten, Hermann: Meine Freunde die Poeten. München: Kindler Verlag, 1959 [*Poeten*]

– Dichter im Café. München: Knaur Taschenbücher 81, 1965 [*Dichter*]

– Deutsche Literatur im Exil: Briefe europäischer Autoren 1933–1949. München: Kurt Desch, 1964 [*Exil*]

Klawiter, Randolph J.: Stefan Zweig: a Bibliography. University of North Carolina Studies in the Germanic Languages and Literature, No. 50. Chapel Hill: 1965 [Kl]

– ›Stefan Zweig's Novellen: an Analysis‹.) Diss., University of Michigan, 1960

Kralik, Heinrich: Richard Strauss, Weltbürger der Musik. Wien: Wollzeilen Verlag, 1963

Lang, Wolf R.: Stefan Zweig: Umrisse seines Lebens. In: Buch und Leben, 11 (Nov. 1962). Stuttgart: Europäischer Buchklub, 1–3

Langer, Norbert: Dichter aus Österreich, 2. Folge. Wien: Österreichischer Bundesverlag, 1957

Leftwich, Joseph: Stefan Zweig and the World of Yesterday. In: Year Book III of the Leo Baeck Institute. London: East & West Library, 1958, 81–100 [Leftwich]

Liptzin, Solomon: Germany's Stepchildren. Meridian Books No. JP 19. Cleveland/Philadelphia: World Publishing Co./Jewish Publication Society of America, o. J.

Lucas, W. I.: Stefan Zweig. In: German Men of Letters, II, hrsg. v. Alex Natan. London: Oswald Wolff, 1963, 225–248

Mann, Klaus: Auf der Suche nach einem Weg: Aufsätze. Berlin: Transmare Verlag, 1931 [*Suche*]

– Der Wendepunkt: ein Lebensbericht. Berlin/Frankfurt: G. B. Fischer, 1960 [*Wendepunkt*]

– Briefe und Antworten. Hrsg. v. M. Gregor-Dellin: Bd. I 1922–1937, Bd. II 1938–1949. München: edition spangenberg, Ellermann Verlag, 1975 [*KlMBr*]

Mann, Thomas: Briefe: Bd. I, 1889–1936, Bd. II 1937–1947. Hrsg. Erika Mann. Frankfurt/Main: S. Fischer, 1961, 1963 [Mann*Br*]

Mathis, Alfred: Stefan Zweig as Librettist and Richard Strauss. In: Music & Letters, XXV, 3–4, 1944, 163–176 u. 226–245 [Mathis]

Matthias, Klaus: Humanismus in der Zerreißprobe: Stefan Zweig im Exil. In: Die deutsche Exilliteratur 1933–1945, hrsg. v. Manfred Durzak, Stuttgart: Reclam, 1973

Mazzucchetti, Lavinia: Novecento in Germania. Mailand: Mondadori, 1959 [Mazzucchetti]

Mecklenburg, Günther: Vom Autographensammeln. Marburg: J. A. Stargardt, 1963

Morgenstern, Soma: Joseph Roth im Gespräch. In: Joseph Roth und die Tradition, hrsg. v. David Bronsen. Darmstadt: Agora Verlag, 1975, 39–73

Müller-Einigen, Hans: Jugend in Wien. Wien: F. Speidelsche Verlagsbuchhandlung, 1948 [*Jugend*]

Nedeljkovic, D.: Romain Rolland et Stefan Zweig. Paris: Klincksieck, 1970 [Nedeljkovic]

Neumann, Robert: Ein leichtes Leben: Bericht über mich selbst und Zeitgenossen. München: Kurt Desch, 1963 [Neumann]

Olsson, Margot: Stefan Zweig in Schweden. Diss., Universität Stockholm, 1969

Parandowski, Jan: Erinnerungen an Stefan Zweig. In: Wort in der Zeit, VII 11 (Nov. 1961), 40–45 [Parandowski]

Prater, Donald A.: Stefan Zweig and England. In: German Life & Letters, XVI, I (Okt. 1962), 1–16

– und Michels, Volker (Hg.): Stefan Zweig: Leben und Werk im Bild. Frankfurt/Main: Insel Verlag 1981 (Insel Taschenbuch 532).

Rainalter, Erwin H.: Nachwort zu Stefan Zweig, Angst. Leipzig: Reclams Universalbibliothek Nr. 6540, 1925

Rathenau, Walter: Tagebuch 1907–1922, hrsg. v. Pogge u. Strandmann. Düsseldorf: Droste, 1967

Relgis, Eugen: Stefan Zweig, cazador de almas. Montevideo: Humanidad, 1952 [Relgis]

– Los ultimos años de Stefan Zweig en Sudamerica. In: Revista Universidad, 48 (1961), Sante Fé

– Stefan Zweig (1881–1942). Buenos Aires: Ejecutivo Sudamericano del Congreso Judio Mundial, 1967 (Bibliotheca Popular Judia: Grandes Figuras del Judaismo, VII)

Rieger, Erwin: Stefan Zweig: der Mann und das Werk. Berlin: J. M. Spaeth, 1928 [R]

Rolland, Romain: Zwischen den Völkern: Aufzeichnungen und Dokumente aus den Jahren 1914–1919, übers. von Ré Soupault, Bd. I, Bd. II. Stuttgart: Deutsche Verlagsanstalt, 1954 [*ZwV*]

Romains, Jules: Les derniers mois et dernières lettres de Stefan Zweig. In: Revue de Paris, Jg. 62, 2 (Febr. 1955), 3–23 [Rom]

Roth, Joseph: Briefe 1911–1939. Hrsg. v. Hermann Kesten. Köln: Kiepenheuer & Witsch, 1970 [Roth]

Schorer, Jean: Jean Calvin et sa dictature. Genf: Grivet, 1948

Schramm, Werner: Stefan Zweig. Itzehoe: Christiansen, 1961

Schuh, Willi (Hg.): Richard Strauss/Stefan Zweig: Briefwechsel. Frankfurt/Main: S. Fischer, 1957 [*Str*]

Selden-Goth, Gisella: Stefan Zweig: Unbekannte Briefe aus der Emigration an eine Freundin. Sammlung Dokumente zur Literatur- und Theatergeschichte, Bd. III. Wien: Hans Deutsch, 1964 [*UB*]

Souza, Claudio de: Os ultimas dias de Stefan Zweig. Rio de Janeiro: P. E. N. Clube do Brasil, Zelio Valverde, o. J. (1942) [de Souza]

– Les derniers jours de Stefan Zweig. Préface d'André Maurois. Mexico: Editions Quetzal, 1944

Specht, Richard: Stefan Zweig: Versuch eines Bildnisses. Einleitung zur russischen Gesamtausgabe der Werke, Verlag Wremja, Leningrad. Leipzig: Spamersche Druckerei, 1927 [S]

Steiman, Lionel B.: Stefan Zweig – the Education of an Aesthete and his Response to War and Politics. Diss., University of Pennsylvania, 1970 [Steiman]

– The Agony of Humanism in World War I: the Case of Stefan Zweig. In: Journal of European Studies, 6 : 2, 22 (Juni 1976), 100–124

Stern, Leopold: Rio de Janeiro ... et moi. Rio de Janeiro: Editora Civilização Brasileira, 1942

– La mort de Stefan Zweig. Rio de Janeiro: Editora Civilização Brasileira, 1942 (A Morte de Stefan Zweig, ebenda) [Stern]

Trebitsch, Siegfried: Chronicle of a Life, übers. v. Eithne Wilkens u. Ernest Kaiser. London: Heinemann, 1953 [Treb]

Uhlman, Fred: The Making of an Englishman. London: Gollancz, 1960 [Uhlman]

Vallentin, Antonina: Stefan Zweig. In: Europe, 25. Jg., 22 (Okt. 1947), 48–67 [Vallentin]

Walter, Hans-Albert: Der Streit um ›Die Sammlung‹ – Porträt einer Literaturzeitschrift im Exil. In: Frankfurter Hefte, XXI, 12 (Dez. 1966), 850–860 und XXII, 1 (Jan. 1967), 49–58 [Walter]

– Vom Liberalismus zum Eskapismus – Stefan Zweig im Exil. In: Frankfurter Hefte, XXV, 6 (Juni 1970), 427–437

Wegner, Matthias: Exil und Literatur. Deutsche Schriftsteller im Ausland 1933 bis 1945. Frankfurt/Main: Athenäum Verlag, 1967 [Wegner]

Williams, C. E.: The Broken Eagle. The Politics of Austrian Literature from Empire to Anschluss. London: Elek, 1974 [Williams]

Wittkowski, Victor: Ewige Erinnerung. Rom: Wittkowski, 1960 [Wittkowski]

Wolff, Kurt: Briefwechsel eines Verlegers. Frankfurt/Main: Scheffler, 1966 [Wolff]

Wulf, Joseph: Literatur und Dichtung im Dritten Reich. Hamburg: Rowohlts Taschenbücher Nr. 809–811, 1966 [Wulf]

Zech, Paul: Stefan Zweig – eine Gedenkschrift. Buenos Aires: Quadriga Verlag, 1943 [*Ged*]

Zohn, Harry: Stefan Zweig and Verhaeren. In: In memoriam Stefan Zweig 1881 bis 1942. Monatshefte, XLIII, Apr.–Mai 1951, 199–205

– Stefan Zweig and Contemporary European Literature. In: German Life & Letters, V, 3 (Apr. 1952), 202–212

– Stefan Zweig as a Collector of Manuscripts. In: German Quarterly, XXV, 3 (Mai 1952), 182–191

– (Hg.): Liber Amicorum Friderike Zweig. Stamford, Ct.: Dahl Publishing Co., 1952 [*Liber amic*]

– (mit Jean-Pierre Barricelli) Music in Stefan Zweig's Last Years. In: Juilliard Review, III, 2 (Frühling 1956), 3–11

– Stefan Zweig's Last Years: some Unpublished Letters. In: Monatshefte, Febr. 1956, 73–77

– The Meaning and Symbolism of Zweig's The Buried Candelabrum. In: Jewish Affairs, Johannesburg, 13, 2 (Febr. 1959), 33–35

Zohn, Harry: Stefan Zweig: Bericht und Bekenntnis. In: Wiener Juden in der deutschen Literatur. Tel Aviv: Edition ›Olamenu‹, 1964, 19–30
– Stefan Zweig und Romain Rolland – the Literary and Personal Relationship. In: Universitas, 16, 2, 1974, 196–174
Zuckmayer, Carl: Als wär's ein Stück von mir: Erinnerungen. Frankfurt/Main: S. Fischer, 1966 [Zuckmayer]
Zweig, Friderike: Stefan Zweig: wie ich ihn erlebte. Stockholm: Neuer Verlag, 1947 [Fr]
– (Hg.): Stefan Zweig/Friderike Zweig: Briefwechsel 1912–1942. Bern: Alfred Scherz, 1951 [*BrW*]
– Stefan Zweig: eine Bildbiographie. München: Kindler Verlag, 1961 [*Bildb*]
– Spiegelungen des Lebens. Wien: Hans Deutsch, 1964 [Fr^2]
– Greatness Revisited. Hrsg. v. Harry Zohn. Boston: Branden Press, o. J. (1973)
Zweig, Stefan: Die Welt von Gestern: Erinnerungen eines Europäers. Stockholm: Bermann Fischer, 1944, 9.–13. Auflage [*WvG*]

WERKREGISTER

Übersetzungen sind mit *, Einführungen bzw. Ausgaben mit † bezeichnet. Selbständige Publikationen sind kursiv.
Die kursiv gesetzten Seitenzahlen verweisen auf die Anmerkungen.

Abschied von Goethes Welt *369*
Abschied von Rilke 178, *379*
Alessandrio Poerio: ein Italiener bei Goethe 100
Amerigo 306, 307, 310, 330
À mes frères français 112, 115
Amok (Novellen) 151, 153, 154, 157, 163, 333
Der Amokläufer (Novelle) 151
An die Freunde in Fremdland 87, 89, 100
Angst 9, 58, 193, 260, *386*
Arthur Schnitzler zu seinem 60. Geburtstag 153
Aufruf zur Geduld 141
Aufschrei des Schweigens 153
Die Augen des ewigen Bruders 153
Ausgewählte Gedichte 214
* *Ausgewählte Gedichte* (Verhaeren) 37
Autobiographische Skizze 10, 21, 108, 114, 153, *367*
Die Autographensammlung als Kunstwerk 76f., 97, *370*

Ballade von einem Traum 356f.
Balzac 51, 286, 287, 291, 292, 298, 303, 321, 322, 324, 335, 338, 341, 342, 352
Balzac (Aufsatz in *Drei Meister*) 35, 77, 286
† Balzac: sein Weltbild aus den Werken 51, 53, 178
Balzacs Codices vom eleganten Leben 76
Baumeister der Welt 151, 163, 198, 260, 264
Begegnungen mit Menschen, Büchern, Städten 181, 260, 268, 274, 276
Der begrabene Leuchter 262, 263, 269
Bei den Sorglosen 118
Bekenntnis zum Defaitismus 119
Benares: Stadt der tausend Tempel 55
Ben Jonson 177
Ben Jonsons Volpone in Deutschland 177
Besuch bei den Milliarden *381*
Der Bildner 214
* Blasse Liebe (E. B. Browning) 35, *368*
Brasilien – Land der Zukunft 300, 303, 305, 306, 310, 318, 345
Brennendes Geheimnis 20, 58, 219, 220
Brief einer Unbekannten 9, 68, 151, 153, 181, 267, *386*
† *Briefe aus Einsamkeiten* (Otto Heuschele) 165
F. A. Brockhaus: Beschwerde gegen einen Verleger (Casanova betreffend) 177, *379*

Casanova (Aufsatz in *Drei Dichter ihres Lebens*) 177, 180, 189
Cäsar und Napoleon 164
Castellio gegen Calvin; ein Gewissen gegen die Gewalt 249, 251, 253, 255, 257, 258, 259, 261, 269
† Chateaubriand: *Romantische Erzählungen* 155, 165
* *Clérambault* (Rolland) 121, 153
* *Cressida* (André Suarès) 138

Dank an Brasilien 266
Dank an Romain Rolland 259
Declaração 343f., 345, 347ff., *393*, *394*
Denkwürdiger Tag: zum 100. Geburtstag der Marienbader Elegie 165, 177
† *Le dernier Homme* (Andreas Latzko) 155
Dickens (Aufsatz in *Drei Meister*) 58, 77

Der Dirigent 62
Dostojewski 81
Dostojewski (Aufsatz in *Drei Meister*) 35, 58, 77, 81, 84, 93, 94, 118, 121, 133, 138, 142, 146, 162
Dostojewskis Antlitz 81
Drei Dichter ihres Lebens 163 f., 177, 180 f.
Drei Meister 58, 76, 77, 121, 138, 139, 146, 151, 163

Ein paar Verse zum Erwachen 75
Ein Wort von Deutschland 89, 99
Zu Emil Luckas 50. Geburtstag 177
Emil Ludwig zum 50. Geburtstag 212, *382*
† *Émile* (Rousseau) 121
Émile Verhaeren 37, 54, 55, 56, 57, 90, 144, 361
Episode am Genfer See 120, 153
Erasmus von Rotterdam 209, 222, 225, 226, 229 f., 233, 235, 241, 242, 248, 249, 261, 353, 362
Erinnerungen an Émile Verhaeren 115, 142, *368*
Erstes Erlebnis 58, 71, 151, *367*
Erziehung zum republikanischen Bewußtsein 123
Etwas über Macht und Moral (ungefähr gleichlautend mit *Ist die Geschichte gerecht?*) 189, *380*
Der europäische Gedanke in seiner historischen Entwicklung 217, *382*
Die europäische Idee in der Literatur 174

Fishermen on the Seine 306, *390*
Die Flucht zu Gott 180, 182
R. H. Francé als Bildner 164
Frans Masereel 153, 155, 157, 285
Die Frau und die Landschaft 151
Freud (Aufsatz in *Die Heilung durch den Geist*) 198 ff.
Die frühen Kränze 43, 45 f., 139, 214

Galiziens Genesung 99, *372*
Geburtstagsgruß an Schalom Asch 204
Gedächtnis eines deutschen Menschen 174, *378*
Das Geheimnis der Beatrice Cenci 177
Das Geheimnis des künstlerischen Schaffens 283, 347
Der geistige Aufbau der neuen Generation 217
Gelegenheit macht Liebe 190
An den Genius der Verantwortlichkeit 164
Gesammelte Erzählungen 260, 269
Gesammelte Gedichte 30, 165, 291
Die Geschichte als Dichterin 314, 316, 354
Geschichte eines Untergangs *369*
Geschichte in der Dämmerung 46
Geschichtsschreibung von morgen 283
Das gestohlene Jahr 209, 260, *389*
Die Gouvernante 50, 53
Gustav Falke zu seinem 60. Geburtstag 76
Gwalior: die indische Residenz 55

Die Hände *367*
Das Haus am Meer 59 f., 71, 72, 73, 125, 268
Die Heilung durch den Geist 197–201, 219, 325
Heimkehr nach Österreich 86
* *Helenas Heimkehr* (Verhaeren) 56, *370*
Das Herz Europas 119
* Den hingeschlachteten Völkern! (Rolland) 121
Hölderlin (Aufsatz in *Der Kampf mit dem Dämon*) 162
Hommage à Romain Rolland *386*
Hugo von Hofmannsthal 179
Hydepark 46
* *Hymnen an das Leben* (Verhaeren) 37, 57, 67, 68, *393 f.*
Hymnus an die Reise 214

Im Schnee 31, 32
Die indische Gefahr für England 55
Iphigenie (unvollendetes Drama) 73
Irrfahrt und Ende des Pierre Bonchamps: die Tragödie Philippe Daudets 177
Ist die Geschichte gerecht? 153

Jakob Wassermann 76
†*Das Japanbuch* (Lafcadio Hearn) 58
†Jens Peter Jacobsens »Niels Lyhne« 155
Jeremias 96, 97, 103 ff., 108, 109, 110, 113, 115, 116, 120, 133, 136, 138, 139, 243, 274, 282, 284, 305, 369, *388*
Jeremias Gotthelf und Jean Paul 164
Joseph Fouché 9, 177, 186 ff., 189
Jupiter 325

Kaleidoskop 260, 263
Der Kampf mit dem Dämon 125, 162 f., 166, 167
Karl Loewe, der Dichter 76
Die Kathedrale von Chartres 164
Die Kette 190, 260
Kleine Reise nach Brasilien 268
Kleist (Aufsatz in *Der Kampf mit dem Dämon*) 162 f.
* *Das Kloster* (Verhaeren) 56, 57

Das Lamm des Armen 188 f., 197
Die Legende der dritten Taube 101
Legende eines Lebens 73, 118 f., 121, 122, 139, 143
Legenden 260
Leo Feld: Gedächtnis eines Freundes 164
†*Liber Amicorum Romain Rolland* 172
Die Liebe bei Dostojewski 81
Die Liebe der Erika Ewald 25, 32, 39, 45
Liebeslied (Wie die Schwalbe) 75
Lied des Einsiedels 214

Magellan 265, 268, 270, 274, 275 f.
Manon Lescaut 260
* *Man weiß nicht wie* (Pirandello) 250
Marceline Desbordes-Valmore 81, 84, 139, 164
Marcel Prousts tragischer Lebenslauf 164
Maria Stuart 9, 231, 234, 238, 239, 244, 246 f., 248 f., 250
Marie Antoinette 9, 189, 203, 207, 209 f., 211, 217, 218, 219, 248, *386*
Der Märtyrer 77
Mary Baker-Eddy (Aufsatz in *Die Heilung durch den Geist*) 198, 201, 325
Mesmer (Aufsatz in *Die Heilung durch den Geist*) 198, 201
Die Mondscheingasse 77, 136, 151
Die Monotonisierung der Welt 164, *367*
Montaigne 321, 322, 324, 328, 330, 335, 338, 341
Die moralische Entgiftung Europas 217, *382*
Musset und Baudelaire in deutscher Übertragung 164

* Nächstenliebe, Feindeshaß (Rolland) 96
Navigare necesse est 157, 164
Neue Fülle 214
1914 und heute 261
Never Hesitate! 310
Nietzsche (Aufsatz in *Der Kampf mit dem Dämon*) 162, 167

Oskar A. H. Schmitz zum 50. Geburtstag 164
Oxford 46, *369*

Paul Verlaine 35, 44, 48, 65
†*Paul Verlaine* 81, 139, 141, 153
†Paul Verlaine 34 f., 65, 84
Peter der Dichter (Novelle) 25 f.
Phantastische Nacht 151, 335
* *Philipp II* (Verhaeren) 56
Die Philosophie des Hippolyte Taine 38, 43, 51
Polyphem 79
Postfräuleingeschichte (verlorengegangenes Fragment) (*s. a.* Das gestohlene Jahr; Rausch der Verwandlung) 209, *299*
Provisorisches über Rudolf Pannwitz 153

Quiproquo s. *Gelegenheit macht Liebe*

Rahel rechtet mit Gott 204
Rausch der Verwandlung 209
Rede zu Ehren Maxim Gorkis 181

Der Refraktär s. *Der Zwang*
Reise nach Rußland 185
* *Rembrandt* (Verhaeren) 57
Revolte gegen die Langsamkeit 205
Der Rhythmus von New York 77
Der richtige Goethe 157
† *Rimbaud: Leben und Dichtung* 50, 53
Romain Rolland (Vortrag 1919) 133, 139
(Vortrag 1926) 172
Romain Rolland: der Mann und das Werk 122, 129, 133, 136, 138, 142, 144, 146, 204
* *Rubens* (Verhaeren) 57

† Sainte-Beuve 153
Salzburg: die Stadt als Rahmen 164
Schachnovelle 9, 319, 320, 330, 341, *386*
Scharlach 50, 53, 58
* *Ein Schimmer Licht im Dunkel* (Irwin Edman) 291
Die schlaflose Welt 89
* *Die Schutzflehenden* (Barbusse) 63, 129, *370*
Die schweigsame Frau 210 f., 217, 218, 219, 221, 240, 241, 242, 243, 248, 251 ff.
Die Schweiz als Hilfsland Europas *375*
Der Sechzigjährige dankt 326, 331
Sigmund Freud zum 80. Geburtstag 260
Zum 70. Geburtstag Sigmund Freuds 177, *379*
Silberne Saiten 29 ff., 32, 34, 45, 168
Die spät bezahlte Schuld 324 f.
Spinoza 31
Stendhal (Aufsatz in *Drei Dichter ihres Lebens*) 164, 177, 180
Sternstunden der Menschheit 77, 177, 260, 263, 274, 286, 294, 303, 354
Stille Insel (Bretagne) 43
Die Stunde zwischen zwei Ozeanen 62
* *Les Suppliants* (Barbusse) s. *Die Schutzflehenden*

Tagebücher 86, 88, 89, 95, 208, 255, 293
Taj Mahal 55
* *Le Temps viendra* (Rolland) s. *Die Zeit wird kommen*
Tersites 48 ff., 53, 54, 59, 60, 67, 69, 103
»Testament meines Gewissens« 112 f.
Thomas Mann: Lotte in Weimar 298
Thomas Mann zum 50. Geburtstag 164
Tolstoi (Aufsatz in *Drei Dichter ihres Lebens*) 35, 164, 177, 180, 181, 182, 183
Tolstoi und das Ausland 183
Der Turm zu Babel 100 f.

Ungeduld des Herzens 9, 274, 277, 281 f., 287, 316, *386*
L'unité spirituelle du monde 266, *390*
Die unsichtbare Sammlung 165
Untergang eines Herzens 18
Die unterirdischen Bücher Balzacs 51

Vergessene Träume 31
Der verwandelte Komödiant 59, 60, 67, 108, 172, *373*
Verwirrung der Gefühle 33, 165, 171, 176 f., 256
Verworrene Erinnerung (unvollendete Novelle) 73
Vierundzwanzig Stunden aus dem Leben einer Frau *386*
24. Oktober 1648 241
* *Die visionäre Kunstphilosophie des William Blake* (A. G. B. Russell) 47, 50
Volpone 46, 171, 176, 177, 188, 200, 219
Vorbeigehen an einem unauffälligen Menschen: Otto Weininger 177, *368*
Vorspiel zu einer Tragödie ›Adam Lux‹ 189, *380*

Walt Whitman 136
Walther Rathenau 153, 154
Die Wanderung 32
War er es? 325, 341
Warum nur Belgien, warum nicht auch Polen? 96
Der Weg Hermann Hesses 164

Weh, wieviel Not und Fährnis auf dem Meere (Camões) 304
* *Weib* (Magdeleine Marx) 141
† *Die Weltanschauung Dostoiwskis* (Hans Prager) 164
Die Welt von Gestern 9, 10, 15, 17, 27, 33, 37, 38, 41, 43, 52, 61, 62, 84, 87, 98, 104, 105, 142, 156, 160, 192, 210, 211, 213, 279, 290 f., 292, 293, 294, 299, 300, 304, 307, 310, 311, 312, 313, 314 ff., 317, 319, 322, 324, 330, 331, 335, 341, 354
What Money Means to Me 310
Wie die Schwalbe s. *Liebeslied*
Das Wien von Gestern 292, 300, 316
Wir sagten: Schule ... 21, 153
Die Wunder des Lebens 39, 43

Zeit und Welt 283
* *Die Zeit wird kommen* (Rolland) 121, 136, 138
Der Zwang 120 f., 136, 139

NAMENREGISTER

Die kursiv gesetzten Seitenzahlen verweisen auf die Anmerkungen

Addams, Jane (1860–1935) 148
Adelt, Leonhard (1881–1945) 137, 212, 238, 275
Adler, Alfred (1870–1937) 177
Agache, Alfred 345
Die ägyptische Helena (Richard Strauss / Hofmannsthal) 252
Allgemeiner Österreichischer Frauenverein 93, 109
Altenberg, Peter (1859–1919) 24
Altmann, Charlotte Elisabeth (Lotte) s. Zweig, Charlotte
Altmann, Eva 311, 313, 314
Altmann, Hannah 286, 287, 294, 341
Altmann, Manfred 239, 286, 294, 311, 341
Amann, Paul (1894–1958) 134, 159
Ambrosis, Gustinus (1893–1975) 190
Andrian-Werburg, Leopold von (1875 bis 1951) 36, 178
A Noite (Rio de Janeiro) 348
Antonio (Diener) 340, 344 f.
Anzengruber, Ludwig (1839–1889) 27
Arabella (R. Strauss / Hofmannsthal) 211, 252
Aranha 317 f.
Arcos, René (1881–1959) 63, 111, 114, 115, 147, 161, 165, 172, 191, *377*
Arens, Hanns (* 1901) 10, 221
Arnstein, Familie 19
Asch, Schalom (1880–1957) 204, 216, 234, 244, 306, 360
Aslan, Raoul (1886–1958) 177, 188
Au-dessus de la mêlée (Rolland) 89, 114
Auernheimer, Raoul-Othmar (1876 bis 1948) 282
Aufbau (New York) 341, 348, 349, *393*
Avalun-Verlag (Wien) 121

Bach, Johann Sebastian (1685–1750) 167
Bach, Susan 11, 392
Bacon, Francis (1561–1626) 275
Badische Landeszeitung 25
Bahr, Hermann (1863–1934) 23, 24, 25, 90, 112, 144, 157, 159
Bainville, Jacques (1876–1936) 338, 339
Baker-Eddy, Mary (1821–1910) 198, 199, 325
Balboa, Vasco Nuñez de (1475–1517) 360
Balser, Ewald (1898–1978) 212, *389*
Balzac, Honoré de (1799–1850) 50 f., 53, 151, 199, 282, 286, 322, 324, 331, 359
Banfield, Margarida 11, 318, 340
Der Barbier von Sevilla (Rossini) 211
Barbusse, Henri (1873–1935) 120, 133, 134, 141, 153, 360
Barnay, Ludwig (1842–1924) 49
Bartsch, Rudolph Hans (1873–1952) 94
Bartlett, Robert 207
Barzelotti 38
Baudelaire, Charles (1821–1867) 24, 34, 164, 176, 360
Baudouin, Charles (1893–1963) 100, 101, 114, 148, 173, 174, 176, 177, 258
Bauer, Arnold 10, 198
Bauer, Walter (1904–1976) 155, 208, 223, 251, *385*
Bauernfeld-Preis 50, 72, 214
Bazalgette, Léon (1873–1929) 44, 56, 62, 63, 75, 147, 154, 161, 360
Beardsley, Aubrey (1872–1898) 46, 171
Hotel Beaujolais (Paris) 75 f., 83, 84, 160
Hotel Beauvau (Marseille) 171
Beck, Knut 209
Beer-Hofmann, Richard (1866–1945) 24

Beethoven, Ludwig van (1770–1827) 27, 63, 172, 184, 259
Begegnung in Weimar (Ernst Feder) 338
La Belgique Sanglante (Verhaeren) 90, 95
Hotel Bellerive (Zürich) 250f.
Belshazzar (Händel) 167
Hotel Belvoir (Rüschlikon) 118
Benaroya, Mois 216
Benedikt, Ernst (1882–1973) 117, *374*
Benedikt, Moritz *374*
Benzmann, Hans (1869–1926) 33
Berger, Baron Alfred (1853–1912) 59f.
Bergmann, Ingrid (1917–1982) *386*
Berliner Börsen-Courier 157
Berliner Illustrirte Zeitung 31
Berliner Morgenpost 25
Berliner Tageblatt 30, 55, 76, 89, 200, 319
Bermann-Fischer, Gottfried (* 1897) 277, 309, 322, 341
Bermann-Fischer Verlag (Stockholm) 10, 281, 322, *388*
Bernac, Olivier 189
Bernanos, Georges (1888–1948) 332, *393*
Bernhardt, Sarah (1844–1923) 17
Bestiarium Literaricum 147
Bibliotheca mundi (Buchreihe) 46, 139, 142, 144, 178, 190
Bierbaum, Otto Julius (1865–1910) 30
Binding, Rudolf G. (1867–1938) 84, 254
Bin Gorion, Emanuel 59
Bithell, Jethro 11, 57, 90, 147, 291
Blake, William (1757–1827) 47, 164, 280, 360
Blei, Franz (1871–1942) 147
Blériot, Louis (1872–1936) 62
Bloch, Jean-Richard (1884–1947) 63, 216, 258, 259
Blomberg, Werner von (1878–1946) 251
B'nai B'rith 11, *395*
Böck, Harald 11
Böhm, Karl (1894–1981) 251
Bojer, Frau 45
Bojer, Johann (1872–1959) 45
Borgese, Giuseppe Antonio (1882 bis 1952) 63, 149
Börsenblatt für den deutschen Buchhandel (Leipzig) 231
Bouteron 338
Braga, Domenico 337
Brahms, Johannes (1833–1897) 26
Brainin, Joseph 245, 246
Brandes, Georg (1842–1927) 144
Braun, Felix (1885–1973) 45, 51, 57, 89, 103, 138, 142, 143, 144, 165, 176, 181, 188, 210, 211, 214, 222, 248, 261, 271, 281, 283, 285, 286, 295, 304, 315, 349, 352
Braun-Prager, Käthe (1888–1967) 103
Braun, Robert (* 1896) 179, 192, 278
Brazilian Academy of Letters 334
Brettauer, Familie 19
Brettauer, Joseph 17f., 20
Briand, Aristide (1862–1932) 171, 206
Brieger-Wasservogel, Lothar 51
British Community Council 302
Broch, Hermann (1886–1951) 233, 282
F. A. Brockhaus Verlag (Leipzig) 177, 180, 220
Brod, Max (1884–1969) 57, 245, 285
Bronsen, David 10, 162
Browning, Elizabeth Barrett (1806 bis 1861) 35
Buber, Martin (1878–1965) 31, 76, 104, 205
Budberg, Baronin 197
Burckhardt, Jacob (1818–1897) 163
Burger, Frau (Mutter von Friderike Zweig) 160
Burger, Arnold 301
Burger, Emanuel 65
Burger, Ferdinand 11, 343
Burger, Siegfried 321
Burgtheater (Wien) 50, 59f., 71, 171, 177, 188, 197
Burlington Magazine 24
Busoni, Feruccio (1866–1924) 114, 115, 360
Byron, George Gordon Noel, Lord (1788–1824) 164, 360

Caesar, Gaius Julius (100–44) 164
Cahiers de la Quinzaine 63
Cahn, Frau 267
Cahn, Alfredo 219, 237, 267, 301, 302, 315, 323, 324, 341
Cain, Julien (1887–1974) 44, 216, 292, 293
Cain, Lucienne 44
Calvin, Jean (1509–1564) 249, 261, 354, 359
Candide (Voltaire) 147
Canetti, Elias (* 1905) 233
Carlow, Lord 280
Le Carmel (Geneva) 100, 101, 119
Carossa, Hans (1878–1956) 84, 155, 179, 212, 293, 360
Carr, Edward 270
Carrière, Eugène (1849–1906) 56
Casanova, Giacomo Girolamo (1725 bis 1798) 114, 177, 240, 359
Cassells (Verlag) (London) 261, 269, 280, 282, 303, 323
Bruno Cassirer Verlag (Berlin) 57
Castellio, Sebastian (1515–1563) 249, 261, 352, 354, 359
Catá, Hernandez (1885–1940) 302
Cebotari, Maria (1910–1949) 251
Cenci, Beatrice 177, 360
Hotel Central (Rio de Janeiro) 318
Central Zionist Archives (Jerusalem) 11
Cercle Littéraire (Paris) 154
Cervantes Saavedra, Miguel de (1547 bis 1616) 244
Chapiro, Joseph 114, 117
Chateaubriand, François René, Vicomte de (1768–1848) 155, 165, 360
Chénier, André (1762–1794) 292
Chermont, Jaime 300
Chicago Sunday Tribune 325
Chopin, Frédéric (1810–1849) 171
Christian Science 198
Christophe, Franz 101
Cicero, Marcus Tullius 286, 360
Claridad (Buenos Aires) 267
Clarté 120, 134, 141
Clémenceau, Georges (1841–1929) 110
Clérambault (Rolland) 87, 111, 121, 153
Colas Breugnon (Rolland) 121
Colliers Magazine (New York) 325
Le Colonel Chabert, (Balzac) 334
Hotel des Colonies (Paris) 160 f.
La Comédie Humaine (Balzac) 152
Concordia (Wien) 66, 71
Concordia-Verlag (Berlin) 29, 31
Constable (Verlag) (London – Edinburgh) 90
Conyers-Read, Prof. 248
Corriere della Sera (Mailand) 149
Cortot, Alfred (1877–1962) 276, 292
Coudenhove-Kalergi, Richard Graf (1894–1972) 173, 174
Croce, Benedetto (1866–1952) 90, 100, 197
Crommelynck, Fernand (1888–1970) 85
Csokor, Franz Theodor (1885–1968) 11, 45, 49, 58, 94, 103, 177, 237, 255, 275, 276, 350
Czernin von und zu Chudenitz, Ferdinand Graf *393*

Daily Mail (London) 46
Dalí, Salvador (* 1904) 161, 282
Dans l'ombre des statues (Duhamel) 73, 118 f.
Dante Alighieri (1265–1321) 23, 164
Darrieux, Danielle *386*
Daudet, Philippe 177
Debussy, Claude (1862–1918) 176
Déclaration de l'indépendance de l'esprit (Rolland) 133, 134, 144
Dehmel, Richard (1863–1920) 28, 30, 34, 35, 36, 56, 57, 100, 105, 360
Deissinger, Hans (* 1890) 210
Editora Delta (Rio de Janeiro) 325
Demain (Genf) 112, 114
Demelius, Ottilie 52
Deprès, Fernand 161
Dernburg (Staatssekretär) 54
Desbordes-Valmore, Marceline (1786 bis 1859) 81, 84, 139, 164, 360
Deutsche Dichterhandschriften (Buchreihe) 153
Deutsche Dichtung (Berlin) 25, 29, 35

Deutscher Bibliophilenkalender 51, 76, 97
Deutscher Geist (Lange / Dreyer) 267
Deutsches Literaturarchiv, Marbach am Neckar 11, 77
Die Dichtung (Buchserie) 35, 48
Dickens, Charles (1812–1870) 359
Diederichs, Eugen (1867–1930) 30
Dollfuß, Engelbert (1892–1934) 235, 236, 239
Donath, Adolph (1876–1937) 28, 29, 30, 31
Donauland (Wien) 94, 121, 151
Dostojewski, Fjodor Michailowitsch (1821–1881) 76, 77, 146, 183, 359
Dovski, Lee Van s. Lewandowski
Dreyer, E. A. 267
Drinkwater, John (1882–1937) 274, 360
Duhamel, Georges (1884–1966) 44, 63, 73, 172, 216, 266, 267, 283, 292
Dumont, Robert 10, 38, 141, 144, 164, 352
Dumont, Santos 333, 334
Durtain, Luc (d. i. André Nepveu) (1881–1959) 63

Ebermayer, Erich (1900–1970) 155, 187, 213, 219, 220, 225, 234, 250, 253 f., 260
Ebert, Friedrich (1871–1925) 166
Eckermann, Johann Peter (1792–1854) 91
Edman, Irwin 291
Eeden, Frederik van (1860–1932) 90, 133
Ehrenstein, Albert (1886–1950) 94, 108, 114, 120, 121, 284
Eichner, Erich 11
Eijsten, P. Wackie 11
Einstein, Albert (1879–1955) 133, 198, 223, 282
Einstein, Alfred (1880–1952) 27
Eisemann, Heinrich 11, 294
Elektra (R. Strauss / Hofmannsthal) 241
Elizabeth and Essex (Lytton Strachey) 249
Elster, Hanns Martin (* 1888) 10, 153, 223
Elvey, Maurice *388*
Emergency Rescue Commitee 307 f.
Emerson, Ralph Waldo (1803–1882) 254
Engel, Georg (1866–1931) 60
Enoch Arden (Tennyson) 59
Ensor, James (1860–1949) 85
Erasmus (von Rotterdam), Desiderius (1469–1536) 95, 223, 229, 230, 233, 261, 321, 354, 359
Erzberger, Matthias (1875–1921) 140
Eté 1914 (Roger Martin Du Gard) 261
Eugen Onegin (Puschkin / Tschaikowsky) 183
Eulenberg, Herbert (1876–1949) 84
Europe (Paris) 377
Evers, Franz (1871–1947) 28, 34, 35
Ewen, David 203

Die Fackel (Wien) 24 f.
Faesi, Robert (1883–1972) 114, 118, 121, 147, 155, 247, 327
Falke, Gustav (1853–1916) 76
Fanto, Leonhard (1874–1940) 240
Falstaff (Verdi) 253
Feder, Frau 338, 339
Feder, Ernst (1881–1967) 264, 319, 320, 325, 326, 327, 329, 330, 332, 333 f., 335, 338 f., 345, 347
Fédération des Unions Intellectuelles 173
Fedin, Konstantin (1892–1977) 186, 206
Fehling, Peter 11
Fehse, Willi 181
Feigl, Hans (1869–1937) 51, 76 f., 97, 102, 105
Feivel (Feiwel), Berthold (1875–1937) 31
Feld (Hirschfeld), Leo (1869–1924) 164
Ferguson, Wallace K. 230
Le Feu (Barbusse) 100
Feuchtwanger, Lion (1884–1958) 261, 349
La Feuille (Genf) 114
Fichte, Johann Gottlieb (1762–1814) 114

Figaros Hochzeit (Mozart / da Ponte) 211, 219, 253
Fischer, Ernst (1899–1972) 155, 208
S. Fischer Verlag 136, 233, 255, 277
Fischer, Samuel (1859–1934) 177
Fitzbauer, Erich 11
Flake, Otto (1880–1963) 120
Les Flamandes (Verhaeren) 35
Flamm, Peter s. Mosse, Eric
Flaubert, Gustave (1821–1880) 360
Egon Fleischel Verlag (Berlin) 39
Fleischer, Max (1880–1941) 28, 34
Fleischer, Victor (1882–1952) 28, 37, 103, 128, 134, 136, 137, 138, 142, 144, 145, 149, 153, 154, 155, 156f., 163, 164, 168, 171, 175, 176, 177, 187, 192, 197, 201, 210, 212, 214, 250, 251, 277, 291, 294, 300, 304, 310, 312, 315
Fleischmann (Kantor) 346
Flower, Desmond 11, 287, 289, 294, 300
Flower, Newman 280, 323
Fontaine, Joan *386*
Forster, Edward Morgan (1879–1970) 284
Förster-Nietzsche, Elisabeth (1846 bis 1935) 167
Fouché, Joseph (1759–1820) 177, 186, 188, 359
Fraga, Clementino 346
Francé, R. H. 164
Francis, Eve 152
Franco Bahamonde, Francisco (1892 bis 1975) 264
Frank, Bruno (1887–1945) 349
Frank, Leonhard (1882–1961) 114
Frankfurter Verlagsanstalt 146, 153, 177
Frankfurter Zeitung 47
Frankl, Felix *367*
Franz I., Kaiser (1768–1835) 106
Franz Ferdinand, Erzherzog (1863 bis 1914) 85
Franz Joseph, Kaiser (1830–1916) 17, 109
Franzos, Karl-Emil (1848–1904) 25ff., 31, 33
Die Frau ohne Schatten (R. Strauss / Hofmannsthal) 252
Frauenkongreß für Internationale Verständigung 119
Free German League of Culture 284
Die Freie Literarische Vereinigung 33
Freud, Sigmund (1856–1939) 10, 49, 64, 146, 162, 163, 165, 177, 198, 199, 201, 223, 259f., 276, 288, 291, 315, 357, 359
Frieberger, Kurt (1883–1970) *383*
Fried, Alfred Hermann (1864–1921) 115, 119
Fried, Oskar (1871–1942) 81, 114
Friedenstag (R. Strauss / J. Gregor) 241, 247
Die Friedenswarte (Zürich) 115, 119, 120
Friedenthal, Richard (1896–1979) 9, 11, 51, 167, 200, 214, 270, 290, 291
Friedmann, Wilhelm 114, 121
Fries, Familie 19
Fróes 339
Fuchs, Emil 144, 224, 233, 274, 275, 277
Fuchs, Guido 288, 316, 317
Fülöp-Miller, René (1891–1963) 45, 311f., 327, 342
Fürstner, Otto 241
Furtwängler, Wilhelm (1886–1954) 224, 276

Gabelentz, Hans von der 285
Gabriel Schillings Flucht (G. Hauptmann) 72
Galsworthy, John (1867–1933) 154, 289
Gauguin, Paul (1848–1903) 213
Geiger, Benno (1882–1965) 83, 85, 137, 178, 210, 230, 357
Geiger, Ida 11
George, Manfred (1893–1965) *393*
George, Stefan (1868–1933) 24, 360
German Committee 284
Germani, Dr. 218
Die Gesellschaft (Berlin) 25, 34
Gide, André (1869–1951) 75, 186, 322, 332
Ginzkey, Franz Karl (1871–1963) 91, 94, 103, 221, 360

Girardi, Alexander (1850–1918) 17, 65, 68
Glücksmann, Heinrich (1864–1947) 369
Goebbels, Joseph (1897–1945) 221, 231, 240, 243, 251, 252
Goethe, Johann Wolfgang von (1749 bis 1832) 27, 52, 63, 75, 91, 114, 123, 139, 162, 163, 164, 165, 167, 191, 207, 213, 251, 292, 310, 319, 320, 329, 331, 349, 360, 362
Gogh, Vincent van (1853–1890) 164
Goichmann, Isaac 11
Golding, Louis 280, 285
Göring, Hermann (1893–1946) 243, 277
Gorki, Maxim (1868–1936) 90, 172, 181, 183, 186, 197, 258, 360
Gotthelf, Jeremias (1797–1854) 164, 360
Graphiker unserer Zeit (Buchserie) 153
Grasset, Bernard (1881–1955) 161
Green-Balch, Emily 148
Green, Julien (* 1900) 207
Gregor, Frau 277
Gregor, Joseph (1888–1960) 153, 181, 187, 214, 222, 241, 247, 255, 277, *385*
Grossbord, Berthe *393*
Großmann, Stefan (1875–1935) 141
Editora Guanabara (Rio de Janeiro) 264, 325, 343
Guilbeaux, Henri (1885–1938) 99, 112, 114, 115, 120, 202, 274

Haberer, Fräulein 347
Halifax, Edward Frederick, Lord 276
Hals, Frans (1580/84–1666) 203
Hamburger Fremdenblatt 72
Händel, Georg Friedrich (1685–1759) 347, 360
Harden, Maximilian (1861–1927) 25, 53
Hardt, Ernst (1876–1947) 84
Hasenclever, Walter (1890–1940) 84, 312
Hauptmann, Gerhart (1862–1946) 24, 90, 100, 101, 188, 224, 230
Hauser, Otto (1876–1944) 32
Haushofer, Frau 54
Haushofer, Albrecht (1903–1945) 55
Haushofer, Karl (1869–1946) 54, 55
Hearn, Lafcadio (1850–1904) 58, 360
Hebbel, Friedrich (1813–1863) 27
Hegner, Jacques (Jakob) (1882–1962) 28
Heilbut, Ivan (* 1898) 163
Heimwehr 208, 235
Heine, Heinrich (1797–1856) 195
Hella, Alzir 189
Hellens, Frans (* 1891) 153
Heller, Hugo 57, 136
Hellwig, Hans (* 1904) 10, 187
Herrmann-Neisse, Max (1888–1941) 221, 291, 292, 307
Hertzka, Yella 271
Herzl, Theodor (1860–1904) 32, 203 f., 360
Heß, Rudolf (* 1894) 55
Hesse, Hermann (1877–1962) 30, 39, 45, 55, 56, 95, 97, 114, 121, 153, 164, 174, 223, 256, 360
Heuschele, Otto Hermann (* 1900) 165
Hildebrandt 311
Hilfsverein für deutschsprachige jüdische Einwanderer 302
Hille, Peter (1854–1904) 34
Hindenburg, Paul von (1847–1934) 215, 240
Hinterberger, Heinrich 144
Hirschfeld, Eugenie 278
Hitler, Adolf (1889–1945) 55, 208, 219, 236, 240, 243, 246, 248, 251, 252, 254, 276, 283, 284, 287, 288, 291, 292, 347, 354
Hoeller, Susan B. s. Winternitz, Susanne Benedictine von
Hoffmann, Camill (1878–1944) 34, 229
Hoffmann, E. T. A. (1776–1822) 360
Hofmannsthal, Gerty von 179
Hofmannsthal, Hugo von (1874–1929) 25, 30, 32, 36, 50, 51, 65, 87, 88, 96, 100, 103, 109, 112, 113, 139, 152, 173, 174, 178 ff., 205, 210, 211, 247, 360, *370*, *375*, *394*
Hohenlohe, Fürst Alexander zu 119

Hölderlin, Friedrich (1770–1843) 71, 162, 163, 310, 359, 360
Holitscher, Arthur (1869–1941) 153
Home Office, London 11, 278, 280, 282, 287, 289
Homer 319
Hoover, Herbert (1874–1964) 206
Horwith, Melvin 11
Huch, Ricarda (1864–1947) 293
Huebsch, Ben W. (1876–1964) 246, 253, 270, 282, 286, 304, 314, 317, 322, 330
Hugo, Victor (1802–1885) 360
Huizinga, Johan (1872–1945) 222
Hülsen, Hans von (1890–1968) 149
Die Hungernden (Thomas Mann) 143
Hünich, Fritz Adolf (1885–1964) *382*

Ibsen, Hendrik (1828–1906) 34
Im Westen nichts Neues (Remarque) 155
Ingram 287
Insel-Almanach 57, 68, 77
Insel-Bücherei 46, 57, 67, 214
Das Inselschiff (Leipzig) 164, 209, 214
Insel-Verlag (Leipzig) 30, 37, 46, 49, 50, 56, 57, 58, 81, 84, 105, 123, 138, 139, 146, 153, 154, 155, 157, 166, 200, 213, 214, 221, 225, 231, 232, 233, 261, 273, 322
Internationales Komitee für dauernden Frieden 93
Internationale Stefan-Zweig-Gesellschaft *395*
Internationale Vereinigung junger Musiker 158
International Women's League for Peace and Freedom 147
Isaacs, Jack 285
Isolani, Gertrud *387*
Izvestija (Moskau) *379*

Jacob, Heinrich Eduard (1889–1967) 262
Jacobi, Herr von 58
Jacobi, E. H. 11
Jacobowski, Ludwig (1868–1900) 34
Jacobsen, Jens Peter (1847–85) 155, 360
Jannings, Emil (1886–1950) 219
Jaurès, Jean (1859–1914) 103, 358, 360
Jean Christophe (Rolland) 63, 64, 94, 99, 111, 167, 189, 204, 216, 291, 352
Jean Paul (1763–1825) 164, 360
Jedermann (Hofmannsthal) 180
Jeremias 359
Le Jeu de l'amour et de la mort (Rolland) 172
Jewish National and University Library 11
Jodl, Professor 38, *368*
Johann (Diener) 235, 271
Jonson, Ben (1573–1637) 171, 177, 210, 252
Jornal de Petropolis 348
Josef (Diener) 133, *369*
Jourdan, Louis *386*
Journal des années de guerre (Rolland) 142
Jouve, Pierre-Jean (1887–1975) 114, 115, 116, 141, 142, 147, 148, 154
Joyce, James (1882–1941) 114, 115, 161, 360
Der Jude (Berlin) 104
Jüdischer Almanach (Berlin) 31
Jugend und Radikalismus (Klaus Mann) 205 f.
Axel Juncker Verlag, Leipzig 153
Jung-Wien 24, 46
Jürgens, Curd (1915–1982) *386*

Kaemmerer, Ami 174
Kainz, Joseph (1858–1910) 50, 57, 59, 60, 61, 188, 250, 316, 360
Kaiser, Georg (1878–1945) 227
Kammerspielfilm, Hamburg 209
Kampmann-Carossa, Eva 221
Karl I., Kaiser (1887–1922) 110, 130
Kastner, Rudolf 252
Kaus, Gina (* 1894) 106
Kayser, Rudolf (1889–1964) 229, 230, 232
Keats, John (1795–1821) 34, 47, 320
Keller, Gottfried (1819–1890) 164
Kessler, Harry Graf (1868–1937) 87, 112, *369*

Kesten, Hermann (* 1900) 11, 192, 244, 255 f., 263, 282, 292, 294, 307, 312, 315, 329, *393*
Keun, Irmgard (1910–1982) 263
Key, Ellen (1849–1926) 39, 45, 46, 48, 49, 52, 54, 55, 56, 58, 90
Kiepenheuer, Gustav (1880–1949) 143, 171
Kingdon, Frank (* 1894) 307
King John (Blake's Visionary Portrait) 47, 52, 135, 238
Kippenberg, Anton (1874–1950) 46, 86, 87, 88, 89, 90, 91, 94, 117, 121, 123, 134, 138, 139, 140, 143, 157, 164, 167, 174, 179, 187, 206, 207, 210, 211, 213, 215, 218, 219, 220, 221, 232, 233, 239, 247 f.
Kippenberg, Katharina 179, 207, 213, 252
Kircheisen, Friedrich (1877–1933) 187
Kläger, Emil 101
Klammer, Karl (1879–1959) 34, 50
Klawiter, Randolph J. 11
Kleist, Heinrich von (1777–1811) 162 f., 351, 352, 359
Th. Knaur Nachf., Verlag (München) 214
Kolb, Annette (1875–1967) 114
Kolbenheyer, Erwin Guido (1878 bis 1962) 28, 38
Klub der Kommenden 33, 34
Koogan, Abrão 11, 282, 300, 306, 312, 317, 321, 323, 324, 325, 335, 340 f., 343, 345
Körmendi, Ferenc (1900–1972) 290
Kra, Simon 192
Kranz, Joseph 106
Kraus, Karl (1874–1936) 24, 89, 217
Krauss, Clemens (1893–1954) 241
Krauss, Werner (1884–1959) 188, 197
Kreitner, Bruno 330
Kun, Béla (1886–1937?) 136
Kungliga Bibliothek (Stockholm) 11
Kutscher, Artur 57

La Boétie, Étienne de (1530–1563) 295
Lagerlöf, Selma (1858–1940) 133
Lamartine, Alphonse de (1790–1869) 171
Lammasch, Heinrich (1853–1920) 110, 360
Allert de Lange Verlag (Amsterdam) 281, *388*
Lange, Carl 267
Langham Hotel (London) 269
Latzko, Andreas (1876–1943) 114, 115, 149, 155
Ledebur, Helene Freifrau von 11
Le Fauconnier, Henri Victor Gabriel (1881–1946) 154, 161
Leftwich, Joseph 96, 204, 238, 240, 243, 262, 283, 284, 285, 288, 289, 290
Lehmann & Schulze Verlag, Dresden 153
Die Leiden des jungen Werthers (Goethe) 163
Lemle, Rabbi Dr. 11, 323, 346, 347
Lemonnier, Camille (1844–1913) 32, 34, 36, 44, 56
Lenau, Nikolaus (1802–1850) 71
Lenin, Wladimir Iljitsch (1870–1924) 114, 184, 197, 360
Leonardo da Vinci (1452–1519) 47
Leopardi, Giacomo (1798–1837) 164
Lerberghe, Charles van (1861–1907) 34, 36
Lernet-Holenia, Alexander (1897 bis 1977) 190, 247, 291
Lewandowski, Herbert (* 1896) 11, 174, 193, 292
Lichtenheld, Adolf 24
Lidin, Frau 186, 202
Lidin, Wladimir (* 1894) 186, 202, 212
Liebstöckl 190
Lieven, Albert *388*
Lilien, Efraim M. (1874–1925) 28, 31, 33, 360
Liliencron, Detlev von (1844–1909) 30, 31
Liluli (Rolland) 121, 143
Lisi (Kindermädchen) 102, 121, 130, 132, 133
Lissauer, Ernst (1882–1937) 95, 191, 204, 210, 291
Das Literarische Echo (Berlin) 76

Die Literarische Welt (Berlin) 204
Literaturnaja Gazeta (Moskau) 206, *381*
Loerke, Oskar (1884–1941) 307
Loni (Kindermädchen) 129, 130, 131
Loon, Hendrik van (1882–1944) 306
Lotte in Weimar (Thomas Mann) 298
Louis Lambert (Balzac) 199
Le Loups (Rolland) 63
Loyson *374*
Lublinski, Samuel (1868–1910) 33
Luchaire, Antonina *s.* Vallentin, Antonina
Lucka, Emil (1877–1941) 177
Ludendorff, Erich (1865–1937) 122
Ludwig, Emil (1881–1948) 120, 187, 189, 212, 218, 219, 266, 267, 293, 310, 349, *393*
Ludwig, Hofrat 236
Lunatscharski, Anatoli Wassiljewitsch (1875–1933) 184
Der lustige Krieg (Johann Strauß) 17
Lusiades (Camões) 304
Lux, Adam 189

Maass, Joachim (1901–1972) 187, 313
Maeterlinck, Maurice (1862–1949) 56, 57
Magellan, Fernão de (1480–1521) 265, 359
Mahler, Gustav (1860–1911) 24, 62, 66, 263, 360
Mahler-Werfel, Alma (1877–1964) 300
Mailied (Goethe) 52, 61, 71, 274
Maison Française (Verlag) (New York) 324
Malamud, Dr. S. 335, 340
Mallarmé, Stephane (1842–1898) 34
Mandl, Frau 52, 133, 143, 144
Mann, Erika (1905–1969) 307
Mann, Golo (* 1909) 300
Mann, Heinrich (1871–1950) 223, 300, 349
Mann, Katia (1883–1980) 11
Mann, Klaus (1906–1949) 10, 155, 169, 175, 205, 206, 225, 231, 232, 251, 258, 263, 282, 309, *393*
Mann, Nelly (1898–1944) 300
Mann, Thomas (1875–1955) 100, 105, 143, 146, 164, 180, 181, 182, 195, 219, 223, 225, 229, 251, 255, 261, 276, 282, 284, 297, 298, 304, 349, 353, 358, 360
Marat, Jean-Paul (1744–1793) 189
Marc Aurel 13
Marcelle (Pariser Freundin) 75, 81, 83
Marconi, Guglielmo 217
Maria Stuart, Königin 231, 246, 359
Marie-Antoinette, Königin 189, 209, 359
Mark Twain 157
Martens, Kurt (1870–1945) 149
Martin du Gard, Roger (1881–1958) 216, 261, 291, 330, 332
Martin, Kingsley 284
Marx, Karl 189
Marx, Magdeleine 120, 141, 161
Maschler, Kurt 11
Masereel, Frau 216, 292
Masereel, Frans (1889–1972) 114, 118, 121, 136, 153, 155, 161 f., 165, 167, 181, 216, 257, 258, 259, 269, 285, 291, 292, 323, 324, 347, 360
Matkowsky, Adalbert (1857–1909) 49 f., 60, 61, 188, 250, 316
Matteotti 218
Maugham, William Somerset 151, 289
Maurois, André 244, 309, 344
Maximilian-Gymnasium *s.* Wasa-Gymnasium
Mazzucchetti, Lavinia (1889–1963) 217, 277
Mehring, Sigmar (1856–1915) 30, 34
Mehring, Walter (1896–1981) *393*
Meingast, Erika 241, 253, 254, 257, 272
Mello-Franco 300
Mendelssohn, Eleonore von *393*
Menschen im Kriege (Latzko) 115
Mercure de France (Paris) 100
Mereschkowski, Dmitri Sergejewitsch (1865–1941) 146
Mesmer, Anton (1734–1815) 198, 199, 359
Meunier, Constantine (1831–1905) 44
Le meurtre de l'élite (Rolland) 99
Meyer, Conrad Ferdinand 164
Michelangelo Buonarroti 164

Michels, Volker 11, *367*
Mickiewicz, Adam 360
Miranda, Cardoso 340, 346, 347
Mistral, Gabriela (1889–1957) 320, 332
Moissi, Alexander (1880–1935) 57, 108, 180, 188, 208, 250, 316, 360
Mombert, Alfred (1872–1942) 30
Montaigne, Michel Eyquem, Seigneur de 13, 295, 321 f., 324, 327 ff., 338 f., 342, 359
Montesquieu, Charles Louis le Secondat 176
Morlay, Gaby 260, *386*
Morris, William (1834–1896) 34
Mosley, Sir Oswald (1896–1980) 299
Mosse, Eric (* 1891) 201
Mozart, Wolfgang Amadeus 360
Muhr, Adelbert 209
Mühsam, Erich (1878–1934) 31
Müller-Einigen, Hans (1882–1950) 37, 53, 113, *394*
Müllner, Professor 38, *368*
Münzer, Thomas 189
Musset, Alfred de (1810–1857) 164
Mussolini, Benito 149, 150, 197, 218, 239, 353
Mutschmann, Martin (1879–1945) 251, 252

Napoleon I. Bonaparte, Kaiser 164, 292, 334
Naschitz, Fritz 357
National Council for Civil Liberties 284
Neale, J. E. 249
Hotel Nelböck (Salzburg) 130
Neue Freie Presse (Wien) 19, 32, 45, 46, 53, 55, 57, 62, 76, 77, 86, 89, 96, 117, 119, 136, 181, 185, 214, 217, 236, 259, *374*
Die Neue Gemeinschaft 33
Die Neue Literatur (Leipzig) 248
Das neue Pathos (Berlin) 81
Die Neue Rundschau (Berlin) 24, 76, 154, 204
Neue Zürcher Zeitung 119
Neuer Frankfurter Verlag *s.* Frankfurter Verlagsanstalt
Neumann, Robert (1897–1975) 89, 173, 236, 260, 356, *393*
New York Herald Tribune 349
Nietzsche, Friedrich 24, 71, 162, 163, 167, 359
Non si sa come (Pirandello) 250
Norddeutsche Allgemeine Zeitung 30
Nouvelle Revue Française (Paris) 141, 154
Novalis 164

Oberon, Merle *386*
d'Obry (dänischer Adliger) 121
Observer (London) 243
Ochino, Bernardino (1487–1564?) 261
Österreichische Rundschau (Wien) 53
Österreich-Ungarn in Waffen 94
O Globo (Rio de Janeiro) 348
Ohel (Theater) 243
Oifn Sheideweg (Paris) 285
Orlowa (Orloff), Chana (1888–1968) 161
Orplid-Film, Berlin 260
Ould, Herman *393*

Palmer, Lilli *388*
Paneuropa (Wien) 173
Pannwitz, Rudolf (1881–1969) 153, 154, 155, 178, 193
Paschinger 106, 107
Pasteur (Friderike Zweig) 135, 215, 254
Paul, Eden und Cedar 261
Pedro II., Kaiser (1825–1891) 303, 346
Pedrosa, Raul 346
Peixoto, Admiral 346
Peixoto, Afranio 318
Péladan, Joséphin (1859–1918) 68
PEN Center, European (New York) 308
PEN-Club, brasilianischer 265, 300, 308, 328, 345, 347, 348
– Internationaler 259
– österreichischer 224
PEN Congress, International
(Dubrovnik, 1933) 223 f.
(Buenos Aires, 1936) 259, 264, 266 f., 301
(Stockholm, 1939) 314
Pereira, Familie 19

Pester Lloyd (Budapest) 259, 260
Petzold, Alfons (1882–1923) 102
Aux Peuples Assassinés (Rolland) 121
Philobiblon (Wien) 232, 234
Pirandello, Luigi (1867–1936) 250
Plato 164
PM (New York) 348
Poe, Edgar Allan 164
Poerio, Alessandrino 100
Polgar, Alfred (1873–1955) 94, 300, *393*
Ponte, Lorenzo da 322
Popolo d'Italia 150
Power, Tyrone *386*
Prager, Hans 142, 165
Prager-Braun, Käthe s. Braun, Käthe
Prager Tagblatt 25
Die Presse (Wien) 325
Preußler 142
Prie, Madame de 48, 50
Proust, Marcel 164, 165, 360
Puschkin, Alexander Sergejewitsch 360

Rabelais, François 338
Radetzkymarsch (Joseph Roth) 15, 203
Ragaz, Leonhard (1868–1945) 114
Rainalter, Erwin H. (1892–1960) 94, 155
Rascher Verlag (Zürich) 119, 121
Rathenau, Walter 53 f., 55, 57, 61, 100, 105, 154, 155 f., 205, 360
Reader's Digest 310, 334
Redl, Oberst 81
Reger, Max 30
Hotel Regina (Wien) 235, 250, 272
Rehm, Walter 195
Rehrl, Landeshauptmann 142, 236
Reichner, Herbert 232 f., 247, 261, 272, 277
Reichner Verlag (Wien) 232, 248, 255, 259, 260, 263, 269, 274, 277, 285
Reichsmusikkammer 241, 253
Reichspost (Wien) 120
Reinhardt, Max (1873–1943) 57, 60, 104, 137, 178, 180, 188, *370*, *394*
Relgis, Eugen 362
Remarque, Erich Maria (1898–1970) 155
Rembrandt, Harmensz van Rijn 184, 203, 335
Remer, Paul 35
Renan, Ernest (1823–1892) 360
Lá Revue de France (Paris) 24
Revue Franco-Allemande 30
Rieger, Erwin (1899–1941) 10, 129, 130, 138, 154, 155, 159, 165, 172, 175, 189, 192, 202, 203, 209, 213, 222, 236, 238, 255, 269, 307, 315, 323, 343, 347
Rilke, Rainer Maria 24, 30, 36, 46, 55, 75, 84, 94, 103, 105, 109, 129, 178, 179, 205, 279, 342, 360
Rimbaud, Arthur 50, 53, 164, 359, 360
Ring, Barbara 200, 202
Ring-Film, Wien 209
Robespierre, Maximilien de 176, 187
Rocca, Enrico (1895–1945) 217
Rodenbach, Georges (1855–1898) 36
Rodin, Auguste 44, 56, 360
Rodriguez (Botschafter) 297
Röhm, Ernst 239
Rolland, Madeleine 167
Rolland, Marie 274
Rolland, Romain (1866–1944) 10, 63 f., 75, 84, 89 f., 91, 93, 94, 95, 96, 99, 100, 104, 105, 109, 111 f., 113, 114, 115, 118, 119, 120, 121, 122, 124, 133, 139, 141 f., 144, 147, 150, 154, 155, 156, 158 f., 161, 163 f., 165, 167, 171, 172, 175, 178, 179, 182, 186, 187, 191, 192, 198, 202, 206, 207, 216, 218, 221, 229, 230, 231, 232, 239, 240, 254, 257, 258 f., 261, 274, 279, 280 f., 282, 292, 323, 327, 347, 352, 354, 355, 359, 362, *374*, *379*, *386*
Romains, Jules (1885–1972) 55, 56, 63, 79, 163, 171, 244, 257, 267, 284, 298, 308, 310, 311, 312, 318, 323, 324, 336, 343, 350, 355
Roosevelt, Franklin D. 297
Rose, William 280
Rosenberg, Alfred 243
Der Rosenkavalier (R. Strauss / Hofmannsthal) 210, 251
Rössler, Arthur 121, 136, 139
Roth, Friederike (Friedl) (1901–1944) 199

Roth, Joseph (1894–1939) 10, 155, 162, 199, 203, 220, 222, 232, 233, 239, 240, 244, 262, 263, 272, 273, 274, 284, 291, 307, 323, 343, 356, 360
Rothschild, Anthony de 280
Rouget de Lisle, Joseph 280
Rousseau, Jean-Jacques 121, 155, 164, 177, 189, 360
Rowlandson, Thomas 240
Der Ruf der Heimat (Friderike Zweig) 76
Russell, Archibald G. B. 47, 50, 280
Russell, Bertrand 133
Rütten & Loening Verlag (Frankfurt a. M.) 104, 138, 144, 153, 255

Sainte-Beuve, Charles-Augustin de (1804–1869) 153, 360
Salten, Felix (1869–1945) 223
Die Sammlung (Amsterdam) 225, 231
San Martín, José 267 f., *387*
Sarah und Bernhardt (Gallmeyer) 17
Savoy (London) 46
Schaukal, Richard von (1874–1942) 34, 113
Scheidemann, Philipp 140
Schickele, René (1883–1940) 63, 114, 115 f., 154, 241, 242, 243, 244, 258, 278, 291
Schiller, Friedrich von 164, 191
Schlaf, Johannes (1862–1941) 56
Schlenther, Paul (1854–1916) 50
Schmidtbonn, Wilhelm (1876–1952) 149, 177
Schmitz, Oskar A. H. (1873–1931) 164
Schnitzler, Arthur (1862–1931) 24, 25, 91, 97, 159, 165, 208, 360
Scholz, Wilhelm von (1874–1969) 221
Schorer, Jean 249
Schuschnigg, Kurt von 262, 277, 280
Schuster & Loeffler Verlag (Berlin) 30, 35, 37
Schutzbund 235
Schwarz, Egon 9
Schweitzer, Albert (1875–1965) 191, 209, 358, 360
Schwender, Ursula 11
Hotel Schwerdt (Zürich) 114, 118
Schwerin, Ludwig 11, 205
Seelig, Carl (1894–1962) 138, 251, 253
Hermann Seemann Nachf., Verlag (Leipzig) 34
Seipel, Ignaz (1876–1932) 110
Selden-Goth, Gisella 263, 277, 283, 317, *390*
Servaes, Dagny 188
Servaes, Franz (1862–1947) 28, 32, 46, 50, 51, 53, 57, 58, 94, 105, 149, 150, 188, 198, 214, 223
Seyss-Inquart, Arthur 236
The Shadowy Waters (Yeats) 46
Shakespeare, William 47, 164, 239, 319
Shaw, George Bernard 68, 90, 234
Shearer, Norma *386*
Shelley, Percy Bysshe 47, 164
Sienkiewicz, Henryk 90
The Silent Woman (Ben Jonson) 210
Sinclair, Upton (1878–1968) 133
Skall, Otto 214
Smolka 238
Soares (bras. Außenminister) 265, 323
Socialist Review (London) 101
Sommerbriefe (Friderike Zweig) 69
Sonnenthal, Adolf Ritter von 23
Souza, Carauta de 265, 345
Souza, Claudio de 308, 317, 320, 328, 333, 334, 335, 337 f., 344, 345, 347 f.
Sozialdemokratische Kunststelle (Wien) 189
Späth Verlag (Berlin) 192
Specht, Richard (1870–1932) 10, 150, 152, 154, 175, 177, 181, 190, 193
Spinoza, Benedictus de 164, 356
Spitteler, Carl (1845–1924) 90
Stalin, Josip Wissarionowitsch 186, *386*
Stappen, Charles van der (1843–1910) 36, 44, 56
Steed, Wickham 284
Stefan, Paul (1879–1943) 94, 117, 121, 159, 165, *393*
Stefan Zweig-Grand Européen (Jules Romains) 284, 323 f., 328
Steimann, Lionel 11
Steiner, Hugo 30
Steiner, Rudolf (1861–1925) 34

Steinhövel, Dr. Peregrin s. Blei, Franz
Stelzer (Gasthaus) 65, 66, 102
Stendhal (Henri Beyle) 164, 177, 359
Stern, G. B. *393*
Stern, Leopoldo 11, 303, 321, 345, 346, 348
Stock 161
Stoerk, Elisabeth M. s. Winternitz, Alix Elisabeth von
Stoerk, Erich 67, 70, 85, 92, 97
Stolte-Adelt, Gertrud 11
Strachey, Lytton (1880–1932) 249
Strauss, Franz und Alice 241
Strauss, Richard 165, 180, 210 f., 212, 218, 219, 221, 224, 230, 240, 241, 242 f., 247, 251 ff., 276
Strawinsky, Igor Fjodorowitsch 244
Stresemann, Gustav 187
Strindberg, August 24, 68, 164
Stringa, Alberto (1880–1931) 149
Strobl, Karl Hans (1877–1946) 94
Der Strom 81
Strowski, Fortunat (1866–1952) 327, 337
Struck, Hermann (1876–1944) *381*
Der Stürmer (Nürnberg) 243
Stürmische Morgen (H. Mann) 58
Die Stunde (Wien) 183
Suarès, André (1868–1946) 138
Südwestdeutsche Rundschau 25
Sun (New York) 349
Suttner, Berta von 119, 360
Symons, Arthur (1865–1945) 46

Taaffee, Eduard Graf 17
Hotel Taft (New Haven) 306, 307
Das Tage-Buch (Berlin) 141
Tagore, Rabindranath 148, 360
Taine, Hippolyte 38, 51, 324
E. P. Tal Verlag (Wien) 138
Tantalos (Felix Braun) 214
Taube, Otto Freiherr von (1879–1973) 179
Tcherikover 285
Le Temps viendra (Rolland) 121, 136
Une tenebreuse affaire (Balzac) 51
Tennyson, Alfred, Lord 59
Thaumaturgia (Fülöp-Miller) 45
Theater Guild (U.S.A.) 282, 283
Les Thibault (Roger Martin du Gard) 216, 291
Thimig, Helene (1889–1974) 180
Thimig, Hugo (1854–1944) 60
Thomas Mann-Archiv, Zürich 11
Times (London) 350
Tizian 184
Todd, Richard *386*
Toller, Ernst (1893–1939) 221, 224, 256, 282, 284, 291, 349
Tolstoi, Lew Nikolajewitsch 93, 113, 146, 164, 177, 180, 182, 183, 331, 359
Toscanini, Arturo 244 f., 253, 263, 276, 360
Trebitsch, Siegfried (1869–1956) 52, 86, 94, 233
Trotzki, Lew Dawidowitsch 184

Uhlmann, Fred (*1901) 284
Der unbekannte Gast (Jakob Wassermann) 325 f.
Und das Licht scheinet in die Finsternis (L. Tolstoi) 180
Universitätsbibliothek Wien 38
Unruh, Fritz von (1885–1970) 113, 115, 154

Valéry, Paul (1878–1945) 24, 216, 292
Vallentin, Antonina (1893–1957) 216, 239, 356
Van Dovski, Lee s. Lewandowski
Vargas, Getúlio 318, 333, 345
Varnhagen von Ense, Rahel 164
Veltzé, Alois 109, 129
Verhaeren, Émile (1855–1916) 33, 35 ff., 43, 44, 55–58, 61, 63, 64, 68, 69, 71, 75, 81, 84, 86, 90, 99, 101, 115, 123, 150, 155, 164, 174, 177, 205, 327, 355, 358, 359, *374*
Verhaeren, Marthe 71, 115, 161
Verlaine, Paul (1844–1896) 34 f., 43, 153, 155, 263, 284, 360
Vermeer (van Delft), Jan 184
Vespucci, Amerigo (1451–1512) 360
Viertel, Berthold (1885–1953) 209, 299, 313, 327, *393*

Viking Press (New York) 246, 324, 341
Vildrac, Charles (1882–1971) 63, 147
Villon, François 164, 263
Vitae (Plutarch) 162
Vogel, Henriette 352
Vögelchen (Friderike Zweig) 92, 108, 136
Voltaire 164
Vom Sinn unseres Jahrhunderts (J.-R. Bloch) 216
Vorms, Pierre 285
Vossische Zeitung (Berlin) 77, 100

Die Waffen Nieder! (Berta von Suttner) 119
Wagner, Richard 73, 118
Walewska, Marie (1789–1817) 164
Wallerstein, Lothar *393*
Wallmann, Margarita (*1904) 274
Walt Whitman (Bazalgette) 56
Walpole, Hugh (1884–1941) 288
Walter, Bruno (1876–1962) 224, 274, 360
Warburg, Sigmund 200, 271, 304
Wasa-Gymnasium 21, 45, 153
Wassermann, Jakob (1873–1934) 100, 224, 233, 325, 360
Weininger, Otto (1880–1903) 38, 177
Weiß, Ernst (1882–1940) 278, 282, 302, 312
Die weißen Blätter (Leipzig) 154
Wells, H. G. 90, 234, 244, 287, 289
Die Welt (Wien) 31
Weltsch, Robert (*1891) 243
Werfel, Franz (1890–1945) 63, 88, 94, 113, 120, 154, 208, 223, 237, 300, 353, 354, *393*
Wesendon(c)k, Familie 118
Wessely, Paula (*1907) 190
Hotel Westminster (Nizza) 244
Whitman, Walt 24, 33, 36, 41, 44, 114, 123, 337, 360
Wiecke, Paul 50
Wieland, Christoph Martin 27
Wiener Fremdenblatt 69
Wiener Stadt- und Landesbibliothek 11
Wilbur, Sybil 198
Wilder, Thornton (1897–1975) 306
Wildgans, Anton (1881–1932) 102
Wilhelm, Paul 60, 61
Wilhelm II., Kaiser 58
Willich, Monica 11
Williams-Verlag (Zug/Schweiz) 11
Wilson, Thomas Woodrow 134, 294, 360
Winternitz, Frau von (Mutter von Felix v. W.) 66
Winternitz, Alix (Lix) Elisabeth von, verh. Stoerk 11, 66, 72, 74, 75, 76, 82, 85, 92, 93, 97, 102, 109, 117, 121, 129, 131, 132, 138, 157, 166 f., 214, 234, 273, 276 f., 281, 297, 306, 311, 336, 342, 343
Winternitz, Felix von 65 ff., 70, 71, 76, 81, 82, 83, 92, 117, 138, 167
Winternitz, Friderike von s. Zweig, Friderike
Winternitz, Jakob von (1843–1921) 66, 71 f., 75, 76, 83, 92 f., 109, 117, 135, 160, 236
Winternitz, Susanne Benedictine von, verh. Hoeller 11, 67, 71, 72, 74, 75, 76, 82, 85, 93, 97, 102, 109, 117, 118, 121, 129, 130, 131, 132, 138, 158, 159, 166, 167, 181, 199, 208, 214, 215, 234, 273, 276 f., 297, 336, 342, 343
Winterton, Lord 289
Wittkowski, Viktor (1909–1960) 319, 321, 322, 324, 325, 329, 335, 341, 343, *390*
Wlach, Hermann (1884–1962) 72
Arthur Wolf Verlag (Wien) 101
Wolfe, Humbert 289
Wolfenstein, Alfred (1883–1945) 149
Wolff, Kurt (1887–1963) 148, 154
Wolfsohn 186, 220
Wolter, Charlotte (1834–1897) 17, 23
Wremja (Leningrad) 181, 183, 186, 220
Wright, Orville und Wilbur 333
Wyndham Hotel (New York) 297, 306, 307, 308, 313

Yeats, William Butler 34, 46
Dos Yiddishe Wort 262
Young, James Carleton 39

Zamora, Antonio 267
Der Zauberberg (Thomas Mann) 182
Zech, Paul (1881–1946) 56, 61, 62, 84, 94, 96, 99, 115, 227, 262, 268, 293, 304, 312, 329, 330, 331, *390*, *391*
Die Zeit (Wien) 58
Zeitung des Centralvereins deutscher Staatsbürger jüdischen Glaubens 204
Zenzmaier, Josef *395*
Ziegler, Marie von 106
Zita von Bourbon-Parma, Kaiserin 130
Zohn, Harry 11
Zola, Émile 34
Zuckerkandl, Berta (1864–1945) 137, 255
Zuckmayer, Carl (1896–1976) 90, 213, 309, 349
Die Zukunft (Berlin) 25, 53
Zweig, Alfred (1879–1977) 19, 20, 22, 27, 128, 134, 146, 147, 175, 214, 277, 280, 282
Zweig, Arnold (1887–1969) 193, 199
Zweig, Charlotte Elisabeth (Lotte) (1908–1942) 239, 244 f., 247, 251, 253 f., 255, 258, 263, 268, 272, 273, 275, 278, 280, 282, 283, 286, 287, 289, 294, 297, 300, 305, 306, 307, 310, 311, 313, 315, 317, 319, 320, 324, 332, 333, 334 f., 337, 338, 339, 340, 341 f., 344, 351, 352, 356, *395*
Zweig, Friderike Maria (1882–1971) 12, 20, 65–76, 77, 81 ff., 84, 85, 87, 88, 92 ff., 96, 97, 100, 102 ff., 105–108, 109, 117, 118, 119, 120, 121, 127, 128, 129, 130–133, 134, 135–140, 141, 142 ff., 147, 149, 152, 154, 156, 157, 158, 159, 160, 161, 165, 166, 167, 169, 172, 175, 176, 177, 179, 180, 185, 191, 192, 193, 197, 198, 199, 200, 201, 202, 203, 207, 209, 211, 212, 213, 215 f., 217, 218, 222, 223, 230, 234, 237 f., 239, 243, 244, 245, 247, 249, 250, 251, 252, 253, 254, 255, 256 ff., 259, 260, 262 f., 264, 265, 266, 268, 269, 270–275, 276, 277, 280 f., 287, 291 f., 297 f., 299 f., 301, 303 f., 305 f., 307, 308, 309, 310 f., 313 f., 315, 317, 319, 321 f., 323, 324, 326, 327, 328, 331, 336, 342 f., 349, 350, 351, 358, *391*
Zweig, Ida 17 ff., 28, 30, 38, 44, 52, 127 f., 132, 133, 135, 143, 147, 175, 249, 254, 262, 276, 277, 278 f.
Zweig, Moritz 18, 19, 20, 22, 27, 28, 30, 32, 38, 43, 44, 52, 65, 127, 128, 132, 133, 135, 143, 146, 160, 175

Nachweis der Abbildungen

Ida Zweig: Archiv der Internationalen Stefan Zweig-Gesellschaft, Wien (= IStZG)
Moritz Zweig: IStZG
Stefan Zweig: Nachlaß Friderike Zweig, Stamford (USA) (= NFZ)
Alfred und Stefan Zweig: IStZG
Zweig als Student: NFZ
Emile Verhaeren: Bibliothèque Nationale, Paris
Victor Fleischer: NFZ
Franz Theodor Csokor: NFZ, Foto: Susanne Hoeller, Marathon, Florida
René Fülöp-Miller: Erika Renon, Menlo Park, California
Felix Braun: NFZ, Foto: Susanne Hoeller
Ellen Key: Kungliga Biblioteket, Stockholm
Erwin Rieger: NFZ
Friderike Zweig: NFZ, Foto: Setzer
Stefan Zweig: NFZ
Stefan Zweig (Büste): NFZ, Foto: Verlag Staatsatelier Ambrosi, Wien
Stefan Zweig im Kriegsarchiv: Österreichisches Staatsarchiv-Kriegsarchiv, Wien
Josef Gregor: Österreichische Nationalbibliothek, Wien (= ÖNB)
Romain Rolland: NFZ, Foto: Susanne Hoeller
Karte Zweigs: Stadt- und Landesbibliothek, Wien
Bibliothek und Arbeitszimmer: NFZ, Foto: Susanne Hoeller
Familie im Garten: NFZ
Friderike Zweig: NFZ
Zweig auf der Terrasse: NFZ, Foto: Susanne Hoeller
Walter Bauer: Günter Hess, Ontario (Canada)
René Schickele: NFZ
Joseph Roth: NFZ
Albert Ehrenstein: Ullstein Bilderdienst, Berlin
Zweig und Gorki: IStZG
Stefan Zweig (etwa 1934): NFZ, Foto: Susanne Hoeller
Stefan Zweig (etwa 1939): Richard Rubinig, Graz
Anton Kippenberg: Deutsches Literaturarchiv, Marbach a. N.
Joseph Leftwich: Joseph Leftwich, London, Foto: Krongold, London
Richard Strauss: Richard Strauss-Archiv, Garmisch-Partenkirchen
Joachim Maass: ÖNB
Elisabeth Bergner: Elisabeth Bergner, London
Lotte Zweig: Nachlaß Stefan Zweig, London (= ZE), Foto: Alice Hirsekorn, Berlin
Stefan Zweig: ZE

Stefan und Lotte Zweig: Alberto Dines, Rio de Janeiro
Stefan Zweig in Ossining: NFZ, Foto: Susanne Hoeller
Lotte Zweig in Ossining: NFZ, Foto: Susanne Hoeller
Brief an Gottfried Bergmann Fischer: S. Fischer Verlag
Grab in Petropolis: IStZG

Die Veröffentlichung der Fotos aus dem Nachlaß Friderike Zweigs erfolgt mit freundlicher Genehmigung von Frau Elisabeth M. Stoerk und Frau Susanne Hoeller.

Die Rechte an den Fotos konnten nicht in allen Fällen geklärt werden.

rowohlts bildmonographien

Thema Literatur

Bernhard Jendricke
Alfred Andersch (395)

Erling Nielsen
Hans Christian Andersen (5)

Helene M. Kastinger Riley
Achim von Arnim (277)

Helmut Hirsch
Bettine von Arnim (369)

Gaëtan Picon
Honoré de Balzac (30)

Pascal Pia
Charles Baudelaire (7)

Christiane Zehl Romero
Simone de Beauvoir (260)

Klaus Birkenhauer
Samuel Beckett (176)

Bernd Witte
Walter Benjamin (341)

Walter Lennig
Gottfried Benn (71)

Klaus Schröter
Heinrich Böll (310)

Peter Rühmkorf
Wolfgang Borchert (58)

Marianne Kesting
Bertolt Brecht (37)

Ernst Johann
Georg Büchner (18)

Joseph Kraus
Wilhelm Busch (163)

Hartmut Müller
Lord Byron (297)

Morvan Lebesque
Albert Camus (50)

J. Rives Childs
Giacomo Casanova de Seingalt (48)

Elsbeth Wolffheim
Anton Cechov (307)

Anton Dieterich
Miguel de Cervantes (324)

Peter Berglar
Matthias Claudius (192)

Peter Nicolaisen
Joseph Conrad (384)

Kurt Leonhard
Dante Alighieri (167)

Johann Schmidt
Charles Dickens (262)

Klaus Schröter
Alfred Döblin (266)

Janko Lavrin
Fjodor M. Dostojevskij (88)

Peter Berglar
Annette von Droste-Hülshoff (130)

Heinrich Goertz
Friedrich Dürrenmatt (380)

Paul Stöcklein
Joseph von Eichendorff (84)

Johannes Kleinstück
T.S. Eliot (119)

Jürgen Manthey
Hans Fallada (78)

Peter Nicolaisen
William Faulkner (300)

Reinhold Jaretzky
Lion Feuchtwanger (334)

bildmono ro ro ro graphien

C 2058/7

rowohlts bildmonographien

Thema Literatur

Jean de la Varende
Gustave Flaubert (20)

Helmuth Nürnberger
Theodor Fontane (145)

Volker Hage
Max Frisch (321)

Franz Schonauer
Stefan George (44)

Claude Martin
André Gide (89)

Peter Boerner
Johann Wolfgang von Goethe (100)

Rolf-Dietrich Keil
Nikolai W. Gogol (342)

Nina Gourfinkel
Maxim Gorki (9)

Georg Bollenbeck
Oskar Maria Graf (337)

Heinrich Vormweg
Günter Grass (359)

Hermann Gerstner
Brüder Grimm (201)

Curt Hohoff
Johann Jakob Christoph von Grimmelshausen (267)

Martin Beheim-Schwarzbach
Knut Hamsun (3)

Kurt Lothar Tank
Gerhart Hauptmann (27)

Hayo Matthiesen
Friedrich Hebbel (160)

Detlef Brennecke
Sven Hedin (355)

Ludwig Marcuse
Heinrich Heine (41)

Georges-Albert Astre
Ernest Hemingway (73)

Bernhard Zeller
Hermann Hesse (85)

Ulrich Häussermann
Friedrich Hölderlin (53)

Gabrielle Wittkop-Ménardeau
E.T.A. Hoffmann (113)

Werner Volke
Hugo von Hofmannsthal (127)

Herbert Bannert
Homer (272)

Dieter Hildebrandt
Ödön von Horváth (231)

Theo Schumacher
Aldous Huxley (368)

Gerd Enno Rieger
Henrik Ibsen (295)

Francois Bondy
Eugène Ionesco (223)

Jean Paris
James Joyce (40)

Luiselotte Enderle
Erich Kästner (120)

Klaus Wagenbach
Franz Kafka (91)

Bernd Breitenbruch
Gottfried Keller (136)

bildmono rororo graphien

C 2058/7 a

rowohlts bildmonographien

Thema Literatur

Adolf Stock
Heinar Kipphardt (364)

Curt Hohoff
Heinrich von Kleist (1)

Paul Schick
Karl Kraus (111)

Erika Klüsener
Else Lasker-Schüler (283)

Richard Aldington
David Herbert Lawrence (51)

Curt Hohoff
Jakob Michael Reinhold Lenz (259)

Wolfgang Drews
Gotthold Ephraim Lessing (75)

Wolfgang Promies
Georg Christoph Lichtenberg (90)

Sybil Gräfin Schönfelt
Astrid Lindgren (371)

Thomas Ayck
Jack London (244)

Heribert Hoven
Malcolm Lowry (414)

Klaus Schröter
Heinrich Mann (125)

Uwe Naumann
Klaus Mann (332)

Klaus Schröter
Thomas Mann (93)

David A. Jackson
Conrad Ferdinand Meyer (238)

Walter Schmiele
Henry Miller (61)

Hans Egon Holthusen
Eduard Mörike (175)

Friedrich Hartau
Molière (245)

Martin Beheim-Schwarzbach
Christian Morgenstern (97)

Wilfried Berghahn
Robert Musil (81)

Donald E. Morton
Vladimir Nabokov (328)

Otto Basil
Johann Nestroy (132)

Gerhard Schulz
Novalis (154)

Karen Baasch/
Helmuth Nürnberger
Oswald von Wolkenstein (360)

Hanns-Josef Ortheil
Jean Paul (329)

Walter Lennig
Edgar Allen Poe (32)

Claude Mauriac
Marcel Proust (15)

Gudrun Ziegler
Alexander S. Puschkin (279)

Hans Oppermann
Wilhelm Raabe (165)

Michael Töteberg
Fritz Reuter (271)

Hans Egon Holthusen
Rainer Maria Rilke (22)

bildmono ro ro ro graphien

C 2058/7 b

rowohlts bildmonographien

Thoma
Literatur

Yves Bonnefoy
Arthur Rimbaud (65)

Herbert Günther
Joachim Ringelnatz (96)

Helmuth Nürnberger
Joseph Roth (301)

Paul Mayer
Ernst Rowohlt (139)

Walter Lennig
Marquis de Sade (108)

Luc Estang
Antoine de Saint-Exupréry (4)

Renate Wiggershaus
George Sand (309)

Marion Giebel
Sappho (291)

Walter Biemel
Jean-Paul Sartre (87)

Friedrich Burschell
Friedrich Schiller (14)

Ernst Behler
Friedrich Schlegel (123)

Hartmut Scheible
Arthur Schnitzler (235)

Jean Paris
William Shakespeare (2)

Hermann Stresau
George Bernhard Shaw (59)

Manfred Linke
Carl Sternheim (278)

Urban Roedl
Adalbert Stifter (86)

Hartmut Vincon
Theodor Storm (186)

Justus Franz Wittkop
Jonathan Swift (242)

Fritz Heinle
Ludwig Thoma (80)

Wolfgang Rothe
Ernst Toller (312)

Janko Lavrin
Leo Tolstoj (57)

Otto Basil
Georg Trakl (106)

Tschechow
(siehe Cechov)

Klaus-Peter Schulz
Kurt Tucholsky (31)

Thomas Ayck
Mark Twain (211)

Volker Dehs
Jules Verne (358)

Hans-Uwe Rump
Walther von der Vogelweide (209)

Günter Seehaus
Frank Wedekind (213)

Jochen Vogt
Peter Weiss (367) Juni '87

Peter Funke
Oscar Wilde (148)

Werner Waldmann
Virginia Woolf (323)

Marc Bernard
Émile Zola (24)

Thomas Ayck
Carl Zuckmayer (256)

rororo bildmonographien

C 2058/7 c

rowohlts bildmonographien

Thema Literatur

Eine Auswahl

Helene M. Kastinger Riley
Achim von Arnim (277)

Christiane Zehl Romero
Simone de Beauvoir (260)

Klaus Birkenhauer
Samuel Beckett (176)

Klaus Schröter
Heinrich Böll (310)

Marianne Kesting
Bertolt Brecht (37)

Morvan Lebesque
Albert Camus (50)

Klaus Schröter
Alfred Döblin (266)

Peter Berglar
Annette von Droste-Hülshoff (130)

Jean de la Varende
Gustave Flaubert (20)

Peter Boerner
Johann Wolfgang von Goethe (100)

Kurt Lothar Tank
Gerhart Hauptmann (27)

Ludwig Marcuse
Heinrich Heine (41)

Georges-Albert Astre
Ernest Hemingway (73)

Bernhard Zeller
Hermann Hesse (85)

Ulrich Häussermann
Friedrich Hölderlin (53)

Francois Bondy
Eugène Ionesco (223)

Luiselotte Enderle
Erich Kästner (120)

Klaus Wagenbach
Franz Kafka (91)

Erika Klüsener
Else Lasker-Schüler (283)

Thomas Ayck
Jack London (244)

Klaus Schröter
Heinrich Mann (125)

Walter Schmiele
Henry Miller (61)

Friedrich Hartau
Molière (245)

Wilfried Berghahn
Robert Musil (81)

Gerhard Schulz
Novalis (154)

Claude Mauriac
Marcel Proust (15)

Paul Mayer
Ernst Rowohlt (139)

Renate Wiggershaus
George Sand (309)

Walter Biemel
Jean-Paul Sartre (87)

Wolfgang Rothe
Ernst Toller (312)

Klaus-Peter Schulz
Kurt Tucholsky (31)

Werner Waldmann
Virginia Woolf (323)

Thomas Ayck
Carl Zuckmayer (256)

rororo bildmonographien

C 2058/5 d